Die preisgekrönte finnische Bestsellerautorin Sofi Oksanen führt uns in die Welt reicher Europäerinnen, die auf Kosten ärmerer Frauen aus dem Osten oder in den Entwicklungsländern, die in ihrer Not keine Wahl haben, ihren Kinderwunsch mit Eizellenspenden erfüllen. Ein Roman von großer politischer und moralischer Brisanz und literarischer Brillanz.

Helsinki, 2016. Olenka sitzt auf einer Parkbank und beobachtet eine Familie: Mutter, Vater, zwei Kinder. Als sich eine Frau neben sie setzt, erschrickt sie. Sie würde diese Frau überall wiedererkennen, denn Olenka hat ihr Leben zerstört. Und gewiss ist sie gekommen, um Rache zu nehmen. Für einen kurzen Moment sind sie hier zusammen – und schauen ihren eigenen Kindern, die nichts von ihrer Existenz ahnen, beim Spielen zu.

Der Roman, der sich zwischen dem heutigen Finnland und der Ukraine nach dem Zusammenbruch der UdSSR bewegt, ist ein scharf beobachteter, temporeicher Text, der an der Schnittstelle zwischen Ost und West spielt und sich um ein Netz von Ausbeutung und die Kommerzialisierung des weiblichen Körpers dreht. Sofi Oksanen erzählt mit psychologischer Schärfe die fesselnde Geschichte einer Frau, die der Sehnsucht nach ihrem verlorenen Kind nicht entkommen kann, und über die rücksichtslosen Mächte, die sie erbarmungslos jagen.

SOFI OKSANEN, geboren 1977, Tochter einer estnischen Mutter und eines finnischen Vaters, studierte Dramaturgie an der Theaterakademie von Helsinki. Mit ihrem dritten Roman »Fegefeuer« gelang ihr der literarische Durchbruch: Der Roman stand monatelang auf Platz eins der finnischen Bestsellerliste, wurde in 38 Länder verkauft und mit zahlreichen Preisen ausgezeichnet, u. a. dem Finladia-Preis, dem Nordischen Literaturpreis und dem Europäischen Buchpreis.

SOFI OKSANEN BEI BTB
Fegefeuer. Roman
Als die Tauben verschwanden. Roman
Stalins Kühe. Roman
Die Sache mit Norma. Roman

Sofi Oksanen

Hundepark

Roman

Aus dem Finnischen von
Angela Plöger

btb

Die finnische Originalausgabe erschien 2019 unter dem Titel
»Koirapuisto« bei Like, Helsinki.

MIX
Papier | Fördert
gute Waldnutzung
FSC
www.fsc.org   FSC® C014496

Penguin Random House Verlagsgruppe FSC® N001967

1. Auflage
Genehmigte Taschenbuchausgabe Februar 2024,
btb Verlag in der Penguin Random House Verlagsgruppe GmbH,
Neumarkter Straße 28, 81673 München
Copyright © der Originalausgabe 2019 by Silberfeldt Oy / Sofi Oksanen
Copyright © der deutschsprachigen Ausgabe 2022
by Verlag Kiepenheuer & Witsch, Köln
Umschlaggestaltung: semper smile, München
nach einem Entwurf von Barbara Thoben
Umschlagabbildung: © plainpicture / Ralf Brocke
Druck und Einband: GGP Media GmbH, Pößneck
SL · Herstellung: sc
Printed in Germany
ISBN 978-3-442-77315-2

www.btb-verlag.de
www.facebook.com/penguinbuecher

Helsinki
2016

Vielleicht wäre alles anders gekommen, wenn ich sie gleich erkannt hätte und so klug gewesen wäre, das Weite zu suchen. Das tat ich jedoch nicht; ich wandte nicht einmal den Kopf, als sich eine unbekannte Frau ans andere Ende der Bank setzte, hungrig nach der Gesellschaft eines Menschen, wie ich aus ihren langsamen Bewegungen erkennen konnte. Ich hoffte, sie würde verstehen, dass ich nicht dazu aufgelegt war, mich zu unterhalten, und raschelte laut mit den Seiten des Buches auf meinem Schoß. Ich war nicht im Park, um Gesellschaft zu suchen.

Das Buch hatte ich aus der Bibliothek entliehen, die sich nur einen Steinwurf entfernt von dem Park und dem darin abgezäunten Hundeauslauf befand. Dank meiner mit Büchern prall gefüllten Tasche wirkten meine Abstecher in den Park ganz natürlich. Wenn mich mal jemand fragte, erzählte ich, dass ich Tiere sehr mochte und ihr Treiben gern beobachtete, aber wegen einer Allergie selbst kein Haustier halten konnte. Einen Hund hatte auch die Frau nicht, die sich neben mich gesetzt hatte, das war mir klar. Ich beachtete sie nicht weiter, denn meine Aufmerksamkeit richtete sich auf die Straße, die den Park flankierte. Verstohlen blickte ich auf die Uhr, obwohl ich gut in der Zeit lag. Ich fürchtete, ich könnte vergeblich gekommen sein.

Die Frau streckte die Beine aus und reckte sich, wie es Menschen tun, die überlegen, wie sie das Gespräch eröffnen könnten: Ein Gähnen, ein Zurechtziehen des Mantels oder ein Gestikulieren leiteten Bemerkungen über das Wetter oder sonstige Belanglosigkeiten ein. Eine Frage nach meinem Buch kam jedoch nicht, auch keine Plattitüden über das Wetter.

Ich rückte ans andere Ende der Bank, nahm Abstand zu dieser aufdringlichen Frau. In letzter Zeit hatte ich die anderen im Park herumlungernden Personen mit neuen Augen betrachtet. Die gemächlich einherschlendernden Rentner und die Arbeitslosen brauchten einen Vorwand, um das Haus zu verlassen. Vielleicht würde ich eines Tages genauso sein, wenn es keinen wirklichen Grund mehr für die Besuche im Park und in meinem Leben keinen Kalender mehr gäbe. Auch ich würde dann wollen, dass die Nachbarn das Klappen meiner Wohnungstür hörten, das Zeichen dafür, dass auch ich so einiges um die Ohren hatte und Freunde, die ich besuchen konnte, und ich würde hierherkommen, um am Weltgeschehen teilzuhaben, indem ich das Leben der anderen beobachtete.

Der weiße Zwergschnauzer, der sich dem Hundepark näherte, bekam von den Passanten bewundernde Blicke. Meine Banknachbarin wurde wachsam. Sie beugte sich ein wenig vor, und ich erwartete, dass sie endlich Mut fassen und etwas sagen würde, vielleicht etwas über den sorgfältig getrimmten Schnauzer oder sein vorbildliches Verhalten, aber sie blieb stumm.

I

Unsichtbar

Dorf, Oblast Mykolajiw
2006

Als ich als Erwachsene zum ersten Mal wieder die Kammer betrat, erschrak ich vor dem Anblick, der sich mir bot. Bilder von mir standen gerahmt auf dem Tisch und auf der Kommode und hingen an den Wänden. Die meisten waren vergilbte, aus Zeitungen ausgeschnittene Werbeanzeigen, in denen alles angepriesen wurde, was man mit weiblichen Kurven verkaufen kann – von Fleckentfernern bis zu Autoersatzteilen. Ich hatte Mutter die Bilder als Nachweis für meine Arbeit als Fotomodell geschickt und mir vorgestellt, sie würden in einer Sammelmappe für Zeitungsausschnitte enden, aber Mutter hatte daraus einen raumfüllenden Altar gemacht, auf dem Signalfarben und Rabattprozente miteinander wetteiferten. Die Fotos waren kein Anlass zum Feiern, geschweige denn etwas, woran ich mich mit Stolz hätte erinnern können. Sie verursachten mir Übelkeit.

Ich löste die Bilder von den Wänden, wischte mir die auf der Kommode prangenden Fotos in den Schoß und schob den ganzen Stapel in den Schrank. Zuoberst legte ich die Werbung für Garndocken, die in den Farben eines Kaminfeuers leuchteten, und schloss die Tür.

Bis zum Abend waren die Bilder an ihre Plätze zurückgekehrt – sogar die Werbung für Kastanienpüree, die ich besonders scheußlich fand. Ich wunderte mich, wie flink Mutter gewesen war. Sie hatte das in der Zeit geschafft, in der ich mir mit meiner Tante den Garten angesehen hatte. Die Tante kam in die Kammer, tippte mir auf den Rücken und flüsterte, man dürfe einer Mutter nicht das Recht nehmen, auf ihre Kinder stolz zu sein. Ich konnte ihr nicht erzählen, wie schief alles gegangen war. Die Tante sah mich an und umarmte mich.

»Wir erweitern die Anbauflächen, und Iwan hilft uns, es geht uns nicht schlecht«, sagte sie. »Schön, dass wir dich wieder hier zu Hause haben, Olenka.«

Meine Tante war älter geworden, Mutter ebenso. Der Hund, der auf dem Hof wachte, war neu. Sonst hatte sich seit meinem Fortgang nichts geändert. Auf dem Strommast gab es immer noch das Storchennest, wenn auch die Vögel schon nach Süden gezogen waren, und die neben der Haustür hängenden Mäntel der toten Männer waren an ihrem Platz. Der eine war der von meinem Vater, der andere vom Mann meiner Tante. Die Schwester meines Vaters fand, es wäre gut, wenn Fremde glaubten, es gäbe Männer im Haus. Wir waren nach der Beerdigung meines Vaters zu ihr gezogen, und ich war jetzt in das Haus der einsamen Witwen zurückgekehrt, in dem wir uns am Frauentag gegenseitig Blumen schenken würden. Der Gedanke daran brachte mich darauf, meine Tante zu fragen, ob Boris immer noch Schnaps brannte. Während sie eine Flasche holen ging, zog ich endlich die Schuhe aus und stieg in die Galoschen. Die waren neu und leicht, vielleicht aus Silikon. Wahrscheinlich für mich gekauft.

Am nächsten Morgen ging ich zur Bushaltestelle, um herauszufinden, was man durch die Ritzen des Zauns, der unseren Garten umgab, und aus größerem Abstand über ihn hinweg sehen konnte. Nichts erregte Aufmerksamkeit, und niemand würde die Parzelle aus Versehen näher in Augenschein nehmen. Anders könnte es sein, wenn die Blüten rot leuchteten. Meine Tante hatte jedoch recht, wir würden mehr Mohnpflanzen brauchen. Meine Heimkehr hatte die Anzahl der zu stopfenden Mäuler vergrößert, und ich hatte uns schon am Abend einige 30-Liter-Trinkwasserkanister bestellt. Im Ausland hatte ich mir angewöhnt, ständig Wasser zu trinken, und schon vergessen, wie es bei uns um das Brunnenwasser bestellt war. Ich wusste nicht, wie ich diese Wasserkanister bezahlen sollte. Jetzt würde ich auf die Methode, nach der wir Models unser Gewicht hielten, verzichten müssen. Aber eine dickere Taille war die kleinste meiner Sorgen.

Ich wollte nicht, dass meine Tante auf Iwans Vorschläge einging, ich wollte von ihm kein Geld leihen und nicht die Mohnanbaufläche vergrößern, auch wenn ich dem Mann und seinem Wunsch, uns zu helfen, vertraute. Der hoch aufragende, raschelnde Mais auf dem Acker würde auch ein größeres Mohnfeld verbergen, und Boris, der für uns arbeitete, könnte sich um die Erweiterung kümmern. Boris war Iwans Bruder und für meine Tante wie ein eigener Sohn. Ich wollte jedoch um keinen Deut mehr abhängig sein von den Leuten, für die Iwan arbeitete und denen er das Rohopium lieferte. Eine solche Zukunft hatte ich nicht für uns geplant. Den Mohn hätten wir nicht einmal in Erwägung gezogen, wenn mein Aussehen uns hätte ernähren können. Dann hätten wir den Raum für die Herstellung des Rohopiums geschlossen, und ich hätte der Tante ein neues Haus gebaut oder ihr in der Stadt eine Wohnung gekauft. Sie hätten sich nie mehr Sorgen machen müssen beim kleinsten Anzeichen für Instabilität, die sich auf die Zahlung der ohnehin unzureichenden Renten auswirken würde.

Ich hatte behauptet, das Heimweh habe mich nach Hause getrieben, weiß aber nicht, ob mir das jemand glaubte. Schon seit Jahren hatte ich kein Geld mehr schicken können. Das musste sich ändern. Ich musste Arbeit finden.

Ich fuhr nun regelmäßig in die Stadt und studierte die Stellenanzeigen. In demselben Bus saß oft eine Schar hoffnungsvoller, in eine Parfümwolke gehüllter Mädchen, die unterwegs waren zum *Hotel Palace*, in dessen Konferenzräumen Brautschauen für ausländische Junggesellen veranstaltet wurden. Wenn das Ziel näher kam, sprühten sich die Kurzhaarigen mit noch mehr Haarlack ein, die Langhaarigen griffen nach der Bürste, und das allgemeine Striegeln hatte einen Rhythmus vom Klirren der Deckel, Döschen und Taschenspiegel. Ich hatte Jahre in Hinterzimmern verbracht, die erfüllt waren von ebensolchen Träumen von einer glänzenden Zukunft, mit dem Unterschied, dass aus der Duftwolke des Busses der Geruch von ranzigem Lippenstift drang, das hinter mir sitzende Mädchen sich die Wangen mit einem Pinsel puderte, der seit Jahren nicht gereinigt worden war, und sich auf den Kleidern vieler Mädchen die Muster von Wildkatzenfell wiederholten. Ich horchte auf ihre Gespräche und überlegte, ob ich in die Lage geraten würde, mein Glück auf dieselbe Weise zu versuchen, obwohl ich wusste, dass Prinzen weder im Ausland noch hier zu finden waren. Das wussten die Mädchen noch nicht, und ihre nervösen Stimmen erinnerten mich daran, wie ich selbst nach Paris ausgebüxt war. Auch ich war nervös gewesen und hatte befürchtet, etwas falsch zu machen. Auch ich hatte mir mehr gewünscht, als meine Heimat mir zu bieten hatte. Dieser Weg war mir vertraut.

Am Ziel angekommen, spurtete der Schwarm Mädchen hinaus, ließ den Geruch von alter Kosmetik und jungen Haaren zurück und marschierte untergehakt und mit klackernden Absätzen in Richtung Hotel. Dieses Business blühte eindeutig, und so kam ich auf einen Gedanken, der mir von Nutzen sein konnte.

Auf dem Weg zum Internetcafé blieb ich stehen, um die an den Strommasten befestigten wettergegerbten Anzeigen zu studieren, und versuchte, diejenigen Unternehmen herauszufinden, die wie Ehevermittlungen wirkten. Wenn ich die Bitte um Kontaktaufnahme, um die es mir ging, nicht an den Masten, den Stromverteilern, den Wänden von Telefonzellen oder im Internet fände, müsste ich mein Geld wieder für neue Zeitungen verschwenden und deren Stellenanzeigen durchsehen.

Ich hatte sofort Glück.

Die Brautagenturen suchten nicht nur potenzielle Ehegattinnen, sondern auch sprachkundige Frauen als Dolmetscherinnen. Ich riss einen der mit einer Telefonnummer beschriebenen Streifen ab, die am unteren Rand des Zettels flatterten, und steckte ihn ein. Nach kurzer Überlegung löste ich das ganze Blatt und noch ein paar weitere ähnliche Zettel von dem Strommast ab, um die Anzahl meiner Konkurrentinnen zu verringern. Ich würde mit den Anrufen noch am selben Tag beginnen. Irgendetwas musste doch klappen. Ich war mehr als kompetent. Meine Hoffnung entfaltete sich wie eine Blume, und deren Blütenblätter zauberten mir das Selbstvertrauen auf die Wangen, das mir abhandengekommen war.

Schon am nächsten Tag wurde ich zu einem Vorstellungsgespräch eingeladen, aber die Stelle bekam ich nicht. Ich ließ mich jedoch nicht entmutigen, warf den Haarschopf zurück und machte ein neues Treffen aus. Die Stimmung der aufgekratzten Mädchen im Bus hatte sich auf mich übertragen, und Ehevermittlungen gab es in Hülle und Fülle. Am Lenin-Prospekt befanden sich gleich drei, ebenso auf der Sowjetskaja und auf der Moskowskaja. Ich würde die Branche kennenlernen, sparen, was ich nur konnte, und vielleicht eines Tages ein eigenes Unternehmen gründen – und sei es eines, das Interessenten Tipps gab, wie man die Herzen der Ukrainerinnen eroberte, und dabei behilflich war, passende persönliche Geschenke für die Auserwählten zu finden. Wir würden die Herren daran erinnern, dass sie Blumen mitbringen, den Arm anbieten, die Tür aufhalten und der Dame aus dem Auto helfen sollten. Oder ich könnte für westliche Zeitungen geeignete Gesichter suchen und in einer der zahlreichen sibirischen Millionenstädte, wo die Nationalitäten sich infolge der sibirischen Straflager auf einzigartige Weise vermischt hatten, eine Modelschule eröffnen. Neben den Mädchen von dort hatte ich keine Chance gehabt. Durch ihre Adern strömte Blut aus jedem Winkel der Sowjetunion – aus Osteuropa, dem Baltikum, aus Asien und das von vielen Urvölkern. Ein solcher Plan setzte jedoch Eigenkapital voraus, und das besaß ich noch nicht. Bald aber würde ich es haben.

Ich war unterwegs zum Busbahnhof, als mir ein Mädchen hinterherlief, das mir irgendwie bekannt vorkam. Sie grüßte mich und sagte, sie habe mich in den Schlangen der Heiratsvermittlung gesehen. Auch sie hatte dort ihr Glück versucht. Heute hatte sie sich als Heiratskandidatin in derselben Eheanbahnung gemeldet, in der sie sich um den Posten einer Sekretärin beworben hatte.

»Dabei entstehen wenigstens keine Kosten«, sagte sie. »Mach du das doch auch.«

»Ich weiß nicht recht.«

Aus meiner Tasche kramte ich die Anzeigen der einschlägigen Unternehmen hervor, um von ihr ein paar Tipps zu bekommen, aber sie schüttelte den Kopf, noch bevor ich irgendetwas fragen konnte.

»Gib dir keine Mühe.«

»Wie meinst du das?«

Ich zählte die Sprachen auf, die ich zumindest hinlänglich beherrschte. Ich sprach Englisch, Französisch, Ukrainisch, Deutsch und sogar ein bisschen Finnisch. Fremdsprachliche Wörter hatte ich mir immer leicht merken können. Wahrscheinlich war ich die sprachkundigste Frau in der ganzen *Oblast*, es mangelte sogar an Leuten, die Englisch sprachen.

»Einen Ehemann findest du im Handumdrehen.«

»Ich will nicht heiraten. Ich will als Dolmetscherin arbeiten. Oder auch als Visum-Agentin.«

Das Mädchen lachte und zog die herabgerutschten Schäfte ihrer Stiefel hoch. Ihr Rock war kurz. Mir wurde klar, dass ich mich für diesen Tag falsch angezogen hatte. Ich musste auch meine sonstigen Vorzüge herausstreichen.

»Eine Bekannte meiner Cousine ist Assistentin in einem Unternehmen, das gerade Dolmetscher sucht. Sie hat mir erzählt, wen sie eingestellt haben«, sagte das Mädchen. »Die Mieze vom Sohn des Direktors.«

Ich betrachtete das chaotische Oberleitungsnetz der Trolleybusse und dachte sehnsüchtig an ein trostspendendes Getränk. In diesem Land war alles beim Alten geblieben.

»Und trotzdem gehst du zu Vorstellungsgesprächen?«

»Man muss alles versuchen. Vielleicht kommt der Sohn des Besitzers zufällig zu gleicher Zeit ins Büro wie ich und verliebt sich in mich. So hat auch die Bekannte ihren Job bekommen.«

Das Mädchen lockerte ihre Haare auf und zwinkerte mir zu. Ich nahm eine Packung meiner Slim-Zigaretten aus der Tasche und bot auch ihr eine an. Der Gedanke, ich müsse in mein von den Werbefotos verschmutztes Zimmer zurückkehren, bedrückte mich, und ich fürchtete, ich würde dort länger wohnen müssen, als ich ursprünglich geglaubt hatte. Meine Tante hatte eine Bekannte angerufen, ebenso Mutter und Iwan. Alle versprachen, sich sofort zu melden, wenn sie von einem passenden Job erfahren würden. Aber noch hatte niemand von sich hören lassen.

»Mit Reisedokumenten verdient man gut. Du könntest eine eigene Visum-Agentur gründen«, sagte das Mädchen. »Aber dafür brauchst du Beziehungen und eine dicke Brieftasche. Ich hab eine bessere Idee.«

»Erzähl.«

»Bei den Demos werden hübsche Gesichter gebraucht. Das Geld bekommt man sofort auf die Hand, und alle, die wollen, werden genommen.«

Ich erinnerte mich dunkel, dass Mutter das schon erwähnt hatte. Nach der orangen Revolution waren an den Strommasten Anzeigen erschienen, in denen Demonstrationsteilnehmer gesucht wurden. Der Charakter der Veranstaltungen blieb auf diesen Zetteln im Unklaren. Die Höhe der Entschädigung war jedoch das Wichtigste und wurde immer mitgeteilt.

»Mein Bruder verdient ganz gut bei den Schreiern.«

Ich runzelte die Brauen.

»Hast du davon noch nichts gehört? Die Arbeit ist fast die

gleiche wie das Marschieren bei den Demos, nur lauter, und sie müssen an Übungen teilnehmen. Eigentlich ist das mehr was für Männer. Du hast ja wohl einen Mann?«

Ich schüttelte den Kopf.

»Dann komm mit mir mit, Spruchbänder tragen. Die Busfahrten sind manchmal lang, und es wäre schön, Gesellschaft zu haben. Ruf mich an, wenn dich das interessiert.«

Das Mädchen nahm eine herausgerissene Anzeige aus der Manteltasche und reichte mir das Papier. Mir schnürte sich die Kehle zu. Ich hätte sie gern zu Kaffee und Kognak eingeladen, aber sie war in Eile, weil sie ihr Kind aus der Betreuung abholen musste, das Marschroutentaxi würde gleich hinter der Ecke abfahren. Winkend verschwand das Mädchen, ihre Schultertasche machte einen Schwung, und Einsamkeit wälzte sich auf mein Herz wie ein Stein.

Zu Hause war die Stimmung gedrückt. Boris saß in der Ecke und wiegte sich, den Kopf in die Hände vergraben. Mutter und meine Tante waren noch in Trauerkleidung, die sie am Morgen angelegt hatten, weil sie zur Beerdigung eines entfernten Verwandten fahren wollten. Ich dachte zunächst, bei der Trauerfeier sei etwas passiert, doch dann stellte es sich heraus, dass die Rohopiumküche leer und auch der Fernseher gestohlen worden war. Wir waren ausgeraubt worden. Das Haus war für kurze Zeit unbewacht gewesen, bevor Boris zur Arbeit gekommen war, und das war ein Fehler gewesen.

Wegen der Diebe machte ich mir keine Sorgen. Iwan würde sie verfolgen und ihnen klarmachen, dass sie die falschen Leute angerührt und den Hund der falschen Leute außer Gefecht gesetzt hatten. Das würde unsere Ware jedoch nicht zurückbringen. Ich weiß noch, mit welcher Liebe Boris die dunkler werdenden Mohnkapseln geprüft hatte, wie gut er sich um sie und um seine Küche gekümmert hatte. Die Einbrecher hatten die beste Ware des Gebiets bekommen. Uns war nichts geblieben.

Die Anzeige an dem Strommast war nicht der einzige wettergegerbte Zettel, auf dem schöne Mädchen angeworben wurden, aber er war der erste, auf dem unverblümt gesagt wurde, dass es weder um einen Hostessendienst oder um Arbeit als Barkeeperin noch um Ehevermittlung ging. Auch junge Mütter waren willkommen, ebenso verheiratete Frauen. Das fiel mir auf, obwohl ich verstand, dass das nichts zu bedeuten hatte. Vielleicht ging es nur darum, neues Fleisch in die Branche zu bekommen. Jedoch war ich mittlerweile ganz verzweifelt und hatte Schlagzeilen wie »Warum sollte ein schönes Mädchen arm sein« gründlich satt. Die Vorstellungsgespräche waren erfolglos geblieben. Meine Tante hatte mit Iwan schon über das verlorene Rohopium und über ein mögliches Darlehen gesprochen. Ich wollte nicht, dass Mutter und Tante auf diesen Weg gerieten. Schuld an ihrer Notlage war meine misslungene Karriere, also ich, und ich musste das in Ordnung bringen.

In der Anzeige war angedeutet worden, dass die einmalige Entschädigung beträchtlich sei, und am unteren Rand des Zettels hing nur noch ein einziger Streifen mit einer Telefonnummer.

Die Frau am Telefon war begeistert, als ich von meinen Jahren als Model berichtete. Im Hintergrund war das Klappern einer Computertastatur zu hören, die Frau suchte meinen

Namen. Ich hoffte, der Browser würde sie auf die Seiten meiner alten Agentur führen. Dort gab es immer noch Fotos von mir. Die hatte ich mir ein paarmal im Internetcafé angesehen. Warum, das wusste ich nicht. Als wollte ich mich selbst ärgern, oder als machten sie mir Mut, bei den Vorstellungsgesprächen mit mehr Sicherheit aufzutreten.

»Wann kannst du bei uns vorbeikommen?«

»Ich schau mal in meinen Kalender, einen Moment bitte.«

Ich stand vor der Ehevermittlungsagentur am Lenin-Prospekt. Sie hieß *Königliche Affäre*. An der Moskowskaja-Straße gab es eine weitere Agentur namens *Die Amorbögen* und neben dem Hotel Metallurg noch eine, *Die Slawin*. Der Zettel mit der Telefonnummer des Mädchens, das ihr Brot mit der Teilnahme an Demonstrationen verdiente, war in meiner Tasche schon ganz zerfleddert. Ein toller Kalender! Ich ging zurück Richtung Haltestelle und warf die Kontaktdaten des Mädchens auf die Straße. Das Büro befand sich in Dnipropetrowsk, sodass die Fahrt dorthin eine Weile dauern würde. Trotzdem war ich bereit, sofort in den Zug zu springen.

»Es wäre gut, wenn du ein paar Fotos von dir mitbringen könntest, vielleicht auch von deiner Familie, deinen Eltern, Großeltern, Tanten, Onkeln, Cousins und Cousinen«, sagte die Frau. »Je mehr, desto besser. Wir möchten unsere Mitarbeiter gut kennenlernen und wissen, wer du wirklich bist und was deine Stärken sind.«

»Was für Fotos?«

»Egal, was für welche. Fotos erzählen mehr als tausend Worte«, lachte die Frau. »Die Chefin kommt nächsten Montag mit der Abendmaschine aus Kiew zu uns und muss schon am Mittwoch wieder zurück. Könntest du am Dienstagmorgen vorbeikommen?«

An einem hervorstehenden Pflasterstein stieß ich mir den Zeh. Ging es der Firma so gut, dass die Chefin zwischen Kiew und Dnipro hin- und herfliegen konnte? Das taten nur Volksvertreter und Spitzengeschäftsleute, die Geld wie Heu hatten. Würde ich einen solchen Menschen tatsächlich von Angesicht zu Angesicht treffen? Oder hatte die Frau mich nur beeindrucken wollen und damit angedeutet, um was für eine Art von Laden es sich handelte? Instinktiv griff ich mir in die Haare. Die Haaransätze. Bei meiner Tante gab es nur eine Sommerdusche. Dort die Haarfarbe auszuwaschen, war schwierig, ich müsste zum Friseur gehen.

»Der Kiew-Kalender der Chefin ist nächste Woche sehr voll. Hier ist der Terminplan entspannter. Also wie ist es, sehen wir uns hier bei uns? Wenn du uns deine Kontonummer mitteilst, überweisen wir dir Geld für die Zugfahrkarte. Ist ein Schlafwagenplatz okay?«

Ich schaffte es, das zu bestätigen, und hoffte, dass mein stoßweiser Atem nicht bis ans andere Ende der Leitung zu hören war. Der Gestank nach Kohlegas in den Zügen verursachte mir immer Übelkeit, und deshalb war eine Fahrkarte für eine Zweibettkabine eine äußerst angenehme Überraschung. Dennoch stimmte etwas nicht. Ich hatte die Anzeige an einem Strommast gefunden, nicht in der Zeitung, nicht im Internet, ja, nicht einmal im Marschroutentaxi, an keiner Stelle, wo erfolgreiche Firmen inserierten. Ich hatte sie an einer Stelle gefunden, die nichts kostete. Wie konnte die Chefin einer solchen Firma es sich leisten, zwischen Dnipro und Kiew hin- und herzufliegen, und wie konnte eine solche Firma einer Bewerberin eine teure Fahrkarte nur für das Vorstellungsgespräch bezahlen? Ich verstand weder die Eile noch die Forderung nach so vielen Fotos, geschweige denn, um was für eine Arbeit es sich eigentlich handelte. Dass die Frau so ange-tan gewesen war, erregte in mir den Verdacht, es könnte sich um Organspenden handeln, wenn ich mir auch keinen Reim darauf machen konnte, was die Fotos damit zu tun haben könnten. Aber was hatte das schon für eine Bedeutung … Das Honorar dagegen war sehr wohl von Bedeutung. Die Frau plauderte dies und das über das Geschenk des Lebens und kam dann auf die Einzelheiten der Reise zurück. Ich beschloss, auf eine Niere könnte ich verzichten. Und auch auf eine halbe Leber. Dafür würde ich noch mehr Geld bekommen.

Ich sprach mit niemandem über meine Zweifel. Als Grund für meine Reise nach Dnipro dachte ich mir wohl eine Stelle als Dolmetscherin aus und schaffte es so, meiner Mutter wieder etwas Hoffnung zu geben. Mit langen Schritten ging sie in der Küche auf und ab, in aufrechter Haltung, als wollte sie allen von der guten Nachricht erzählen, obwohl das Publikum nur aus meiner Tante bestand, und Mutters Wangen glänzten vor Begeisterung wie die Flanke eines frisch gesegneten Busses. Ich wollte keine Besorgnis bei ihnen erregen und würde ihnen nichts von dem Tätigkeitsbild meiner Anstellung erzählen, ehe ich zur Koordinatorin avanciert war.

Helsinki
2016

Mein Herz tat einen Sprung, als ich sah, dass der Familienvater der Mutter und dem Hund in den Park folgte. Auch die beiden Kinder waren dabei. Der Junge, der hinter den anderen etwas zurückgeblieben war, wirkte munter, wie er da mit seiner sich rasch leerenden Rosinentüte knisterte; ich bemerkte kaum, dass ich zu der Wahl des gesunden Snacks beifällig nickte. In der vergangenen Woche waren die Kinder nicht dabei gewesen, und ich vermutete den Grund dafür in einer grassierenden Magen-Darm-Epidemie. Jetzt wirkten sie alle gesund. Der Frau sah man es nicht an, dass sie am Krankenbett der Kinder gewacht hatte, und sie hatte sogar Zeit gehabt, einkaufen zu gehen: Ihr neuer sandfarbener Frühjahrstrenchcoat hätte auch mir gestanden, und das Mädchen trug einen Schal, den ich noch nicht gesehen hatte. Als sein Handy klingelte, nahm der Mann das Gespräch an, während er zugleich seiner Frau bedauernd zulächelte. Die Frau strich ihm kurz über den Arm und drückte für einen Augenblick die Stirn gegen seine Schulter. Sogar das Herumtoben des von der Leine befreiten Schnauzers war stilecht. Seine seltene weiße Farbe erregte Aufmerksamkeit, und bei Hundeausstellungen siegte immer das Tier dieser Familie. Einen Augenblick lang bewunderte ich sein Vorwärtsstürmen und die wachsame Haltung, in der er verhielt, wenn er in einiger Entfernung etwas Interessantes entdeckte. Der Junge war neben der Pforte stehen geblieben. Nachdem er die Tüte leer geschüttelt hatte, warf er sie nicht auf den Boden, sondert brachte sie zu dem Papierkorb. Gut erzogen, gute Manieren, wie ich sie ihm auch beigebracht hätte.

Das Klicken eines Feuerzeugs unterbrach meine Beobachtungen. Die Frau neben mir hatte sich eine Zigarette angezündet. Verärgert sah ich sie an und erkannte das vertraute Blumenmuster auf der Schachtel der Slim-Zigaretten, ehe ich mich wieder auf die hinter dem Felsenhügel verschwindende Familie konzentrierte. Meine Banknachbarin war keine Finnin, die Glamour-Zigaretten entsprachen nicht dem hiesigen Geschmack.

»In Amerika wurden wir Engel genannt. Haben Sie es dort gelernt?«

Ich war mir nicht sicher, ob ich die Worte tatsächlich gehört hatte oder ob mir meine Fantasie einen Streich spielte. Mein Blick war immer noch auf die Familie gerichtet, mein Hals weiterhin gereckt. Ich wagte es nicht, den Kopf zu drehen und mich zu vergewissern. Die Frau redete weiter, und je länger sie sprach, desto sicherer war ich mir, dass es sich nicht um eine Sinnestäuschung handelte. Ich kannte sie, und sie kannte mich, und beide saßen wir auf derselben Bank in einem Park in Helsinki, so als wäre es nicht Jahre her, dass wir uns zuletzt gesehen hatten. Wort für Wort schlug sie einen Stein nach dem anderen aus den Fundamenten meines sorgfältig aufgebauten Lebens. Ich hätte mir nicht träumen lassen, dass das geschehen würde. Dass es mit wohllautenden, beschreibenden Worten beginnen würde, die sie in die Luft warf wie Lomonossow-Teetassen, während sie gleichzeitig beobachtete, ob ich mich an das erinnerte, wovon sie sprach. Ob ich noch wüsste, dass auch ich vor Jahren solche Worte benutzt hatte, um Mädchen dazu zu bewegen, für uns zu arbeiten, und dass ich sie auch bei ihr benutzt hatte, und natürlich erinnerte ich mich, erinnerte mich an jeden in zuckersüße Adjektive verpackten Fallstrick, und jeder einzelne davon ließ meine Schultern jetzt noch schlaffer herabsinken, als hülfe er mir dabei, von der Bank zu verschwinden, und Silbe für Silbe spürte ich, wie ich zusammenschrumpfte und immer kleiner wurde.

»Aber Sie haben es immer verstanden, Mädchen zu finden, die zu wenig Anerkennung erfahren haben. Genau solche hast du gesucht.«

»Zu denen gehörtest du nicht.«

»Aber viele andere.«

Sie schnalzte mit der Zunge und streckte die Arme aus wie eine Ballerina. »Wie ging das doch noch?«, überlegte sie. »Schwanensee. Meine Arme erinnerten an Schwanensee, war das nicht so?«

»Das tun sie immer noch.«

Sie lachte auf, ihr Anorak raschelte, und ich sah die vertraute Flügelbewegung. Ich war entzückt gewesen von ihrer kontrollierten Art, sich zu bewegen. Ihre Füße ließen sich bei jedem Schritt auf dem Boden nieder, als schaute eine ganze Arena voller Menschen ihr dabei zu.

Sie war ein junges Mädchen, damals, als die Fotos für ihre Mappe gemacht wurden, und sie glitt in dem Kleid, das ich für sie ausgesucht hatte, in einen Spagat. Obwohl sie sich erst für die eigentlichen Aufnahmen aufwärmte, lag in der Kombination etwas unvergesslich Intimes: das geblümte Kleid mit dem Glockenrock, der Trainingssaal, die biegsamen Gelenke. Als hätte sie den Fotografen vergessen. Die Maskenbildnerin hatte über eine Stunde im Gesicht des Mädchens die Pinsel kreisen lassen, aber das hätte man nicht vermutet. Als ich die fertige

Mappe sah, wusste ich, dass Daria mein Star sein und aus mir einen Star machen würde.

Daria stand auf und ging in Richtung der Eingangspforte des Hundeauslaufs. Erst da erholte ich mich so weit von meiner Erschütterung, dass ich begriff, was das bedeutete. Meter für Meter näherte sie sich der Familie, und Meter für Meter kamen mir Bilder in den Sinn, davon, was geschehen würde, falls der Vater der Familie sie erkannte. Erst würde er erschüttert innehalten und dann zum Telefon greifen. Die Mutter würde anfangen zu schreien, der Hund würde durchdrehen, das Mädchen in Tränen ausbrechen und der Junge uns, die wir für dieses Chaos verantwortlich waren, anstarren. Und während die Mutter ihre Kinder von hier fort in Sicherheit zerren würde und die Polizeisirenen näher kamen, würde der Junge sich umdrehen, und der Anblick der beiden armseligen Gestalten, die seine Eltern völlig aus der Fassung gebracht hatten, würde sich für immer und ewig in sein Gedächtnis einbrennen.

Die Familie hatte sich während unseres Gesprächs auf dem Gelände zerstreut, und Daria blieb für einen Augenblick stehen, als überlegte sie, wem sie sich zuerst nähern sollte. Der Vater hatte das Mädchen bei der Hand gefasst, sie folgten dem Hund, der aus meinem Blickfeld verschwunden war, und die Aufmerksamkeit der Mutter war von einem Golden-Retriever-Welpen in Anspruch genommen, mit dessen Besitzer sie sich unterhielt. Der Junge trödelte auf der Straße herum. Daria neigte den Kopf, fasste einen Beschluss und öffnete die Pforte des Auslaufs. Zwischen ihr und der Mutter lagen nur noch zehn Meter steiniger Fels. Gleich würde ich auffliegen; ich würde alles verlieren, was ich mir in den vergangenen sechs Jahren aufgebaut hatte; mein ganzes neues Leben in Helsinki würde ich verlieren. Meine Lebenszeit würde sich nur noch in Tagen, vielleicht sogar in Stunden bemessen.

Ich wandte den Blick nach oben. Meine Mutter vertraute auf Gott und die Heiligen, ich nicht. Dennoch bedeckte ich mir den Kopf mit meinem Schal, als wäre ich in der Kirche, und murmelte etwas, das ein Gebet sein konnte, und erst die Bewegung, mit der ich mir den Kopf bedeckte, erinnerte mich daran, dass ich immer noch zwei funktionierende Beine hatte. Ich musste Daria Einhalt gebieten.

Der Schnauzer kam hinter dem Hügel hervorgeschossen, einen Terrier auf den Fersen, und das wilde Spiel der Hunde lenkte die Aufmerksamkeit der Familie ab. Sie sahen nicht meine wankenden Schritte, wie ich fast über meinen Schal gestolpert wäre, und wie man mir auswich, als wäre ich betrunken. Daria war nur noch wenige Meter von der Frau entfernt und wollte sie schon ansprechen.

»Willst du Geld? Geht es darum?«

Ich hatte es doch geschafft, gerade noch rechtzeitig. Darias Mundwinkel verzogen sich zu einem Lächeln. Der Rücken der Mutter entfernte sich. Die Hunde hatten sich wieder beruhigt. Die Laufleinen wurden klickend an den Halsbändern befestigt.

»Wie viel würdest du mir geben?«

Einen Augenblick lang glaubte ich, Daria würde auflachen und etwas über meine Kleider und mein Äußeres sagen, das nicht gerade von Wohlstand zeugte, aber sie erstarrte auf der Stelle und versuchte nicht, sich meinem Griff zu entwinden. Ich folgte ihrem Blick. Die Familie schickte sich an, den Park zu verlassen, die Mutter zupfte dem Mädchen den Mantel zurecht, das Mädchen fiel der Mutter um den Hals, und Daria zuckte zusammen, als hätte man sie geschlagen. Ich spürte eine Vibration in ihrem knochigen Arm. Was, wenn sie gar nicht im Park war, um mich oder die Familie zu erpressen? Alles an ihr sprach jedoch für meine Vermutung, dass sie Geld brauchte. Sie war abgemagert. Die Kleider hingen ihr schlaff am Leib. Es waren Lumpen, das Kunstleder ihrer Stiefel schilferte ab, ihre Schultertasche stand offen, und die Risse in deren Futter waren mit Tesafilm repariert. Daria hatte gut verdient. Wofür hatte sie ihr Geld verschwendet? Hatte jemand es ihr abgenommen, war sie an den falschen Mann geraten, oder hatte sie damit ihre Familie unterstützt? Hatte sie alles dafür verwendet, sie aus der Ostukraine und dem Krieg dort herauszuholen? Hatte das Geld nicht dafür gereicht, ein neues Leben aufzubauen? Oder hatte sie es schon vorher verschwendet und musste sich jetzt Devisen beschaffen, um ihre in der Heimat gebliebenen Verwandten zu unterstützen? Meine Mutter hatte erzählt, dass die jetzige Volksrepublik Donezk manchen Menschen ihr Zuhause genommen und anderen die Chance geboten hatte, zu Reichtum zu gelangen, denn es gab genug Vermögen, das die Flüchtlinge zurückgelassen hatten. Manche schlossen sich freiwillig den Truppen der Separatisten an, andere wurden gewaltsam eingezogen, während Deserteure erschossen wurden. Wieder andere schlossen sich den Separatisten an, weil sonst ihr Zuhause und ihr sonstiges Eigentum beschlagnahmt und die Angehörigen vertrieben worden wären. Ob Darias Auftauchen damit zusammenhing? Was, wenn die Separatisten einen von Darias Brüdern in ihre Reihen gezwungen hätten und er von der Front fortwollte? Oder wenn nun einer ihrer Verwandten gekidnappt worden war? Daria beobachtete die Familie, die den Park verließ, bis ihr Blick erlosch wie eine Kerze, nachdem die Kinder und ihre Eltern aus ihrem Blickfeld verschwunden waren. Ich atmete tief durch. Ich hatte Zeit gewonnen.

»Von mir bekommst du keinen Pfennig, wenn wir erkannt werden.«

»Hat dich jemand erkannt?«

In Darias Mundwinkeln schimmerte Spott auf, und sie leckte einen Blutstropfen weg, der aus ihrer Lippe ausgetreten war. Ihre Lippen waren rissig vor Trockenheit.

»Genau«, lächelte Daria. »Sie erinnern sich an dich ebenso wenig wie an mich. Du bist für sie genauso einzigartig, wie ich es für dich war.«

Ich hatte Daria einzigartig genannt. Die Einzigartigste. Ich hatte ihren Knochenbau und ihre Sprachkenntnisse, ihren Intelligenzquotienten und ihren Hintergrund als Turnerin gelobt. Ihr Lächeln war wolkenlos gewesen wie der Himmel über Texas und ihr Kinn wie ein perlmuttschimmernder Kaviarlöffel.

»Ich war mir schon sicher, dass auch du mich nicht erkennen würdest, selbst wenn ich meinen Namen gleich beim ersten Mal gesagt hätte, als ich mich neben dich setzte«, sagte Daria. »Du hast wohl nicht erwartet, dass ich dich finden würde? Früher als jeder andere.«

Mir fiel ein, wie ich einmal als Kind in einer Tunnelunterführung von meinem Vater getrennt worden war. Vater fand mich rasch wieder, aber ich hatte schon gedacht, ich würde ihn niemals wiedersehen, und unter der Mauer aus den dunklen Wintermänteln der Volksmenge würde etwas hervorkriechen und über mich herfallen, das ich mir nicht vorstellen konnte. Jetzt hatte ich dasselbe Gefühl. Nur würde mich jetzt niemand retten. Niemand außer mir selbst. Ich musste herausfinden, worum es ging.

»Können wir irgendwo anders darüber sprechen?«, fragte ich und betrachtete meine Hände. Das Blut war mir aus den Fingerspitzen gewichen.

Dnipropetrowsk
2006

Die Chefin der Firma breitete die Fotos meiner Verwandten auf dem Tisch aus. Darauf war ich nicht vorbereitet, denn ich hatte nicht geahnt, dass meine Fotos, die ich mitgebracht hatte, schon beim Vorstellungsgespräch so genau unter die Lupe genommen werden würden. Die Fotos von meinem Vater hatte ich seit Jahren nicht angesehen.

»Geht es dir gut?«, fragte die Frau, und erst da wurde mir bewusst, dass ich mir den Mund mit der Hand bedeckte.

»Ich hab einfach Sehnsucht nach ihm.«

Ich griff nach dem Taschentuch, das man mir anbot. Meine Sentimentalität überraschte mich selbst und war mir peinlich. Warum hatte ich mich nicht besser auf das Gespräch vorbereitet?

Ich hatte die Auswahl der Familienfotos meiner Mutter überlassen und behauptet, im Ausland hätte ich ein Album mit Familienfotos sehr vermisst. Wahrscheinlich hatte Mutter angenommen, ich plane einen Umzug. Sie versuchte, etwas aus mir herauszubekommen, aber nachdem ich den Stapel Fotos bekommen hatte, steckte ich ihn rasch in die Handtasche und schlüpfte hinaus. Ich vertraute darauf, dass Mutter kein Bild ausgewählt hatte, das ihre Tochter traurig stimmen würde. Wie zum Beispiel Fotos von der Beerdigung. Solche waren auch nicht dabei.

»Dein Vater ist durch einen Unfall ums Leben gekommen, richtig?«

Noch einen Augenblick lang betrachtete die Chefin die Fotos wie ein schlechtes Blatt beim Kartenspiel, holte dann eine Flasche und zwei Gläser aus dem Schrank und schob eine geöffnete Schachtel Pralinen vor mich hin. Ich konzentrierte mich auf das Gewicht des Kristallglases in meiner Hand und auf den Kognak, der meine zugeschnürte Kehle wieder lockerte, und befahl mir, mich zusammenzureißen. Ich hatte gepatzt: Keinen Gedanken hatte ich darauf verschwendet, wie mein Vater in den Augen eines Fremden wirken würde. Bei seinem Tod war ich vierzehn Jahre alt gewesen, und jetzt fühlte ich mich wieder wie vierzehn, in dem Bergwerk, in das Vater mich geführt hatte. Auf der zuoberst liegenden Aufnahme des Stapels hatten die Männer gerade ihre Schicht beendet und zündeten sich eine Zigarette an, zwischen den schwarzen Fingern leuchteten die Glutköpfe. Im Hintergrund war eine Wanne zu sehen, mit der sie aus dem Schacht gehoben worden waren. Jemand saß da, wickelte sich die Fußlappen ab und schnitt eine Grimasse, sodass seine Zahnreihen weiß schimmerten. Unter dem Kohlestaub sahen sie alle gleich aus, nur Vaters Gesicht strahlte unter den anderen sauber wie der Vollmond, und nur ihm fehlte das dritte Auge, die Stirnlampe.

Aus derselben Zeit stammte auch ein anderes Foto. Darauf stand Vater neben einem mir unbekannten Ledermantelmann. Beide zeigten ein zufriedenes Lächeln wie nach einem erfolgreichen Geschäftsabschluss. Hinter ihnen standen zwei Kleintransporter, *Buchankas*, und inmitten von all dem Grau, Schwarz und Braun leuchtete ein finkeneiblauer Laster der Marke *SIL*.

Auf dem neuesten Foto hatte Vater einen Dreitagebart und

war nur mit einem ärmellosen Unterhemd bekleidet, dessen vergilbte Kantenbänder herabbaumelten. Zwischen den Fingern hing ihm eine Zigarette, die in einem Mundstück steckte, und mit den Ellbogen stützte er sich auf den Küchentisch. Auf dem Fensterbrett wucherten unausgegeizte Tomatenstauden, die von kraftlosen, schief stehenden Pflanzstäben gestützt wurden. Zwischen einem offenen Gurkenglas und einer Emailschüssel mit einem Berg gekochter Kartoffeln stand eine Flasche Schnaps ohne Etikett. Die Stimmung wirkte niedergeschlagen, der schwere gläserne Aschenbecher verschwand fast unter einem Berg von Asche, die Streichholzschachtel war leer. Drei Gläser standen auf dem Tisch, aber Gäste waren nicht zu sehen. Ich erkannte die Wachstuchdecke und die Wand unserer Wohnung, deren dosenerbsengrüne Farbe. Ich hatte keine Ahnung, wer das Foto gemacht haben konnte und warum. Wo war der Vater, den ich in Erinnerung hatte, wo waren die Gesten des Besitzers und die Unbekümmertheit des Geldbeschaffers? Der Mann auf dem Foto war müde, Gerstenkörner und das Leben hatten seinen Blick niedergedrückt. Keine Spur mehr von der Pracht der Jugend, nicht einmal eine Ahnung.

Die Frau schob die Fotos zurück.

»Deine Mutter ist ein guter Beweis für die Vererbbarkeit der Fotogenität, wie auch dein Vater in jüngeren Jahren. Was ist danach passiert? Und was ist mit Snischne?«

»Dort haben wir eigentlich nicht gewohnt.«

»In deinem Lebenslauf steht, dass du dort zur Schule gegangen bist.«

»Nur kurze Zeit.«

»Aber dein Vater stammt aus Snischne, ebenso seine Eltern. Warum seid ihr denn überhaupt dorthin gezogen? Von Tallinn aus, in den 1990er-Jahren!«

Die Chefin schüttelte den Kopf. Ihre Frage ließ sie ganz offensichtlich an den Geistesgaben meiner Familie zweifeln, und auch ich tat das. Es war schon damals eine Dummheit gewesen, und ich zahlte immer noch dafür. Es war nicht wahrscheinlich gewesen, dass ich jemals die enge Kammer bei meiner Tante würde verlassen können. Ich hatte für den Job, um den ich mich bewarb, nicht die richtige Einstellung finden können, weil ich nicht wusste, worum es sich dabei handelte. Im weiteren Verlauf des Gesprächs begriff ich jedoch allmählich, worum es ging und warum Snischne von Bedeutung war.

»Röntgenbilder der Lunge«, sagte die Chefin. »Sagt dir das was?«

Verwirrt runzelte ich die Stirn, obwohl ich schon ahnte, was die Chefin meinte. Vom Tisch her sah mein Vater mich an. Er hatte seine Jugendfotos selbst entwickelt, die sich jetzt an den Rändern wie Birkenrinde einrollten. An manchen Aufnahmen waren dreieckige Befestigungselemente kleben geblieben, Mutter hatte die Fotos aus ihren eigenen Alben herausgelöst.

»Wir hatten einmal einen Kunden, einen amerikanisch-ukrainischen Umweltforscher, der eine Spenderin aus dem alten Heimatort seiner Familie haben wollte, aus Stachanow im Donbass, ganz in der Nähe von Snischne«, fuhr die Chefin fort. »Aber der Mann änderte seine Meinung und wählte ein Mädchen aus dem am wenigsten verschmutzten Gebiet der Sowjetunion, und das lag nicht in der Ukraine. Er wollte Risikomaterial vermeiden. Einige unserer westlichen Kunden sind sehr umweltbewusst. Wenn sie Snischne eingeben, sind die Ergebnisse nicht gut. Willst du das mal selbst ausprobieren?«

Der Monitor des Desktopcomputers wurde in meine Richtung gedreht.

»Schau mal.«

Die Chefin tippte einige Worte ein, und auf den Bildschirm flutete ein Anblick, der bei jedem Betrachter Entsetzen auslösen würde. Ebenso wie die letzten Fotos von meinem Vater.

»Unser Büro hat sich auf Dienstleistungen für Ausländer spezialisiert, und ein solcher Anblick ist kein guter Ersteindruck. Er weckt in den Kunden den Verdacht, dass unsere Mädchen durch das Geld motiviert sind, nicht durch die Berufung. Snischne macht den Eindruck einer armen und verzweifelten Stadt.«

Ich wollte mich schon vom Stuhl erheben, als die Chefin anfing, von den Zukunftsaussichten der Agentur zu erzählen. Das Interview war also noch nicht zu Ende. Sie hatte mir nur einen Dämpfer verpasst, indem sie mir klargemacht hatte, welche Einzelheiten meinen Verkaufswert minderten, und jetzt war für sie der Moment gekommen, statt der Klärung der nackten Fakten das Ganze etwas abzumildern und zu freundlichem Geplauder überzugehen. Sie erzählte, wie sie ihre Geschäftstätigkeit in den sowjetischen Großstädten Dnipropetrowsk und Charkow begonnen hatte, wo sich sowohl das Know-how als auch der Arbeitswille gefunden hatte, denn mit dem Zusammenbruch des Imperiums waren die Arbeitsplätze der Experten verloren gegangen. Die Pläne der Frau waren begeistert aufgenommen worden, und sie waren auch bei gewöhnlichen Menschen gut angekommen: Dank ihr war nicht die gesamte Ärzteschaft Richtung Westen verschwunden. Ich hörte der Chefin zu und begann mich für die Arbeit zu interessieren, nicht nur des Lohnes wegen. Ich interessierte mich für die Frau, für ihre Begabung, die man einfach bewundern musste, und für ihre Fähigkeit, die Chancen, die sich ihr boten, wahrzunehmen. Von diesem Moment an glaubte ich an sie. Ich wollte so sein wie sie.

»Wusstest du, dass in Charkow das erste Reagenzglaskind der GUS-Staaten entstand? Unser Pflegepersonal und unsere Forscher gehören zur Weltspitze. Was glaubst du, wird das den Kunden aus dem Westen genügen? Natürlich nicht. Wir müssen also unsere Vorgehensweise ändern«, klärte die Chefin mich auf. »Sie erkundigen sich nach dem Grundwasser, den Verschmutzungen, den Problemen, die die Bergwerke mit sich bringen, und nach den Auswirkungen, die all das auf die Erbanlagen hat. Andererseits brauchen wir für sie keine Bunker für die Stickstofftanks zu bauen wie für die Russen. Im Kiewer Büro zum Beispiel brauchen wir so etwas nicht, dort besteht unser neuer Kundenkreis vor allem aus Bürgern aus dem Westen, und genau die sind unsere vorrangige Zielgruppe.«

Ich überlegte, wie ich meine Chancen verbessern könnte.

»Von Dnipro findet man bestimmt schon gute Bilder im Netz«, bemerkte ich vorsichtig. »Es ist doch eine imponierende Stadt und ist es immer gewesen.«

Ich fürchtete immer noch, meine Jahre in Snischne könnten ihre Spuren hinterlassen haben in den Blutproben, den Röntgenaufnahmen von der Lunge und in den Tests, über die ich nichts wusste, und der Arbeitsplatz würde ein Wunschtraum bleiben. Meine Angst hatte keinen vernünftigen Grund, ich hatte nur keine Zeit gehabt, mir die Sache gründlich zu überlegen. Die Koordinatorin, mit der ich telefoniert hatte, war von meinen Fotos überschwänglich begeistert gewesen. Ich hatte mir eingebildet, ich würde das Geld gleich auf die Hand bekommen und aufs Land zurückkehren, nur um meiner Mutter zu sagen, dass wir das Darlehen von Iwan nicht brauchen würden. Ich hatte wenig Alternativen. Sicherlich könnte ich mir einen freigiebigen Mann suchen, aber das würde Zeit brauchen, und von den westlichen Hengsten hatte ich schon in den Jahren als Fotomodell genug gehabt. Dann aber erinnerte ich mich dunkel, dass ich vielleicht doch etwas wusste, mit dem ich meinen Wert steigern konnte. Etwas, wodurch die Chefin verstehen würde, dass ich für die Branche geeignet war.

»Ich habe alle nötigen Impfungen bekommen. Schon in Tallinn.«

»Was meinst du?«

»In dem Formular für die Vorauswahl ist danach nicht gefragt worden, und man hat mir auch kein Impfzeugnis abverlangt. Das hätte man doch tun müssen. Ich eigne mich also als Leihmutter, wenn nicht sogar als Spenderin.«

Die Frau plinkerte mehrmals. Daran hatte sie nicht gedacht. Vielleicht hatte ich noch eine Chance. Und wenn nicht jetzt, würde ich mir eine andere Agentur suchen und dann wissen, welche Kandidatinnen einen guten Stand hatten. Ich würde alles unter den Teppich kehren, was sich auf Snischne bezog, und den Ort aus meinem Lebenslauf tilgen. Oder ich würde ein weniger exklusives Büro finden. Die musste es ja wohl auch geben.

»Wenn Ihnen das noch keine Probleme bereitet hat, dann haben Sie Glück gehabt«, fuhr ich fort und nickte zum Foto meines Vaters hinüber. »Sein Freund war im Impfgeschäft tätig. Die Mädchen aus dem Donbass sind nicht wegen der Verschmutzungen ein Risiko, sondern deshalb, weil die Ortsansässigen Impfungen misstrauisch gegenüberstehen und die Hälfte der Kinder des Gebiets nicht geimpft ist. Andere wiederum haben dieselbe Impfung zu oft bekommen, weil die Schulen das geschäftsmäßig betrieben haben. Was für Folgen es wohl haben mag, wenn man einmal pro Schuljahr eine Impfung gegen Röteln bekommt? Und wenn nun eine nicht geimpfte Spenderin während des Prozesses an Röteln erkrankt? Sie wissen doch bestimmt, wie schlecht Röteln und Schwangerschaft zusammenpassen?«

Die Chefin spitzte die Lippen und sah mich mit neuen Augen an.

»Du bist ja ein pfiffiges Mädel«, sagte sie.

Auf ihrem Eckzahn leuchte ein kleiner Lippenstift-Schönheitsfleck. Sie lächelte, über mich und die Chancen, die sie jetzt sah, und ich betete im Stillen zur heiligen Mutter Gottes. Das hier musste klappen.

»In Bezug auf deinen Vater müssen wir uns etwas einfallen lassen. Und Snischne. Das vergessen wir. Für die Eltern deines Vaters werden wir einen neuen Heimatort erfinden. Du bist von Tallinn aus nach Paris gegangen, nicht wahr? So wie Carmen Kass?«

Mir war nicht klar, worauf sie hinauswollte. Kass kannte ich natürlich. Ein Agent aus Mailand hatte sie in der *Kaubamaja* in Tallinn entdeckt. Sie war in ihrer Karriere als Model erfolgreicher gewesen als ich. Oder intelligenter.

Wir gingen alle Einzelheiten durch, die von Bedeutung waren. Wenn die Kunden nach Tschernobyl fragten, sollte ich sagen, ich hätte zur Zeit des Unglücks mit meiner Familie in Tallinn gewohnt. Von dort waren meine Eltern später nach Mykolajiw gezogen, in die Nähe von Vaters Schwester, weil die sich angeblich nicht allein um ihre alten Eltern kümmern konnte. Weil ich keine neueren Fotos von meinem Vater besaß, verlegten wir seinen Tod in ein Jahr, in dem sein Äußeres noch etwas hergemacht hatte. Meinen Cousin, der im Afghanistan-Krieg gefallen war, beließen wir im Stammbaum, jedoch nicht die Tatsache, dass meine Tante den Verstand verloren hatte, als sie ihren Sohn im Zinksarg, aus dessen versiegelten Ritzen sich Maden herauswanden, zurückbekommen hatte. Die Kunden interessierten sich für die drei aufeinanderfolgenden Generationen, und deshalb war es das Beste, wenn es keine weiteren unnatürlichen Verluste gab, auch keine Krankheiten, von denen man annehmen konnte, dass sie in der Familie lagen, weder physische noch psychische.

»Falls jemand im Gefängnis sitzt, dann solltest du das jetzt sagen.«

»Gefängnis ist doch nicht erblich.«

»Aber Aggressivität ist es. Und es empfiehlt sich nicht, den Kunden diesen Witz zu erzählen.«

Ich wusste, was sie meinte. Bei uns sind die ehrlichen Menschen im Gefängnis, und die unehrlichen im Parlament.

Als ich fragte, ob man dann nicht den Stammbaum aller Ukrainerinnen aus dem Hut ziehen sollte, bekam ich als Antwort ein helles Lachen, das begleitet war von einem leisen Klopfen ihrer Fingernägel auf der Tischplatte, das wie ein Sommerregen klang.

»Die Leute aus dem Westen können nicht so denken. Der Vater einer Spenderin muss jedoch einen legalen Arbeitsplatz vorweisen können. Ich frage gar nicht danach, was für einen Unfall dein Vater hatte und wie es dazu gekommen ist. Von unseren *Kopankas* halten sie gar nichts. In so einem ist dein Vater doch gewesen, in einem illegalen Bergwerk?«

»Das habe ich nicht gesagt.«

»Und wie ist es mit dem Gefängnis?«

»Mein Vater starb, bevor er ins Gefängnis kam.«

»Du bist nicht die erste Tochter eines Bergmanns, die bei mir vorspricht, und auch nicht die erste, deren Familie von den Einkünften aus illegalem Kohleabbau lebt.«

Ich verstand sehr gut, dass die Geschichte meines Vaters für meine Akte ungeeignet war, wenn ich gut zahlende Kunden haben wollte. Trunksucht, Selbstmorde, assistierte oder echte, vor allem illegale Kohlegruben oder Mohnkulturen passten nicht ins Bild.

»Vergessen wir das alles und konzentrieren uns darauf, für dich eine passende Ausbildung zu erfinden. Eine abgebrochene Gesamtschulbildung genügt nicht. Wie wäre es also, wenn du die Tätigkeit als Model wegen deines Studiums abgebrochen und zum Beispiel die linguistische Fakultät der Universität Kiew absolviert hättest?«

Ich hatte den Test bestanden. Und war angenommen worden. Die Chefin nannte mich »Schaufenstermädchen« und wollte, dass ich nach Kiew zog, wo man den Kunden aus dem Westen einen besseren Service bieten konnte. Mir wurde sogar ein Vorschuss versprochen. Dann würde ich Mutter Geld geben können und wieder eine eigene Wohnung mit Bad und fließendem Wasser sowie ein neues Handy anstelle des alten, das in den letzten Zügen lag, bekommen. Vor mir lagen Restaurantbesuche, Espresso und das Leben einer Erwachsenen, nicht das einer Tochter, die in die heimische Enge zurückgekehrt war. Die Chefin organisierte mir Papiere, laut denen ich Lehrerin für Englisch und Französisch war, was wegen der Sprachkenntnisse, die ich mir im Ausland angeeignet hatte, vollkommen glaubhaft erschien, und laut meiner Gehaltsbescheinigung unterrichtete ich Fremdsprachen in kostenpflichtigen Abendkursen. Für die Visa wurde ein in der Bank gekaufter Kontoauszug benötigt. Der darauf ausgewiesene Betrag löste bei mir ungläubiges Gelächter aus, so vollkommen wirkte ich allmählich, ebenso mein Vater. Von ihm wurde vermerkt, dass er als Bauarbeiter bei einem Unfall ums Leben gekommen sei, und als sein letzter Arbeitsplatz wurde eine Baufirma aus Mykolajiw genannt. Wie die Chefin sagte, war das Unternehmen ein zuverlässiger Kooperationspartner in Situationen, in denen die Daten der Mädchen einer kleinen ästhetischen Korrektur bedurften. So wurde Snischne aus meiner eigenen und der Geschichte meiner Familie getilgt, als wäre niemand von uns jemals dort gewesen.

Ich war zu allem bereit gewesen, aber jetzt freute ich mich darüber, dass ich Leber und Nieren behalten durfte und nicht an die Türen der Eheanbahnungsinstitute zu pochen brauchte. Verglichen damit war das Spenden einiger Eizellen geradezu lächerlich mühelos.

Von diesen Spenden erzählte ich niemandem. Und niemand fragte später, wie ich in die Branche gekommen sei. Manchmal sagte meine Chefin, dass sie mich sofort geschnappt habe, als ihr klar geworden war, wie intelligent, international und sprachkundig ich war, und alle nahmen sofort an, dass ich in dem Büro direkt als Koordinatorin angefangen hatte. Meine Spenden waren vollkommen unwesentlich, und als ich in meiner Karriere vorangekommen war, fand ich, dass, wenn ich darüber gesprochen hätte, ich auf dieselbe Ebene gesunken wäre wie die Mädchen. Dann hätte ich meine Autorität verloren.

Dich habe ich nicht absichtlich belogen. Ich hielt diese Beschönigungen für harmlose kosmetische Korrekturen, wie alle sie vornahmen.

Helsinki
2016

»Du hast keinen Mann«, bemerkte Daria an der Theke der Bar. »Das sieht man. Und sonst? Hast du eine Datscha, ein Haus, wenigstens ein Auto?«

Ich tat, als hätte ich ihre Fragen nicht gehört, und bestellte für uns beide Kaffee und Kognak. Erst, als ich mein Portemonnaie hervorholte, ließ ich Darias Arm los. Meine Vorsichtsmaßnahme war unnötig gewesen: Sie hatte ohne Widerstand mit mir zusammen den Park verlassen, und das überraschte mich. Ich verstand immer noch nicht richtig, dass ich nicht mehr diejenige war, die Macht über sie hatte. Daria brauchte nicht mehr vor mir zu fliehen.

»Aber du hast doch wohl Arbeit?«

Ich trug die Getränke in eine freie Loge. Die Bar war wie jeder andere Pub in dieser Gegend, und wir waren Gäste wie alle anderen, die etwas trinken wollten, abgesehen davon, dass wir kein Bier bestellten. Es waren nur wenige Leute da, wie es zum frühen Montagabend passte, nur einige wenige überflüssige Augenpaare. Zwei Ausgänge, immer noch ohne Türsteher.

»Ich arbeite bei einer Übersetzungsfirma«, erfand ich.

»Du warst immer so gut in Sprachen.«

Ich bemühte mich, meine Erleichterung zu verbergen. Daria wusste nicht, womit ich mein Geld verdiente, vielleicht auch nicht, wo ich wohnte. Das war schon etwas, obwohl es die wesentlichste Frage nicht beantwortete: wie sie mich gefunden hatte, und wieso gerade jetzt.

»Na, erzähl schon, hat der Mann dich verlassen?«

Daria nahm aus der auf dem Tisch stehen gebliebenen Schale eine Handvoll Nüsse und setzte sich auf der Bank bequemer zurecht, als erwartete sie einen guten Film. Ich schwieg. Ich hatte nicht vor, ihre Vorstellungen zu korrigieren, und ließ sie glauben, ich hätte jemanden gehabt.

»Wart ihr verheiratet?«

Mein fester Griff um das Glas täuschte Daria nicht. Sie packte mein Handgelenk, öffnete meine Faust und las mein ganzes Leben aus der Hand. Meine entzündeten Nagelhäute entlockten ihr ein Schnalzen. Die Uhr, die aus meinem Ärmel hervorschaute, hatte meiner Mutter gehört und veranlasste sie, zu kichern. Mir war ohnehin klar, wie meine Hände so ohne Ringe wirkten.

»Kein Wunder, dass er dich verlassen hat.«

»Nein.«

»Du wärest keine gute Mutter geworden.«

Daria konnte nicht ahnen, wie tief ihre Worte mich trafen, und ich durfte mir das auch nicht anmerken lassen. Ich biss mir auf die Zunge und ließ ihren Blick meinen ausgeleierten Kragen, meine Putzfrauennägel und meine farblosen Wimpern mustern, denen die Verlängerung fehlte. Das Licht in der Bar war gnädiger als das grelle Licht der Frühlingssonne draußen, aber das half nichts. Nichts an mir ließ vermuten, dass ich ein Erfolgsmensch war. Vielsagend betrachtete Daria meinen Rucksack, und ihre Miene schien zu sagen, das ist also aus dir geworden. Mein Niedergang bereitete ihr offenkundig ein Gefühl des Behagens.

»Du kannst es dir nicht leisten, für mich zu bezahlen«, stellte sie fest, indem sie genießerisch den Kognak schwenkte, als wüsste sie, warum ich nicht ebenso eifrig zum Glas griff wie sie: weil die Preise in der Bar hoch waren und ich nicht glaubte, dass Daria die Rechnung übernehmen würde. Ich hatte immer alles bezahlt, wenn wir zusammen ausgegangen waren.

»Mir wird schon was einfallen. Sag einfach, wie viel.«

»Und was dann? Was glaubst du, was du für das Geld bekommst?«

»Das weißt du doch.«

»Auf unsere Freundschaft«, sagte sie, hob ihr Glas und lachte.

Darias Zähne waren immer noch weiß, nur auf einem Eckzahn hatte der Tabak eine kaum wahrnehmbare dunkle Stelle hinterlassen. Trotzdem konnte sie es sich nicht leisten, mich wegen meines desolaten Zustands zu verachten. War ihr denn nicht bewusst, wie sie selbst aussah? Früher waren ihre Nagelwälle gesund, die Nägel ihre eigenen und deren Oberfläche makellos wie bei einem Neugeborenen gewesen. Ihre Finger hatte man sich leicht auf den Saiten einer Geige vorstellen können. Jetzt hatten ihre Nägel Trauerränder, die Knöchel waren rau, und die einst so beneidenswerte Haut wirkte so dünn wie der Gästeausweis eines sowjetischen Hotels. Immerhin waren ihre Haare in besserem Zustand; die blonden Locken, die ihr früher bis zur Taille gereicht hatten, waren jedoch verschwunden. Stattdessen trug sie einen dicken, dunklen Bubikopf. Irgendetwas war mit ihr passiert, aber was? Am Krieg konnte es nicht liegen oder daran, wie es ihrer Familie ging. Diese Geschichten kannte ich. Um in so einen Zustand zu geraten, brauchte es Jahre.

»Du hast wohl gehofft, dass jemand anders dir vor mir auf die Spur gekommen wäre.«

Daria beugte sich über dem Tisch vor und betrachtete prüfend mein Gesicht, fasste mir an die Wange und kniff mich. Einen Augenblick lang glaubte ich, sie würde mir den Finger in den Mund stecken, um den Zustand meiner Zähne zu prüfen. Ich lehnte mich zurück, obwohl ich ihr meine Furchtlosigkeit hätte zeigen und ihren Blick direkt erwidern sollen. Ich wusste, wie man schwierige Mädchen in Schach hielt, nur hatte ich eine solche Situation noch nie allein bewältigen müssen.

»Wie schläfst du nachts? Traust du dich überhaupt, die Augen zuzumachen? Kein Wunder, dass du so aussiehst.«

Daria nahm ihr Handy aus der Tasche, drehte es einen Augenblick zwischen den Fingern, als überlegte sie, wen sie anrufen sollte, bis sie es vor sich hinlegte. Ein Blitz zuckte. Instinktiv bedeckte ich das Gesicht mit der Hand, aber zu spät.

»Diese Ringe unter den Augen«, kicherte Daria und vergrößerte das Bild auf dem Display, das in ihrer Hand leuchtete. »Was glaubst du, was man für dich bezahlen würde?«

Einen Moment lang dachte ich, sie schätze meinen Wert als Spenderin ein. Dann begriff ich, worauf sie anspielte. Vor meiner Nase schwenkte sie den frischen Beweis dafür, dass sie mich getroffen hatte, dass ich hier war, in Helsinki. Sie könnte mich, die Agentur, ihre alten Kunden, euch, überhaupt alle erpressen. Wollte sie mich an meine alte Chefin verkaufen? Würde das ihre letzte Rache sein? Oder war sie aus Geldknappheit darauf angewiesen, Prämienjägerin zu werden? Falls sie aber hinter mir her war, warum sollte sie mich dann an die Familie im Hundepark verraten? Wollte sie mich einfach nur ärgern? War sie so weit heruntergekommen, meine Daria?

»Die Welt dreht sich nicht nur um dich«, sagte sie. »Ich bin nicht deinetwegen gekommen.«

Ich hob den Blick und ließ ihn auf Darias Kinn verweilen, das spitz geworden war. »Und auch nicht wegen Geld.«

Ich brach in Gelächter aus und wandte mich ab, um aus dem Fenster zu schauen.

»Obwohl das deiner Ansicht nach natürlich ein unmöglicher Gedanke ist«, fuhr Darja fort.

»Was zum Teufel machst du dann hier?«

»Ich wollte die Familie sehen, nichts weiter.«

»Die Familie sehen? Willst du sie erpressen?«

»Ich wollte sehen, was aus dem Mädchen geworden ist.«

Krachend ließ Daria ihr Handy auf den Tisch fallen. Mir fiel nichts ein, warum sie hätte lügen sollen, und ich erinnerte mich daran, wie hungrig sie im Hundepark den Kindern nachgeschaut hatte. Wenn sie ihretwegen gekommen war, hatte sie nicht die Absicht, sich an mir zu rächen. Das war doch schon mal was.

»Das ist verboten. Du hast die Papiere unterschrieben. So geht das bei uns nicht.«

»Bei uns«, wiederholte Daria und zog eine Braue hoch.

Das war mir nur so herausgerutscht. »Uns« gibt es nicht mehr. Nicht die Chefin, nicht das Büro, nicht den eigenen Schreibtisch. Nicht die Kreditkarten. Nicht die Laufburschen. Niemanden, dem man befehlen könnte, eine unangenehme Sache zu erledigen. So hatte ich mich noch nie mit Daria unterhalten: ohne jeglichen Trumpf. Ich wusste nicht, was ich tun, was ich sagen sollte. Einen Moment lang überlegte ich, ob ich ihr endlich von meinen eigenen Spenden erzählen sollte. Würde das ihre Einstellung mir gegenüber ändern? Dann wäre ich für sie nicht nur die ehemalige Vorgesetzte, sondern wie eines der anderen Mädchen, ihresgleichen. Ich verwarf den Gedanken. Noch nicht, jetzt noch nicht.

»Nehmen wir noch mal das Gleiche?«

Daria schob das leere Kognakglas von sich fort. Sie erwartete, dass ich zum Tresen ginge. Sie hatte es nicht eilig, sah weder auf die Uhr noch zur Tür oder zum Fenster, senkte nicht die Stimme, und im Gegensatz zu mir ließ sie die Hände herumwandern und spielte mal mit dem Handy, mal mit dem Glas oder der Schale mit den Nüssen, und das lag nicht daran, dass sie nervös gewesen wäre. Es war ihr einfach egal, was ich von ihrem Benehmen hielt.

»Das Gleiche?«

Ich wartete nicht ab, dass sie möglicherweise unverschämte Wünsche äußerte. Die vier Zentiliter waren allzu schnell ausgetrunken. So beschloss ich, zu dem wesentlich günstigeren Branntwein überzugehen. Ich würde Daria die Mischung aus Kognak und Klarem als finnische Spezialität vorsetzen, die sie unbedingt kosten sollte. Von der Theke blickte ich zurück zum Tisch.

Daria saß wie angewurzelt an ihrem Platz mit dem Rücken zum anderen Ausgang der Bar. Auch wenn ich unbemerkt hinausgelangte, würde sie meine Flucht doch in wenigen Sekunden bemerken. Dann brauchte sie nur einen Anruf zu tätigen, mein Foto zu senden, und ich wäre verloren. Meine Leiche würden sie vom Dach eines Hochhauses werfen oder in Plastik oder einen Teppich wickeln und auf eine Baustelle oder ins Meer werfen. So würde niemand mit einer Freundin verfahren. Wir waren mal Freundinnen gewesen, jetzt aber waren wir es nicht mehr.

Daria schnupperte an ihrem Getränk. Ich wartete darauf, dass sie die Nase über den Kognakverschnitt rümpfen und mich auffordern würde, etwas anderes zu holen. Ein billigendes Nicken zeigte jedoch, dass mein Trick gelungen war.

»Auf die Familie im Hundepark«, sagte sie und hob ihr Glas. »Erzähl mir alles.«

»Ich kenne sie nicht.«

»Hör doch auf.«

Daria sprach langsam die Namen der Kinder der Familie aus. Ihrer Aussprache hörte man das lange Üben an, obwohl die finnischen Laute nicht zu ihrem Mund passten. Die Mädchen der Firma sollten nichts über den Nachwuchs ihrer Kunden wissen, am wenigsten den Namen auch nur eines einzigen Kindes. Unter dem Tisch ballte ich die Hand zur Faust.

»Bist du wegen der Kinder nach Helsinki gekommen?«, fragte sie.

»Aber nein. Ich wusste nicht einmal mehr, dass die Familie hier wohnt.«

»Und dann fiel es dir plötzlich ein?«

»Ja, genau.«

Ich führte mein Glas an die Lippen. Wieder kam die alte Uhr unter dem Ärmel zum Vorschein. Darias Blick glitt über mein Handgelenk und meine Nägel, und über ihre Mundwinkel huschte der Anflug eines Lächelns. Sie genoss die Situation, genoss ihre Überlegenheit. Hatte auch ich einst die meine genossen, auf dieselbe Weise? Hatte es auch mir Genugtuung bereitet, die Kandidatinnen auf dem Sofa meines Büros Platz nehmen zu lassen und sie nach Dingen auszufragen, die sie nicht erzählen wollten? Diese Fragen hatte ich mir nicht ausgedacht. Ich hatte lediglich die Worte, die ich schwarz auf weiß auf dem Formular vor mir hatte, wiederholt und die Antworten notiert. Daria hatten diese Worte nicht in Verlegenheit gebracht, und schon gar nicht hatte sie sie mir übel genommen. Sie hatte Arbeit gesucht und verstanden, was ihr das abverlangte.

Daria stupste mich mit dem Bierdeckel an.

»Ich bin der Familie zufällig auf dem Weg zur Arbeit begegnet«, behauptete ich.

»Und von da an hast du sie verfolgt. Willst du von ihnen Geld erpressen?«

»Ich?«

»Du. Du machst den Eindruck, als brauchtest du Geld. Warum sonst solltest du sie beobachten? Ich hab dich schon mindestens dreimal im Park gesehen. Ist das nicht etwas zu gefährlich für dich?«

»Ich gehe in den Hundepark, weil du mir fehlst.«

»Mach dich nicht lächerlich.«

»Das ist wahr, wirklich. Die Tochter der Familie hat dein Lächeln.«

Darias Kinn begann zu zittern; endlich hatte ich doch noch den richtigen Riecher gehabt. Die Tür der Bar ging auf, und der Luftstrom kühlte mir die Haut unter der Bluse, die mir am Rücken klebte. Ich wischte mir die Oberlippe. Meine Möglichkeiten waren begrenzt. Ich könnte jemandem von der Agentur eine anonyme Nachricht schicken, dass Daria gesehen worden sei, wie sie ihre alten Kunden ausspähte, aber diesen Gedanken verwarf ich sofort wieder: Daria brauchte ihnen nur das Foto zu zeigen, das sie von mir gemacht hatte, und mein Spiel wäre verloren. Das Beste wäre es, selbst zu flüchten. Jetzt gleich. Ich könnte mir vom Tisch Darias Handy schnappen, zur Tür hinauspreschen und den Bus zum Flughafen oder in den Hafen nehmen. Und dann? Zu fliehen war ein teurer Spaß, im Untergrund zu leben, noch teurer.

Ich ließ das Wasser laufen, bis es eiskalt war, und wusch mir das Gesicht, bevor ich nachsah, ob jemand versucht hatte, mich anzurufen. Ich tippte auf das Display: keine Nachrichten, keine unbeantworteten Anrufe. Kein Grund zu der Annahme, dass zu Hause nicht alles in Ordnung sei, und doch starrte mich aus dem Spiegel der Damentoilette eine verängstigte Frau an, als ich Mutters Nummer wählte und der Signalton in meinem Ohr wie ein Nebelhorn dröhnte, zu lange. War inzwischen doch etwas passiert? Warum hatte ich nicht versucht, Mutter gleich vom Park aus zu erreichen? Ich wollte Daria nicht zeigen, dass ich in Helsinki niemanden hatte. Ich hatte nicht Darias Interesse wecken wollen, indem ich telefonierte, und das war vielleicht ein Fehler gewesen.

»Ist etwas passiert?«, fragte Mutter.

Sie meldete sich. Sie war zu Hause. Es ging ihr gut. Sie war dabei, Abendbrot zu machen wie an jedem anderen Tag. Ein Kochtopf schepperte stählern im Hintergrund, und durch den Raum dröhnten Nachrichten aus der Ukraine. Vor Erleichterung musste ich mich gegen die Kachelwand lehnen.

»Warum hat es so lange gedauert, bis du rangegangen bist?«

Meine Stimme klang noch nicht wieder normal. Sie war dünn wie eine Notfallpfeife und ließ meine Mutter aufmerken. Sie schaltete den Computer ab, und das Radio verstummte.

»Du klingst so seltsam.«

»Es dauert noch einen Augenblick. Ich muss unerwartet Überstunden machen.«

»So?«

Mutter merkte immer, wenn etwas nicht stimmte. Ähnliche Anrufe hatte ich auch früher schon getätigt, wenn auch aus anderen Gründen. Manchmal hatte ich nur einen Augenblick Ruhe haben wollen. Manchmal mich einfach nach Stille gesehnt. Das verstand Mutter. Sie verstand, dass ich meine Tränen lieber allein weinte. Manchmal allerdings schien sie zu überlegen, ob ich mir etwas antun würde, und dann hätte ich ihr gern auf die Hand geklopft, die sie mir fürsorglich auf die Schulter legte. Diesmal hatte Mutter den richtigen Riecher.

»Sollte ich mir jetzt Sorgen machen? Oder packen?«

»Dramatisier jetzt nichts. Wir sehen uns später.«

Ein etwas angeschickertes schlampiges Mädchen kam hereingestolpert und knallte die Tür zu. Noch einmal drehte ich den Wasserhahn auf, wartete, bis das Wasser kalt war, und wischte mir mit einem nassen Papierhandtuch über den Hals. Um wieder einen klaren Kopf zu kriegen, trank ich direkt aus dem Hahn. Ich durfte keinen Rausch bekommen, nicht jetzt, aber ich wusste nicht, wie ich den Abend beenden sollte. Wenn Daria im Hotel übernachtete, sollte ich sie dann dorthin begleiten? Und wenn sie nun kein Nachtquartier hatte und sich bei mir aufdrängte? Ich wollte Daria nicht zeigen, wo ich wohnte. Wiederum … Woher sollte ich wissen, ob sie mir nicht schon früher vom Hundepark nach Hause gefolgt war? Und falls das so war, warum zeigte sie sich mir dann erst jetzt?

Meine Finger machten sich wieder daran, die Liste meiner Telefonnummern durchzublättern. Das waren nicht viele. Es gab darin nur Kontaktdaten von Leuten, bei denen ich putzte, sowie die Nummer des Chefs der Reinigungsfirma. Ich hatte keine Freunde mehr, niemanden, den ich um Hilfe bitten konnte, außer Mutter, und diesmal würde sie mir nicht helfen können. Wieder überkam mich die Sehnsucht zum falschen Zeitpunkt. Ich sehnte mich nach dir.

Wieder stellte ich Kognakverschnitt auf den Tisch und hoffte, dass die bestellten Zwiebelringe bald kämen. Meine Annahme, Daria mache sich nichts aus Alkohol, war ein Irrtum gewesen. Sie hob das Glas.

»Trinken wir auf die Frauen? Auf alle Mütter, was meinst du?«

Ich hob mein Glas und bemerkte, dass Darias Handy vom Tisch verschwunden war. Schon allein deswegen zuckte ich zusammen, als die Außentür knallte, und musste zwanghaft einen Blick hinter mich werfen. Wie lange hatte Daria mich schon verfolgt, wie oft fotografiert? Tage, Wochen, Monate oder noch länger? Was, wenn sie den Hyänen, die hinter mir her waren, schon Fotos von mir geschickt hatte? Ich wusste nicht, wer sich als Erster auf mich stürzen würde: meine ehemalige Chefin, du oder dein Laufbursche oder ihr alle zusammen als eine gemeinsame Front.

Die Zwiebelringe kamen nicht. Ich ging zu dem hinter der Theke hantierenden Kellner, um ihn zur Eile anzutreiben und auf Darias Verlangen noch weitere Getränke zu bestellen. Sie war schon ziemlich betrunken. Ich versuchte, die Lage zu verbessern, indem ich nach örtlichem Brauch außer dem neuen Schnapsglas auch ein großes Glas Wasser vor sie hinstellte. Daria ergriff es mit hochgezogenen Brauen, steckte den Finger ins Wasser und bespritzte mir das Gesicht.

»Was soll ich denn damit?«

»Es trinken.«

»Seit wann trinkst du denn Kognak zusammen mit Wasser? Mit Wasser aus dem Hahn?«

Daria schüttelte den Kopf wie ein Kellner in der Ukraine, wenn der Gast zu einem Gericht neigt, das er nicht empfehlen kann. Diese Geste war immer verstohlen-vertraulich und der Blick direkt. Jetzt sah Daria mich ganz genauso an und wirkte überraschend klar, obwohl in ihren Augen der Rausch glänzte. Als wüsste sie mehr über mich, als sie wissen sollte. Ich wandte das Gesicht dem Fenster zu und konzentrierte mich darauf, die Rentner zu beobachten, die auf der Straße stehen geblieben waren und plauderten. Beide waren von aufrechter Statur. Ich konnte förmlich hören, wie sie von ihren Urlaubsreisen sprachen und von ihren zahlreichen Hobbys und wie sie von den neuen Kartoffeln schwärmten, die sie jetzt kaufen würden.

Daria zuckte die Achseln und schlug einen neuen Trinkspruch vor. »Auf Helsinki, die Stadt der überraschenden Begegnungen?«

Geräuschvoll stellte sie das leere Glas auf den Tisch zurück. Es war klein, der Weinbrand verschwand zu schnell, und mir graute vor der Rechnung.

»Warum bist du eigentlich hierhergekommen?«, fragte Daria und sah sich bedeutungsvoll um. »Helsinki ist nicht Paris und auch nicht London oder Wien.«

»Helsinki ist eine ganz gute Stadt.«

»Antworte«, schnauzte Daria.

Einen Augenblick schluckte ich. Ich erkannte diese Frau nicht wieder. Wozu war sie imstande, was wollte sie? Die Familie aus dem Hundepark würde sicherlich ein hübsches Sümmchen dafür hinblättern, dass wir uns nicht in ihr perfektes Leben einmischten, und meine ehemalige Chefin würde für mich noch mehr bezahlen. Das musste für Daria verlockend sein, egal, was sie behauptete. Den Sack voller Geldscheine, den du anbieten würdest, wagte ich mir gar nicht vorzustellen. Daria würde dadurch Millionärin, ja, Dollarmillionärin.

»Ich habe zufällig einen finnischen Pass bekommen«, sagte ich probehalber.

Sie nickte, die Antwort war gut genug gewesen. Einen Pass dieses Landes zu besitzen, war für jedermann ein Glücksfall. Ich machte jedoch den Fehler, meinen Rucksack instinktiv näher zu mir heranzuziehen, und das bemerkte Daria.

»Lass mal sehen.«

Ich biss mir auf die Lippen. Ich konnte nicht behaupten, dass ich den Pass zu Hause gelassen hatte. Ein Mensch in meiner Lage konnte niemals sicher sein, wann es auf die Reise ging, und das wusste Daria. Sie schnappte sich den Pass aus meinen widerstrebenden Fingern, bog mit professionellem Griff die roten Deckel und stellte fest, dass er echt war.

»Die finnische Staatsangehörige Ruslana Toivonen.« Sie horchte dem Namen nach. »Wer ist Ruslana Toivonen?«

»Das weiß ich nicht. Eine Ukrainerin, die mit einem Finnen verheiratet ist. Sie zog nach Schweden und hat aus Geldnot ihre Papiere verkauft.«

»Mit diesem Pass bekommt man legal eine Arbeit«, sagte Daria. »Da hast du Schwein gehabt. Auch wenn die Frau jünger ist als du.«

Ich streckte die Hand aus, wollte meinen Pass zurückhaben.

»Ich könnte ihn verwahren«, sagte Daria. »Genau so, wie du meine Papiere verwahrt hast.«

Ich lehnte mich zurück und hatte wieder den Drang, meinen Rucksack an mich zu drücken, schaffte es aber, die Bewegung abzubremsen. Das sollte Daria nicht noch einmal auffallen. Sie wusste nicht, dass ich auch Ruslana Toivonens Führerschein und ihre Krankenversicherungskarte bei mir hatte. Auch die hatten zu dem dicken Bündel von Dokumenten gehört, das ich mir beschafft hatte. Sogar der Pass der Frau, die als Ruslana Toivonens Mutter galt, war in dem Paket enthalten gewesen. Leider hatte es keine anderen Papiere umfasst, die sich als Reisedokument für eine Frau meines Alters geeignet hätten. Ich würde mich mit keinen fremden Papieren auf die Flucht machen können. Von meiner neuen Identität wusste Daria jedoch so gut wie nichts. Wie hatte sie dann auf meine Spur kommen können? Hatte sie die Reisen meiner Mutter nach Finnland beobachtet? Das bezweifelte ich. Mutter hatte immer sehr gründliche Sicherheitsvorkehrungen getroffen, und niemand sonst hatte es geschafft, mich über sie zu finden. Nicht meine ehemalige Chefin. Nicht du. War es wirklich so einfach gewesen, dass Daria die Familie aus dem Hundepark ausfindig gemacht hatte und dabei auf mich gestoßen war? Konnte das wirklich Zufall sein?

»Sind die biometrischen Merkmale von dir oder von dieser Ruslana Toivonen?«, fragte Daria.

»Am Flughafen von Helsinki kommt man auch ohne durch.«

»Du hast offenbar keine Zeit gehabt, auf einen perfekten Pass zu warten. Du hast genommen, was du kriegen konntest, und darauf vertraut, dass du Glück haben würdest. Weißt du, manchmal hab ich versucht, mir vorzustellen, wie deine Flucht war.«

Daria imitierte Entsetzen und drückte meinen Pass an die Brust, als würde sie von einem Infarkt gebeutelt, bis sie in Gelächter ausbrach. Ein zweites, ebenso gutes Paket Papiere würde ich nirgends mehr bekommen, und deshalb musste ich Daria mit meinem kostbaren Dokument spielen lassen, musste zulassen, dass sie es abfotografierte und so tat, als zerrisse sie es, als hätte es keinerlei Bedeutung, damit sie nicht begriff, wie wichtig der Pass für mich war.

»Weißt du noch, wie wir einmal auf dem Flugplatz in die Krallen eines Zollbeamten gerieten? Zuerst sah er sich unsere Pässe ruhig an, dann riss er Seiten heraus und sagte, mit solchen Propusken komme man nirgendwohin. Die Chefin war außer sich. Ich hatte sie noch nie so wütend gesehen.«

Der Korb mit den Zwiebelringen kam.

»Nach deinem Coup war die Chefin noch verwirrter als

damals. Jedes einzelne Mädchen wurde verhört, ganz besonders ich. Alle waren sich sicher, dass ich etwas wusste.«

»Aber du hast nichts erzählt.«

»Was hätte ich erzählen sollen?«

Daria warf mir den Pass zu. Er traf mich an der Brust.

»Hol noch was zu trinken.«

Zwischen uns wuchs allmählich eine unsichtbare Mauer, und Daria begann zu lallen. Ich wusste nicht, wie sie sich im schlimmsten Rausch verhalten würde, ob sie mich noch mehr verspotten, einen Streit vom Zaun brechen oder sentimental werden und sich mir anvertrauen würde. Ich hoffte auf Letzteres, aber vergeblich. Eine plötzliche Übelkeit trieb Daria auf die Damentoilette. Ich leerte verstohlen ein Glas Wasser. Aus der Tasche kramte ich die Sternsalbe heraus und atmete ihren Duft nach Kampfer und Menthol tief ein. Ich hatte immer noch Dinge, um die ich kämpfen wollte.

Die Tür der Toilette schwang auf, Daria kam in den Saal gewankt und strebte der Außentür zu. Ich sammelte meine Sachen zusammen, eilte ihr nach und bot mich an, sie dorthin zu bringen, wo sie übernachten wollte. Das zu klären, dauerte ein Weilchen. Schließlich gelang es mir, ihr den Namen des Hotels zu entlocken. Danach fühlte ich mich erleichtert. Immerhin wollte sie sich nicht bei mir zu Hause aufdrängen und lehnte es nicht ab, von mir per Taxi ins Hotel gebracht zu werden, wenn sie sich auch gegen den Sicherheitsgurt wehrte, den ich ihr über die Brust legen wollte, als wir im Taxi saßen. Ich ließ sie in Ruhe, klinkte meinen eigenen ein und erinnerte mich an Alexejs Miene, als ich ihm eine Neuerung vorgeschlagen hatte: Ich hatte verlangt, er solle in unserem Dienstwagen die Sicherheitsgurte hervorholen, die in die Polster der Rücksitze versenkt waren. Meinst du das wirklich? Alexejs Miene hatte die Frage ausgedrückt, ob die Westler verrückt seien. Ich hatte darauf bestanden, und Alexej hatte sogar die abgeschnittenen Gurte durch neue ersetzt. Durch solche kleinen Einfälle hatte ich das Vertrauen meiner Chefin erlangt; ich wusste, was die Westler wollten.

Als das Taxi sich in Bewegung setzte, drückte Daria mir die Hand und murmelte etwas, was ich nicht verstand, bis mir aufging, was sie gesagt hatte: »Wir werden immer Freunde sein, nicht wahr?«

Daria hatte die Augen geschlossen, und ich wusste nicht, ob sie mich überhaupt gemeint hatte. Das Gemurmel setzte sich fort in Form einzelner Wörter, die keinen Sinn ergaben. Etwas von schlechten Eltern, etwas von schlechter Gesellschaft, in der das Mädchen aufgewachsen war, etwas darüber, was für einen schlechten Bruder sie hatte, wie auch eine schlechte Mutter und das falsche Leben. Ich verstand nicht, von wem sie sprach. Auf Nachfrage bekam ich keine Antwort. Ich wandte den Kopf zum Fenster.

Wir waren schon einmal zusammen im Taxi unterwegs gewesen und hatten einander die Hand gedrückt, und obwohl Alexej vorsichtig gefahren war, hatte jedes Schlagloch Daria stöhnen lassen. Die Fahrt zur Klinik in Dnipro war nicht lang. Dennoch erschien sie mir endlos, und ich war mir sicher, ich würde Daria nicht allein lassen. Trotz der Pelzmäntel hatten wir beide kalte Hände. Darias Gesicht war geschwollen, und die Ringe steckten an ihren Fingern fest. Sie beklagte sich jedoch nicht, sie klagte niemals. Wenn alles gut ginge, würde ich Büroleiterin werden. Meine Chefin würde befördert werden und es mir überlassen, das ganze Land zu betreuen, und sie selbst würde sich auf die Leitung der übrigen Agenturen in Europa konzentrieren. Damals war alles möglich gewesen, jetzt konnte ich höchstens hoffen, zu überleben.

Der Taxifahrer warf ab und zu durch den Spiegel einen Blick auf die Rückbank, und die Laute, die Daria von sich gab, ließen seine Miene ernst werden und mich über Zusatzkosten für die ohnehin schon teure Taxifahrt nachdenken, falls Daria sich übergeben würde. Vergeblich drängte ich ihr eine kleine Plastiktüte auf, die ich in meiner Tasche gefunden hatte. Mein Mitgefühl war ganz aufseiten des Fahrers. Früher wäre es das nicht gewesen. Früher hätte ich nicht darüber nachgedacht, wer die Spuren der Übelkeit beseitigen würde. Meine neue Denkweise war die einer Putzfrau, und das war mir zuwider.

Meine Liste der guten Dinge war mir aus der Tasche gefallen, als ich die Plastiktüte herausgezogen hatte; ich bemerkte das weiße Papier im Fußraum erst, nachdem ich schon eine Weile darauf herumgetreten hatte. Ich hob es auf und wischte die Spuren meiner Schuhe davon ab. Zuoberst stand mein neuester Eintrag. Den hatte ich erst vor ein paar Stunden gemacht, weil ich mich außergewöhnlich wohlgefühlt hatte. Auf dem Weg zur letzten Wohnung, die ich an diesem Tag putzen sollte, hatte ich sogar vor mich hin gesummt und, als ich das bemerkte, leise gelacht. Ich lebte. Bald würde der Frühling erblühen, vielleicht nicht die Kastanien von Kiew, auch nicht die Akazien und die Pappeln dieser Stadt, aber blühen würde er. Dieser Anfall von Heiterkeit veranlasste mich zu einem Entschluss: Der sechste Sommer meines neuen Lebens sollte ein guter Sommer werden. Meine Nervosität sollte ein Ende haben. Die Erinnerungen würden verblassen, die blauen Flecke abheilen. Vielleicht könnte es auch ein neues Glück für mich geben.

Mein Beschluss veranlasste mich, das Verzeichnis hervorzuholen, in dem ich schon seit langer Zeit die positiven Seiten meines neuen Lebens vermerkte. Der erste Buchstabe torkelte, als hätte ein Kind ihn geschrieben, und der in meiner Hand zitternde Stift drückte sich durch das Papier. Trotzdem gelang es mir, das Wort »Heimatstadt« hinzuschreiben. Ich hatte einen Ort, den ich Heimat nennen konnte und auf dessen Straßen ich trällerte. Das ungeschickt hingeschriebene Wort verschwand nicht vom Zettel, obwohl ich die Augen schloss und sie wieder öffnete. Vielleicht war es wahr.

Daria war in einen röchelnden Schlaf gesunken, ihr Kopf lehnte gegen die Fensterscheibe des Taxis. Ich schaute auf meine Liste, die genau für solche Augenblicke der Verzweiflung bestimmt war. Sie sollte mich daran erinnern, dass viele Dinge gut waren, sogar besser als früher. Jeder einzelne der Menschen, die ich bediente, war angenehmer als auch nur einer von denen, um die ich mich in meinem früheren Leben so intensiv gekümmert hatte, und deshalb prangte das Wort »die Kundschaft« am oberen Ende meiner Liste. Ganz zuoberst stand »Hundepark«.

Manche Dinge, die ich für bedeutende Errungenschaften gehalten hatte, erschienen mir plötzlich kindisch, obwohl ich noch gut in Erinnerung hatte, wie ich zum ersten Mal eine Nacht durchgeschlafen hatte, ohne immer wieder aufzuwachen. Am Morgen hatte ich mein heiteres Lebensgefühl für eine Krankheit gehalten, bis ich begriffen hatte, worum es sich handelte, und hatte die Sache gleich in mein Verzeichnis aufgenommen. Kurz darauf hatte ich hinzugefügt, wie unbesorgt ich direkt am Rande des Fahrstreifens bei der Bushaltestelle wartete. Ich fürchtete nicht mehr, jemand würde mich vor den Bus stoßen, und mein Herz beschleunigte sein Klopfen nicht mehr zu einem wilden Galopp, wenn ein Auto mit dunkel getönten Scheiben an mir vorbeisauste. Die Metro hatte sich eine eigene Zeile verdient. Ich hatte geübt, entspannt wie eine Einheimische den leuchtend orangefarbenen Bahnsteig entlangzuschlendern, um auch das auf die Liste setzen zu können. Sie spornte mich an, dafür ständig neue Dinge zu ersinnen. So verliebt war ich in die U-Bahn meiner neuen Heimatstadt. Sie verlief so nahe der Erdoberfläche, sie war so offen, so hell, so vollkommen passend zu der Lebensart dieses Landes. Jetzt erkannte ich, dass sie niemals für mich bestimmt gewesen war. Das hatte ich nur geglaubt. Wie hatte ich mir nur einbilden können, dass diese Stadt jemals etwas so Dauerhaftes für mich werden könnte wie ein Zuhause?

Dnipropetrowsk
2007–2008

Ich betrachtete die Aussicht, die sich mir von meinem frisch renovierten Büro aus eröffnete. Eine alte Frau mit krummem Rücken fegte die Straße, und ihr Besen verursachte auf dem bröckeligen Asphalt ein kratzendes Geräusch, wie Kreide auf einer Schultafel. Mit einem Finger hielt ich mir das freie Ohr zu, am anderen Ende der Leitung war meine Tante.

»Hörst du mich? Deine Mutter will sich nur unterhalten«, sagte sie.

Ich erriet, worum es ging. Wenn meine Mutter sich nicht traute, die Sache selbst zur Sprache zu bringen, gab es dafür nur eine einzige Erklärung. An ihrer Tür erschien in regelmäßigen Abständen die Bekannte einer Bekannten einer Bekannten, die hoffte, ich könne ihre Tochter auf dem Modelmarkt unterbringen. Mit diesen Landeiern war selten etwas anzufangen. Trotzdem hatte ich nach meiner Beförderung einige von ihnen als Spenderinnen angenommen, zwei an den verantwortlichen Koordinator für Leihmütter weitergeleitet und ein paar andere gegen Honorar zu vertrauenswürdigen Ehevermittlungen geschickt. Ich wollte die ganze Sache vom Hals haben und rief deshalb meine Mutter an, nachdem ich das Gespräch mit meiner Tante beendet hatte.

»Hör mir wenigstens einen Moment zu! Diese Daria, die ist

ein Klasse Mädchen«, sagte Mutter. »Von ganz anderem Kaliber als die anderen.«

»Das hast du schon öfter gesagt.«

Vor mir sah ich ein Mädel mit allzu heftig blondiertem Haar und in einer Bluse mit Tigerstreifen – ein dummes Ding, das ich meiner Chefin auf keinen Fall vorstellen konnte. Ich drückte die Spitze meines Füllers in den Kalender. Wenn nicht der nächste Kunde schon gewartet hätte, hätte ich meinen Ärger mit hundert Gramm Kognak hinunterspülen können. Ich mochte keine Bettler.

Die alte Frau, die die Blätter zusammenfegte, war an der Ecke des Gebäudes angekommen. Um den Kopf trug sie ein geblümtes Tuch, dessen Farben mir bekannt vorkamen. Mutter hatte ein aus dem gleichen Stoff genähtes Mantelkleid gehabt. Zuletzt war es in Snischne zu Wischtüchern für den Fußboden zerschnitten worden.

»Vielleicht erinnerst du dich nicht an sie? Daria war damals noch klein.«

»Wann?«

Ich wusste sehr wohl, um wen es ging, fragte aber trotzdem nach. Die blonden Haare, die zu Pfingstrosen aufgebauschten Zopfbänder, die schorfigen Kinderknie unter dem kurzen Kleid. Das Mädchen hatte von der anderen Straßenseite zu mir herübergeschaut, so wie jüngere Gören die älteren beobachten, neugierig und schüchtern, und ich hatte vor unserem neuen Haus in Snischne einen drei Tage alten Kaugummi gekaut, mein Leben verflucht und im Kopf Pläne gewälzt, wie ich aus diesem Loch herauskäme, in das meine Eltern mich geschleppt hatten. Mein Vater trommelte auf dem Lenkrad herum und wartete im Auto auf einen Mann, der gerade mit einem jungen Bengel sprach und den ich als Vater des Mädchens erkannte. Nach dem Ende ihrer Beratung entdeckte der Mann seine Tochter, die sich hinter einem Strommast versteckt hatte, und brüllte sie an, sie solle hier verschwinden und sofort nach Hause gehen. Das Mädchen erschrak und rannte davon. Der Mann sprang ins Auto, und der *Schiguli* gab Gas und hoppelte, eine schwarze Rauchwolke hinterlassend, davon, einer Sache entgegen, wegen der mein Vater auch in dieser Nacht nicht nach Hause kommen und die der Grund dafür sein würde, dass meine Mutter wieder keinen Schlaf finden, sondern in einem Kreis herumlaufen würde, der immer kleiner und kleiner wurde, bis sie stehen blieb.

Ich wollte Daria nicht treffen.

Ich berief mich darauf, dass ich beschäftigt sei, und brach das Gespräch ab, während Mutter noch weiterredete. Einen Augenblick lang klopfte ich mit meinem Stift auf den Tisch und öffnete dann das Fenster, um mich abzukühlen. Ein Regenschauer hatte die bunten Regenschirme der Frauen und die schwarzen der Männer auf der Straße erscheinen lassen. Wieder klingelte das Telefon. Mutter, natürlich. Ich war gereizt. Ich war nicht jedem Benachteiligten verpflichtet, den Mutter zufällig kannte. Andererseits – wenn ich ihrer Bitte nachkäme, könnte ich erklären, warum ein Dummchen aus Donezk zu nichts taugte, und würde es so vielleicht schaffen, Mutters Eifer zu zügeln, mich mit weiteren derartigen Flittchen zu behelligen.

Abschätzend betrachtete ich Darias Figur und verweilte bei ihren Beinen. Das neue Sofa, auf dem das Mädchen saß, entsprach dem skandinavischen Geschmack, und Daria passte zu dem in aristokratisch grünlichem Ton gestrichenen Hintergrund so perfekt wie ein in einem Wiener Fachgeschäft gekaufter Handschuh an die Hand. Dennoch setzte ich meine Begutachtung fort. Mal lächelte ich, mal schnaubte ich, damit sie sich nicht zu viel einbildete. Ich wollte nicht, dass sie glaubte, sie hätte eine Sonderposition inne, nur weil meine Mutter ihre Eltern gekannt hatte. Doch tief im Innersten war ich überrascht. Nichts an dem Mädchen erinnerte an Snischne. Eher sah ich mich selbst in ihr, als ich zum ersten Mal meine Pariser Agentur besuchte und darauf wartete, aufgerufen zu werden, stumm angesichts der Eleganz der Menschen, die den Korridor entlanggingen. Ich war mir sicher gewesen, dass ich den Ansprüchen der Agentur nicht gerecht werden könnte. Dass es sich um einen Irrtum handelte und ich jeden Moment wieder auf den Rückflug nach Hause geschickt werden konnte.

Ich schob meinen Stuhl zurück und betrachtete prüfend die Füße des Mädchens, die unter dem Sofatisch hervorschauten. Wie andere Langbeinige trug sie flache Sandalen, und ihre Fersen ragten einen Zentimeter über die Sohlen hinaus. Es waren Schuhe, die völlig ungeeignet waren für das herbstliche Wetter. Genauso, wie es auch bei mir gewesen war. Genauso wie bei uns allen, die wir es uns nicht leisten konnten, neue Schuhe zu kaufen, bei uns allen, die wir unsere Mütter nicht daran zu erinnern wagten, wie schnell unsere Füße wuchsen, und deswegen weiterhin in Sandalen durch die Gegend liefen, in den Sandalen vom Vorjahr, und in jahrealten Sandalen liefen wir immer noch herum, als unsere Wachstumsphase längst vorbei und das Wetter für Sommerschuhe schon zu kalt war. Das verriet mir etwas über Darias Charakter, der zu dieser Arbeit passte. Das Mädchen ertrug meinen Blick und ließ sich nicht aus der Ruhe bringen, als ihr klar wurde, auf welchem Gebiet ich tätig war. Stattdessen schien sie froh zu sein darüber, dass unser Büro nicht auf Mädchen spezialisiert war, die Sponsoren suchten. Das hatte sie wohl zunächst vermutet, war aber trotzdem gekommen.

Ich war daran gewöhnt, dass bei meinen klinisch klingenden Fragen nach den Sexpartnern die Ohren der Mädchen rot erglühten, und ich erriet all die unausgesprochenen Gedanken, die das Thema weckte. Die Mädchen empfanden die Erkundigung nach Geschlechtskrankheiten als gegen sie selbst gerichtete Zweifel und zögerten mit der Antwort, wenn ich wissen wollte, wie viele Sexpartner sie in ihrem Leben gehabt hätten. Daria war eine ganz andere Kategorie. Sie wurde nicht nervös, obwohl ich fragte, ob sie sich auf diese, jene oder noch eine dritte Krankheit habe testen lassen oder ob sie Sex gehabt habe mit jemandem, der sich selbst auf ein venerisches Leiden hatte testen lassen. Als Nächstes ging es um das Thema Drogen, und ich fragte sie eindringlich, ob sie während des letzten halben Jahres intime Beziehungen im Austausch gegen Drogen oder Geld gehabt habe, aber Daria erschrak immer noch nicht, geriet nicht in Verlegenheit, ja, wurde nicht einmal rot. Ihre Stirn blieb glatt wie die Oberfläche eines stillen Sees, und ihre Hände bewahrten die Haltung, die der von zu Schwänen gefalteten Servietten glich. Das Formular für die Vorauswahl war auf die Amerikaner abgestimmt, die strenge Kriterien liebten. Für mich war es etwas anderes, ein vortrefflicher Test des Charakters der Kandidatin, und Daria bestand ihn mit Bravour.

»Ich habe es nicht eilig, aber könnten Sie trotzdem sagen, wann ich möglicherweise das erste Geld …«

Daria senkte den Blick und begann, nicht vorhandene Fusseln von ihrem Rock zu zupfen. Ich riss mich zusammen. Eben noch war Daria elegant gewesen wie eine gedeckte Tafel in einem Fünf-Sterne-Restaurant, aber durch diese Frage begann das Bild zu bröckeln.

»Üblicherweise zahlen wir, wenn ein Kunde gefunden ist, der sich zu dem Projekt verpflichtet«, entgegnete ich. »Davor müssen wir alle Tests durchführen, die Ergebnisse abwarten und schauen, ob wir dich auf die Listen setzen können.«

Ich hatte selbst auf diesem Platz gesessen und mich in meiner späteren Position an alle möglichen Darbietungen und an die dabei fließenden Glyzerintränen gewöhnt, und dennoch erstaunte mich die Wandlung, die ich an Daria beobachten konnte. Auch ich hatte gedacht, ich würde sofort Geld bekommen, und wäre bereit gewesen, sehr weit zu gehen, um mit einem Geldbündel in der Hand nach Hause zu fahren. Daria wäre zu sonst etwas bereit gewesen, und das sofort. Sie war noch verzweifelter, als ich es gewesen war, und es musste sich um mehr handeln als um das übliche Problem von Studentinnen, dass das Stipendium die Lebenshaltungskosten nicht abdeckte und nur die wohlhabenden Eltern ihre Kinder beim Studium unterstützen konnten. Ich versuchte, mir eine geeignete Strategie auszudenken. Wenn ich sie abwiese, würde sie zu einem Konkurrenten laufen und dort dieselbe Antwort bekommen wie bei uns. Sie würde ganz offensichtlich nicht die Geduld haben, die nächste, Rettung verheißende Busladung von Junggesellen abzuwarten, sodass sie sich im schlimmsten Fall das Geld schon heute beschaffen würde, aber danach würde ich nichts mehr mit ihr anfangen können. Ich hätte keine Verwendung für ein Mädchen, das Hepatitis oder HIV hätte oder nur noch eine Niere. Ich durfte es nicht zulassen, dass sie sich gegen ein Darlehen verpfändete, dass sie diesen Weg beschritt.

Ich blätterte in Darias Pass und warf ihn auf den Tisch wie Müll.

»Du hast ja nicht mal einen Auslandspass. Du bist noch in keinem der Länder gewesen, in denen wir Geschäftsbeziehungen unterhalten. Weißt du, was für ein langer Prozess es ist, das erste Visum zu beschaffen?«, fragte ich sie. »Das ist nicht billig. Und du bist auch nicht verheiratet. Hast du überhaupt eine Vorstellung davon, wie schwierig es für eine unverheiratete Ukrainerin ist, zum Beispiel in die USA zu kommen? Oder hast du dort vielleicht Verwandte oder etwas, womit wir begründen könnten, dass du über den Atlantik reisen musst? Glaubst du wirklich, dass unsere Mädchen überall willkommen geheißen werden, einfach so, durch ein Fingerschnipsen?«

Ich schob meinen Stuhl zurück, als hätte ich es satt, dem dummen Ding Selbstverständlichkeiten zu erklären, und ging zum Fenster, vorgeblich, um mich zu beruhigen. Ich rieb mir die Schläfen und tat so, als überlegte ich. Daria schluckte hörbar. Ich ließ etwas Zeit vergehen und öffnete das Fenster, um den von Daria ausgehenden penetranten Geruch nach Maiglöckchen zu vertreiben. Tatsächlich waren Visa Routineangelegenheiten, wenn man wusste, was zu tun war und wen man kontaktieren musste, und wenn man zahlungskräftig war.

»Und wenn ich nun nur Kunden aus Russland bedienen würde? Dann würde der Inlandspass genügen, und man brauchte keine Visa …«

»Bist du irgendwie schwer von Begriff? Die Strategie unserer Geschäftstätigkeit konzentriert sich auf die westlichen Länder.«

Ich kehrte zum Tisch zurück.

»Anscheinend verstehst du nicht, was dein größtes Problem ist. Es ist Snischne.«

Ich beobachtete, wie meine Worte auf Daria wirkten, und

versuchte mich zu erinnern, was Mutter erzählt hatte. Sie hatte nichts von Darias akutem Geldbedarf erwähnt, sodass ich den Grund ihrer Verzweiflung nicht kannte. Auch wenn Mutter irgendwann über ihre Bekannten in Snischne geklatscht hatte, so hatte ich doch nicht zugehört. Ich konnte mir die Sorgen dieses Krähwinkels auch so vorstellen. Wahrscheinlich war Darias Bruder wie sein Vater in zwielichtige Geschäfte verwickelt oder hatte versucht, jemanden zu bestehlen. Dennoch gönnte ich Daria kein Wort des Trostes und kam nicht auf die Honorarfrage zurück, sondern schob sie beiseite wie eine völlig unwesentliche Nebensächlichkeit und konzentrierte mich darauf, ihr zu erklären, was für ein schwieriger Fall sie sei. Ein Risiko, schwer zu vermitteln. Die an sich ausgezeichneten Fotos bedeuteten noch nichts, und es könnte dauern, bis sich ein erster Kunde fand. Ich blätterte in dem Vorauswahlformular, klopfte auf die Seiten und zeigte sie Daria. In den Papieren gab es eines mit einer eigenen Spalte für bestimmte Stoffe. Mit denen in Kontakt gekommen zu sein, war für die Spenderin abträglich: Asbest, Rauch, Pestizide, Strahlung, Blei und eine ganze Reihe weiterer Gifte.

»Nach denen mochte ich dich gar nicht fragen.«

Ich schob ihr den Papierstapel hin.

»Warum hast du dann nicht gleich gesagt, dass ich nicht gut genug bin?«

Daria konnte ihr Weinen nicht länger zurückhalten. Die an ihren Wimpern klebenden Tränen gaben ihr das Aussehen einer rotbackigen Puppe, und die geschwollenen Augenlider verliehen ihren Augen asiatische Exotik. Ihr stand sogar die Verzweiflung gut.

»Alle Probleme lassen sich lösen«, begann ich. »Wenn sie unter uns bleiben. Nur unter uns. Verstehst du?«

Daria sah mich unter den Brauen hervor an und schob mir über den Tisch eine Serviette zu. Ich nahm sie in die Hand und drehte sie zwischen uns wie eine weiße Fahne. Dieser Augenblick war entscheidend. Ich ließ die Zeit verstreichen. Griff nicht nach dem Stift, den sie mir hinhielt, und schrieb auf die Serviette nicht die Summe, die ich als Bestechung für gerechtfertigt hielt, wie Daria es von mir erwartete. Ich stellte schon Berechnungen an, aber nur im Kopf und nur für mich. Obwohl Papiere sich leicht beschaffen ließen, war die Chefin sehr pingelig, was die Ausgaben anging. Vermutlich war das ihre Art, dafür zu sorgen, dass niemand wagte, zu viel für sich abzuzweigen, und die Methode wirkte auch bei mir. Ich wagte es nicht, mir etwas in die eigene Tasche zu stecken und so mein Glück zu riskieren – dieser Arbeitsplatz war zu kostbar. In Bezug auf Daria war ich jedoch bereit, das Risiko einzugehen. Je mehr Zahlen ich im Kopf bewegte, desto sicherer war ich mir, dass ich die Kosten würde im Zaum halten können. Nicht alles in Darias Hintergrund musste neu gestaltet werden. Auf den frühen Fotos sahen ihre Eltern durchaus repräsentabel aus. Die Mutter hatte für ihr Alter immer noch eine glatte Stirn, und der sportliche Hintergrund ihres Vaters war echt, ebenso wie die Jahre, in denen Daria als Turnerin in Donezk von einer namhaften Frau, einer Olympiamedaillenträgerin aus sowjetischer Zeit, trainiert worden war. Ein solcher Name im Lebenslauf wäre eine gute Empfehlung. Leider wirkte der Name Donezk nicht besser als Snischne. Andererseits könnte ich in Dnipro eine Trainerin von ähnlich hohem Niveau ausfindig machen und mit ihr etwas vereinbaren. Dann könnten wir erzählen, dass die Familie vor der Geburt der Kinder nach Dnipro gezogen sei. Ihr Vater war gestorben, aber wenn ich ihm ein Ingenieursdiplom kaufen und ihm eine Arbeitsstelle in einem Bauunternehmen in Dnipro basteln würde, dann wäre das Reißen einer Trosse auf der Baustelle eine glaubhafte Todesursache. In meinem Kopf nahm die Geschichte allmählich eine überzeugende Gestalt an. Die einzige Herausforderung bestand darin, dass Daria die wahre Natur ihrer Tätigkeit vor ihrer Familie geheim halten wollte und ich deshalb niemanden davon vorzeigen konnte. Die Kunden würden sich also mit Fotos begnügen müssen. Eines Tages jedoch würde bei ihr vielleicht ein Sinneswandel eintreten. Dann würde sie auch solche Kunden annehmen können, die für ein Treffen mit den Verwandten der Spenderin extra zahlten. Ich würde ihre Mutter und ihren Bruder in einer gemütlich eingerichteten Wohnung unterbringen, die ich im Zentrum von Dnipro für solche Treffen angemietet hatte. Nur die Familienfotos in den Rahmen würde ich austauschen. Daria hatte zwei prachtvolle Brüder, der jüngere ging noch aufs Gymnasium, der ältere war offiziell arbeitslos. Beide ließen sich vorweisen, wenn ich auch die Beschäftigungssituation des älteren ändern müsste. Ich vermutete, dass er in illegalen Gruben arbeitete. Wahrscheinlich tat das auch der jüngere Bruder. Beide verdienten ungefähr sechzig Dollar im Monat. Wenn ich ihnen richtige Arbeitsplätze beschaffen würde, nicht nur entsprechende Papiere, wäre die ganze Familie mein. Nachdenklich blinzelte ich. Darias Brüder. Falls sie auch nur ein wenig nach ihrem Vater kämen, glaubte ich zu wissen, woher Darias Angst rührte. Ich hatte recht. Meine Frage nach ihrem älteren Bruder löste bei Daria einen Tränenstrom aus, und schluchzend erzählte sie, dass Pawels Gehfähigkeit in Gefahr sei. Die Familie brauchte Geld für eine erneute Operation, denn der Bruder konnte nicht mehr zur Arbeit gehen. Pawel hatte eine arbeitslose junge Frau und ein kleines Baby. Ich wusste, was das bedeutete. In den illegalen Gruben war jeder selbst für seine Gesundheit verantwortlich. Darias Studium würde die Familie höchstens mit ein paar Gläsern Konfitüre unterstützen können, und das Mädchen fürchtete, dass sie ihr Studium abbrechen müsste.

Ich riss die Serviette durch. Ich hatte nichts darauf geschrieben. In diesem Augenblick hatte ich es geschafft, dass Daria den Rest ihres Lebens umsonst für mich arbeiten würde. Das verlangte ich jedoch nicht, obwohl Daria bereit gewesen wäre, sich für jede beliebige Summe zu verkaufen. Ich wollte etwas Wichtigeres: ihre Treue, ihre Dankbarkeit und ihr Vertrauen.

»Nein, nicht so«, sagte ich. »Ich will nicht, dass du jemandem etwas schuldest. Nicht einmal mir. Aber dieses Parfüm wirst du bei Treffen mit Kunden nicht benutzen.«

Ich öffnete die Hintertür des Büros und nahm eine Zigarette aus der Tasche. Ein Streichholz nach dem anderen zerbrach, bevor die Zigarette brannte, und ich warf die Streichholzschachtel zu Boden. Das Gespräch war vorbildlich verlaufen, bis es mich so heftig schwindelte, dass ich fürchtete, ohnmächtig zu werden. Das Blut war mir aus den Fingerspitzen gewichen, der Stift mir aus der Hand gefallen. Ich hatte Daria auf dem Sofa zurückgelassen und war in den Korridor hinausgewankt, wobei ich etwas von einem dringenden Telefonat gemurmelt hatte. Ich verstand diese Sinnesstörung nicht. Lag sie an Daria und den Erinnerungen, die mit ihr ins Zimmer geflutet waren? Oder daran, dass ich nicht wusste, ob sie für die Chancen stand, die ich verloren hatte, oder für die, die sich mir noch eröffnen würden? Oder für beides? Der Wachhund des Nachbarhauses begann plötzlich zu bellen, und ich stellte fest, dass meine Finger die Zigarette wieder sicher hielten. Trotz der Kälte kehrte allmählich Farbe in meine Hände zurück. Indem ich die Serviette mittendurch riss, hatte ich meine Wahl getroffen, und ich beabsichtigte nicht, davon abzurücken.

Alexej, der den Kofferraum ausgeräumt hatte, kam zu mir und reichte mir ein Taschentuch. Ich nahm es entgegen und schnäuzte mich.

»War mit dem Mädel nichts anzufangen?«, fragte Alexej. »Ich hab sie im Wartezimmer gesehen. Eine Tochter, die so aussieht, möchte doch jeder haben.«

»Das Mädchen hat jede Menge Potenzial, aber wo sucht sie Hilfe? Hier.«

»Hier bekommt man einen guten Start für andere Pläne.«

»Meine Mutter kannte ihre Eltern.«

»Es wird garantiert alles gut gehen«, sagte Alexej. »So ist es meistens.«

»Auf Zypern ist es nicht gut gegangen.«

»Es bringt nichts, darüber noch nachzudenken.«

Ein paar Monate zuvor war eines der Mädchen aus der Zypern-Klinik geflüchtet, um medizinische Hilfe wegen Komplikationen zu suchen, die von unseren Ärzten nicht beachtet worden waren. Das Mädchen war gestorben, kurz nachdem es ins Krankenhaus gekommen war, und Alexej war geschickt worden, die Spuren zu beseitigen. Meine Aufgabe war es gewesen, anstelle der verstorbenen Spenderin eine neue zu beschaffen; eine schwierige Situation. Das Mädchen war einsame Klasse gewesen, eine Tatarin, die das Kiewer Konservatorium absolviert hatte, und die Kundin war eine in Amerika lebende Tatarin gewesen. Ich war mit diesem Auftrag gescheitert, hatte nicht rechtzeitig eine ethnisch passende Spenderin gefunden und fürchtete, in meinen alten Aufgabenbereich zurückkehren zu müssen. Die Chefin ließ jedoch Gnade vor Recht ergehen, und ich schwor, ich würde die Mädchen immer zum Arzt bringen, wenn Verdacht auf Hyperstimulation oder innere Blutungen bestand. Meine Chefin vermutete, dass der Leiter der Klinik seine Approbation gekauft hatte, und beauftragte mich, die Hintergründe unserer Spezialisten nochmals zu überprüfen. Den einen oder anderen von ihnen mussten wir entlassen. Alexej seufzte tief auf.

»Hörst du? Du machst alles besser als diese Stümperin auf Zypern.«

Alexej hatte recht. Daria würde nicht das Schicksal des tatarischen Mädchens teilen. Obwohl schon eine einzige Spende ein Risiko darstellte, spendeten Mädchen in aller Welt ständig, und viele mehrmals. Nur bei wenigen gab es Komplikationen, kaum eines starb. Ein verzweifeltes und mittelloses Mädchen ziehen zu lassen war jedoch schon ein Vabanquespiel. Wenn ich das täte, hätte ich keine Chance, es zurückzubekommen. Jemand anders bekäme es, und zwar endgültig.

Ich versetzte dem Mülleimer einen Tritt und zog so heftig am Filter, dass der Glutkopf knisternd bis zur halben Länge der Zigarette wanderte. Der Betoneimer bewegte sich nicht einmal. Er war von solider Bauweise und stammte noch aus sowjetischer Produktion. Damals begleiteten futuristische Formen die Erfolgsgeschichte der Eroberung des Weltraums. Alexej trat zurück. Ich machte eine Handbewegung zum Zeichen, dass alles in Ordnung sei. Noch einmal trat ich gegen den Müllbehälter und nahm aus der Schachtel eine neue Zigarette. Ich hatte schon mehrmals vorgehabt, dieses wabenförmige Scheusal beseitigen zu lassen. Aber das war immer wieder unterblieben, so wie viele andere Dinge im Hinterhof,

der auch eine neue Asphaltierung oder einen neuen Platten-
belag gebraucht hätte, und so wie die Wände neuen Putz. Die
elektrischen Leitungen lagen lose zusammengerollt auf dem
Türrahmen wie die Katze auf der Ofenbank. Alles Übrige
bröckelte, verfiel, wurde rissig und platzte ab, der Papierkorb
nicht. Er erinnerte an einen in der Betongrube zappelnden
Käfer, der nicht über die Ränder hinausschauen und die sich
dahinter öffnende Welt sehen konnte. Ich aber sah sie, und ich
sah auch, was für eine Zukunft Daria haben könnte.

Ich holte tief Luft und kehrte ins Haus zurück. Daria fand
ich in meinem Zimmer, wie sie die Fetzen der zerrissenen
Serviette anstarrte. Sie wagte kaum zu atmen. Ohne sie anzusehen, ordnete ich kurz meine Sachen und holte dann die
Absichtserklärung und den Geldumschlag hervor, obwohl
ich mit meiner Chefin noch gar nicht über das neue Mädchen
gesprochen hatte. Ich gab Daria das Handgeld, sobald sie den
Vertrag unterschrieben und den erhaltenen Betrag quittiert
hatte. Damit würde sie für ihren im Krankenhaus liegenden
Bruder saubere Bettwäsche und vieles andere bezahlen können. Morgen würde Pawel alle Medikamente bekommen, die
er brauchte, und der Arzt würde ihn bei der Visite nicht igno-
rieren, sondern zuerst zu ihm gehen.

Ich hatte Daria am Haken, endgültig und für immer. Bei
ihr würde ich niemals extreme Maßnahmen ergreifen müssen, die immer dann aktuell wurden, wenn die Mädchen sich
einbildeten, sie könnten die Kunden erpressen, die Firma
betrügen oder als Privatunternehmer auftreten. Daria würde
mir gehören, weil ich ihr einen Dienst erwiesen hatte, den sie
gerade jetzt brauchte.

Über die weiteren Maßnahmen unterhielt ich mich mit Alexej. Wenn Pawel wieder arbeitsfähig sein und einen legalen Arbeitsplatz und damit auch einen besseren Lohn bekommen würde, könnte der kleine Bruder die *Kopanka* verlassen und sich auf das Gymnasium konzentrieren. Daria würde in ihrem neuen Job viel reisen und sich kaum zu Hause zeigen, sodass ich für Pawel eine Arbeit in der Nähe seiner Eltern finden wollte. Ein gewisser Abstand zu seinen alten Kreisen wäre jedoch nicht von Übel. Ich schlug die Karl-Marx-Grube in Jenakijewe vor und bewirkte damit ein Kopfschütteln bei Alexej.

»Das könntest du später bereuen.«

»Wieso?«

»Die Sicherheitsmaßnahmen dort sind, wie sie sind. Jenakijewe gehört zu den Dutzenden von Bergwerken, die wegen Sicherheitsmängeln geschlossen wurden.«

»Wird dort nicht trotzdem abgebaut?«

»Ja, natürlich.«

»Wo sind die Arbeitsbedingungen denn gut?«

»Nirgends«, lachte Alexej. »Du hörst wohl keine Nachrichten?«

Alexej hatte recht. Ich schaltete immer auf einen anderen Sender um, wenn es um Kohle ging. Es gab zu viele Unglücke, zu viele Proteste der Bergleute, und in den Zügen, in der Nähe der Schienen und auf den Bahnhöfen stank es allzu sehr nach Kohle. Aber Darias Familie informierte sich natürlich regelmäßig über diese Dinge.

»Na, dann schlag etwas anderes vor.«

»Wie wäre es mit einer der Gruben von Krywyj Rih? Die sind ja weit weg.«

»Sind die Arbeitsbedingungen dort besser? Wie teuer wird das?«

»Mit tausend Dollar müsste man auskommen.«

Nur kurze Zeit nach diesem Gespräch ereignete sich im Bergwerk Sassjadko in Donezk eine Methangasexplosion, bei der über hundert Arbeiter ums Leben kamen. Sie wurden in der Nähe des Bergwerks begraben. Das war ein so großes Ereignis, dass ich die Augen nicht davor verschließen konnte. Die Seiten der Zeitungen füllten sich mit Fotos von trauernden Angehörigen, roten Nelken, die wie Blutstropfen wirkten, und weinenden Frauen, die bunte Taschentücher in den Händen zerknüllten, und während ich solche Pressefotos betrachtete, bemerkte ich, dass ich auch selbst die Hände zu Fäusten ballte. Bald hörte ich ganz auf, die Nachrichten zu verfolgen. Ich konnte jedoch nicht verhindern, dass ich von dem Unglück in der Karl-Marx-Grube hörte. Damals schlug ich vor, dass Alexej eine spürbare Lohnerhöhung bekommen sollte, und die Chefin hatte nichts dagegen, denn die Stimmung der Mädchen musste geschützt werden, philosophierte sie. Ein Verwandter, der wochenlang unter der Erde in der Falle sitzt, lebendig oder tot, wäre etwas so Bedrückendes, dass der ganze Prozess misslingen konnte.

Nachdem ich die Vereinbarung mit Daria getroffen hatte, rief ich ihre Mutter an und erzählte ihr von Pawels neuem Arbeitsplatz. Im Hintergrund hörte ich das Klirren von Flaschen und das Klappern eines Rechenbretts. Valentina Sokolowa arbeitete immer noch in dem Laden, demselben, in dem sie schon damals aufhören wollte, als ich sie dort besuchte. Oder vielleicht war es doch ein anderer, nur die Arbeit war dieselbe, ebenso das Rechenbrett. Ich dachte an dessen Holzrahmen, der von den Jahren abgenutzt war, und betrachtete mein elegantes Büro, die ordentlichen Steckdosen, die ich als Erstes hatte reparieren lassen, und die Wände, von denen die abblätternde Farbe aus der Sowjetzeit entfernt worden war. Ich hatte es doch weit gebracht, weiter als irgendeiner der Sokolows, und ich würde es noch weiter bringen.

Valentina Sokolowas Stimme war immer noch dieselbe und mir vertraut, nur verbrauchter, wie ein Kalender aus dem vergangenen Jahr. Zu meiner Erleichterung behandelte sie mich nicht wie das Kind ihrer alten Freundin, dem sie aneinanderklebende Kissenbonbons verkauft hatte, sondern respektvoll wie die Arbeitgeberin ihrer Tochter. Ihr Lachen klang nach den guten Nachrichten erleichtert, auch wenn sie sich Sorgen machte wegen der Renten.

»Euch Jüngeren mag das noch fernliegen«, sagte sie. »Aber ich habe schon so oft erlebt, wie jemand quasi unmerklich in den *Kopankas* stecken geblieben ist. Auch wenn man dort jede Woche den Lohn auf die Hand bekommt, anders als in den staatlichen Gruben, so rächt sich das doch später, und von einer Rente träumt man vergebens.«

Ich befürchtete schon, dass sie jetzt die Vergangenheit aufrollen würde, und stand instinktiv auf, als würde das irgendetwas nützen, aber sie war eine kluge Frau. Sie verstand, wann man schweigen musste, und setzte ihr Gerede über die Renten fort. Vielleicht war ihre Besorgnis echt. Ich setzte mich wieder hin und malte die Spirale in meinem Kalender weiter. Sie füllte schon die zweite Seite. Ich gab mir selbst das Versprechen, dass ich das Gespräch beenden würde, bevor ich die nächste Doppelseite erreichte, und begann über die ersten Schritte von Darias Karriere zu plaudern. Ich wollte herausfinden, was die Mutter über die Arbeit ihrer Tochter wusste. Daria und ich hatten beschlossen, dass Außenstehende nichts über ihren eigentlichen Tätigkeitsbereich zu erfahren brauchten und dass ihre Angehörigen in dem Glauben bleiben sollten, dass Daria gemäß den Wünschen von Valentina Sokolowa als Model arbeitete, und das schien sie, aus ihren Worten zu schließen, auch wirklich zu glauben. Dann kam sie wieder auf ihre Söhne zurück.

»Wir haben vereinbart, dass sie immer zu Hause anrufen, wenn ihre Schicht zu Ende ist.«

Mir war nicht klar, worauf sie hinauswollte oder ob sie überhaupt auf irgendetwas hinauswollte. Ich wartete ab, ob sie zur Sache kommen würde. Das Rechenbrett war verstummt, Stimmen von Kunden waren nicht mehr zu hören. Sie war allein und konnte sich frei äußern. Ich hatte nicht nach dem Befinden des Jungen gefragt, der ins Krankenhaus gekommen war, und vermutete, sie würde als Nächstes darauf zu sprechen kommen. Ich hatte Alexej beauftragt, das Wichtigste über Pawels Unfall herauszufinden. Nach Angaben der Miliz war das Kohleloch auf dem Hinterhof des Hauses von Pawels Großeltern eingestürzt, während die Brüder darin arbeiteten. Bei dieser Nachricht hatte ich die Brauen gehoben – die Schichtarbeit in der größeren *Kopanka* hatte den Sokolows also nicht genügt. Der Milizionär hatte gelächelt, dass solche Unfälle ständig passierten, und so gehe es eben, wenn man in seiner Gier zu weit grub. Seiner Ansicht nach konnte die Familie zufrieden sein: Beide Jungen hatten überlebt, und das Haus war nicht eingestürzt. Ich langte mir aus der Tischschublade eine *Analgin*, schluckte sie und machte weiter mit der Spirale im Kalender. Ich könnte das Gespräch beenden und eine bedauernde SMS hinterherschicken mit dem Hinweis, der

Akku sei leer gewesen. Valentina Sokolowa seufzte und holte tief Luft.

»Einmal hat der Junge eine Doppelschicht gemacht, ohne mir Bescheid zu sagen. Meine Schwiegertochter kam weinend zu mir gelaufen, weil sie von Pawel nach Schichtende nichts gehört hatte, und ich war schon überzeugt, ich hätte mein Kind verloren, aber diesen Fehler hat er nie wieder gemacht, nach der harten Strafpredigt, die er sich hat anhören müssen. So etwas sollte keine Mutter erleben müssen. Und keine Ehefrau.«

Die Sekretärin schaute durch den Türspalt herein. Unser Agent für die Visa wartete schon eine Weile.

»Ich will nur sagen, hoffentlich findet Daria keinen Ehemann, der Kohlenhauer ist«, sagte Valentina Sokolowa. »Und ich will auch nicht, dass sie hierher zurückkommt. Daria hat das Zeug zu etwas Besserem. Immerhin studiert sie ja an der Universität.«

Ich legte den Stift aus der Hand. Jetzt hatte ich verstanden. Die Mutter wollte für ihre Tochter nicht so ein Leben, wie sie selbst es hatte.

Ich wagte es nicht, meiner Chefin von Daria zu erzählen, bevor sie nach Dnipro zu uns ins Büro kam. Die Investition in das Mädchen wäre unser Verlust, falls sie von den Spritzen eine allergische Reaktion bekäme oder nicht genügend Eizellen produzierte, und Verluste hasste unsere Chefin. Ich hoffte, ich würde besser erklären können, warum ich das Risiko eingegangen war, wenn wir einander gegenübersaßen.

»Wir zahlen keine Vorschüsse«, sagte die Chefin und runzelte streng die Stirn. »Das hat seinen Grund. Und wie viel hat der Arbeitsplatz des Bruders gekostet?«

Ich zeigte auf die Zahlen in der Akte, die ich für den Besuch angelegt hatte. Die Chefin saß auf meinem Stuhl an meinem Tisch. Mit den Fingern wischte sie das Lippenstiftrot von ihren Zähnen ab und übertrug es als rote Fingerspuren auf die helle Oberfläche der Tischplatte. Befürchtete sie, dass es doch nicht die richtige Entscheidung war, das Dnipro-Büro in meine Verantwortung zu geben? Hatte ich meine Befugnisse überschritten? In Bezug auf Daria hatte ich mehr als eigenmächtig gehandelt, und die Chefin hatte den Zypernskandal nicht vergessen. Sie hatte mein Know-how infrage gestellt, und meine Initiativen schienen ein ums andere Mal in einem Fiasko zu enden. Weitere Fehler konnte ich mir nicht mehr erlauben.

»Auch ich habe schon manchmal auf das falsche Pferd gesetzt«, bemerkte sie und murmelte etwas von Fehlern, aus denen man lernen würde, während sie in den Papieren blätterte.

Darias Gesundheitswerte hatte ich nicht manipuliert. Da brauchte nichts geschönt zu werden. Es gab keine Anzeichen von Erbkrankheiten. Die Chromosomen waren analysiert, die Blutproben in Ordnung, ebenso die Ultraschalluntersuchungen. Darias IQ war glänzend, und ihre Angabe, dass sie an der nationalen Universität für Bergbau in Dnipro Bergbauingenieurwesen studierte, entsprach der Wahrheit. Auch in diesem Punkt hatte Daria nicht gelogen. Auch ihre Sprachkenntnisse hatte ich testen lassen. Ihr Deutsch war genauso gut, wie sie es behauptet hatte, und sie hatte sich brav für einen Sprachkurs angemeldet, um ihr Englisch zu verbessern. Die Kunden, die nicht mehr als eine Sprache beherrschten, würden sie für ein Genie halten.

»Und die Muskelprobe«, erinnerte die Chefin plötzlich.

»Die Sportlichkeit ist für viele Kunden eine wichtige Eigenschaft. Darias Muskelzellen sind perfekt, ihr ACE-Gen deutet auf ausgezeichnete Anlagen einer Läuferin hin.«

»Hast du dir das ausgedacht?«

»Ich hab zufällig einen Artikel gelesen, in dem es um die Genotypen des ACE-Gens ging.«

Ich hätte die Ergebnisse den Daten natürlich nicht hinzugefügt, wenn sie nicht ausschließlich positiv gewesen wären, aber da ich in Daria eine beträchtliche Summe investiert hatte, bevor wir wussten, ob sie sich wirklich als Spenderin eignete, hatte ich darauf gesetzt, dass ich wegen der neuen Verdienstmöglichkeit in den Augen der Chefin Gnade finden würde. Ich hatte richtig gelegen. Sie sah sich meine Aufstellung sämtlicher Kosten gar nicht erst an. Sie hatten keine Bedeutung mehr.

»Du bist ja eine richtige Hexenmeisterin«, sagte sie, schloss die Akte, und die Brillanten ihrer schweren Armbanduhr funkelten wie ein Sternenhimmel. »Was meinst du, wäre das Mädchen etwas für das Ehepaar aus Helsinki? Du erinnerst dich doch, oder?«

Ich nickte. Dieses Ehepaar kannte ich schon lange, und es hatte gerade wieder Kontakt aufgenommen wegen eines weiteren Kindes. Die Frau war in jungen Jahren Turnerin auf Wettkampfniveau gewesen, und die Läuferkarriere des Mannes hatte wegen eines Knieschadens geendet. Für sie hatte die sportliche Begabung Priorität, und sie waren bereit, dafür zu zahlen.

Die Fingernägel, die die Kundin mir ins Zahnfleisch gestochen hatte, hatten sich unauslöschlich in mein Gedächtnis eingegraben, ebenso wie der industrielle Geschmack ihrer Handcreme. Ich wollte jedoch nicht, dass Daria einen weicheren Einstieg hatte. Die Begegnung war ein Test.

»Hast du Make-up-Entferner für mich?«, fragte die Frau und beendete die Untersuchung von Darias Zähnen.

»Natürlich.«

Ich hatte ein Fläschchen auf einem Seitentisch des Konferenzraums bereitgestellt. Die Frau packte hart zu, als sie Darias Haut schrubbte, als ginge es um eine angebrannte Bratpfanne, und auch ihr sonstiges Benehmen war mir nur allzu deutlich in Erinnerung: Sie warf die Fragen, die die Spenderin betrafen, über deren Kopf hinweg der Koordinatorin zu, richtete aber niemals ein Wort an die Spenderin und begrüßte sie nicht einmal, und trotzdem wollte sie sie immer persönlich treffen und mit eigenen Händen untersuchen. Nachdem sie Darias Gesicht gescheuert und ihre Haut gedehnt hatte, ging sie dazu über, die Kopfhaut und die Qualität der Haare zu prüfen, obwohl ich das schon selbst getan hatte – keine Verlängerungen, keine Haarteile –, die Locken waren Darias eigene. Schließlich ließ sie Darias Haare los, die sie hin und her gedreht hatte wie vorhin den Gürtel ihres Kamelhaarmantels, und seufzte zufrieden.

»Sag ihr, sie soll sich ausziehen.«

Wie ich vermutet hatte, war es genau dieser Teil der Besichtigung, dessentwegen der Ehemann mit dem Tourguide in die Stadt geschickt worden war. Zu meiner Zeit als Spenderin hatte sich der Mann mit der Geschichte der Stadt zur Zarenzeit beschäftigt. Diesmal ging es ihm um den sowjetischen Modernismus und dessen herausragende Gebäude aus den

Glanzjahren der Raketenproduktion, von denen es in Dnipro eine Menge gab. Ich hatte versprochen, die Frau später ins Café *Poplawok* zu führen, das die Form eines Raumschiffs hatte und wo der Rundgang des Mannes enden sollte. Ich würde von dem Ehepaar ein gemeinsames Foto machen, das sie ihren Freunden schicken konnten als Beweis für die Art ihrer Reise: Architekturtourismus.

Daria gehorchte, legte ihre Sachen zusammengefaltet auf das Sofa, machte ein paar Bewegungen zum Aufwärmen und glitt dann in einen Spagat. Das hatte ich nie gekonnt. Meine Knochen waren niemals so gelenkig gewesen wie die einer *Bolschoi*-Ballerina und meine Haltung nie so königlich wie ihre. Nur das ein wenig raschere Schlucken verriet etwas von Darias Empfindungen, ihr Blick wurde undurchdringlich. Ich war stolz auf sie. Trotz ihrer Unerfahrenheit verhielt sie sich wie ein gut dressiertes Pferd.

»Ich liebte Nadia Comăneci, die Turnerin«, sagte die Frau. »Ich wäre gern so gewesen wie sie. Hier bei Ihnen gibt es so viele talentierte Sportler.«

Ich verbot es mir, zu widersprechen, indem ich mir auf die Lippe biss. Ich verkniff es mir zu sagen, dass Comăneci nicht aus der Ukraine stammte, sondern aus dem Rumänien Ceaușescus, wo die Frau auf keinen Fall hätte leben wollen. Sie hätte nicht so sein wollen wie die unbesiegbare Nadia, das Mädchen mit den vollen 10 Punkten, dem man das Reisen verboten hatte aus Angst, sie könnte sich in den Westen absetzen. Daria und ich würden später darüber lachen können. Nachdem ich genug Fotos von dem Ehepaar am Ufer des Dnepr geschossen hatte, wollte ich Daria zu Kaffee und Kuchen ausführen und sie an die Summe erinnern, die sie verdienen würde. Diese Frau war jedoch eine Ausnahme. Normalerweise wurden die Spenderinnen vergöttert. Und wie eine Kundin sich während des Prozesses verhielt, verriet niemals die Wahrheit darüber, was für eine Mutter sie sein würde.

»Aus Daria wäre eine Anwärterin für die Olympiade geworden, wenn sie sich nicht den Knöchel so schlimm gezerrt hätte«, merkte ich an.

»Das Mädchen ist größer als die Turnerinnen im Allgemeinen. Oder die Ukrainerinnen ganz generell.«

»Diese Sportart zieht die Kleineren nur deshalb an, weil die sportlichen Möglichkeiten begrenzt sind, wenn der Körper zu kurz ist. Daria dagegen hatte eine Leidenschaft für Gymnastik, und sie ist eine vortreffliche Wahl auch mit Rücksicht auf die Größe Ihres Mannes.«

Meine Erklärung war überflüssig, die Frau hatte ihre Entscheidung getroffen. Das spürte ich an ihrer Körperwärme und dem träumerischen Blick, der die Form von Darias Schultern und ihren Körperbau, ihre Schuhgröße und die Form ihrer Arme billigte. Ihre Haut war gut. Die Haare waren gut. Zähne und Brauen. Keine Brille, keine Bluttransfusionen, keine Organspenden, keine wiederholten Röntgenaufnahmen, keine Reisen in Risikoländer, die in dem Formular extra hätten vermerkt werden müssen. Keine physischen Krankheiten, keine psychischen Störungen, keine medikamentöse Behandlung. Nicht bei ihr, nicht bei der Mutter, nicht beim Vater, nicht bei den Eltern von beiden Eltern, nicht bei Geschwistern, Tanten, Onkeln oder Cousins und Cousinen. Daria hatte nicht einmal Löcher in den Zähnen, und ihr Dentin war so weiß, dass man es für gebleicht halten konnte. Sie war vollkommen, und die Frau wollte eine vollkommene Tochter.

Die Begeisterung der Frau war verständlich. Hatte ich doch selbst etwas Ähnliches empfunden, als ich Daria zum ersten Mal auf dem Sofa meines Büros gesehen hatte. Die Stimme meiner früheren Agentin hatte mir im Ohr geklungen und dem Mädchen eine raketenhaft aufsteigende Karriere versprochen, und mir fielen Dinge ein, von denen ich nicht gewusst hatte, dass ich sie mir wünschte. Auf der Zunge spürte ich den Geschmack des Erfolgs und in der Brust die Erinnerung daran, wie die Kameras mich geliebt hatten, und ich wusste, ich würde es schaffen, dass sie Daria vergötterten, die noch eine unreife Frucht am Pflaumenbaum war, aber nicht mehr lange.

Der Plan war in Sekunden in meinem Kopf gereift. Zunächst brauchten wir ein gesundes Kind, den Beweis, dass Daria sich als Spenderin eignete. Nach der Geburt des Kindes würde Daria wichtigere Kunden, bessere Honorare und mehr Geld für ihren Sparstrumpf bekommen, um rechtzeitig Schluss machen zu können. Sie würde nur einige Male spenden, nicht mehr, auf keinen Fall mehr. Inzwischen würde ich Kapital ansammeln, und allmählich könnten wir gemeinsam daran denken, dass Daria in die Welt der Models eintrat. Unser Ziel wäre der Catwalk, mit weniger würden wir uns nicht zufriedengeben.

Zur selben Zeit verfolgte ich Natalja Wodjanowas schwindelerregende Karriere auf den Titelseiten der *Vogue*. Ich erinnerte mich gut daran, wie schnell die sowjetischen Gesichtszüge aus der Mode gekommen waren, obwohl noch kurz zuvor alle großen Filmrollen an Gesichter mit eben diesen Merkmalen vergeben worden waren. Das könnte sich schneller ändern als gedacht. Die Models aus dem Osten hatten ihren Glanz jedoch noch nicht verloren, und Daria hatte eine gewisse Ähnlichkeit mit Wodjanowa, die sich den Kosenamen »Supernova« erworben hatte. Daria könnte der nächste heiße Name werden. Um erfolgreich zu sein, brauchte sie jedoch mich, und dabei ging es nicht nur darum, dass eine kleine Ermutigung für ihr Selbstbewusstsein Wunder wirken würde, wie es auch bei mir der Fall gewesen war. Ohne mich würde Daria garantiert die gleichen Fehler machen, wie ich sie gemacht hatte, und überlegen müssen, woher sie etwas zu essen bekam und womit sie die Miete bezahlen sollte, wenn die Fotosessions nicht sofort beginnen würden.

Ich beschloss, für Daria in Paris eine eigene Wohnung zu besorgen, oder wir hätten ein gemeinsames Zuhause. Ein solches Leben, wie ich selbst es in den Gemeinschaftswohnungen der Agenturen mit ihren Doppelstockbetten hatte führen müssen, würde sie nicht erdulden müssen. Natürlich hatte es viel mehr Russinnen gegeben als andere, und manch eine von ihnen hatte sich gewundert, als ich ukrainisch gesprochen hatte mit einem anderen Mädchen aus der Ukraine. Eine überflüssige Sprache, angeblich. Der Umgangston hatte mitunter an die Sowjetarmee erinnert. Eines der Mädchen hatte uns, ihre Konkurrentinnen, mit Rizinusöl krank gemacht, um zu den Probeaufnahmen genommen zu werden, während wir anderen jammernd im Bett blieben. Eine war dort der anderen Feind. Die Erfahrenen wollten ihr Wissen nicht mit uns Anfängerinnen teilen. Manche Mädchen ertrugen diesen Konkurrenzkampf und den Hunger nicht und kehrten nach Hause zurück, noch bevor ihre Karrieren überhaupt hatten starten können. Andere verdienten sich gleichzeitig etwas Geld als Escortdamen oder gingen ganz und gar auf dieses Geschäftsfeld über, wieder andere wurden dorthin abgeschoben. Das würde Daria nicht passieren. Ich würde sie vor alledem beschützen.

Darias Fotogenität war schon auf ihren Amateuraufnahmen einsame Klasse, und so hatte die Durchsicht des Formulars für die Vorauswahl ebenso wie das Treffen mit dem ersten Kunden ergeben, dass sie sich für die Tätigkeit als Model eignete. Dank ihrer Jahre als Turnerin war sie daran gewöhnt, ihren Körper als Instrument, als Arbeitsmittel einzusetzen, das Blicke, Reden und endlose Kritik anderer aushalten musste. Ihr Verhältnis zum eigenen Körper war professionell. Und sie würde nicht zum ersten Mal im Westen sein, wie es bei mir gewesen war. Die Lebensmittelregale eines gewöhnlichen Supermarkts würden ihr nicht als übervoll erscheinen, sie würde nicht stehen bleiben, um sich darüber zu wundern, dass es in jedem Viertel einen Fleischerladen, ein Fischgeschäft und eine Konditorei gab, deren Theken sich unter der Ware bogen. Sie würde nicht mit einem Speichelfaden im Mundwinkel die Straßen von Paris entlanggehen und sich nicht von dem blutigen Fleisch erschüttern lassen, sondern auf die Frage des Kellners, wie sie ihr Steak wolle, die richtige Antwort geben. Mir waren solche Schnitzer unterlaufen. Ihr würde das nicht passieren. Ihre Ausgangsbasis war viel besser. Und ich würde sie nicht betrügen. Ich würde ihre Honorare um nicht mehr als das kürzen, was den guten Sitten entsprach, und für sie einen attraktiven Kosenamen lancieren. Zum Beispiel »Rakete«. Das klang sogar noch besser als Supernova.

Wenn ich Darias Agentin wäre und wir von einem Auftritt zum nächsten führen, würde ich nicht zu erkennen geben, dass ich die Leute kannte, mit denen wir es zu tun hatten. Sie würden mich begrüßen, sich beeilen, mit mir zu plaudern, und mir zu verstehen geben, dass wir alte Freunde seien, und ich würde ein wenig die Brauen runzeln, als versuchte ich mich zu erinnern, ob wir uns tatsächlich schon einmal begegnet waren. Und bedauernd lächeln. Ich würde so tun, als erinnerte ich mich nicht an sie. Nicht an den Fotografen, der mich aufgefordert hatte, die Bluse auszuziehen, unabhängig von der Art der Aufnahmen. Nicht an den Mann, der uns als Ferkel verspottet hatte, als er uns dabei ertappte, dass wir vor Hunger Butterhörnchen verschlangen. Und schon gar nicht an die vielen Hände, die bei den Anproben niemals achtsam mit den Stecknadeln und den Scheren umgegangen waren. Auch nicht an den Stylisten, der mir, ohne um Erlaubnis zu fragen, den Pferdeschwanz abgeschnitten und mir damit für Monate die Chance genommen hatte, an Probeaufnahmen teilzunehmen, für die lange Haare die Voraussetzung waren. Und auch nicht an die Frau, die mir mit Filzstift Linien auf die Hüften gezeichnet hatte, um zu verdeutlichen, dass zu viel Speck an mir war, als wäre ich eine Schautafel für Schlachttierteile. Ich würde mich an niemanden von ihnen erinnern und den doppelten Preis von all jenen fordern, die mir zu verstehen gegeben hatten, dass es besser wäre, wenn ich die Beine öffnete, denn sonst würde ich keine Arbeit bekommen.

Je länger ich mir die Sache überlegte, desto mehr nahm meine Bereitschaft zu, bei bestimmten Dingen flexibel zu sein. Daria wusste nicht, dass meine Chefin aufgehört hatte, die Hintergründe der Mädchen zu beschönigen, aber die Änderung des Geburtsorts war an sich keine große Sache. Der Prozess war immer mit Risiken verbunden, und manche Mädchen kamen später selbst als Kundinnen zu uns. Es passierte so allerlei. Wenn ich eine eigene Tochter gehabt hätte, die erwog, Spenderin zu werden, dann hätte ich ihr geraten, damit erst nach der Geburt ihrer eigenen Kinder zu beginnen, wenn überhaupt. Ich selbst hatte sofort aufgehört, als ich zur Koordinatorin aufgestiegen war. Ich konnte mir nicht vorstellen, dass Daria das lange machen würde, wenn sich andere Zukunftsperspektiven böten , und die gab es.

|

Daria war ein Naturtalent, das in Glanz erstrahlte wie ein Weihnachtsbaum. Trotzdem wollte ich mich mit eigenen Augen davon überzeugen, wie sie mit einer Situation zurechtkam, in der Bettgeschichten, Alkohol und viele andere Dinge verboten waren, und führte sie täglich aus zu Spaziergängen, zum Essen und zum Einkaufen. Nichts schien ihr Probleme zu bereiten. Als ich vermutete, ihre Füße könnten geschwollen sein, steuerte ich bei einer Einkaufsrunde ein Schuhgeschäft an und forderte sie auf, Stiefel und zwei Paar Schuhe, die eine Nummer zu groß waren, auf Rechnung des Büros zu kaufen. Als wir mit den Schuhkartons den Laden verließen, lachte sie mit Tränen in den Augen.

»Jetzt verstehe ich die Frauen viel besser, die im Kino anfangen zu weinen. So bin ich nie gewesen«, schluchzte sie auf und hakte sich bei mir unter. »Als wäre ich jemand anders. Als hätte ich die Seele von jemand anders, das Gefühlsleben von jemand anders. Du solltest das auch ausprobieren. Es ist herrlich.«

Ich erinnerte mich an meinen Zustand nach dem Absaugen der Eizellen, an das ständige Erbrechen, den empfindlichen Magen und die Flaschen mit heißem Wasser. Obwohl Daria die von den Hormonen verursachten Stimmungsschwankungen als ein spannendes Abenteuer betrachtete, das sie zu einem viel klügeren Menschen machen würde, wollte ich das Gespräch in andere Bahnen lenken. Neben dem Schuhgeschäft befand sich eines für Rauchwaren. Ich zeigte es Daria und versprach ihr einen Bonus, wenn die Punktion ein gutes Ergebnis brächte. Eine Pelzweste, Fuchs oder Wolf. Nach diesem Versprechen hob sie die Brauen zu Bogen und schluchzte erneut auf. Kurz darauf versetzte der Honigkuchen des Cafés sie in heitere Stimmung, und sie schnippte mit den Fingern, als begleitete sie das von der Kasse herüberdringende Klappern des Rechenbretts.

»Wie geht es bei alledem mit deinem Studium voran?«, fragte ich. »Falls sich der Tag der Punktion mit deinen Prüfungen überschneiden sollte, sagst du mir einfach Bescheid. Wir bezahlen den Arzt dafür, dass er dich krankschreibt.«

Die Erwähnung der Punktion schien Daria nicht zu beunruhigen.

»Ich bin besser in Form als jemals zuvor«, rief sie aus. »Du kannst dir gar nicht vorstellen, wie froh Mutter darüber ist, dass ich so drall geworden bin. Sie fürchtet, dass ich bei der Arbeit als Model noch völlig vom Fleisch falle.«

Bei der ersten Punktion wurden etwa vierzig gesunde und muntere Eizellen gewonnen. Daria war nicht bereit, sich länger als einen Abend auszuruhen, sondern wollte in die Stadt, um ihren Erfolg zu feiern, und die Pelzweste, die ich ihr versprochen hatte, probierte sie mit unbegreiflicher Mühelosigkeit an. Nach den Einkäufen gingen wir essen, und obwohl Daria den Mantel wegen ihres empfindlichen Bauchs offen lassen musste, wirkte sie, als sie an der Ampel stehen blieb, wie eine auf dem Gebirgskamm innehaltende Gemse, nicht wie ein Mädchen aus dem Donbass, das sich auf dem Drehpunkt eines Gelenkbusses bemüht, das Gleichgewicht zu halten.

Als wir am Tisch saßen, fragte ich scheinbar beiläufig, wie es um ihre Herzensangelegenheiten stehe. Daria senkte den Blick. Ich verbarg meinen Ärger hinter dem Champagnerglas. Die Sache musste ein Ende haben.

»Es ist gut, im Leben Freude zu haben, aber Männer können nur schlecht Frauen ertragen, die eine eigene Karriere anstreben«, sagte ich. »Und die hast du nun.«

Darüber hatte Daria offensichtlich noch nicht nachgedacht. Sie hielt sich immer noch für eine Studentin, für die schon ein Mittagessen in der Mensa der Universität Luxus war. Als ich ihr empfahl, den Lachs des Hauses zu probieren, glitt ihr Blick zum Preis des Gerichts. Ich konzentrierte mich auf die Speisekarte, als wäre sie mir wichtiger als das Thema unseres Gesprächs. Sie sollte glauben, es gehe um ihre eigene Entscheidung.

»Ich liebe meine Freiheit«, sagte Daria einen Augenblick später munter.

»Meine Liebe, natürlich kannst du treffen, wen du willst. Weißt du schon, was du nimmst?«

Ich spähte über die Tische hinweg, als suchte ich den Kellner.

»Das Reisen ist bestimmt einfacher ohne Männer.«

»Wenn du nur wüsstest«, lachte ich. »Jeder romantische Bewerber verwandelt sich nach dem ersten Rausch in einen Klotz am Bein, der saubere Hemden fordert und die Frau nicht weiter fortlässt als bis zum Herd. Oder träumst du schon von eigenen Kindern?«

Daria schien entsetzt.

»Wenn du auf der Reise Gesellschaft brauchst, nimm deine Mutter mit. Oder deinen Bruder und dessen Familie.«

»Denen darf ich ja wohl den Zweck der Reise nicht verraten?«

»Wir sagen, es geht um Fotoshootings. Nehmen wir sie mit auf eine Reise, bei der du deine Kunden erst einmal kennenlernst. Wir organisieren natürlich die Auslandspässe, die Visa und alles andere«, sagte ich. »Du willst deiner Mutter doch bestimmt einen Urlaub in Spanien oder in Amerika ermöglichen?«

Daria lächelte.

»Weißt du, Kavaliere wird es auch in Zukunft geben.«

Ich war überzeugt, dass die Sache mit Darias Freier jetzt erledigt war. Sie war ein fixes Mädchen, und ich wollte sie in die Welt führen ohne Liebhaber, die sich fast immer als Klotz am Bein erwiesen. Nur wenige Männer kapierten, dass der Zustand einer Spenderin kurz vor der Punktion ganz und gar nicht zum Ablaichen geeignet war. Manchmal mussten wir uns das Wohlwollen des Mannes mit einem neuen Telefon oder einem anderen Geschenk erkaufen. Falls der Bräutigam über das Tätigkeitsfeld seiner Freundin Bescheid wusste, konnte es passieren, dass er sich aufdrängte, mit auf die Reise ging und sich einbildete, wir würden alles bezahlen und es handele sich um einen Sommerurlaub. Wenn wiederum das Mädchen ihr Gewerbe verheimlicht hatte und er es dann herausfand, führte das meistens dazu, dass der Bräutigam forderte, sie solle die Arbeit einstellen. Bei Daria würde ich ein solches Risiko nicht eingehen.

Wenn sich für uns eine geeignete Dienstreise abzeichnen sollte und wir in eine Stadt kämen, wo ich einen guten Fotografen kannte, würden wir anfangen, eine Modelmappe zusammenzustellen, und Daria könnte ihren Eltern von richtigen Fotoaufnahmen, richtigen Honoraren und richtigen Titelbildern erzählen. Dann könnte nichts schiefgehen.

Helsinki
2016

Ich bezahlte das Taxi und führte Daria in die Halle des Hotels, nickte im Vorbeigehen der Empfangsdame zu und zog Daria hinter mir her in den Fahrstuhl. Im Zimmer sackte sie auf der Tagesdecke zusammen, die so stramm um die Matratze gezurrt worden war, dass es einem nach einem feuchtfröhlichen Abend ohne Hilfe nicht gelingen würde, sich darunter zusammenzurollen, und ich vermutete, dass Daria in wenigen Augenblicken einschlafen würde. Ich handelte rasch und schob ihr den Laptop hin, den ich auf dem Tisch entdeckt hatte, und bat sie, etwas Musik einzuschalten, vielleicht *Switlana Loboda*, und schenkte ihr gleichzeitig einen Kognak aus der Minibar ein. Erstaunlicherweise schaffte es Daria, ihr Passwort einzugeben, bevor sie das Bewusstsein verlor, und ich bekam den geöffneten Computer in den Schoß. Als ihr Atem gleichmäßig geworden war, hielt ich die Musik an, setzte mich auf den Bettrand und sah mich im Zimmer um. Das *Radisson Royal* hätte mich in den Spitzenjahren meiner Karriere nicht beeindruckt, aber ich hatte schon Ewigkeiten nicht mehr in einem Hotelzimmer gesessen, für dessen Reinigung andere verantwortlich waren, nicht ich, und ich musste an das *Radisson* in Kiew denken. Als ich in der Agentur anfing, zeigte meine Chefin darauf wie auf einen Leuchtturm, an dem wir uns orientierten. Bevor das *Radisson* in die Hauptstadt gekommen war, hatte die Unterbringungssituation in der Ukraine sie schier zur Verzweiflung gebracht. Die brütende Hitze unserer Sommer setzte in den Zimmern einen Geruch aus den Tapeten frei, dem die Ausländer nicht mit derselben Nachsicht begegneten wie ich. Ihrer Meinung nach war das ein muffiger Gestank, nicht, wie ich fand, der Geruch nach Kindheit. Sie wunderten sich über die Hotelausweise, klapperten mit den Zimmerschlüsseln, als hätten sie die Zeit vor den Schlüsselkarten vergessen, sie prüften das Gewicht der Schlüsselanhänger, als wären es rätselhafte Antiquitäten, und waren erschüttert, wenn sie sahen, wie wir die Luft des Hotelzimmers sogar in den zehnstöckigen Gebäuden abkühlten, indem wir die Fenster öffneten, aus denen sie furchtsam hinausschauten. Solche Details weckten in ihnen Zweifel am Niveau unserer Dienstleistungen und an deren Sicherheit. Sicherheit war das Wort, das sie ständig im Munde führten. Meine Chefin hatte das satt.

Das *Radisson* in Kiew beseitigte einen beträchtlichen Teil der Unterbringungsprobleme des Büros, und meine Chefin hatte Grund zur Freude. Die anderen Hotelketten würden folgen und bald den Bedarf des ganzen Landes decken. Nach der orangen Revolution war das Vertrauen in die Ukraine groß, die Arbeit in Dnipro, Charkiw und Odessa würde neuen Schwung bekommen, und durch die Visafreiheit für EU-Bürger wuchs die Anziehungskraft des Landes. Im Lauf der Jahre schwand jedoch das Vertrauen in das Tempo dieser Entwicklung, wie immer, aber bevor ich im Büro von Dnipro anfing, hatte ich die Kunden im *Radisson* getroffen. Niemand hatte sich über das apathische Personal oder die verklumpten Kissen beschwert, deren ewige Feuchtigkeit an einen Keller erinnerte. Wenn die Kunden die Hotelhalle betraten, verstanden sie, dass sie fast in Europa waren, und mir war es ähnlich ergangen. Oder noch besser. Alles war wie ein endloser Geburtstag gewesen. Ich hatte gerade mein Leben zurückbekommen, die Kammer bei meiner Mutter verlassen, mich in den Kiewer Frühling verliebt und, während ich mein erstes eigenes Auto fuhr, *Vopli Vidopliassova* gesungen.

Daria erwachte nicht, obwohl ich sie mit meinem kleinen Finger gegen die Wange stupste, aus der die fruchtbare Elastizität verschwunden war. Die Furchen, die von ihren Nasenflügeln ausgingen, waren wie Schnitte im Papier, das Kinn war wie ein grober Brotkanten, und ihre fahle Haut hatte die bräunliche Farbe von spätem Herbstlaub, als wäre sie schon am Vermodern. Diese Assoziation veranlasste mich, einen Schritt zurückzutun und mir die Hände an der Tagesdecke abzuwischen. Ich wollte sie nicht berühren, und doch würde ich das müssen, wenn ich an ihr Telefon kommen wollte, das unter ihrem Rücken geraten war. Das hatte ich vergessen. Ich überlegte einen Augenblick, ob ich sie auf die Seite wälzen sollte. Das tat ich nicht, schob nur eine Hand unter sie. Daria wachte nicht davon auf. Nicht einmal ihre Lider zuckten, als ich ihren Daumen auf das Display drückte, um die Sperre zu öffnen. Das gelang mühelos. Dennoch war ich nervös.

Als Erstes löschte ich aus der Kamera die Fotos von meinem Pass, dann die von meinem Gesicht. Die Anrufliste überraschte mich: Es gab keine. Ebenso unergiebig war die Ausbeute von Darias Laptop, denn die Chronik des Browsers war leer. Dagegen gab es reichlich Fotos sowohl von der Familie aus dem Hundepark als auch von mir. Mit steifen Fingern verband ich Darias Telefon mit dem Laptop und steckte den aus einer Werbeaktion stammenden USB-Stick aus meiner Jackentasche hinein, um die Fotos zu kopieren. Ich erkannte darauf meinen Rücken, mein ausgestrecktes Bein, den Stiefel, dessen Reißverschluss ich geöffnet hatte, um nach dem langen Arbeitstag den Schmerz darin zu lindern. Die vom vielen Tragen hell gewordene Stiefelspitze sah aus wie die Nase eines alten Hundes. Ich warf einen Blick auf Daria. Sie schlief immer noch, schnaufte friedlich und ohne Reue dafür, dass sie mich privat ausgespäht und alles gespeichert hatte, mich, meine schlechte Haltung, meinen offen herabhängenden Stiefelschaft, die Tochter der Familie mit Weidenkätzchen in der Hand und ihren Bruder. Ich selbst hatte nicht gewagt, sie zu fotografieren. Die Art, wie Daria die Kinder im Park betrachtet hatte, machte mir ebenso viel Angst wie die Tatsache, dass sie mich gefunden hatte. Die Dreistigkeit, mit der sie die Kinder geknipst hatte, bereitete mir Pein. Erinnerte sie sich daran, wie mein Vater ausgesehen hatte? Hatte sie in dem Jungen im Hundepark meine oder die Züge meines Vaters erkannt?

Ich vergrößerte das Bild auf dem Handy. Der Junge blinzelte in der hellen Sonne. Aus ihm würde ein Charmeur werden, das konnte man jetzt schon sehen, ebenso wie meine eigene Talfahrt, und ein vernichtendes Gefühl von Scham brach über mich herein. Meine Haare standen in alle Richtungen ab. Die grauen Haaransätze waren deutlich erkennbar. Meine Kleider waren Lumpen. So sahen mich die Kinder. So sah mich der Junge.

Der Augenblick mit den Weidenkätzchen, der in der Bilderserie verewigt war, stammte von einem Abend vor der Karwoche, an dem ich gehört hatte, wie die Mutter der Familie mit einer anderen Hundebesitzerin über das Schmackostern sprach. Inspiriert von diesem Gespräch beschloss ich, Schokoladeneier zu kaufen und einen passenden Augenblick abzuwarten. Ich würde sie dem Mädchen im Tausch gegen die von ihr geschmückte Osterrute schenken und gleichzeitig auch dem Jungen welche anbieten, der der Süßigkeit nicht würde widerstehen können, obwohl er den Osterbasteleien schon entwachsen war. Wir würden uns unterhalten. Wir würden miteinander sprechen.

Dazu kam es jedoch nicht. Die Schokolade schmolz im Futter meines Mantels, oder es lag an meiner feuchten Hand, die immer wieder in die Manteltasche strebte, und jedes Mal vergeblich. Mir wurde klar, dass der Plan verrückt war. Alle Eltern würden eine erwachsene Person, die ihren Kindern Süßigkeiten anbot, für suspekt halten. Trotzdem konnte ich das Gefühl der Enttäuschung nicht unterdrücken, und das musste meine Aufmerksamkeit beeinträchtigt haben. Denn nichts sonst könnte erklären, dass ich die gleichzeitig im Park anwesende Daria nicht bemerkt hatte. Aber wieso war sie mir nicht schon früher aufgefallen? Hatte mich die Familie so in ihren Bann gezogen, dass ich blind geworden war für meine Umgebung? Daria hatte mich beobachtet, ihre Kamera auf mich gerichtet wie ein Zielfernrohr, sich vielleicht auf dieselbe Bank gesetzt, und trotzdem war ich noch am Leben. Sie hätte Zeit gehabt, meiner Ex-Chefin oder dir meinen Aufenthaltsort mitzuteilen. Oder für mich einen Unfall zu arrangieren. Das hatte sie nicht getan. Sie war nicht hinter mir her. Sie wollte sich nicht an mir rächen. Unsere Begegnung war nichts anderes als ein durch meine Schwäche verursachter Zufall, und daran musste ich mir selbst die Schuld geben. Während der vergangenen Monate hatte Daria mehr Fotos von den Kindern der Familie im Hundepark gemacht als von mir. Unter den Bilddateien fand sich kein Foto von meiner Haustür, keines von meinem Weg zur Arbeit und auch keines von meiner Mutter. Von der Familie im Hundepark dagegen gab es reichlich Bilder, ebenso von deren Haustür und den Fenstern. Die Namen der Kinder hatte Daria gehört, wenn die Eltern sie riefen. Sie war wegen der Familie hier, nicht meinetwegen. Sie hatte die Wahrheit gesagt. War die Familie ihr so wichtig – ebenso wichtig wie mir?

Ich weiß noch, wie schwierig es für mich war, in Helsinki Fuß zu fassen. Meine Erleichterung über die gelungene Flucht war im Handumdrehen verflogen, und der Winter war eine einzige finstere, schlaflose Nacht gewesen. Am Ende wusste ich nicht mehr, warum ich mir die Mühe gemacht hatte, zu fliehen, und warum ich mich zur Arbeit schleppte, nur um in meine vor Sehnsucht hallende Wohnung zurückzukehren, wo die Kaffeetassen genau so dastanden, wie ich sie am Morgen verlassen hatte, und wo es niemals den Geruch von irgendjemand anders gab als von mir selbst, geschweige denn die Unordnung eines anderen Menschen. Ich hatte nicht gewusst, dass mir solche Dinge fehlen könnten.

Meine alte Leidenschaft, Sprachen zu lernen, war verschwunden, und das Lesen erforderte zu viel Konzentration, und doch war immer noch etwas von meinem alten Ich übrig. Meine Ohren funktionierten genauso wie früher und registrierten automatisch neue Wörter aus Gesprächen von Passanten. Just diese Gewohnheit rief mir die Familie aus dem Hundepark in Erinnerung. Ich saß in der Straßenbahn, als sich ein Paar hinter mir über Luxuswohnungen in der Stadt unterhielt. Ein Wort klirrte mir im Ohr wie ein Löffel im Teeglas. *Siltasaari*. Den Namen des Stadtteils hatte ich schon gehört. Dort hatte ein Ehepaar gewohnt, alte Kunden von mir. Ich umklammerte den Rand der Bank. Als die Familie sich wegen eines zweiten Kindes an unser Büro wandte, war ich schon Koordinatorin, und als ich für die Familie die Papiere bearbeitete, erfuhr ich endlich ihren Namen und ihre Adresse. Das Internet verriet den Rest. Der Mann war ein gut verdienender Ingenieur und die Frau Leiterin der Marketingabteilung eines großen Unternehmens. Schon damals hatte ihr Leben vollkommen gewirkt. Siltasaari hatte ich mir auf der Karte angesehen und auf den Fotos die Ansicht der Töölö-Bucht bewundert, ohne zu ahnen, dass sie eines Tages auch meine Landschaft sein würden und dass die Familie nur einen Steinwurf entfernt von meiner eigenen kleinen Wohnung leben würde. Nachdem das Ehepaar mit unserer Hilfe die Anzahl ihrer Kinder vervollständigt hatte, beschloss ich, sie zu vergessen, und daran hatte ich mich gehalten.

Ich konnte ihnen jeden Augenblick über den Weg laufen.

Von dem Gedanken bekam ich einen trockenen Mund.

An der nächsten Haltestelle stieg ich aus. Ich schlotterte so haltlos, als wäre ich gerade einem Eisloch entstiegen. Zwar besaß ich einen finnischen Pass und ein neues Leben in dieser nach Meer duftenden Stadt, aber meine Eisfestung, die ich mir so sorgfältig gebaut hatte, drohte zu schmelzen – ich spürte schon, wie sie knirschte. Trotz der Gebühren für diesen Service rief ich die Auskunft an und hoffte, die Familie wäre umgezogen. Meine Hoffnung war vergeblich, mein fragiler Frieden dahin. Ich war nicht imstande, aus dem Haus zu gehen, ohne darüber nachzudenken, ob ich der Familie begegnen, zufällig in derselben Kassenschlange stehen, gleichzeitig mit ihr das Postamt betreten, an der Straßenbahnhaltestelle warten oder zum Kiosk gehen würde. Ob ich sie überhaupt wiedererkennen würde? Und würden die Eltern mich wiedererkennen, und wenn ja, was wäre dann? War die Frau so eine Mutter, wie sie es zu verstehen gegeben hatte, oder ganz anders? War sie immer noch blond, trug sie immer noch die gleichen Kamelhaarmäntel wie früher, blieb sie mit den Kindern zu Hause oder war sie berufstätig? Machten die Geschwister Leichtathletik und Turnen, wie die Frau es gehofft hatte? Ich musste sehen, wie sie aussahen.

Als der Gedanke sich in mir eingenistet hatte, brannte er wie ein Senfpflaster, das zu lange auf der Haut gelegen hat. Ich wusste, dieses Brennen würde erst dann nachlassen, wenn ich die Familie ausfindig gemacht hätte. Während ich ihre Profile in den sozialen Medien durchsah, redete ich mir ein, dass ich mich nur um meine eigene Sicherheit kümmerte. Ich musste die Kinder identifizieren, um Fallstricke zu vermeiden. Ständig führte ich mir mögliche Begegnungen vor Augen, und meine Fantasie kannte in dieser Hinsicht keine Grenzen. Mir wurde klar, dass es das Klügste wäre, irgendwohin weiter weg zu ziehen. Eine wie ich hatte jedoch auf dem Wohnungsmarkt keinen guten Stand, meine Zweizimmerwohnung war in schlechtem Zustand und die Miete deshalb niedrig, und mein jetziges Wohngebiet entsprach meinen Bedürfnissen: Es war anonym und von Migranten bevölkert. Eine ähnliche Wohnung würde ich nicht so leicht finden.

Die Familie spionierte ich über das Internet aus, ohne über ihr Leben mehr herauszubekommen als bloße Kostproben der Dinge, die sie mit anderen teilen wollten: Posts über das Eishockeyhobby des Sohnes, über die Reit- und Turnstunden des Mädchens, Fotos von ihrem Hund im Park, Fotos vom Hund in der Hundeschule, Fotos vom Hund bei Hundeschauen sowie Rosetten, die er dabei bekommen hatte, von Schalen mit Ostergras und von der skandinavisch hellen Inneneinrichtung ihrer Wohnung. Viel Birke, Flickenteppiche wie Schönwetter-wolken, Fenster ohne Vorhänge – die Familie liebte natürliches Licht. Ich machte Spaziergänge in Siltasaari, sah zu den oberen Etagen des Hauses hinauf, aber es nützte mir nichts, dass die Fenster keine Vorhänge hatten: Die Familie wohnte in der obersten Etage, und ich sah nur das aus ihren Fenstern flutende Licht. Das verschlimmerte meinen Hunger.

Trotzdem wagte ich es nicht, weiter in ihr Leben vorzudringen. Ich begnügte mich damit, sie im Internet zu beobachten, und schuf mir zu diesem Zweck sogar ein falsches Profil in den sozialen Medien. Die Familie führte offenbar ein abwechslungsreiches gesellschaftliches Leben. Ich vermutete, sie würden die Freundschaftsanfrage einer scheinbar unbekannten Frau nicht weiter beachten, sondern sie ohne große Bedenken akzeptieren, und darin lag ich richtig. Unbemerkt ging ich in der Menge unter und kam so an die Porträtfotos der Kinder, die nicht öffentlich einsehbar waren. Und lernte auch ihre Namen: Väinö und Aino. Ich sagte mir, das müsse genügen. Ich hatte bekommen, was ich gesucht hatte. Ich würde die Mitglieder der Familie erkennen und ihnen ausweichen können, wenn eines davon mir entgegenkäme. Jetzt wusste ich, dass es dem Jungen gut ging und wie er aussah. Zu meiner Überraschung ähnelte er meinem Vater mehr als mir: Die Form der Augenbrauen entsprach derjenigen meines Vaters, ebenso der Bogen der Nase, und seine Haare waren dunkel. Im Nachhinein ist es für mich schwer zu verstehen, warum gerade das am Himmel explodierte Flugzeug mich veranlasste, die Nähe der Familie zu suchen. Im Juli 2014 schossen die Russen eine malaysische Passagiermaschine ab, und dieses Ereignis bewirkte, dass ich tollkühn begann, regelmäßig den Hundepark zu besuchen.

Die beiden Dinge hatten eigentlich nichts miteinander zu tun. Ich war in Helsinki, die Maschine stürzte in der Ostukraine auf dem von Russland besetzten Gebiet ab, und darin hatte niemand gesessen, den ich kannte, aber ihre Trümmer stürzten auf Gegenden herab, an die ich mich nur allzu gut erinnerte.

Als ich die Nachricht hörte, putzte ich gerade bei einem Rentner die Spüle. Die Stimme im Fernseher schwoll an, und gleichzeitig begann das Telefon in meiner Tasche zu klingeln. Ich schaute nach. Es war Mutter, aber ich ging nicht dran. Ich erkannte einzelne Wörter aus den dürren Sätzen des Nachrichtensprechers, und die zogen mich unwiderstehlich ins Wohnzimmer. Der alte Mann erhob sich von der Couch, sah abwechselnd auf den Bildschirm und zu mir und sagte: »Du bist doch aus der Ukraine.«

Ich kehrte in die Küche zurück, trank ein Glas Wasser und beobachtete, wie es aus dem Hahn floss, bewegte die Griffe nach links und nach rechts, von kalt zu heiß, und konzentrierte meine Gedanken darauf, dass man hier das Wasser aus der Leitung ohne komplizierte Reinigungssysteme trank. Hier gab es in den Badezimmern keine gasbetriebenen Warmwasserspeicher. Kinder, die hier aufwuchsen, hatten keine Ahnung, was das war. Sollten sie jemals die Ukraine besuchen, würden sie auch nicht wissen, was ein Wasserkiosk ist. Und sie würden annehmen, dass die überall aus den Wänden herausragenden Wasserreinigungsautomaten Erfrischungsgetränke verkauften, sie würden aus alter Gewohnheit unbesorgt das Wasser aus dem Hahn trinken und sich wundern über die bestürzten Mienen der Einheimischen, die das sahen. Ich konzentrierte mich auf den Wassertropfen an meinem Glas, als gäbe es nichts Wichtigeres, obwohl die monotone Stimme des

Nachrichtensprechers sich mit der Beharrlichkeit eines Bohrers bemühte, in meinen Kopf vorzudringen, und das Telefon in meiner Tasche klingelte. Ich wollte nichts von den Menschen wissen, die damals in der Ostukraine lebten. Von niemandem, auf dessen Hof Leichen und Leichenteile, Köpfe und Hände vom Himmel gefallen waren, von niemandem, durch dessen Dach ein verbrannter Holländer herabgestürzt war. Ich wollte nichts hören von Menschen, die in den Keller umzogen und deren Kinder auf dem Weg zur Schule an Bruchstücken von Sitzen aus der Passagierkabine vorbeigehen mussten, und ich wollte nicht wissen, wie sich all das auf den Verlauf des Krieges auswirken würde. Die Russen beschuldigten die Ukrainer und die Ukrainer die Russen. Niemand schien zu wissen, was wirklich geschehen war.

Die Welt hatte nichts von dem ärmlichen Dörfchen Hrabowe gewusst, bevor das malaysische Flugzeug über ihm explodiert war. Plötzlich waren alle Länder, aus denen Bürger in der Maschine gesessen hatten – 283 Passagiere und 15 Besatzungsmitglieder –, Betroffene, und einen Augenblick lang dachte ich schon, dass deshalb dieses Ereignis dem Krieg ein Ende setzen müsste. Dass die Außenstehenden ihm sofort einen Riegel vorschieben würden, aber dieser Augenblick ging schnell vorüber, ich schluckte diese kindliche Vorstellung mit einem weiteren Glas Wasser hinunter und verstand, dass die Sache keinerlei Bedeutung haben würde. Der Krieg würde weitergehen, es würde noch mehr Leichen geben, kopflose oder verbrannte oder zu Spurlosigkeit explodierte, und vielleicht noch mehr vom Himmel fallende Flugzeuge, und nie würde sich jemand dafür verantworten müssen.

Der alte Mann kam in die Küche geschlurft und behielt dabei den Fernsehbildschirm im Auge. Ich verlagerte das

Gewicht von einem Bein auf das andere. Holte tief Luft. Drückte das Glas in meiner Hand. Starrte die Anstrengung des Tropfens unter der Oberflächenspannung an. Gleich würde der Opa mich fragen, was das zu bedeuten habe und ob Putin verrückt geworden sei, und mit seiner Fragerei würde er erst dann aufhören, wenn er eine Antwort bekommen hätte, wie er sie in den Nachrichten nicht bekam, etwas *Authentischeres*, etwas, das er weitergeben, seinen Kindern erzählen könnte.

Schon allein die Schlagzeilen über die auf dem Maidan versammelten Revolutionäre oder, besser gesagt, die zugespitzte Situation in der Ukraine hatten die Atmosphäre auf der Arbeit verändert. Als Präsident Janukowytsch seine Truppen auf die Maidanisten gehetzt hatte, waren die auf dem Platz versammelten Menschen aufgeschreckt, die Zeitungen waren erwacht, die Journalisten aufmerksam geworden, und jeder Finne, den ich traf, sah mich mit neuen Augen, als wäre ihm gerade aufgegangen, dass seine Putzfrau aus einem Land kam, wo sich etwas ereignete. Aus einem Land, in dem ein Volksaufstand im Gange war und über dessen Präsidenten alles Mögliche ans Tageslicht kam. Dessen Präsident eine Marionette Moskaus, ein richtiger Scheißkerl, war. Vorher hatte man mich wahrscheinlich für eine Russin gehalten, und deshalb hatten alle, die die Nachrichten beklagen wollten, sich vergewissern wollen, woher ich kam. Ich erzählte ihnen, ich käme aus Kiew, nicht aus der Ostukraine, und wenn sie das hörten, seufzten die Finnen erleichtert und zugleich voller Bedauern. Wenn ich früher für sie unsichtbar gewesen war, hatte die Revolution mich allzu sichtbar gemacht, und der bald beginnende Krieg machte mich für sie zu einem Ausrufezeichen.

Anfangs erschreckte mich das, bis ich verstand, dass es sich um Mitgefühl handelte. Ich weiß noch, wie ich einmal mit einer russischen Putzfrau in Streit geriet, von der ich manchmal aus dem Osten importiertes *Analgin* und *Korvalol* kaufte, weil sie häufiger nach Russland fuhr als meine Mutter nach Finnland. Mit den Jahren waren wir ein gut zusammenarbeitendes Team geworden, und ich war sogar auf ihrer Geburtstagsfeier gewesen. Der Krieg änderte das. Der alte Mann, dessen Fenster wir putzten, beobachtete uns bei der Arbeit und fragte uns schließlich nach der Lage in der Ukraine. Meine Kollegin wurde wütend und beschimpfte die Ukrainer als blutgierige Faschisten, und ich warf eine Flasche Putzmittel nach ihr. Der Zwischenfall kam unserem Chef zu Ohren, und ich fürchtete, er würde mich rauswerfen. Die Finnen protestierten jedoch auf ihre eigene Weise, und viele von ihnen teilten der Firma mit, dass sie bei sich zu Hause keine Russkis haben wollten. Ich bekam die Schichten der Russinnen und die Warnung, dass es nicht nötig sei, in der Arbeitszeit über Putin zu sprechen. Niemand wollte ein politisches Schlachtfeld in seiner Wohnung, auf seinen Erdbeerfeldern oder an anderen Arbeitsstellen haben, deren Personal aus Ukrainern, Russen und anderen Vertretern von Nationalitäten bestand, die mit der Sache mehr oder weniger zu tun hatten. So war es angeblich auch anderswo vereinbart worden. In der Presse wurde das »Erdbeerfrieden« genannt.

Die Finnen fragten mich um Rat, wie man den Revolutionären am sichersten Unterstützung zukommen lassen könnte. Manche erinnerten sich noch an den Winterkrieg, und ein Jahr nach Beginn der Kämpfe überlegten die älteren Leute, wie es wäre, wenn der Krieg auch nach Finnland käme. Nach den gegen Russland verhängten wirtschaftlichen Sanktionen wurde der für die Märkte im Osten bestimmte Käse in Finnland zu Spottpreisen verscherbelt und im Volksmund »Putin-Käse« genannt. Darüber waren Witze im Umlauf, die Packungen wurden einkaufswagenweise gekauft – sie waren ein Hit. Ich bekam sie von Leuten, bei denen ich putzte, geschenkt, und zusammen lachten wir darüber.

Nach dem Absturz des Flugzeugs wollte ich weder Radio hören noch Fernsehen schauen oder im Internet Nachrichten lesen. Meine Mutter, die damals gerade bei mir zu Besuch war, wollte das, und sie wollte wieder nach Hause zurück. Ich ließ sie nicht. Der Krieg konnte sich ausweiten, die Grenzen vielleicht geschlossen werden, es konnte sonst was passieren. Am Ende des Arbeitstages wartete auf mich eine Wohnung, die sich in ein Babel von Nachrichtenkanälen verwandelt hatte. Mutter verfolgte das Geschehen auf Ukrainisch, Russisch, Englisch und Finnisch, obwohl sie nur zwei dieser Sprachen verstand. Ich schaltete die Sender ab, und einmal unterbrach ich auf diese Weise die Hymne der Ukraine. Heimlich schaltete Mutter die Sendung wieder ein. So machten wir das wochenlang. Ich schwieg, als Mutter sagte, das Leid der Person, die nicht dort gewesen war, sei immer das größere. Anders als Mutter dachte ich nicht mehr an das Flugzeug, nicht an die vom Himmel fallenden Körperteile, nicht an die Flüchtlinge aus Donezk, von denen Dnipropetrowsk voll war, nicht an die Geschäftsleute, die ihr Geld von Donezk nach Dnipro transferiert hatten, nicht daran, wie viel du sicherlich zu tun hattest. Ich dachte an die Familie, die im Stadtteil Siltasaari wohnte, und daran, wie nahe ich mich an sie heranwagen würde. Mutters Monologe und die Stimmen der Nachrichtenredakteure waren wie Regen, der gegen die Scheiben trommelte, den ich sah, der mich jedoch nicht berührte. Als hätte ich nicht einmal verstanden, was das gegen die Scheiben trommelnde Wasser war, woher es kam, und warum.

Vielleicht rührte die Veränderung daher, dass die Maschine ausgerechnet am Himmel über Snischne explodiert war, nur wenige Kilometer von dem Haus entfernt, in dem die Eltern meines Vaters gewohnt hatten. Dass Snischne in den Besitz der russischen Truppen geraten war, hatte in mir jedoch nicht dasselbe Gefühl erzeugt, auch nicht die Tatsache, dass jetzt in diesem Gebiet die Fahnen der Volksrepublik Donezk geschwenkt wurden, weder der Strom der Kriegsflüchtlinge aus dem Donbass noch sonst irgendeine Kriegsmeldung. Keine einzige Leiche. Nicht ein Verschwundener, nicht ein Festgenommener, nicht die Reihen der Verwundeten. Nicht die Bilder der von Russland in den Donbass fahrenden langen Schlangen der mit Waffen beladenen Lastwagen, von denen die Russen behaupteten, sie leisteten humanitäre Hilfe. Nicht die Bilder vom Bombenhagel auf Snischne und von dessen Auswirkungen, von den Menschen, die sich in ihren Kellern verkrochen hatten, von den in Teppiche eingerollten Leichen, von den Bündeln am Wegrand, den Rettungswagen, den vertrauten, rundäugigen *Tabletkas*. Nicht die Videos, in denen eine zornige Ortsansässige die ukrainische Armee als Faschisten, die die eigenen Bürger mordeten, beschimpfte und deshalb Putin zu Hilfe gerufen hatte, und auch nicht, dass ein und dieselbe Frau auch anderswo eine Ortsansässige spielte – mal eine Familienmutter aus Odessa, mal die Mutter eines Soldaten aus Kiew, mal eine Antimaidanistin aus Charkiw. Das russische Fernsehen räumte dieser seiner Dienstbotin reichlich Interviewzeit ein. Einmal hatte die

Frau vor einem eingestürzten Haus in Snischne gesprochen wie ein Politruk und drohend mit einem Splitter in der Hand herumgefuchtelt. Hinter ihr ergossen sich die Eingeweide eines Mehretagenhauses auf den Hof. Nach Angaben der ukrainischen Armee waren deren eigene Maschinen zur Zeit dieses Bombenangriffs nicht geflogen, und Russland wurde beschuldigt, es versuche mit diesem Schlag, die Ukraine als die Schuldige hinzustellen, aber es gab reichlich Augenzeugen, die russische Panzer gesehen hatten. Keine dieser Nachrichten überraschte mich, und ich wunderte mich auch nicht, als sich später herausstellte, dass die Russen die Rakete, mit der das malaysische Flugzeug abgeschossen wurde, am helllichten Tage mit ihren Panzern durch Snischne transportiert hatten, ja, sie hatten sogar bei dem Supermarkt *Furschet* gehalten und eine Pause eingelegt. Vielleicht waren sie hungrig gewesen. Vielleicht hatten sie als Proviant eine Tüte Sonnenblumenkerne gekauft oder etwas Solideres wie Huhn, eingewickelt in Lavashbrot. Ich dachte an den Lenin-Prospekt, an dem der mit narzissengelbem Wellblech verkleidete Laden lag, an Männer, die Shawarmarollen in der Hand hielten und dazu mit Schweiß auf der Stirn aus Zwei-Liter-Flaschen Bier tranken. Oder vielleicht hatten sie Eis und Wasser verlangt. Der Juli war in Snischne sehr heiß. Vielleicht hatten sich die Männer mit ebensolchem *Plombir*-Sahneeis abgekühlt, wie ich es getan und, den weich werdenden Waffelbecher in der Hand, überlegt hatte, wie ich dem abgeschiedenen Dorf entkommen könnte. Den Supermarkt mit den gelben Wänden gab es damals noch nicht, aber vielleicht hatten die Soldaten über dasselbe nachgedacht und den Auftrag verflucht, der sie in diese abgelegene Gegend geführt hatte. Vielleicht hatten sie von Urlaub und ihren Freundinnen geträumt, sich dann den

Mund abgewischt, den Abfall auf den Boden geworfen, den Vorübergehenden mit dem Siegeszeichen zugewinkt und sich aufgemacht, das Flugzeug abzuschießen.

Das Haus der Eltern meines Vaters war sehr hübsch und sorgfältig gepflegt. Vielleicht wohnte jetzt die Familie eines Separatisten darin, und vielleicht grub die Familie jetzt unsere Kohle. Die Vertreter der neuen Macht hatten die *Kopankas* in Besitz genommen und machten damit Geld. Meine Mutter dankte der Gottesgebärerin dafür, dass meine Großeltern diese Zerstörung, die Gier und die Plünderungen nicht mitansehen mussten. Das alles machte meine Mutter wütend, aber nicht mich. Früher hätte ich gedacht, dass dieser Winkel des Landes das bekam, was er verdient hatte. Meinetwegen hätte jeder schiefe Tunnel und jeder krumme Schacht explodieren, jede Eisenhütte erlöschen und jedes Gebäude einstürzen können, jetzt aber beschämten mich diese Gedanken. Nur einen Steinwurf entfernt von unserem ehemaligen Zuhause gab es möglicherweise Hunderttausende russische Soldaten. Fünfundsiebzig Prozent der Bürger Russlands befürworteten den Krieg gegen die Ukraine. Diese hohen Zahlen und die Menge der Militärstiefel drangen mit einer Macht in mein Bewusstsein, dass mir die Ohren klangen. Das konnte man nicht mit einem Achselzucken abtun oder dadurch, dass man die Gegenseite als *Watniki*, Wattejacken, oder als Putin sklavisch ergebene Dummköpfe beschimpfte. Sie wollten uns wirklich töten.

Mir war Snischne immer zuwider gewesen, die ganze Gegend, aber plötzlich erschien mir das falsch. Ebenso falsch erschien mir, dass ich die Stadt, die meine Heimat hätte werden können, verlassen hatte. Ich überlegte, wie es gewesen wäre, wenn wir in dem Haus, das uns Vater beschafft hatte, hätten bleiben können und ich niemals nach Paris geflüchtet wäre. Wäre ich dann genauso glücklich gewesen, wie ich es war, als ich die Zügel meines Lebens endlich selbst in die Hände genommen hatte? Oder hätte ich mit Hingabe ein Familienunternehmen aufgebaut? Wäre ich in das Geschäft meines Vaters eingestiegen, hätte ich dann mit *Vopli Vidopliassova* auch in meinem Auto in Snischne mitgesungen, oder hätte ich etwas anderes geschmettert? Hätte ich mich in einen Mann aus dem Ort verliebt, geheiratet und meine Kinder mit Osterbrot im Korb zu den Familiengräbern geführt? Wäre das alles mit dem Krieg zusammengebrochen, wären auf meinen Esstisch verbrannte Leichenteile geklatscht, hätte mein Sohn Hülsen und Splitter zum Spielen gesammelt, hätte mein Mann oder mein Vater mit den Separatisten über Gruben, *Kopankas* und Kohletransporte verhandelt, hätte meine Mutter sich widersetzt, und wäre mein findiger Vater darauf eingegangen? Vielleicht hätte er sich in der Gesellschaft der neuen Machthaber wohlgefühlt. Vielleicht wäre er reich geworden.

Oder vielleicht hätte er eine Kugel in den Kopf bekommen, und wir wären so oder so geflohen, entweder zu meiner Tante nach Mykolajiw oder mit den anderen Flüchtlingen nach Dnipro oder Saporischschja, wir hätten uns in einem Container eingerichtet, und ich hätte jeden Abend gebetet, die neuen Bewohner von Großmutters Zuhause mögen von einer Kugel getroffen werden oder auf eine Mine treten oder ein Rudel großer Hunde möge über sie herfallen, und weiter hätte ich in dem Gedanken geschwelgt, wie hungrig die von den Flüchtlingen zurückgelassenen Hunde wären, denn das wären sie, völlig verwildert, ja, noch wilder als die Wildhunde von Tschernobyl.

Aber wir hatten Snischne vor langer Zeit verlassen, und ich habe mich nicht an der Revolution beteiligt, an keiner einzigen, auf keiner Seite, ich habe mich weder den Separatisten angeschlossen noch der ukrainischen Armee, die jetzt auch Frauen in ihre Reihen aufnahm, ich habe nichts von dem getan, was ich getan hätte, wenn ich immer noch in der Ukraine wäre. Stattdessen verfolgte ich den Verlauf des Krieges von einer Stadt aus, wo solche Dinge nur Schlagzeilen in den Zeitungen waren, und aus irgendeinem Grund fielen mir Verse von Jewgeni Jewtuschenko ein. Sie gingen mir durch den Kopf, als hätte ich erst jetzt verstanden, was sie besagten.

> *Jeder hier erschossene Greis –: ich.*
> *Jedes hier erschossene Kind –: ich.*
> *Nichts, keine Faser in mir vergisst das je.*

Diese Worte hämmerten unaufhörlich in meinem Schädel wie ein ungebetener Gast, der nicht bereit ist, von meiner Tür zu verschwinden. Nachts erwachte ich davon. Ich schrieb sie auf einen Zettel, obwohl ich eigentlich eine Einkaufsliste hatte machen wollen, und ich wurde gewahr, dass ich sie laut vor mich hin murmelte, während ich den Fußboden wischte. Aber sie ließen mich in Ruhe, wenn ich mich in den Hundepark wagte.

Aus der Parkbank wurde ein weicher Kinosessel, in dem ich versank, um an nichts anderes zu denken. Dort beobachtete ich das Leben der Familie, die dort immer wieder auftauchte, wie eine Geschichte, die meine eigene hätte sein können, wenn alles anders gelaufen wäre.

Zum ersten Mal wagte ich es, den Park im gnädigen Schutz der Dämmerung zu betreten. Schleichend näherte ich mich der Bank, auf der häufig jemand aus der Familie saß. Vorsichtig ließ ich mich darauf nieder, als wären die Sitzbretter aus Glas, betrachtete die Landschaft, ihre Landschaft, und stellte mir ihr Leben vor in dem Land, wo Hunde eigene Parks hatten, die besser gepflegt waren als die für Menschen bestimmten Erholungsgebiete in der Ukraine. Ich wanderte von einem Baum zum anderen und den ganzen Zaun des Hundeauslaufs entlang und berechnete, wie viele Sekunden ich brauchen würde, um auf die Straße zu gelangen, falls ich erwischt würde. Ich übte das. Ich geriet außer Atem. Niemand war zu sehen außer einem in der Ferne auftauchenden Kopf, der wahrscheinlich zu einem Obdachlosen gehörte. Niemand erschien, der sich über mein Verhalten gewundert hätte. Am helllichten Tage wäre das ganz anders. Dennoch beschloss ich, es zu wagen. Beim nächsten Mal würde ich tagsüber hierherkommen, und zwar zu der Zeit, wenn die Familie ihren Hund ausführte. Ich würde verschwinden, sobald etwas darauf hinwiese, dass ich erkannt worden war, und sei es nur ein etwas länger verweilender Blick. Dann würde ich nicht wiederkommen. Ich würde mir die Haare färben, anderswo eine Wohnung suchen, vielleicht in einer anderen Stadt, und mich nach einer anderen Arbeit umsehen. Die Familie würde glauben, sie habe sich geirrt. Eine Weile noch würden sie ihre Umgebung beobachten, aber dann würden sie die Sache vergessen und annehmen, dass ihre Fantasie ihnen einen Streich gespielt hatte. Wenn es anders liefe, würde die Agentur die Leute beruhigen. Dort war man an Kunden mit Verfolgungswahn gewöhnt, die anriefen, weil sie sich einbildeten, an irgendwelchen unbekannten Personen die Züge ihrer Kinder zu erkennen. Niemand im Büro würde sie ernst nehmen.

Nachdem ich eine Woche lang Mut gefasst hatte, ging ich bei strahlendem Sonnenschein in den Park. Unterwegs prüfte ich im Handspiegel, wie ich aussah. Mein Mantel hatte eine Kapuze, deren Bänder ich mal lockerte, mal stramm zog. Schweißtropfen liefen mir über die Sonnenbrille auf die Nase, und die Bibliotheksbücher wogen schwer. Ich war auf die Idee gekommen, sie mitzunehmen, als mir klar geworden war, dass ich nicht müßig wirken durfte. Im Park und in seiner Nähe waren vergiftete Hundeleckerli gefunden worden, und die Menschen waren auf der Hut. Ich hatte mich gut vorbereitet, und dennoch nagte an mir der Verdacht, dass ich nicht in den Kreis der Familie passte, ja, nicht einmal in den von ihr bevorzugten Park. Der Verlust meines früheren Lebensstandards hatte aus mir eine Verkörperung meines neuen Berufs gemacht. Nichts an mir erinnerte an die Person, die ich gewesen war. Meine Haut war ledrig geworden, ihre Poren wuchsen sich zu Eislöchern aus. Lippenstift war Vaseline gewichen und die Hundert-Euro-Strumpfhosen Lappen aus dem Wohltätigkeitsladen. Auf dem Rücken trug ich einen Rucksack wie die Einheimischen, und der hatte schon lange nicht mehr lächerlich gewirkt. Von meinem früheren Ich war nichts mehr übrig, und genau so sollte es sein. Sie würden mich nicht wiedererkennen. Trotzdem genierte ich mich, so aufzutreten. Ich fürchtete, in den Augen des Jungen die Verachtung für die Frau aus dem Pöbel zu sehen, falls er in meine Richtung blicken sollte. Ließ ich mich von meinen Ängsten aufhalten? Natürlich nicht. Ich konnte nicht aufhören, jetzt nicht mehr.

Als ich die Familie endlich leibhaftig vor mir sah, klammerte ich mich an der Armlehne der Bank fest und war mir sicher, dass ihr Hund meine Absicht witterte. Er war so klug, so wachsam in Bezug auf seine Umgebung, und es konnte einfach nicht sein, dass er nicht die Gefahr erkannte, die ich darstellte. Falls der Schnauzer sich auf mich stürzen sollte, würde die Mutter zu mir herübergerannt kommen. Sie würde schreien und ihren Liebling verteidigen, der sich noch nie so verhalten habe, und mich dann erkennen.

Der Hund blieb nicht stehen, um mich zu beschnuppern, geschweige denn, dass er mit dem Schwanz gewedelt hätte.

Die Frau verfolgte mit dem Blick das Mädchen, das mit dem Hund herumtollte.

Der Mann war in sein Telefongespräch vertieft.

Der Sohn war in der Nähe der Pforte stehen geblieben und schien nicht zu bemerken, was um ihn herum vorging.

Das Handy nahm seine ganze Aufmerksamkeit in Anspruch.

Langsam stand ich auf, ging auf den Jungen zu und rechnete fest damit, dass die Frau gleich aufschreien und sich auf mich stürzen, mir das Gesicht mit den von der Nageldesignerin gehärteten Nägeln zerkratzen und mich an den Haaren reißen würde, und der Mann würde nicht versuchen, ihr Einhalt zu gebieten. Irgendein Unbeteiligter würde die Polizei alarmieren. Der Mann würde mit den Kindern davoneilen und meine ehemalige Chefin anrufen.

Für einen Augenblick blieb ich zwei Meter vor dem Jungen stehen. Er wandte den Blick nicht vom Display seines Handys, seine Finger hörten nicht auf, darauf herumzutippen. Er sah mich nicht. Der Hund unterbrach sein Herumtollen innerhalb der Umzäunung nicht, um vor mir innezuhalten und mich anzuknurren. Die Nase des Jungen war immer noch die meines Vaters, aber das Durchscheinende seiner Haut stammte von mir.

Mir wurde klar, dass meine Furcht, erkannt zu werden, auf meiner Eitelkeit beruhte, einem Rest meines früheren Ichs, das sich seiner Unersetzlichkeit sehr sicher gewesen war. Ich hätte es besser wissen müssen. Die Familie würde mich auch dann nicht erkennen, wenn ich immer noch regelmäßig zum Friseur ginge und das Leder meiner Taschen von derselben Qualität wäre wie früher. Frauen wie wir waren unsichtbar. Die Erinnerung an unsere Gesichter schmolz im Gedächtnis der anderen wie Schnee, weil keiner unserer Kunden sich unserer Existenz erinnern wollte.

An einem frostigen Tag geschah etwas Unerwartetes: Die Frau kam selbst auf mich zu. Das Lesen im Park war im Winter nicht glaubhaft, sodass ich mir angewöhnt hatte, das Gebiet zu umrunden, als wäre ich auf einem Spaziergang. Ich sah, wie die Frau die Pforte des Hundeauslaufs öffnete. Deshalb beschleunigte ich meine Schritte und wollte die Straße überqueren, bevor die Frau mir nahe kam. Sie blieb jedoch bei der Umzäunung stehen, und als sie bemerkte, dass ich mich zwischen den Autos hindurch auf die andere Straßenseite stahl, setzte sie sich in meine Richtung in Bewegung und versuchte, mich einzuholen. Ich war mir sicher, dass ich aufgeflogen war. Sie hatte sich an mich erinnert. Ich blieb stehen. Vielleicht sollte ich einfach alles geschehen lassen. Ich schloss die Augen. Erwartete Schläge. Doch nein. Die Frau grüßte mich, entschuldigte sich für die Störung und versicherte, sie werde mich nicht lange aufhalten. Zunächst verstand ich nicht, was sie vom abnehmenden Tageslicht und von der unberührten Schneefläche erklärte. Dann begriff ich. Sie wollte, dass ich ein Foto machte, aus dem sie für ihre Verwandten eine Weihnachtskarte gestalten könnte, und im Park war sonst niemand, den sie hätte um Hilfe bitten können. Der Tag war so außergewöhnlich schön, dass sie dieses abnehmende Licht und die Unberührtheit der Schneefläche nicht ungenutzt lassen wollte.

Ich fing die Winterlandschaft und den vor Familienglück strahlenden Augenblick ihres Aufenthalts im Freien in einer Weise ein, zu der nur ein Mensch imstande ist, dem ein solcher Traum fehlt.

Von nun an nickte die Frau mir im Vorübergehen zu. Die übrige Familie folgte ihrem Beispiel. Ein leichtes Lächeln, ein Nicken, ein Gruß. Der Hund wedelte mit dem Schwanz und ließ sich tätscheln. Das Mädchen nahm lebhafter Kontakt auf, der Junge weniger oder gar nicht. Er schaute nicht einmal in meine Richtung, geschweige denn, dass er gelächelt hätte so wie das Mädchen, das munter dem Beispiel ihrer Mutter gefolgt war. Trotzdem war ich voller Hoffnung und begann in meiner Manteltasche kleine Leckereien bereitzuhalten. Die würde ich heimlich an den Hund verfüttern, und so würden wir uns anfreunden. Ich vertraute auf das gute Gedächtnis des Tiers und redete mir ein, dass sich eine solche Situation sicherlich nochmals ergeben würde. Die Frau würde noch einmal jemandes Hilfe benötigen, wenn das Wetter perfekt oder die Wolkenformen oder das Abendrot außergewöhnlich malerisch waren. Allmählich würde sich das Nicken zu einem Geplauder vertiefen, Wort für Wort zu einem richtigen Gespräch werden, der Hund würde in Erinnerung an die Leckerli gar nicht aufhören wollen, mit mir zu spielen, und dann würde auch der Junge stehen bleiben und mich grüßen.

Das geschah allerdings nie.

Das leichte Nicken hörte auf.

Der Hund wedelte bei anderen mit dem Schwanz, nicht bei mir.

Es überraschte mich, wie ernst ich das nahm, wie viel mir ein kleines Nicken bedeutet hatte, wie sehr ich erwartet hatte, dass die Situation sich in eine andere Richtung entwickeln würde. Am Abend leerte ich die Flasche mit dem *Horilka*, den Boris selbst gebrannt und den Mutter mitgebracht hatte, und versicherte mir selbst, dass ich genau das bekommen hatte, was ich angestrebt hatte: die Sicherheit, dass die Familie mich nicht erkennen würde, und Beweise für die guten Eigenschaften der Eltern. Die Frau war die Mutter, die sie behauptet hatte zu sein. Der Mann war ein Vater, wie ich ihn mir vorgestellt hatte. Spuren meiner Familie zeigten sich an dem Jungen nur als leise Andeutung in seinen Gesichtszügen. Es war mir gelungen, zu einem Zeitpunkt, da die ganze Familie noch Qualitätszeit miteinander verbrachte, einen Einblick in ihr Leben zu bekommen; das musste genügen. In ein paar Jahren würde sich der Junge nicht mehr im Park zeigen, und die Frau würde sich nach den Tagen zurücksehnen, als der Junge noch das Eis an seinen Handschuhen abgelutscht hatte. Nicht mehr lange, und der Junge würde aufs Gymnasium gehen und später vielleicht auf die Universität, und wenn er das täte, bekäme er eine ordentliche Studienbeihilfe und wäre nicht auf Säcke mit Kartoffeln angewiesen, die die Eltern ihm per Post schickten. Falls er Wehrdienst leisten müsste, würde er kaum in einem Krieg zu kämpfen brauchen. Nach der Schule würde er nicht in eine *Kopanka* kriechen und dort nach Kohle graben müssen, die von Asche und Schwefel verdorben war, und er würde auch nicht

seinen Eishockeyschläger in eine Waffe verwandeln, indem er
ihn mit Nägeln spickte. Er würde nicht lernen, aus Glühbirnen
Molotowcocktails zu bauen. Seine Familie würde weder von
einem Krieg noch von einer Revolution auseinandergerissen
werden. Niemand würde sein Auto abfackeln, und seine Tele-
fongespräche würden nicht abgehört werden. Er würde sich
keine Frontscheibenkamera anschaffen für den Fall, dass ein
Polizist seinen Wagen anhalten und ihn erpressen wollte oder
dass jemand behaupten würde, er sei schuld an einem erfun-
denen Unfall. Niemand würde ihn in Plastik einwickeln und
auf die Müllkippe bringen, und er könnte Fremden unbesorgt
seine Tür öffnen. Nach seinem Abschluss würde der Junge
eine Wohnung kaufen, in der man keine Alarmanlage zu
installieren brauchte, und er würde keine elektrischen Heiz-
körper hamstern für den Fall, dass Russland die Gashähne
zudrehte. Er würde nichts wissen von Sozialwaisen, die man
nie in die Schule hatte gehen lassen und die für den Rest ihres
Lebens in einer Anstalt vergessen würden, wie Boris, wenn
nicht ein Verwandter wie Iwan ihn zufällig gerettet hätte. Falls
der Junge irgendwann einmal in die Ukraine fahren würde,
dann wäre das im Rahmen einer Urlaubsreise, und er würde
sich so benehmen wie auch die anderen Touristen aus dem
Westen. Er würde die Klimaanlagen, die an den Außenwän-
den der Mehretagenhäuser hingen, fotografieren und über
sie lachen, aber er würde die Blumenomas am Straßenrand
bewundern, die während der Erntesaison Möhren mit Kraut
im Angebot hatten und sich gegen Ende des Sommers in
Beerenomas verwandelten. Der Junge würde finden, dass die
krumm gebogenen alten Frauen etwas Echtes, Ursprüngliches
hatten. Dafür gab es auch ein Wort, Armut, nur würde er die
nicht erkennen. Er würde nicht im Takt derselben Lieder wei-

nen wie ich und meine Mutter, er würde nicht über dieselben Witze lachen, nicht dieselbe Sprache sprechen, dieselben Sitten erlernen. Er würde seiner Freundin nicht die Hand reichen, wenn sie aus dem Auto ausstieg, und sie auf der Treppe nicht sanft am Ellbogen stützen. Er würde sich nicht nach Wassermelonen, Aprikosen und Kastanienblüten sehnen und auch nicht nach bebilderten Häuserwänden. Er würde kein unbestimmtes Heimweh verspüren, denn er hatte ein Zuhause, in das er zurückkehren konnte, und ich stellte mir all die unangenehmen Dinge vor, die ihm erspart bleiben würden, weil sein Zuhause hier war. Diese Dinge wiederholte ich bei mir, damit ich nicht über die guten Sachen nachzudenken brauchte, die ihm entgehen würden und die ich jetzt vermisste.

Ich trank die ganze Nacht, weil alle meine Entscheidungen richtig gewesen waren, abgesehen davon, dass du und ich und unser Sohn so hätten sein können wie die Familie aus dem Hundepark, die ihre gesamte Freizeit zusammen verbrachte. Ich hätte jedes Frühjahr einen neuen Trenchcoat gehabt und Haare, die der Friseur geföhnt hatte, und an den müßigen Morgen wärest du erwacht, neben dir das Frühstückstablett, das unser Junge mit seinen klebrigen Händen angerichtet hätte, und in deinen Taschen hätten sich Bauklötze, Steine und im Herbst Ahornblätter gefunden, die er dir gebracht hätte.

Das alles wäre möglich gewesen, wenn ich dir von Snischne und von Daria erzählt hätte, gleich nachdem wir uns kennengelernt hatten. Dann wäre vielleicht nichts schiefgegangen. Du hättest mir die kleine Beschönigung verziehen, jemand anderes wäre an meiner Stelle befördert worden und in seiner Karriere vorangekommen, aber ich hätte dich nicht verlassen, nicht fliehen müssen.

Ich hätte dich auch über unseren Sohn Oleschko informieren sollen, und zwar sofort, nachdem klar war, dass ich ihn erwartete. Ich hatte vorgehabt, das zu tun. Ich hatte angenommen, du würdest der Mutter deines Kindes mehr Glauben schenken als anderen, falls alles schiefgehen sollte. Und dass, selbst wenn du mir schon nicht glauben, so mir doch beistehen würdest, allein schon um deines Sohnes willen.

Daria drehte sich um und murmelte etwas im Schlaf. Die Worte verstand ich nicht. Ich legte das Kissen, das ich zusammengeknüllt hatte, aus der Hand und streckte die von meinem krampfhaften Griff steif gewordenen Finger. Ich musste weitermachen. Darias Telefon enthielt Tausende von Fotos, die ältesten stammten von vor drei Jahren. Von mir gab es keine neuen. Aber das verschaffte mir keine Erleichterung. Sie hatte andere Frauen dokumentiert. Sie hatte Mütter und Kinder beobachtet. Heimlich hatte sie Personen fotografiert, die ich unter keinen Umständen in Darias Dateien hätte vorfinden wollen. Die Situation war schlimmer, als ich es mir hätte vorstellen können, denn unter den früheren Kunden fand sich auch die allerwichtigste Person.

Die Fotos von Lada Krawez und ihren Kindern waren neueren Datums, sie waren aus überraschend geringer Distanz gemacht worden, und es waren viele. Das bedeutete eine Gefahr, auf die ich mich konzentrieren müsste. Mein Herz befahl mir jedoch, anders zu handeln; es zwang mich, auf den Aufnahmen sofort nach dir zu suchen, sobald ich die Krawezens darauf erkannt hatte. Du warst dort auch irgendwo. Ich musste dein Gesicht sehen. Deine Hände. Deinen Nacken. Deinen Wagen. Deinen Schatten. Die vertraute Terrasse des *Mimino*, wo du dich so wohlfühltest, oder das bekannte Café in Wien. Der von Weitem aufgenommene, für das Abendessen gedeckte Tisch, an dem Lada Krawez ihren Spitzenschal ordnet und du neben einer Frau sitzt, die erkennbar zu dir gehört. Wenigstens ein flüchtiger Blick auf die Orte, die deine Orte waren, Orte der Familie Krawez, und dadurch würde ich wissen, dass auf dem Foto zumindest dein Atem abgespeichert war. Wenn es dort keine Spur von dir gäbe, dann wäre es dir so ergangen, wie ich immer befürchtet hatte. Du würdest mir nicht nachkommen. Jemand anderes würde kommen. Vielleicht wäre es leichter so.

Ich erkannte dich sofort, obwohl das Foto nur die Hälfte deines Rückens zeigte: Deine rechte Schulter war immer noch etwas höher als die linke, die Haltung deines Kopfes war mir vertraut. Ich vergrößerte das erst kürzlich aufgenommene Bild. Lada blickte zufällig direkt in die Kamera und wirkte kraftvoll und glücklich, so, wie sie früher nie gewirkt hatte – und so, als wüsste sie nichts von der heimlichen Fotografin, die ihre Kinder ausspionierte. Ladas Sohn hielt die Hand seiner Mutter, und eine unbekannte Frau schob einen Kinderwagen, in dem ein Mädchen saß. Die Haare der Frau – ich würde wetten, es war das Kindermädchen – waren ungeföhnt, und ihr handgestricktes Kleid verhüllte die unregelmäßigen Rundungen ihrer Hüfte. Daneben rannte ein Zwergpudel in einem Burberry-Mantel herum. Aus den Häusern zu schließen, die hinter den Bäumen schimmerten, befand sich die Gesellschaft im Moment der Aufnahme im Londoner Stadtteil Belgravia. Wieso nur hast du nicht die Gefahr bemerkt, die euch drohte? War Daria so geschickt, dass sie sogar deinem Blick verborgen blieb? Ich hatte geglaubt, nach meiner Tat seist du wachsamer geworden als je zuvor.

Nun wusste ich nicht, was ich denken sollte. Natürlich hatte ich auch die Möglichkeit in Betracht gezogen, dass man letztlich alles dir in die Schuhe hätte schieben können. Nur glaubte ich nicht recht daran. Du gehörtest zu denen, die immer auf die Füße fielen, oder aber du hattest dir deine Position zurückerobert, so viel war jetzt klar. Sonst wärst du nicht auf demselben Foto gewesen, nicht so nahe bei der Schwiegertochter und den Enkelkindern deines Chefs. Das erklärte alles Wesentliche: Du warst immer noch ein Teil der Familie Krawez. Du warst es trotz allem, ausgerechnet du. Du warst gealtert, du warst derselbe, warst am Leben. Aber wie lange noch, falls die Krawezens erfahren sollten, dass Daria sie unter deinen Augen ausgespäht hatte?

Ich hätte aus dem Hotelzimmer hinausrennen, ich hätte schon auf der Flucht sein sollen. Stattdessen suchte ich nach weiteren Spuren von dir und sah die Bilder in der Kamera gierig durch, bis ich darunter Aufnahmen von alten Zeitungsfotos fand. Auf einem davon hielt Lada Krawez ihren Säugling im Arm. Im Hintergrund schimmerte das Blau der *Partei der Regionen*. Ich erinnerte mich gut an die Veranstaltung von vor sechs Jahren, und der Anblick im Handy versetzte mich zurück in den Saal, wo wir uns nebeneinander die Reden der bedeutenden Gäste anhörten. Wir hatten an der Wand gestanden und uns der Linse der Kamera entzogen. Ich schloss die Augen und spürte deinen Atem im Nacken, die Wärme deines Körpers an meiner Seite, ich erkannte in meinem Schweiß deinen Duft. Die Hitze kratzte mir Furchen in den Rücken, und meine neuen Stiefel drückten, obwohl ich sie eine Woche lang mit Schnaps gedehnt hatte. Der Tag verging mit Trinksprüchen und den Reden internationaler Gäste. Unser Bestreben war es, die Katastrophe des Vorjahres auszubügeln, als wir die Impfstoffe gegen die Schweinegrippe, die wir aus den USA bekommen hatten, zurückschicken mussten. Denn nach Ansicht des Volkes sollten sie in Wirklichkeit die arme Bevölkerung sterilisieren, dienten also der reinen Eugenik. Diese Gerüchte über Machenschaften der Amerikaner hatten sich in Windeseile verbreitet, ebenso die Masernepidemie, wieder einmal. Dieselben Politiker und Geschäftsleute, die die Gerüchte in Umlauf gebracht hatten, fanden jetzt für die Gäste aalglatte Worte über die Wiederbelebung der eigenen Impfstoffproduktion. Lada Krawez und ihr Baby machten bei einem solchen Anlass einen guten Eindruck, und da ich zahlreiche Stiftungen zur Förderung des Kindeswohls vertrat, hatte ich dieselbe Aufgabe: den angeschlagenen Ruf des Landes aufzupolieren. Um die Produktion aufnehmen zu können, galt es, aus der deutschen Delegation weitere Unterstützung herauszuholen, und du flüstertest mir ins Ohr, die Gäste seien wütend wegen der Anlagen, die sie vor langer Zeit als Geschenk überbracht hatten. Damit hatte genau diese Produktion gestartet werden sollen, für die man sich nun eine Finanzierung erhoffte. Zehn Jahre waren vergangen, die Anlagen waren nicht benutzt worden, und wo sie sich jetzt befanden, war unbekannt. Die Deutschen, die sich betrogen sahen, waren wütend, ihre Hilfsbereitschaft war am Ende, sie hatten kein Vertrauen in das Impfprogramm der neuen Regierung. Du könntest etwas tun, flüstertest du. Was zum Beispiel, fragte ich. Lächeln, schlugst du vor, wenigstens lächeln. Ich sollte die Delegation davon überzeugen, dass der frische Wind alles verändern würde und dass Präsident Janukowytsch der rechte Mann am rechten Ort sei.

Beim Abendessen wurde ich neben einem deutschen Gast platziert. Ich erzählte ihm, dass wir alle Mädchen sicherheitshalber impfen ließen, bevor sie auf die Liste des Büros kamen, und zwar nur mit solchen Impfstoffen, von deren Qualität unsere Ärzte überzeugt waren. Ich brachte keinen Bissen hinunter, stocherte nur in meinem Essen herum, sodass es angegessen aussah, und trank von dem Wein, der auch den Deutschen eingeschenkt worden war. Ich sagte zu meinem Tischnachbarn, dass es besser wäre aufzugeben. Es sein zu lassen. Dass unsere Minister sich mit den Fördermitteln lieber ihre Datschen vergolden ließen und dass die Deutschen sich die Lungenheilstätten mal an Ort und Stelle ansehen sollten, für die ebenfalls die Mittel ihrer Landsleute verschwendet worden waren. Ich würde wetten, dass dort weit und breit keine Patienten zu sehen sein würden.

Ich beendete meine ununterbrochene Litanei erst, als ich deinen langen Blick vom anderen Tisch her bemerkte. Die Deutschen saßen steif da und starrten mich an. Ich saß in der Patsche, das wusste ich schon, sodass mir alles egal war. Ich würde dich in jedem Fall verlieren. Was hatte es da noch für eine Bedeutung, was ich da von mir gab.

Am nächsten Morgen erzähltest du, dass die Delegation überraschend unterwegs auf die Krim sei. Sie wollten sich die Pflegeheime ansehen, die sie unterstützt hatten, und du erkundigtest dich, ob ich damit etwas zu tun hätte. Ich zog das Kinn in meine Fuchspelzweste zurück und versicherte, ich hätte mein Bestes getan. Auf der Krim würde die Reisenden ein Haufen Steine erwarten, und auf dem Hof würde sie Lenins grasbewachsene Statue da begrüßen, wo vor langer Zeit die Bergleute, die in dem glanzvollen Sanatorium behandelt worden waren, ihre Zeit verbracht hatten.

Aber mein Verhalten den Deutschen gegenüber war eine Ausnahme. Der Zeitpunkt des Besuchs fiel auf einen jener Tage, an denen meine Nerven zu versagen drohten. Dennoch gelang es mir, mich über Wasser zu halten und normal zu agieren, abgesehen von den seltenen Anfällen, von denen du damals einen miterlebt hast. Du glaubtest immer noch, dass das, was wir hatten, von Dauer sein könnte, und ich tat, was ich konnte, damit es so wäre. Du hieltest meine Hand, weil wir Liebende waren, und ich hielt deine auch deshalb, weil ich am Ertrinken war.

Letztes Jahr hatte Mutter Gerüchte gehört, dass Lada Krawez mit ihrer Familie nach Wien gezogen sei. Mutter erzählte das scheinbar beiläufig, und ich tat so, als wäre das für mich ohne jede Bedeutung, obwohl ich bald bemerkte, dass ich in meinem Laptop Fotos von Wien suchte und überlegte, was du wohl in diesem Moment tatest und ob du immer noch in dem Haus wohntest, an das ich mich gut erinnerte. Ich hatte dafür Kronleuchter in dem von Maria Kirillowna, der Frau deines Chefs, bevorzugten Antiquitätengeschäft ausgesucht, damals, als sie noch glaubte, wir würden uns ein gemeinsames Heim einrichten. Wenn die Familie in Wien war, dann warst du auch dort. Vielleicht wart ihr gerade in diesem Augenblick in dem Restaurant an der Donau und aßt Tafelspitz; ich meinte, den Geschmack von Apfelmus und Meerrettich so deutlich zu spüren, dass mir die Nase prickelte. Oder nein, es war Januar, die Ballsaison. Du warst dabei, dich in der Gesellschaft einer Frau auf den Abend vorzubereiten, und die Frau wandte dir den Rücken zu, nahm die Locken beiseite, die sich aus ihrem Dutt gelöst hatten, und bat dich, den fest in den Stoff des Abendkleides eingenähten Reißverschluss zuzuziehen. Ich konnte das

Rascheln ihres Kleides hören und deine Finger darauf sehen. Die Frau hätte ich sein können. Wir hätten zusammen Walzer tanzen können an jenem Januarabend, wenn ich nicht hätte fliehen müssen, denn trotz des Krieges und der neuen Regierung hatte sich eure Welt kaum verändert. Eure Bälle waren die gleichen, eure Villen in Nizza waren dieselben, eure Kinder besuchten dieselben Internate, und eure Autos waren ebenso teuer wie früher. Vielleicht gab es ein paar neue Kooperationspartner, andere waren vielleicht verloren gegangen, vielleicht pflegtet ihr neue Handelsbeziehungen anstelle der alten, im Übrigen war jedoch kaum etwas schlechter geworden. Vielleicht sogar im Gegenteil. Vielleicht ging es euch nun besser. Vielleicht war der Krieg für euch eine einträgliche Geschäftstätigkeit geworden, und ihr verfügtet über mehr Geld und mehr Macht als früher. Vielleicht hatte der Ausnahmezustand, den der Krieg mit sich gebracht hatte, euch völlig neue Konstellationen ermöglicht – und warum auch nicht. In den Zeitungen wurde berichtet, dein Chef finanziere das gegen die Separatisten kämpfende Dnipro-Bataillon, und seine Privatarmee mache einen wesentlichen Teil der Freiwilligentruppen aus. Ich glaubte nicht, dass es dabei nur um Patriotismus und um die Sicherung seiner Investitionen ging, wenngleich sicherlich auch darum. Die Strafermittlungen, die im Zusammenhang mit dem Maidan-Volksaufstand eingeleitet wurden, brachten einen enormen Filz aus Korruptionsfällen ans Tageslicht und lösten unter Prominenten eine Welle von Selbstmorden aus, aber ich hätte mir nie vorstellen können, dass so etwas auch euch betreffen könnte.

Das Fortschreiten der Revolution hatte ich aus der Ferne beobachtet. Manchmal war ich mir sicher, dass russische Panzer in Dnipro einrollen würden. Nach der Besetzung der Krim sah ich mir jeden Morgen auf dem Laptop die neuesten russischen Nachrichten an, um die Wetterkarte zu sehen (und ich war nicht die Einzige, die das tat). Vielleicht war ja über Nacht auf der Karte die ganze Ukraine an Russland angeschlossen worden, nicht nur die Krim.

Als ich auf Fotos den ukrainischen Dreizack an der Wand des bekannten *Parus-Hotels* sah, hätte ich am liebsten die blaugelben Farben der Ukraine auf die Straße gemalt. Auf den Kopf hätte ich mir einen Blumenkranz gesetzt, unser Sohn wäre begeistert gewesen. Ins Fenster des Büros hätten wir die ukrainische Fahne gehängt, in Konzerten die Nationalhymne der Ukraine gesungen. Gemeinsam hätten wir erlebt, wie Dnipro begann, Farbe zu bekennen, wie das Denkmal für Grigori Petrowski, der zu Beginn der sowjetischen Zeit der Stadt seinen Namen gegeben hatte, gestürzt wurde, und wir hätten gehört, wie die Breschnew-Hymne von Dnipropetrowsk in den Fernzügen und im Stadtrat verstummte, wie sie aufhörte, die Genossen und Arbeiter zu grüßen, und niemand erhob sich mehr bei ihren Klängen. Ich hätte gern wenigstens einen Augenblick lang an einen Wandel, an eine neue Welt, an eine neue Zukunft geglaubt, und ich wäre enttäuscht gewesen wie so viele andere. Von der Front kehren ständig junge kampferprobte Männer nach Hause zurück. Was meinst du, was die Veteranen über die allzu langsamen Veränderungen denken, und darüber, dass, während sie ihre Freunde haben sterben sehen, sich in eurem Leben nichts geändert hat?

Während der Revolution habe ich auch oft an meine Chefin gedacht und mir vorgestellt, wie sie zwischen der ukrainischen Flagge und dem Bild von Putin hin- und hergerissen war, in ihrem Büro auf und ab ging, abwechselnd das eine, dann wieder das andere an die Wand hängte und zuletzt beides in den

Schrank legte. Auf der Homepage des Büros wird jetzt mitgeteilt, dass keine russischen Spenderinnen mehr angenommen werden, aber ich bin sicher, dass Putins edel gerahmtes Porträt immer noch vorhanden ist, für alle Fälle.

Ich ließ Darias Handy in den Schoß sinken und rieb mir das Gesicht. Ich befand mich in einem Hotelzimmer, in dem ich nicht sein sollte, und betrachtete die auf der Tagesdecke schlafende Frau, in deren Gesellschaft ich besser nicht wäre. Ich erinnerte mich an Dinge, die ich lieber vergessen sollte, und das bremste mich so aus, wie Gefühle das zu tun pflegen. Ich streckte die taub gewordenen Beine, stand auf, um auf Darias Atem zu horchen, und überlegte, ob ihr Schlaf noch ebenso tief war wie früher oder ob sie sich zu meinem Verderben etwas ausdenken würde, wenn sie mich beim Aufwachen nicht sah, ob sie dann annehmen würde, ich hätte die Flucht ergriffen, ob sie nervös werden würde. Ich beschloss, ihr einen noch tieferen Schlaf zu bescheren, und suchte das Badezimmer auf. Dort spürte ich tatsächlich den bekannten Duft und fand auch wirklich eine Flasche *Korvalol*. Davon mischte ich reichlich in ein Glas Wasser, hob Darias Kopf und löffelte ihr die Flüssigkeit in den Mund. Sie murmelte etwas, prustete und schluckte. Ich legte ihr einen Zettel auf den Nachttisch, auf dem ich versprach, zum Frühstück zurückzukommen, entfernte meinen USB-Stick aus ihrem Laptop und legte ihr das Telefon wieder unter den Rücken. Am Empfangstresen der Eingangshalle huschte ich vorbei, wobei ich mir ein Tuch um den Kopf band. Das heftige Klopfen in meiner Brust und bohrende Angst brachten meine Schritte ins Wanken, und bei jedem Schritt sehnte ich mich nach deinem Arm, an dem ich mich hätte festhalten können. Jeder meiner Schritte befahl mir, zum Hafen oder zum Flugplatz zu eilen. Das tat ich jedoch nicht. Zu viele Daria betreffende Fragen waren immer noch offen und zu viele Leben in Gefahr. Und ich konnte nicht verschwinden, ohne Mutter etwas zu sagen, oder sie wäre überzeugt, dass ich umgebracht worden war.

Zu Hause holte ich den Koffer, den ich aus Dnipropetrowsk mitgenommen hatte, vom Dachboden. Ich ließ mich von Mutters forschendem Blick nicht stören, sondern behauptete, ich wolle in der Bodenkammer Platz für die Winterklamotten machen. Sie sagte nichts, nicht ein Wort zu dem seltsamen Zeitpunkt der Aufräumaktion, und ich wartete darauf, dass sie schlafen ging, bevor ich den Koffer öffnete.

In den Kleidern hing immer noch der Duft nach *Tobacco Vanilla*, und er erfüllte den Flur wie eine aus dem Keller geholte Kiste mit Winteräpfeln. Einen Augenblick lang hielt ich den Atem an. Ich wusste nicht, ob in Dnipro immer noch eine große Straße nach Karl Marx benannt war oder ob das Porträt von Leonid Breschnew samt der Gedenkplatte schon von der Wand seines Geburtshauses verschwunden war. Nach der Revolution gab es in der Ukraine Hunderte von Städten und Zehntausende von Straßen, die umbenannt werden sollten, ebenso noch zu stürzende Lenins und andere Denkmäler. Sämtliche Lenin- und Gagarin-Prospekte würden dasselbe Schicksal erleiden oder hatten es schon erlitten, aber der Inhalt meines Koffers hatte sich seit meiner Flucht nicht geändert.

Ich holte ein zerknittertes Kleid hervor, das ich eigentlich zwischen Seidenpapier hätte zusammenlegen sollen, und wunderte mich, was ich mir dabei gedacht hatte, als ich es mit auf die Reise nahm. Das Kleidungsstück, das perfekt zu meinen Schlangenlederpumps gepasst hatte, war in Helsinki nutzlos. Hatte ich mir eingebildet, ich würde mein Leben im selben Stil fortsetzen können, wie es damals gewesen war? Hatte ich es deshalb mitgenommen? Oder hatte es an dir gelegen? Ich hatte das Kleid von meiner Chefin für die philanthropische Gala bekommen, eine der zahlreichen und endlosen Galas, an denen wir teilgenommen hatten, um Kontakte zu knüpfen. Wohltätigkeit war in Mode gekommen, nachdem die ukrainischen Finanziers verstanden hatten, dass man auf diese Weise in Cambridge die Ehrendoktorwürde und als Attraktion der Galas die strahlendsten Hollywoodstars kaufen konnte. Mit Wohltätigkeit wurde Geld gewaschen, sie verlieh Legitimität und machte aus jedem Gesicht ein anständiges. In diesem Kleid hatte ich an dem Fest in Saporischschja teilgenommen, von dem wir in der Pause ausgebüxt waren, du und ich. Dabei hatte ich die Reaktion meiner Chefin gefürchtet, wenn sie mein Verschwinden bemerken würde, und doch folgte ich dir in den Schatten der Säulen des Theatergebäudes. Mein Atem hatte eine Stunde nach unserer Ankunft in der Stadt zu pfeifen begonnen, und nachdem du dir das eine Weile angehört hattest, erzähltest du mir von den Lehrern, die die Mädchen des ganzen Landes vor den Burschen aus Saporischschja gewarnt hatten. Wenn man so einen heiratete, bekam man Saporischschja als Draufgabe. Du zwinkertest mir zu und merktest an, dass du schon vor langer Zeit von dort fortgezogen seist. Mein Herz machte einen Sprung, und du schlugst vor, draußen einen kurzen Spaziergang zu machen; die prachtvolle Fassade des Theaters würde von dem kleinen Park aus, der sich auf der anderen Seite des vor uns liegenden Lenin-Prospekts befand, besser zu sehen sein. Dann würde ich das ganze Tympanon sehen können und darauf die Statue, die außer einer Harfe auch Hammer und Sichel trug. In der Haltung der Frau lag etwas, das dich an meine Chefin erinnerte, und zu ihren Füßen hielten zwei Komsomolzen eine Fahne. Einen Moment lang überlegte ich, ob du deinen Spott mit mir triebst und ob ich deiner Meinung nach meine Chefin bewunderte wie ein Mitglied des Jugendverbands. Ich hörte das Klingeln, das das Ende der Pause signalisierte, und setzte mich Richtung Eingang in Bewegung, aber du fasstest mich am Arm, in deinem Blick lag etwas Verlockendes, und ich spürte plötzlich den unwiderstehlichen Wunsch, mich einem Rausch hinzugeben und alles zu vergessen.

Die Schuhe habe ich später von dir bekommen, ebenso die Stiefeletten, die ich mitsamt den Kartons und den Schuhspannern eingepackt hatte, als wäre in meinem Koffer unbegrenzt Raum.

An den Sohlen der Pumps klebten Akazienblüten von unserem letzten gemeinsamen Frühling. Ich zupfte sie ab und hielt sie in der Hand. Im Mai war der Park weiß gewesen, als wäre Winter, wir waren durch die weiße Schicht von Akazienblüten und die Pappelflocken gewatet, die wie Schnee auf uns herabgefallen waren, und du erzähltest, dass du einmal Prügel bezogen habest, als du bei deiner Babuschka diesen Flaum angezündet hattest. Er hatte gut gebrannt.

Ich warf die Schuhe zurück in den Koffer. Beide Paare hatte ich hier noch nie getragen. Ihre Absätze passten nicht zu den Metallgittern Helsinkis, den heimtückischen Löchern der Fußabtreter aus Gummi und dem Matsch im Leben eines Menschen ohne Auto. Oder ich hatte sie schonen wollen, weil ich keinen Mann mehr hatte, von dem ich teure Geschenke bekommen würde. Ich drückte mir die Nägel in die Handflächen und bemühte mich, meinen Gedanken eine andere Richtung zu geben. Es gelang mir nicht. Der Augenblick, als du mich bei meiner Einkaufstour in der Passage überraschtest, war in meiner Erinnerung nur allzu lebendig. Daria und ich waren für die Zeit des Prozesses schon in die Villa im *Silberblattwald* gezogen, und ich war ins Zentrum von Dnipro gefahren, um mir Stiefeletten zu kaufen. Als ich hörte, wie jemand meinen Namen rief, blieb ich stehen und war überrascht zu sehen, dass du mich bei dem Karussell neben dem Einkaufszentrum erwartetest. Du hattest Rosen dabei, sie waren für mich. Du schlugst vor, einen Spaziergang zu machen, und obwohl ich gern mit dir gegangen wäre, zögerte ich. Es war meine Aufgabe, Darias Injektionen persönlich zu überwachen, und ich wollte das Vertrauen meiner Chefin nicht enttäuschen. Ihr genügte es nicht, dass die für die Injektionen verantwortliche Krankenschwester in der Villa wohnte. Deshalb beschloss ich, zurückzufahren, sobald ich meine Einkäufe erledigt hätte. Du folgtest mir in die Passage, und danach blieben wir bei dem Karussell stehen, ich schaute von dir weg in Richtung Kulturpalast und Lenin-Denkmal. Die Marschrutentaxis rauschten gelb an uns vorbei wie Verkehrsampeln. Du versuchtest immer noch, mich mitzulocken. Wenigstens auf einen kleinen Spaziergang, wenigstens auf ein Glas, wenn nicht zu einem Essen, wenigstens für einen Augenblick, wenn nicht für den ganzen Abend. Ich schaute auf die Uhr meines Handys. Trotzdem setzten meine Beine sich wie von selbst in Bewegung, und ich ließ mich von dir am Zirkus vorbei zum Ufer des Dnepr führen. Feuerkünstler waren nicht zu sehen, auch keine Jongleure, und das Wetter war selbst den Fischern zu viel. Ich wandte das Gesicht in den schneidenden Wind, der von den Sonnenblumenölfabriken den süßen Duft von *Halwa* herübertrug und der einen Rosenstrauß, der verlassen am eisernen Geländer der Promenade liegen geblieben war, tanzen und auffliegen ließ, und dachte nicht an meine Verpflichtungen, sondern an das Mädchen, für die die Blumen bestimmt gewesen waren und das nicht zu dem Treffen erschienen war. Die hier und da vergessenen Blumensträuße fand ich immer so traurig.

Ich legte die Stiefeletten aus der Passage zurück in den Karton, unter dem eine Plastikflasche mit Haarfarbe, künstliche Wimpern und eine sündhaft teure Sonnenbrille hervorschauten. Die Flanke des Schuhkartons kitzelte eine Fuchspelzweste, die zu dem Klima im Norden passte. In Finnland allerdings trugen Pelz vor allem die Russen. Trotzdem hatte ich nicht auf die Weste verzichten wollen, anders als bei dem Wolfspelz. Ich berührte das weiche Kleidungsstück. Dafür würde ich nur Kleingeld bekommen, nicht genug für eine neue Flucht. Ich bekam Kopfschmerzen und vermutete, das könne an dem Parfüm liegen, das ich schon lange nicht mehr benutzt hatte. In Helsinki hatte ich einige Imitatdüfte gekauft. Auch auf die hatte ich nach einigen Beschwerden und der darauffolgenden Belehrung, wie man es in Finnland macht, verzichtet. Während die Personalchefin meiner Reinigungsfirma mich abkanzelte, hatte sie mich von Kopf bis Fuß gemustert, und es war mir so vorgekommen, als hätte ich, während ich sie ansah, mein früheres Ich vor Augen. Auch ich hatte bei den Mädchen die Verwendung von Parfüm kontrolliert, wenn ein Kunde aus dem Norden zu uns kam. Die Nasen der Skandinavier waren empfindlich, sie beschwerten sich immer über die Putzmittel der Hotels und den Chlorgeruch des Wassers.

Einmal bemerkte ich im Regal einer Wohnung, die ich gewischt hatte, eine Flasche *Tobacco Vanilla*. Auf dem Verschluss lag eine alte Staubschicht, deshalb überraschte mich die Frische des Dufts. Ich war allein, und als ich mit dem Putzen fertig war, sprühte ich mir etwas von dem Parfüm auf die Handgelenke. Nachts erwachte ich davon, dass ich im Nacken deinen Atem spürte, aber als ich die Hand ausstreckte, war mein Bett leer.

Ich stopfte das Abendkleid zurück in den Koffer. Ich wollte nicht wissen, wie lächerlich ich darin aussehen würde und ob der Reißverschluss überhaupt zuginge. Ich zog die Seidenbluse hervor. Unter den Sachen befanden sich auch Bleistiftröcke, die mich hoffen ließen, und zwei Jacken. Falls sie mir passen sollten, würde ich meine letzten Tage immerhin in Kleidern verbringen können, die ich als meine ureigenen empfand und die mir wenigstens eine gewisse Würde verliehen. Darin könnte ich versuchen, wieder mehr wie die Frau zu sein, mit der du dein Leben zu teilen gedacht hattest. Am Grund des Koffers fand ich noch eine ungeöffnete Packung Strumpfhosen, Schuhcreme und eine Kleiderbürste.

Ich sah mich um, ohne dass ich eine Idee gehabt hätte, was ich sonst noch mitnehmen könnte. Bei dem leeren Kardamomröhrchen, das ich für unseren Sohn mitgenommen hatte, zögerte ich. Bei den Finnen hatte ich gesehen, dass sie darin die Milchzähne ihrer Kinder aufbewahren, und gedacht, das wäre Oleschkos erster Schritt auf dem Weg, ein Finne zu werden. Jetzt würde ich alles zurücklassen, was an ihn erinnerte. Ich hatte mich bemüht und war gescheitert, gescheitert in allem.

Ich erwachte von heftigem Klopfen in meiner Brust und hob den Kopf. Es war mir rätselhaft, wie ich in dieser Situation am Küchentisch hatte einschlafen können. Ich presste mir die Faust aufs Herz, um dessen Schlagen zu beruhigen. Der Bildschirm meines Laptops war dunkel. Daran hatte ich mir Darias Fotos angesehen, die ich von meinem USB-Stick auf den Laptop übertragen hatte. Das Pochen drohte, auch die Schläfen zu erfassen, und so machte ich mich stolpernd auf die Suche nach *Analgin*. Während ich Wasser in ein Glas laufen ließ, bemerkte ich die Krähen, die sich auf dem Baum vor dem Fenster versammelt hatten. Als hätte meine Angst sie zur Stelle gerufen, um auf den Augenblick zu warten, in dem die Beute ihren letzten Atemzug tut. Heftig zog ich die offen stehenden Vorhänge zu. Das Schlagen in meiner Brust war so laut, dass du es hören musstest. Es musste dich einfach rufen, es verstummte nicht, es würde mich verraten, dich auf meine Spur führen, und ich wäre am liebsten davongelaufen. Ich eilte in den Flur und packte den Griff meines dort wartenden Koffers, er war bereit, ebenso bereit wie damals, als ich aus Dnipropetrowsk floh, und ich rollte ihn zur Tür. Dort blieb ich stehen und zog mir den Mantel und die von Mutter gestrickten Halbfingerhandschuhe an. Mein Blick blieb an meiner Hand hängen. Ich starrte meine brüchigen Fingernägel an, die vor sechs Jahren hart und sicher gewesen waren. Damals war meine Flucht geglückt. Damals hatte ich meinen Pelz, friseurgestyltes Haar und verlängerte Wimpern gehabt und ausgesehen, als flöge ich ständig, als könnte ich mir das leisten, und trotzdem war ich am Kiewer Flughafen nervös gewesen. Wie nur stellte ich mir vor, jetzt fliehen zu können?

Ich setzte mich neben Mutters Schuhe auf den Fußboden. Immer noch wunderte ich mich darüber, wie handlungsfähig ich bei der Flucht gewesen war, wie ich es geschafft hatte, an der Grenze die zielstrebige Geschäftsfrau zu mimen. Das Sicherheitspersonal hatte es eilig gehabt, die auf dem Fließband des Durchleuchtungsgeräts klingelnden Konservengläser durchzusehen, und ich dankte im Stillen den alten Frauen, denn das, was sie verursachten, war ein Dauerproblem. Die

Babusjas verstanden nicht, warum man im Handgepäck keine zerbrechlichen Gurkengläser transportieren durfte, und meistens ließ man sie mit ihren Mitbringseln passieren. Niemand hatte Zeit, auf mich und mein Zittern, die Schweißflecke unter meinen Armen und die in den Stiefeln hinunterrutschenden Strümpfe zu achten, und meinem finnischen Pass wurde nur ein rascher Blick zuteil. Dennoch erwartete ich jeden Augenblick, deinen Griff an meinem Arm zu spüren, dein Flüstern in meinem Ohr zu hören, wohin zu reisen ich mir denn einbildete. Manchmal überlegte ich, dass du mich vielleicht hast ziehen lassen, mir Zeit zum Flüchten gegeben hast. Würdest du das auch jetzt tun? Wie könnte ich dir klarmachen, dass ich schon genug gelitten habe? Jetzt erlaubte das Flughafenpersonal nicht mehr, im Handgepäck Gurkengläser zu transportieren. Mutter konnte keine mehr nach Finnland mitbringen, kein einziges Weckglas mehr aus ihrem vollen Keller, und nichts machte sie trauriger als das. Du würdest mich vielleicht nicht mehr gehen lassen. Falls du es damals tatsächlich getan hast. Vielleicht wollte ich mir das auch nur einreden.

Oft überlegte ich, was die Menschen aus meiner Vergangenheit wohl für Vermutungen darüber anstellten, was mit mir passiert sein mochte. Bestimmt dachten manche, ich sei tot und mein Körper sei in einen Teppich eingerollt und auf die Müllkippe geworfen worden. Andere glaubten vielleicht, ich lebte auf einer Paradiesinsel und schlürfte Champagner. Kaum jemand dürfte annehmen, dass ich jemand war, deren Dienste sich jede Hausfrau der Mittelklasse in Helsinki leisten konnte. War eine solche Strafe für mich nicht schwer genug? Dass ich quasi in der Verbannung lebte, wo ich die Schmutzwäsche fremder Menschen sortierte und den Dreck ihrer Kinder beseitigte. Würdest du mir erlauben, dieses armselige

Leben zu behalten, wenn ich dir erklären würde, warum ich so gehandelt habe, wie ich gehandelt habe?

Die Sonne ging auf, und die Straßenkehrmaschinen nahmen ihre Arbeit auf, ich aber hatte in der Nacht nicht die erhoffte Lösung für meine Situation gefunden. Ich drehte die Schlüsselkarte von Darias Hotelzimmer, die ich an mich genommen hatte, hin und her wie eine Kristallkugel, obwohl sie mir keinen Einblick in das Innere von Darias Kopf gewähren konnte, und blätterte gleichzeitig zerstreut die Fotos in meinem Laptop durch. Obwohl ich sie stundenlang durchgesehen hatte, boten sie mir keine Antworten. Immer noch wunderte ich mich über die große Anzahl von Familien auf den Fotos und über die Schar von Kindern mit Darias Lachgrübchen. Die meisten waren mir unbekannt. Ich hatte Daria geschont, die Koordinatoren, die nach mir gekommen waren, hatten das nicht getan. Es war mir ein Rätsel, warum Daria dem zugestimmt hatte und warum das Büro sich nicht um seine Investition gekümmert hatte. War überraschend eine Flut von Kunden über unser Land hereingebrochen? Lag das daran, dass Thailand endlich seines Rufs als Babyfabrik überdrüssig geworden war und die Leihmutterdienste für Ausländer verboten hatte? Zweifellos hatte diese Tatsache das Land in den Augen der Kunden unzuverlässig erscheinen lassen. Falls Indien diesem Beispiel folgen sollte, würde die Ukraine an die Spitze der Branche treten. Diese internationalen Entwicklungen zogen die Ehepaare förmlich in Richtung Ukraine. Ich überschlug die Summen, die Daria verdient haben musste. Falls sie auf den Geschmack des süßen Lebens gekommen war, konnte es schon sein, dass sie gierig geworden war. Vielleicht hatten ein Auto und ein Pelzmantel ihr nicht gereicht. Vielleicht hatte sie beschlossen, dass sie mehr wollte und so lange spenden würde, wie sie ordentlich bezahlt wurde.

In letzter Zeit hatte Daria jedoch nichts mehr verdient, dessen war ich mir sicher. Für das Mädchen, das jetzt schlafend auf dem Bett des Hotelzimmers lag, hätte ich nicht gewagt, mehr als zehn Dollar zu verlangen, wenn überhaupt. Ich hätte nicht gewagt, sie irgendjemandem vorzustellen.

Um meine Überlegungen zu unterstützen, holte ich mir aus dem Kühlschrank etwas von dem Speck, den Mutter mitgebracht hatte, und schenkte mir etwas *Horilka* ein, den Boris mit Birkensaft angesetzt hatte. Ich musste mich konzentrieren, um mir die alten Fälle in Erinnerung zu rufen, die Mädchen, die Probleme bereitet hatten. Daria war eines von ihnen, nicht mehr und nicht weniger. Meistens rührten die Probleme daher, dass die Spenderin am Ende des Prozesses für uns nutzlos geworden war. Das war für sie oft ein schwerer Schlag, und dazu kam noch der Verlust von Vergünstigungen wie der bezahlten Wohnung. Das Absinken ihres Lebensstandards trieb manche Mädchen dazu, eine neue Verdienstmöglichkeit zu suchen, und das war oftmals Erpressung. Aber von euch würde Daria eine höhere Summe bekommen als von ihren früheren Kunden, und zwar auf einmal. Dennoch hatte sie mich nicht verkauft, noch nicht. Ich kam immer wieder zu demselben Schluss: Es konnte ihr nicht um Geld gehen. Es steckte etwas anderes dahinter. Vielleicht hatte Daria es nicht ertragen, dass in ihrem alten Umfeld niemand ihre große Aufgabe als jemand, der Leben schenkte, verstand. Die Einkünfte, die Geschenke und das Reisen waren nicht die einzigen Anreize dieser Arbeit. Auch das Gefühl der eigenen Bedeutsamkeit machte süchtig, und kaum ein Mädchen beließ es bei einer einzigen Spende. In diesem Sinne war Daria keine Ausnahme. Könnte sie vielleicht zu den Mädchen gehören, die nicht leben konnten, ohne dass man sie vergötterte, ohne dass man ihnen den Rang einer Heiligen zugestand? Oder zu den Mädchen, die von ihrem schwankenden Hormonspiegel in solche Abgründe geschleudert wurden, dass ihnen das ganze Leben sinnlos erschien? Oder zu denen, die in ihrem Leid nicht einmal von Gott Hilfe bekamen? Manchmal brachen die Mädchen einfach zusammen. Jede dieser Erklärungen konnte auch auf Daria zutreffen. Oder war sie eine von denen, die sich der Bedeutung ihres Handelns für die eigenen Nachkommen bewusst war: Jemand anderes hatte richtige Kinder aus ihren Eizellen geboren. Daria wirkte allerdings nicht so, als wäre sie Mutter. Ihre Lebensweise und der Arbeitsrhythmus, der durch die Fotos offenbar wurde, wären sonst nicht möglich gewesen. Bei den Mädchen dieser Gruppe konnte jedoch das zwanghafte Bedürfnis entstehen, zu einer früheren Kundin Kontakt aufzunehmen. Meistens behaupteten sie, sie seien im Besitz von Wissen, das für die Gesundheit des Kindes lebensnotwendig sei, und dass sie Genaueres darüber berichten würden, wenn die Familie sie nur anriefe.

Wir hatten solche Nachrichten niemals weitergeleitet. Das würde nur Probleme verursachen; so, wie es die im Hotelzimmer schlafende Daria tat.

Ich stellte fest, dass ich die Mädchen und Jungen auf den Fotos zählte, als wären sie Blumensträuße. Sollte sich dabei eine Kinderschar mit ungerader Zahl ergeben, wären sie wie ein Blumengesteck für den Sarg, vielleicht für meinen. Sollte es eine gerade Zahl sein, könnte ich hoffen, dies alles zu überleben. Was aber, wenn es eine ungerade Anzahl von Mädchen war und die der Jungen gerade? Ich rieb mir die Stirn. Der *Horilka* hatte mir die Gedanken nicht geklärt. Keiner unserer früheren Problemfälle war mit meiner jetzigen Situation vergleichbar. Diese Nuss konnte ich nicht knacken. Und ich wollte den Fehler, den ich schon einmal gemacht hatte, nicht wiederholen: Ich hatte Daria für ein gewöhnliches Mädchen unter den vielen Spenderinnen gehalten.

»Was sitzt du denn hier im Dunkeln?«

In der Tür war Mutter erschienen. Sie zog die Vorhänge auf und begann, die Bettwäsche zu wechseln. Meine Augen schmerzten von der plötzlichen Helligkeit, und ich wandte den Rücken zum Fenster. Mutter war erst eine Woche bei mir gewesen und hatte schon die gesamte Bettwäsche gebügelt, obwohl sie hier in Finnland nur glatt gezogen und zusammengelegt wurde. Auch bei der Arbeit erwartete niemand etwas anderes von mir. Die finnischen Sitten änderten jedoch nichts an Mutters Auffassung von der Sache.

Mein Blick wanderte zum Abschied durch das Zimmer, hielt inne bei jedem Gegenstand, den Mutter mühsam hierhergeschleppt hatte. Ich musste alles zurücklassen, die mit Mohnblüten bestickten Tischdecken und die *Wyschywanka*-Blusen. Endlich würde ich den Kissenbezug loswerden, mit dem Mutter jetzt wedelte. Er war aus demselben Stoff gemacht, den wir an den letzten Tagen der Rubelzeit in Tallinn gehamstert hatten und der mit unserer Umzugsfuhre nach Snischne gelangt war. Die daraus genähte Bettwäsche hatte Mutter mühsam nach Finnland mitgebracht, nachdem sie bemerkt hatte, wie unzulänglich mein Bestand an Bettwäsche war. Meine wirtschaftliche Lage hatte keine Widerrede gestattet. Mutter warf die Schmutzwäsche in den Wäschekorb und blieb, nach Ringelblume duftend, neben mir stehen.

»Willst du mir erzählen, was los ist? Etwas bedrückt dich doch.«

Schweigend schaute ich auf unsere Füße. Mutters Puschen. Die ewigen Puschen. Die Krampfadern. Meine nackten Zehen, deren gerissene Nägel. Ich dachte an die Hausschuhe für Gäste, die Mutter aus der Ukraine mitgebracht hatte und die niemand je benutzte. Sie stellte sie immer wieder neben mein Bett, obwohl Hausschuhe nicht zur finnischen Kultur gehörten, ebenso wenig wie Energiekrisen oder knackende elektrische Heizgeräte, und ich hatte ihr gesagt, ich wolle wie die Einheimischen leben. Ich brauchte mich nicht darum zu kümmern, ob sich der Krieg in der Ukraine auf den Preis des für das Heizen unverzichtbaren Gases auswirkte. All das hatte ich auf meiner Liste der positiven Dinge vermerkt, dieser völlig nutzlosen Liste. Der kommende Frühling würde für mich kein glücklicher Neuanfang werden. Aus diesem Frühling würde überhaupt nichts werden. Ebenso gut könnte ich mich in meinem Bett unter der Decke verkriechen und darauf warten, dass ihr kämt und mir eine Kugel in den Kopf jagtet.

»Nun erzähl mir schon, was los ist«, sagte Mutter.

Ich schüttelte ihre Hand ab und stützte mich mit den Händen auf das Fußteil des Bettes, anstatt meinem Impuls nachzugeben, die Vorhänge wieder zuzuziehen. Es war ein normaler Dienstagmorgen, das Licht musste hereinkommen, und deshalb fühlte ich mich wie eine Zielscheibe, obwohl niemand durch das Fenster in der fünften Etage hereinschauen konnte. Ich verstand nicht, wieso ich immer noch zu Hause war. Eine der Familien, bei der ich putzte, war verreist. Ich würde die Schlüssel unbemerkt in der Firma bekommen. Warum hatte ich Mutter nicht dorthin oder zurück zu meiner Tante geschickt? Wie würde ich sie dazu bewegen können abzureisen? Was sollte ich mir ausdenken, damit sie keine Angst um mich hatte? Ich zischte, ob die Tante nicht schon Sehnsucht nach ihr habe?

»Auf dem Land?«, wunderte sich Mutter.

Ich sah, wie ihr Blick über den erbärmlichen Inhalt meines Kleiderschranks glitt und wie sie ihre Idee von einem Liebhaber verwarf, der eine ukrainische Braut, aber nicht deren Verwandte haben wollte. Sie erinnerte sich sehr wohl daran, wie ich ausgesehen hatte damals, als ich jemanden hatte und du mich dazu gebracht hattest, ständig die Bettwäsche zu wechseln. Jetzt übernachtete niemand mehr bei mir, ich schlief wochenlang zwischen denselben Laken und sah aus wie eine Frau, die niemals einen Mann haben würde, wie eine Frau, für deren Gesellschaft kein Mann zahlen würde und die von ihrem leeren Bett verhöhnt wurde. Ich würde niemals ein richtiges Zuhause haben. Ich würde immer auf der Flucht sein müssen.

»Die Tante ist ja nun auch nicht mehr die Jüngste«, fiel mir ein. »Wie kann sie allein da draußen auf dem Land zurechtkommen?«

»Boris hilft ihr.«

»Boris? Ein volljähriger Mann, der nicht lesen kann!«

»Boris kann schon gut lesen«, sagte Mutter. »Und es geht immer besser. Was hast du bloß?«

Mutter wirkte gekränkt. Wenn sie doch wütend würde, bereit wäre, türenknallend abzureisen. Ich schaute auf die Uhr. Gleich würde Daria aufwachen und überlegen, was sie mit dem Wissen über meinen Aufenthaltsort anfangen könnte. Oder vielleicht wusste sie es schon und genoss den Gedanken wie Frühstücken im Bett. Mutter und Oleschko mussten in Sicherheit gebracht werden. Ich würde sie zum Flughafen bringen – wenn nötig, mit Gewalt.

»Was meinst du, wie die Tante allein mit allem zurechtkommen soll? Die Frühjahrsaussaat, die Asternbeete, die Tomatenpflanzen. Ist das Dach der Außentoilette immer noch undicht? Und was ist mit dem Treibhaus?«

»Boris hilft und Iwan auch, wenn nötig.«

»Iwan beschäftigt seinen Bruder mit seinem eigenen Business. Was hast du dir nur dabei gedacht, um diese Jahreszeit hierherzukommen? Die Tante wird nicht jünger.«

Die letzten Worte hatte ich herausgeschrien. Mutter bekreuzigte sich. Sie wartete, ob ich noch mehr zu sagen hätte. Das hatte ich nicht.

»Olenka, ich habe die billigsten Flugtickets gekauft«, sagte Mutter versöhnlich und erinnerte mich daran, wie teuer ein Umtausch wäre.

»Ich organisiere das.«

»Ist es bis zu deinem Zahltag nicht noch über eine Woche? Hast du Probleme?«, fragte Mutter. »Wenn du Geld brauchst, kann ich Iwan um einen Vorschuss bitten. Für den Mohn bezahlt er uns anständig.«

»Haben wir das nicht schon besprochen? Warst du nicht kürzlich unzufrieden damit, dass Iwan sich nicht mehr mit dem bloßen Rohopium begnügen will? Hast du dich nicht beschwert, dass Boris geübt hat, die Mohnkapseln zu melken? Dass aus dem Hersteller von Rohopium ein Heroinchemiker geworden ist? Was meinst du, warum Iwan so sehr wollte, dass Boris ein eigenes Konto bei der Bank bekommt? Begreifst du überhaupt irgendetwas?«

Mutter senkte die Augen. Ich hatte mir schon gedacht, dass Iwan sich in gewissen Kreisen einen Namen gemacht hatte. Mutter hatte mich nicht beunruhigen wollen, sondern undeutlich gemurmelt, dass Iwan darüber nachdenke, wie er seine Geschäftstätigkeit weiterentwickeln könnte. Das Rohopium war das billigste Opiatprodukt und gut genug für die

Ärmsten, Verzweifeltsten. Wenn Rohopium dem Fusel entsprach, dann entsprach Heroin dem Kognak, und dessen Herstellung würde ganz neuartige Gefahren für meine Familie mit sich bringen.

»Wieso bist du immer noch hier?«, schrie ich. »Hast du nicht selbst gesagt, dass seit der Revolution mehr Drogenrazzien gemacht werden? Kanntest du nicht die achtzigjährige Babusja, die unlängst verhaftet wurde? Was soll Boris ohne euch machen? Er braucht mehr Unterstützung als ich. Ich besorge jetzt das Geld für das Flugticket!«

Ich erschrak vor meiner eigenen Stimme. Ich hatte mich hinreißen lassen, etwas zu versprechen, dessen Umsetzung unsicher war. Durch den Kopf schwirrten mir zahlreiche Verdienstmöglichkeiten, jedoch nur verpasste Chancen. Warum hatte ich sie nicht genutzt, warum hatte ich nicht eifriger gespart? Warum hatte ich mich mit der Putzfrau zerstritten, von der ich günstige, beinahe kostenlose Medikamente aus Russland bekommen hatte? Vor unserem Zerwürfnis hatte sie vorgeschlagen, dass ich so wie sie aus dem Ausland nach Finnland bestellte Paketsendungen von Russen annehmen und sie nach St. Petersburg bringen sollte. Die Unzuverlässigkeit der russischen Post hätte mir eine zusätzliche Verdienstmöglichkeit geboten, die ich abgelehnt hatte: In der russischen Botschaft ein Visum zu beantragen war mir ein unmöglicher Gedanke. Die Frau hätte sicherlich auch andere Ideen gehabt. Ich war schwach, dumm, ängstlich und deshalb mittellos.

»Um Christi willen, nun erzähl mir doch, was los ist«, sagte Mutter.

Der Hinweis auf Boris hatte eindeutig nicht ausgereicht. Und auch nicht der auf die Frühjahrsarbeiten, die nun an der Tante hängen blieben. Ich musste die Einsätze erhöhen. In meiner Brust hämmerte das Herz. Mir fiel nichts weiter ein. Oder eigentlich doch. Aber das wollte mir nicht über die Lippen. Doch ich musste es aussprechen. Ich drückte mir die Fingernägel in die Handflächen.

»Dann könntest du gleich Oleschko mit nach Hause nehmen.«

Mutters Seufzer klang wie ein Luftballon, aus dem die Luft entwich. Der Kosename war mir versehentlich herausgerutscht. Mutter mochte es nicht, dass ich Oleh Oleschko nannte, und das ließ sie an meinem Verstand zweifeln, das spürte ich sofort, obwohl Mutter das vor langer Zeit selbst vorgeschlagen hatte. Ich hatte dem nicht zugestimmt.

»Ist der Grund für dein seltsames Verhalten also Oleh, und nichts anderes?«

»Hattest du nicht darauf gewartet, dass ich bereit sein würde, dass du Oleh mitnimmst?«

»In diesem Zustand kann ich dich nicht allein lassen.«

»Ihr fahrt, ehe ich es mir anders überlege.«

Mutter stand vom Bett auf und näherte sich mir. Ich wich zurück. Ihr Mitgefühl beeinträchtigte meine Konzentrationsfähigkeit. Ich ging zum Kleiderschrank und nahm Mutters Koffer auf Rädern herunter. Ich musste Mutter und Oleh ins Flugzeug bekommen. Fast hätte ich zu Mutter gesagt, es tue mir leid, aber ich wollte nicht, dass ihre Hand mir die Wange streichelte, und schwieg. Ich musste handlungsfähig bleiben. Mutter bei mir zu Hause war ein Fehler, und Oleschko war ein Fehler. Fehler sind wie Wunden. Sie nässen, hinterlassen Spuren, und die Spuren können verfolgt werden. Der Verfolgte wird erwischt, immer.

»Oleh ist tot«, sagte Mutter. »Nichts kann ihn zurückbringen.«

Die Urne stand auf dem Nachttisch. Mutter nahm sie in die Hände, brachte sie mir und forderte mich auf, sie anzusehen. Das konnte ich nicht, nicht heute, nicht jetzt.

»Ich werde nicht abreisen, solange ich nicht sicher bin, dass es dir nicht wieder schlechter geht. Erst dann. Dann bringe ich Oleh nach Hause und organisiere ein anständiges Begräbnis. Hörst du immer noch sein Weinen?«

Als mir in meinem ersten Winter in Helsinki klar wurde, dass die Jäckchen, die ich für Oleh gekauft hatte, ungenutzt im Schrank liegen bleiben würden, beschloss ich, mir auf der Straße Schlaftabletten zu kaufen. Das wagte ich dann aber doch nicht. Ich wusste, dass ich alle Tabletten auf einmal einnehmen würde, so gierig, wie ich als Kind das Waffelkonfekt verschlungen hatte. Nachts lag ich wach, das Handy neben mir, und hoffte, es würde klingeln. Du hättest meine Not ahnen müssen, oder Mutter. Einer von euch hätte mich genau dann anrufen müssen, als ich das am nötigsten brauchte, und ich war enttäuscht, als das nicht geschah. Das Telefon blieb stumm wie ein Stein, der im Meer versunken war. Das war schrecklich für mich. Ich konnte mit niemandem über meine Situation sprechen, niemandem davon erzählen, und das führte zu einem seltsamen Zwischenzustand, in dem mir die Ereignisse des einen Tages real erschienen, die eines anderen nicht.

Ich weiß nicht, wie es mir ergangen wäre, wenn sich die Nachbarin nicht, ohne sich dessen bewusst zu sein, eingemischt hätte. Ich erschrak von einem Geräusch und wankte in den

Flur, wagte aber nicht, die Tür zu öffnen. Gerade in diesem Augenblick fürchtete ich nicht, dass die Bestien, die hinter mir her waren, endlich Witterung bekommen haben könnten. Ich fürchtete etwas ganz anderes: die Schatten, die unter meinem Bett lauerten, Phantome im Augenwinkel, den lockenden Schacht des Treppenhauses. Ich war überzeugt, hinter der Tür würde mich nichts anderes erwarten als ein Treppengeländer, das meinen Namen flüsterte.

Jemand öffnete klappernd den Briefschlitz. Ich erkannte die Stimme der Nachbarin.

»Ist bei Ihnen alles in Ordnung?«

Nichts war in Ordnung, aber warum fragte die Nachbarin danach? Dann begriff ich, dass die Frau vom Weinen des Babys aufgewacht sein musste, und öffnete die Tür. Die Nachbarin im Morgenmantel erschrak und musterte mich von Kopf bis Fuß, und ich dachte an Kinderschutzanzeigen, die Polizei, das Sozialamt, an all die Stellen, die mir Oleschko würden wegnehmen können. Ich zwang mich zu einem Lächeln.

»Er ist ein bisschen weinerlich«, sagte ich. »Entschuldigen Sie bitte.«

»Falls Sie Hilfe brauchen …«

Die Frau verschluckte das Ende des Satzes, indem sie zugleich einatmete, wie die Finnen es zu tun pflegen, besonders die Frauen. Die akute Gefahr war also vorbei. Die Finnen sprachen nicht in dieser Weise, wenn sie aktiv werden wollten. Ich lächelte, so breit ich nur konnte, und wünschte ihr eine gute Nacht. Nachdem ich die Nachbarin losgeworden war, ging ich eine Weile mit großen Schritten im Vorraum auf und ab und überlegte, was ich tun sollte. Die Frau würde zurückkommen, wenn sie wieder Weinen oder Geschrei hören würde. Oder ihr Mann. Sie würden sich über mich unterhalten, vielleicht hatten sie das schon getan, und die Behörden verständigen. Ich würde enttarnt werden. Noch schrecklicher war der Gedanke, ich könnte Oleschko verlieren.

Es gab keine Zeit mehr zu verlieren.

Mit zitternden Fingern tippte ich eine SMS an meine Mutter ein. Sie rauschte ab zu ihr, in das geheime Telefon, das ich ihr dagelassen hatte und das Iwan in der Kommode unter den Fotos von Vaters Beerdigung versteckt hatte. Seit meiner Flucht hatte ich mit Mutter kein einziges Wort gewechselt. Wir hatten uns in schlechter Stimmung getrennt. Deshalb bezweifelte ich, dass sie mir antworten würde, und erschrak, als das Telefon klingelte. Ich erwartete eine Standpauke, tatsächlich aber war Mutters Stimme so weich wie warme Milch. Sie ermutigte mich, von Oleschko zu erzählen, und kaum hatte ich das getan, war unser alter Streit vergessen. Mutter versprach, am Morgen mit den Reisevorbereitungen zu beginnen. Das brachte mir Mutter gleich ein wenig näher, bald würde sie hier sein, und alles würde geregelt werden, oder ein Teil, wenigstens ein kleiner Teil. Ich wollte das Gespräch nicht beenden und fürchtete das Ende von dessen beruhigender Wirkung. Ich fragte weiter nach Neuigkeiten und wunderte mich, wie ruhig ich zur Kenntnis nahm, als Mutter erzählte, du habest sie nach meiner Flucht besucht. Ich hatte seit Ewigkeiten mit niemandem mehr über dich gesprochen und erwartete, das Weinen würde mich übermannen. Es gelang Mutter jedoch, dass alles sich ganz alltäglich anhörte. So als überlegten wir, ob an den Gurkensalat mehr Dill gehörte. So als sprächen Mutter und ich jeden Tag über Oleschko und über dich. Als wäre es normal, dass ich unter falschem Namen in Helsinki lebte. Als wäre dein Besuch bei meiner Mutter ein gewöhnlicher Besuch des Schwiegersohn-Kandidaten im Haus der Schwiegermutter gewesen. Das war nicht der Fall. Mutter und ich taten nur so, als ob es so wäre, und Mutter behauptete, du habest dich trotz der Situation höflich verhalten, deine Untersuchung sei oberflächlich gewesen, und mir kam es so vor, als hättest auch du bei diesem seltsamen Spiel der Verstellungen mitgemacht. Nach Mutters Angaben warst du allein zu ihr gekommen, hattest dich wegen der Störung entschuldigt und gefragt, ob Mutter wisse, was ich getan hatte. Mutter hatte den Kopf geschüttelt, ebenso die Tante. Nach einer kurzen Pause habest du erzählt, was geschehen war, du seist durchs Haus gegangen und habest die Telefone überprüft. Schließlich habest du deine Nummer hinterlassen und die Frauen aufgefordert, dich zu benachrichtigen, falls sie von mir ein Lebenszeichen erhielten, und ich wusste nicht, ob Mutter mir eine entschärfte oder eine wahrheitsgemäße Version erzählte. Glauben wollte ich das Letztere.

»Meinst du, er weiß alles?«

»Absolut alles? Das ist schwer zu sagen.«

Ich hätte gern noch mehr gefragt, gehört, ob du wütend oder eher enttäuscht gewirkt hattest, ob du gekränkt oder rachsüchtig warst, ob das Ganze so gewirkt hatte, als hätte ich in deinem Herzen einen bloßen Kratzer hinterlassen, den kaum jemand bemerken würde, der jedoch trotz seiner Schmerzhaftigkeit mühelos heilen würde. Mir schnürte es die Kehle zu, ich beschloss, das Thema zu wechseln, und kam auf die Reisevorbereitungen zurück.

»Ist die Tante im Bilde?«

»Hinreichend. Sie kann mir helfen, für meine Reise einen Vorwand zu finden. Sonst wundern sich die Leute im Dorf.«

»Was, wenn die Tante sagen würde, dass du nach Tallinn fährst, um die Enkelkinder deines Bruders zu hüten?«

»Das ist eine gute Erklärung. Dann wird sich niemand über meine Abwesenheit wundern«, sagte Mutter. »Denn es ist ja nicht so, dass uns niemand mehr beobachten würde.«

»Wer hat euch beobachtet?«, fragte ich erschrocken.

»Das ging über ein paar Monate hinweg. So ein teurer, schwarzer Jeep hat Tag und Nacht unser Haus bewacht.«

Mutter beendete das Gespräch mit der Frage, ob ich auch immer meine Vitamine genommen und genug geschlafen hätte, und ich beantwortete alles mit Ja.

Erst nach Mutters Ankunft ging mir auf, dass ich wohl etwas Wesentliches unerwähnt gelassen hatte, denn sie brachte Kinderkleidung mit, und plötzlich wusste ich nicht mehr, was ich vergessen hatte, zu erzählen. Mutter verstand jedoch sofort, worum es ging, und am Abend schlief ich in ihrem Arm ein und war nun doch zufrieden, dass sie bei mir war, obwohl ich sie nur hergebeten hatte, weil ich mir selbst nicht traute. Ich hatte zwei Monate zuvor die Motivation verloren, mir ein Leben in Finnland aufzubauen, und das war an einem Abend geschehen. Noch am Abend zuvor hatte ich die finnischen Mütter beobachtet, hatte beim Putzen ihre Lebensmittelregale, ihre Wickeltische, ihre Art, die Babys zum Schlafen hinaus in den Frost zu stellen, beobachtet, und alles war gut gewesen. Am Morgen war alles anders. Da hatte ich Blut auf dem Laken gefunden. Der Schmerz kam erst später.

Aber dies war nicht der rechte Augenblick, sich an Oleh zu erinnern. Für mich gab es immer noch Grund genug, die Lage zu klären und mein Leben in Helsinki zu retten. Ich war nicht unterwegs zum Flieger oder zum Hafen, weil ich den Jungen im Hundepark aufwachsen sehen wollte. Das war alles, was mir geblieben war. Und ich würde Daria nicht erlauben, mir das wegzunehmen.

Daria schlief immer noch, als ich zurück in ihr Hotelzimmer schlich. Die Schwere des Rausches war aus ihrem Atem gewichen, ihr Schlaf wirkte leichter. Ich wischte meine Fingerabdrücke von der Schlüsselkarte, von Darias Handy, von den Türklinken und Wasserhähnen und nahm ein Kissen in die Hand. Es war aus leichten Daunen. Ich betrachtete Daria. Ihre Schlüsselbeine standen hervor, ihre Rippen zeichneten sich ab. Sie würde keinen Widerstand leisten können. Ich wusste, dass ich nicht zaudern durfte, wenn ich das Problem lösen wollte, und doch erwartete ich, etwas zu fühlen, Wehmut wegen der verlorenen Freundschaft oder Mitleid mit dem, was ich sah: wie der strahlendste Stern des Büros erlosch.

Ich empfand nichts.

Schließlich legte ich das Kissen aus der Hand. Ich war von den Sicherheitskameras des Hotels aufgenommen worden. So konnte ich die Sache nicht zum Abschluss bringen.

Ich öffnete die Minibar und schloss sie sofort wieder. Jetzt musste ich wachsam bleiben. Du kamst näher. Das lag in der Luft wie eine Jahreszeit.

Ich weiß nicht, ob du meine Version davon glauben würdest, wie und warum alles schiefgegangen war. Ich weiß nicht, ob du mir auch nur ein einziges Wort glauben würdest, selbst wenn ich die Wahrheit sagte. Absichtlich hätte ich niemals etwas getan, das dazu geführt hätte, dass ich dich, Oleschko und unsere Zukunft verlor.

Aber du musst mir glauben, dass ich Viktor nicht getötet habe.

II

Der Weg zum Babyduft

Dnipropetrowsk
2008

Ich stand hinter der Gardine und beobachtete den auf der Straße stehenden Unbekannten. Er rauchte in kurzen Zügen, hielt die Zigarette im Schutz seiner hohlen Hand und folgte mit dem Blick jedem vorbeifahrenden Auto, als erwartete er jemanden. Ich wusste nicht, wen der Mann täuschen wollte oder welcher unserer Kunden sich so verhalten würde. Manchmal gingen die Paare mehrmals an unserem Büro vorbei, bevor sie sich hereintrauten. Manche wagten das nie, andere erst nach Jahren. Die Ausländer machten meistens vorab einen Termin aus, aber es gab immer solche, die so taten, als wären sie auf einer gewöhnlichen Urlaubsreise, und liefen dann vor unserem Büro herum, als betrachteten sie die Sehenswürdigkeiten, obwohl jeder westliche Tourist in dieser Stadt selbst eine war.

Es war jedoch ein Leichtes, den rauchenden Mann allein schon an der Farbe seines Anzugs als Einheimischen zu erkennen. Das war mir nach meinen Jahren im Ausland aufgefallen. Es war genau dieser Blauton, der es den ukrainischen Geschäftsleuten angetan hatte. Ich rief der Sekretärin zu, dass sie, sollte ein wohlhabend wirkender Mann im Anzug hereinkommen, ihn direkt zu mir schicken könne, in meinem Kalender gebe es zwei freie Stunden.

»Ich weiß eigentlich nicht, wie das funktioniert«, bekannte der Mann noch in der Tür. »Ich hab noch nie …«

Der Satz brach ab. Der Mann hatte sich nicht vorgestellt. Daran war nichts Besonderes. Vermutlich lag das an seinem Job oder an seiner Position. Er war etwas über vierzig, seine Lederschuhe waren blank gewienert, und unter der Manschette schaute eine Uhr hervor, deren Preis – das würde ich wetten – mindestens meinem Jahreseinkommen entsprach. Wahrscheinlich wartete sein Fahrer um die Ecke.

»Bei uns lässt sich alles regeln«, lächelte ich und bot ihm einen Platz an.

Mir fiel der eigenwillige, verschwitzte Oberlippenbart auf. Ich erwartete, er würde zunächst allerlei Erklärungen für die Abwesenheit seiner Frau vorschicken oder einen Mann spielen, der sich auf Wunsch seiner Frau unser Büro ansehen wollte. Von den einheimischen Ehepaaren wandte sich immer zuerst die Frau an uns. Mein Besucher erwähnte seine Frau jedoch nicht, und ich fragte nicht nach ihr. Ganz offenkundig konnte er sich unsere Dienste leisten, und dann lief alles nach den Vorgaben des Kunden ab.

Der Weg des Mannes zum Sofa dauerte. Bei jedem Schritt schien er etwas zu suchen, das ihm einen Vorwand lieferte, über etwas anderes zu sprechen als über den Grund seines Besuchs. Er blieb stehen, um in einem Zeitschriftenstapel auf dem Beistelltisch zu blättern und den Inhalt der Vitrine zu betrachten. Als ihm klar wurde, dass dort Fotos von Kunden mit ihren Kindern ausgestellt waren, fuhr er zusammen und wandte sich ab, suchte wieder nach etwas, worüber er sprechen konnte, bis er auf meinem Schreibtisch die Teebüchse von *Mariage Frères* entdeckte. Er fragte, ob ich kürzlich in Paris gewesen sei. Ich erwiderte, dass ich dort lange gelebt hätte.

Unerwähnt ließ ich, dass ich in jenen Jahren nicht über das Geld für Tee dieser Marke verfügt und ständig gehungert hätte. Wenn ich später auf Dienstreise in Paris war, kaufte ich immer gleich nach meiner Ankunft in der Stadt Macarons von *Ladurée* und Tee von *Mariage Frères* – allein aus dem Grund, dass ich mir das nun endlich leisten konnte. Der Mann wollte wissen, wie ich nach Paris gekommen sei. Instinktiv trat ich einen Schritt zurück.

»Sie wollen nicht darüber sprechen«, sagte er. »Verzeihung. Ich wollte nicht aufdringlich sein.«

Er hatte sich immer noch nicht gesetzt, und jetzt schien er das Sofa ganz zu vergessen.

»Ist schon in Ordnung. Ich habe dort als Model gearbeitet.«

Der Mann schaute mich jetzt mit anderen Augen an. Ich vermutete, dass er überlegte, ob ich die Modeltätigkeit als Euphemismus verwendet hatte, der eine Tätigkeit als Escortdame verschleiern sollte. Deshalb erzählte ich ihm von der Anzeige, die ich in einer Zeitung entdeckt hatte und in der es um einen Schönheitswettbewerb gegangen war. Für mein Alter war ich damals hoch aufgeschossen gewesen und konnte teilnehmen. Ich gewann. Nach dem Zusammenbruch der Sowjetunion hatte sich der Modelmarkt Gesichtern aus dem Osten geöffnet, und die Ostmädchen standen für eine neue Ästhetik. Ich war damals fünfzehn.

»Zu der Zeit nahm mein Vater seine Geschäftstätigkeit auf«, sagte der Mann. »Wie so viele andere.«

Ich betrachtete seine Armbanduhr. Der Vater meines neuen Kunden hatte offenbar Erfolg gehabt mit seinen Projekten, anders als mein eigener Vater. Das steigerte meine Neugier. Meine Chefin liebte Geschichten des Typs vom Tellerwäscher zum Millionär, sie las amerikanische Handbücher über Wege zum Erfolg, unterstrich darin die Tipps und forderte uns auf, in den Biografien von Millionären nach den Faktoren zu suchen, die zu ihrem Durchbruch geführt hatten. Ich glaubte, ich könnte meiner Chefin eine Idee vermitteln, auf die sie noch nicht gekommen war, obwohl sie über die lokalen Erfolgsgeschichten zweifellos schon alles wusste. Ich dachte auch daran, dass ich Zugang zu einem neuen Netzwerk von Beziehungen bekommen könnte. Ich ganz allein. Das war nach dem Zypernskandal dringend nötig. Und nach dem von Krywyj Rih.

Zur Koordinatorin war ich in der ersten Hälfte des Vorjahres befördert worden und suchte nun nach etwas, mit dem ich beweisen konnte, dass ich meine Position wert war. Auf die Stadt Krywyj Rih wurde ich aufmerksam an einem Abend, als ich auf einer Landkarte die Orte markierte, aus denen zu uns die meisten Mädchen kamen. Aus Krywyj Rih hatten wir niemanden, aber warum nicht? Die anderen aus dem Büro waren schon nach Hause gegangen, sodass ich eine Flasche Transkarpatischen öffnete, den eine Spenderin mitgebracht hatte, um dem Plan, der in meinem Kopf Gestalt annahm, auf die Sprünge zu helfen, und öffnete das Fenster in den Frühlingsabend. Während ich die Slim-Zigarette mit der seidigen Oberfläche zwischen den Fingern drehte, wusste ich, dass ich schon einen Beschluss gefasst hatte, und erhob das Glas auf mich selbst. Genau wie in Dnipropetrowsk gab es nach der Blütezeit der sowjetischen Industrie auch in Krywyj Rih gut ausgebildete Leute, und mich erwartete dort eine endlose Reihe von Wissenschaftlern mit echten Diplomen und Dissertationen, die dank eigener Begabungen geschrieben worden waren. Die Nachkommen dieser Denker und Schachmeister sah ich als Chance, für das Dienstleistungsangebot der Agentur etwas Einzigartiges zu schaffen: Qualitätsgarantie zu einem günstigen Preis. Obwohl das Einkommensniveau der Balkanländer weit von dem Westeuropas entfernt war, wuchs die Mittelschicht, und traditionelle Werte wurden respektiert. Für eine Frau bedeutete Kinderlosigkeit oft großes Unglück, sodass es in diesem Gebiet reichlich potenzielle Kunden gab und die geografische Nähe für uns wie für sie von Vorteil war.

Ich stellte Berechnungen an, las Untersuchungen, und je mehr ich mich in die Sache vertiefte, desto mehr war ich von der Rentabilität meiner Strategie überzeugt. In Krywyj Rih würde ich für hundert Dollar eine Spenderin finden und unbesorgt ihre gesamte Familie aufmarschieren lassen können, damit sie sich mit dem Kunden unterhielt, und es konnte dabei ruhig um Atomphysik gehen. Die meisten Mädchen, die uns gekaufte Diplome vorlegten, verstanden nicht, dass ich ein solches Risiko nicht eingehen konnte – ein Kunde, der Mathematiker war, würde sofort bemerken, dass die Spenderin oder ihre Verwandten nicht mehr als das Einmaleins beherrschten. Bei den Mädchen aus Krywyj Rih würde es solche Probleme nicht geben.

Ich beschloss, den Gedanken zunächst Alexej vorzutragen, und wartete auf den passenden Augenblick. Als wir zum Bahnhof fuhren, um ein neues Mädchen abzuholen, schien die Gelegenheit gekommen. Die Spenderin war nicht zu sehen. Nachdem wir eine Weile auf dem Bahnsteig herumgestanden hatten, schauten wir in den Waggon, der sich geleert hatte und dessen Tür offen stand, wahrscheinlich wegen der Hitze. Die Schaffnerin sah uns bedauernd an und entschuldigte sich, weil die Hymne zur Begrüßung der Stadt Dnipropetrowsk und der

Arbeiter, die in den Fernzügen abgespielt wurde, wenn sie sich dem Bahnhof näherten, wegen eines technischen Fehlers immer noch lautstark erschallte, und ich vermutete, dass das hier noch länger dauern würde. Wir fragten nach dem Mädchen und zeigten der Frau das Foto. Sie schüttelte den Kopf. Alexej und ich tauschten Blicke. Entweder war das Mädchen nicht gekommen, oder die Sekretärin hatte wieder einen falschen Termin genannt. Oder den falschen Zug. Wir kehrten zurück zum Auto.

»Was sollen wir machen?«, fragte Alexej und trommelte auf das Lenkrad. »Vielleicht hat sie beschlossen, auf den Job zu pfeifen, und sich ein Sonnenbad gegönnt.«

»Ich ruf die Sekretärin an.«

Bei meinem Anruf sprang der Anrufbeantworter an. Auch das Mädchen nahm nicht ab. Alexej regelte die Klimaanlage und sah besorgt nach den kahlen Stengeln der Rosen, die an die Rückbank gelehnt standen. Er kaufte seiner Frau immer noch jede Woche Blumen und erwartete sehnlichst das Ende des Arbeitstags, um zu seiner Familie zu kommen. Ich überlegte, ob ich es trotzdem wagen sollte, meine Pläne zur Sprache zu bringen. Wir arbeiteten erst seit Kurzem zusammen, und ich war ihm gegenüber noch befangen und etwas nervös.

»Das ist jetzt das dritte Mal. Wieso ist die Tippse noch nicht entlassen worden?«, wunderte ich mich. »Ist sie mit der Chefin verwandt, oder ist die Chefin jemandem einen Gefallen schuldig?«

»Eins von beiden. Auf diese Person können wir gut verzichten.«

Ich versuchte weiterhin, die Sekretärin zu erreichen, und formulierte im Kopf einen Eröffnungssatz, der Alexejs Interesse wecken würde. Endlich meldete sich die Frau. Im Hintergrund war Geschnatter zu hören, jemandes Mann wurde beschimpft; es klang, als tränke sie mit ihren Freundinnen Champagner. Ich erfuhr jedoch, dass der Zug erst in anderthalb Stunden ankommen sollte. Wir beschlossen, im Auto zu warten, und dann fasste ich Mut, holte mein Papier hervor und reichte es Alexej.

»Krywyj Rih? Im Ernst«, sagte er, »bist du jemals dort gewesen?«

»Ich weiß, ich weiß, die Umweltverschmutzung ist ein Problem, aber …«

»Die Einwohner haben noch nie einen blauen Fluss gesehen, geschweige denn weißen Schnee.«

»Nun übertreib mal nicht, die Lage ist heute schon viel besser.«

»Ich hab dort immer das Gefühl, als würde ich Klebstoff schnüffeln«, erwiderte Alexej.

»Nun hör mir doch mal einen Moment zu.«

Ich sprach eine Stunde lang. Stellte das Kundensegment vor. Die Ehepaare würden direkt nach Kiew oder Dnipro fahren und würden keine Spur von dem Smog in Krywyj Rih sehen. Oder wir könnten sie nach Zypern schicken. Wir hatten auf der Insel eine Klinik, die Reise dorthin war unkompliziert, und die Kosten hielten sich in Grenzen. Um die gesundheitlichen Probleme der Mädchen und ihrer Verwandten brauchten wir uns keine Sorgen zu machen, denn die konnte man auf den Wohnort schieben, der Nieren und Lunge zusetzte, und nicht auf erbliche Faktoren. Außerdem würde sich die von mir anvisierte Kundengruppe mehr für den Preis, die Schönheit und das leicht nachzuweisende geistige Niveau interessieren. Sie wären nicht so wie die Amerikaner.

»Die Mädchen verdienen eine Chance.«

Alexej blätterte die Fotos meiner Kandidatinnen durch. Ich hatte schon ein paar Hilfskräfte beauftragt, an den Strommasten von Krywyj Rih und an den Infotafeln der Universitäten und Tanzschulen Anzeigen auszuhängen. Die Menge an Rückmeldungen hatte mich überrascht, ebenso deren Niveau. Niemand beklagte sich über das Honorar von hundert Dollar, und alle freuten sich über die kostenlose Reise auf die wunderschöne Mittelmeerinsel. Ich sah, dass Alexej sich für den Gedanken zu erwärmen begann, und schließlich nickte er, ja, vielleicht wäre das eine gute Idee, ja, die Chefin könnte sich vielleicht doch dafür erwärmen.

Und so kam es dann auch.

Aber das auf Zypern gestorbene Tatarenmädchen brachte alles durcheinander und veranlasste meine Chefin, einen Beschluss zu fassen: Die Inselklinik, durch die unser Ruf beschädigt worden war, wurde verkauft. Ich fand nicht schnell genug ein neues tatarisches Mädchen als Ersatz für die verstorbene Spenderin, und der Kunde beschloss, das Büro zu wechseln. Ich wurde bestraft, indem man mir die Verantwortung für das Büro, das den Balkan betreute, entzog; sie wurde einer ehemaligen Untergebenen von mir übertragen, die noch mehr Verwirrung stiftete. Sie knöpfte den Mädchen dafür Geld ab, dass sie in den Katalog der Spenderinnen aufgenommen wurden, und verwendete keine Mühe auf die Prüfung von deren Hintergründen. Einige waren noch minderjährig, wie sich herausstellte, als die Großmutter eines der Mädchen bei uns anrief. Sie wollte wissen, woher ihre fünfzehnjährige Enkelin das ganze Geld hatte und wer ihr eine kostenlose Urlaubsreise spendieren wollte. Auch die Presse wurde hellhörig. Das Balkanprogramm wurde eingestellt. Meine Helfer in Krywyj Rih sammelten unsere Anzeigen wieder ein.

Die Mädchen, die auf unseren Listen standen, riefen mich an. Ihre Mütter riefen mich an. Ihre Väter ebenfalls. Ich ging nicht mehr ans Telefon. Warf die Blumen, die ich bekommen hatte, in den Müll. Die auf meinen Namen am Empfang abgegebenen Flaschen Kognak und die Pralinen verteilte ich an die alten Frauen, die die Straßen fegten oder am Straßenrand Blumen verkauften.

Meine Chefin bemerkte meine Niedergeschlagenheit und befahl mir, die Mädchen von Krywyj Rih zu vergessen. Sie würden in der Stadt einen gut bezahlten Bergarbeiter finden, sich verlieben und Kinder bekommen, die sich ihren Vater zum Vorbild nehmen würden. Die Mädchen würden mit ihrem Leben zufrieden sein, weil sie nichts anderes kannten. Deshalb würden sie nicht dieselben Dinge vermissen können wie zum Beispiel ich, sinnierte meine Chefin und betrachtete mich auf eine Art und Weise, die mich störte. Als überlegte sie, ob sie einen Fehler gemacht hatte, als sie mir vertraute.

Der neue Besitzer der Zypern-Klinik behielt die alten Mitarbeiter und stellte zusätzlich eine Koordinatorin ein, die bei uns gefeuert worden und nach mir für die Balkanstrategie verantwortlich gewesen war. Über ihre Vorgehensweise verbreiteten sich bald Gerüchte. Einige Kunden waren zur Übertragung von frisch entnommenen, befruchteten Eizellen gekommen, sie hatten dafür bar bezahlt. Nachdem sie dieselbe Prozedur mehrmals mitgemacht hatten, wuchs bei ihnen der Verdacht, es habe überhaupt keine Übertragung stattgefunden. Ein Fall kam später sogar vor Gericht: Untersuchungen hatten erwiesen, dass das Kind, das mithilfe der In-vitro-Fertilisation geboren worden war, gar nicht das der Kunden war, obwohl keine Spenderinnen hatten verwendet werden sollen. Meine Chefin schickte mir den Zeitungsartikel über diesen Betrug, zusammen mit einer Rüge wegen meines schlechten Urteilsvermögens, und rechnete nach, wann das Kind dieses Rechtsfalles seinen Anfang genommen hatte: Genau damals hatte die Klinik den Besitzer gewechselt. Ihrer Ansicht nach war es ein Glücksfall gewesen, dass das tatarische Mädchen gestorben war und uns darauf gestoßen hatte, unter welch desolater Führung der Laden stand. Sonst wäre der ganze in den Nachrichten breitgetretene Schlamassel über uns hereingebrochen.

Damit waren meine Rückschläge aber noch nicht vorbei. Die Streberin, die nach meinem Misserfolg zur rechten Hand meiner Chefin in Kiew aufgestiegen war, kam in unser Büro nach Dnipro, um die Buchhaltung zu prüfen.

Sie brachte ihre eigenen Männer mit, setzte sich in mein Zimmer, als gehörte es ihr, und ließ sich aufwarten. Beschweren konnte ich mich nicht, denn das Balkanprogramm war meine Erfindung gewesen, und die Leute, die es betreuten, hatte ich selbst rekrutiert. Ich war dort als Allererste betrogen worden. Dennoch lag die Verantwortung für den Start der Abläufe des Gebiets ohne Zweifel bei mir, und das hatte mich vom Shootingstar zum Paria abstürzen lassen. Ich vermutete, dass schon jemand davon träumte, sich meine neue Wohnung nach seinem Gusto einzurichten. Mein Zuhause befand sich in einem Turm des eleganten Turmpaars von Dnipro, und so einige Leute würden für die Aussicht, die sich von dort bot, einen Mord begehen. Wenn ich dort durch das Fenster den Sonnenuntergang beobachtete, hatte ich das Gefühl, die ganze Stadt gehörte mir. Diese Aussicht und dieses Gefühl wollte ich um keinen Preis verlieren.

Viktor Krawez lernte ich gerade zur rechten Zeit kennen, denn er war für meine Chefin ein Kunde von erheblicher Bedeutung. Mit seiner Hilfe konnte ich das Vertrauen meiner Chefin zurückgewinnen. Niemals hätte ich die Hand gegen Viktor erhoben.

Viktors unsicheren Gang erkannte ich schon von Weitem und schob meine Tasche auf der Bank beiseite, um ihm Platz zu machen. Als Treffpunkt hatte ich den *Globa*-Park gewählt. Der Pionierzug mit seinen kleinen Haltestellen, der Zoo, die Hüpfburg, die Tretboote und Eisbuden bildeten ein vollkommenes Idyll an einem sonnigen Tag, an dem wir von Kinderlärm umgeben waren, und ich beobachtete zufrieden, wie einer der Knirpse, die die Vögel fütterten, mit Viktor zusammenprallte und dieser auf der Stelle erstarrte. Die Mutter riss den Kleinen an sich und schien sich zu entschuldigen. Viktor ging eilig weiter, als wollte er flüchten. Ich rief seinen Namen, und er suchte mich mit dem Blick, bis er mein Winken bemerkt hatte. Es war unser drittes derartiges Treffen. Wir waren noch nicht weit gekommen. Im Grunde genommen hatten wir überhaupt keine Fortschritte gemacht.

»Bin ich zu spät?«, fragte Viktor und setzte sich neben mich. »Tut mir leid.«

»Das macht nichts«, lächelte ich und zeigte auf das Riesen-rad mit den Sitzen, die wie Teetassen aussahen. Ich log, das sei der Favorit meiner Patentochter, so wie es auch meiner gewe-sen war. Meine Worte lösten erwartungsgemäß eine Reaktion aus, wenngleich eine überraschende: Viktor hatte Tränen in den Augen.

»Entschuldigung«, sagte er. »Ich bin hier seit Ewigkeiten nicht mehr gewesen. Hier sind so viele …«

Ihm brach die Stimme. Ich betrachtete die Konzertmuschel, als wäre sie besonders interessant, und bereitete mich darauf vor, wenigstens irgendetwas über seine Frau zu erfahren. Der *Globa*-Park verfehlte nie seine Wirkung. Hierher führte ich Kunden, deren Budget nach zahlreichen gescheiterten Ver-suchen zusammengeschmolzen war. Dieser Ort legte die Gefühle der Kunden offen. Nach einem Besuch im Park waren sie für gewöhnlich bereit, sogar ihre Wohnung zu verpfänden, um mit uns weiterzumachen. Ich sah keinen Grund, warum diese Methode nicht auch bei Viktor verfangen sollte.

»Ich bin kürzlich gebeten worden, Pate zu stehen«, sagte Viktor.

»Das ist ja schön!«

»Nicht für mich. Ich dachte sofort, meine Freunde werden mich bemitleiden. Sie alle haben schon Kinder, Patenschaft ist nur ein Almosen für die Kinderlosen.«

Immer noch nicht. Kein Wort über seine Frau.

»Ich glaube nicht, dass ich das ertrage.«

Viktor suchte etwas in seiner Tasche. Die Sonnenbrille. Nun konnte ich seine Augen nicht mehr sehen, nur noch seine gerö-tete Nase. Die erweiterten Äderchen darauf bewegten sich im Takt seiner Schluchzer, als wären sie Würmer in frisch umge-grabener Erde. Er war bemitleidenswert, eine wunde Seele, und ich würde ihm helfen. In diesem Augenblick brauchte ich nichts anderes, um glücklich zu sein.

»Wir lösen dein Problem«, tröstete ich ihn. »Die besten Spezialisten wirken daran mit.«

Ich stand auf, machte ein paar Schritte und vergewisserte mich, ob Viktor mir folgte. Mühsam wie ein alter Mann setzte er sich in Bewegung und fuhr zusammen, als ein Knirps, der an einem Quarkriegel knabberte, plötzlich seinen Weg kreuzte. Feinfühlig ging ich ihm etwas voraus und ließ ihm einen Augenblick für sich. Vielleicht sah er sich bei einer Taufe, wie er das Kind seines Freundes im Arm hielt. Vielleicht hatte er das Getuschel der Gäste im Ohr und spürte ihre Blicke, die voller Mitgefühl oder Schadenfreude waren – je nachdem, in welchem Verhältnis er zu ihnen stand, und er fürchtete ihre Fragen nach seinen eigenen Kindern, die ungewollten oder absichtlichen Stiche. Ich war mir sicher, er würde einen Streit vom Zaun brechen, mit dem er die Freundschaft beenden und ähnliche Situationen künftig vermeiden könnte. Ein Pate würde aus ihm für niemanden werden, nicht, bevor ich meine Aufgabe erfüllt haben würde.

Schließlich holte Viktor mich ein, und ich hoffte, nun sei der Augenblick gekommen. Wir waren beim Zug der jungen Pioniere angekommen. Dank mir würde er eines Tages mit seinem Kind in diesen Zug steigen, und seine Vaterliebe wäre wie eine Brust voller Medaillen, die er im Kampf errungen hatte – etwas, worauf er zu Recht stolz sein konnte.

»Morgen werde ich bei der Eröffnung eines Kinderheims sprechen«, sagte er.

Immer noch nicht. Auch heute werden wir nicht zur Sache kommen.

»Mein Vater hat eine Stiftung, die Kinderheime unterstützt,

und er will, dass ich dafür mehr Verantwortung übernehme. Das erscheint mir in meiner Situation ebenso unmöglich, wie eine Rede über Kinder zu schreiben.«

Er zog ein schon recht abgegriffenes Papier hervor. In der anderen Hand knetete er ein Papiertaschentuch, als wüsste er nicht, wohin damit. Vorsichtig nahm ich es ihm ab und warf es in einen Papierkorb.

»Meine Sekretärin hat ein paar Notizen gemacht, aber ich kann sie nicht lesen.«

Ich nahm die Rede und überflog den Text. Er war langweilig und vorhersagbar, zusammengeschmiert von einer Sekretärin, die fürchtete, entlassen zu werden.

»Du findest sie nicht gut.«

»Wir können sie gemeinsam durchgehen.«

»Wenn dir das nicht zu viel Mühe macht.«

»Natürlich nicht. Kinderheime liegen mir am Herzen.«

Viktor räusperte sich.

»Und wenn *du* nun diese Rede halten würdest?«

Kaum hatte Viktor das vorgeschlagen, glätteten sich seine Gesichtszüge vor Erleichterung. Ich wies den Vorschlag nicht zurück. Unsere Aufgabe war es, im Sinne des Kunden vorzugehen, und es schien, als würde dieser Kunde für uns von weitaus größerem Nutzen sein als die anderen. Die guten Beziehungen des Büros zu zahlreichen Sozialarbeitern verdankten wir einer Kollegin, die früher internationale Adoptionen betreut hatte. Aus dieser Zeit stammten ihre guten Beziehungen zum Ministerium und zur Justizbehörde, und deshalb war sie eingestellt worden. Die Frau war gern zu uns gekommen – die Entwicklungen in der Humanmedizin hatten auf dem Markt für Adoptivkinder eine wahre Inflation ausgelöst. Aber warum sollte ich mir nicht ein eigenes Netzwerk schaffen können, auch in den Kinderheimen? Die Männer, die meine Chefin geschickt hatte, um die Bücher zu prüfen, lungerten immer noch bei uns im Büro herum. Obwohl es an unserer Buchhaltung nichts zu beanstanden gab, hatte ich den Verdacht, dass jemand es auf meine Stelle abgesehen hatte, und dann wäre es ein Leichtes, mir ein paar gefälschte Belege unterzujubeln. Ich brauchte etwas, das mich ebenso wertvoll machte wie die Kollegin, die sich mit ihren Beziehungen zum Ministerium brüstete.

Viktor war die Lösung für all meine Probleme, und ich konnte es kaum erwarten, meine Rede zu halten. Ich wusste schon, welches Kleid ich anziehen würde. Das weizengelbe. Das würde gut zum Blau der *Partei der Regionen* passen, das ich bei der Veranstaltung sehen würde. Aber noch ahnte ich nicht einmal, wie bedeutend der Kunde war, um den es ging. Was auch immer man dir erzählt haben mag, ich wusste wirklich nicht, wer Viktor war, nichts weiter, als dass er in den Augen meiner Chefin von Bedeutung war. Das genügte mir.

Auf der Tribüne wechselte der Redner, die Beifallsschauer kamen und gingen, die Blitzlichter flackerten. Einer der Fotografen hatte es in dem Gedränge geschafft, den Vorhang vor die Fenster hinter dem Rednerpult zu ziehen. Im Stillen dankte ich ihm für das nun sanftere Licht, das vorteilhafter wäre als die ganze Lichtfülle der Mittagssonne. Morgen würde auf dem Titelfoto der Zeitung wie immer ein Volksvertreter das Band zerschneiden, aber die Augen der Leser würden an der Aufnahme von mir kleben bleiben wie an einem Fliegenfänger.

Ich stand neben der Wand im Saal. Die Sitzplätze waren

rasch besetzt, und ich ärgerte mich, weil ich draußen getrödelt hatte. Die Luft roch immer noch nach Fabrik, die vielen Leute würden die Raumtemperatur noch weiter in die Höhe treiben, und ich wollte den Eindruck meiner Eleganz nicht durch Schwitzen verderben. Meine Saumseligkeit bereute ich jedoch nicht lange, denn ich hatte eine gute Sicht, und bis zu meiner Rede war noch Zeit. Ich nutzte sie, indem ich die heranreifende Ernte des Kinderheims in Augenschein nahm. Die Chormädchen mit ihren Haarschleifen warteten auf ihren Auftritt und erinnerten mich an ein Pfingstrosenbeet. Diejenigen, die ins Heim gekommen waren, weil ihre Eltern im Gefängnis saßen oder ein Lotterleben führten, würde ich an Kunden geben, die genau auf die Kosten achten mussten. Ihnen genügten oft ein nettes Aussehen und eine leidliche Gesundheit. Die Mädchen mit einem allzu schwierigen Hintergrund würden sich als Leihmütter eignen; ihnen wäre ein Dach über dem Kopf und Essen auf dem Tisch Lohn genug. Die besten Funde waren allerdings unter den Mädchen zu erwarten, die ins Kinderheim gekommen waren, weil ihre Eltern zum Arbeiten im Ausland waren. Jedes von ihnen träumte von Taschengeld, sodass es an Motivation bei ihnen nicht fehlen würde. Wir müssten nur schnell sein und die Passendsten für uns reservieren, bevor andere auf die Idee kämen, die Mädchen abzupassen, wenn sie bei Erreichen der Volljährigkeit die Tür des Kinderheims hinter sich schlossen. Nach der orangen Revolution hatte der Wettlauf in allen Geschäftsbereichen an Tempo zugelegt, und ich hatte nicht vor, dabei ins Hintertreffen zu geraten.

Die Chorleiterin wedelte jetzt die Mitwirkenden in Richtung Bühne, die erwartungsgemäß in den Farben der Partei geschmückt war. In der vordersten Reihe erkannte ich Viktors Profil. Er wandte den Kopf nach hinten, ich stellte mich auf die Zehenspitzen, und da entdeckte er mich, lächelte und flüsterte seiner Sitznachbarin etwas zu. Sie verließ ihren Platz und bahnte sich den Weg zu mir, um mich nach vorne zu holen. Es überraschte mich, dass Viktor Krawez unsere Bekanntschaft derart öffentlich machen wollte. Dann verstand ich, warum. Die gemeinsamen Interessen der Stiftung und unseres Büros boten einen guten Vorwand für unsere Treffen.

Obwohl der Chor schon sang, hefteten sich die Blicke des Publikums einer nach dem anderen auf mich, und die Stühle scharrten über den Boden, als die Leute mir Platz machten. Die Mädchen, an denen ich vorbeiging, sahen mich mit einschmeichelnder Miene an. Sie errieten, dass ich jemand von Bedeutung war, und hofften, ich würde sie bemerken, sie auflesen und von hier wegkaufen. Bei manchen bemerkte ich in den Augen einen allzu erwachsenen Blick, in den Gesten anderer eine in den Saunas erlernte Laszivität und die Bereitschaft, alles zu tun, um dem Gegenüber den Kopf zu verdrehen, aber es gab auch solide junge Mädchen. Ich würde den Direktor dafür bezahlen, dass er die Unschuld meiner Mädchenknospen bewahrte, dass er sie nicht auf Abwege geraten ließ und keinem Clanboss erlaubte, sie zu verderben, bevor sie volljährig waren. Auf dem Weg zur Bühne dachte ich an die minderjährigen Waisen im Land. Fünfundsechzigtausend von ihnen lebten in staatlichen Einrichtungen.

Der Beifall für den Chor hätte ebenso gut mir gelten können, denn in ebendiesem Moment nahm ich die Tribüne in Besitz. Die einvernehmlichen Gespräche, die ich am Morgen mit der Leiterin des Kinderheims geführt hatte, gaben mir Selbstsicherheit, und die zudringlichen Blicke der Speichellecker verliehen mir zusätzliche Größe. Bald würden alle von der Stiftung geförderten Kinderheime mir gehören. Ich wartete ab, bis Stille eintrat, und nahm dann sogar das Rascheln der Zopfbänder eines etwas entfernt stehenden Mädchens wahr. Ich begann, indem ich in gewohnter Weise in die Kameras lächelte, und wiederholte im Stillen dieselben Worte wie immer, wenn das fordernde Auge der Kamera sich auf mein Gesicht richtete: *Liebe mich.* Das funktionierte ausnahmslos, damals auch bei dir. Ich wusste nicht, dass du auch da warst. Später sagtest du, ich hätte wie eine Siegesgöttin gewirkt, und von da an habest du mich begehrt.

Meine Rede im Kinderheim war der Beginn meiner Erfolge. Ich besuchte eine einschlägige Veranstaltung nach der anderen, nahm jede Einladung an, die mit Kindern und Wohltätigkeit zu tun hatte, und schwebte zu Konferenzen und Festen, wo sich bedeutende Philanthropen versammelten. Die internationalen Gäste mochten mich, *UNICEF* mochte mich, alle mochten mich, denn ich hatte mich darauf spezialisiert, so vorzutragen, dass sich die Geldbeutel der Gäste öffneten und ich ihre Herzen und Sympathien gewann.

Nach meiner Rede im Kinderheim kam meine Chefin ohne Vorwarnung ins Büro hereingeschneit und in die Küche gestürmt, wo ich gerade das Verzeichnis der Spenderinnen prüfte, das ich für Viktor zusammengestellt hatte. Hinter der Chefin tauchte das erschrockene Gesicht der Sekretärin auf. Sofort ahnte ich, dass es um meinen neuen Kunden ging. Ich hatte geprüft, was das Internet über Viktor zu berichten hatte, und Fotos von ihm hatten sich ebenso viele gefunden wie von

Putins Töchtern – nämlich überhaupt keine, oder sie waren so verschwommen, dass die Person darauf nicht zu erkennen war. Dennoch war ich überzeugt, dass Viktor mehr an Bedeutung, Macht und Geld besaß als meine übrigen Kunden zusammen.

»Du weißt ja wohl, wer Viktor Vitaljewitsch Krawez ist? Wessen Sohn? Wessen einziges Kind? Und wessen Patensohn? Und wessen bester Freund sein Patenonkel ist?«

Ich erhob mich. Die Chefin keuchte. Noch nie hatte ich sie so erregt gesehen. Ich schaltete meinen Laptop aus und machte Platz auf dem Tisch, der voller schmutziger Tassen stand. Da die Eindringlinge mein Arbeitszimmer okkupiert hatten, musste ich in der Küche arbeiten und durfte mein Büro nur benutzen, wenn ich Kundengespräche hatte.

»Der engste Freund von Viktor Vitaljewitschs Patenonkel ist Gennadi Wechselberg. Sagt dir der Name nichts? Wechselberg gehört zur Troika der *Privat Group*, und Viktor Vitaljewitsch selbst sitzt in zahlreichen Vorständen von Unternehmen der *Privat Group*.«

Aus Versehen verschluckte ich den Bonbon, den ich gerade gelutscht hatte. Das hatte ich nicht ahnen können. In dieser Stadt konnte man der *Privat Group* nicht entkommen. Ihr Logo zierte das eiserne Geländer der Uferpromenade ebenso wie die massive Flanke des *Parus-Hotels*, und die Kunden glaubten irrtümlich, die Farben des Konzerns seien ein Hinweis auf die Fahne der Ukraine. Der Irrtum war nicht weit von der Wahrheit entfernt: Die *Privat Group* war ein Staat im Staate. Alle Türen würden uns offen stehen, wenn wir Viktor zufriedenstellen würden, und dann könnte nichts mehr meine Position erschüttern. Ich biss mir auf die Lippe, um nicht laut aufzulachen. Die Widerlinge, die sich in meinem Zimmer eingenistet hatten, wären morgen verschwunden.

»Bring mir mal die Fotos von den A-Kandidatinnen.«

Unter den Mädchen hatte ich die besten schon herausgesucht. Die Chefin riss mir den Mappenstapel aus der Hand, als kämpften wir gegen die Zeit an. Damit hatte sie recht. Wir mussten Viktor einen Schritt voraus sein, egal, wie unsicher er war. Endloses Abwarten konnte dazu führen, dass der Kunde vom Haken schlüpfte.

»Hat Alexej nichts Besseres zustande gebracht?«, lamentierte die Chefin.

»Er hat sein Bestes getan.«

Es war Alexej gelungen, ein paar Fotos sowohl von Viktor als auch von seiner Frau zu beschaffen, die angeblich von außergewöhnlicher Schönheit war. Von den qualitativ schwachen Aufnahmen war es schwierig, das zu sagen. Meine Gespräche mit Viktor waren noch nicht so weit gediehen, dass er mir seine Daten mit ordentlichen Fotos schon geschickt haben könnte. Meine Chefin schüttelte den Kopf, verglich das Ehepaar mit den Kandidatinnen und warf einige der Ordner auf den Fußboden. Zwischendurch murmelte sie etwas von zu weit auseinanderstehenden Augen, einem zu kleinen Kopf, zu breiten Hüften, einem zu hurenhaften Gesichtsausdruck, zu faltigen oder zu dicken Eltern, von einer Nase, die aussah wie die von *Buratino*. Die Stirn der Chefin glänzte, die Anzahl der Lippenstiftspuren auf ihren Zähnen wuchs, ihre Fingernägel galoppierten entschlossen auf dem Tisch. Die Mittagspause verstrich, mir knurrte der Magen, und ich hoffte, ich hatte richtig kalkuliert. Während sie vor sich hin murmelte, schwenkte sie bisweilen den Arm mit der Uhr daran wie ein Zepter, schob mir ein Foto hin und fragte, warum um alles in der Welt es auf unseren Listen solche Vogelscheuchen gab.

»Nicht alle Kunden sind Schönheitsköniginnen«, bemerkte ich.

»Niemand will ein hässliches Kind. Schon gar nicht eine hässliche Frau.«

Wieder schaute die Sekretärin durch die offen stehende Tür in die Küche. Niemand wagte es hereinzukommen. Die Chefin schien es gar nicht zu bemerken, dass wir uns, während wir in den Papieren blätterten, vor dem schmutzigen Geschirr in Acht nehmen mussten, obwohl sie mein Büro von den dort mit irgendetwas beschäftigten Männern hätte räumen lassen können, sodass wir das Gespräch auf ordentlichen Stühlen hätten führen können. Verstohlen wischte ich ein paar Bonbonpapiere beiseite, die entnervend unter einigen der Mappen knisterten, und faltete heimlich die Hände im Schoß. Schließlich malte meine Chefin mit schwarzem Filzstift Kreuze über die auszuschließenden Kandidatinnen.

»Diese. Eine von diesen hier«, sagte sie und klopfte mit dem Nagel auf einen mageren Stapel zu ihrer Rechten. »Weißt du, wer uns empfohlen hat?«

Ich schüttelte den Kopf. Dennoch wunderte es mich nicht, dass die Wahl auf unser Büro gefallen war. So gern die Elite auch ins Ausland fuhr, um dort etwas für ihre Gesundheit zu tun, war unsere Gesetzgebung doch einzigartig, wenn es um die Unterstützung bei der assistierten Anschaffung von Kindern ging: Nur die künftigen Eltern genossen juristischen Schutz, während Spenderinnen und Leihmütter keinerlei Rechte besaßen. Viktor Krawez würde außerhalb der Ukraine keinen besseren Service finden, und hierzulande gab es auf diesem Gebiet keine besseren Akteure als uns, denn das Unternehmen wurde von einer Frau mit unvergleichlichem Instinkt geführt, von der ich ständig Neues lernte. Schon vor Jahren hatte sie die Idee gehabt, eine Klinik zur Behandlung von Kinderlosigkeit zu erwerben, aber wegen der Unternehmensarrangements wusste niemand, dass die Besitzerin dieselbe war wie die des Büros für die Vermittlung von Spenderinnen und Leihmüttern. Das war ein genialer Schachzug gewesen. Die Klinikärzte konnte man nicht der Eugenik beschuldigen, denn nur die Mitarbeiter der Agentur sprachen mit den Kunden darüber, was für Eigenschaften das gewünschte Kind haben sollte. Unsere Fassade war makellos, und wir waren der Konkurrenz immer ein Stück voraus. Vor allen anderen hatten wir in unsere Testauswahl auch einen psychologischen Test der Mädchen aufgenommen. Dafür war eine scheinbar selbstständige Praxis mit einem Psychologen aus London gegründet worden, der sich dort große Anerkennung erworben hatte. Und ich hatte die Idee gehabt, einen auf die Prüfung der Echtheit von Dokumenten spezialisierten Service zu schaffen. Jeder dieser Schritte bewirkte, dass sich unser guter Ruf wie ein Lauffeuer verbreitete. Auf den wachsenden Zustrom von Kunden stellten wir uns ein, indem wir die Rekrutierung von Mädchen intensivierten, denn die Zukunft war klar: Das andernorts anonyme Spenden würde nicht ewig möglich sein; doch bei uns würde es das immer geben. Allein schon die Gesetzesänderung in Großbritannien hatte die Anzahl der aus dem Inselstaat einreisenden Kunden exponentiell steigen lassen. Bei uns konnte man das Geschlecht des Kindes wählen, bei uns erschien der Name der Leihmutter nicht in der Geburtsurkunde, bei uns würde man die Kunden nicht mit Prüfungen ihres Hintergrunds belästigen, und bei uns würde ein endloser Strom hellhäutiger Schönheiten als Spenderinnen zur Verfügung stehen. Deshalb war ich bereit gewesen, Demütigungen und Misstrauen hinzunehmen und um meine

Position zu kämpfen. Das hatte sich gelohnt, denn ich war nun drauf und dran, die Vertraute einer Person zu werden, die der *Privat Group* nahestand, und den Freunden der *Privat Group* konnte nicht einmal der Himmel Beschränkungen auferlegen.

Die Chefin befahl mir, für alle Fälle die Kalender der Spitzenmädchen freizuräumen. Solche Kunden würden nicht warten. Eines der von der Chefin akzeptierten Mädchen war Daria, die schon zwei Frauen zu einer Schwangerschaft verholfen hatte. Ihre Fähigkeit, reife Eizellen zu produzieren, war phänomenal, ihre Gesichtsform ähnelte der von Viktors Frau, und sie beide hatten Lachgrübchen. Das würde genügen, wenn die väterliche Erbanlage von Viktor stammen würde.

»An wem liegt es, an der Frau oder an dem Mann?«

»Über die Frau ist noch kein einziges Wort gefallen.«

Die Chefin rieb sich mit dem Finger die Zähne. Die Lippenstiftstreifen verschwanden.

»Die Probleme der Frau werden gewöhnlich schneller besprochen als die des Mannes«, fuhr ich fort. »Weiß man etwas darüber?«

»Lada Krawez hat sich in den letzten Jahren auf Christus konzentriert«, sagte die Chefin und fuhr plötzlich auf. »Wieso sitzen wir in der Küche?«

Während die Chefin nach einem Essen, das wir zu zweit eingenommen hatten, nach Kiew zurückkreiste, schritt ich zielstrebig meinem Büro entgegen und genoss den Gedanken, dass ich die dort herumlungernden Parasiten hinauswerfen würde, aber das Zimmer war schon leer. Von den Männern war nichts geblieben als der stechende Geruch von Rasierwasser. Ich öffnete das Fenster zum Hinterhof und atmete tief die von draußen hereinströmende frühsommerliche Luft ein. Alexej wollte gerade gehen. Er deutete auf den alten Berberitzenstrauch. Ich nickte zurück. Der Karamelbaum war endlich erblüht.

Das Terminal des internationalen Flughafens von Dnipropetrowsk wirkte wie eine stillgelegte Lagerhalle. Auf dem Dach stand nur das Wort аэропорт in kaum noch leuchtenden, altmodischen Buchstaben. Bei den Straßenlaternen sah es noch schlechter aus: Trotz der Dunkelheit brannte nur eine einzige. Ein Mädchen unseres Vertrauens, das wir allein auf die Reise geschickt hatten, sollte von einem Amerika-Einsatz zurückkehren, und wir warteten auf die verspätete Maschine in Alexejs Wagen, einem wesentlich angenehmeren Ort als das Terminal. Ich drehte die Klimaanlage stärker auf, als könnte sie das Mädchen wegblasen, das Terminal und auch Viktors Frau, die mich auf unangenehme Weise beschäftigte, noch bevor ich sie überhaupt kennengelernt hatte. Alexej wusste das eine oder andere über sie, und je mehr er von ihr erzählte, desto größer wurde mein Wunsch, sie jemand anders zu überlassen. Am liebsten hätte ich überhaupt nicht über sie nachgedacht. Trotzdem vertrieben wir uns die Zeit damit, uns Dinge auszudenken, die Lada Krawez in ihrer Kindheit besessen hatte, aber wir nicht.

»Die Familie hatte bestimmt ein Auto.«

»Zweifellos«, räumte Alexej ein.

»Richtigen Kaffee, Räucherwurst und Marzipan.«

»Und einen Taschenrechner. Einen japanischen.«

»Und Jeans.«

»Turnschuhe.«

»Eine Reihe von Winterstiefeln, alle in der richtigen Größe.«

»Aber das alles hat sie nicht trächtig gemacht.«

»Genau.«

Selbst das bereitete mir keinerlei Vergnügen. Lada Krawez und ich gehörten derselben Generation an, kamen aber aus völlig unterschiedlichen Realitäten. Sie stammte aus Dnipro und war mit den zahlreichen Freuden der geschlossenen Stadt, den Privilegien der Nomenklatura, aufgewachsen. Ihre Eltern hatten zur Führungsebene der bekannten Raketenfabrik gehört, die im Volksmund »Saftschleuderfabrik« genannt wurde, und die Sowjetunion hatte der Familie ihre besten Seiten gezeigt. Das sollte für mich eigentlich kein Problem sein. Ich konnte Kunden wunderbar unbekümmert bedienen, mit denen ich niemals meine Freizeit verbracht hatte. Etwas war jedoch im Fall von Lada Krawez anders.

»Die Söhne dieser Familie brauchten in der Armee garantiert keine Schikanen zu befürchten. Ach, überhaupt nichts«, bemerkte Alexej. »Sie hätten sogar das Offizierskorps in Kognak ertränken können.«

Ich hatte schon lange nicht mehr an meinen Cousin gedacht, dessen Porträt gerahmt inmitten meiner Werbefotos bei meiner Tante an der Wand hing. Jetzt kam er mir plötzlich in den Sinn. Die estnischen Frauen hatten ihre zum Wehrdienst eingezogenen Söhne mithilfe des Likörs *Vana Tallinn* vor dem Schlimmsten bewahrt. Deshalb war er in den Geschäften so schwer zu bekommen gewesen. Vater hatte es natürlich geschafft, das zu deichseln, und meine Tante war zu Besuch nach Tallinn gekommen, um die Flaschen für die Offiziere abzuholen. Wir begleiteten sie zum Bahnhof und halfen ihr mit Sack und Pack und den Likörflaschen in den Zug.

Meine Tante schaffte es nicht rechtzeitig.

Ich steckte mir eine Zigarette an und warf das Streichholz aus dem Fenster. Der Reichtum von Viktors Familie störte mich nicht so sehr wie der von Ladas. Alexej hatte erzählt, Viktor habe in Dnipro das Institut für Metallurgie besucht, das anscheinend Millionäre am laufenden Band produzierte, aber seine Verwandten hatten körperlich hart gearbeitet. Viktor hatte erzählt, dass sein Großvater Bergmann gewesen sei, so wie auch meiner. Die Männer hatten eigenhändig fast die gesamte Kohle der Sowjetunion gefördert. Inzwischen hatte die kleine Lada sich mit ihren Eltern und Großeltern auf der Datscha eine schöne Zeit gemacht und Räucherwurst geknabbert, ohne jemals danach Schlange stehen zu müssen. Und nach dem Zusammenbruch der Sowjetunion hatten sie sich beeilt, an vorderster Front alles nach ihren Vorstellungen zu organisieren, und so gelangten Raketendepots, Flugzeugdepots, Bergwerke und Steinbrüche zu Spottpreisen in ihren Besitz. Dieser Klüngel hatte an seiner privilegierten Stellung festgehalten, von einem Jahrzehnt zum nächsten, von einer Revolution und Verwaltung zur nächsten, und ich würde ihnen zu einem Erben verhelfen, der zum Studium nach Oxford geschickt werden würde, während die Familie hier fortfuhr, sich die Metalle und die Kohle aus den Bergwerken anzueignen, bis nichts mehr übrig war. Das war nicht in Ordnung; die Vorstellung quälte mich. Mir wurde klar, dass mir sogar die blasierten Amerikaner lieber waren, auf deren Forderungen einzugehen leicht war, weil man über sie lachen konnte. Wenn sie bemerkten, dass hier in jedem Café geraucht wurde, verlangten sie, dass die Spenderin keines dieser Cafés besuchen dürfe, und wir stimmten zu und betonten, wie gesund sich die Spenderin ernährte, präsentierten die Gurken, die die Marktfrauen bei sich zu Hause gezüchtet hatten, und erinnerten daran, dass alle Ukrainer die Früchte ihrer eigenen Gärten aßen, »alles garantiert bio«, und zugleich feixten wir insgeheim. Lada Krawez brachte uns nicht zum Lachen, aber die Familie Krawez stand für Chancen, die mir kein Amerikaner bieten konnte. In ein paar Jahren würde ich über nichts dergleichen mehr nachdenken müssen. Andere würden die Mädchen von den Flughäfen abholen, andere würden die Kinderheime abklappern und Spenderinnen in den Etagenhäusern suchen, deren Wasser aus einem Brunnen geholt wurde. Dennoch heiterte dieser Gedanke mich nicht auf. Ich verstand nicht, was mit mir los war.

Endlich landete die Maschine auf dem Flugplatz. Wir stiegen aus, um dem Mädchen entgegenzugehen.

»In die Leichenhalle brauchst du nicht mitzukommen«, sagte Alexej.

»Wie dumm das Mädel doch war.«

»Wir können auch ins Tierheim fahren.«

»Die Leichenhalle ist okay«, sagte ich. »Und danke, ich komme doch mit. Ich muss anfangen, meine Nerven zu stählen.«

»Man gewöhnt sich daran, auch an den Geruch. In ein paar Jahren denkst du gar nicht mehr darüber nach«, sagte Alexej. »Rauchen hilft. Meine Großmutter raucht immer noch drei Schachteln am Tag. Als junges Mädchen hat sie Verwundete eingegipst, und unter dem Gips fraßen sich die Maden durch das Fleisch. Das hielt man nicht aus, ohne umzukippen. Man befahl ihnen, zu rauchen.«

Alexej nahm aus der Tasche ein Döschen vietnamesischen Sternbalsam. Auch der half, wenn man ihn tief in die Nase strich. Das war sein Mittel der Wahl. Ich steckte das Döschen in meine Handtasche und beschloss, Alexejs Ratschläge zu befolgen. Mir fiel ein, wie bei unserem vorigen Besuch der Rechtsmediziner gerade dabei gewesen war, eine Leiche zu untersuchen, deren Gesicht bis zur Unkenntlichkeit zerschlagen war. Damals musste ich hinauslaufen.

Ich zog den Gürtel meines Mantels fester und folgte Alexej, der in Richtung Terminal ging. Außer unserem standen drei weitere Wagen auf dem Parkplatz. In zweien davon dösten die Fahrer, im dritten saß eine aufgetakelte Frau, offensichtlich von einem Escortdienst, die mich wütend anstarrte und vor mir in die Ankunftshalle eilte, als hätte ich vor, ihren Kunden oder Mitarbeiter zu stehlen.

Wir blieben hinter der Frau stehen und warteten neben dem etwa zwei Meter langen Kofferlaufband. An dessen Ende fielen die Koffer auf den Fußboden und häuften sich zu einem schwankenden Berg auf. Das Laufband war einfach lächerlich für eine Millionenstadt. Der Anblick war deprimierend wie überhaupt das ganze sowjetzeitliche Terminal, das hallte wie all die armseligen Bahnhöfe, Terminals und Hallen, die das Imperium hatte errichten lassen. Für einen Augenblick schloss ich die Augen. Rührte meine Melancholie von der vertrauten Akustik her? Oder von den Fußbodenplatten, den Baumaterialien und den hölzernen Handläufen? In Kiew hatte ich weniger Verantwortung für weniger Lohn gehabt. Trotzdem war ich dort immer gut gelaunt gewesen. Im Büro in Dnipro war mein Zuständigkeitsbereich gewachsen, und mit ihm meine Einkünfte und meine Sorgen. War ich all dem nicht gewachsen?

Ich blinzelte heftig, um die Augen aufzubekommen, und sagte Alexej, ich ginge zur Toilette. Die Wimperntusche hatte in meinem Augenwinkel einen kleinen anthrazitfarbenen Pfeil gebildet. Ich wischte ihn weg und warf beim Hinausgehen zwei Münzen auf den Teller der Toilettenfrau. Sie dankte nicht, schaute nicht einmal in meine Richtung. Trotzdem kehrte ich um und legte einen Schein auf den Teller. Es verlangte mich nach hundert Gramm Kognak. Die Schuld an meiner Niedergeschlagenheit gab ich der Grande Dame Krawez und dem Mädchen, das wir abholen wollten. Wir hatten das Mädel für vertrauenswürdig gehalten, doch sie hatte versucht, von den Kunden Geld zu erpressen, und das war uns teuer zu stehen gekommen: Wir hatten dem Ehepaar Rabatt gewähren und viel Zeit aufwenden müssen, um es zu besänftigen. Solche Mädchen ließen mich aussehen wie einen Dummkopf, den man über den Tisch ziehen konnte.

Die zehn Personen, die das Flugzeug verlassen hatten, waren nun endlich im Terminal angekommen: ein paar Geschäftsleute, ein paar amerikanische Junggesellen, einige heimkehrende Escortdamen und eine am Arm ihres Sponsors dahertrippelnde Blondine. Unser Mädchen kam in einigem Abstand als Nachhut der Gruppe, und ihr Blick wanderte über die Entgegenkommenden, während die anderen Reisenden sich eilig daranmachten, ihre Koffer aus dem Haufen zu bergen. Das Mädchen suchte vermutlich ihren Bräutigam. Wir hatten den Verdacht, dass der Mann für den Coup des Mädchens verantwortlich war, doch nur wir erwarteten die Reisende. Die Schuldgefühle sah man ihr schon von Weitem an, und sie versuchte, sich kleinzumachen und sich hinter ihren Haaren zu verstecken. Aber es gab für sie keinen Ausweg.

»Die Chefin weiß, dass das Mädchen nicht von dir angeworben wurde«, bemerkte Alexej.

»Spielt das eine Rolle?«

»Denk an Daria. Sie ist deine Entdeckung und wird garantiert keine solche Sperenzchen machen wie dieses kleine Dummchen.«

Das Mädchen würde bald begreifen, welche Alternativen ihm blieben: Entweder würde sie ohne jede Entschädigung für uns spenden, bis der Verlust, den das Büro erlitten hatte, mit Zinsen ausgeglichen wäre, oder sie würde selbst mit einem Zettel am Zeh enden.

In zwei Jahren würde ich niemanden mehr in die Leichenhalle führen. Das würde jemand anders tun, nicht ich. Deshalb würde ich die Primadonna Krawez erdulden.

Meine Abneigung gegen Lada Krawez wurde abgemildert durch das, was Viktor zu bieten hatte. Das leugne ich nicht, und ich behaupte auch nicht, dass ich von dem Stück Marmor, das Viktor mir zum Betrachten reichte, nicht entzückt gewesen wäre. Als ich mit Viktor ein Treffen in seinem Büro verabredete, war ich davon ausgegangen, dass eine offizielle Umgebung förderlich für meine Agenda sein würde. Tatsächlich aber vergaß ich meine Aufgabe dort sofort.

»Schön, nicht wahr?«

Ich berührte die Oberfläche des Steins. Fast hätte ich ihn geküsst, so herrlich war er. Der Augenstern des Geschäftsmanns Gennadi Wechselberg, das Menorah-Zentrum, war schon lange Viktors Lieblingsthema gewesen, und der Marmor verriet, dass es überwältigend werden würde. Räume für internationale Konferenzen, ein Fünf-Sterne-Hotel, ein Holocaust-Museum. Marksteine, die von der großen und traurigen Vergangenheit der Stadt erzählen würden, aber auch von ihrer siegreichen Zukunft. In einigen Jahren würde Menorah das größte jüdische Kultur- und Geschäftszentrum weltweit sein.

Dnipro war schon lange ein bedeutendes Handelszentrum gewesen, doch nun würde sein Ruf eine neue Ebene erreichen. Ich hatte die Ehre, als eine der Ersten die neuesten Pläne zu sehen.

»Die habe ich heute von meinem Patenonkel bekommen und musste sie dir sofort zeigen«, sagte Viktor und strich über die auf dem Tisch liegenden Zeichnungen. »Noch nicht mal mein Vater hat sie gesehen.«

Auch ich hatte Viktor etwas zu zeigen, etwas, das mich nervös machte. Das Treffen an diesem Tag hatte ich verabredet, nachdem ich endlich die Analyse seiner Samenflüssigkeit bekommen hatte. Die hatte offenbart, dass die Endometriose, von der Ladas Arzt berichtet hatte, nicht unsere einzige Herausforderung war – Viktors Spermatozoen waren drittklassig. Ein so sensibles Thema konnte ich nicht zur Sprache bringen, solange ich bei Viktor keine Anzeichen dafür entdeckte, dass er bereit war, sich zu dem Problem zu äußern. Über Menorah zu sprechen war wieder eine Methode, das eigentliche Thema zu vermeiden.

»Ich kenne Wechselberg gut«, sagte Viktor beiläufig. »Goscha ist ein wunderbarer Mann, er ist der Geschäftspartner meines Patenonkels.«

Viktor benutzte für Gennadi Wechselberg dessen Kosenamen und tat das mit einer Wärme, aus der man die gemeinsam verbrachte Zeit und eine Freundschaft, so tragfähig wie altes Geld, heraushören konnte. Ich schluckte und hoffte, die Analysepapiere in meiner Tasche würden sich in Luft auflösen oder deren Ergebnisse durch ein Wunder besser werden.

»Auch ihr könntet hier ein Büro haben«, sagte Viktor und klopfte auf die Zeichnungen der Menorah. »Goscha wäre bestimmt begeistert.«

Der Marmorbrocken in meiner Hand war warm geworden. Ich war in Räume eingetreten, die für mich bisher verschlossen gewesen waren. Das waren sie nun nicht mehr, und das empfand ich als prickelnd und gut. Es fühlte sich nach einer Zukunft an, die ich verdiente. Die Niedergeschlagenheit, die mich am Flughafen befallen hatte, verflog, und das genügte mir. Die Einzelheiten der Frage, wie Viktor Krawez an seine Position gelangt war, interessierten mich nicht. So leicht ließ ich mich leiten und vom Marmor verführen.

»Ich wusste gar nicht, dass Wechselberg Interesse an unserer Branche hat.«

»Von den orthodoxen Juden wagt kaum jemand über solche Probleme zu sprechen, obwohl viele von ihnen davon betroffen sind.«

Ich hätte nicht gedacht, dass Viktor darüber Bescheid wusste, wie die religiösen Reinheitsgebote die Zeugung von Kindern erschwerten, wenn die Ovulation der Frau nicht nach dem vom Rabbi vorgegebenen Schema verlief. Manche nahmen lieber die Dienste unserer Klinik in Anspruch, als in ihrem Intimleben an den Tagen aktiv zu werden, die von der Religion verboten waren, jedoch eine Befruchtung ermöglichen würden. Die Chefin würde sich freuen. In der Stadt gab es viele wohlhabende jüdische Familien, und wenn das Zentrum fertig war, würden noch mehr in die Stadt strömen.

»Nimm die Bilder gern mit. Du kannst die Pläne deiner Chefin zeigen.«

Ich öffnete meine Tasche und steckte die Fotos vorsichtig hinein, damit sie nicht beschädigt wurden. Dies war nicht der richtige Augenblick. Und wenn der nun niemals käme? Ich beschloss, dass Alexej oder ein anonymer Kurier die Ergebnisse Viktor später bringen sollte, damit er die Sache in

Ruhe verdauen konnte. Dann würde ich es noch einmal versuchen.

Auf Viktors Schreibtisch gab es kein Foto von seiner Frau. Im ganzen Büro gab es keinen Hinweis darauf, dass Viktor verheiratet war. Sogar der Ehering fehlte.

Wir wurden rasch Freunde. Das geschah unmerklich im Verlauf unserer vorfühlenden Gespräche, durch die ich ihn kennenlernte und er mich. Wir spazierten die Uferpromenade entlang, oft bis auf die Klosterinsel. Einmal, als wir die Insel verließen, nickte Viktor zu einem auf einem Stein vertrocknenden Rosenstrauß hinüber und nannte ihn ein Denkmal für eine missglückte romantische Begegnung. Ich wurde rot, als hätte man mich beim Stibitzen erwischt. Viktor hatte bemerkt, dass ich immer wieder hier und da zurückgelassene Blumen betrachtete. Eine geschiedene Frau, ging es mir durch den Sinn, ich wirke wie eine geschiedene Frau. Woran merkte man das? Daran, dass mein Blick an weggeworfenen Sträußen und Liebesschlössern hängen blieb? Wie lange schon hatte er mich in solchen Situationen beobachtet?

»Verzeihung«, sagte er. »Trennungen sind immer schwierig.«

»Das ist nicht das Problem, Vitja. Oder das ist es schon lange nicht mehr gewesen«, widersprach ich allzu schnell, so schnell, dass ich seine Annahme gegen meinen Willen bestätigte und meine Wangen zu glühen begannen. Das Mitgefühl zwischen uns ging in die falsche Richtung. Ich sollte es ihm zeigen, nicht er mir, und trotzdem erzählte ich ihm von meinem amerikanischen Freund, bei dem ich gewohnt hatte und der von mir verlangt hatte, ich solle die Hälfte der Miete bezahlen. Nur auf diese Weise hatte ich beweisen können, dass ich nicht aus finanziellen Gründen bei ihm wohnte. Schließlich war ich in die von Dutzenden von Models bevölkerte Wohnung zurückgekehrt, von der aus ich zu ihm gezogen war. Danach hatte ich mich mit einem anderen Amerikaner getroffen. Der Mann hatte eine Schwäche für Ostmädchen gehabt, und er hatte ein geheimes Tagebuch über die Mädchen aus verschiedenen Ländern und die Prozentwerte ihres Sexappeals geführt. Der letzte meiner Westhelden war ein Typ gewesen, der seltsame Vorstellungen von der Reinheit der Ostmädchen hatte und der sich deshalb nicht um Kondome scherte. Das erwähnte ich Viktor gegenüber nicht, aber ich hätte es tun können. So eng war unsere Beziehung unversehens geworden. Ich erzählte ihm Dinge, über die ich niemals mit jemandem gesprochen hatte, weil er es genauso machte.

»Jetzt bist du zu Hause und kannst die Westmacker vergessen«, bemerkte Viktor.

Ich bemühte mich, zu lachen. Trotz des kalten Windes waren die Insel und die Promenade voller Händchen haltender Paare. So wie Frauen, die sich sehnlichst ein Baby wünschten, überall Kinderwagen sahen, stieß ich immer wieder auf frisch getraute Paare, die für Hochzeitsfotos posierten. So auch jetzt. Ich wandte mich ab von einer Braut in Weiß. Schon allzu lange war ich allein gewesen und allzu lange ein Auffanggefäß für den Kummer anderer.

Feinfühlig überbrückte Viktor die Stille, indem er von seinen Freunden aus Odessa erzählte, die sich einen Jux mit einem Romantiktouristen gemacht hatten. Sie hatten ihn angehalten, ihn gezwungen, sich auszuziehen, und seine Sachen ins Meer geworfen. Schließlich hatten sie die Flucht des nackten Mannes gefilmt. Über diese Vorstellung hatte ich wohl gelächelt. Viktor verstand es, meine gedrückte Stimmung zu heben. Und er erkannte in mir die Sehnsucht, so wie ich in ihm, obwohl wir ganz unterschiedliche Dinge ersehnten, um ganz zu werden. Das machte Viktor für mich zu etwas Besonderem. Deshalb erschienen mir die anderen Kunden wie noch blinde Welpen, die an meinen Brüsten hingen und von denen man deshalb nicht erwarten konnte, dass sie mich sahen. Die Welpen rochen nur die Milch, und ich war für die Kunden nur jemand, der ihnen den Weg zum Babyduft wies.

»Und einmal war es so«, begann Viktor und gab zu, selbst mit dabei gewesen zu sein, als er mit Freunden am Strand auf Türken stieß, die eine Gruppe von Mädchen belagerten. Die Girlies waren davongetrippelt und hatten die türkischen Casanovas sich selbst überlassen. Viktor und seine Freunde hatten sie aus purem Vergnügen ins Wasser gejagt. »Ich glaube nicht, dass sie noch einmal nach Odessa kommen werden.«

Als Nächstes erwartete ich, dass er fragen würde, wer meiner Meinung nach vermöbelt werden sollte.

»Du triffst dich mit jemandem«, sagte Viktor plötzlich. »Anders kann es nicht sein.«

»Vitja, natürlich kann es sein.«

Ich erwartete, er würde behaupten, dass das einer Schönheit wie mir nicht passieren könne, aber dann wurde mir klar, dass er so etwas niemals sagen würde. Ein perfekt aufgebautes Leben garantierte nicht, dass man bekam, was man sich wünschte. Das wusste Viktor wie kein anderer. Sosehr ich ihn und alles, wofür er stand, auch hassen wollte, konnte ich es doch nicht, und das lag nicht nur an dem Menorah-Marmor, den ich auf meinen Schreibtisch gelegt hatte und den ich täglich in der Hand wog. Viktor sorgte sich um mich. Vielleicht war ich schon so lange allein gewesen, dass mir jedes aufrichtige Mitgefühl willkommen war, egal, von wem. Ich wollte ihn nicht kränken, geschweige denn ihn ermorden. Ich war auf keinem Rachefeldzug und freundete mich nicht deshalb mit ihm an, weil ich dem Objekt meines Hasses näher kommen wollte, denn Viktor war nicht mein Feind. Wir hatten ein freundschaftliches Verhältnis.

Dennoch hätte ich auf meine innere Stimme hören und mich von meinem Widerwillen gegen Lada Krawez leiten lassen sollen. Aber ich tat es nicht. Viktors Vertrauen und unsere seltsam starke Verbindung wogen schwerer – und andererseits, wären wir, du und ich, uns sonst jemals begegnet? Wie könnte ich bereuen, was uns zusammengeführt hat?? Und wie hätte ich der Versuchung des *Silberblattwaldes* widerstehen können – wie dem, was er Daria bot?

Der Wachmann überprüfte in seiner Liste Alexejs und meinen Namen sowie das Nummernschild des Autos und winkte uns durch. Der Schlagbaum hob sich, und unser Wagen glitt auf das Villengelände *Silberblattwald*, von dem ich zwar gehört hatte, wo ich jedoch noch nie gewesen war. Ich drückte das Gesicht gegen die Scheibe. Der Weg war leer, der Asphalt neu und glatt wie eine Schlittschuhbahn. Während die Scheinwerfer den dunklen Wald erhellten, kamen die Kiefernstämme bernsteinfarben herangewirbelt. Zwischen den Bäumen tauchten Schaukeln und Klettergerüste in so klaren Farben auf, als gehörten sie zur Kulisse eines Zeichentrickfilms. Ich wunderte mich darüber, dass es keine Zäune gab. Manche Bewohner hatten sich mit Hecken begnügt, aber niemand hatte eine hohe Ziegelmauer. Man hatte einen freieren Blick auf die Villengrundstücke, als ich erwartet hatte. Nur das wütende Bellen eines einzelnen Wachhundes erinnerte daran, dass wir nicht im Ausland waren. Ich erriet schon von Weitem, welche der Villen den Krawezens gehörte. Anders als die übrigen wirkte sie bewohnt. Oder vielleicht gaukelte die hellere Beleuchtung einem das vor. Von Viktor verlassen wäre sie ein ebenso leerer Kleiderbügel wie die anderen Häuser, aus denen mattes Licht schimmerte wie aus einem beleuchteten Kleiderschrank.

Als wir ausstiegen, hatte ich das Gefühl, einen anderen Planeten zu betreten. Es war so still … und die Luft – in die würde Daria sich verlieben. Alexej ließ einen leisen Pfiff hören. Selbst er hatte nicht gewusst, dass es in Dnipro so viele reiche Leute gab. Eine solche Menge luxuriöser Villen war auch für ihn eine Überraschung. Woher hätten wir das auch wissen sollen? Der *Silberblattwald* war den Blicken des gewöhnlichen Volks entzogen.

Der Rundgang durch das Haus dauerte lange. Viktor wollte uns jeden Dimmer, jeden Schalter mit seinen Ornamenten und jeden Vogelkäfig vorstellen. Angeblich war das Gebäude die Kopie irgendeiner Villa an der Küste von Dinard, die oft in Hollywood-Filmen zu sehen war. Ich mochte der Erklärung nicht folgen, sondern konzentrierte mich darauf, seine Gesten und seinen Tonfall zu beobachten, und schloss daraus, dass hier auch früher schon Spenderinnen untergebracht worden waren. Sonst hätte Viktor nicht das mit Marmor ausgekleidete Badezimmer erwähnt, in dem Produkte auslagen, die für Spenderinnen als sicher galten. Der Kühlschrank würde denselben Prinzipien entsprechend gefüllt werden, und ein Koch würde die Mahlzeiten der Spenderin zubereiten. Viktor hatte eine solche Führung schon viele Male gemacht. Wie oft wohl, mit wem, und wie mochte die Zusammenarbeit geendet haben? Immerhin trugen meine behutsamen Bemühungen allmählich Früchte, wir näherten uns dem Kern der Sache. Viktor hatte Zeit gebraucht, und auch sein Vertrauen in die Firma war nicht von heute auf morgen entstanden. Die Chefin würde sich über die Nachrichten freuen, und der *Silberblattwald* würde Daria für die Dauer des Prozesses einen angenehmen Rahmen bieten. Ich würde das Ehepaar Krawez dazu bringen, sich für Daria zu entscheiden, daran zweifelte ich nicht. Ich wollte, dass sie diesen Job bekam, weil sie ein Mädchen aus Snischne war. Ihre Familie war immer noch dort. Danach könnte sie aufhören.

Ich verspürte Stolz, als ich im Wohnzimmer die Fotos der Kandidatinnen auf dem Glastisch ausbreitete. Viktor wich bis an die Rückenlehne des Sofas zurück, und sein Blick, der die Dunkelheit jenseits der Fenster suchte, war nicht so, wie ich erhofft hatte. Noch einmal schaute ich auf diese Auswahl von Mädchen. Zuoberst hatte ich Strandfotos gelegt. Die funktionierten immer, unabhängig vom Geschlecht. Nur diesmal nicht.

»Ich kann dir das gesamte Material dalassen, falls du es in Ruhe durchsehen möchtest«, schlug ich vor. Daria strahlte auf den Fotos in ihrem roten Bikini, den Blick auf die Kamera gerichtet. Ich hatte für sie ein Outfit gewählt, das mehr bedeckte, als Strandkleidung das normalerweise tat. Der für sie zu große Bikini war hinten mit Sicherheitsnadeln und

Tesafilm enger gemacht worden. Das Ergebnis war ein tugendhafter Charme. Vielleicht genierten die spärlich bekleideten Mädchen Viktor, vielleicht fand er es irgendwie unpassend, die Spenderinnen so zu betrachten. Ein derartiges Problem war mir noch nie untergekommen. Viktors Blick richtete sich nicht auf die Fotos, nicht auf Daria. Er verweilte auf den Schatten draußen.

»Ich weiß nicht, ob ich ihr vorschlagen kann, es noch einmal zu versuchen.«

Ich wusste sofort, um wen es ging. Seine Frau wusste also gar nicht, dass ihr Mann eine neue Behandlungsrunde organisierte. Kein Wunder, dass ich die Frau noch nicht kennengelernt hatte. Was, wenn sie nicht mitmachen würde?

»Ich kann mit deiner Frau sprechen.«

»Kannst du das wirklich?«

In Viktor kam plötzlich Leben. Er setzte sich neben mich, ergriff meine Hände und drückte sie fest. In mir keimte der Verdacht, dass ich vor einem unlösbaren Problem stand.

»Bist du sicher, dass sie bereit ist, sich darauf einzulassen?«

»Ja, natürlich. Nur hat der letzte Versuch so schlimm geendet.«

»Es braucht seine Zeit, um sich von so etwas zu erholen«, räumte ich ein.

»Es war nicht ihre Schuld«, sagte Viktor. »Ich habe mich bemüht, ihr zu versichern, dass sie sich nicht selbst beschuldigen dürfe. In den vergangenen Jahren habe ich das so oft wiederholt, dass ich nicht sicher bin, ob ich es noch ehrlich meine.«

Viktor erschrak vor seinen eigenen Worten. Seine Finger zitterten, sein Griff löste sich jedoch nicht.

»So oft, dass es nicht mehr glaubhaft klingt?«

Er sah mir in die Augen.

»Du weißt, was ich meine. Jemand anders muss es ihr sagen.«

Ich zwang mich, an meinem Platz zu bleiben, ohne auf die Wärme zu achten, die Viktor ausstrahlte und die mich zum Schwitzen brachte. Er stellte mich auf die Probe. Er wollte wissen, ob ich ebenso reagieren würde wie seine Frau und vor seiner Nähe zurückwich. Ich hatte die beiden nie zusammen gesehen, und doch war ich mir meiner Sache sicher. Vielleicht war seine Frau nicht die Einzige, die ihn nicht ansehen konnte. Vielleicht wussten Viktors Eltern nicht, was sie sagen sollten, und vermieden das Thema. Vielleicht pflegte Viktor mit seinen Freunden einen frivolen Humor, obwohl jeder zweideutige Scherz ihn selbst traf, das wusste er, auch wenn die anderen nicht so dachten.

»Ich versuche, mich daran zu erinnern, wie verliebt wir waren, als wir uns kennenlernten. Wir begannen gleichzeitig mit dem Studium, aber sie brach es ab. Die Blicke der Leute waren ihr zu viel. Alle waren überzeugt, dass wir so schnell heirateten, weil die Braut guter Hoffnung war. Wird in diesem Land niemals aus anderen Gründen geheiratet?«

Viktor nahm sein Glas vom Tisch und leerte es in einem Zug.

»Wir schlafen seit Jahren nicht mehr im selben Bett, und wir sind uns fremd geworden. Sie vermeidet es, mich anzusehen, und konzentriert sich darauf, Hilfe in Energiefeldern und bei den Sternen zu suchen, und findet Gründe für unsere Situation in ihrem Speiseplan und in der Standheizung unseres Wagens. Der Strom von Heilern und Priestern an unserer Tür reißt nicht ab. Entschuldige, dass ich das bisher noch nicht erwähnt habe.«

Ich ließ Viktor Zeit und nahm die auf dem Tisch dekorierten Häppchen in Augenschein. Den Wodka rührte ich kaum an. Ich erkannte Viktors Einsamkeit und wunderte mich nicht, als er erzählte, dass er seine abhandengekommene Manneskraft außerhalb der Ehe wiederzufinden gehofft habe. Sein bekenntnishafter Ton wurde intensiver; ich hatte ihn in der Hand. Auf diesen Augenblick hatte ich es angelegt, und dennoch war ich zu nervös, als dass ich mich über meinen Sieg hätte freuen können. Und dass das angebotene Essen noch unberührt war, beunruhigte mich. Viktor hatte sich schon vor unserer Ankunft aus seinem Barschrank bedient. Ich wollte nicht, dass unsere Begegnung durch den Schnaps, den wir aus Nervosität tranken, verdorben würde, und gab ihm eine Schnitte mit Kaviar in die Hand. Die akzeptierte er.

»Ich habe mein Glück mit ziemlich vielen anderen Frauen versucht. Das waren verschwendete Jahre, das weiß ich jetzt.«

»Hast du dich von Fachleuten beraten lassen?«

»Wie oft sind Männer die Ersten, die zum Arzt gehen?«, lachte Viktor.

Er hatte lange darüber nachgegrübelt, das verriet seine entspannte Tonlage. Der Vorschlag, eine Samenspende zu verwenden, würde ihn nicht mehr aus der Fassung bringen. Vielleicht würde er sich damit zufriedengeben, dass seine Frau sichtbar schwanger war und ein Kind zur Welt brachte und niemand sonst die wahren Hintergründe kannte. Ich war erleichtert – die Sache kam zügig voran.

»Auf einer Geschäftsreise lernte ich ein Mädchen kennen«, seufzte er. »Zu Hause war es schon schwierig, und ihre Gesellschaft war erfrischend. Zwei Monate später teilte das Mädchen mir mit, sie sei schwanger. Ich verkündete die frohe Botschaft meinen Freunden, wir feierten das alle zusammen, und als das Kind zur Welt kam, war ich der glücklichste Mann des

Universums. Ich erzählte davon sogar zu Hause, und meine Frau äußerte den Wunsch, den Jungen zu adoptieren.«

Viktors Wange begann zu zucken. Ihm war gar nicht bewusst, dass er seine Frau erwähnt hatte, dabei hatte er sich doch so sehr bemüht, das zu vermeiden.

»Das Kind war nicht von mir. Der Bankert war von einem anderen Mann. Schließlich musste ich der Wahrheit ins Auge sehen und mir eingestehen, dass auch bei mir etwas nicht stimmte.«

»Ein Vaterschaftstest?«

»Mein Vater verlangte das. Er hatte die Person zu Recht für eine Glücksritterin gehalten. Deshalb betreuen seine Anwälte die juristische Seite der Sache über euer Büro, und deshalb wurde in den Vertragsentwurf eine Klausel eingefügt, dass bei dem zu erwartenden Kind ein DNA-Test durchgeführt werden muss. Mein Vater ist in diesem Punkt nahezu paranoid.«

Ich überlegte, ob der Familie Krawez Geschichten über Ehepaare zu Ohren gekommen waren, die zur Behandlung ihrer Kinderlosigkeit gekommen und betrogen worden waren. Meine Chefin war sichtlich nervös geworden, nachdem sie die Nachricht über ein italienisches Elternpaar gelesen hatte, das in einer russischen Klinik Schwindlern aufgesessen war. Da die Chefin nicht so schnell aus der Fassung zu bringen war, vermutete ich, dass es in der Geschichte unseres Büros ähnliche Fälle gegeben haben musste. Möglicherweise hatte die Chefin am Beginn ihrer Laufbahn Kosten gespart, und vielleicht hatte auch ich den Ärzten manchmal zu verstehen gegeben, dass es das Beste sei, statt der untauglichen Zellen des Kunden solche einzusetzen, aus denen sich wirklich lebende Kinder entwickeln würden. Für meine Ergebnisse war ich damals gelobt worden. Aber so etwas machten wir jetzt nicht mehr. Langfristig war das zu riskant. Bei diesem Ehepaar wäre es Irrsinn. Viktor deutete mein Schweigen falsch.

»Es tut mir leid, es handelt sich nicht um Misstrauen euch gegenüber. Mein Vater hält mich für blauäugig, und damit liegt er wohl nicht ganz falsch. In dieser Situation kann es passieren, dass man sich an alle möglichen Strohhalme klammert, und wenn es nur ein vielversprechendes Lächeln ist.«

Viktor sah auf die Uhr. Er drehte sie an seinem Handgelenk hin und her, schüchtern wie ein Schuljunge.

»Mein Leben ist ziemlich düster geworden nach dem Betrug dieser Schlampe. Tag und Nacht dachte ich daran, wie sie sich bei ihren Freundinnen über mich lustig gemacht haben musste, und jede Frau, die mir entgegenkam, schien über mich zu lachen. Das hört sich bestimmt saudumm an.«

Wieder klang seine Stimme vorfühlend. Ich begnügte mich damit, den Kopf zu schütteln, obwohl ich hätte sagen müssen, *nein, keineswegs.* So machte ich es während des Gesprächs mehrmals, ich ließ immer wieder Mitgefühl einfließen, bis ich das Bedürfnis hatte, ins Badezimmer zu gehen und meine Wangenmuskeln durch Schütteln zu lockern, wie die Models es bei den Fotosessions machten, damit ihr Gesichtsausdruck wieder präsent wirkte. Noch einen anderen Trick wandte ich an. Ich kniff mir heimlich in die Handflächen. Der Schmerz pumpte mir Adrenalin in die Adern und bewirkte, dass mein Blick klar blieb. Zugleich versuchte ich, die lachenden Mädchen in die Mappe zurückzupacken.

Das schaffte ich nicht rechtzeitig. Viktor streckte die Hand nach einer Mappe aus. Ich wagte kaum zu atmen. Alle Fotos waren nach dem Geschmack der Amerikaner, viel perlzahniges Lächeln, eigneten sich jedoch nicht für diesen Kunden. Das galt auch für die Präsentationsvideos. Wenn ich es früher geschafft hätte, dass Viktor aus sich herausging, hätte ich neues Material erstellen lassen. Wieder hatte ich versagt.

Viktor ließ die Mappe zurück auf den Tisch fallen. Sein Blick verharrte in der Herbstnacht draußen vor dem Fenster. Zuoberst auf dem Stapel schaute Daria gut gelaunt aus ihrer besten Aufnahme heraus, die zum Abschluss eines langen Fototages entstanden war, als der Fotograf einen noch blühenden Schneeballstrauch entdeckt und Daria davor platziert hatte. Ich hatte bemerkt, wie sie das Gesicht verzog, und ihr rasch erzählt, wie man mir und anderen Models einmal befohlen hatte, so laut zu lachen, wie wir nur konnten. Als ich ihr die Tricks beschrieben hatte, die wir damals ausprobierten, um das Stunde um Stunde hinzukriegen, hatte sie geprustet vor Lachen. Ich hatte ihr jedoch nicht erzählt, für was für einen Artikel die Fotos gemacht worden waren. In der Geschichte ging es um Erfahrungen von Frauen und Männern mit Angst, und die Überschrift stammte aus dem Interview einer berühmten Schriftstellerin zum Thema. An die Überschrift erinnerte ich mich noch gut: *Männer fürchten, dass wir über sie lachen, und wir fürchten, dass sie uns umbringen.*

»Wie fassen die Menschen eigentlich ihre Beschlüsse? Woher wissen sie, wer geeignet ist?«

Viktors Gesicht war immer noch dem Garten zugewandt. Verstohlen streckte ich die Hand aus und schloss die Mappe.

»Oft haben die Kunden bestimmte Kriterien, auf die sie nicht verzichten wollen.«

»Zum Beispiel?«

»Alle wollen, dass ihr Kind schönes Haar hat. Besonders den Frauen ist das wichtig.«

Viktor raffte sich auf und leerte sein Glas. Etwas in seinen

Gesten verriet mir, dass er sich gleich ernsthaft der Mappe zuwenden würde. Ich legte sie mir in den Schoß.

»Auf die Kandidatinnen können wir später zurückkommen. Wir müssen nicht alles auf einmal durchgehen.«

»Wozu das aufschieben?«

Viktor streckte die Hand aus. Ich reichte ihm zufällige Fotos aus den Mappen. Jedes erzeugte eine Reaktion, ein Zusammenzucken, ein Kräuseln der Lippen. Daria zeigte ich ihm nicht. Das alte Strandfoto der lachenden Daria hatte der vorigen Kundin ein Seufzen entlockt: Endlich die Richtige! Der Frau war es so vorgekommen, als liefe Daria genau auf sie zu. Ich hielt die Aufnahme in der Mappe in meinem Schoß fest. »Manche behaupten, die richtige Spenderin zu finden fühle sich so an, als hätte man schon immer gewusst, wie das eigene Kind aussehen würde.«

»Und wenn man ein solches Gefühl nicht hat?«, fragte Viktor.

»Dann beginnt man bei den Kriterien. Welche Dinge sind dir wichtig?«

»Diskretion. Anonymität.«

»Und das Kind, wollt ihr ein Mädchen oder einen Jungen?«

»Einen Jungen. Vielleicht später ein Mädchen. Zuerst einen Jungen.«

Langsam legte ich Viktor die Hand auf den Arm. Endlich hatte ich eine klare Antwort bekommen.

»Oft ist es so, dass die Richtige schon auf dem Foto gerade dich anzusprechen scheint«, sagte ich. »Als riefe sie dich. Manche nennen das die Erfahrung des Erkennens.«

Viktor warf die Fotos, die ich ihm gegeben hatte, auf den Fußboden und ging noch etwas zu trinken holen. Der Abend, der so vielversprechend begonnen hatte, ging in eine falsche

Richtung. Viktors Anzug war vorteilhaft geschnitten, aber er hielt ihn nicht aufrecht, als er sich gegen den Barschrank lehnte und sich anscheinend bemühte, die Tränen zurückzuhalten, danach sah jedenfalls sein Zittern aus. Ich konnte ihn um all das, was er besaß, nicht einmal beneiden, denn ihm fehlte das, was er sich am meisten wünschte.

Ich packte die Mappen zurück in meine Tasche. Ich würde neue Fotos machen lassen und sie Viktor und seiner Frau schicken, über deren Wünsche ich so gut wie nichts wusste. Für die Planung der Aufnahmen war das eine Herausforderung. Zu Beginn des Prozesses vermittelten die Kunden zumeist den Eindruck, als wäre ihnen jede Beliebige recht, wenn nur das Kind gesund wäre. Die Sichtung des dicken Katalogs schien ihnen sogar unangenehmer zu sein als das Durchblättern einer Dating-Website oder die Auswahl einer Ehevermittlung. Mit dem gründlichen Durchsehen eines Fotokatalogs machte die Psyche der Kunden jedoch ausnahmslos eine Wandlung durch. Die Situation gab ihnen die Macht, sich zu entscheiden, auszuwählen und sich zu beschweren. Anfangs war die Vorstellung von der niedlichen Nase des Kindes nur der Anflug eines Gedankens. Doch bald schon galoppierte ihre Fantasie in Richtung von Haaren wie in der Shampoowerbung, Haut wie in den Frauenzeitschriften und Auszeichnungen bei schulischen Sportwettkämpfen, das ursprüngliche Budget geriet völlig in Vergessenheit, und hässlichere und unbegabtere Mädchen wurden wie aus Versehen aussortiert. Die große Auswahl wirkte so berauschend wie plötzlicher Reichtum. Manche begannen die Spenderin zu beschützen wie eine Investition, und die Ausstattung ihrer Villa ließ erkennen, dass das Ehepaar Krawez zu dieser Kategorie gehörte. Ich erwartete, schon bald eine Liste von Stoffen zu bekommen, die der Spenderin verboten waren, und hätte gewettet, dass eine umfassende Kameraüberwachung zum Sicherheitssystem der Villa gehörte. Damit würde die anspruchsvolle Frau Krawez überwachen können, ob die Spenderin nicht doch einmal aus Versehen einen Lippenstift benutzte, sich nicht doch die Haare färbte oder sich mit einem Stoff besprühte, von dem die Kundin glaubte, er beeinflusse das hormonelle Gleichgewicht. Ich zählte mir die Pluspunkte auf. Daria würde gut verdienen. Da die Krawezens wünschten, dass die Spenderin während des Prozesses in überwachten Verhältnissen wohnte, war der Grundbetrag des Honorars verdoppelt worden. Außerdem kam das Projekt deutlich langsamer voran als sonst, sodass wir weitere Gebühren würden berechnen können. Darias Familie würde lange mit dem Geld für diesen Auftrag auskommen, und ich würde Daria darauf vorbereiten, danach die Branche zu wechseln. Ich wollte kein Risiko eingehen, bevor ich genug Kapital beisammenhatte, um Darias erste Schritte auf dem Weg zu einer Modelkarriere finanzieren und unser beider Überleben in Zeiten der Flaute garantieren zu können. Deshalb würde ich in der Agentur weitermachen, bis ich das Interesse der internationalen Modemacher an Daria geweckt hätte. Die Krawezens würden Darias letzte Kunden sein, dessen war ich mir sicher.

»Das haben wir nun schon so oft gemacht«, sagte Viktor schließlich. »Ich kann das nicht.«

Mit dem Glas in der Hand kehrte er zum Tisch zurück. Seine Nase war gerötet, die Augen geschwollen.

»Beim ersten Mal hängten wir das gerahmte Foto der Spenderin an die Ikonenwand. Nicht hier, aber … Vater Arseni segnete das Bild und betete ständig für uns. Wir spendeten für die Kirche. Alles war vollkommen. Oder hätte es sein sollen.«

Jetzt verstand ich, was Viktor gemeint hatte, als er kurz über die Tischflächen in der Küche gestrichen und gesagt hatte, das sei Spektrolith, der angeblich Schutz bot, Ängste linderte und das Selbstbewusstsein steigerte, und während er das sagte, war der Satz auf die mir schon vertraute Weise abgebrochen. Der Spektrolith war garantiert auf Wunsch der Frau für die Villa angeschafft worden, ebenso der rote Karneol, der in Form von kleinen geschliffenen Steinen hier und da in Schalen aufgestellt war, und gerade als ich die Sache durchschaut hatte, nahm Viktor eine solche Schale vom Sofatisch und schleuderte sie auf den Fußboden. Ich erschrak mehr vor dem Krach, der klang wie das Einstürzen einer Wand, als vor dem Vorgang selbst.

»Sie hatte geglaubt, dass gerade diese Spenderin zu ihr gesprochen habe. Die, deren Foto an die Ikonenwand gehängt worden war.«

Ich nahm an, Viktor meinte seine Frau.

»Trotzdem ging alles schief«, schrie Viktor. »Wir waren so blöd, dass wir uns bemühten, dass das Kind an dem Tag geboren wurde, an dem die Konstellation der Sterne die bestmögliche war, und ihr Horoskop …«

Wieder brach der Satz ab. Viktor leerte sein Glas und schenkte sich *Wodka Khortytsa* nach. Ich beschloss, meine Chefin anzurufen, sobald ich zu Hause war. Sie sollte Viktors Vater anrufen und sicherstellen, dass die Frau mit dem Prozedere einverstanden war.

»Ich kann überhaupt nichts mehr auswählen. Meine Wahl ist bestimmt falsch, verflucht, zum Scheitern verurteilt. Wähl du die Richtige aus.«

Als meine Chefin und ich uns auf den Weg zum Büro von Viktors Vater machten, um die Papiere für den Prozess zu unterschreiben, wusste ich nicht, dass mein Leben sich schon bald ändern würde. Und das würde nicht an den Verträgen liegen, die endlich den letzten Schliff bekommen sollten, sondern an dir. Ich würde dich sehen. Ich war nicht in Bestform, die Nervosität hatte auf meiner Wange einen pochenden Pickel erzeugt, und meine Chefin war ebenso angespannt. Im Fahrstuhl gab sie mir einen Klaps auf die Arme und befahl mir, sie locker hängen zu lassen. Bei der Zusammenkunft sei es nicht angebracht, sie in die Hüften zu stemmen, das sei aggressive Körpersprache. Beide waren wir Vitali »Veles« Krawez noch nie begegnet. Er hatte einen Ruf. Alexej hatte erzählt, der Spitzname Veles rühre von einer Schlägerei aus uralten Zeiten her, bei der seine Niederlage schon als sicher gegolten und er selbst halb tot gewirkt hatte. Das hatte seinen Gegner unvorsichtig gemacht, und Vitali hatte ihm, der sich bereits als Sieger gewähnt hatte, einen Schlag mit einer kaputten Flasche versetzt. Wegen der übel zugerichteten Stirn seines Kontrahenten begann man ihn Veles zu nennen; das war ein gehörnter Gott der Slawen, der Herr des Totenreichs, der von den Toten auferstanden war.

Unsere Nervosität erwies sich jedoch als unnötig. Der Erfolg unseres Büros hatte Veles offensichtlich beeindruckt, und er konzentrierte sich darauf, mit meiner Chefin über die Konjunktur des Geschäftslebens zu plaudern, während unsere Juristen den zigmal erörterten Details den letzten Schliff gaben. Viktor zeigte sich nicht, und auch nicht seine Frau. Wenn ich nicht Beweise für die Existenz der Gattin gesehen hätte – ihre Unterschrift und Alexejs Fotos –, hätte ich vermutet, die Frau sei ein Phantom. Trotz meiner Bitten um Rückruf hatte sie sich nie bei mir gemeldet. Allerdings war sie über das Voranschreiten des Projekts im Bilde – behauptete meine Chefin –, und das musste genügen. Schließlich genügte es auch meiner Chefin.

Die sich allmählich lösende Anspannung ließ meinen Kopf herabsinken. Ich bemühte mich, wach zu bleiben, indem ich die toten Tiere zählte, mit denen die hohen Wände des Büros dekoriert waren. Ein Löwe. Ein Wolf. Ein Bär. Die entblößten Zähne der Raubtiere. Hirschgeweihe. An der hinteren Wand ein komplettes Krokodil. Den Aufkleber daneben mit dem Kreuz darauf hatte ich schon bei unserer Ankunft hier bemerkt – der Raum war gesegnet worden. Ein präparierter Karpfen versank in den goldenen Fransen der Vorhänge, die Klimaanlage brummte, und die vergoldete Standuhr tickte einschläfernd wie ein Metronom. Ab und zu wurde ihr Rhythmus von dem Gezwitscher aus einem Vogelkäfig unterbrochen, dann wieder von einem Krachen. Kracks, es klang wie eine unter den Schuh geratene Kastanie. Oder ein Schneckenhaus. Oder eine Nussschale. Das unregelmäßige Krachen kam aus einer Ecke des Zimmers und dauerte an. Ich war mir sicher, dass ich so ein Geräusch nie zuvor gehört hatte. Aus dem Augenwinkel sah ich einen Mann, der in einem Sessel saß und uns beobachtete. Oberhalb deines Kopfes hingen der Kopf eines weiteren Bären und ein ausgestopfter Vogel mit langem Schnabel. Du saßest an einem kleinen Marmortisch. Darauf stand eine Kristallschale, aus der du dir Nüsse nahmst und mit einem Nussknacker knacktest. Die Schalen ließest du zu Boden fallen. Plötzlich war ich hellwach.

»Nein, Viktor Vitaljewitsch verlässt seine Frau nicht.«

Ich saß auf der Rückbank des Wagens und achtete zunächst nicht auf die Worte, die von der Vorderbank her zu mir drangen. Ich war darauf konzentriert, mein Make-up zu korrigieren, und es dauerte eine Weile, bis ich begriff, dass es für den Fahrer nicht schicklich war, in diesem Ton mit mir zu sprechen. Auch das Rasierwasser hätte etwas dezenter sein können. Am Steuer saß also jemand anders. Ich erkannte in dir den Mann, den ich in Veles Krawez' Büro gesehen hatte. Ich erinnerte mich an deine Dreistigkeit, an die zu Boden fallenden Nussschalen, und allmählich ging mir auf, was du gesagt hattest. Ich hob die Hände zu den Haaren, um meine Miene zu verbergen, und tat, als ordnete ich meine Frisur. Eine geschiedene Frau. Auch in deinen Augen wirkte ich wie eine geschiedene Frau, obwohl ich mich schon seit langer Zeit von niemandem getrennt hatte. Was sonst hättest du meinen können, oder deutete ich zu viel in die Sache hinein?

Ich entschied mich, deine Bemerkung zu überhören. Während der Fahrt würde ich mich in die Papiere vertiefen und mich auf die bevorstehende Auseinandersetzung konzentrieren. Lada Krawez würde mich endlich auf ihrer Datscha empfangen. Viktor hatte mir die Nachricht übermittelt und hielt es für das Beste, sich von der Begegnung fernzuhalten.

»Hättest du doch drinnen gewartet«, sagtest du, »dann hättest du dir keine nassen Füße geholt.«

Mir schien, der Wagen wurde von einem Mann gefahren, der die Dinge immer zur falschen Zeit kommentierte. Der Sturzregen hatte vor dem Büro eine einzige große Pfütze entstehen lassen, aber dieser Straßenabschnitt lag schon weit hinter uns, und wir passierten jetzt die hohen Selbstmordhäuser. Alle in dieser Stadt, die ihre Tage wirklich beenden wollten, kletterten auf das Dach dieser Häuser. Obwohl ich mich immer bemühte, den Kopf von ihnen abzuwenden, zogen sie meinen Blick an wie ein Magnet.

Ich schwieg immer noch. Wir waren einander nicht vorgestellt worden, ich wusste nicht, wer du warst. Deshalb brauchte ich mit dir über nichts zu sprechen, und deine Worte waren für mich sehr seltsam, falls sie die Eröffnung eines Gesprächs sein sollten.

Das Wetter hatte aufgeklart, und der Asphalt glänzte, als du bei einer Tankstelle hieltest. Ich blätterte weiterhin in meinen Akten, als hätte ich den Halt nicht bemerkt oder die Tatsache, dass du um den Wagen herum auf meine Seite kamst, um mir die Tür zu öffnen.

»Vorn wäre mehr Platz«, sagtest du.

Ich rührte mich nicht. Der Papageienkäfig, den wir unterwegs bei einer Tierarztpraxis abgeholt hatten, war neben mich gestellt worden. Ich war jedoch schlank genug, um so zu tun, als störte er mich nicht. Ich wollte nicht neben dich auf den vorderen Sitz. Denn ich argwöhnte, dass du mich aus dem einen oder anderen Grund nicht mochtest. Oder vielleicht lag das daran, dass du mich beobachtet hattest. Ich hatte das Gefühl, taxiert zu werden. Als ich das Klicken eines Feuerzeugs hörte, bekam ich Lust auf eine Zigarette. Trotzdem blätterte ich weiter in meinen Papieren. Deine Schritte entfernten sich in Richtung Tankstelle. Als dein Rücken außer Sicht war, stieg ich aus, um zu rauchen. Im Wagen wurde offenbar nicht geraucht, sodass ich annahm, dass er von der Frau benutzt wurde. Auch der Vogel musste ihr gehören. Du wirktest nicht wie ein Mann, der Papageien hielt. Neben mir erschien ein streunender Hund. Er schob seine Schnauze in

Richtung Rückbank und suchte Essensreste. Ich verscheuchte ihn, drückte die Zigarette aus und hob die Schutzhülle an, die den Käfig verdeckte. Die Farben der Federn waren wie die der ukrainischen Flagge, schreiend grell und gleichzeitig doch satt, wie auf einem alten Gemälde. Krallen krümmten sich mit einem kratzenden Geräusch um Gitterstäbe.

»Er heißt *Ostankino*.«

Ich tat den Schutzbezug zurück an seinen Platz. Meine Beine waren draußen, ich hatte mich ins Auto vorgebeugt, als ich die Schutzhülle anhob. Das war ein Fehler gewesen. Jetzt musste ich mich aufrichten und dir zuwenden. Hinter deiner Schulter suchte ich mit dem Blick einen Fixpunkt, fand aber keinen. Meine Wangen glühten.

»Nett, dich kennenzulernen«, sagtest du, als wären wir uns soeben zum ersten Mal begegnet. »Ich bin Roman.«

Ich antwortete nicht. Für einen Fremden warst du mir zu nahegekommen. *Fahrenheit*. Danach duftetest du. In einiger Entfernung entdeckte ich ein Auto, das mit Gas betankt wurde, und konzentrierte mich darauf. Dieser Wagen fuhr mit Benzin, er hatte keinen eingebauten Gastank, und es würde auch keiner eingebaut werden, denn dieser Wagen beförderte Menschen, die es sich leisten konnten, das zu unterlassen, egal, wie teuer der Brennstoff war, und deshalb fuhr man mit diesem Auto einer guten Zukunft entgegen, und ich musste mit allem zurechtkommen, was mir auf diesem Weg begegnen würde.

»Vorn würdest du viel bequemer sitzen.«

Du öffnetest die vordere Tür. Ich wollte nicht unhöflich wirken und ließ mich von dir zu dem vorderen Sitz führen. Ich starrte auf meine Hände und überlegte, ob ich an meine Sachen, die hinten geblieben waren, herankommen und sie nach vorne holen könnte oder ob das als unhöflich oder als

Gesprächsverweigerung gelten würde. Ich beschloss, die Papiere hinten liegen zu lassen. Der Wagen setzte sich in Bewegung.

»Was weißt du von Lada Krawez?«, fragtest du. »Hat Viktor dir etwas über sie erzählt?«

Ich konnte nicht antworten. Ich wusste nicht, wessen Freund du warst und ob du dachtest, ich sei Viktors Geliebte oder träumte von einer solchen Position. Warum sonst hättest du gesagt, er werde seine Frau nicht verlassen? Oder errietest du meine Gedanken als Koordinatorin, die überlegte, dass das Problem am einfachsten durch einen Partnerwechsel zu lösen wäre? Diese Schlussfolgerungen ließen mich meinen Rocksaum weiter hinunterziehen. Kinderlosigkeit führte zu Ehescheidungen. Unsere Mitarbeiter begaben sich jedoch nicht auf verbotenes Terrain.

»Irgendetwas wirst du doch wohl wissen?«

»Nur das, was ich ihren Gesundheitsdaten entnehmen konnte.«

Das war der erste Satz, den ich zu dir sagte, und dessen letztes Wort brach zusammen, weil ich bemerkte, dass ich beim Sprechen die Hände gefaltet hatte. Das erschien mir wie ein schlechtes Omen. So, als hätte ich im Flugzeug meinen Sitznachbarn beim Beten kurz vor dem Start der Maschine beobachtet. Du bemerktest das nicht, auch nicht meinen Blick, der zappelte wie ein Insekt, das sich ins Auto verirrt hat und ein Weilchen von einem Ende der Windschutzscheibe zum anderen schwirrt. Mir wurde der Mund trocken. Du konntest meine wahren Gedanken über Viktors Frau unmöglich kennen. Ich zwang meine Hand, sich zu entspannen.

»Lada Pawlowna könnte fragen, wieso du auf diesem Gebiet tätig bist.«

»Das werde ich oft gefragt.«

»Meine Aufgabe ist es, dafür zu sorgen, dass das Projekt so läuft, wie es soll, und dass man dir vertraut.«

»Warum sollte man mir nicht vertrauen?«

»Falls es so kommt, soll ich dafür sorgen, dass trotzdem alles in der gewünschten Weise verläuft«, fuhrst du fort. »Euer Büro ist nicht das erste, mit dem sie den ganzen Prozess durchlaufen haben. Bei Lada Pawlowna hat es eine Weile gedauert, bevor sie es wagte, nach so vielen Misserfolgen auf ein positives Endergebnis zu hoffen.«

Ich öffnete das Fenster. Draußen nieselte es wieder. Das Büro sollte also ins Menorah-Zentrum. Die Marmorfußböden. Von meinen Projekten gehörten die Balkanstrategie und Krywyj Rih schon der Vergangenheit an. Dieses nicht. Dieses würde gelingen. Ich würde das hinkriegen, auch wenn Viktors Frau nicht mehr nur wie ein verwöhntes Kind klang. Und wenn ich nun die Fragen der Prinzessin falsch beantwortete? Aber wie könnte ich das? Wir bewegten uns im intimsten Bereich des Lebens, und deshalb waren wir an alles Mögliche gewöhnt. Wir wurden jedoch niemals nach etwas Persönlichem gefragt, abgesehen von Dingen, die unser Familienleben betrafen. Das interessierte die Menschen immer. Da die Kunden nicht glauben sollten, wir würden des Geldes wegen auf diesem Gebiet arbeiten, stammten die beiden Kinder der Chefin nach der offiziellen Geschichte wegen einer sehr schweren Endometriose aus dem Reagenzglas, was sie ermutigt hatte, in diesem Bereich tätig zu werden. Ihre Geschichte wurde nicht angezweifelt, auch meine nicht. Ich erzählte dir, dass meine Freundin als Kind einen Unfall gehabt hatte und dank eines Blutspenders gerettet worden war. Das hatte meine Auffassung vom Leben verändert, und als ich älter wurde, wollte ich etwas ebenso Bedeutsames tun. Ich fand es unfair, dass der Körper jeder Frau im fruchtbaren Alter ständig Eizellen produzierte, die das Leben anderer Menschen verändern könnten. Diese Geschichte hatte ich von einer Spenderin übernommen. Sie war glaubhaft, rührend und wahr. Ich konnte sie perfekt vortragen, und sie hörte sich überhaupt nicht so an, als würden unsere Mädchen von Schuldgefühlen getrieben, wie es oft der Fall war, wenn sie nicht nur wegen ihrer Armut für uns arbeiteten. Wenn die Frauen Schwierigkeiten hatten, schwanger zu werden, oder wenn das Leben sie schlecht behandelte, vermuteten sie die Gründe oft in ihren früheren Abtreibungen und glaubten, das Problem werde verschwinden, wenn sie ihre Tat dadurch sühnten, dass sie für uns arbeiteten. Einen Augenblick lang glaubte ich, du hättest von meiner Abtreibung gehört. Doch die war lange her. Davon konntest du nichts wissen. Davon hatte ich niemandem erzählt, nicht einmal meiner Chefin.

»Wie hieß noch mal deine Freundin? Die dank des Blutspenders gerettet wurde?«

Du hieltest am Wegrand, wandtest dich mir zu und schautest mich an. Dein Blick war der eines Lügendetektors. Snischne, ging es darum bei dieser Prüfung? Außer meiner Ausbildung und dem Schicksal meines Vaters war dies der einzige Punkt, den wir, meine Chefin und ich, einvernehmlich in meinem Lebenslauf geändert hatten. Du hattest dich mit meinem Hintergrund beschäftigt. Hattest Zeugen gefunden, Menschen, die mich oder meine Familie kannten, jemanden, der wusste, dass mein Vater niemals in einem Baugeschäft in Mykolajiw gearbeitet hatte. Du hattest den Fehler gefunden. Die Lüge.

»Wenn Lada Pawlowna danach fragt, kann sie diese Freundin anrufen.«

»Soll sie sie anrufen.«

»Das ist doch nicht dein Ernst.«

Du reichtest mir einen Zettel, auf dem der Name Ljudmila Kornilowa unter einer estnischen Telefonnummer stand.

»Speichere die in deinem Handy.«

Ich wusste nicht mehr, was ich denken sollte. Vielleicht sollte es mich nicht überraschen, dass du dich über mich informiert hattest. Aber wusste Viktor davon? Und wie war es mit seiner Frau? Warum halfst du mir, meine kleinen Schwindeleien wasserdicht zu machen? Und Snischne, wusstest du auch darüber Bescheid? Sollte ich Snischne selbst zur Sprache bringen, würde ich dann ehrlicher wirken? Die Stadt aus Darias und aus meinem Lebenslauf zu tilgen, war nur Kosmetik gewesen, eine kleine Reparatur für die Blicke der Kunden aus dem Westen. Dir würde Snischne nichts ausmachen, auch Viktor nicht. Schwindel – der wäre euch nicht egal. Denn in welchen Punkten würden wir sonst vielleicht noch lügen?

»Gibt es hier jetzt ein Problem?«, fragtest du. »Ich nehme an, deine Freundin müsste in Tallinn wohnen, da muss doch der Unfall gewesen sein?«

»Wer ist diese Ljudmila?«

»Jemand, der antwortet, wenn ein Anruf kommt, und dieselbe Geschichte erzählt wie du.«

»Wie viel?«

»Wie viel was?«

»Wie viel willst du für diesen Dienst?«

»Von dir? Nichts.«

Du öffnetest das Fenster, zündetest dir eine Zigarette an und hieltest sie außerhalb des Wagens. Ich fasste Mut, deinem Beispiel zu folgen. Ljudmilas Nummer leuchtete auf dem Display meines Handys.

»Wer weiß davon? Für wen arbeitest du?«

»Nur für Veles. Er will, dass das Projekt ohne Schwierigkeiten vorankommt, und ist an Einzelheiten nicht interessiert. Die Sache hat die Familie schon viel zu lange belastet. Nicht mehr lange, und alle drehen durch. Die Geschäfte leiden darunter, und Viktor hätte schon längst in die Politik gehen sollen. Es darf keinen Missgriff mehr geben. Glaubst du wirklich, ich würde sonst meine Zeit mit solchen Dingen verschwenden?«

Ich hatte deine Probe bestanden und bedankte mich im Stillen dafür, dass dein Test meine Geschichte glaubhafter gemacht hatte. Zu Snischne würde ich schweigen. Die Sache war ohne jede Bedeutung, solange sie nicht bekannt wurde. Wenn die Erwähnung der Blutspendengeschichte ein Test war, wusstest du vielleicht nicht alles und wolltest mich nur davon überzeugen, dass es so sei. Wir rauchten schweigend und betrachteten die Verkaufsbuden am Straßenrand, aus denen die Verkäufer mit Plastikplanen einen Regenschutz für sich und ihre Kartoffelsäcke gemacht hatten. Ab und zu entzogen Autos, die unter heftiger Abgasentwicklung vorbeirauschten, die Verkaufstische unseren Blicken. Es gab nur wenig Verkehr. Niemand hielt an, vergeblich bibberten die Verkäuferinnen am Wegrand. Ich durfte meinen Kunden nicht verlieren. Ich würde Viktors Frau mögen, egal, was der Prinzessin einfiel, und ich würde mich mit dir anfreunden.

»Lada Pawlowna fragt alle Personen, die mit dem Spenden zu tun haben, wie sie in die Branche gekommen seien«, sagtest du. »Das Beste ist, sich darauf einzustellen.«

»Hätte man den Vertrag nicht erst dann unterschreiben sollen, wenn diese Fragen abschließend geklärt sind? Und hätte man die Synchronisierung von Darias Zyklus und dem der künftigen Mutter nicht erst danach beginnen sollen?«

Ich war noch nie zuvor in einen Prozess involviert gewesen, in dem ich die Frau, die sich ein Kind wünschte, nicht getroffen hatte, bevor die Dinge bis zu diesem Punkt gediehen waren. Diese Situation war ganz und gar außergewöhnlich. Deshalb hatte ich dem Arzt zu verstehen gegeben, dass Scheitern keine Option war. Wenn nötig, müsse er alle Medikamentendosen noch weiter erhöhen. Dieses eine Mal. Nur dieses Mal, damit wir das alles rasch hinter uns bringen konnten.

»Wir haben uns bemüht«, sagtest du. »Manchmal muss man den Dingen einfach ihren Lauf lassen.«

»Wieso kommt es mir so vor, als stellte die künftige Mutter in diesem Fall die größere Herausforderung dar als Viktor Vitaljewitsch? Ist das so?«

»Ich weiß es nicht. Vielleicht. Nein. Das hat keine Bedeutung. Viktor wird seine Frau nicht verlassen. Kirche, Wahlen und Ehescheidungen sind eine schwierige Kombination. Ganz zu schweigen von der Verbindung der Geschäfte und gewisser Besitzverhältnisse mit dem Gesamtkomplex. Alles wird gut, wenn du dir nur deine Geschichte merkst. Deine Kandidatin macht einen glänzenden Eindruck.«

»Daria ist absolut die Beste«, versicherte ich, und mir wurde bewusst, dass keiner der Betroffenen meine Wahl der Spenderin kommentiert hatte. Veles hatte in seinem Büro unsere Mappen nicht einmal angerührt. Wenn er das Durchsehen der Kandidatinnenfotos als ebenso lästig empfand wie sein Sohn und wenn er wie dieser die Gesichter der Spenderinnen fürchtete, war es vielleicht dir auferlegt worden, die Auswahl zu akzeptieren. Und falls du auch Darias Umfeld überprüft hattest, hoffte ich, dass du dabei dasselbe Stichprobenverfahren angewandt hattest wie bei mir.

»Gibt es noch etwas, das ich wissen sollte?«, fragte ich.

»Wohl nicht. Lada Pawlowna hasst Abtreibungen. Das ist kaum überraschend, aber solche Mädchen habt ihr ja wohl nicht?«

Ich sah dich an. Ich konnte deine Miene nicht deuten. Vielleicht meintest du es ernst, oder es war ein Witz. Für diesen Sachverhalt gab es im Formular für die Vorauswahl natürlich eine eigene Spalte. Keine einzige Spenderin hatte einen Schwangerschaftsabbruch eingeräumt, so schlau waren sie immerhin. Offiziell gab es auf unseren Listen keine Frauen, deren Aura durch eine solche Tat zerstört worden wäre, und wenn die Kunden danach fragten, erinnerte ich sie daran, dass das Land sich, statistisch gesehen, mit Schwung den Abtreibungszahlen des Westens näherte, wenn ich auch die wachsende Kluft zwischen der Ost- und der Westukraine unerwähnt ließ. Im Westen wurde diese Sache allzu sehr problematisiert. Wenn die früheren Generationen gewohnt waren, sich die passende Anzahl von Kindern anzuschaffen, um in der Schlange der Wohnungssuchenden voranzukommen und später die Familienplanung hauptsächlich durch Abtreibungen zu regeln, warum sollte die nächste Generation anders sein, und warum sollte man das von ihr erwarten? Lada Krawez musste doch die Lage in ihrem Land kennen.

Plötzlich wurde mir bewusst, dass mein Schweigen verdächtig wirken könnte, und ich versuchte, etwas zu sagen, was zum Thema passte, bis ich in deinem Mundwinkel den Anflug eines Lächelns bemerkte. Ob du es nun zugeben würdest oder nicht, das war eine Einladung, die Wahrheit so zu beschönigen, wie die Situation es verlangte.

Der Priester hatte schon über eine Stunde auf dem Sofa gesessen und die Mappen durchgesehen. Mir kam der Verdacht, dass dies wieder ein Test war und dass die künftige Mutter niemals zu dem verabredeten Treffen erscheinen würde. Dennoch bemühte ich mich, ruhig zu bleiben, und nachdem ich eine Weile die auf dem Rasen balzenden Pfauen beobachtet hatte, ging ich dazu über, die beeindruckenden Bücherregale zu betrachten. Die Reihen der Bände mit den goldgeprägten Lederrücken reichten bis an die Decke. Bei genauerem Hinsehen meinte ich, meinen Augen nicht zu trauen. Zwischen den Buchdeckeln herrschte Leere, die Seiten fehlten.

»Metropolit Petro Mohylas *Trebnik* von 1646«, sagte Vater Arseni und deutete auf die Vitrine hinter mir. »Sieh ihn dir in Ruhe an. Du kannst ihn in die Hand nehmen.«

Ich erwartete, die Leichtigkeit einer Buchimitation zu spüren, aber der *Trebnik* war echt. Ich fragte nicht, warum dieser Nationalschatz nicht im Museum aufbewahrt wurde. Mit kribbelnden Fingerspitzen legte ich das Buch zurück auf sein Gestell und machte mich daran, den weißen Flügel genauer zu betrachten, dem das Klavierzimmer seinen Namen verdankte. Auf der lackierten Oberfläche waren verschmierte Spuren von Filzstift zu sehen, wahrscheinlich der Namenszug einer bedeutenden Persönlichkeit. Ich hörte, wie meine in Leder gebundenen Mappen auf den Tisch platschten. Meine Chefin erlaubte keine Plastikhüllen, alles musste Stil haben, aber natürlich auch Inhalt.

»Diesmal wollen wir es anders machen als bisher«, sagte Vater Arseni. »Es hat so viele Enttäuschungen gegeben. Lada Pawlowna will nichts von der Spenderin wissen, sie vertraut auf die Meinung von uns anderen. Sie wagt es nicht, sich vorher ein Bild von dem Kind zu machen.«

Ich kehrte zum Tisch zurück. Um irgendetwas mit meinen Händen zu tun, rührte ich meinen kalt gewordenen Tee mit dem Löffel um. Der war nicht bloß vergoldet, sondern aus massivem, schwerem Gold. Ich bekam Lust, durch Biegen des Löffelstiels seine Echtheit zu prüfen, obwohl ich mich darauf konzentrieren sollte, Vater Arseni zuzuhören. Ich fühlte mich unruhig und war überrascht, als mir der Grund dafür klar wurde. Es lag an dir. Ich sehnte mich nach dir, aber du warst gleich nach unserer Ankunft weitergefahren, um den Papagei zu seiner Besitzerin zu bringen. Ich starrte auf den Wirbel in meiner Teetasse. Ich kannte dich nicht einmal. Die Sehnsucht hatte keinen Sinn. Oder vielleicht doch. Während der Autofahrt warst du mein Verbündeter geworden – wir hatten dasselbe Ziel, und du hattest mir schon sehr geholfen. Ohne dich hätte ich nichts von der Bedeutung des Priesters gewusst. Dennoch glaubte ich, auf den ersten Metern einigermaßen zurechtgekommen zu sein: Ich hatte um seinen Segen gebeten, mich in jeder Hinsicht wie eine ordentliche Gläubige verhalten und trug um den Hals ein Kreuz, das du angeblich zufällig in der Tasche gehabt hattest. Allmählich glaubte ich, dass auch du großes Interesse daran hattest, dieses Projekt abzuhaken.

»Ich habe natürlich täglich mit unseren Ärzten über die Situation gesprochen«, fuhr Vater Arseni fort und verdeutlichte damit seine Position als der Mann, der in dieser Sache die Entscheidungsgewalt hatte.

Einen Augenblick lang fürchtete ich, mit Daria sei etwas nicht in Ordnung. Man würde mich feuern. Ich würde Daria, das Auto und meine Wohnung samt Aussicht verlieren und müsste zurück zu meiner Tante ziehen. Es war mein Traum gewesen, meinen Angehörigen ein neues Haus bauen zu können, eines, in dem es eine Wasserpumpe und ein Badezimmer gab. Das würde nicht geschehen. Das Mohnfeld würde erweitert werden müssen. Boris würde mir beibringen müssen, wie man Rohopium machte. Der Gedanke an meine künftige Kundschaft bewirkte, dass mein Blickfeld für einen Moment verschwamm. Ich würde Dealerin von Rohopium werden.

»Ich bin mit dieser Daria sehr zufrieden.«

Vater Arseni ließ die Worte gemächlich fallen. Eines nach dem anderen. Wie Perlen.

Obwohl die Datscha von außen wie eine Blockbauvilla aussah, duftete sie innen wie eine Kirche und wirkte auch so, und Lada Krawez machte den Eindruck, als wäre sie stets unterwegs zum Gottesdienst. Ein callaweißes Spitzentuch bedeckte Kopf und Schultern, ihre Hand war ein auf dem Hals ruhender, das Kreuz in kurzen Abständen zu den Lippen führender, flatternder Flügel. Ihre Fingernägel waren kurz, unlackiert und geschlechtslos wie die eines Kleinkinds. Sie entsprach nicht der Vorstellung, die ich von ihr gehabt hatte, und auch nicht der, die ich mir während unserer Autofahrt aufgrund deiner Erzählungen von ihr gemacht hatte. Ich konnte absolut nicht glauben, dass eine so zarte Frau fähig war, auf eine Spenderin einzudreschen.

Ich war vielen Kundinnen begegnet, deren ungerechtes Schicksal ihnen die Brust hatte einfallen lassen, und manchmal explodierte die daraus entspringende Wut ebenso leicht wie die Schlagwetter im Bergwerk. Es machte sie wütend, dass Alkoholiker und Drogenabhängige ungewollt Kinder bekamen oder dass manche Frauen eine Abtreibung nach der anderen machen ließen, als gingen sie in den Milchladen. Auch hatte ich unzählige Spenderkandidatinnen getroffen, die es nicht akzeptierten, abgelehnt zu werden, und manche von ihnen brachten mich dazu, dass ich mir in dunklen Hauseingängen über die Schulter sah. Lada Krawez ließ nichts dergleichen erkennen. Sie vermittelte nur den Eindruck von Trauer und Angst, als sie mich begrüßte und sich neben Vater Arseni setzte. Ich behandelte sie wie einen Neuling und erklärte ihr den Prozess von Anfang an, obwohl die Synchronisierung von ihrem und Darias Zyklus schon im Gang war. Ich sprach über Östrogenbehandlungen und Gelbkörperhormone, über deren Wirkung und die Zeitpläne von Eizellenspenderin und -empfängerin, rekapitulierte die medizinischen Fachausdrücke und sah sie jedes Mal an, wenn ich einen Fachausdruck verwendete. Sie hörte zu, als hätte sie das alles noch nie gehört, und wiederholte die Wörter Blastozytenphase, Punktion und Frischzellentransfer. Insgeheim betrachtete ich ihre Hände. Sie hatten eine gesunde junge Frau geschlagen; du hattest mir Fotos auf deinem Handy gezeigt, als du bemerktest, dass ich Zweifel an deiner Erzählung hatte. In diesem Vorfall lag der Grund für die Pause in Ladas Befruchtungstherapien. Danach waren du und dein Chef sich darin einig gewesen, dass sie sich zunächst ein Weilchen auf ihre Genesung konzentrieren sollte. Es war leicht, zu glauben, dass die vor mir sitzende Frau die Spenderin für ihre Fehlgeburt verantwortlich gemacht hatte. Ich konnte mir jedoch kaum vorstellen, dass sie selbst mit dem Auto zu dem Mädchen gefahren war und es mit einer Nagelschere so schwer misshandelt hatte, dass es im Krankenhaus behandelt werden musste. Jetzt verstand ich, warum die Krawezens unser Büro gewählt hatten. Es lag nicht nur an unserem

tadellosen Ruf. Nirgendwo sonst würde ihnen ein so aufopfe-
rungsvoller Service geboten, und was auch immer geschähe,
wir würden stets alles in der gewünschten Weise erledigen.
Ob sich die Episode trotzdem wiederholen könnte? Sollte ich
Angst um Daria haben? Was, wenn wir eine Schwangerschaft
zustande brächten, die wieder mit einem Abort enden würde,
oder wenn das Kind aus dem einen oder anderen Grund nicht
den Wünschen der Krawezens entspräche? Und wie würden
sich die Hormonbehandlungen auf Lada auswirken? Bekäme
sie unbeherrschbare Wutanfälle wie manch andere Frau?

Lada Krawez war entzückend. Das hatte ich nicht erwartet.

Vater Arseni schlug vor, wir sollten im Park einen kleinen Spaziergang machen, bevor ich den Rückweg antrat. Er wollte
mir seine neue Kapelle zeigen. Als wir davor stehen blieben,
bedeckte ich mir den Kopf mit dem Tuch, und als wir eintra-
ten, verbeugte und bekreuzigte ich mich, küsste Christus, dem
Allmächtigen, die Füße und hoffte, Vater Arseni möge meine
Ungeübtheit in dieser Halbkörperverneigung nicht bemerken.
Ich wusste gar nicht mehr, wann ich das letzte Mal eine Kirche
betreten hatte. Vater Arseni hatte es jedoch eilig, mir seine aus
Moskau mitgebrachten Ikonen vorzustellen. Die Kapelle war,
wie er sagte, vom Moskauer Patriarchen persönlich geweiht
worden. In der Neuanschaffung mit dem Namen »Der bren-
nende Blick« erkannte ich vertraute Züge: Der Patriarch selbst
hatte dafür Modell gesessen. Ich stand vor der Ikone, und ganz
offensichtlich erwartete Vater Arseni etwas von mir. Im letzten
Moment begriff ich, was. Eilig verneigte ich mich, schlug das
Kreuz, drückte die Lippen auf die Füße des auf dem Heiligen-
bild verewigten Patriarchen und verneigte mich ein weiteres
Mal. Kalte Schauer liefen mir den Rücken hinunter, und Steif-

heit breitete sich in meinen Fingern aus. Warum wollte Vater Arseni mir die Kapelle zeigen, die Lada Krawez hatte erbauen lassen, warum gerade diese Ikone? Um mir zu zeigen, wen ich mir zum Feind machen würde, falls wir keinen Erfolg haben sollten? Falls wir versuchen sollten, Lada Krawez zu betrügen oder sonst wie gegen den Vertrag zu verstoßen? Nicht nur Viktor und seine Frau, sondern die Kirche, den Patriarchen, Gott.

Du wartetest beim Auto und öffnetest mir die Tür. Auf der Vorderbank wartete ein Weckglas. Ich nahm es auf den Schoß, und der Wagen rollte zum Tor.

»War es nun so schrecklich?«

Ich rang mir ein Lächeln ab, war doch das Treffen ein Erfolg geworden. Vater Arseni hatte über Daria nichts Schlechtes zu sagen gehabt, nicht über die Zeitpläne, über nichts. Und auch nicht über die angehende Mutter. Genau wie du es angekündigt hattest, wurde ich gefragt, warum ich auf diesem Gebiet arbeitete, und ich nahm auch diese Hürde, indem ich den Namen Ljudmila erwähnte, den du mir genannt hattest. Meine erste Begegnung mit Vater Arseni und seiner lieben Schwester Lada war gelungen, und mein Bericht über den Besuch würde meine Chefin freuen. Obwohl das ganz klar ein Grund zum Feiern war, hatte ich keine Lust auf Champagner. Am Abend würde ich die neuesten Modezeitschriften kaufen und die Namen der heißesten Fotografen im Gedanken an Darias Modellmappe prüfen. Demnächst würde ich anfangen, Daria auf ihren Berufswechsel vorzubereiten, wenn nur erst die Punktion hinter uns lag. Das Glas fühlte sich kalt an.

»Diese Creme ist kein Brotaufstrich«, sagtest du. »Sie ist für Daria.«

Der Behälter, der tatsächlich wie ein Konfitüreglas aussah,

hatte einen Glasdeckel mit einem Dichtungsring aus Gummi, der Inhalt war so hell wie Schmalz. Ich nahm den Deckel ab. Es war eine Creme, eine Hautcreme.

»Erinnerst du dich an Allan Tschumak? Den Heiler, der zur Zeit der Perestroika im Fernsehen auftrat?«

»Diesen Hypnotherapeuten?«

Mein Gekicher war unbeabsichtigt und echt. Dieser weißhaarige Mann hatte allmorgendlich um Viertel nach sieben unter Gemurmel und mit vielerlei Handbewegungen den Äther erobert. Das Fernheilen hatte die ganze Sowjetunion in Trance versetzt. Während der Energieübertragung war aus den Fernsehern kein Laut zu hören gewesen.

»Sag jetzt nicht, dass die künftige Mutter sich Tschumaks alte Sendungen angesehen und dabei diese Cremedose vor den Fernseher gehalten hat. Ist sie nicht etwas zu jung dafür?«

»Der Glaube fragt nicht nach dem Alter. Und erinnerst du dich an Anatoli Kaschpirowski, Tschumaks Kollegen? Im Handschuhfach liegen DVDs. Die sind auch für Daria.«

Ich öffnete das Fach und nahm die Hüllen heraus. Zwischen ihnen glitt ein Foto hervor, auf dem Kaschpirowski, der wie ein alternder Pornostar wirkte, mich unter seiner bekannten Mr.-Spock-Frisur hervor anstarrte. Er trug dieselbe schwarze Lederjacke wie früher. Ich rieb mir die Lippen. Als ich Vater Arsenis Hände geküsst hatte, hatte der Geruch von Rosen und Bienenwachs sich auch auf den Tee übertragen. Jetzt war er verflogen, und mich fror nicht mehr. Ich verstand, dass du, von mir unbemerkt, die Heizung aufgedreht hattest.

»Eine Bekannte meiner Tante war mal in Kiew in Kaschpirowskis psychotherapeutischer Sprechstunde in seiner Privatklinik, die er gleich zu Beginn der Perestroika gegründet hatte«, erinnerte ich mich.

Als Ostankino den Mann etwas später in den Sternenhimmel der ganzen Sowjetunion geschleudert hatte, rief die Tante eine Bekannte an, um Klatsch und Tratsch über ihn zu hören, und ihr Wunsch wurde erfüllt: Die Frau war vom Krebs genesen und dankbar dafür, dass sie von Kaschpirowski behandelt worden war, bevor er so große Beliebtheit erlangte. Meiner Erinnerung nach wurde die Sendung des Wunderheilers eingestellt, weil er angeblich bei den Zuschauern Herzanfälle und Nervenzusammenbrüche ausgelöst hatte. Ich drehte das Bild um.

»Übrigens erlebt Kaschpirowski gerade ein Comeback«, sagtest du. »Ich habe Gerüchte gehört, dass unser Wunderheiler wohl auf den Bildschirm zurückkehren wird. In Moskau ist er beliebt.«

»Wirklich?«

»Ich werde deiner Tante Karten besorgen.«

»Lass gut sein. Ich halte es nicht aus, wenn das wieder losgeht.«

Du lachtest laut auf. Das war so überraschend, dass ich zusammenfuhr. Nicht, weil ich dich noch niemals hätte lachen hören, sondern weil etwas daran verriet, dass du eine gute Gesellschaft sein könntest, wenn du nicht im Dienst warst. Ich weiß nicht, worauf meine Ahnung beruhte. Oder meine Einbildung. Eine Vorstellung von dir, wie du und dein Mädchen miteinander Spaß hattet. Ich kniff mich in den Arm. Eine geschiedene Frau. So denkt eine geschiedene Frau. Eine verzweifelte Frau, die an das glückliche Liebesleben anderer auch dann denkt, wenn es keinerlei Anzeichen für dessen Existenz gibt. Nur ist sie so überzeugt davon, dass alle anderen das große Glück erleben, nur sie selbst nicht.

»Kaschpirowksi klappert schon seit Langem die Länder ab, in

denen ehemalige Sowjetbürger leben, und für Lada Pawlowna hat er private Sitzungen gehalten. Er ist ein alter Bekannter der Familie, und Lada Pawlowna hat nach der letzten Fehlgeburt durch seine Behandlung ihren Seelenfrieden wiedererlangt«, erzähltest du. »Jede Séance wurde aufgezeichnet und viele Male angeschaut.«

Das Tor der Datscha war schon weit hinter uns zurückgeblieben. Immer noch hatte ich das Tuch auf dem Kopf. Ich nahm es ab, steckte es in meine Handtasche und warf einen verstohlenen Blick in den Handspiegel. Ich war rot wie eine Hagebutte. Gerade hatte ich mir vorgenommen, mir die Aufzeichnungen anzusehen, bevor ich sie Daria gab. Warum nur hatte ich das gedacht? Weil ich als Kind Wasser getrunken hatte, das wir während der Sendungen des Mannes vor dem Fernseher hatten stehen lassen? Weil ich mich ratlos fühlte? Oder weil ich vermutete, dass meine diffuse Sehnsucht und mein leeres Herz meine Arbeit beeinträchtigen könnten? Dass das allzu offenbar werden könnte? Oder wollte ich mir die Séancen deshalb ansehen, weil ich schon zu lange in der Ukraine lebte und das Chaos des Landes mir wieder normal erschien? Eine Spenderin hatte einmal zu einer Kundin gesagt, die Ukraine sei ein lebendes Grimm'sches Märchen. Der Dolmetscher hatte diesen Satz klugerweise nicht übersetzt.

»Mein Großvater wollte nicht von seinem Alkoholismus geheilt werden, und deshalb verließ er immer das Haus, wenn die Sendung anfing«, sagtest du.

Es dauerte einen Moment, bevor mir aufging, wie persönlich deine Worte waren, wie überraschend. Sie waren wie ein Bekenntnis. Plötzlich fühlte mein Kopf sich leer an. Ich öffnete den Mund und wollte etwas sagen, was sich gerade erst zu einem Gedanken ausformte, aber dann sah ich die Verkaufsbuden am Wegrand. Wenn ich versagte, würde meine Mutter im nächsten Jahr mit ihren Möhrensäcken in einer ebensolchen Bude bibbern. Der Augenblick ging vorüber. Der Augenblick, in dem ich von meinem Vater hätte erzählen können, von all dem, was in Snischne passiert war und warum ich über Snischne gelogen hatte, sowohl in Bezug auf mich als auch auf Daria. Ich hätte die Richtung meines Schicksals ändern können, und alles wäre anders gekommen. Nur wagte ich es nicht. Später wagte ich es nicht, weil ich zuvor geschwiegen hatte. Wie hätte ich das erklären sollen?

Am Ladentisch wog ich die letzte Packung mit Napoleongebäck in der Hand. Zwei der Gebäckstücke waren zerdrückt. Ich konnte mich nicht entscheiden, ob ich Viktors Lieblingskuchen in zerkrümeltem Zustand nehmen sollte oder doch lieber eine Torte, die tadellos mit Zuckerglasur und Sahnecreme dekoriert war. Menschen kamen und gingen, ich kam zu keinem Entschluss. Nach der Begegnung mit Lada Krawez waren auch die kleinsten Entscheidungen schwierig geworden, und jede einzelne erschien mir als ein Omen, das ich richtig deuten musste, oder ich würde auf den falschen Pfad geraten. Aus der Personaltür schlüpfte ein Mädchen, das in sein Handy kicherte. Sie rempelte mich an und entschuldigte sich nicht, sondern fuhr fort, in flirtendem Ton über ihre Hochzeit zu plappern, und mir fiel das Hochzeitsfoto meiner Cousine ein, auf dem die Frischvermählten in einem ähnlichen Geschäft posierten. Die hochschwangere Braut lehnte gegen die Wursttheke, über dem Schleier hing eine Neonröhre, und die Kunden in ihren Wintersachen tätigten ihre Einkäufe um das Paar herum. In das Registrierungsbüro waren sie durch den Laden und durch die Personaltür gelangt. Diese Aufnahme gefiel der Braut am besten, sie fand sich darauf am schönsten.

»Nimm beide.«

Ich erschrak. Ich hatte dich nicht bemerkt.

»Ich hab gesehen, dass du hier reingegangen bist.«

Ich legte die Torte und das Gebäck in den Einkaufskorb und zog die Fuchsfellweste fester zu, als könnte sie das Pochen in meiner Brust verdecken. In der Brusttasche befand sich ein Bündel Dollars für den Fall einer plötzlichen Abreise. Nach dem Besuch auf der Datscha hatte ich unmerklich begonnen, mich auf eine solche Möglichkeit einzustellen.

»Lada Krawez schickt dir Karten für die Sitzungen von Kaschpirowski«, sagtest du und reichtest mir einen Briefumschlag.

»Die hättest du mir per Post schicken können.«

Ich wollte dich loswerden, deshalb nahm ich dir die Karten ab und steckte sie in meine Handtasche. Musste ich die wirklich nutzen? Und mit Daria zu der Veranstaltung gehen? Würde Lada danach fragen? Dort würden außer Invaliden scharenweise Frauen hinkommen, die Abhilfe für ihren Herzenskummer oder ihre Kinderlosigkeit erhofften, Männer, die sich einbildeten, dort würde sich ihnen das Geheimnis offenbaren, wie man reich wird, und Eltern, die davon träumten, der Therapeut würde ihre Kinder gesund zaubern, sodass sie wieder sehen und hören konnten oder aufhörten zu trinken. Und der Blick eines jeden, der sich für die Veranstaltung in die Schlange stellte, würde hoffnungsvoll glänzen, auch derjenigen, die für den Hypnotherapeuten entflammt waren. Wenn ich die Karten Mutter schenken würde, dann würde sie schnurstracks zum Nachtzug eilen und insgeheim hoffen, Kaschpirowski würde etwas über ihren verstorbenen Mann sagen. Ich weiß nicht mehr, was Vater tat, als wir die Gläser auf dem Tisch angeordnet hatten, die die Fernstrahlen des Hypnotherapeuten auffangen sollten. Oder war es Vater gewesen, der die Gläser auf den Tisch gestellt hatte? Hatte ich mit ihm daraus getrunken? Ich strengte mein Gedächtnis an, aber ohne Ergebnis. Ich konnte mir nicht einmal mehr Vaters Gesicht in Erinnerung rufen.

»Du brauchst dir diesen Wundermann nicht wirklich anzusehen«, grinstest du. »Ich werde Lada Pawlowna erzählen, dass du dich sehr über das Geschenk gefreut hast.«

Ich ging zur Kasse und hoffte, du würdest verschwinden. Du hattest meine Gedanken allzu gut gelesen, und das ärgerte mich. Ich würde die Karten meiner Chefin geben, sie würde begeistert sein. Die Bekannten der Krawezens würden bestimmt in das Hinterzimmer gelangen, das von solidem Kundenpotenzial nur so strotzte, und der Wunderheiler würde Kontakte haben, die für die Chefin von Nutzen waren. Ich legte die Waren auf das Kassenband, und du folgtest mir, als hätten wir gemeinsam eingekauft. Als die Kassiererin den zu zahlenden Betrag nannte, richtete sie ihre Worte an dich, und das ärgerte mich. Ich hatte auch selbst Geld.

»Ich werde Lada Pawlowna auch sagen, dass die Aufzeichnungen von Kaschpirowskis Séancen an Daria gegangen sind und dass sie die Ringelblumencreme täglich verwendet.«

Mit schweißfeuchten Händen suchte ich nach meiner Kreditkarte. Du konntest nicht wissen, dass die Creme immer noch bei mir zu Hause war. Ich hatte sie nach dem Baden ausprobiert und in der Nacht darauf so gewöhnliche Sachen geträumt, dass ich mich am Morgen nicht mehr daran erinnern konnte. Nichts hatte sich verändert. Außer dass ich beim Erwachen als Erstes an dich gedacht hatte. Ich beschloss, die Sachen, die bei mir im Wohnzimmer geblieben waren, morgen Daria zu bringen.

Schmeichlerisch wünschte die Kassiererin uns einen schönen Abend. Ich bekam Lust, ihr einen Klaps zu geben, weil sie das noch nie zuvor gesagt hatte. Nur mühsam konnte ich mich beherrschen und blieb an der Ladentür stehen. Dein Wagen war davor geparkt, und ich wartete darauf, dich endlich loszuwerden, aber du nahmst mir die Einkaufstasche ab, um sie für mich zu tragen.

»Viktor kommt bald ins Büro«, bemerkte ich.

»Ich weiß. Ich begleite dich.«

»Bis dahin sind es doch nur ein paar Meter.«

»Eure Straße ist wirklich in schlechtem Zustand.«

Das konnte ich nicht bestreiten. Die Pfützen der Straße, an der der Laden lag, waren trügerisch. Du botst mir den Arm, und ich konnte mich nicht verweigern. Die Schuld gab ich der Kassiererin, die uns garantiert hinterhersah. In diesem Laden kaufte ich schon lange ein, zu allen Tageszeiten, manchmal zusammen mit den Mädchen, manchmal mit der Sekretärin oder der Chefin, oft mit Kunden, aber niemals mit einem Mann, der zu keiner dieser Gruppen gehörte. Die Verkäuferin hatte die zu zahlende Summe bisher immer mir genannt, und die Gereiztheit, die mich am Kassenband überkommen hatte, war dem seltsamen Wunsch gewichen, es ihr zu zeigen. Die Meinung der Kassiererin war mir herzlich egal. Trotzdem wollte ich den Moment nutzen, der mich wenigstens einige Augenblicke als etwas anderes erscheinen ließ als eine geschiedene Frau. Eine einsame Frau. Ich konzentrierte mich auf den Weg. Die zu Boden gefallenen Kastanien knackten unter unseren

Füßen, und es waren so viele, dass man darunter den Asphalt nicht sah. Die Lichter des Supermarkts blieben zurück. Von den Straßenlaternen brannte nur eine einzige. Eigentlich sollte ich mich auf das bevorstehende Treffen konzentrieren. Daran würde ich einen Augenblick später denken. Dann, wenn du unterwegs warst, wohin auch immer, zu einer Frau, zu jemandem, neben dem du schlafen würdest. Zu jemandem, der nicht ich war.

Als die Chefin die Eröffnung eines Büros in Dnipropetrowsk plante, wurde als Standort wie selbstverständlich diese entzückende, die Stimmung der Zarenzeit atmende Straße ausgewählt, an der die wichtigsten Dienste angeboten wurden: das rund um die Uhr geöffnete *Planet* sowie das einzige für Gäste aus dem Westen geeignete *Hotel Park* mit einem Vier-Sterne-Restaurant, in dem man bis spät in die Nacht essen konnte. Die Gegend war ruhig, unser Parkplatz auf dem Hinterhof eingezäunt und der in seiner Bude sitzende Parkwächter zuverlässig. Heute wirkte die Straße jedoch schlechter als sonst. Das lag an dem auf meinem Schreibtisch liegenden Stück Menorah-Marmor, das ich am Tag in die Hand genommen hatte, und an deinem Arm, den ich genommen hatte.

»Hast du Zweifel in Bezug auf dieses Projekt?«, fragtest du. »Willst du aufhören?«

Deine Frage holte mich in die Wirklichkeit zurück. Ich antwortete nicht. Ich überlegte, ob das so deutlich sichtbar war. Ob ich eine so schlechte Schauspielerin war? Ein loser Pflasterstein brachte mich ins Wanken, dein Arm fing mich auf, und einen Augenblick lang fühlte sich das an wie eine Umarmung, wie etwas, das nicht in diese Straße gehörte, nicht in dieses Gespräch, wie etwas, das in eine ganz andere Szene gehörte. Du ließest mich los. Das Licht aus den Fenstern des Büros beleuchtete die Stufen und wurde von einer Pfütze davor reflektiert. Wie eine Mondbrücke.

»Viktor mag dich. Das ist eine gute Sache.«

»Und wenn alles schiefgeht?«

»Du kannst mich jederzeit anrufen. Was auch immer passiert. Wann auch immer. Egal, ob es um Lada oder um Viktor geht.«

»Um Viktor?«

In meiner Vorstellung tauchte wieder das Bild von Lada Krawez auf, wie sie mit der Nagelschere wie rasend auf das Gesicht der Spenderin einsticht, aber keines von Viktor. Ich weiß nicht, warum du mir nur Fotos von den Folgen von Ladas Wutanfällen gezeigt hattest. Vielleicht dachtest du, ich könne von Viktor sonst was denken, aber nicht von seiner Frau. Immerhin handelte es sich um eine Frau, eine angehende Mutter. Wieder knackte eine Kastanie unter meinem Schuh. Oder unter deinem. Oder unter den Schuhen von uns beiden.

»Du kannst nicht mehr aufhören. Das würde nicht gut ankommen«, sagtest du. »Es tut mir leid.«

Unauffällig regelte ich die Heizung im Büro etwas herunter. Die Schweißflecke unter meinen Achseln drohten sich auszubreiten, und Viktors prüfender Blick ließ meine Bewegungen ungeschickt werden. Wollte er sehen, ob ich nach dem Treffen mit Lada blaue Flecke im Gesicht hatte? Hatte er nicht meine langärmelige Bluse gemustert, um abzuschätzen, was sich darunter verbarg? Ich nahm das Spitzentuch ab und krempelte die Ärmel bis zu den Ellbogen auf.

»Die angehende Mutter ist dem Prozess gegenüber sehr auf-geschlossen«, versicherte ich. »Unsere Begegnung ist ausge-sprochen gut gelaufen.«

Die Bilder von der misshandelten Spenderin flackerten in meiner Erinnerung immer noch wie eine kaputte Neonröhre. Dem Mädchen war der Mund mit Geld gestopft worden, und die Sache hatte keine weiteren Folgen gehabt. Für diese Men-schen hatte so etwas niemals Folgen. Viktor trat neben mich, ergriff meinen Arm und drückte ihn fordernd.

»Lüg mich nicht an. Ich bitte dich.«

Ich beschwor, dass die Begegnung sehr herzlich verlaufen sei, und Viktor ließ mich los, zuckte die Achseln und kehrte zum Sofa zurück, wo er die vertraute Haltung einnahm. Er saß aufrecht, ohne sich anzulehnen; ein Arm ruhte auf dem Kissen, der andere in seinem Schoß. In der Datscha von Lada Krawez hatte ich ein Porträt gesehen, auf dem Viktor mit sei-nem Vater in der gleichen Weise posierte. Beide trugen einen goldenen Lorbeerkranz auf dem Kopf, und sie befanden sich in einer römischen Villa. Andere Spuren von dem angehen-den Vater gab es in der Villa nicht.

Das Gespräch über seine Frau setzten wir nicht fort, wenn-gleich Viktor sich ständig vergewisserte, wie ich auf seine Sätze reagierte. Wenn ich bisher auch hatte annehmen wollen, dass er von den Kapriolen seiner Frau vielleicht nichts wusste, so hatte ich jetzt keine Zweifel mehr. Ich suchte nach einer Beschäftigung für meine Hände, und da fielen mir die Napole-onschnitten ein. Ich verteilte sie auf zwei Teller und überlegte, ob ich es nicht doch wagen sollte, die Heizung etwas mehr aufzudrehen. Ich wagte es nicht.

»Ladas und meine Eltern warten auf Enkelkinder, und ich bin nicht ganz sicher, ob ihnen mehr an der Zukunft ihres

Nachlasses liegt oder daran, was die Leute reden«, sagte Viktor. »Du hast doch auch gehört, wie die Leute mich nennen.«

Er sah mich an. Ich schüttelte den Kopf.

»Schlappschwanz.«

Wieder ein rascher Blick.

»Hier ist es schwer, respektiert zu werden, wenn man kein richtiger Mann ist. Und man ist kein richtiger Mann, wenn man mit Platzpatronen schießt.«

»Habt ihr daran gedacht, irgendwo anders hinzuziehen, an einen Neuanfang in einem anderen Land?«

»Heimatliebe lässt sich nicht verpflanzen. Glaub mir, ich habe mich bemüht.«

Ich meinerseits bemühte mich, Viktors Blick aufrichtig zu erwidern, so wie bisher, aber etwas zwischen uns hatte sich verändert. Mir fiel ein, wie Viktor mein Mitgefühl gewonnen hatte, als er erzählte, wie das verräterisch lachende Weibsbild in seinem Kopf herumgespukt und er es nicht gewagt hatte, das Haus zu verlassen, aus Angst, jemandem zu begegnen, der dem frischgebackenen Vater gratulieren würde. Jetzt bot ich ihm immer wieder etwas zum Knabbern an, damit ich mich nicht neben ihn zu setzen brauchte. Ich holte vom Beistelltisch die vergessene Zuckerdose, dann Löffel und noch mehr Servietten, bis mir nichts mehr einfiel, was ich noch hätte arrangieren können, und ich musste mich auf dasselbe Sofa zu Viktor setzen, der sein Gebäckstück nicht aufgegessen hatte. Ich hielt meine Tasse in der Hand und verwünschte den Augenblick, da ich mich so nahe zu ihm gesetzt hatte, dass ich die Wärme spürte, die er abstrahlte. Warum hatte ich mich nicht genauso verhalten können wie bei den anderen Kunden und war auf meinem Stuhl sitzen geblieben, dem Kunden gegenüber? Mit dem Löffel erzeugte ich im Tee einen Wirbel, um meine Finger zu beschäftigen. Sollte Viktor wieder meine Hände ergreifen, würde er bemerken, wie feucht und kühl sie waren, und auch meine kalkweißen Fingerspitzen. Er würde bemerken, wie ich versuchte, von ihm abzurücken, und die Vibration der Abneigung suchen, die er auch früher schon gesucht hatte, wenn auch ohne Erfolg. Wenn schon Viktors Frau mit ihrer Nagelschere eine solche Verheerung anrichten konnte, was würde dann der Mann zustande bringen? Was für ein Kind würden sie heranziehen?

»Ich habe für den Rauswurf des Arztes gesorgt, der mir sagte, meine Spermien seien schwach. Damit hat er mir den Boden unter den Füßen weggezogen. Ich warf ihm vor, er belüge mich und wolle einfach mehr Geld, angeblich für weitere Untersuchungen. Das ist schon eine Weile her«, sagte Viktor. »Ich habe mich jahrelang nutzlos gefühlt.«

Immer noch rührte ich den Zucker in meinem Tee um, dessen Kristalle sich anscheinend nicht auflösen wollten, sondern an der Tassenwand entlangkreisten. Außer uns war sonst niemand im Haus, auch die Sekretärin war nach Hause gegangen. Ich wollte nicht mit Viktor allein sein. Ich wollte nicht mehr in dieser Weise einzigartig sein. Ich wollte nichts von diesen Dingen hören, und die Intimität des Augenblicks bedrückte mich. In Gedanken machte ich schon Pläne für den Fall, dass ich das Land unversehens verlassen müsste. So bald wie möglich müsste ich meinen Auslandspass erneuern lassen, der schon ganz vollgestempelt war. Kannte ich jemanden im Passbüro, dem ich vertrauen konnte? Es müsste jemand sein, der den Prozess beschleunigte, und unsere eigenen Angestellten wollte ich nicht um Hilfe bitten. Andererseits gelangte man immer leicht nach Russland, und mein französisches Visum war noch gültig. Viktor suchte nach Worten, das Krächzen seiner Stimme klang wie das eines alten Plattenspielers, und ab und zu wurde sie so kraftlos, dass ich ihm die Worte von den Lippen ablesen musste.

»Mein Vater hat versprochen, als Spender einzuspringen.«

Sofort vergaß ich meine Passsorgen und stellte die Tasse auf den Tisch. Waren wir tatsächlich schon so weit?

»Hast du schon mit ihm darüber gesprochen?«

»Er hat es selbst vorgeschlagen.«

Viktor breitete die Hände aus. Zunächst war er dagegen gewesen. Dann hatte er eingewilligt. Eine andere Alternative hatte er nicht.

»Bei den vorigen Zyklen haben wir es oft genug mit Mikroinjektionen versucht. Oder bist du anderer Meinung?«

Ich schüttelte den Kopf. Es hatte mir die Sprache verschlagen. War Viktor wirklich zu so etwas bereit?

»Meine Eltern wollen alles tun, um uns zu helfen. Sie werden wunderbare Großeltern sein.«

Viktor log nicht.

Lada wurde schwanger.

Aber ich hatte auf das falsche Pferd gesetzt.

Daria war untergetaucht. Du kannst dir sicherlich meine seelische Verfassung vorstellen, als mir das klar wurde. Ich konnte niemandem erzählen, dass Daria verschwunden war, und niemanden um Hilfe bitten, ohne meine eigenen Lügen zu offenbaren. Aus Darias Datensatz hatte ich die Angaben über ihre tatsächliche Heimatstadt gelöscht, sodass ich nicht einmal eine Empfehlung geben konnte, wo man sie suchen sollte. Niemand von meinen Arbeitskollegen wusste, dass wir beide aus demselben Ort stammten. Auch du nicht.

Ich kontaktierte ihre Studienkameraden. Ich versuchte, Verwandte von ihr zu erreichen. Spürte Nachbarn, Bekannte von Bekannten auf, und auf jede nur mögliche Datenquelle war ich angeblich nur aus Versehen gestoßen, und trug dann eine Geschichte vor, die mir einen Vorwand lieferte, nach Daria zu fragen. Ich bestellte einen Termin bei ihrer Friseurin, erfuhr dann aber nur, dass Daria zum letzten Mal schon viele Wochen vor ihrem Verschwinden da gewesen war. Niemand hatte etwas von ihr gehört. Daria hatte sich in Luft aufgelöst.

Durch ihr gesundes Kind wurde Lada Krawez mutiger.
Sie gab eine Ikone in Auftrag.
Vielleicht weißt du noch, wem sie ähnelte.
Das Modell selbst blieb verschwunden.
Wie ich es mir gewünscht hatte, wurde ich befördert.
Im Büro wurde gefeiert.
Du wirst dich erinnern, dass mir damals nicht nach Feiern zumute war.
Daria war immer noch nicht wieder aufgetaucht.

Meine Chefin begann, sich über den Studieneifer unseres Starmädchens zu wundern.
Damit hatte ich Darias Abwesenheit erklärt.
Im Büro wurde überlegt, ob wir ihre Wohnung einem von unseren Mädchen geben sollten, bis Daria wieder zur Arbeit kam.

Dort hatte schon lange niemand mehr gewohnt.

Heimlich ließ ich ihre Sachen vernichten.

Ich fürchtete, das Kinderglück der Krawezens könnte Folgen haben.

Den Augenblick, wo sie all ihren Mut zusammennehmen und sich für ihr Kleines Geschwisterchen wünschen würden.

Den Augenblick, in dem sie so übermütig werden könnten, sich ein Treffen mit der Spenderin zu wünschen.

Würden sie irgendeine andere Spenderin akzeptieren?

Natürlich nicht.

Was sollte ich ihnen dann sagen?

Dass ich ihre Heilige verloren hatte?

Lange hegte ich die Hoffnung, ich selbst würde Daria finden, auf eigene Faust. Niemandem gegenüber konnte ich eingestehen, warum ich das Mädchen gewählt hatte, dessen psychische Verfassung den mit dem Prozess verbundenen Widrigkeiten nicht standgehalten hatte. Dabei war es nicht nur um die Chancen gegangen, die Daria mir bieten würde.

Ich hatte sie ausgewählt, weil ich schon vor langer Zeit den Niedergang ihrer Familie verschuldet hatte.

III

Der kleine
Sonnenschein

Helsinki
2016

Im Laufe der Jahre hast du sicherlich alle möglichen Erklärungen, Bitten und Lügen gehört, die sich Menschen ausdenken, um zu überleben. Tränen wären in deinen Augen ein alter Trick. Hätte ich die Zeit für ein paar Worte, dann würde ich sagen, dass ich damals dein Kind erwartete. Ob das etwas nützen würde? Würde es dich zögern lassen, wenigstens für einen Augenblick? Würdest du mir dann glauben, dass ich unsere Zukunft nicht absichtlich gefährdet habe, indem ich mich gegen den Sohn deines Chefs wandte?

Ich habe mich während sechs langer Jahre unzählige Male versucht zu zwingen, Kontakt zu dir aufzunehmen. Jeden Morgen dachte ich daran, wie wir früher immer gleich nach dem Aufwachen telefonierten, wenn wir an unterschiedlichen Orten geschlafen hatten. Ohne deine Stimme konnte ich morgens nicht aufstehen. Ich wollte dir alles erzählen. Der Gedanke, du würdest niemals erfahren, was wirklich geschehen ist, war all die Jahre unerträglich. Trotzdem konnte ich nur die geraden Fugen zwischen meinen Küchenfliesen anstarren, und den Tisch, auf dem nur meine Kaffeetasse stand. Deine Nummer zu wählen, war ich nicht imstande.

Letzte Nacht erwachte ich davon, dass ich an der Unterlippe den vertrauten Biss spürte, mit dem du mich gern verwöhntest oder wecktest. Ich war sicher, dass du gekommen warst. Mein erregter Puls stürmte mir in den Ohren, und immer noch spürte ich deinen Liebesbiss an der Lippe, als ich in den Flur schlich, um auf Geräusche aus dem Treppenhaus zu horchen, überzeugt, dass, wenn du nicht hinter der Tür standest, ich dich in meiner Küche finden würde, und die Blumen auf meinem Kimono würden sich mir an die Schenkel kleben, und die Kerzen würden flackern, und vom Fenster meines Schlafzimmers aus würde ich Platanen sehen, deren Stämme vom Regen ölig glänzten.

Ich drückte auf den Schalter. Das Licht ging an, der Strom funktionierte. Das Treppenhaus war leer. Von dessen niedriger Decke hingen keine Kabelenden herab, sie war nicht mit Ornamenten verziert, und es war nicht das Treppenhaus eines Palastes aus der Zarenzeit. Das Quietschen im Schlafzimmer kam nicht von dir, sondern von meiner Mutter, die sich im Gästebett umdrehte. Ich fand dich weder in der Küche noch im Bad und wusste nicht, ob ich fürchtete oder hoffte, im Dunkeln deinen Atem und das Knarren des Parketts unter deinen Füßen zu hören, so wie in jener Nacht in Odessa, der ersten unserer Nächte, nach der ich den wahren Preis meiner unschuldigen Arrangements zu verstehen begann.

Daria erwachte stöhnend. Sie wirkte nicht überrascht, als sie mich in ihrem Hotelzimmer erblickte, wo ich schon ein Weilchen gewartet hatte. Vielleicht erinnerte sie sich daran, wie ich sie hierhergebracht hatte, und dachte, ich hätte auch hier übernachtet.

»Gib mir eine Schmerztablette.«

Ich nahm die *Analgin*-Packung aus meiner Tasche und warf sie aufs Bett.

»Bring mir Wasser.«

Ich bezwang den Ärger, den diese Befehle in mir erzeugten, und ging ins Badezimmer. Die Klimaanlage war effizient; dennoch schaffte sie es nicht, den Geruch zu beseitigen, den Daria dort erzeugt hatte: ein Potpourri aus Apothekenarom, Ukraine und strenger Magensäure. Ich bemühte mich, zu verhindern, dass mein Organismus die Vergangenheit aufsaugte, indem ich den Atem anhielt. Das half jedoch nichts, auch nicht, dass die Lampe brannte, ohne zu flackern, dass die Kachelfugen sauber und die Steckdosen mit skandinavischer Präzision in der Wand verankert waren und dass – im Gegensatz zu Darias im Zimmer verstreuten Habseligkeiten – kein Deut Schmutz daran hing. Ihre Sachen hatte ich durchsucht, während sie schlief, ohne jedoch darin irgendetwas zu finden, was mir von Nutzen hätte sein können. Für einen Augenblick lehnte ich den Kopf gegen die kühle Kachelwand und befühlte das Telefon in meiner Tasche. Iwan hätte gewusst, was zu tun war. Früher hatte ich in schwierigen Situationen immer auf seine Hilfe vertraut. Aber jetzt hatte ich seine Nummer nicht mehr. Seit meinem Fortgang hatte ich nicht mehr mit ihm gesprochen, und er wusste nicht, dass Mutter mich besuchte oder wo ich war. Mir wurde übel. An Mutter durfte ich gar nicht denken, nicht jetzt. Auch nicht an Oleschko. Nicht hier in meiner schutzlosen Wohnung. Ich musste mich konzentrieren.

»Wo bleibst du denn?«, rief Daria.

Ich wusch das Glas mit Seife aus, trank selbst das erste Glas Wasser und füllte es dann für Daria. An der Tür des Badezimmers dachte ich daran, die *Zaria*-Uhr von meinem Handgelenk abzunehmen, die ich dort vergessen hatte, und steckte sie in die Tasche. Ich würde Darias Spott darüber nicht noch einmal ertragen.

»Was machen wir heute?«

»Ich muss arbeiten.«

»Und danach? Gehen wir zusammen in den Hundepark.«

»Das ist keine gute Idee.«

»Doch. Ich will das Mädchen sehen.«

Der Gedanke belebte Daria so, dass sie den Namen des Mädchens, Aino, mehrmals wiederholte, während sie sich aufsetzte. Um den Mund hatte sie getrocknete Spucke, die im Takt ihrer Worte in Flocken auf die Tagesdecke fiel. Das Zimmer verlangte ebenso nach einer Reinigung wie Daria selbst, aber ich hatte an die Türklinke das Schild gehängt, das die Putzfrau fernhielt. Das Chaos im Zimmer war von einer Art, die den Putzfrauen auffallen würde. Ich musste die Sache selbst in die Hand nehmen.

»Wann kommst du von der Arbeit?«

»Spät.«

»Geh früh genug hin, dann kommen wir rechtzeitig in den Park«, sagte Daria. »Wir hätten früher öfter ausgehen sollen.«

Trotz ihres Katers wirkte Daria zufrieden mit unserem feuchtfröhlichen Abend. Ich hoffte, dass es heute nicht wieder so teuer würde. Es klopfte an der Tür, und ich nahm das Frühstück in Empfang, das ich beim Zimmerservice bestellt hatte. Ich knallte dem Jungen die Tür vor der Nase zu, nachdem ich die Bestellung mit Darias Namen quittiert hatte. Während ich die Teller hinstellte und uns Kaffee einschenkte, nahm ich all meinen Mut zusammen. Mir war kein anderes Mittel eingefallen, Daria in den Griff zu bekommen, als sie an ihre Familie zu erinnern, obwohl ich die Sokolows eigentlich überhaupt nicht hatte zur Sprache bringen wollen.

»Wie geht es deiner Familie? Ist deine Mutter immer noch in Snischne?«

Vorsichtig legte Daria die Finger an den Henkel der Kaffeetasse. Dort blieben sie in steifer Haltung wie die Hand eines Zinnsoldaten am Gewehrkolben. Ich musste weitermachen, es schien zu funktionieren. Am Morgen hatte ich versucht, von Mutter zu erfahren, ob sie etwas von den Aktivitäten der Sokolows aus der letzten Zeit wusste. Meine Frage hatte bei Mutter Befremden ausgelöst. Wir hatten schon seit Ewigkeiten nicht mehr über die Sokolows gesprochen. Ich antwortete auf ihre Verwunderung mit Gekränktheit. Ich war imstande, über Dinge zu sprechen, über die ich früher Stillschweigen bewahrt hatte. War das nicht ein Beweis dafür, dass es mir besser ging? Müsste Mutter meine Fortschritte nicht unterstützen, indem sie Olehs Urne mitnahm und aufs Land brachte, am besten sofort? Ich hatte das Wort Urne betont. Ich war imstande gewesen, das Wort auszusprechen. Von Mutter kam jedoch keine Hilfe. Sie hatte von den Sokolows seit Jahren nichts gehört und wusste nicht, ob Darias Brüder an der Front waren, und falls sie dort waren, auf welcher Seite sie kämpften. Deshalb musste ich behutsam vorgehen. Ich wollte unsere Beziehung nicht noch weiter durch einen Streit über Russland belasten.

»Und dein Bruder, Pawel?«, fragte ich weiter.

»Er arbeitet.«

»Ja, natürlich. Wie geht es seiner Familie, hatte er nicht ein Kind?«

Ich legte die Serviette, die feucht war von meinen Händen, auf den Tisch. Ich hatte keinen Betrag, den ich für Pawel aufschreiben könnte. Andernfalls hätte ich das Papier Daria geben können, und die Sache wäre erledigt. Ich verstand nicht, wie ich so dumm hatte sein können, dass ich seinerzeit nichts beiseitegeschafft hatte. So machten es doch alle, außer mir, und deshalb saß ich jetzt hier neben Daria und war ihr ausgeliefert. Deshalb waren Mutter und Oleschko in Gefahr. Deshalb stand das Idyll, in dem der Junge aus dem Hundepark lebte, kurz vor dem Zerbrechen. Ich sah Daria an. In ihren Augen war wieder die Emailschicht erschienen.

»Und dein kleiner Bruder? Konnte er das Gymnasium beenden?«

Daria antwortete nicht. Ich musste sie weiter grillen, auch wenn ich sie hier nicht auf das Dach des Hotels bekommen würde und sie nicht an das Geld erinnern konnte, das sie verlieren würde. Ich hatte keine Boni, keine kostenlosen Urlaubsreisen mehr zu bieten. Ich hatte nichts, womit ich ihr hätte Angst machen können. Nicht Iwan. Nicht Alexej. Nicht dich. Ich hatte keine Beziehungen, mit denen ich den Sokolows hätte Schwierigkeiten machen können, nicht zur Steuerbehörde, nicht zur Amtsgewalt, nicht zu den Sicherheitsdiensten des Staates, nicht zu Leuten, die an den Hebeln der Macht saßen. Doch gerade die Probleme der Familie hatten Daria in meinen Stall gebracht. Sie würde nichts tun, wodurch sie Ärger bekommen könnte. Jedenfalls nicht die Daria, die ich gekannt hatte. Verstand sie nicht, dass sie mit ihrem Handeln auch andere, die ihr liebsten Menschen in Gefahr brachte?

Darias Seufzen unterbrach meine Überlegungen.

»Mutter ist in Dnipro. Nach deinem Fortgang hat das Büro uns eine Wohnung gegeben. Sie fanden, es sei besser, dass ich Gesellschaft hätte.«

»Das fiel ja in eine gute Zeit. Vor dem Krieg.«

»Auch Pawel zog mit seiner Familie zu uns. In Krywyj Rih hatte er Probleme mit den Nieren bekommen.«

Ich hatte erwartet, Daria würde sich mit mehr Emotion zu diesem Thema äußern. Mir war noch gut in Erinnerung, wie sie täglich ihre Mutter angerufen und mir Fotos von ihrer Nichte gezeigt hatte. Jetzt holte sie von niemandem Fotos hervor. Sie hatte nicht einmal welche bei sich, das hatte ich schon herausgefunden, als ich ihre Sachen durchsuchte. Mir wurde klar, dass die Frau neben mir von ihren Verwandten distanziert wie von einer alten Erinnerung sprach, und mir wurde kalt dabei. Unser Gespräch erinnerte sie nicht daran, warum sie in unserem Büro Arbeit gesucht hatte: zum Wohle ihrer Familie. Wenn ich das Hotel verlassen würde, würde ich meine Mutter anrufen und betonen, wie wichtig es sei, Oleschko sofort nach Hause zu bringen. Dass jeder Abend und jede Nacht in der Gesellschaft von Oleschko meine Gesundung hinauszögern würde und dass ich es mir jeden Moment anders überlegen könnte. Ich drückte mir die Nägel in die Handflächen. Ich musste mich auf Darias Familie konzentrieren, nicht auf meine eigene.

»Hast du in den letzten Tagen mit deiner Mutter gesprochen? Geht es ihr gut?«, fragte ich.

»Warum sollte es ihr nicht gut gehen?«

»Weiß sie, wo du bist?«

»Auf einer Dienstreise.«

Ich widersprach nicht. So blind Mütter in Bezug auf ihre Kinder auch waren, konnte ich doch nicht glauben, dass Valentina Sokolowa ihre Tochter noch für arbeitsfähig hielt.

»Und Pawel, wann hast du zuletzt von ihm gehört?«

»Woher dieses plötzliche Interesse an meiner Familie?«

»Wenn die Familie aus dem Hundepark dich erkennt, werden sie das dem Büro melden. Hast du vergessen, was mit den Mädchen passiert ist, die den Vertrag nicht eingehalten haben? Oder mit ihren Familien? Was, wenn deiner Mutter schon etwas zugestoßen ist? Oder deinem Bruder? Oder deiner Nichte?«

Daria zischte und bewarf mich mit den Krümeln des Brötchens, das sie zerpflückt hatte. Sie fielen zu Boden. Sie hatte Durst und wollte Wein, nicht das öde Hotelfrühstück, und forderte mich auf, ihr etwas zu trinken zu bringen. Damit könnte dies alles enden, noch heute. Ich presste den Korkenzieher in der Hand und rief mir die Sicherheitskameras des Hotels in Erinnerung. Vom Schweiß war meine Bluse fleckig geworden, und es fiel mir schwer, die Weinflasche fest in den Griff zu bekommen.

»Als würde dir meine Familie etwas bedeuten.«

Ich schluckte. Das hatte ich befürchtet.

»Jedes Mal, wenn wir das Grab meines Vaters besuchen, verwünschen wir den Tag, an dem eure Sippschaft in Snischne auftauchte. Warum konntet ihr nicht da bleiben, wo ihr herkamt?«

Ich stellte Flasche und Korken auf den Nachttisch und schickte mich an, zu gehen. Daria suchte Streit. Da würde ich nicht mitmachen. Nicht heute. Aber ich schaffte es nicht bis zur Tür. Daria sprang mit einem Satz vor mich hin und stieß mir gegen die Brust. Ich trat zurück. Daria folgte mir. Ich ließ sie zischen. Ich ließ ihre Worte an mir vorbeirauschen, ohne sie zu hören, und dachte an meine Liste der guten Dinge, bis sie sagte: »Du bist nicht zur Beerdigung meines Vaters gekommen.«

Damals war Daria noch ein Kind gewesen. Es konnte nicht sein, dass sie sich daran erinnerte. Ihre Mutter erinnerte sich vielleicht. Waren es solche Dinge, die sie miteinander wieder-gekäut hatten?

»Ich hatte Fieber.«

»Nicht am Tag vorher.«

Damals hatte ich meinen eigenen Vater begraben.

»Du hast dich nicht zu uns bemüht, obwohl wir den Tod dei-nes Vaters mit unserer Anwesenheit geehrt hatten. Wir brach-ten Kränze, folgten dem Sarg, ich habe deinem Vater Nelken auf den Sarg gelegt. Unsere Väter waren Freunde gewesen. Unsere Familien waren befreundet«, sagte Daria. »Dir bedeu-tet das nichts.«

In meinen Erinnerungen waren die Beziehungen zwischen unseren Eltern nicht ganz so abgespeichert. Es war jedoch sinnlos, zu widersprechen.

»Du bist Gift. Alles, was du berührst, wird giftig, und ich hoffe, in das Grab deines Vaters schlägt eine Granate ein«, zischte Daria. »So sieht es allerdings auch schon aus.«

Ich ließ sie in ihrem Zimmer stehen und rannte hinaus.

Ich hatte meinem Vater kein einziges Mal nach der Beerdi-gung Blumen gebracht, anders als Mutter. Meine Tante hatte mal erwähnt, dass Mutter zu Ostern mit dem Nachtzug nach Snischne gefahren sei, im Korb gesegnetes Osterbrot und mit roter Zwiebel gefärbte Eier. Ich arbeitete damals als Model, und Mutter erzählte mir nichts davon. Im Krieg geriet der Friedhof auf die falsche Seite der Frontlinie, und wir hatten in der Gegend keine Verwandten mehr, die die Grabstätten unse-rer Familie hätten pflegen können. Mich kümmerte das nicht. Dennoch kränkten mich Darias Worte; es stand ihr nicht zu, Vaters Grab zu kritisieren.

Mutter hatte für Vaters Grabstein ein Foto gewählt, das sie gerne betrachten wollte, wenn sie den Friedhof besuchte, das aber Vater selbst sicherlich nicht gutgeheißen hätte. Der Grabstein war klein, so klein, wie wir ihn uns leisten konnten, und das darauf angebrachte Porträt war nicht größer als ein Handteller, Hemd- und Mantelkragen waren gerade noch zu sehen. Die Darstellung war nach einem alten Passfoto angefertigt worden, und auf dem Endergebnis sah er aus wie irgendein x-Beliebiger. Nicht einmal das. Ein Mann ohne Auto, ein Mann ohne Ehre, ein Mann ohne Macht. Ein Mann, der in seinem Bett gestorben war, unter seiner eigenen Decke, in einem Haus, dessen Tapeten jahrzehntelang dieselben geblieben waren.

So war es Vater indes nicht ergangen.

Dnipropetrowsk
2009

Dir erzählte ich von Vater zum ersten Mal an meinem Geburtstag, als ich einen Blumenstrauß bekommen hatte, den ich am Abend, nachdem die Gäste gegangen waren, in den Müll warf. Meine Kollegin hatte mir rote Nelken und Schleierkraut gebracht, ohne zu wissen, an wen mich das erinnerte. Mein Vater hatte für Mutter an ihrem Ehrentag genau so einen Strauß gekauft, weil es manchmal nichts anderes gab. Die zu Sowjetzeiten beliebte Blumenkombination war überall zu sehen gewesen, auch auf Postkarten, und sie hätte mich in die glücklichen Momente meiner Kindheit zurückversetzen können. Stattdessen erinnerte sie mich nur an all das, was ich verloren hatte. An meinen Vater.

Nachdem ich den Strauß in den Mülleimer gestopft hatte, wurde mir klar, dass mein Verhalten eine Erklärung verlangte.

»Mein Vater mochte kein Schleierkraut«, sagte ich und log nicht einmal. »Er fand, das sehe aus wie Unkraut.«

Dein mitfühlender Blick lud mich ein, mehr zu erzählen, aber du dachtest natürlich an den Unfall auf der Baustelle, der meinen Vater angeblich so jung ins Grab gebracht hatte. An jenem Abend hätte ich dir die Wahrheit sagen können. Die Worte, die mir auf der Zunge lagen, kamen jedoch anders heraus, als ich gehofft hatte, denn ich erzählte über ihn heitere Geschichten. Ich beschrieb ihn als unternehmungslustigen Mann, und auch das war nicht gelogen, auch wenn ich dir nichts davon sagte, dass ihm gerade diese Eigenschaft half, aus seiner Heimatgegend fortzukommen, als der Wehrdienst ihm diese Möglichkeit bot. Vater hatte darauf gewartet wie ein Kind auf Väterchen Frost. Er wollte irgendwohin, wo es sich gut leben ließ und von wo man nicht im Zinksarg zurückkehren würde, und schließlich gelang es ihm, sich in die Estnische Sozialistische Sowjetrepublik zu lancieren, aus deren Hauptstadt Bekannte ihm Postkarten geschickt und deren Einkaufsmöglichkeiten sie gepriesen hatten. Tallinn war genau das, was er gewollt hatte, und ich erzählte dir, dass er von dort stamme.

Das war nicht wahr. Der Geburtsort meines Vaters war Snischne, und genau deswegen gingen wir später dorthin. Von Tallinn zogen wir in das Elternhaus meines Vaters, das Heim seiner Kindheit, und später begriff ich, dass er Snischne in all den Jahren, in denen er anderswo gelebt hatte, immer als seine Heimatstadt betrachtet hatte.

Ich verstand überhaupt nicht, warum wir Tallinn verlassen hatten, wo Vater doch so viel Mühe aufgewandt hatte, um dorthin zu kommen. Er erinnerte sich oft an sein Abenteuer, das wie eine Heldengeschichte klang, und daran, wie er gegen die Zeit angekämpft hatte, um nach dem Militärdienst seinen Pass in Tallinn registrieren zu lassen. Die Frist war fast abgelaufen, und er hatte keine Wohnung gehabt. Alles hatte sich geregelt, als ihm die Baustellen einfielen, bei denen die Mitarbeiter sofort einen Platz im Wohnheim bekamen und zugleich eine ständige Adresse – die Voraussetzung für einen Wohnortstempel. Es war ihm gelungen, seinen Pass registrieren zu lassen, er war wie durch einen Zaubertrick ein echter Tallinner geworden, wieder dank seiner Umsichtigkeit, und die Stadt hatte ihm Möglichkeiten geboten, die es in Snischne nicht gab. Besonders hatten es ihm die Tallinnerinnen angetan. Die herrlichste von ihnen, eine zuckersüße Sekretärin, wurde meine Mutter.

Zwar bestand das spätere Leben meines Vaters aus einer Reihe von Misserfolgen, doch damals in Tallinn war alles anders. Wir profitierten von Vaters Umtriebigkeit, denn seine Geschäfte waren erfolgreich. Nichts deutete darauf hin, dass seine Einfälle etwas anderes zur Folge haben könnten als erfreuliche Dinge. Wenn Vater eine Streichholzschachtel schüttelte und sagte, rate mal, was ich mir ausgedacht habe, wusste ich sofort, dass es um etwas Lustiges ging, ob es nun um eine Wurst ging, die er von der Hintertür der Fabrik abgeholt hatte, oder darum, den Reifegrad einer Wassermelone durch Klopfen herauszufinden. Ich glaubte, ihm würde alles gelingen, immer.

Eine von Vaters frühesten Erfindungen war immerhin etwas, das man laut erzählen konnte. Sie hing mit dem finnischen Fernsehen zusammen, das man in der Sowjetunion nur an der estnischen Küste empfangen konnte. Ein derartiges Fenster nach Westen sollte natürlich geschlossen werden, indem das aus Finnland kommende Signal gestört wurde, doch Vater bastelte uns einen Adapter, der den Empfang der finnischen Sendungen garantierte. So eine Vorrichtung wollten auch andere haben, und so störte es Vater überhaupt nicht, dass sein Lohn in der Fabrik niedriger war als die Löhne in den Gruben von Snischne. Die Geschichte, dass wir Vaters erste ordentliche Geschäftsidee der westlichen Brise in Tallinn zu verdanken hatten, eignete sich auch für deine Ohren, denn irgendetwas musste ich ja über meinen

Vater erzählen. Seine Idee verankerte unsere Familie so fest in Tallinn, dass ich diese Geschichte, in der meine Mutter eine eigene Rolle spielte, unbesorgt erzählen konnte. Im Büro der Fabrik hatte sie Zugang zu einer Schreibmaschine, und auf Vaters Vorschlag hin begann sie, die von einer estnischen Freundin übersetzten, von deren finnischem Bekannten übermittelten Programmdaten der finnischen Fernsehsender ins Reine zu schreiben, die dann außer an die Beschäftigten der Fabrik auch an deren Leitung und die Schnüffler verteilt wurden. In Spitzenzeiten kopierte Mutter auf der Arbeit wöchentlich Hunderte von Programmlisten, und Vater verbrachte den größten Teil seiner Arbeitszeit damit, Adapter zu montieren. Allmählich schafften wir uns ein Lomonossow-Teeservice, ein Mokkaservice und eine Reihe von Kristallgläsern für Sekt und Kognak an, und nachdem Vater für Mutter eine Bescheinigung organisiert hatte, laut der sie mit Zwillingen schwanger war, bekamen wir sogar eine größere Wohnung. Viel mehr konnte ich dir nicht erzählen, wenn ich bei der Wahrheit bleiben wollte.

Dass meine Eltern sich mit Umzugsplänen trugen, konnte ich nicht ahnen, obwohl es gleich nach dem Zusammenbruch der Sowjetunion Anzeichen dafür gab. Wie hätte ich auch darauf kommen sollen? Meine in der Ukrainischen SSR lebenden Verwandten hatte ich noch nie besucht, immer waren alle zu uns gekommen, weil sie einkaufen wollten in Tallinn, dem Klein-Paris der Sowjetunion. Noch nie hatte jemand vorgeschlagen, dass wir einen Besuch im Donbass oder in Mykolajiw machen sollten. Wenn die Cousinen aus der Ukraine zu Besuch kamen, erzählte ich ihnen, worum es bei den Serien im finnischen Fernsehen ging, und auch sie begeisterten sich für *Dallas* und *Knight Rider*. Sie hatten nichts zu erzählen, was mich interessiert hätte.

Als die Grenzen sich öffneten, fuhren Esten nach Finnland und Russen nach Russland, und eines Tages bemerkte ich, dass zwei Nachbarwohnungen leer standen. In der einen hatte eine alte Frau gewohnt, bei der ich manchmal *Okroschka* gelöffelt hatte. Die Tür stand offen, und das Mobiliar war verschwunden, desgleichen die Frau. Nur der Hund, ein grauer Bolonka, war zurückgelassen worden. Der Finne, der die Wohnungen gekauft hatte, unterhielt sich mit Vater. Als Dolmetscherin fungierte ein westlich gekleidetes russisches Mädchen, das sofort meinen Blick auf sich zog. Mutter sprühte sich immer noch Möbellack in die Haare, die Kleine jedoch eindeutig etwas anderes, etwas, das gut duftete, wie ein finnisches Deodorant. Am Schulterriemen ihrer Handtasche baumelten die Kopfhörer ihres Walkmans. So etwas kannte ich schon aus dem finnischen Fernsehen. Mutter – mit einer Kuchenschachtel in der Hand – unterbrach meine Beobachtungen und befahl mir, mit anzupacken. Heimlich schob ich meinen Finger in die Buttercreme, die die Torte bedeckte, und stellte die Kristallgläser auf das Tischtuch. Offenbar waren wichtige Persönlichkeiten da. Sonst hätte sicherlich kein in Mayonnaise schwimmender Hauptstadtsalat auf dem Tisch gestanden. Die Gäste hatten richtigen Kaffee mitgebracht, und deshalb waren die winzigen Mokkatässchen, die wir sonst nur an Feiertagen verwendeten, aus dem Schrank geholt worden. Ich wunderte mich über die Bewirtung, wie ich sie bei uns vor allem zu Neujahr erlebt hatte, und stibitzte heimlich ein paar Wurstscheiben, löste deren fingerspitzengroße Fettstücke heraus, und Mutter, die dem Gespräch folgte, bemerkte auch das nicht. Ich hätte furchtbar gern den Walkman des Modepüppchens ausprobiert, und wenn Vater vorhatte, damit Handel zu treiben, dann wollte ich einen eigenen haben. Das Mädel merkte, dass ich sie beobachtete, und schob mir unter Augenzwinkern eine Plastikschachtel in die Hand, deren Deckel aufsprang, und sie flüsterte, das sei ein Geschenk. So etwas hatte ich noch nie bekommen. Ich vertiefte mich vollkommen in die unbekannten Lieder. Untersuchte das Gerät. Es konnte aufnehmen. Und enthielt ein Radio. Ich hörte finnische Sender.

Ich weiß noch, wie ich mich ärgerte, dass ich das Gerät nicht schon damals bekommen hatte, als alle Jungen noch in der Sowjetarmee dienen mussten. Ich hätte mir ein eigenes kleines Business aufbauen können, indem ich Kassetten verkaufte, die ich von finnischen Sendern aufgenommen hatte, und zugleich hätte ich vielleicht meinen Cousin retten können. Ich wusste, dass die anderen den Offizieren Tonbandaufzeichnungen mit der von ihnen gewünschten Musik westlicher Gruppen schickten. Die per Post zu verschicken hätte besser geklappt, als es bei den Flaschen mit *Vana Tallinn* der Fall gewesen war. Vielleicht war ich ein bisschen verschossen in meinen Cousin, den ich kennengelernt hatte, als er und seine Mutter zu Einkaufsreisen nach Tallinn gekommen waren. Nachdem ich mir das überlegt hatte, hob ich den Blick und sah, dass Großmutter im Schlafzimmer schon die Koffer hervorgeholt hatte.

Wir reisten zwei Tage nach dem Besuch der wichtigen Gäste. Ich begriff damals nicht die Endgültigkeit des Ganzen und dachte, wir würden zuerst die bei uns wohnende Mutter meiner Mutter zu einem Verwandtenbesuch nach Winnyzja bringen und nach einem Besuch bei Vaters Eltern in Snischne noch vor den letzten Folgen von *Denver-Clan* nach Tallinn zurückkehren. Es kam mir gar nicht in den Sinn, dass irgendjemand von uns in diesem rabenschwarzen hinterwäldlerischen Dorf würde wohnen wollen, wenn die ganze Welt dabei war, sich zu öffnen – am allerwenigsten Vater. Mutter und Babusja hatten gerade über die in Estland rollenden Leninköpfe gelacht. Wir zogen an einen Ort, wo sie immer noch an ihrem Platz waren.

Vater klaute in der Fabrik einen Lkw und kaufte Brennstoff von den Truppen der Roten Armee, die immer noch im Land stationiert waren. Dann holte er uns ab. Ich trödelte und traktierte mit Fußtritten die Koffer, die in weißen Stoffbezügen mit Knöpfen steckten. Sie waren voller Anschaffungen aus der Zeit, als alle fürchteten, der Rubel werde seinen Wert verlieren, und die Leute alles kauften, was es nur gab, ob auf Karte oder frei erhältlich. Vater befahl, wenigstens einen Teil der Sachen zurückzulassen, beispielsweise die dicken Packen mit Kissenbezügen. An unserem Ziel sei das alles vorhanden. Mutter glaubte ihm nicht. Sie erinnerte sich noch gut an ihre einzige Reise in die Ukraine. Damals war man auf Lkw-Pritschen vom Land in die Stadt gefahren, um dort sein Brot zu finden, denn auf dem Land gab es nicht einmal das. Vater schnaubte und schüttelte eine Streichholzschachtel, als würde uns das zur Eile antreiben. Seiner Ansicht nach war Snischne etwas ganz anderes. Jetzt würde man Moskau nicht mehr erlauben, die Ukraine auszupressen wie eine Zitrone. Jetzt waren andere Zeiten.

Ich hörte dem Streit zu und traktierte unsere Gepäckstücke weiter mit Tritten, bis mein Fuß einen Pappkarton durchstieß, aber das schob unsere Abreise ebenso wenig hinaus wie der Streit meiner Eltern. Vater gab schließlich nach, und all die unbenutzten, in den letzten Augenblicken der Rubelzeit gekauften Pakete mit Handtüchern und Stoff für Bettwäsche kamen mit uns in die Ukraine, als transportierten wir die Aussteuer einer Braut.

Babusja weinte die ganze Fahrt über, allerdings aus anderen Gründen als ich. Sie würde endlich nach Hause kommen und ihre letzte Ruhe in der Erde ihrer Heimat finden. Während ich in der engen Fahrerkabine ihrem Geflüster zuhörte, fühlte ich mich fremd in meiner eigenen Familie. Ihre Erinnerungen an die Ukraine hatten sich hervorgewunden wie Pflanzen aus den Ritzen des Asphalts, und alle anderen außer mir spürten sie an ihren Fußsohlen.

Ich weiß nicht mehr, wann Großmutter angefangen hatte, von der Ukraine als »Heimat« zu sprechen. Ich hatte angenommen, sie meine damit unsere Wohnung in Tallinn, und als ich schließlich begriff, dass es nicht so war, glaubte ich, sie sei einfach alt und fasele so daher. Dennoch verstand ich Babusjas Heimweh: Sie war in der Nähe von Winnyzja geboren, bevor man sie nach Sibirien verschleppt hatte, und sie hatte mit uns immer ukrainisch gesprochen. Das Schicksal meiner in der Verbannung zur Welt gekommenen Mutter war jedoch ein anderes. Sie, die mit Vater russisch sprach, hatte sich ein Leben in Estland aufgebaut, und sie hatte einen Bruder, der nicht die Absicht hatte, Tallinn zu verlassen. Mein Onkel sprach mit meiner Mutter ukrainisch, mit meinem Vater russisch und mit den Esten estnisch, stockend, aber immerhin bemühte er sich, und er hatte meine Eltern eingeladen, in seinem Schaschlyklokal zu arbeiten, das er am Straßenrand gegründet hatte, sobald das möglich geworden war. Warum nur hatte die Sehnsucht, an der meine Großmutter krankte, meine Mutter angesteckt? Warum machte Mutter bei den verrückten Launen meines Vaters mit? Hatte er sich in Tallinn tatsächlich fremd gefühlt und sich in die Ukraine zurückgesehnt, oder war das Ganze nur Angst vor dem Umzug gewesen?

Oder war unsere Abreise dadurch beschleunigt worden, dass es in der Umzugsfuhre auch einen Aktenkoffer voller Dollars gab?

Wahrscheinlich hatte doch alles mit Maxim Sokolows Anruf begonnen, den ich angenommen hatte. Am anderen Ende der Leitung war ein Mann gewesen, der sich als Max vorstellte und nach Vater fragte. Ich holte Vater ans Telefon, ging in die Küche und fragte Mutter, wer Max sei. Sie stellte die halb volle Dose mit Sauerkrautsuppe auf den Tisch. Einen Augenblick lang suchte sie nach Worten und erzählte dann, Maxim Sokolow sei Vaters bester Freund. Die beiden hatten in jungen Jahren demselben Sportverein angehört, und Max, der mit seiner Familie immer noch in Snischne wohnte, hatte uns vor der Geburt seiner Tochter Daria auch mal besucht. Ich war noch so klein gewesen, dass ich mich nicht an den Besuch erinnerte, wenn Mutter auch sagte, wir hätten eine Menge Schwarz-Weiß-Fotos von den beiden. Darauf war Vater in Maxims Gesellschaft oft unterwegs, mal beim Angeln, mal bei Sportwettkämpfen, und an die erinnerte ich mich.

Vater, der im Vorraum sprach, dehnte das Telefonkabel und drehte es zu einem Korkenzieher. Ich wartete darauf, dass Mutter deswegen gleich schimpfen würde. Ihr Ohr neigte sich konzentriert in die Richtung von Vaters schwammigen Sätzen, ihre nackte Ferse löste sich schmatzend aus dem Pantoffel, jedes Mal, wenn sie die Haltung änderte, und die Sohle des Pantoffels wischte über den Boden. Die Suppe blubberte, die blaue Flamme des Gasherds schnaufte gegen den Boden des Kochtopfs, die Kelle schepperte gegen das Aluminium und setzte ihre ziellosen Runden fort, bis Mutter sich nicht mehr zurückhalten konnte und in Richtung Vorraum ging. Als Vater endlich auflegte, stieg vom Herd schon der Geruch nach Angebranntem auf. Keiner von beiden bemerkte das. Ich stürzte hinzu, schloss das Ventil der Gasflasche und drehte den Gasherd ab. Die Tür des Wohnzimmers klappte zu. Ich schlich dorthin, ohne jedoch von den Worten meiner Eltern mehr zu hören als Getuschel und das schwache rhythmische Geräusch der Streichholzschachtel, das diesmal an eine Rumbarassel erinnerte – Vater hatte Feuer gefangen.

Nach ihrem Gespräch kamen meine Eltern in die Küche. Ich hatte schon die Teller hingestellt. Mutter begann, das Geschirr, das in einer Schüssel getrocknet war, in den Schrank zu stellen, Vater schnippte die Asche von seiner Zigarette in den Aschenbecher. Ich verbog einen Aluminiumlöffel, und Mutter verbot mir das gar nicht. Keiner von beiden setzte sich zu Tisch.

»Magst du roten Kaviar?«, fragte Vater beiläufig.

Mutter wollte ihn bremsen, aber ich nickte. Natürlich mochte ich den, wer würde den nicht mögen.

»Und wenn du nun schwarzen Kaviar bekämst? Was würdest du dazu sagen?«

Ich mochte Kaviar, aber ich verstand nicht, dass das den Donbass bedeutete.

Im nächsten Jahr stufte Estlands neues Parlament uns als Ausländer ein. Mir war nicht klar, was das bedeutete – wahrscheinlich endloses Sitzen in verschiedenen Behörden, das Beantragen von Arbeits- und Aufenthaltsgenehmigungen – irgend so was, stumpfsinnige Bürokratie halt. Mutter überlegte flüchtig, ob mein estnischer Großvater, der während der ersten

Republik Estland geboren worden war, uns berechtigte, ohne Sprachprüfung die estnische Staatsangehörigkeit zu bekommen. Mir war rätselhaft, wieso sie sich darüber den Kopf zerbrach. Ich war sicher, Vater würde das organisieren. Er hatte immer Glück. Vielleicht begann man zu dieser Zeit mehr über die Ukraine zu sprechen, Großmutter erinnerte sich wieder an die Berge der Karpaten, an ihre Heimatgegend in Winnyzja, und alle sehnten sich plötzlich nach ukrainischen Birnen, ukrainischen Aprikosen und ukrainischen Wassermelonen, als hätten wir in den letzten Jahren gehungert.

Ebenso wie alle anderen Ukrainer befanden wir uns in einer Art Niemandsland: Nach Ansicht der Russen waren wir eine Art Kleinrussen und nach Ansicht der Esten Russen. Manchmal überraschte ich Mutter dabei, dass sie ihren sowjetischen Pass betrachtete, so wie damals die Rubel, bevor die Esten ihre eigene Währung bekamen. Als wüsste sie nicht, was sie damit anfangen sollte, oder als wären das fremde, aus dem Weltraum herabgefallene Gegenstände.

Mir war auch entgangen, dass Vater sich nicht mehr neben mich setzte, um finnisches Fernsehen zu schauen, durch das ich ebenso wie die Esten Finnisch gelernt hatte. Vater hatte es nicht gelernt, und so gingen die Gelegenheiten, mit den Finnen Geschäfte zu machen, an die sprachkundigen Tallinner, und mein Vater schaute in die Röhre. Vielleicht war das der Grund dafür, dass Vater sich an seinen alten Freund wandte und ihn fragte, was in der Heimat so los sei. Vielleicht rief Maxim ihn deshalb an. Vielleicht hatte der Inhalt des Gesprächs Vater dazu bewogen zu behaupten, es gebe eine Grundlage für neue Geschäfte und dass er an die dicken Fische heranwolle, an den schwarzen Kaviar.

Snischne
1992–1996

Als wir nach einer anstrengenden Fahrt in Snischne ankamen, erkannte ich sofort, dass etwas faul war – sehr faul. Ich war mir nicht einmal sicher, ob Vaters Mutter sich über unsere Ankunft freute – ich hatte sie ewig nicht gesehen – oder ob Babuschka Galinas seltsamer Gesichtsausdruck Ungläubigkeit war. Ihre Blechzähne blitzten, ohne wie ein Lächeln zu wirken. Vater ließ uns in der Küche seiner Mutter stehen und ging, um seine Geschäftsfreunde zu treffen. Der Lastwagen stand immer noch unausgeladen auf der Straße, Babusja Wilina war unterwegs bei Verwandten geblieben, und ich fand, wir hätten es genauso machen sollen. Der Empfang in Winnyzja war herzlicher gewesen, die städtischen Parks schön und grün, und jetzt das.

»Ein weiter Weg«, sagte Babuschka. »Bis hierher.«

Mutter verlagerte das Gewicht von einem Bein aufs andere. Babuschka Galina kaute weiter auf ihrem Propolis und klagte über ihren Zahn. Schließlich wischte sie sich die Hände an ihrem Mantelkleid ab und nahm ihren Stock. Ich dachte, sie würde endlich kommen und uns umarmen, aber sie schlürfte aus der Wasserkelle einen Schluck Wasser und ging, um den Docht der Öllampe zu kürzen. Aus den Augenwinkeln sah ich, wie sie sich bekreuzigte und im Vorbeigehen den nicht vorhandenen Staub von dem Foto ihres verstorbenen Mannes wischte, auf dem er mit allen Medaillen des Großen Vaterländischen Krieges auf der Brust stand wie bereit für die Parade am Tag des Sieges. Mutter wandte sich ab und schaute aus dem Fenster, obwohl dort nichts anderes zu sehen war als der angekettete kläffende Hund. Ich wusste nicht, was mit dem Hund passiert war, den Großmutter früher gehabt hatte. Das war ein Bolonka gewesen, eine beliebte Rasse auf Kalendern und Postkarten, und oft hatte er auch auf den Geburtstagskarten geprangt, die Babuschka Galina mir geschickt hatte.

»Vielleicht solltest du einkaufen gehen«, schlug Mutter schließlich vor.

Sie wollte mich aus dem Weg haben, um in Ruhe mit ihrer Schwiegermutter reden zu können. Großmutter steckte mir irgendwelche Zettel in die Hand, und jetzt verstand ich, was Vater schon früher gemurmelt hatte. Hier gab es keine eigene Währung. Hier wurde mit Ersatzgeld bezahlt.

Am Tresen klapperte das Rechenbrett ebenso wie in Tallinn, aber die Regale waren noch leerer. Die Verkäuferin schnippelte Zettelchen von einem Papierbogen ab, den die einzige Kundin in dem Laden ihr hingehalten hatte, und spießte sie auf eine dicke Nadel auf, die vor ihr aufragte. Anscheinend kaufte die Frau Salz. Ich wusste nicht, was ich mit dem als Coupons bezeichneten Spielgeld kaufen sollte, und so verließ ich den Laden und begab mich auf einen Spaziergang. Die mehrstöckigen Wohnblocks stanken ebenso nach Katzenpisse wie zu Hause, und ihre Wände bestanden aus den gleichen gräulich weißen Ziegeln. Die Kadaver der unfertigen Gebäude waren von Gras überwuchert. Fast alle der wenigen Autos stammten aus russischer Produktion, einige wenige aus ukrainischer, und Vater hatte unterwegs Witze darüber erzählt. Die meisten handelten davon, dass im Saporoschez der Motor hinten war und der Kofferraum vorn unter der Motorhaube. Westautos, die Vater bewunderte, waren nicht zu sehen.

Ein seltsamer, den Horizont bewachender Berg war neu, und als ich weiterging, stellte sich heraus, dass es nicht der einzige war. Alle möglichen Fördertürme stachen Löcher in den Himmel, wie das Denkmal für Juri Gagarin, an dem wir auf unserer Fahrt vorbeigekommen waren. Neu waren auch die kohlebeladenen Lastwagen und ein Busch von der Art, die Vater Karamelbäume nannte.

Ich kam an einer verschlossenen Tür vorbei, die anscheinend in ein Kindercafé führte. Die Vorhänge wirkten jedoch neu. An der Außenwand grinsten die aus Animationsfilmen bekannten, aus Mosaiksteinen zusammengesetzten Tiere Wolf und Hase. *Nu, pogodi.* Warte nur, wir würden ganz sicher vor Schulbeginn nach Hause zurückkehren. Anders konnte es nicht sein; es war völlig unmöglich, sich etwas anderes auch nur vorzustellen. Ich blieb draußen stehen, stieß mit der Fußspitze Kieselsteine fort, saß eine Weile auf der Schaukel, deren Farbe abblätterte, und als ich Schwung holte, stieß ich den am Boden liegenden Hundedreck so weit wie möglich fort. Um die Rückkehr in Babuschkas Haus hinauszuzögern, trödelte ich herum, denn ich ahnte, dass Vater noch nicht zurückgekommen war und dass die Stimmung sich während meiner Abwesenheit nicht zu einem überbordenden Wiedersehensfest verändert hatte.

Und so war es. Als ich ins Haus trat, schien Mutter mich gar nicht wahrzunehmen. Sie ging mit ihrer Schwiegermutter in die Kammer, um das Gespräch dort fortzusetzen. Die Tür wurde geschlossen, der Fernseher angemacht und lauter gestellt. Die bis in die Küche dringende Erkennungsmusik der

Nachrichtensendung *Wremja* war die des russischen ersten Kanals, der meldete, dass es in Moskau neun Uhr sei. Für mich stand auf dem Küchentisch ein Teller mit *Syrniki*, Quarkpfannkuchen, und ein Glas Konfitüre bereit. Die Wachstuchdecke wies grau gewordene Schnittspuren auf. Ich schaltete das Zentralradio aus. In Tallinn hörte kein Mensch mehr die Programme, die durch das Steckdosenradio kamen, selbst wenn das sowjetische Gerät, das als Lautsprecher oder Kuhglocke bezeichnet wurde, in der Wand vorhanden war. Ich sah mich um. Ein Antennenradio war nicht zu sehen. Von irgendwo weit her drang das Geräusch von Detonationen herüber. Später lernte ich, dass es Schüsse waren, denen man jedoch niemals Beachtung schenken durfte.

Eine Woche lang bekam ich Vater nicht zu sehen. Mit den Kopfhörern des Walkmans auf den Ohren schlich ich im Haus herum. Manchmal stellte ich die Musik ab und bemühte mich, Worte aufzuschnappen, die nicht für mich bestimmt waren und die die Situation irgendwie erklären würden. Vermutlich war Vater mit Maxim Sokolow nach Russland oder Donezk gefahren.

Als er endlich zurückkam, bat er mich, mit ihm nach draußen zu gehen. Ein Spaziergang würde uns guttun. Vater ging mitten auf der Straße, ich schlich am Rand entlang. Den Schnapsgeruch nahm ich wahr, aber immerhin war Vater da. Ich bemerkte, dass er sich eine neue Art von Schritten angewöhnt hatte: scheinbar langsame, leicht schwankende. Als hätte er Zeit und aller Raum gehörte ihm.

»Gefällt dir keines?«

Ich verstand nicht, wovon er sprach.

»Von den Häusern«, präzisierte er. »Wir haben nicht den ganzen Tag Zeit.«

Als uns ein Lastwagen mit Kohle entgegenkam, wich Vater kaum aus. Dem Fahrer winkte er lässig zu. Wie einem Bekannten. Als hätte er dem Fahrer erlaubt, ihn zu überholen.

»Da fährt die Zukunft.«

Ich sah dem Lastwagen nach, der einen Staubwirbel hinterließ. Vater lächelte mir zu. Ich sah keinerlei Grund für ein Lächeln.

»Nirgends gibt es Anthrazit so wie hier bei uns im Donbass«, sagte er. »Hast du dich schon entschieden? Welches ist hier das schönste Haus?«

In der Eile deutete ich auf ein Haus, dessen Giebel ein Mosaik zierte und dessen Fensterläden die Farbe von Finkeneiern hatten.

Vater ging in die Richtung, in die mein Finger gezeigt hatte, stieß die Gartenpforte auf und hämmerte gleich darauf an die Haustür. Ich lief ihm hinterher. Die Hühner gackerten aufgeregt, der Hund zerrte an der Kette. Die Frau, die in der Tür erschien, wirkte ängstlich.

»Wie viel wollen Sie für dieses Haus?«

Vater zog ein Bündel Dollars hervor.

»Das Haus steht nicht zum Verkauf.«

»Jetzt schon.«

Die Frau versuchte, an der Klinke zu ziehen. Vater stellte den Fuß in die Türöffnung und schob sich hinein. Ich sah noch den vor Entsetzen geöffneten Mund und die zu sichelförmigen Bogen hochgezogenen Augenbrauen der Frau. Das geblümte Tuch verschwand in den Schatten. Ich zog mich zur

Pforte zurück und überlegte, ob ich zu Mutter gehen und ihr erzählen sollte, was geschehen war. Ich kam nicht dazu. Vater kam heraus mit dem Schlüssel in der Hand. Er warf ihn mir zu und sagte, wir könnten jetzt den Wagen entladen. Er brauche ihn für die Arbeit.

Die Frau hatte alles dagelassen, außer den Fotos. Sie hatte die Hühner, den kläffenden Hund, die Möbel, die Ehrenzeichen ihres verstorbenen Mannes, eine bunte Sammlung von Papieren der kommunistischen Partei, einen Schrank voller Kattunkleider und langen Baumwollunterhosen, einen Karton voller fadenscheinig gewordener Taschentücher für Männer, Frauen und Kinder, jede Sorte in einem eigenen, scharfwinklig gebügelten Stapel, und einen *Slava*-Wecker, der genauso tickte wie der bei uns zu Hause in Tallinn und wie bei der Babuschka, dagelassen. Vater ließ uns in der Küche der fremden Frau stehen, er hatte es eilig. Mutter setzte sich auf einen Stuhl. Die Teetasse der vorherigen Bewohnerin stand halb voll auf dem Tisch, und auf dem Herd kühlte ein Aluminiumtopf mit grünem Borschtsch ab. Wir sahen uns an. Unter meiner Sandale knirschte Glas. Mutter nahm von der Schrankecke einige Ersatzgeldcoupons, die dort liegen geblieben waren, befingerte sie einen Augenblick und legte sie dann an ihren Platz zurück.

»Also«, sagte Mutter. »Holen wir die Koffer herein?«

Ich rührte mich nicht.

»Das ist ja nicht so eilig. Es genügt, wenn wir das machen, bevor Babusja Wilina kommt.«

»Wie, sie kommt hierher?«

»Sie kann sich ja nicht ewig in den Ecken der anderen herumdrücken.«

»Warum sollte sie denn hierherkommen wollen? Hat sie nicht gerade von Winnyzja geträumt?«

»Erzähl der Babusja nicht von diesem Haus, falls du ihr schreibst. Und auch nicht von Swetlana.«

Ich kannte Swetlana nicht, wohl aber ihre Geschichte. Babuschkas Freundin hatte auf einem schönen Grundstück gewohnt, bis alle möglichen Clanchefs bei ihr auftauchten und das Haus im Guten oder im Bösen forderten. Schließlich hatte Swetlana ihr Haus für zweihundert Dollar verkauft und war nach Russland gezogen. Mutter brauchte nicht zu präzisieren, warum es besser war, über die Sache zu schweigen. Auch Babusja Wilina hatte seinerzeit alles zurücklassen müssen, und sie würde niemals etwas davon vergessen, vor allem nicht das, was mit ihren Tieren geschehen war. Wir würden ihr nicht erzählen, wie wir zu unserem neuen Haus gekommen waren, das war klar. Trotzdem glaubte ich nicht, dass Babusja bereit sein würde hierherzuziehen. Dies war eine völlig andere Welt als die, nach der sie sich gesehnt hatte.

»Lassen wir Vater nun in Snischne das holen, weswegen er so unbedingt hierher wollte.«

»Und dann fahren wir weg von hier? Warum können wir nicht gleich fahren? Oder warum können wir nicht zu zweit fahren?«, drängte ich. »Soll Vater doch nachkommen.«

»Wenn wir deinen Vater jetzt hierlassen, dann sehen wir ihn nie wieder«, sagte Mutter, und ihr Kinn zitterte.

Ich ging in die Kammer, um auszuprobieren, ob der Fernseher funktionierte. Das einzige Programm, das ich empfangen konnte, war der erste russische Kanal. Alles andere war nur Schneetreiben.

In dem Haus, das wir unser neues Zuhause nannten, gab es immerhin fließendes Wasser, allerdings nur kaltes. Nach den Sommermonaten genügte die Sonne nicht, um den Wassertank der Sommerdusche auf dem Hof zu erwärmen, und daran erinnerte ich Vater jedes Mal, wenn ich ihn sah. Es war mir egal, ob ich zu anspruchsvoll wirkte. Ich sehnte mich nach dem ordentlichen Badezimmer in unserer Wohnung in Tallinn und verstand nicht, wieso Mutter in dieser Beziehung so gleichgültig war. Sie schien nicht einmal zu bemerken, dass, wenn sie im Topf Wasser kochte, sich darin ein seltsamer Bodensatz bildete, oder sie wagte es einfach nicht, sich bei Vater zu beklagen und ihm Schwierigkeiten zu machen. Ich hatte diesbezüglich keine Skrupel, auch wenn es nichts nützte. Als er mein Gemäkel schließlich satthatte, schlug er vor, ich solle uns eine besser ausgestattete Wohnung suchen. Aber ich wollte gar kein neues Haus. Ich wollte zurück nach Hause.

Der Geruch der vorigen Bewohnerin hielt sich lange in dem Haus. Er haftete an meinen Kleidern, an Mutters Kleidern und an ihren Haaren. Ich schreckte vor ihr zurück, wenn sie versuchte, mir über den Arm zu streichen. Sie roch fremd, und ich roch fremd, obwohl wir den Fußboden mit Chlor wischten, die Kochtöpfe mit Asche und Salz scheuerten, die Spinnweben wegwischten, die Türen besonders sorgfältig um die Klinken herum putzten und auf den Tapeten echtes französisches Parfüm versprühten, von dem Vater eines Abends einen ganzen Karton voll mitgebracht hatte. Es beseitigte nicht den Geruch der Frau. Der Hund gewöhnte sich nicht an uns, und Vater hatte allmählich dessen Gebell satt. Heimlich ließ ich ihn frei, ehe Vater ihm etwas antun konnte, ehe er ihn schlug oder sogar tötete. Er schien nicht zu bemerken, dass das ganze

Haus nach Opium und nach fremder alter Frau roch, nach einer seltsamen Mischung von nahendem Tod und Luxus.

Die Nachricht von Babusja Wilinas Tod brachte mich nicht zum Weinen. Weder weinte ich auf der Fahrt nach Winnyzja, die eine Ewigkeit dauerte, noch auf der Beerdigung, wo es nur so wimmelte von fremden Gesichtern. Ich weinte nicht, obwohl ich zusammen mit meiner Babusja auch meinen heimlichen Traum, sie zu besuchen, ja, mich ganz in ihre Obhut zu begeben, begraben hatte. Ich war nicht bereit, die Sache zu verinnerlichen, und verstand nicht, warum Mutter sofort nach der Trauerfeier nach Snischne zurückfahren und so hysterisch den Nachtzug erreichen wollte, der so heiß war wie eine Sauna. Mutter fühlte sich in der Landschaft des Donbass nicht wohler als ich, und ich wollte ihr fernbleiben, wenigstens für einen Augenblick.

»Man kann nicht wissen, auf was für Ideen Vater inzwischen kommt«, erklärte Mutter. »Besser, wir haben ein Auge auf ihn.«

Im Zug war es schon auf dem Bahnhof so stickig, dass mir der Gedanke an die Nacht im Liegewagen Übelkeit verursachte. Ich rief Mutter zu, ich wolle etwas zu essen besorgen, und drängte mich durch den engen Gang hinaus, obwohl Mutter mir etwas von ausreichendem Reiseproviant nachrief. Eine Frau, die ihr Gepäck ausbreitete, versperrte nach mir den Weg, und Mutter holte mich nicht ein, als ich auf den von Reisenden wimmelnden Bahnsteig sprang. *Wenn es doch einen Zug gäbe, der ganz weit fortführe,* schoss es mir durch den Kopf. *Wenn es doch einen Zug gäbe, der nach Tallinn führe. Wenn es doch einen Zug gäbe, der mich irgendwo anders hin, nur nicht in den Donbass brächte.* Prüfend sah ich einen Schaffner mit Käppi an, der vor mir aufgetaucht war und gegen Geld Pakete mitnahm, um sie ans Ziel zu bringen. Ob er mich in seinem Abteil oder irgendwo anders verstecken würde? Ob ich es schaffen würde, Mutter von meiner Spur abzubringen? Aber der Zug fuhr nicht nach Tallinn. Dorthin würde ein anderer Zug fahren. Mit Sicherheit würde einer der Züge dorthin fahren. Einer, in den ich unbemerkt hineinhuschen könnte. Ich stürzte vorwärts, als wäre dies meine letzte Chance, nach Hause zurückzukommen, und blieb stehen, als ich jemanden über Moskau sprechen hörte. Moskau? Warum nicht. Besser als Snischne. Neben dem Zug stand eine Frau, die etwas in ihren dicken Taschen nach Moskau auf den Markt bringen wollte. Jemand anders wollte an dasselbe Ziel einen Haufen Karren, *Krawtschuschki*, schleppen, die praktisch waren, um irgendwelche Sachen zu transportieren, und der Karren-mann fing sofort an zu handeln. Ich hatte keine *Krawtschuschki* zu verkaufen, geschweige denn Valuta irgendeines Landes, ich hatte nur eine Ikone der Heiligen Gottesgebärerin, die Babusja mir vererbt hatte und die ich in der Jackentasche fest-hielt. Babusja hatte sie in Tallinn von einem Straßenhändler neben der Newski-Kathedrale gekauft, und damit würde ich nicht weit kommen. Ich hatte nichts, was ich hätte verkaufen können, womit ich zu Valuta und von hier fortkäme. Hinter mir schallte Mutters Stimme. Ich tat, als hörte ich sie nicht, schob Mäntel und Gepäck beiseite und stürzte ziellos vor-wärts, bis die Menschenmenge begann, in den nächsten Zug einzusteigen, und das Gedränge mich mitriss und ich nicht mehr aus der Menge der zielstrebig vorrückenden Reisen-den herauskam. Ich stellte fest, dass ich in einen Regionalzug geraten war, der vergeblich versuchte, seine automatischen Türen zu schließen. Einige Fenster des Waggons standen offen. Durch sie wurden eilig weitere Koffer und ein schreiendes Baby hereingereicht. Ich klammerte mich am Haltegriff einer Banklehne fest und bemerkte, dass die Kunstlederbezüge der Sitze abgerissen worden waren. Irgendjemand hatte sogar die verkauft. Wieder hörte ich meinen Namen rufen. Mutter hatte es geschafft, sich nach mir hereinzuzwängen, und zerrte mich just in dem Moment auf den Bahnsteig, als der Zug sich in Bewegung setzte. Sie schob mir ein feuchtes zusammengeknülltes Taschentuch in die Hand und flüsterte, im Koffer gebe es noch saubere. Ich verstand nicht, warum sie das tat. Dann wurde mir bewusst, dass ich schluchzte. Bei der Beerdigung von Babusja Wilina hatte ich keine Träne vergossen, warum also jetzt? Ich putzte mir die Nase. Das Taschentuch war von Babusja. Ich erkannte die hellblauen Linien, die vom vielen Gebrauch seidenfein geworden waren, und musste noch mehr weinen. Niemals würde ich zu Babusja ziehen. Ich musste zurück in eine feindselige Stadt, wo Mutter und ich schief angesehen wurden, und in eine Schule, wo ich keine Freunde hatte. Babuschka Galina hatte uns aufgefordert, nicht über Winnyzja und die so weit westlich wohnenden Verwandten zu sprechen. Angeblich mochten die Menschen dort die Donezker nicht und umgekehrt.

Auf der Pritsche im Nachtzug stellte ich mich schlafend und versuchte, mich an den *Denver-Clan* zu erinnern. Ich hatte die letzten Teile der Serie verpasst, und niemand hatte mir geschrieben, was darin passiert war. Vor unserem Umzug hatte meine Freundin Evelin geplant, zu Verwandten nach Schweden zu reisen, und Marina und ihre Mutter wollten als Pflückerinnen zur Erdbeerernte nach Finnland fahren. Wie es mir ging, interessierte sie nicht, und warum hätte es sie auch interessieren sollen. Ich vermutete, dass ich für sie nicht mehr existierte.

In Snischne erwartete uns eine Überraschung. Vater hatte einen neuen Fernseher gekauft und nutzte den Abend, um ihn einzurichten. Das war vermutlich seine Art, seine Abwesenheit bei der Beerdigung wiedergutzumachen, und er prahlte damit, dass ich nun endlich die ukrainischen Programme würde sehen können. Babuschka Galina freute sich nicht darüber, sie klopfte mehrmals mit ihrem Stock gegen den unteren Teil des Geschirrschranks. Ich hatte schon öfter bemerkt, dass sie ihren Krückstock demonstrativ einsetzte, wenn ich auch den Grund dafür nicht verstand. Sie machte das immer, wenn Vater zu Hause vorbeischaute. Den Inhalt des Schranks hatte ich untersucht: ein Stapel Gesichtsseife. Einmal erschien dort Buchweizen. Mutter bemerkte meine neugierigen Blicke und erzählte, worum es sich handelte. Babuschka hielt nichts vom frischen Wind und glaubte nicht an Vaters Businesspläne. Ihrer Ansicht nach hatten Papierfetzen wie Aktien keinerlei Wert, wenn Löhne und Renten entweder mit Fischkonserven, Watte oder Seifenstücken bezahlt wurden, aus denen dann im nächsten Winter Soße für die Kartoffeln gekocht werden sollte, weil es nichts anderes gab. Als Mutter von der Situation berichtete, fiel mir ein, dass wir zumindest die Fenster für den Winter würden abdichten können; Großmutter schob zwischen die Fensterrahmen mit Seife eingeriebenes Papier und Stoff. Als ich daran dachte, verspürte ich eine gewisse Zufriedenheit damit, dass wenigstens eine Sache in Ordnung war. So, als hätte ich mich endlich damit abgefunden, dass wir in Snischne bleiben würden. Als wäre ich so wie die Großmutter sicher, dass Vaters Geschäftstätigkeit uns nicht wirklich am Leben erhalten würde, obwohl die Chefs der Fabriken und Bergwerke reich wurden und ihre eigenen Geschäfte machten, indem sie mal dies, mal jenes gegen Kohle eintauschten. Damit verbunden waren auch andere alte Bekannte von Vater, von denen einer in der Stadt Donezk wohnte, jemand, der noch größere Pläne hatte als Vater oder Maxim Sokolow. Uns nahm Vater niemals mit zu seinen Treffen. Von dem Aktenkoffer mit Dollars, den er nach Snischne mitgebracht hatte, sprach niemand. Irgendwann kamen mir Zweifel, ob ich es nicht vielleicht nur geträumt hatte, dass Vater den Aktenkoffer zu Hause in Tallinn hinter dem Sofa versteckt und ich den Inhalt in der Nacht geprüft hatte. Vielleicht hatte ich auch damals geschlafen, als ich denselben Aktenkoffer im Fußraum des Lastwagens gesehen hatte.

Die neuen Fernsehsender trösteten mich nicht. Synchronisation und Verdolmetschen der allzu knapp bemessenen ausländischen Programme lagen in der Hand eines einzigen Mannes, und es hörte sich immer so an, als hätte er eine Wäscheklammer auf der Nase. Seine Übersetzungen näselte er dahin, wie es sich gerade traf. Ich fürchtete, all das zu vergessen, was ich in Tallinn aus dem Fernsehen gelernt hatte, meine bescheidenen Englisch- und Finnischkenntnisse. Ich hörte, manche Leute könnten einen Sender empfangen, der amerikanische Zeichentrickfilme ohne Synchronisation sendete, aber dieses Glück hatten wir nicht. Und Mutter sprach kein Ukrainisch mehr mit mir. Die Sprache verschwand, und eines

Abends nannte sie mich auf Russisch Aljonka, nicht Olenka, und bemerkte es nicht einmal.

Ich verstand nicht, was mit uns geschah. In Tallinn hatte ich darauf vertraut, dass Vater alles zu unserem Besten organisieren würde. Jetzt war mir der Glaube an seine Fähigkeiten als Geschäftsmann abhandengekommen. Manchmal sah ich Vater von Weitem in der Stadt, wie er einen Trupp Kahlköpfiger irgendwohin führte oder jungen Spunden in Trainingshosen und Lederjacken, die an eine Häuserwand gelehnt dahockten, wichtigtuerisch etwas erklärte.

Einmal fand ich auf dem Küchentisch eine handschriftliche Nachricht von Babuschka, in der sie das Zentrale Fernsehen um Wiederholung einer Sendung bat. Mutter hatte Babuschkas Bitte, den Film *Die Sklavin Isaura* noch einmal sehen zu können, schon unterschrieben. Darin ging es um den Weg einer brasilianischen Sklavin in die Freiheit. Auch ich musste den Brief unterschreiben, der nach Moskau geschickt werden sollte, und brachte ihn dann zur Post. Während ich den Umschlag in den Briefkasten steckte, wurde mir klar, wie verrückt das war. Ebenso wie die anderen erwartete ich die Serie *Auch die Reichen weinen*, alte Sendungen, deren ursprüngliche Sprache die falsche war, die in eine falsche Sprache synchronisiert worden waren und in denen die Frauen schmalere Schultern hatten als im *Denver-Clan*.

Vielleicht begann ich meine Flucht in dem Moment zu planen, da ich vor dem Briefkasten stand. Oder zumindest kam mir der Gedanke, dass ich Dollars und Papiere brauchen würde. Obwohl ich in Tallinn registriert war, vermutete ich, dass ich mit meinem sowjetischen Pass bald nichts mehr würde anfangen können. Und ich war mir nicht sicher, ob ich überhaupt noch Staatsangehörige irgendeines Landes war, ob ich mit meinen Propusken außer nach Russland noch in irgendein anderes Land würde reisen können oder ob wir nicht vielleicht sogar für den Aufenthalt in der Ukraine ein Visum benötigen würden. Mutter machte sich wegen dieser Sache nicht mehr solche Sorgen wie früher. Sie winkte ab – Vater würde alles regeln, ich sollte mir darüber nicht den Kopf zerbrechen.

Niemand sonst aus unserer Familie schien aus diesem Hinterwäldlerdorf fortgehen zu wollen.

Eines Nachts erwachte ich von einer fremden Stimme in der Küche, und es hörte sich so an, als ginge es um jemandes Finger, die mithilfe einer Autotür verstümmelt worden waren. Ich erkannte Vaters Schritte und seine Art, mit der Schöpfkelle gegen die Emailwand des Wassereimers zu stoßen. Das tat Mutter nie, wenn ich schlief.

»Die Mutter des Jungen war bei mir«, sagte Babuschka. »Sie hat mir erzählt, was passiert ist.«

»Na, warum hat sie die Aktien nicht verkauft«, sagte Vater, und Maxim Sokolow bestätigte: »Die dumme Gans wollte mehr Dollars.«

Ich erinnerte mich an Vaters Worte. Von der Privatisierung und der Auflösung des Sowjetsystems hatte ich schon so viel verstanden, dass die Angestellten der Fabriken eine bestimmte Anzahl Aktien erhielten, die ihren Arbeitsjahren entsprach, und Vater und seine Freunde kauften sie für jemanden auf, vielleicht für den Mann aus Donezk.

»Doch, sie verkauft. Alle verkaufen. Babuschka Galina, Sie haben der Mutter ja wohl gesagt, dass der Junge sonst rausfliegt? Was bildet der Holzkopf sich ein, wo er dann Arbeit findet?«, fragte Maxim.

Durch den Türspalt schlängelte sich Tabakrauch herein. Maxims Stimme war respektvoll, obwohl darin auch noch etwas anderes lag, etwas, was mir in die Nase stach wie der Geruch einer feucht gewordenen Chlorpulvertüte.

»Es wäre auf jeden Fall angenehmer, wenn Babuschka Galina ihren Freundinnen die Lage erklären würde. Dummheit lohnt sich nicht.«

Vater begleitete Maxims Worte mit betont kurzen Kommentaren: genau, natürlich, unbedingt.

»Warum soll ich in Ordnung bringen, was die jungen Männer verbockt haben?«, fragte die Großmutter nervös.

Mutter sagte nichts. Sie rührte sich nicht einmal, sie war so still, dass man hätte meinen können, dass die Großmutter das Gespräch nur mit ihrem Sohn und Maxim führte. Ich erkannte das Geräusch eines Blumentopfs, der verschoben wurde; Babuschka war aufgestanden, um die für die Setzlinge bestimmten Töpfe, Gläser und Zeitungen zu ordnen, und klopfte zwischendurch mit ihrem Stock, als wollte sie die daran haftende Erde entfernen.

»Also, jetzt reicht es mit diesem Rummel«, sagte sie. »Unter meinem Dach will ich nichts mehr davon hören.«

Die Tür knallte, die Männer waren wieder fort, und auch Mutter kam wieder zu sich, die Pantoffeln schlappten zum Herd und zum Geschirrschrank. Ich schaute auf den Wecker. Es war noch nicht Mitternacht. Vater erklärte niemals sein Woher und

Wohin. Er war immer in Eile, und er ließ sich selten blicken. Wenn er mal da war, lag er im Bett und schlürfte auf seinen Kater die Marinade aus dem Gurkenglas, und wenn er sich berappelt hatte, verschwand er wieder. Wir schliefen immer noch bei Großmutter Galina, obwohl unsere Sachen in das Haus gebracht worden waren, das unser neues Zuhause sein sollte.

»Die Privatisierung bedeutet neue Chancen«, sagte Mutter vorsichtig.

»Sie bedeutet nichts anderes, als dass die Familie des Präsidenten sich die Fabriken für einen Spottpreis kauft«, seufzte Babuschka. »Für uns andere bedeutet sie Drohungen oder abgehackte Finger. Oder noch Schlimmeres.«

Ich bin mir nicht sicher, ob ich Beschwichtigungen hörte, auf jeden Fall ein Gezischel.

»Aber, Babuschka, du wirst doch trotzdem mit deinen Freundinnen über die Aktien sprechen?«

Mutter wiederholte die von Vater gelernten Worte, als spräche sie eine fremde Sprache, die sie eigentlich nicht konnte, die sie aber üben musste. Und in den Worten lagen weder Vaters Selbstvertrauen noch sein Glaube und seine Energie. Ich glaubte nicht, dass Mutter irgendetwas von Vaters Worten verstanden hatte. Dieses Mal aber fehlte in Mutters Stimme der etwas verächtliche Ton, der immer dann mitschwang, wenn sie auf Wörter aus dem Westen hinwies, die sich allmählich ·in die Umgangssprache einschlichen, und ich wunderte mich darüber, dass sie in dieselbe Kerbe haute wie Vater und Maxim Sokolow.

Über Maxim Sokolow hatte ich schon das eine und andere herausgefunden. Der Mann schien ebenso gewieft zu sein wie mein Vater, und er hatte sich nicht dadurch entmutigen lassen, dass sein Talent als Boxer nicht für die internationalen Ringe gereicht hatte. Danach war er Trainer geworden, und nach dem Zusammenbruch der Sowjetunion hatte er wie so viele andere ohne Einkommen dagestanden. Dafür hatte er einen Stall voller mittelloser junger Männer, die auch weder Geld noch eine Zukunft hatten. Maxim Sokolow wollte nicht, dass sie in seiner Sporthalle saßen und Sonnenblumenkerne knabberten. Er würde sie arbeiten lassen und die Chancen nutzen, die sich ihresgleichen boten: Im Bergwerk und im Bereich Sicherheit gab es immer Arbeit. Er wählte beides, und in diese Unternehmungen bezog er Vater mit ein. Als Geschäftspartner, der nicht nur seine Pläne teilte, sondern auch seine Gestik übernahm. Bei seinen seltenen Besuchen zu Hause saß Vater irgendwie breiter da als zuvor, zog den Stuhl vom Tisch weiter ab, bis fast in die Mitte des Raumes. Anfangs wunderte ich mich, wie Vater darauf gekommen war. Aber als ich Maxim Sokolow neben Vater einherschreiten sah, erkannte ich, woher die neue Gangart stammte. Aus derselben Quelle wie die wichtigtuerische Art zu sitzen.

Als Vater das nächste Mal nach Hause kam, um das Hemd zu wechseln, schlüpfte ich hinter ihm her in die Schlafkammer und bot ihm Kirschsaft an.

»Den hab ich selbst gemacht«, sagte ich und hoffte, er werde wenigstens so lange an seinem Platz bleiben, wie er brauchte, um das Glas zu leeren.

Vater drehte sich gar nicht um, sondern kramte weiter im Schrank herum, ließ Kleider von den Bügeln fallen und zerwühlte Mutters säuberlich gestapelte Wäsche. Ich stellte die

Saftkanne auf den Tisch, hob ein Kleid vom Fußboden auf und sagte mit butterweicher Stimme, ich würde für Vater etwas zum Anziehen heraussuchen. Vater trat beiseite, und jetzt nahm er das Glas, das ich ihm reichte, und bedankte sich sogar. Dabei bemerkte ich, dass die *Slava*-Uhr an seinem Handgelenk fehlte. Stattdessen war dort ein Plastikarmband, das Zifferblatt war einer Anzeige mit Digitalzahlen gewichen.

»Es dauert nicht lange«, sagte ich, während ich die hängenden Kleidungsstücke durchging. Vaters Hemd fand ich sofort, suchte aber trotzdem weiter. »Ich hätte auch Lust, mal eine Rundfahrt zu machen.«

Ich wagte es nicht, in Vaters Richtung zu schauen, um zu sehen, welchen Eindruck meine Worte bei ihm hinterließen.

»Sieh mal an, die Olenka.«

Ich hörte, dass Vater sich Kirschsaft nachschenkte, und seine Hektik schien sich gelegt zu haben.

»Hat Mutter gesagt, du sollst mich das fragen?«

Ich reichte ihm das Hemd und schüttelte den Kopf. Mutter war mit Großmutter einkaufen gegangen und durfte von unserem Gespräch nichts wissen, und erst recht nichts von meinen Vorschlägen. Vater sah mich wie abschätzend an.

»Bald machen wir eine Spritztour mit einem Westwagen. Was sagt mein kleiner Sonnenschein dazu?«

Ich bemühte mich, begeistert zu wirken. Auf der Straße wartete ein *Wolga* auf Vater – mitsamt einem Fahrer, der ihm die Tür öffnete. Noch in der Woche davor war das Fahrzeug ein apfelsinenfarbener *Schiguli* gewesen, dessen Rückbank mit einem Teppich bedeckt gewesen war. Im Fußraum hatte ich ein vergessenes Tier aus Schaumstoff gefunden, *Tscheburaschka*, den großohrigen Freund des Krokodils *Gena*. Das war Vaters erstes Auto gewesen.

»Für das Westauto brauchst du also die Aktien«, sagte ich.

»Da hat mein kleiner Sonnenschein vollkommen recht.«

»Glaubst du, dass Babuschka ihre Freundinnen dazu bringt, ihre zu verkaufen?«

»Du glaubst das offenbar nicht.«

»Ich kann das erledigen. Für Dollars.«

Vater brach in Gelächter aus. Er erwähnte mit keinem Wort, dass ich seine Gespräche heimlich belauscht hatte.

»So muss man das machen«, nickte Vater. »Diese Dinge eignen sich aber nicht für kleine Mädchen. Wir werden uns für dich etwas anderes ausdenken. Etwas ganz Eigenes.«

Beim Hinausgehen nannte er mich noch einmal seinen kleinen Sonnenschein und steckte mir einen Zehn-Dollar-Schein zu, den ich in meinem Ärmel unter dem Uhrenarmband verbarg.

Am Abend ging ich auf den Hof hinter unserem Haus. Der Zugang zur *Kopanka* war mit einem Stück Blech abgedeckt. Mir war es wegen der Einsturzgefahr verboten, auch nur in seine Nähe zu kommen. Heimlich ging ich trotzdem hin, wenn mir nach Weinen zumute war; immer, wenn ich Angst hatte und es mir die Kehle allzu schlimm zuschnürte. Dieser Ort war meine heimliche Zuflucht. Jetzt wurde er auch zum Versteck für den Grundstock meines Kapitals, das ich in einem hölzernen Federkasten aufbewahrte und mit dessen Hilfe ich von hier fortkommen wollte. Ich betrachtete prüfend den Geldschein und strich seine Falten glatt. Er sah genauso aus wie die Dollars in Vaters Aktenkoffer oder in dem Aktenkoffer aus meinem Traum. Ich schnupperte daran. Er roch nicht anders als Rubel, und für meine Pläne würde ich davon noch viel mehr brauchen, aber es war immerhin ein Anfang. Wenn

Vater betrunken nach Hause käme, würde ich aus seiner Tasche mehr davon stibitzen.

Ursprünglich war die Grube von Maxim Sokolow und seinen Männern gegraben worden. Allmählich ging mir auf, nach welchen Regeln hier gespielt wurde und wie die illegal geförderte Kohle in die legale Wirtschaft eingeschleust wurde. Alles, was die Männer hier aus der Erde holten, wurde zusammen mit der Kohle aus den staatlichen Bergwerken zur Veredelung gebracht, die staatlichen Unterstützungen wiederum wurden nach Tonnen veredelter Kohle gezahlt. Über die Unterstützungszahlungen sprachen Vater und Maxim in demselben Tonfall wie über die Aktien, und ebenso interessierten sie die Lastwagen. Die fuhren in langen Schlangen zu Zielen, zu denen sie offiziell nicht fahren durften. Jedem, der es wollte, eröffnete sich ein eigenes Betätigungsfeld. Ich wusste nicht, dass die Geschäfte damals noch in den Kinderschuhen steckten, dass später an den Kohlerampen noch viel mehr los sein würde, dass die *Kopankas* für die legalen Bergwerke eine Bedrohung darstellen und die Hauptstraßen der Stadt zum Einstürzen bringen würden. Und dass unter dem Friedhof die Leichen aus den Gräbern in die *Kopankas* fallen würden. Und dass darin Kinder für einen Dollar pro Tag arbeiten würden. Oder vielleicht taten sie das schon jetzt, und ich wusste es nur nicht. Ich konnte nicht ahnen, wie hoch mein Vater und seine Freunde hinauswollten, dass sie den Himmel berühren und durch ihn hindurch Richtung Sonne gelangen wollten. Wie Gagarin.

Vater vergaß meine Bitte nicht, und ab und zu nahm er mich mit auf seine Autofahrten. Einmal stoppte er den Wagen unerwartet am Straßenrand und bemerkte gar nicht, wie ich um ein Haar mit dem Kopf gegen das Armaturenbrett geschlagen wäre, so begeistert war er von etwas, auf das er mit dem Finger zeigte. Obwohl ich mich bemühte, sah ich in der Richtung, in die er wies, nichts anderes als die düsteren Silhouetten der Abraumhalden. Früher hatten wir zu zweit den Zoo besucht, einmal den Moskauer Zirkus, jetzt nur noch Bergwerke. In der Jackentasche suchte ich nach einem Taschentuch, fand aber keines und wischte mir verstohlen die Nase mit der Handkante ab, an der schwarzer Rotz hängen blieb.

»Siehst du die Jungs da?«, fragte Vater. »Rate mal, was sie machen.«

In der Richtung, in die Vater deutete, unterschied ich endlich eine Schar Kinder. Ich hörte Lachen und Geschrei. Die Jungs hatten Spaß. Vater kurbelte das Fenster herunter und wartete darauf, dass die Bengel näher an die Straße herankämen.

»Was habt ihr gefunden?«, rief er ihnen zu.

Die Gören blieben stehen und maßen uns mit abschätzenden Blicken. Der Kleinste hob etwas hoch, das wie ein Steinbrocken aussah.

»Darf ich mal sehen?«, fragte Vater und stieg aus.

Die Kinder versammelten sich um ihn herum und zeigten ihre Steine, und Vater gab ihnen etwas, was freudige Bewegung bewirkte, vielleicht Dollars, Kaugummi oder Westzigaretten. Ich betrachtete seinen Rücken, und seine Hände hoben die Steinbrocken bewundernd gen Himmel.

Drei Steine fielen mir in den Schoß, und ich erschrak.

»Fossilien«, sagte Vater und schlug krachend die Autotür zu.

Ich krallte mich an meinem Sitz fest und starrte hinaus.

Hinter der Schar der Jungen war eine alte Frau mit krummem Rücken erschienen, die brauchbare Kohlestückchen in ihre Tasche sammelte, zwischendurch stehen blieb und sich auf ihren Stock stützte.

»Schau an. Eine Muschel. Und da ein Schneckenhaus«, sagte Vater und nahm die schmutzigen Brocken einzeln aus meinem Schoß. »Wir haben früher auch auf diesen Halden gespielt, und solche Versteinerungen gab es in rauen Mengen.«

»Mit wem? Mit Maxim?«

»Mit Maxim und anderen. Dann haben wir sie bemalt. Was meinst du, sollen wir da mal einen Tag hin und gucken, ob wir auch welche finden?«

Ich war kein Kind mehr, aber das sagte ich nicht laut. Ich ließ Vater sich begeistern, die Fossilien zurück auf meinen hellen Rock legen und dachte an die Dollars, die er vielleicht den Bengeln gegeben hatte und nicht mir.

Während wir unserem Ziel näher kamen, bemerkte ich, wie Vater das Lenkrad fester umklammerte und vor Schlaglöchern überhaupt nicht abbremste. Er schien die Unebenheiten gar nicht zu bemerken, die die versteinerten Lebewesen auf meinem Schoß springen ließen. Am liebsten hätte ich Vaters kostbare Schätze in den Fußraum fallen lassen, aber das wagte ich nicht. Die Schnecken waren von enormer Größe.

Der Wagen hielt, und Vater schaute mich erwartungsvoll an. Ich wusste nicht, was ich suchen sollte – ich sah nichts als gewöhnliche Bergbaulandschaft. Etwas Besonderes gab es dort jedoch, denn Vater wollte, dass ich für eben diese Grube einen Namen vorschlagen sollte. Die neuen Buden, Kioske und alle möglichen Eigenkonstruktionen, die hier und da wuchsen wie Pilze nach dem Regen, wurden mit weiblichen Vornamen benannt, sodass ich einige nannte, aber Vater schüttelte dazu nur den Kopf. Es sollte etwas Erhabeneres sein.

Vater spielte mit einer Streichholzschachtel.

»*Helden des Kosmos*. Ein guter Name, oder?«

»Er klingt sowjetisch.«

Vater fand, ein Bergwerk könne nicht Pamela oder Sue Ellen heißen. Schließlich waren wir hier im Donbass, hier wurden die besten Löhne gezahlt, Alexej Stachanow hatte bis zu seinem Tod ganz in der Nachbarschaft gewohnt. Vaters Stimme war irgendwie traktorenhaft geworden.

»Eines Tages wird es uns gehören. Es wird nicht mehr lange dauern.«

»Maxim und dir oder wie?«

Vater lachte und knuffte mich in die Seite.

»Max besorgt sich eine eigene Grube. Diese ist für uns, für dich und für mich. Was sagt meine Süße dazu?«

Die Sonne ging hinter den Bergen unter, und Vater wandte den Kopf und ließ sich vom Licht der schwächer werdenden Strahlen bescheinen, als nähme er ein Sonnenbad. Ich erkannte ihn nicht wieder. Mutter hatte manchmal gesagt, indem die Menschen Orte aus der Vergangenheit lieben, lieben sie ihr früheres Ich. War Vater dabei, seine Träume zu verwirklichen, Träume, von denen Mutter und ich nichts gewusst hatten? Hatte er als Kind die Bergleute bewundert? Warum war er dann nicht hiergeblieben? Oder war die Verwirklichung des alten Traums erst jetzt möglich geworden? Bestimmt hätten die Jungs, die auf der Abraumhalde gespielt hatten, einen Namen für die Grube gefunden, den Vater akzeptiert hätte. Sie würden bewundern, was Vater erreicht hatte, wie aus ihm ein Mann geworden war, der ein Auto besaß, und dann ein Mann, der einen Fahrer hatte.

Ich aber wollte auf keinen Fall wie das Mädchen werden, das bei jedem Wetter sein Fahrrad am Haus meiner Großmutter vorbeischob. Sie war so alt wie ich und transportierte auf ihrem Gepäckträger Taschen mit Kohle, offenbar um ihre Wohnung zu heizen. Wenn die Pläne meines Vaters wahr würden, dann würde mir das natürlich nicht passieren. So sah ich die Sache jedoch nicht. Vielleicht deshalb, weil ich mir nicht vorstellen konnte, wie das Leben der Tochter eines Bergwerkbarons aussah oder was für Summen ein solches Mädchen zur Verfügung haben würde. Solche Mädchen kannte ich nicht. Ich verstand nicht, was so etwas bedeutete. Ich konnte mir gut vorstellen, wie ich ein Fahrrad schob. In den Händen spürte ich schon dessen Griffe und das Gewicht der Kohle, das schwerer war als das der Zinkeimer, in denen ich für meine Babuschka Wasser holte.

Die letzten Blumenhändler schlossen ihre Verkaufsbuden, als Vater zum Friedhof einbog und direkt vor dem Eingang hielt. Die letzten Besucher packten ihren Proviant zusammen, steckten die Zeitungen, die sie als Tischtuch verwendet hatten, in den Müllbehälter und machten sich zum Aufbruch bereit. Ich öffnete die Wagentür, trat auf eine Plastik-Aster, die zu Boden gefallen war, und gab mir Mühe, munter zu werden. Ich war schon am Morgen mit Mutter und Großmutter Galina bei den Gräbern gewesen, aber Vater wollte den Totengedenktag mit mir allein verbringen. Deswegen hatte er mich von zu Hause abgeholt. Das war schon was.

Als wir schon ein Weilchen zwischen den Gräbern herumgewandert waren, bemerkte ich, dass wir in die falsche Richtung gingen. Vater wusste nicht mehr, wo Großvater begraben war. Ich sagte nichts, lenkte aber unmerklich unsere Schritte auf den richtigen Weg. Nachdem der morgendliche Lärm abgeebbt war, fiel mir auf, dass die bunten Blumen unversehens den Sommer zu den Toten gebracht und den Friedhof zum schönsten Ort der Stadt gemacht hatten. Wenn es in Snischne immer so aussähe, würde man hier vielleicht leben können. Diesen Gedanken schüttelte ich ab. Sentimentalität würde mich schwach machen und die Verwirklichung meines Plans hinauszögern. Ich brauchte Entschiedenheit, nicht etwas, was mich hier verwurzeln würde; keinen Schwarm, keine Haustiere, keine Kinos, in die mich jemand ausführen könnte, keinen Ort, an den ich in irgendjemandes Gesellschaft würde gehen wollen, geschweige denn die ukrainische Staatsangehörigkeit, die Vater uns besorgen wollte. Vater schnappte sich im Vorbeigehen von einem Grab ein Gebäckstück, biss ab und bot auch mir davon an. Ich lehnte ab.

»Warum denn nicht, das gehört dazu. Was glaubst du, auf welche Weise die hier zurückgelassenen Lebensmittel sonst verschwinden?«

»Ich hab keinen Hunger.«

»Wir sind auch am Tag des Sieges immer mit ein paar Kumpels auf den Friedhof gegangen. Und immer haben wir was zu essen gefunden. Dabei habe ich auch zum ersten Mal das Rauchen ausprobiert.«

Ich kannte diese Kumpels.

»Und auch Schnaps haben wir getrunken.«

Von einem anderen Grab griff Vater sich eine Flasche, nahm daraus einen Schluck und reichte sie mir, bis ihm bewusst wurde, wem er den Wodka anbot, und unter Geräusper die

Hand zurückzog. Ich tat so, als hätte ich nichts bemerkt, und konzentrierte mich darauf, das Grab zu suchen, und fand es schließlich. In Tallinn hatten wir den Gedenktag nicht begangen, und den Großvater kannte ich vor allem von Fotos, die sich schwer anfühlten von der Reihe der Orden, die seine Brust bedeckten. Das Foto auf dem Grabstein war genau so eines. Am Vormittag hatten die Großmutter und ich den Stein gesäubert, und sie hatte gefragt, ob jetzt wohl auch auf den Märkten von Tallinn Orden als Reiseandenken an Touristen verkauft würden. In Moskau war das angeblich so, Orden waren dort haufenweise im Angebot. Noch bevor Mutter antworten konnte, log ich, so etwas hätte ich nicht gesehen. Mutter hatte die Mundwinkel herabgezogen. Ich erinnerte mich nicht, wann sie das letzte Mal gelächelt hatte.

Vater betrachtete Großvaters Grab. Die Ostereier, die wir im Kreis angeordnet hatten, waren noch da.

»Ich hab diese Kosmosblumen mitgebracht.«

Ich schaute auf das Nachbargrab. Vor dem Grabstein lag ein gewaltiger Kranz. So etwas hatten wir nicht.

»Sehr gut«, murmelte Vater und legte eine Schachtel *Prima* auf Großvaters Grabstein. »Die hat er immer geraucht. Großmutter hat bestimmt nicht daran gedacht, ihm Zigaretten mitzubringen, oder?«

Ich ärgerte mich. Meinen Großvater hatte ich nicht gut genug gekannt, um die Traditionen des Gedenktags so zu befolgen, dass Vater mich dafür loben würde. Von Dollars brauchte ich heute also nicht zu träumen. Ich verlagerte das Gewicht von einem Bein auf das andere und überlegte, mit welchem Thema ich stattdessen bei Vater punkten könnte. Schließlich kam ich darauf, zu fragen, ob Großvater wirklich Bergmann hatte sein wollen. Zu meiner Überraschung klärte sich Vaters Miene. Ich war unsicher, ob ich vielleicht etwas Seltsames gefragt hatte. Aber es war Begeisterung. Vater erklärte mir, dass der Lohn und die mit dem Arbeitsplatz verbundenen Vergünstigungen gut gewesen seien. Und damit nicht genug. Er erzählte mir noch weit mehr über Großvater, als ich hatte erwarten können, länger, als er seit Ewigkeiten mit mir gesprochen hatte. Das Einzige, was dem Großvater zu schaffen gemacht hatte, war, dass man unter der Erde niemals wusste, wie oben das Wetter war. Die anderen gewöhnten sich daran, er nicht. Die Arbeitstage waren heiß, und doch konnte Winter sein, wenn man aus dem Schacht kam. Ich beobachtete einen etwas abseits streunenden Hund, der innehielt, weil er einen leckeren Happen entdeckt und die Schnauze in einen Strauß Chrysanthemen gesteckt hatte. Eigentlich wollte ich über Großvater gar nichts weiter hören. Ich verbrachte meine Zeit nicht in mehreren Hundert Metern Tiefe, und dennoch fühlte ich mich irgendwie genauso: Mein früheres Leben lag weit hinter mir, die Menschen und die Fernsehserien, die dazugehört hatten, waren unerreichbar fern, und am Ostseestrand leuchteten die weißen Nächte ohne mich. Plötzlich verstand ich, was Vater gesagt hatte. Er hatte das Wort *zuletzt* benutzt, als ich gefragt hatte, ob Großvater Grubenarbeiter hatte sein wollen. Zuletzt, nicht anfangs.

»Er hat also ursprünglich nicht darauf gebrannt, im Schacht zu arbeiten.«

»Na ja, nein. Hab ich dir erzählt, wie Großvater nach Snischne kam? Er stammte ja aus Twer.«

»Er stammte woher?«

»Die Stadt Twer wurde später in Kalinin umbenannt. Zu dem Zeitpunkt hatte er seine Heimatstadt schon hinter sich gelassen. Im Großen Vaterländischen Krieg marschierte er in den Reihen der Roten Armee bis Berlin und verbrachte dort ein ganzes Jahr. Dann kam der Befehl. Die Soldaten wurden in den Donbass abkommandiert, um die vom Krieg verheerten Bergwerke in Ordnung zu bringen. Vater wollte nicht dorthin. Er wäre lieber nach Hause zurückgekehrt. Aber daraus wurde nichts, denn hätte er sich geweigert, wäre er ins Straflager gekommen.«

Mir fiel ein, wie Babusja Wilina geschnaubt hatte bei dem Gedanken, mit uns nach Snischne zu ziehen. Sie fand, der Donbass war allzu russisch, eine Gegend, in die nur Menschen zogen, die jede Hoffnung verloren hatten – ihr Land und ihr Dorf, ihre Wurzeln und ihre Familie, ihre Sprache, ihren Glauben und sich selbst. In den Donbass ging man, weil jeder x-Beliebige für die Arbeit in den Bergwerken taugte, und dorthin war man schon immer geflüchtet, wenn man verschwinden und den Vollstreckern des Zaren oder der roten Macht entkommen wollte. Früher hatte der Schmelztiegel Donbass die vor ihren Herren geflüchteten Leibeigenen verschlungen, danach die wegen der Kolchosen verhungernden Bauern. Später wurde man offenbar dorthin gezwungen. So wie ich. Mein Großvater und ich, wir hatten etwas Gemeinsames. Auch er hatte nicht hierher gewollt. Und doch hatte er in der Erde des Donbass geendet. Ich würde nicht dort enden, sondern alles tun, damit mir dieses Schicksal erspart bliebe. Fünfundzwanzig Dollar hatte ich schon gespart, würde aber noch mehr brauchen. Ich beschloss, dass ich am Gedenktag des kommenden Jahres woanders sein würde.

»Weißt du, das Leben kann manchmal schwer sein. Aber mit harter Arbeit kommt man immer voran.«

Beinahe hätte ich gefragt, ob diese Lehre von Großvater

oder von Maxim Sokolow stammte. Doch ich hielt es für klüger, den Mund zu halten, und ergriff die Schnapsflasche, die in Vaters Hand hing. Er verhinderte das nicht, merkte aber an, dass ich Mutter davon nichts zu erzählen brauchte.

»Die Grube, in der Großvater arbeitete, gehört noch dem Staat, aber woher weiß man denn …«

Plötzlich blieb Vater stehen.

»Wie würdest du es finden, wenn wir sie Grube Berlin nennen?«

Vater holte mich nie von der Schule ab. Deshalb bekam ich einen gewaltigen Schreck, als ich ihn am Ende des Schultages am Straßenrand stehen sah. Seine weißen Turnschuhe leuchteten in der Sonne, und er lehnte an einem fremden Auto. Ich bekam Angst, Mutter sei womöglich etwas passiert, und verlangsamte meine Schritte. Dann bemerkte ich Vaters Lächeln und seine Hand, die eine Streichholzschachtel in die Luft warf. Den Grund seines Kommens verriet er mir trotzdem nicht, er umarmte mich nur fest. Auch das war seltsam und hatte etwas zu bedeuten. Vielleicht, dass er mit mir über etwas sprechen wollte, das nicht für die Ohren daheim bestimmt war. Vielleicht hatte es etwas mit einer Frau zu tun. Mit einer neuen Frau. Ich hatte schon lange unter dem Geruch von altem Schnaps den einer Frau wahrgenommen, der an Vaters Lederjacke und an seinem Hemdkragen hing.

»Machen wir eine Spritztour«, sagte er und ließ den Motor an. »Das hab ich dir doch versprochen.«

Ich stieg ein und spürte dabei die Blicke meiner Klassenkameraden im Rücken. Vater erwartete, dass ich etwas sagte. Ich verstand nicht, wovon er sprach.

»Wir können ein anderes beschaffen, wenn dir dieses nicht gefällt. Vielleicht ein rotes. Oder welche Farbe auch immer du möchtest.«

Mir war nicht klar gewesen, dass das Auto Vater gehörte. Ich hatte geglaubt, er sei jemandes Fahrer. Ein Westwagen. Der Grund für Vaters plötzliches Erscheinen war mir nun klar. Er wollte seinen Glückstag mit mir teilen.

»Echt toll.«

»Guck mal.«

Vater stellte mir die Funktionen des Armaturenbretts vor. Ich fürchtete, er könnte den Mangel an Begeisterung bei mir bemerken, und plante schon, mich damit zu verteidigen, dass Technik nicht die Stärke von Mädchen sei. Doch er bemerkte nichts.

»Wo stellst du es über Nacht ab?«

Vater gab Gas. Eine Antwort bekam ich nicht. Großmutter hatte schon beim Anblick des *Wolga* gesagt, in ihrem Hof werde nichts übernachten, was größer war als ein Fahrrad. Sie wolle keine Diebe anlocken. Vater hatte gelächelt. Mehr war zu diesem Thema nicht gesagt worden, und ich hatte angenommen, Vater habe einen Platz in einem Garagengebiet besorgt. Erst jetzt kam mir der Gedanke, dass vielleicht die neue Frau ein Haus und auf ihrem Hof eine nagelneue Garage hatte. Vielleicht bewunderte die Frau Vaters Geschäfte. Vielleicht wollten sie genau so ein Leben, eines, in dem man vorankam und in dem es Ziele gab. Nicht Träume, sondern nur Ziele. Der Gedanke an das Zuhause der neuen Frau brachte mich, anders als der Wagen, in Wallung. Was, wenn Vater die Sachen, die er beschaffte, lieber bei ihr lagerte als bei uns? Hatte er auch seinen Aktenkoffer mit den Dollars dort abgestellt? Ich musste die neue Frau kennenlernen, egal, wie Mutter das fand. Falls das Geld existierte und noch etwas davon übrig war, würde ich es finden, und dann könnten Vater und Mutter sich von mir aus scheiden lassen. Vater könnte sein Bergwerk behalten, seine Prahlereien, seinen fahrbaren Untersatz und seine glatzköpfige *Gopnik*bande, und ich würde Mutter nach Tallinn bringen und uns ein Haus kaufen, dessen Wände nicht aus Schlacke bestanden wie bei Babuschka. Ich würde ein Ziegelhaus kaufen. Ich würde ein solides Haus kaufen, unter dem nicht mal die Spur einer Grube gegraben würde.

Die neue Frau stellte ich mir als das Mädchen vor, von dem ich in Tallinn den Walkman bekommen hatte. Als ein Mädchen, das sich vor keinem Mann in einem bunten Kittelkleid oder in Galoschen zeigen würde. Sie würde nur Antennenradio oder Musik aus ihrer Kassetten- oder Plattensammlung hören, und sie würde unbedingt einen Videorekorder besitzen. Vater würde ihr bestimmt Filme beschaffen, die ein Schwarzhändler auf Videokassetten aufgenommen hatte und die sie zusammen ansehen würden. Vielleicht hatte Vater ihr auch die Fossilien geschenkt, die ich in den Fußraum des *Wolga* gelegt hatte. Es würde mich nicht wundern, wenn er das getan hätte. Keines seiner Geschenke würde im Gesicht der Frau denselben Ausdruck hervorrufen wie im Haus von Babuschka Galina. Die Westschuhe, die Vater mir geschenkt hatte, trug ich nicht mehr. Das hätte sich angefühlt wie ein Betrug an Mutter, und ich hatte sie in demselben Karton versteckt, den ich in der *Kopanka* unseres Hofes aufbewahrte und in dem sich auch mein Walkman befand.

Vater hielt am Wegrand. Vor uns ragten wieder Halden von

Kohleabraum auf. Ein streunender Hund mit Schlappohren strebte den Hang hinauf.

»Hast du in der Schule Freunde gefunden?«

Das fragte er mich zum ersten Mal.

»Sollten wir nicht nach Hause fahren?«, fragte ich. »Mutter wartet auf uns.«

Ich wollte schon hinzufügen, dass Großmutter versprochen hatte, für uns *Watruschki* zu backen, aber ich wusste, dass mein Locken vergeblich sein würde, und schwieg. Vater hatte seine neue Karre mir vorstellen wollen, nicht den anderen. Diesen besonderen Augenblick wollte ich nicht verderben. Mutter hatte Vater seit Wochen nicht gesehen und würde ihn auch heute nicht sehen, obwohl sie ihn erwartete wie die Rentner in Tallinn den Postboten, der die Rente brachte. Auch die Ganoven wussten, wann er den Menschen das Geld brachte, und deshalb waren die alten Frauen am Rententag immer ganz aufgeregt. Die Assoziation war seltsam. Mutter war nicht alt. Trotzdem ähnelten Mutter und Babuschka Galina sich in gewisser Weise. Sie würden sich nur über Dinge freuen, die nicht mehr zu Vaters Leben gehörten. Vater würde nicht mehr in denselben braunen Riemchensandalen nach Hause kommen, die er früher getragen hatte und in denen die gleichfarbigen, zu Wülsten herabgerutschten Socken zu sehen waren. Er würde seinen Morgen nicht mehr mit dem Aufziehen seiner Uhr beginnen und am Abendbrottisch nicht mehr begeistert erzählen, wie er einen ganzen Schwung Adapter verkauft hatte. Er würde nicht *Prima* rauchen, sondern *Marlboro*. Und ich würde ihn nicht mehr dazu bewegen können, in einen Auto- oder Trolleybus oder in einen Zug einzusteigen. Vor Snischne war ich noch nie mit Vater zu zweit in einem Auto gefahren. Jetzt war das offenbar der einzige Ort geworden, wo ich ihn zu Gesicht bekam, und ich wusste, dass er nie mehr auf ein eigenes Fahrzeug verzichten würde.

Vater zündete sich eine Zigarette an. Zu meiner Verwunderung bot er auch mir eine an, als wäre ich eine Erwachsene. Ich schüttelte den Kopf und entnahm dem Fach der Autotür eine klebrige Papiertüte, die dort herausschaute. Nur noch seine Vorliebe für Sauerbeerenbonbons erinnerte an den Vater, den ich verloren hatte.

»Wie wäre es, irgendwohin zu verreisen? Wohin würdest du gern fahren? Du kannst es dir aussuchen.«

»Egal wohin? In Urlaub?«

»Ja, in Urlaub. Der letzte ist schon zu lange her.«

Ich bemühte mich, meine Aufgeregtheit zu verbergen. Vater hatte mich von der Schule nicht nur zu dem Zweck abgeholt, mir seine Karre vorzuführen.

»Können wir ins Ausland fahren? In den Westen? In ein Land, für das man leicht Visa bekommt?«

»Das spielt keine Rolle. Das kannst du später entscheiden. Überleg es dir.«

»Flüchten wir vor etwas?«

Vater schreckte zusammen.

»Verdammt, wie kommst du denn darauf?«

»Einer von den Jungen in meiner Klasse kam nicht zur Schule, und alle sagten, sein Vater habe seine Aktien nicht hergegeben. Danach hat niemand mehr etwas von der Familie gehört.«

»Das war dann ihre eigene Schuld.«

»Ich hätte sie dazu gebracht, die Aktien zu verkaufen.«

Vater nahm die Streichholzschachtel in die Hand und drehte sie eine Weile zwischen den Fingern.

»Hör mal, ich muss meine kleine Süße um einen kleinen Gefallen bitten.«

»Darf ich Mutter davon erzählen? Auch von dem Urlaub? Fahren wir zusammen?«

»Ja, natürlich machen wir das. Aber es wäre besser, Mutter nicht unnötig zu belasten.«

Vater erzählte, dass die Tochter eines Bekannten bald Geburtstag haben werde. Der Mann war Direktor einer Fabrik oder eines Instituts, und dort würde viel Nachwuchs von prominenten Persönlichkeiten anwesend sein. Niemand würde darauf kommen, wer von den Gästen das Aktienverzeichnis gestohlen hatte, und auf ein kleines Mädchen wie mich würde niemand achten. Vater war sicher, dass sich die Papiere im Haus des Direktors befanden, und bei der Gelegenheit könnte ich gleich auch alle anderen Namensverzeichnisse mitnehmen, die ich fand. Falls das Arbeitszimmer verschlossen wäre, sollte ich Vater ein Zeichen geben, und er würde mir dann irgendwie die Schlüssel besorgen. Er würde nicht viel trinken, denn er hatte am nächsten Tag eine Menge vor, wenn alle anderen einen Kater hatten. Wenn ich die Dokumente gefunden hätte, sollte ich so tun, als wäre mir übel, dann würde Vater mich nach Hause fahren. Je eher, desto besser, aber nicht, bevor ich die Listen gefunden hatte. Er hätte das auch selbst erledigt, wenn im Haus nicht Männer und Hunde aufpassen würden – einbrechen könne man dort nicht. Für mich würde die Sache trotzdem leicht sein.

Während Vater mir die Einzelheiten meiner Aufgabe noch genauer erklärte, überlegte ich etwas anderes. Ich plante schon, wie ich während der Urlaubsreise, die Vater mir versprochen hatte, durchbrennen würde. Falls wir den Onkel in Tallinn besuchten, würde der mir vielleicht erlauben, bei ihm zu bleiben, oder er würde mir Arbeit in Finnland besorgen. Ob ein gemeinsamer Urlaub alles wieder in

Ordnung bringen würde? Ob Vater wenigstens für einen Augenblick vergessen würde, warum er überhaupt nach Snischne gewollt hatte? Würde er sich daran erinnern, wie gut wir es früher gehabt hatten? Vielleicht würde ich nicht zu verschwinden brauchen. Alles könnte wieder wie früher werden.

Für hundert Dollar willigte ich ein, die Aufgabe zu übernehmen.

Auf der Fahrt nach Hause nannte Vater mich seinen kleinen Sonnenschein.

Eine Woche schon hatten wir nichts von Vater gehört, als an unserer Pforte ein Fremder erschien. Der Hund fing an zu bellen, und Mutters Hände erstarrten im Asternbeet, das sie endlich in Ordnung brachte. Ich machte draußen meine Mathe-Hausaufgaben und hob den Blick, um zu sehen, ob jemand die Absicht hatte, den Mann, der Babuschka bei ihrem vollen Namen rief, zu empfangen. Großmutter zuckte zusammen und beugte sich vor, stand aber nicht von ihrem Hocker neben der Tür auf.

Der Mann teilte mit, er komme von der Miliz. Einen Augenblick lang starrten wir uns an. Das bedeutete Unannehmlichkeiten.

Babuschka nahm ihren Stock und zwang sich mühsam auf die Beine. Sie blieb für einen Augenblick vor der Pforte stehen und griff schließlich zum Türhaken. Mutter rührte sich nicht. Der Milizionär blieb in angemessener Entfernung zu dem knurrenden Hund stehen und schaute erst zur Seite, dann auf seine Schuhe und schließlich auf seine Fingernägel. Ich erwartete, dass er Vaters Namen aussprach, und wunderte mich nicht, als er es tat.

»In der Grube Sasjadko wurde ein Leichnam gefunden«, sagte der Mann. »Wir vermuten, es ist …«

Der Milizionär schwieg. Er war jung, auf der Stirn hatte er noch Eiterpickel, die er zu verdecken suchte, indem er sich die Schirmmütze zu tief ins Gesicht zog. Er wusste nicht, was er noch sagen sollte. Seinem Gemurmel entnahm ich, dass Babuschka oder Mutter mitgehen und den Toten identifizieren sollte. Niemand von uns fragte, was geschehen sei und warum Vater im Bergwerk Sasjadko gewesen war oder warum er nach Donezk gefahren war und wen er dort getroffen hatte. Nicht einmal, wo das neue Auto stand. Mir wurde sofort bewusst, dass die Beerdigung Geld kosten würde. Ich würde die Sachen, die ich in der *Kopanka* versteckt hatte, verkaufen müssen. Ich ließ den Stift los, den ich krampfhaft festgehalten hatte, und bemerkte, dass ich damit eine Seite in meinem Schulbuch durchbohrt hatte.

Großmutter schwankte und tastete nach der Wand. Ich schaute auf ihre buchweizenbraun gebrannte Hand, deren Farbe der Winter nicht mehr heller werden ließ, und stand eilig auf, um sie zu stützen. Ihr Atem hörte sich an wie das Knarren einer verrosteten Trosse, oder vielleicht kam das Geräusch von mir, oder von uns beiden.

Der Milizionär räusperte sich und schickte sich zum Gehen an. An der Pforte fiel ihm anscheinend etwas ein, und vor Ärger stampfte er wütend auf. Als er sich umwandte, glühten die von den Pickeln zurückgebliebenen Narben rot auf.

»Dort waren die sterblichen Überreste von zwei Personen. Der Mann, der die Leichen gefunden hat, erkannte in der einen

Maxim Sokolow, der Tote hatte immerhin noch den Kopf auf den Schultern.«

»Was meinen Sie damit?«

Großmutter bekreuzigte sich.

»Der andere Tote war ohne Kopf.«

Mutter presste sich die von der Erde verdreckte Hand auf den Mund. Der Milizionär schwieg, schloss die Augen und fuhr dann mit geschlossenen Augen fort, als sagte er etwas auswendig Gelerntes daher: »Der fehlende Körperteil wurde nicht gefunden.«

Wegen der Totenwache füllte sich die Straße mit fremden Autos, auch mit westlichen. Ich kannte die Trauernden nicht, die zu Babuschka strömten, aber das war nicht der Grund für die seltsam unwirkliche Stimmung – es war der geschlossene Sarg. In der Kirche sah ich zu, wie der Sarg mit Rosen und Spargelkraut, Nelken, Maiglöckchen und Schleierkraut bedeckt wurde, und die Menge der Sträuße wollte kein Ende nehmen, auch das Weinen nicht, von dem ich nicht angesteckt wurde, immer noch nicht. Ein Sarg musste offen sein. Woher sollte ich sonst wissen, ob Vater überhaupt dort unter dem Berg von Blumen lag? Woher sollte das überhaupt jemand wissen? Ich müsste ihn sehen, um mir der Sache sicher zu sein. Das überlegte ich während der ganzen Einsegnung, und als der Leichenzug vorwärtskroch, wollte ich mich durch die Menschenmenge drängen, den Musikanten befehlen, still zu sein, die Sargträger anhalten und verlangen, dass der Sarg geöffnet werde. Immer noch nahm ich all meinen Mut zusammen, um meine Absicht in die Tat umzusetzen, als man schon begann, den Sarg in die Erde hinabzulassen. Und das dauerte eine Ewigkeit, es war, als hätte die Grube keinen Boden, und

das Rezitativ des Priesters war bedrückend wie eine regen-
schwere Wolke, und ich sagte mir immer wieder, dies sei die
letzte Gelegenheit, diese Faxen zu beenden. Ich brachte jedoch
kein Wort heraus. Ich war eine Schauspielerin, die ihr Stich-
wort vergessen hatte, vollkommen untauglich für das ganze
Schauspiel.

Diese Stimmung setzte sich bei der Gedenkfeier unver-
ändert fort, obwohl die Hauptperson der Inszenierung, die
Holzkiste, schon unter der Erde war und der Schnaps die
Gesten der Gäste entgleisen ließ und ihre verlogenen Worte
befeuerte. Ich hörte zu, wie auf das Andenken meines Vaters
getrunken wurde, ohne anzustoßen, ehrerbietig und immer
wieder, und wie die Menschen sich an Vater erinnerten, den
ich in den Geschichten der Männer, die stinkende Trainings-
anzüge trugen, nicht wiedererkannte. Ich wartete darauf, dass
Vater uns endlich ein Zeichen geben würde, ich erwartete
den Ruf der rasselnden Streichholzschachtel, dem ich nach
draußen in den Schatten der Büsche folgen würde, und dort
würde ich Vater sehen, der den Finger an die Lippen legen
würde, und ich würde zu ihm huschen, und er würde mir
einen seiner glänzenden Pläne offenbaren und seinen kleinen
Sonnenschein auffordern, an der Inszenierung mitzuwirken,
für einen Dollar oder für zehn, und dann hätte plötzlich alles
einen Sinn.

So kam es jedoch nicht. Das alles blieb mir unverständlich.
Die Luft blähte sich vom Geruch muskulöser Männer, Zigarettenrauch und schweren Parfüms, und niemand nannte einen
Grund für den geschlossenen Sarg. Die Lederjacken der Männer knarrten wie frischer Sauerkohl. Jemand schnüffelte an
der Öffnung einer Kognakflasche, freute sich über die Echtheit
des Inhalts und füllte sein Glas bis zum Rand. Die Miene des

Trinkers war echt. Sonst aber nichts, nicht die Sträuße auf dem Grab und nicht Vaters gerahmtes Foto, das Mutter getragen hatte, und das so war, wie Mutter ihn in Erinnerung behalten wollte.

Babuschka Galina fuhr zu ihrer Schwester nach Minsk, und wir zogen zu Vaters Schwester aufs Land. Die Tante freute sich über die Gesellschaft, denn wegen des Geschäfts mit dem Rohopium konnte sie kaum ruhig schlafen, und für mich war der Umzug eine Erleichterung. Zwar glaubte ich nicht, dass Vater jemandem von meinem Anteil an dem Diebstahl erzählt hatte, aber trotzdem. Man konnte nie wissen.

Vaters Fotos versteckten wir ganz unten in einer Schublade von Tantes Kommode und sprachen niemals mehr über die Ereignisse in Snischne. Wenn jemand nach Vater fragte, verschloss Mutter den Mund wie eine Teigtasche, und niemand wagte es, die Witwe weiter zu bedrängen. Als sie überlegte, ihren Mädchennamen wieder anzunehmen, und vorschlug, auch ich solle ihn benutzen, hatte ich nichts dagegen, sondern war froh darüber, und so verschwand Vater aus unseren Gesprächen, wir tilgten ihn aus unserem Leben, und ich dachte, dies ist ein neuer Anfang, für Mutter und für mich.

Als Mutter anfing, in die Kirche zu gehen und Geld für Wachskerzen zu verschwenden, war ich nicht besorgt und wunderte mich nicht. Mich befremdete auch nicht das Kreuz, das sie nun um den Hals trug. Zum Dreikönigsfest tauchte sie in ein kreuzförmiges Eisloch, um das herum Priester wie Krähen flatterten, und ich tadelte sie nicht wegen ihres Eifers, sich zu reinigen. Ich hielt diesen Wandel für vorübergehend. Zwar würde die Genesung ihre Zeit brauchen, aber Mutter würde in einer Umgebung, wo nichts an die Vergangenheit erinnerte, wieder so werden wie früher.

Ich irrte mich.

Ich hatte auch sie verloren.

Dorf, Oblast Mykolajiw
1996

Das Blut wich Mutter aus dem Gesicht, als der Hund draußen außer sich geriet und man durch die Spitzengardinen hindurch einen Glatzkopf sah, der neben den Blumenbeeten erstarrt war. Mir schoss der Gedanke durch den Kopf, dass Mutter wohl gleich in Ohnmacht fallen werde. Ihre Augen hatten sich zu schmalen Schlitzen verengt. Seit sie Witwe war, wirkte sie auf eine ganz neue Weise ängstlich, und das beunruhigte mich mehr als der seltsame Fremde draußen auf dem Hof. Die vor mir zitternde Frau erkannte ich nicht wieder. Ich wollte meine Mutter wiederhaben.

»Jetzt sind sie also gekommen«, flüsterte Mutter. »Ich hab's gewusst.«

»Vielleicht ist es ein Hühnerdieb«, schlug ich vor und sah zur Tante hinüber.

»Ein Hühnerdieb, klarer Fall«, stimmte die Tante ein. »Die treiben jetzt ihr Unwesen.«

Der Hund zwang den Glatzkopf, draußen an seinem Platz zu bleiben. Ich beobachtete Mutter und ihre Finger, die den Gürtel ihres Mantelkleids kneteten. Sie erinnerten mich an die Bäume, deren Stamm zu Ostern weiß gekalkt wurden, und die gebräunte Haut ihrer Hände war jetzt wie diese Rinde. Mir kam der Gedanke, dass es mir niemals so ergehen durfte wie Mutter. Ich würde nicht wie sie werden.

»Vielleicht genügt es ihnen, dass ich gehe«, flüsterte Mutter. »Wenn sie euch dann in Ruhe lassen.«

»Mutter, das ist bestimmt nur ein Hühnerdieb«, widersprach ich. »Dort ist doch nur ein einziger Mann.«

Ich war mir sicher, wenn die Mörder von Vater und Maxim Sokolow gekommen waren, um ihren Rachefeldzug zum Abschluss zu bringen, dann stünden dort jetzt mehrere Männer.

Einen Augenblick lang erwogen wir die Lage. Der Bengel in den Trainingshosen wirkte wie einer von den *Gopniks*, die in den Dörfern mit den Zähnen Sonnenblumenkerne knackten und die leeren *Semki*-Tüten wegwarfen, wo sie gingen und standen. Vielleicht hätte dieser angehende Gauner sogar in den Pulk gepasst, der immer um Vater herumgeschwirrt war. Diese Lümmel hatten sich auf die gleiche Weise bewegt, in demselben entspannten Rhythmus, sorglos dank der Übermacht ihrer Homogenität. Oder nein, dieser Mann hatte es weiter gebracht als die anderen. Ein so entschlossener, auf einen Punkt konzentrierter Blick setzte Erfahrungen in Dingen voraus, von denen man in meinem Alter noch nichts wissen sollte. Und dennoch, er war allein.

Die Tante band ihr Tuch unter dem Kinn fester zusammen, nahm einen der Männermäntel vom Nagel, warf ihn über die Lehne eines Küchenstuhls und stellte weitere Teller auf den Tisch, als gäbe es mehr Esser. Dann bekreuzigte sie sich, holte tief Luft und öffnete die Tür. Obwohl Mutter mich daran hindern wollte, schlich ich ihr nach, denn ich dachte, ich müsse mutig sein, mutiger als Mutter, oder jedenfalls so tun als ob.

»Ihr Hund ist sehr aggressiv«, sagte der Glatzenmann und nickte zu dem im Garten versteckten Mohn hinüber. »Aber genügt das?«

Da errieten wir, worum es ging. Vor Erleichterung seufzte die Tante auf. Der Glatzkopf hatte nichts mit Snischne zu tun. Ich entspannte mich so weit, dass ich ging und von der Pforte her Ausschau hielt, mit was für einem Fahrzeug der Fremde gekommen war. Es war ein Taxi. Da fiel mir ein, die Tante hatte erwähnt, dass die Taxifahrer sich um die Verteilung des Rohopiums kümmerten. Der Bursche bemerkte, dass ich ihm nachspionierte. Er grinste und erklärte, im Kofferraum befänden sich elektronische Geräte, die er als Bezahlung bekommen hatte. Wir könnten gehen und nachsehen, ob etwas Interessantes darunter sei. Die Tante kommandierte mich zu sich, und ich gehorchte und schlenderte zu ihr.

»Sie sind also der neue Mann.«

Der Glatzkopf nickte und stellte sich als Iwan vor. Sein Vorgänger habe in den wohlverdienten Ruhestand gehen wollen. Die Tante presste sich die Hand auf die Brust.

»Ich hab ewig nichts von ihm gehört.«

»Vielleicht genießt er das Faulenzen, geht angeln und brät Schaschlyk.«

Auch mir wurde klar, dass wir diesen *Gopnik* nicht mit Axt und Flinte würden davonjagen können. Wenn er zum neuen Vertreter ernannt worden war, hatten wir das nicht zu kommentieren. Die Tante befahl dem immer noch knurrenden Hund, still zu sein, bat den Gast ins Haus und lud ihn zu Tisch. Mutter war in der Kammer verschwunden und hatte die Tür einen Spaltbreit offen gelassen, und ich hätte gewettet, dass sie dort sowohl die Ikone als auch die Axt umklammert hielt. Der Glatzkopf lobte die Kochkunst der Tante, während er an dem Speck schnupperte, von dem er sich andächtig Scheiben in den Borschtsch schnitt. Angeblich hatte er sich nach genau so einer Mahlzeit, genau so einem Glas Saft, nach heimischer

Atmosphäre und Spitzenvorhängen gesehnt. Seiner Ansicht nach hatten wir es gut, und er sagte das in einer Weise, die nicht nach einer Drohung klang. Mir kam der Gedanke, dass der Mann erst kürzlich aus dem Gefängnis freigekommen sein musste. Und dass ihm bestimmt niemand Pakete gebracht hatte. Das konnte man irgendwie erraten.

»Boris hat von Ihnen erzählt.«

Ich verstand nicht, was Boris mit der Sache zu tun hatte. Als die Tante einen Mann als Hilfe bei der Landarbeit brauchte, hatte der Leiter des Altenheims eingewilligt, uns den einzigen jungen Mann des Heims gegen eine passende Summe für Tagesarbeiten auszuleihen. Dieser Boris war in einer psychoneurologischen Anstalt aufgewachsen und, als er achtzehn Jahre alt wurde, in das Altenheim verlegt worden. Vor dem Glatzkopf hatte noch nie jemand nach ihm gefragt. Ich mochte Boris, und die Tante und meine Mutter mochten ihn auch.

»Boba könnte gern etwas öfter hierherkommen«, fuhr Iwan fort, und seine Stimme wurde warm. »Wie wäre es, wenn ich mit dem Leiter des Altenheims spreche, damit mein Bruder täglich zu euch kommen kann? Er würde gern die Kulturen bewachen.«

Mir war sofort klar, was der Vorschlag bedeutete. Iwan würde dem Heimleiter etwas bezahlen, und ich könnte endlich nach Paris fahren. In meiner Tasche brannte die Anzeige eines Model-Wettbewerbs, die ich aus der Zeitung ausgeschnitten hatte. Der Termin war noch nicht vorbei. Ich hatte es noch nicht gewagt, mich dafür anzumelden, weil Mutter nicht in einer Verfassung war, in der ich sie mit der Tante hätte allein lassen können. Mutters Schreckhaftigkeit würde sich auf die Tante übertragen, die dann anfangen würde, so wie Mutter vollständig angezogen, mit der Handtasche neben sich und der Mistgabel unter dem Bett zu schlafen. Jetzt aber hatte sich die Situation geändert. Wenn ich fahren würde, dann würden Iwans offensichtliche Liebe zu seinem Bruder und seine Sorge um dessen Wohlergehen garantieren, dass er gleichzeitig ein Auge auf Mutter und die Tante haben würde.

Nachdem ich den Wettbewerb gewonnen hatte, fand Iwan mich, wie ich schmollend unter den Apfelbäumen saß, und fragte, was los sei. Ich erzählte ihm, dass Mutter nicht das Papier unterschrieben habe, das von Minderjährigen verlangt wurde und mit dem die Eltern ihr Einverständnis dokumentierten. Iwan fand, Mutters Unterschrift sei kein Problem. Ich brauchte nichts anderes zu tun, als sie auf dem Papier zu fälschen und dann zu türmen. Ich würde es schaffen. Auch Iwan hatte es geschafft. Auch er war ein Ausreißer, und er versprach, mich mit seinem Taxi zum Bahnhof zu bringen.

»Hör zu, ich weiß nicht, was mit deinem Vater oder mit euch in Donezk passiert ist. Und will es auch nicht wissen. Aber du hast noch dein ganzes Leben vor dir.«

Iwan knuffte mich in die Seite, so wie es Vater manchmal getan hatte. Nach Iwans Ansicht hatte ich Chancen. Die sollte ich nicht verschenken, nur weil Mutter nicht über Vaters Tod hinwegkam.

Iwans Worte entschieden die Sache. Ich vermutete, dass, wenn ich hierbliebe, Mutters Ängstlichkeit sich wie eine Krankheit auf mich übertragen würde.

Inzwischen habe ich das Gefühl, dass es doch so gekommen ist und dass die Krankheit nur auf der Lauer gelegen und auf den richtigen Moment gewartet hat.

Manchmal versetzen mich einzelne Erinnerungsbilder zurück nach Snischne. Wenn ich Bauchschmerzen habe und Buttercremeschnitten serviert bekomme. Wenn ich ein Zimmer betrete, das voller sowjetischer Bücher ist und seit Ewigkeiten nicht gelüftet wurde. Wenn vor mir in einem Aschenbecher zufällig ein Häufchen Schalen von Sonnenblumenkernen liegt. Das kann überall geschehen, auf dem Dorfplatz, im Café oder in einer Besprechung. Wenn es geschieht, bin ich im Nu wieder zurück in dem nach abgestandenem Zigarettenrauch, Sowjetpapier und -kleister riechenden Arbeitszimmer, in dem ich das Verzeichnis der Aktienbriefe suchen sollte, und mir dreht sich der Magen um – genauso wie damals, und meine Zunge, die den Gaumen abtastet, findet wie damals die Fettschicht von der Geburtstagstorte. Ich hatte gierig davon gegessen, um mich für meine Aufgabe zu stärken, und heimlich aus einigen Champagnergläsern die Neige getrunken. Niemand hatte bemerkt, dass ich in das Zimmer des Gastgebers geschlüpft war, dessen Tür nicht einmal verschlossen gewesen war. Der Fußboden knarrte unter meinen Füßen. Der Raum stand voller Regale. Mit angehaltenem Atem sah ich mich um. Der Stuhl stand etwas abseits vom Schreibtisch, als wäre der Mann, der dort gesessen hatte, gerade aufgestanden. Er hatte einen Kristallaschenbecher hinterlassen, der überquoll von Schalen von Sonnenblumenkernen, sowie ein leeres Weinglas. Ich wusste, dass der Chef an dem Festrummel teilnahm, dessen Lärm durch den Fußboden heraufdrang, und doch schien es mir, als holte er nur Nachschub für sein Glas. Falls er das Knarren der Fußbodenbretter bis in die untere Etage hören sollte, dann würde er sich daran erinnern, dass er nach oben hatte zurückkehren wollen, ihm würde klar werden, dass etwas nicht stimmte, und er würde heraufgestürmt kommen. Doch niemand betrat das Zimmer. Niemand überraschte mich, als ich den Aktenkoffer mit den Dokumenten neben dem Schreibtisch fand.

Als der Fluchtweg frei schien, huschte ich mit dem Papierstapel unter dem Kleid ins Badezimmer und steckte mir den Finger in den Hals. Die Buttercreme stieg mir in die Nase. Die Mutter des Geburtstagskinds hörte mein Würgen und lief, um Vater zu suchen.

Ich weiß nicht mehr, auf welches Unternehmen sich die Aktienbriefe bezogen. Vielleicht hatte ich mir die Papiere nicht so genau angesehen. Auf die Spielzeugfabrik Donezk? Oder ging es um Metallrohre? Um Maschinen für die Öl verarbeitende Industrie? Um Metallverarbeitung, Raumfahrt- oder Waffenindustrie? Um Bergbaumaschinen? Oder hatte Vater von der Herrschaft über eine Kokerei geträumt? Was war meinem Vater so wichtig gewesen, dass er ein solches Risiko einging?

Ich habe Mutter niemals erzählt, was ich getan habe. Auch Daria nicht. Snischne war in meinem Meritenverzeichnis kein bloßer Schönheitsfehler, und mein Anteil am Diebstahl des Aktienverzeichnisses wurde noch komplizierter dadurch, wie sehr ich erpicht war, dir … alles zu erzählen.

Als Daria im Büro aufgetaucht war, hatte ich das Gefühl gehabt, das Schicksal wollte mir eine Chance geben, sie und ihre Familie aus dem Sumpf zu ziehen, in dem sie nach Maxim Sokolows Tod versunken waren. Und das war noch nicht alles. Ich würde noch weit Besseres zustande bringen und Daria eine glänzende Zukunft bereiten. Wir müssten nur Snischne aus unseren Gesprächen, aus unserem Gedächtnis und von unserer Landkarte tilgen. Meine Absichten damals waren vollkommen aufrichtig.

Daria sollte niemals erfahren, welcher Art Menschen sie Kinder schenkte.

IV

Vaters Tochter

Helsinki
2016

Mutter brachte die Urne meines Sohnes an dem Tag in die Ukraine, an dem ich erwartete, dass mich entweder die Polizei oder mein Vorgesetzter anrufen würde. Trotzdem arbeitete ich, als wäre es ein gewöhnlicher Mittwoch, und ging routinemäßig von einer Adresse zur nächsten. Das Geld für Mutters Flugkarte hatte ich am Morgen zuvor von einem Rentner stibitzt, der sein Bargeld zu Hause aufbewahrte. Ich war überzeugt, dass er, sollte er das bemerken, seine ausländische Putzfrau des Diebstahls beschuldigen würde. Allerdings würde ich noch schuldiger wirken, wenn ich selbst kündigte, sodass ich weiterhin mit meinem Eimer von einer Wohnung zur nächsten gehen, die Lappen auswringen und das Spielzeug der Kinder in die Schränke räumen musste, obwohl mich das häusliche Chaos an Dinge erinnerte, an die ich mich nicht erinnern wollte. Ich wunderte mich, warum ich keine Erleichterung verspürte. Mutter würde nicht meine Leiche entdecken müssen, und sie wäre keine Zeugin, die aus dem Weg geräumt werden müsste. Sie und Oleschko waren in Sicherheit. Darauf war es mir angekommen, und das hatte ich geschafft. Warum also fühlte ich mich so leer, als schwebte ich in der Luft?

In der letzten Wohnung des Abends war ich mit meinen Kräften am Ende und nahm aus dem Kühlschrank einen Becher Kefir, den *Valio* anscheinend als gesunde Neuheit vermarktete. Die Propagandisten in den Supermärkten hatten ihn auch mir angeboten und als Verkaufsargument behauptet, er komme aus Amerika. Während ich mir die Verkaufspropaganda anhörte, hatte ich überlegt, ob ich schon so alt war, dass es inzwischen eine neue Generation gab, die diesen Humbug glaubte. Die Propagandistin war jung. Sie konnte nicht wissen, dass Kefir eines der wenigen Produkte war, nach dem man in der Sowjetunion nicht hatte anstehen müssen. Aber *Valio* tat natürlich das Richtige. Auch ich hätte niemals versucht, Kefir im Westen als alten Sowjetklassiker zu verkaufen.

Ich goss das Getränk in ein Glas. Es schmeckte nach vergangenen Sommern und nach der *Okroschka,* die unsere ehemalige Nachbarin mir vorgesetzt hatte und die ich nie wieder essen würde. Wenn ich Helsinki verlassen müsste, würde ich wahrscheinlich nie mehr in diese Stadt am Meer zurückkehren. Alles erschien mir so endgültig wie mein letztes Glas Kefir und wie mein letztes Hantieren mit dem Mopp; wie das Ende einer Ära.

Für einen Augenblick unterbrach ich das Putzen und ging ins Arbeitszimmer der Frau. Niemand war zu Hause, also setzte ich mich an den Tisch und stellte mir vor, es wäre mein eigener. Das hatte ich auch früher schon manchmal getan; ich hatte die Hände auf die Tischplatte gelegt, die säuberlich darin versenkten Steckdosen betrachtet und davon geträumt, wie ich im Kalender blättern und Termine vereinbaren würde, wie die Sekretärin an die Tür klopfen und mir Erfrischungen bringen und wie Alexej meinen Koffer ins Auto tragen würde, wie Telefon und Computer mir klingelnd neue Nachrichten anzeigen würden und ich mir gegen Ende des Arbeitstages auf die pulsierenden Innenseiten der Handgelenke Parfüm sprühen und sehnsüchtig auf das Abendessen mit dir warten würde.

An demselben Tisch hatte ich auch damals gesessen, als mir bewusst wurde, dass mein Leben in Helsinki mir die Erziehung von Oleh nicht einfacher gemacht hätte, auch wenn ich das bei meiner Flucht noch gedacht hatte. Ich hätte Oleh nicht mit derselben Sorglosigkeit von der Vergangenheit erzählen können wie die Frau, die in dieser Wohnung lebte, nicht von seinem verstorbenen Großvater, der ohne Kopf in einem illegalen Bergwerk gefunden worden war, und auch nicht davon, wie ich nach Helsinki gekommen war. Und was hätte ich ihm von dir erzählen sollen? Wie hätte ich ihm erklären sollen, warum er seinen Vater nicht treffen konnte – oder hätte ich behaupten sollen, du seist auf einer Baustelle in Mykolajiw ums Leben gekommen, weil dort Trossen gerissen waren? Hier allerdings sind Unfälle nur Unfälle, und Mohn, das sind hübsche Blumen in einem Blumenbeet.

Die ganz in Weiß gehaltene Wohnung klang sauber wie ein gut gestimmtes Instrument. Ebenso stellte ich mir die Wohnung der Familie aus dem Hundepark vor: Die Familienfotos im Wohnzimmer waren so offen zur Schau gestellt, dass die Geheimnisse dieser Menschen höchstens darin bestanden, dass sie während der Prohibitionszeit Schnaps gebrannt oder die Mägde geschwängert hatten. Wenn ich hier geboren worden wäre, würde mein Sohn an seinem Schreibtisch sitzen, den Blick fest in seinem Schulbuch, und in meinem Leben würde nichts geschehen, was mich dazu treiben könnte, in einem fremden Land die Fußböden zu wischen. Niemand würde meinen früheren Geliebten auf mich hetzen, um mich zu beseitigen.

Als Mutter mich nach dem Arbeitstag anrief, musste ich rangehen. Ich hatte gesagt, die Urne müsse fortgebracht werden, bevor ich es mir anders überlegte, und jetzt wollte Mutter meine Stimme hören, den Beweis, dass ich noch am Leben und nicht vom Dach gesprungen war.

»Nur so viel, dass wir gerade heimgekommen sind«, sagte Mutter, und ihr aufmerksamer Ton drang mir ins Ohr wie ein Otoskop. Ich wusste, dass sie jedes meiner Worte bewerten, meinen Tonfall interpretieren und dabei hoffen würde, dass sie verrieten, was eigentlich in meinem Kopf vorging. So weit durfte ich sie nicht vordringen lassen. Ich müsste Zuversicht in meine Worte legen, um genauso zu klingen wie vor langer Zeit, als ich vor neuen Herausforderungen stand.

Ich konnte mich nicht erinnern, wie ich mich damals gefühlt hatte.

»Olenka, bist du zu Hause?«

»Noch nicht, aber gleich.«

Ich log und fand dabei nicht einmal selbst, dass ich überzeugend klang. Ich war nach der Arbeit ziellos herumgelaufen, um der hallenden Stille in meiner Wohnung zu entgehen. Oder Oleschkos Weinen. Was, wenn ich es wieder hören würde? Aber die Urne war weg, das könnte also nicht passieren. Oder doch?

»Ich hab Borschtsch in den Kühlschrank gestellt. Mach ihn dir warm.«

»Danke. Am Abend will ich mir einen Film ansehen.«

Das Gespräch kam in Gang, ich war stolz auf das Abendprogramm, das ich mir ausgedacht hatte und das mein Leben, aus der Ferne betrachtet, normal erscheinen ließ. Mutter war anscheinend draußen unterwegs. Den schönsten Mai auf der Welt gab es in der Ukraine. Oleschko würde ihn erleben. Er würde ihn sehen, weil er nicht mehr hier war.

»Wo ist Oleh?«

Die Frage entschlüpfte mir aus Versehen und ließ Mutter tief aufseufzen. Ich richtete den Blick auf den Toreingang vor mir und ließ ihn dann Etage für Etage über das ganze Haus wandern. Keine Kabelbündel. Keine aus der Außenwand herausragenden Belüftungskästen. Keine Gitter vor den Fenstern der unteren Etagen, auch nicht an den Balkons. Hier hätte der Junge ein anständiger Mensch werden können.

»Die Urne ist in der Kammer«, sagte Mutter.

»Du hast wohl noch nicht mit dem Priester gesprochen?«

»Natürlich nicht. Die Beerdigung findet erst statt, wenn du hier bist.«

»Wo wird er …«

Ich wollte das Wort nicht aussprechen.

»Das können wir später überlegen. Das Grab deines Vaters ist in Donezk. Da kommt man schon hin, wenn man das will …«

In Gedanken erwiderte ich, dass euer Friedhof keine bessere Alternative sei. Das war nicht der richtige Ort für Oleschko. Instinktiv schob ich die Hand in die Tasche, um meine Liste der guten Sachen zu spüren. Ich fand nur eine fertig gedrehte Zigarette, die ich anzündete, und konzentrierte mich auf eine quer über die Straße gespannte Trosse, an der eine Lampe hing, und auf die darauf sitzende Krähe.

»Es war nicht deine Schuld«, sagte Mutter. »Das weißt du doch?«

»Ich hätte rechtzeitig zum Arzt gehen müssen.«

»Dein Leben war damals sehr schwierig.«

»Trotzdem hätte ich es tun müssen.«

»Hör auf, dich selbst zu beschuldigen.«

Ich erwartete, sie würde sagen, dass sechs Jahre eine ausreichend lange Zeit gewesen seien, um zu trauern, aber sie schwieg, und ihr Schweigen wirkte, als wäre sie nun beruhigt. Vielleicht hatte ich es geschafft, sie irrezuführen. Vielleicht dachte sie daran, wie ich mich morgens mithilfe einer Haarunterlage frisiert hatte. Das hatte ich ihretwegen gemacht, um Mutter davon zu überzeugen, dass es mir so gut ging wie schon lange nicht mehr. Frauen, die planen, sich umzubringen, legen keinen Wert auf ihr Äußeres. Ich hatte mir sogar etwas von meinem alten Parfüm auf die Haut gesprüht und anstelle des Rucksacks die Schultertasche benutzt. Von hinten sah meine Frisur so aus wie die der Frau aus dem Hundepark, nur mit dem Unterschied, dass mein hellerer Haaransatz deutlicher sichtbar war.

Oder vielleicht hatte ich mehr als an Mutter an deinen prüfenden Blick gedacht, daran, wie er mich ebenso mustern würde, wie Daria es getan und meinen vernachlässigten Zustand begutachtet hatte.

»Boris könnte mit Oleh angeln gehen«, sagte ich und bereute es sofort. Meine Worte klangen, als bildete ich mir ein, dass Oleh noch immer am Leben war. Als begriffe ich nicht, was geschehen war, und näherte mich wieder dem Zustand, dessentwegen Mutter vor Jahren hatte hierherkommen müssen. Im Hintergrund von Mutters Worten hörte ich den Schrei eines Kindes.

»Habt ihr Besuch?«

»Die Kinder deiner Cousine aus London sind zu Besuch hier.«

»Davon hast du gar nichts erzählt. Nur zu Besuch?«

»Sie interessieren sich sehr für Militärfahrzeuge.« Mutter wich meiner Frage aus. Ich wusste, dass meine Cousine in England lange Arbeitstage hatte, und hätte mich nicht gewundert, wenn sie gewollt hätte, dass die Kinder ganz zur Tante zogen. Meine Cousine hätte überhaupt keine Kinder kriegen sollen. Ich erschrak. So dachte ich nicht wirklich. Mutter schwieg und wartete auf meine Reaktion, und ich erriet, dass sie wieder meinen psychischen Zustand prüfen wollte. Sie hatte die Kinder nicht erwähnt, weil sie vermutet hatte, dass ich von solchen Dingen nichts hören wollte, und so war es ja auch. Wenn alles anders verlaufen wäre, dann hätte ich beobachtet, wie mein Sohn mit den Kindern meiner Cousine spielte. Oder – hätte ich das wirklich? In Saporischschja gab es angeblich ein Containerlager für Kriegsflüchtlinge aus dem Donbass. Ich bin nicht sicher, ob ich einer solchen Versuchung hätte widerstehen können, Gelegenheiten, die der Krieg mit sich brachte. Ob ich mein Kind nicht vielleicht in die Obhut meiner Mutter gegeben hätte, so wie meine Cousine. Ob ich zusammen mit den internationalen Wohltätigkeitsorganisationen in den Lagern herumgewuselt wäre und die an Zuckerwürfel erinnernden Container abgeklappert und die darin wohnenden Mädchen begutachtet hätte. Die Mietpreise waren gestiegen. Arbeit würde es nicht für alle geben. Mehr als eine Million Menschen hatten ihr Zuhause verlassen müssen. Ich würde Berechnungen anstellen. Arbeit anbieten. Reich werden. Mädchen und ihre Familien retten.

»Müssten die Kinder nicht schon schlafen?«

»Sie wollen nicht. Gerade habe ich ihnen gesagt, wenn sie nicht schlafen wollen, dann bleiben sie morgen zu Hause. Boris hat versprochen, ihnen morgen früh die Kontrollpunkte an den Brücken zu zeigen. Der Ältere möchte schon Kämpfer werden.«

»Oleh hätte erst in der Ukraine zum ersten Mal Waffen gesehen«, sagte ich und gab mir Mühe, die richtige Zeitform zu finden.

»Die Kontrollpunkte sind ein kleines Zugeständnis. Ansonsten bemühen wir uns, das Fernsehen und die Nachrichten auf ein Minimum zu beschränken.«

»Hilft das?«

»Was meinst du wohl? Gestern haben sie sich ein ureigenes Putin-Lied ausgedacht, und das haben sie den ganzen Tag gegrölt.«

Wir lachten einmütig. Ich war zufrieden mit meinem Gekicher. Es wirkte glaubhaft, Mutter setzte ihr Geplauder etwas sorgloser fort und erzählte mir einen *Watnik*-Witz, den sie gerade von der Tante gehört hatte. Ich durchschaute, dass sie mich lachen hören wollte. Je mehr sie ins Plappern verfiel, desto schwieriger wurde es für mich, ihr zu folgen. Unversehens hatte ich mich meiner Heimatgegend genähert. Vor mir zeichnete sich die vertraute Bushaltestelle ab, die vertrauten Geschäfte, der vertraute Kiosk, die vertrauten Ebereschen, die vertrauten Autos auf dem Parkplatz. Ich warf einen Blick auf meine Fenster, als könnte man dahinter etwas sehen. Auf der Straße trieb sich niemand herum, ebenso wenig im Eingangstor. Das Licht im Treppenhaus war nicht kaputt, der Fahrstuhl funktionierte. Mutters Gemurmel in meinem Ohr dauerte an. Das Türschloss ließ sich leicht öffnen. Drinnen war es still. Kein Weinen von Oleschko. Keine Spur von deinem Duft. Nur oberflächlich kontrollierte ich die Wohnung. Alles wirkte so, wie es sein sollte. Die Wasserkanne war auf dem Fensterbrett stehen geblieben, nachdem Mutter vor ihrer Abreise wie versprochen die Blumen gegossen hatte, und daneben ragte die Aloe auf, die ich aus einem von Mutter mitgebrachten Ableger gezogen hatte, damit ich etwas gegen Schnupfen hatte. All der Kram, den Mutter mitgebracht hatte, einschließlich der Aloe, hatte mich geärgert, und ich hatte wegen keiner Krankheit irgendwelche Stücke daraus geschnitten. Trotzdem vertraute Mutter mehr darauf als auf die Mittel aus der Apotheke, obwohl ich ihr gesagt hatte, dass hier nur Medikamente verkauft wurden, die halten, was sie versprechen, und die man beruhigt einnehmen konnte, weil ihre Qualität überwacht wurde. Mutter hatte geschnaubt und etwas von den hohen Preisen in Finnland gemurmelt, aber ihre zweifelnde Miene hatte mich daran erinnert, wie schwierig es ist, nach einem Betrug das Vertrauen wieder aufzubauen.

Ich beendete das Gespräch, und dann kam mir der Gedanke, es könnte das letzte gewesen sein, das ich mit Mutter geführt hatte. Vielleicht hätte es etwas anders verlaufen sollen. Auf ihre alten Tage könnte Mutter bemerken, dass sie eine kinderlose Frau war, anstatt eine Großmutter wie die anderen Frauen im Dorf. Als ich mit dem Jungen schwanger war, hatte ich darüber nachgedacht, ob Mutter das Baby nehmen würde. Die Arbeitssuche kostete Zeit, und die Lebenshaltungskosten in Finnland machten mir Angst, ganz zu schweigen von meinen Verfolgern. Ich stellte mir vor, dass Oleschko es bei meiner Mutter besser haben würde. Ich stellte mir vor, wie der Junge auf der Fahrt zur Donau die Pelikane sehen und wie Boris mit ihm angeln gehen würde. Dennoch wusste ich, dass diese Träume unerfüllbar waren, und ich wusste auch, wie letztlich alles enden würde. Die Nachricht würde sich schnell verbreiten. Die Menschen würden anfangen zu reden, dass bei meiner Mutter aus dem Nichts ein kleines Kind aufgetaucht sei, das ebenso dunkles Haar hatte wie du, das deine Augen hatte und offensichtlich auch dein burjatisches Blut, und du würdest es holen, und es würde der Sohn seines Vaters sein. Oleschko würde auf demselben Friedhof begraben werden wie sein Onkel und sein Vatersvater und wahrscheinlich zu jung sterben, genau wie sie.

Einmal besuchten wir am Todestag deines Vaters sein Grab. Sein in Granit gemeißeltes Porträt war das erste Bild, das ich von ihm sah. Ich hatte mir nicht vorstellen können, dass die Arbeit eines Steinbildhauers so lebendig wirken konnte. Dein Vater hätte jeden Moment aus dem Stein heraus zu uns treten können, und ich erwartete fast, dass er uns begrüßte und dich fragte, wen du ihm vorstellen wolltest. Ich bin wohl sogar rot geworden, so als wäre ich an einen Wahrsager geraten, der Herzensangelegenheiten klärte, und einen Augenblick lang stellte ich mir vor, du seist hierhergegangen, um den Segen deines Vaters für unsere Beziehung einzuholen. Wir setzten uns auf die steinerne Bank, du schenktest für deinen Vater ein Glas Schnaps ein, und ich nahm einen ordentlichen Schluck direkt aus der Flasche. Es kam mir so vor, als musterte er uns, er sah uns, rauchte mit uns, und nur der Rauch fehlte an der Zigarette, die zwischen seinen Fingern hing.

Dein Vater trug einen Zweireiheranzug mit scharf gebügelten Hosen, und hinter ihm prangte das sorgfältig gemeißelte Logo von *Audi*. Außer dem *Audi* umgaben ihn Zwiebeltürme, eine den Dnepr überspannende Brücke sowie ein Tisch, der sich unter dem Gewicht von Weinflaschen, Champagner und Schalen mit Früchten bog. Die Weintrauben, die aus den Schüsseln heraushingen, streiften das Tischtuch. Die Grabstätte lag am Weg in der Reihe der stattlichsten Grabsteine, und dein Vater schaute uns so direkt an, dass ich wegsehen musste. Einige Reihen weiter sah ich eine in Granit verewigte Frau, die eine Pelzstola trug, und daneben ein ihr sehr ähnlich sehendes Mädchen mit wehenden Haaren in Minirock und Stiefeln mit Bleistiftabsätzen. Auf dem Friedhof gab es überraschend viele junge Frauen, oder es kam mir nur so vor. Ich wandte mich wieder dir zu und packte aus der Tasche Hühnerkeulen und die Lieblingsspeise deines Vaters, Weinblattrouladen, aus. Du schenktest deinem Vater ein zweites Glas Schnaps ein. Ich hatte schon genug gesehen, um zu verstehen, in was für einer Gesellschaft dein Vater ruhte. Er befand sich in der Gesellschaft, die mein Vater erstrebt hatte und in die er auch gelangt wäre, wenn er cleverer gewesen wäre. Oder mehr Glück gehabt hätte.

Die Grabstätten all dieser prominenten Männer waren gut gepflegt, die Chrysanthemen üppig, Kunststoffblumen gab es nicht. Jemand kümmerte sich darum oder zahlte für die Grabpflege. Ich dachte an die Mütter, Töchter, Ehefrauen, Schwestern, Schwiegertöchter und Geliebten der vorzeitig ums Leben gekommenen Männer und Söhne, all die Frauen, die in die Stadt der sich gleichförmig wiederholenden Grabsteine kamen, um ihrer Toten zu gedenken. Ich hatte mich jetzt dieser Schwesternschaft angeschlossen, wenn ich auch den Geschmack derjenigen nicht verstand, die die Porträts bestellt hatten. In vielen der muskel- und faltengetreu gehauenen Bilder war alles enthalten, was den Verstorbenen wichtig gewesen war: der *Mercedes*, schwere Aschenbecher aus Glas, Wodka- und Champagnerflaschen, Goldketten, schwere Armbanduhren, *Nokia*-Handys auf dem Tisch oder am Ohr. Einige der Verstorbenen trugen einen modischen Anzug, andere Lederjacke und Jeans, ein Dritter einen Trainingsanzug von *Adidas*. Auf den T-Shirts prangten die Logos von *Nike* oder Slogans wie »Two things every American should know – neither of which are taught at school«, und zwischen den Textreihen gab es die Bilder einer Waffe und der Bibel. Den Hintergrund bildeten Zwiebeltürme, Helme und Motorräder. Eigene Grabsteine gab es für die Autos bereits vermoderter Männer samt den genau vermerkten Nummernschildern. Diese den Fahrzeugen gewidmeten Steine waren klein, aber die ihrer Besitzer entsprachen anscheinend deren Größe zu Lebzeiten, und das ließ die Bilder noch lebendiger erscheinen.

Ich nahm mir eine Hähnchenkeule und biss hinein, um die Stille mit Aktivität zu erfüllen. Ich wagte nicht, nach dem Schicksal deines Vaters zu fragen, geschweige denn danach, wer das auf dem Grabstein verewigte Bild ausgewählt hatte. Denn ich dachte, dass du Genaueres erzählen würdest, wenn dir danach war. Schließlich stürztest du noch ein Glas hinunter und schicktest dich an, das nächste Grab aufzusuchen. Wir waren also nicht nur wegen deines Vaters hier – das überraschte mich.

Ohne zu fragen, folgte ich dir, und unterwegs sah ich weitere steinerne Frauenporträts. Bei einem Mädchen in hautengen Hüftjeans musste ich stehen bleiben, wobei ich so tat, als wäre mir etwas runtergefallen. Ihr Top mit den Spaghettiträgern ließ den Nabel unbedeckt, über der Schulter hing ihr eine mit Metallnieten verzierte Tasche mit kurzem Riemen. Die Sterbedaten begannen vor meinen Augen zu tanzen. Obwohl ich mich bemühte, nicht nach ihnen zu sehen, zogen sie meinen Blick an wie ein Magnet, besonders wenn es sich um eine weibliche Verstorbene handelte. Zwanghaft musste ich ihr Alter errechnen, bei jeder einzelnen. Hinter einem jungen Mädchen, das dem Betrachter seine schlanke Taille darbot, ragte das Porträt eines älteren Ehepaars hervor, und ich fürchtete, gleich in Tränen auszubrechen.

Mir fielen die verwelkten Blumen ein, die ich neben dem Grab deines Vaters vergessen hatte, und sagte, ich wolle sie in den Müll bringen. Ich würde auch noch Wasser zum Gießen holen und gleich hinterherkommen. Tatsächlich wollte ich zurück auf den Weg, in die Sonne. Als ich dort ankam, wandte ich das Gesicht zum Licht, korrigierte die Umrandung meiner Augen und bemühte mich, das Grab des betagten Ehepaars zu vergessen, das ich hinter dem toten Mädchen mit dem kurzen Top bemerkt hatte. Mir war nicht klar, was mich an dem unbekannten Ehepaar so rührte. Der Mann hatte gewirkt wie ein Mitglied des Parteikomitees. Von der Frau konnte ich mir vorstellen, dass sie wichtige Papiere abgestempelt hatte und in ihrem Mantel mit Persianerkragen zu Versammlungen geeilt war. Trotz der Starrheit ihrer Mienen neigten ihre Köpfe sich zueinander, und etwas in dieser Haltung erinnerte mich an ein Neujahrsfest, das mit der ganzen Familie gefeiert worden war, und an fröhliche Geburtstagsfeste, auf denen das Ehepaar gemeinsam fotografiert worden war und deren Stimmung der Nachwuchs hatte vermitteln wollen, indem er genau so ein Foto für den Grabstein auswählte. Die Größe des Steins sprach von Reichtum und Liebe. Dennoch gehörten die Grabstellen der vordersten Reihe jetzt anderen.

Ich fand dich bei einem Grab, wo ein Schönling in engem T-Shirt mit prallem Bizeps vor einer *Chruschtschowka* stand.

Das T-Shirt trug den Aufdruck »This is my peace«, und unter dem Text war ein Visier abgebildet. Daneben kokettierte wieder ein verstorbenes Mädchen, das seine Formen zur Schau stellte. Ihr Familienname war derselbe wie der des jungen Mannes. Derselbe wie deiner.

»Mein Bruder«, sagtest du. »Und seine Frau.«

Ich hatte nicht gewusst, dass du einen Bruder gehabt hattest, und der eine Frau. Wir setzten uns auf die Steinbank. Ich konnte keinen Bissen anrühren. Andere besuchten die Familie des Erwählten ihres Herzens zu Hause, ich kam zum Abendessen der Familie in ein Totenhaus.

»War dieses Foto dein Favorit?«

»Nein, ich hab kein anderes gefunden«, antwortetest du. »Andererseits ist mein Bruder darauf gut getroffen.«

Ich ergriff das Glas, das du mir reichtest, und leerte es. Vielleicht war das Schicksal deiner Schwägerin dasselbe gewesen. Dass es keine anderen Fotos von ihr gab. Ich verstand nicht, wie das möglich war. Dass der Tod einen Menschen so böse überraschen konnte, obwohl er in einer Welt lebte, in der der Tod immer gegenwärtig war.

»Es war ein Hinterhalt«, sagtest du. »Sie waren unterwegs zum Flughafen. Alle, die in dem Auto saßen, wurden erschossen.«

Alle bedeutete: dein Vater, dein Bruder und seine Frau. Nach dem Hinterhalt hattest du den Platz deines Vaters als rechte Hand von Veles geerbt. Erst jetzt wurde mir bewusst, dass der Todestag des Ehepaars derselbe war wie der deines Vaters. Ich hatte ein seltsames Gefühl von Unwirklichkeit. Die Details der Grabsteine wurden nebelhaft, und ich wollte mir einreden, das käme vom Alkohol.

»War der Sarg bei der Trauerfeier offen?«

Du schenktest wieder drei Gläser voll für uns und deinen Bruder.

»Mein Cousin starb in Afghanistan, und meine Tante bekam nur einen versiegelten Zinksarg nach Hause«, fügte ich eilig hinzu. »Das war hart für sie.«

»Ihnen war in die Brust geschossen worden.«

»Allen?«

Trotz deiner Worte sah ich nur drei kopflose Leichen, und gegen diesen Anblick half auch kein Trinken. Ich erinnerte mich an einen Albtraum, von dem du einmal erwacht warst. Damals hattest du mir keine Erklärung geben wollen für den kalten Schweiß auf deiner Haut.

Vielleicht war dies der Grund gewesen.

»Du magst bestimmt keine Friedhöfe.«

Ich schrak zusammen sowohl von deiner Berührung als auch von deinen Worten und beeilte mich zu erklären, dass ich nicht daran gewöhnt war, Gräber zu besuchen. Meine Verwandtschaft lebte ja ziemlich verstreut. Meine Hände umklammerten krampfhaft die Ränder der steinernen Bank. Ich legte sie in den Schoß und versuchte, mich zu erinnern, wie man entspannt posierte.

»So war die Zeit nun mal«, sagtest du.

Ich kannte die Zeit und war nicht sicher, ob sich inzwischen etwas verändert hatte.

»Habt ihr erfahren, wer der Schuldige war?«

»Natürlich.«

»Was geschah dann?«

»Wir haben es ihm mit gleicher Münze heimgezahlt. Veles macht nie halbe Sachen. Alexej ist von diesem Job in Rente gegangen.«

Ich hatte oft über Alexej nachgedacht, über seine Familie und seine Frau, eine muntere Georgierin. Alexej hatte es immer eilig gehabt, zu dem von ihr bereiteten Abendessen zu kommen. Seine älteste Tochter wollte Psychologie studieren, und im Sommer wurden alle Kinder unter Aufsicht der Eltern zu Sprachkursen nach England geschickt. So ein Leben war möglich. Alexej war der Beweis dafür.

»Was macht Alexej?«

»Nach seiner Verrentung kam er für weniger stressige Arbeiten zu uns. Der Lohn ist gut, damit ernährt er die Familie, und es bleibt noch etwas übrig. Kinder und Frau sind zufrieden.«

Du nahmst mich bei der Hand.

»Lass uns später über diese Dinge sprechen.«

Als wir den Friedhof verließen, reichtest du mir eine Mappe und fragtest mich nach meiner Meinung über den Künstler, dessen Arbeiten die Mappe enthielt.

»Was meinst du, wäre dies der richtige Maler für ein Porträt des Chefs? Veles möchte ein neues Bild von sich in Gesellschaft des Metropoliten und auch von seinem Hund«, sagtest du.

Ich blätterte die Mappe durch. Gegen Ende fanden sich Beispiele für die Art des Künstlers, Tiere darzustellen. Du erzähltest von Veles' Hund, der nicht irgendein beliebiger Köter war, sondern die Kreuzung eines Huskys und eines turkmenischen Schakals. Er konnte Bomben und Drogen besser erschnuppern als je ein anderer Hund.

Ich konnte mich nicht konzentrieren. Ich murmelte etwas und überlegte, ob dein Chef den Künstler kennengelernt hatte, als er für seine Männer die Grabsteine bestellte, von denen es in der Mappe mehrere Beispiele gab. Was für ein Mensch gravierte Logos von Modemarken in Grabsteine? Auf den Modellsteinen waren Fotos von Angelina Jolie und Brad Pitt verwendet worden, und die Jahreszahlen waren aus dem 18. Jahrhundert, so als wollte der Künstler seine Kunden den nahenden Tod vergessen machen. Alle Bilder erschienen mir allmählich wie Kopien von einander. Mir kam der Gedanke, dass, sollte ich dich unerwartet verlieren, dein Grab genauso aussehen würde. Ich besaß von dir kein Foto, das von dir irgendetwas erzählen würde, woran ich dich erkennen könnte.

Sonst sprachst du kaum je über deine Familie, aber einmal flüsterte Maria Kirillowna mir ins Ohr, dass du dich noch immer nicht von der Tragödie erholt habest und dass du deshalb weder eine Frau noch Kinder habest. In deinem Leben sollte es keine Schwachstellen geben. Ich nahm die Worte der Frau deines Chefs als Zeichen dafür, dass ich mir nur ja nichts einbilden sollte. Einen Augenblick lang wollte ich das auch nicht. Trotzdem vergaß ich bald das Gesicht der Frau deines Bruders auf dem Grabstein, und bald dachte ich überhaupt nicht mehr an sie. Vielleicht war ich noch nie richtig verliebt gewesen und wusste deshalb nicht, dass das so beglückend sein konnte. Dass es sich so anfühlte, als würde ich ewig leben, als wäre mein Herz unsterblich. Deshalb fürchtete ich mich nur manchmal, nur, wenn ich allein war, aber in deiner Gesellschaft fürchtete ich mich nie.

Ich nahm Mutters Suppe aus dem Kühlschrank. Bevor sie zum Flughafen gefahren war, hatte sie den Schrank gefüllt. Die *Syrniki* und *Waréniki* würden sicherlich für eine Woche reichen, von allem gab es zu viel für eine einzige Person. Auf dem Tisch fand ich einen Zettel, auf dem sie ihren Kocheifer verteidigte: Sonst hätte ich den Quark vergessen, den sie schon so sorgfältig hatte abtropfen lassen. Mutter hatte immer dessen finnische Variante bemäkelt, die ohne Vorbehandlung zu nichts taugte, und trotzdem war das Ergebnis schwach. Mutters ständiges Genörgel während ihrer Anwesenheit hier hatte mich geärgert. Als wäre ich für die unmöglichen Verhältnisse in der Küche verantwortlich. Dennoch fehlten mir ihre Ratschläge, die Klage, dass sie den Fettgehalt der als Quark bezeichneten Pampe nicht erhöhen konnte, ihr Gemecker über die gesalzene finnische Butter und die miserablen Gurken. Ich sehnte mich nach ihrem alltäglichen Genörgel, weil es den Klang ihrer Stimme hatte. Den Klang nach Zuhause.

Die Nachricht, an deren Ende Mutter mich aufforderte, alles einzufrieren, was ich nicht innerhalb von zwei Tagen aufessen würde, zerknüllte ich. Es war nicht sicher, ob ich dann noch am Leben sein würde. Mein Hunger verschwand. Ich schob den Kochtopf zurück in den Kühlschrank und nahm das Telefon zur Hand. Noch einmal hörte ich die Nachricht von Daria auf meinem Anrufbeantworter ab. Sie hatte mehrmals angerufen, aber ich hatte mich nicht bei ihr gemeldet. Ich wollte nicht den Streit fortsetzen, den sie mit der Erwähnung der Beerdigung meines Vaters und Maxim Sokolows angezettelt hatte, bevor ich das Hotel verließ. Ich erschrak, als mir bewusst wurde, dass das erst gestern gewesen war und nicht vor einer halben Ewigkeit. Darias Stimme in meinem Ohr hatte einen lockenden Ton, und sie sagte, sie wolle mit mir über das Programm der nächsten Tage sprechen und in einer wichtigen Sache meinen Rat erbitten. Anscheinend hatte sie unseren Streit vergessen, an den auch ich nicht mehr denken wollte, und ihre versöhnlichen Worte erinnerten mich an die

Daria, die ich gekannt hatte. Würde sie mir endlich den Grund für ihr Auftauchen erzählen, wenn ich morgen in den Park ginge, wie sie es hoffte?

Ich griff in die Manteltasche. Die Schlüsselkarte von Darias Hotelzimmer war immer noch da. Für alle Fälle hatte ich sie behalten und darauf vertraut, dass Daria vermuten würde, sie habe sie verloren, als sie betrunken gewesen war. Wenn es nötig wäre, könnte ich sie mühelos überraschen. Das wäre mein letzter Ausweg. Ich musste schließlich die Hotelkameras berücksichtigen.

Unversehens überkam mich ein Schluchzen. Daria klang wie eine Freundin.

»Wir haben Zeit zum Reden. Es dauert noch eine Weile, bis die Familie kommt.«

Daria wirkte nicht wie sonst, aber auf ihren Wangen schimmerte etwas Vertrautes. Etwas wallte auf in mir. Vielleicht war es das Lächeln oder wie sie sich mir dabei zuwandte wie in der guten alten Zeit und einladend auf die Parkbank neben sich klopfte. Ich setzte mich zu ihr und öffnete den Reißverschluss meiner Jacke. Dabei erinnerte ich mich an unsere alte Freundschaft und hoffte, auch Daria käme die Erinnerung, wenigstens teilweise, wenigstens eine Spur davon. Gemeinsam würden wir alles lösen können, Daria und ich, so wie früher.

»Der Japaner ist alt geworden, nicht wahr?«

Ich hatte mich geirrt. Daria hatte mich beschwindelt. Ihre versöhnungsbereite Nachricht war eine Täuschung und ihr Lächeln Schauspielerei gewesen. Die Bank war gar nicht warm.

Sie war kalt, daran klebte Kaugummi, darunter lag Müll, und das Wetter hatte den Lack zerfressen. Daria leckte einen Blutstropfen von ihrer aufgesprungenen Lippe und neigte sich zu mir. Sie ergriff mein Tuch, wickelte es sich ums Handgelenk und zog daran.

»Einem Mann beschert das Alter nur Charisma. Willst du gar nicht nach deinem Japaner fragen?«

Daria überraschte mich damit, dass sie dich zur Sprache brachte und dich bei dem Namen nannte, unter dem du in eurer Welt bekannt warst. Ich begriff nicht, worum es ging. Du und ich, wir gehörten nicht in die Gespräche zwischen Daria und mir. Ich hatte mit ihr nie über dich gesprochen, und das würde ich auch jetzt nicht tun. Ich wollte ihr nicht meine Sehnsucht offenbaren. Obwohl ich um jeden Preis etwas über dich hätte erfahren wollen.

»Versuch gar nicht erst zu behaupten, du hättest nicht überlegt, ob dein Japaner eine neue Frau und eine Familie hat«, sagte Daria. »Du hast in meinem Handy keine Fotos von ihm gefunden, weil er mich nicht interessiert. Das bedeutet aber noch lange nicht, dass er die letzten Jahre einsam verbracht hätte. Oder glaubst du, ich hätte nicht bemerkt, dass du meine Fotos durchgesehen hast?«

Das glaubte ich nicht, aber ich sagte nichts, rückte nur etwas von Daria ab und zog die Halbfingerhandschuhe an. Gleich würde die Familie kommen und das peinliche Gespräch enden. Verstohlen wollte ich nachsehen, wie spät es war, und zog den Ärmel zurück. Aber mein Handgelenk war leer. Mir fiel ein, dass ich vor dem Treffen mit Daria die Uhr in die Tasche gesteckt hatte. Das Grinsen, das auf ihrem Gesicht erschien, wenn sie den antiken Gegenstand sah, auf dessen Rückseite *Сделано в СССР* stand und dessen Armband der

Erneuerung bedurfte. Bei der Arbeit war diese Uhr jedoch praktisch. Ich überlegte, wie viel Zeit vergangen sein mochte. Nicht mehr lange. Noch einmal zerrte Daria an meinem Tuch. Trotzdem schwieg ich, zählte die Sekunden und versuchte zu vergessen, dass Daria jetzt mehr über dich wusste als ich: dass sie damals blieb, als ich ging, und dass sie über Informationen verfügte, die für mich wertvoll waren. Dass sie mich auf diese Weise foltern konnte, setzte einige Erfahrung mit Sehnsucht voraus. Ich weiß noch, wie das Getratsche der Frauen über ihre Männer mich seinerzeit gequält hatte, und deshalb hatte ich Daria zu verstehen gegeben, dass ich niemanden hatte. Für unsere Agentur war es das Beste, wenn unsere Mädchen keine Kavaliere am Hals hatten, und Daria hatte immer den Eindruck gemacht, dass sie mit ihrer Freiheit zufrieden war. Oder hatte sie sich nur bemüht, es mir recht zu machen? Vielleicht war ich nicht die Einzige gewesen, die beim Anblick der in Dnipro herumfahrenden frisch getrauten Paare nervös geworden war. Man entkam ihnen nicht, und sie ließen sich durch nichts aufhalten, weder von einer Revolution noch von einer Pandemie. Zur Not wurden die Hochzeitsfotos auf den Barrikaden oder mit Masken vor dem Gesicht gemacht. Was, wenn auch Daria die kitschig posierenden, turtelnden Paare verabscheut hatte? Als sie mit ihren Sticheleien fortfuhr, fühlte ich mich bestätigt.

»Dein Japaner hat Geld und Macht«, sagte sie. »So ein Mann ist für Frauen unwiderstehlich.«

Daria senkte die Stimme, als sie sich wieder mir zuneigte. Um dich herum waren angeblich scharenweise Seelentrösterinnen erschienen. Der ledige, kinderlose Mann war verlockend gewesen, zumal von der früheren Geliebten bald nichts mehr übrig sein würde als ein nasser Fleck. Dessen waren sich alle sicher. Ich hatte ja kaltblütig den Sohn deines Chefs umgebracht, was sonst hätte die Folge sein können?

»Es wurde gemunkelt, du seist in Viktor verliebt und habest es nicht ertragen, dass er seine Frau nicht verließ. Lada half dabei, diese Theorie zu verbreiten. Alle wussten, wie nahe ihr, du und Viktor, euch standet. Ich habe dem Japaner natürlich die Wahrheit erzählt.«

»Die Wahrheit?«

»Dass ihr nur einen Flirt hattet.«

Solchen Klatsch konnte ich mir nicht vorstellen. Nach meiner Flucht hatte ich Nachrichten über Viktors Tod gesucht, und die Presse hatte merkwürdig lange darüber geschwiegen, als hätte niemand so recht gewusst, was und wie es erzählt werden sollte. Schließlich war der Fall zu meiner Verblüffung als Folge eines Krankheitsanfalls auf der Datscha der Familie erklärt worden. Es hatte eine prachtvolle Beerdigung gegeben, und am nächsten Totengedenktag waren die Reporter der trauernden Witwe und dem kleinen Krawez zu Viktors Grab gefolgt. Es hatte ein großes Menschengedränge geherrscht, wie immer an diesem Tag. Der Friedhof war derselbe wie der, auf dem dein Vater beigesetzt worden war, und ich hatte erwartet, dich in den Nachrichten oder auf den Pressefotos zu sehen, wie du ein Glas auf deinen Bruder leertest und eine Schachtel Zigaretten auf seinen Grabstein legtest. Aber ich hatte dich nicht gesehen. Trotzdem warst du irgendwo in der Nähe, irgendwo in der Nähe der Witwe, dessen war ich mir sicher, und ich war deswegen eifersüchtig.

Daria ließ mein Tuch nicht los. Ich wusste sehr wohl, dass dieser Schal, den ich vor langer Zeit in München auf dem Flughafen gekauft hatte, nicht zu meinem Arbeitskittel passte. Anscheinend konnte Daria nicht genug davon bekommen, ihn zu befingern. Sie schüttelte den Kopf darüber, dass das Tuch nicht zu meiner Kleidung passte, und analysierte gleichzeitig die Eigenschaften deiner verschiedenen Frauen. Viele waren elegant gewesen. Brünette, Rot- und Dunkelhaarige. Angeblich keine Blondinen. Keine, die auch nur im Entferntesten an mich erinnert hätte. Eine schrägäugige Moskauerin, eine langbeinige Polin, zwei Aserbaidschanerinnen mit dunklen Brauen und eine Armenierin mit atemberaubenden Formen. Sogar die Miss Russland, die die Russen wegen ihrer ethnischen Herkunft zur Weißglut gebracht hatte, weil sie zur Hälfte Tatarin war.

»Ich denke mir das nicht aus«, sagte Daria. »Ich hab sie mit eigenen Augen gesehen. Eine prachtvolle Erscheinung. Ich bin diesen Leuten ständig begegnet, nachdem unsere Agentur in neue Räume gezogen war, die gegenüber vom Hauptquartier der Krawezens lag. Einmal hörte ich, wie dein Japaner sich mit der Miss Russland zum Abendessen im *Mimino* verabredete. Das war ja wohl sein Lieblingsrestaurant in Dnipro, oder?«

Daria zupfte anzüglich an meinen Haaren und drückte mir ihre Finger in den Bauch, als wollte sie meine Taille messen. Auch ohne Darias Gestocher wurde mir bewusst, dass es ein Fehler gewesen war, aus dem alten Koffer die Armanibluse hervorzuholen, obwohl ich zu Hause die Wahl meiner Garderobe noch als sicher empfunden hatte. In dieser Bluse hatte ich erfolgreiche Beratungen geführt und dich in Veles' Büro zum ersten Mal gesehen. Ich hatte gehofft, dass sich etwas von jenen Augenblicken mit dem Kleidungsstück auf diesen Tag übertragen würde.

»Du hättest hören sollen, was für Worte der Japaner verwendete, wenn er von dir sprach«, lachte Daria. »Was kann man auch anderes erwarten, wenn einen der nächste und liebste Mensch betrügt.«

Ich biss auf den brutal dicken Filter der Zigarette, bis ich ihn abriss. Meine Erscheinung konnte ich nicht einmal mit den Slim-Zigaretten aufbessern, die Mutter mir aus der Ukraine mitgebracht hatte, die waren schon alle. Lange hielt ich den Rauch in der Lunge zurück und spürte dem Stechen des Nikotins auf der Zunge nach. Gleich würde Daria es satthaben. Die Familie würde kommen. Einen Augenblick lang musste ich es noch ertragen. Was kümmerte es mich, wie viele Brünette um dich herumscharwenzelt waren.

»Dein Atem klingt aber nicht gut«, bemerkte Daria.

»Die Zeit der Blütenpollen, daran liegt es.«

»Du klingst wie Ladka, als sie ihre Medikamente nahm.«

Ich erinnerte mich an keine Ladka. Oder sprach Daria von Lada Krawez? Benutzte sie auch von dieser Frau den Kosenamen? Hatten sie sich während des zweiten Prozesses tatsächlich angefreundet? Die Auswirkungen der Medikamente gingen Daria eigentlich nichts an. Einen Augenblick schluckte ich und bewegte die schmerzenden Füße. Wieder senkte Daria die Stimme, ihr vertraulicher Ton erzeugte bei mir einen üblen Geschmack im Mund, als hätte ich verdorbene Milch getrunken.

»Ladka und dein Japaner standen sich sehr nahe. Man hätte fast meinen können, sie seien ein Liebespaar. Darum ging es jedoch nicht. Es war Freundschaft. Wahre Freundschaft. Ohne deinen Japaner wäre Ladka nach Viktors Tod zusammengebrochen. Die junge Witwe und ihr kleiner Sohn. Hast du gehört, dass der Japaner der Patenonkel des zweiten Kindes wurde? Ach, wo solltest du das denn gehört haben.«

»Du scheinst mächtig auf die Zuneigung deiner Ladka zu

vertrauen«, sagte ich. »Was glaubst du, wie viel sie dir nützen würde, wenn sie erfährt, dass du ihren Sohn heimlich fotografiert hast? Ich hab die Fotos gesehen. Ich hab die Fotos von deinen Kunden gesehen. Dir ist ja wohl klar, dass jemand von ihnen schon im Büro angerufen hat? Dir ist ja wohl klar, dass du gesucht wirst? Sicherlich hat einer der Kunden dich schon bemerkt.«

»Was würde die Agentur denn zu tun wagen?«, fragte Daria verblüfft. »Bist du völlig blöd? Was meinst du wohl, woher ich die Adressen aller meiner Kunden habe? Was denkst du denn, wie ich auf die Spuren meiner Kinder gekommen bin?«

»Sie haben dich zur Koordinatorin gemacht.«

Natürlich, so war es. Diese Erkenntnis erhellte meine Gedanken so wie die Stirnlampe des Hauers die Dunkelheit. Darias Gerede über die täglichen Mittagessen in der Nähe eures Büros war nicht aus der Luft gegriffen. Daria kannte die Namen und Adressen ihrer alten Kunden, weil sie Zugang zur Datenbank und deshalb auch die Macht gehabt hatte, die Anonymität einer jeden darin erfassten Person zu brechen. Auch meine.

Daria beobachtete, wie der Gedanke in mein Bewusstsein drang, und es war ihr offensichtlich ein Fest.

»Jeder x-Beliebige hätte diesen Sachverhalt längst begriffen. Nur du nicht«, lachte sie. »Ich muss schon sagen, dass ich überrascht war, als ich deinen Namen unter den Spenderinnen fand. Du hast dich immer so aufgespielt, als wärst du etwas Besseres als wir Mädchen. Ich hätte nicht gedacht, dass unsere Kinder Geschwister sind.«

»Es sind nicht unsere Kinder.«

»Hör doch auf. Wieso solltest du sonst diesen Park besuchen?«

Daria ließ meinen Schal los, breitete auf der Banklehne die Arme aus und wandte das Gesicht der untergehenden Sonne zu. Ihr Behagen war unverkennbar.

»Was würde deine Ladka sagen, wenn sie hören würde, dass du die Kinder deiner Kunden als deine eigenen bezeichnest? Glaubst du, sie würde dich dann immer noch vergöttern?«

»Wer sollte ihr das denn erzählen, du vielleicht?«

Der Gedanke amüsierte Daria. Sie hatte recht. Auf meine Worte würde niemand etwas geben. Ich holte meine Zigaretten hervor und versteckte meine abgenutzten Stiefel unter der Bank. Die Zigaretten hatte ich vorhin gekauft, wegen Daria. Die Selbstgedrehten wären ein weiteres Zeichen meiner Armut gewesen. Mit steifen Fingern riss ich den Filter ab. Das machte ich automatisch, trotz des Wimmerns, das aus meiner Lunge kam, als wäre dort eine Maus in die Falle geraten. Könnte Daria dem Jungen aus dem Hundepark etwas antun? Würde sie sich über den Jungen an mir rächen?

»Nicht mal dein Japaner würde auf dich hören. Und zwar auch dann nicht, wenn du ihn anrufen und alles ausplaudern würdest.«

»Das habe ich nicht vor.«

»Lüg nicht. Natürlich hast du darüber nachgedacht. Glaub mir, du bist nicht imstande, deine Taten ins Positive umzudeuten. Die Geschichten, die über dich erzählt wurden.« Daria schüttelte den Kopf. »Ladka wollte persönlich die Untersuchungen führen, das hat sie verlangt. Angeblich war das für sie der einzige Weg, über die Tragödie hinwegzukommen, und niemand hat es gewagt, sich ihr zu widersetzen, so wütend war die Witwe. Ich hab mal gehört, wie über dich gesprochen wurde, darüber, was sie mit dir anstellen würden, wenn sie dich zu fassen bekämen. Es war klar, dass dein Ende nicht kurz und schmerzlos sein würde. Es sollte sich ordentlich hinziehen. Nagel für Nagel, Haar für Haar, Auge für Auge. Kein sauberes Loch in die Stirn.«

Ich betastete meine Tasche: die Liste der guten Dinge, um derentwillen ich das Leben retten sollte, das ich mir hier aufgebaut hatte. Ich hatte immer noch Arbeit und ein Dach über dem Kopf. Der alte Mann, dem ich das Geld für Mutters Flugkarte gestohlen hatte, hatte meinen Chef nicht angerufen. Noch konnte ich das Aufwachsen meines Sohnes im Hundepark beobachten.

»Mein Eindruck ist, dass der Japaner dich mehr hasst als irgendjemanden sonst auf dieser Welt.«

Ich ließ den Glutkopf meinen Fingern entgegenwachsen, ihn in Ruhe deren Haut verbrennen, ich schloss die Augen und dachte an Odessa und an die Platanen, an deren vom Regen ölig glänzende Oberfläche, an deinen Atem in meinem Nacken. Ich dachte an die Zweige, die an jenem Abend am Fenster kratzten, an die Schatten der Kerzen an der Wand und schabte Farbe von der Parkbank. Sie war voll von den ewigen Monogrammen der Liebenden, mit wetterfesten Herzen drum herum. Einmal hatten wir auf einer ähnlichen Bank gesessen, die allerdings unter einer gewaltigen Eiche gestanden hatte, in deren Stamm es mehr Einritzungen gegeben hatte als in der Bank, und als wir nach oben blickten, sahen wir noch mehr davon. Jener Ort könnte der richtige sein für das Grab unseres Sohnes. Mit dem Wachsen des Baumes waren die Buchstaben breit gezogen worden, aber immer noch deutlich zu erkennen. Du schnittest unsere Initialen in den Stamm und drum herum ein Herz. Das Herz würde uns, ja sogar Jahrhunderte überdauern, so wie die Eichen, und wir würden uns ein Haus kaufen, in dessen Hof eine Eiche stand. Das sagtest du, und dieser

Augenblick war der glücklichste meines Lebens, obwohl ich wusste, dass in diesen Baum jeden Augenblick der Blitz einschlagen konnte.

Du kannst diese Eiche nicht vergessen haben, nicht Odessa und nicht all unsere gemeinsamen Augenblicke. Auch ich habe sie nicht vergessen.

Odessa
2008

Auf Anweisung meiner Chefin fuhr ich nach Odessa. Zwei Koordinatoren hatten die Nerven verloren bei einem amerikanischen Ehepaar, das in die Stadt kommen sollte, und meine Chefin hatte kein Zutrauen zum beruflichen Können der anderen. Darias Umzug in die Villa im *Silberblattwald* stand noch bevor, sodass ich mich der Aufgabe nicht verweigern konnte. Für einen Besuch war die Jahreszeit nicht die beste. Die Angelsaison war vorbei, aber immer noch machten Türken Jagd auf Ukrainerinnen, und auf der Potjomkinschen Treppe klickten die Kameras trotz Nebel und Regen. Dem Ehepaar, das ich zu betreuen hatte, machte das Wetter nichts aus. Zu seinen Plänen gehörte eine Großfamilie in flottem Tempo, und das Honorar würde dem entsprechen.

Am Abend war ich völlig erschöpft. Nachdem ich die Amerikaner bis zu ihrem Zimmer begleitet hatte, wollte ich meine Ruhe haben und schlich in Richtung Küche. Meine Chefin hatte den Einfall gehabt, eine Firma nach dem Vorbild der Büros für Romantikreisen zu gründen: Wir stellten Kunden Unternehmen unserer Branche vor und wurden dann auch an den Gewinnen der Konkurrenten beteiligt. Das Ehepaar gehörte zu den ersten Kunden des neuen Dienstes und zu den Leuten, die sich immer gleich verhielten, egal, ob sie nun Schuhe, Autos oder Kinder kauften. Außer den Leihmüttern und Spenderinnen befingerten sie sogar die Pflegerinnen, sie unterließen es gerade noch, an den Rocksäumen der Frauen nach einem Preisschild zu suchen. Mit der Beschwichtigung der verschiedenen Beteiligten und dem Dolmetschen hatte ich so viel zu tun gehabt, dass ich abends im Restaurant gar nicht zum Essen gekommen war.

Aus dem Kühlschrank holte ich mir einen Teller mit Speckscheiben. Die Flasche ließ ich stehen. Vielleicht würde das Ehepaar nachts erwachen und mich brauchen, entweder um Klarheit über eine unbedeutende Einzelheit zu bekommen, oder um seine Nerven zu beruhigen. Dann durfte ich nicht nach Schnaps riechen. Wir hatten eine Etage eines Palastes aus der Zarenzeit für die Mädchen und die Kunden instand gesetzt, und darum kümmerte sich eine resolute Hausdame, die dankenswerterweise die Schränke gefüllt hatte. Während ich den Dosenöffner in eine Kaviarkonserve drückte, hörte ich die entzückten Ausrufe des Ehepaars. Vermutlich hatten sie gerade das Badezimmer entdeckt, das den Geist des antiken Griechenlands atmete und mit Rosenblättern, ätherischen Ölen und einem Whirlpool aufwartete. Der war in dem Appartement installiert worden, als es noch von allein reisenden Junggesellen frequentiert wurde.

In der Küche hörte ich die Klingel nicht, und auch nicht, dass die Hausdame die Tür öffnete. Ich bemerkte dich nicht, bevor du auf der Schwelle standst und dir den Regen aus den Haaren wischtest. Meine Müdigkeit war wie weggeblasen. Auf Überraschungsbesuch war ich nicht vorbereitet. Meine Hände rochen nach Kaviar, ich wurde mir meiner nackten Haut, der unrasierten Beine, des Belags auf den Zähnen und meines dünnen Kimonos bewusst. Er war allzu dünn. Von deinem

Mantel tropfte es auf das Eichenparkett. Mit fettigen Fingern zog ich den Gürtel fester.

»Ich wollte dich nicht erschrecken.«

In diesem Moment ging überraschend das Licht aus, und mir entfuhr ein Aufschrei. Ich sah nichts, hörte nur deine Worte, dies sei nur ein Stromausfall, und du sprachst sie aus wie ein Mensch, der an unerwartete Situationen gewöhnt ist, und mit einer Stimme, beruhigend wie Abendtee, und nichts daran ließ erkennen, dass es um etwas anderes ging. Trotzdem hämmerte das Herz in meiner Brust, und meine Augen brauchten einen Moment, um sich an das Halbdunkel zu gewöhnen, bis ich allmählich deine Silhouette erkennen konnte. Du öffnetest Schranktüren, suchtest Kerzen, nahmst eine Untertasse aus dem Schrank und ein Feuerzeug aus der Jackentasche und sagtest, vermutlich sei das ganze Stadtviertel ohne Strom. Dein Gesicht sah ich erst, als du die Teller auf den Tisch stelltest, auf denen du die Kerzen mit geschmolzenem Stearin befestigt hattest. Deine Miene konnte ich nicht deuten. Die Flammen machten aus den hohen Wänden des Zimmers eine Kirche. Das Unwetter hatte den Verkehr und das Surren des Kühlschranks ersterben lassen. Die Zweige eines Baums, den der Blitz gespalten hatte, kratzten an dem Fenster zum Hof und erinnerten mich an meine Gäste. Ich sprang auf und hielt immer noch die Ränder meines Kimonos zusammen, als hätte ich kein Zutrauen zu meinem Gürtel.

»Wir haben amerikanische Kunden«, sagte ich.

Du musstest lachen, ich nicht. Mir fiel ein, wie das Ehepaar das Labyrinth von Kabeln beäugt hatte, das sich um die Eingangstür herum hinzog. Jedes Naserümpfen hatte mich irgendwie kleiner, niederer gemacht, und ich verstand nicht, warum sie sich mit einem solchen Genotyp zufriedengaben, wenn sie für alles andere nur Verachtung übrig hatten. Der Stromausfall würde am Frühstückstisch das Hauptthema der Gespräche sein.

»Ich sag der Hausdame Bescheid, dass sie ihnen Kerzen bringt.« Aber die tüchtige Frau war schon unterwegs, um die Amerikaner zu retten, und winkte mir vom Korridor her beruhigend zu. Ich setzte mich wieder hin und krallte die Zehen zusammen, die aus den Hausschuhen hervorschauten. Ich war schon ewig nicht bei der Pediküre gewesen. Jetzt wäre ich gern gegangen, um mich um die Kunden zu kümmern; dann hätte ich mir noch etwas anderes über oder unter den Kimono ziehen oder wenigstens die Zähne putzen können. Angestrengt suchte ich nach einem Vorwand, um die Küche verlassen zu können, aber mir fiel nichts ein.

»Ist etwas passiert?«, brachte ich heraus. »Wieso bist du in Odessa?«

»Die Chefin hat hier ein Treffen. Morgen fahren wir nach Dnipro zurück.«

Hinter meinem Rücken klirrte es. Du hattest die Flasche *Sarajishvili* gefunden. Ich wischte mir die Finger am Kimono ab, bevor ich das Glas ergriff, das du mir reichtest. Deine Gelassenheit sprach nicht von großer Eile. Wenn Prinzessin Krawez ein Problem hätte, dann hättest du mir das schon gesagt, und wir würden nichts trinken, geschweige denn Speckscheiben essen. Es ging ja wohl nicht um Snischne? Hattest du irgendwie von meiner Verbindung dorthin erfahren und wolltest selbst sehen, wie die Ratte versuchte, sich aus der Falle zu winden? In Gedanken sprach ich einige Gebete und hoffte, nicht jetzt, nicht heute, nicht diese Nacht. Ich betrachtete den auf dem Tisch schwitzenden Speck, und mir wurde übel. Der Speckhaufen, den die

Hausdame so geschickt auf dem Teller arrangiert hatte, sank in sich zusammen.

Die Zugluft löschte die Kerzenflamme. Du zündetest sie wieder an und schlossest die Küchentür. In der Stille war mein Schlucken deutlich zu hören. Mein Atem. Dein Atem. Der Wind. Und der Regen. Der *Sarajishvili*, der erneut in zwei Gläser floss. Das Knarren des Eichenparketts. Ich erkannte auf deinem Gesicht einen Ausdruck, den ältesten der Welt. Es war der, mit dem Männer zu jeder Zeit Frauen angesehen haben.

Am Morgen begleitete ich dich hinaus. Auf dem Bürgersteig lagen vom Sturm gefällte Verkehrszeichen, und die Stämme der Platanen glänzten immer noch vor Nässe. Die oberhalb der Toreinfahrt hängenden Kabel hatten sich in Kränze von Regenperlen verwandelt, und die den Boden bedeckenden herbstlich gefärbten Blätter leuchteten so intensiv wie ein Teppich auf dem Zugang zu einem Zirkus. Die Stadt war so still, als wäre sie nur für uns da. Ich kehrte nach oben zurück, trat auf den Balkon und sah dir nach, ohne zu ahnen, dass das zu einer Gewohnheit werden würde. Immer, wenn du von mir fortgingst, musste ich innehalten und deinem sich entfernenden Rücken nachschauen, weil es das letzte Mal sein konnte, dass ich dich sah.

Ich hatte mir vorgestellt, dass ich von Lada Krawez und ihrer Welt loskäme, indem ich den Prozess in der gewünschten Weise zum Abschluss brachte. Die frischgebackene Mutter würde im Kinderzimmer bleiben, ich würde ihr höchstens bei den Festveranstaltungen der Krawez-Stiftung begegnen, und allmählich würde ich mich auch von den damit verbundenen Verpflichtungen verabschieden können. Nach Odessa musste ich einsehen, dass mir das nicht gelingen würde, wenn ich dich behalten wollte.

Du warst Teil der Familie, und durch dich wurde auch aus mir ein Teil der Welt, für die sie standen, mit all ihren Begleiterscheinungen, deren schlimmste die mich ständig quälende Sorge war. Wenn ich einen Tag lang nichts von dir hörte, überlegte ich, ob dir etwas zugestoßen war. Wenn du trotz deines Versprechens nicht anriefst, fiel mir ein, wie Darias Mutter ihren Sohn verprügelt hatte, weil er nichts von der Doppelschicht im Bergwerk gesagt hatte. Ich dachte an eure Freundinnen, Ehefrauen, Mütter und Geliebten sowie an meine eigene Mutter und das Geräusch ihrer Hausschlappen, wenn sie nachts im Kreis herumlief. Ich fragte mich, wie sie überhaupt schlafen konnten und wieso nicht aus ihnen allen Trinkerinnen geworden waren. Mir kam der Verdacht, dass ich unter ihnen eine Ausnahme war. Dass mit mir etwas nicht stimmte, dass ich mich nicht zur Frau eines Soldaten eignete, so wie zum Beispiel Maria Kirillowna, die seit Jahrzehnten mit Veles verheiratet war. Sie beide waren immer noch am Leben. Nicht alle wurden in jungen Jahren Witwe, vielleicht sogar nie. Vielleicht war das auch mir möglich. Nichts hoffte ich mehr, denn du warst wie eine Sternschnuppe vom Himmel in mein Herz gefallen, als ich das am wenigsten erwartet hatte.

Dnipropetrowsk
2009

Darias Punktion war ein voller Erfolg, und ich fuhr zu Lada Krawez auf die Datscha, um ihr davon zu berichten. Es waren fünfzehn Eizellen entnommen worden. Ich erwartete, dass die meisten der reifen Zellen normal befruchtet würden, aber erst in den kommenden Tagen würde sich herausstellen, ob wir Grund hätten, die erfolgreiche Zwischenphase des Projekts zu feiern. Auch du wirktest müde, als du mir auf der Veranda entgegenkamst, obwohl deine Hand auf meiner Hüfte sicher wirkte und dein sanfter Biss in meine Lippe vertraut.

»Wo ist das Mädchen?«, fragtest du.

»Ich hab sie in der Villa gelassen, damit sie sich ausruht.«

»Nizza ist eine gute Idee. Kann sie reisen?«

»Ja. Daria hat kein Problem.«

Ich sah auf meinem Handy nach der Uhrzeit. In fünf Stunden würde Daria mit ihrer Mutter unterwegs nach Nizza sein. Ich hatte vorgeschlagen, ihr diese Reise als wohlverdienten Urlaub zu bewilligen. Diese Vorsichtsmaßnahme war eindeutig vonnöten. Du riebst dir die Stirn, als schmerzte sie.

»Ist die Lage hier so schlecht?«

»Sie ist erträglich.«

Ich legte den Finger auf die tiefe Furche an deinem Nasenflügel und flüsterte, bald ist es vorbei, ich erledige das, darin bin ich gut. Irgendwie hatte ich den Eindruck, dass auch du in dieser Sache eine Beteuerung brauchtest. Ich hatte Lada Krawez schon eine Weile nicht gesehen und wusste nicht, worauf ich mich einstellen sollte. Deshalb atmete ich tief und langsam, wir beide taten das, und ich hielt mich an deinem Arm fest bis zur Tür der Bibliothek. Den Anblick, der sich uns dort bot, werde ich nie vergessen. Trotz des draußen herrschenden Frostes war der Raum voller surrender Ventilatoren, Flächen und Regale bogen sich unter halb leeren Wassergläsern, und da und dort schmolzen Eiswürfel, die aus der Eiswürfelzange gefallen waren. Lada Krawez hatte die oberen Knöpfe ihrer Bluse geöffnet und die Ärmel hochgekrempelt, unter ihren Nägeln sah man dunkle Bogen von getrocknetem Blut. Hals und Hände wirkten wie zerfetzt.

»Sag dem Arzt nichts davon«, wisperte sie, sobald sie uns sah. »Es juckt so fürchterlich. Zum Glück hilft das Wasser aus dem Kloster.«

Lada Krawez gab mir ein schwappendes Glas in die Hand. Sie war nicht meine einzige Kundin, die unter einem Ausschlag oder schwachen Nerven litt. Sie war jedoch die erste, die der Arzt für gesund erklärt hatte, weil er es nicht gewagt hatte, etwas anderes zu sagen. Ich hielt es für das Klügste, mich da herauszuhalten. Und ich wagte nicht, darüber nachzudenken, was geschehen würde, falls von den Eizellen, die aus der Nährlösung für die Gewebekultur in die Kulturschalen übertragen worden waren, keine einzige befruchtet würde.

Auf dem Couchtisch lag ein Stapel Zeitschriften, zu denen du hinüberspähtest. Unsere Blicke trafen sich, du griffst nach der zuoberst liegenden aktuellen Nummer der Horoskopzeitschrift, lasest einen Augenblick darin und nicktest mir dann verstohlen zu. Ich atmete erleichtert auf, und zugleich ärgerte ich mich. Die Sterne standen in diesem Monat günstig für

Lada Krawez, aber wie hieltest du das alles aus? Ich war zum ersten Mal dabei, und doch stellte ich mir Situationen vor, in denen Lada Krawez leiden würde. Ich amüsierte mich bei dem Gedanken, was geschehen würde, wenn ihr bei der Geburt ein altmodischer Landarzt beistehen würde, der sie mit kaltem Wasser begießen oder schlagen würde. Die Vorstellung von einer solchen Situation half mir, die Demütigung zu ertragen. Hand aufs Herz, hast du in ihrer Gegenwart nie das Bedürfnis verspürt zu schreien, *jetzt reicht es*?

»Beim letzten Mal wurde nur ein einziger Embryo von guter Qualität eingepflanzt. Die übrigen waren zu schwach.«

Lada Krawez hob die Bluse von ihrer Haut ab, als wäre die Berührung des Stoffes zu viel für sie. Angeblich hatte der Arzt einmal gesagt, es sei sinnvoll, die schwächeren Keimlinge direkt einzusetzen und die starken einzufrieren.

»Jetzt sollten wir es vielleicht anders machen«, fuhr sie fort. »Nur die stärkeren, die überleben immer. An denen brauchen wir ja nicht zu sparen.«

Während sich Lada Krawez an die misslungenen Embryotransfers erinnerte, begannen ihre Finger, die an der Bluse zupften, sich so heftig zu bewegen wie die Nadel einer Nähmaschine. Es fiel ihr schwer, Worte zu bilden, und sie kaute auf ihnen herum, bevor sie sie ausspucken konnte. An dem vorhergehenden Misserfolg hatte sie sich selbst die Schuld gegeben, bis aus den Aufnahmen der Sicherheitskameras hervorging, dass der Grund des Scheiterns in der Lebensweise der Spenderin lag. Man hätte das Mädchen während des Prozesses genauer überwachen müssen. Ich betrachtete Ladas Hand. Es war nicht schwierig, mir vorzustellen, wie sie auf eine Person losging, die ihr in dieser Sache eine Enttäuschung bereitet hatte.

»Diesmal ist nichts dergleichen passiert. Die Spenderin wurde Tag und Nacht überwacht.«

»Ganz bestimmt?«, bohrte sie nach.

»Roman kann dazu Genaueres berichten.«

Du legtest noch einmal die ergriffenen Maßnahmen dar, und Lada Krawez stellte ergänzende Fragen. Ich beantwortete diejenigen, die meinen Aufgabenbereich betrafen. Ich hörte meine Stimme und deren dokumentenhafte Überzeugungskraft, obwohl wir noch nicht wussten, ob die Embryonen durchkommen würden, ob der Transfer von frischen Zellen gelingen würde, ob wir dieses verdammte Weib überhaupt schwanger bekämen oder wieder eine Reihe von Aborten erleben müssten. Und wenn Lada Krawez tatsächlich ein lebendes Kind zur Welt brächte, würde das Ehepaar für das Kleine auch noch Geschwister haben wollen? Dann würde ich wieder in diesem Zimmer stehen und dieselben Dinge erklären. Und wenn es nun wieder dazu käme, dass Lada die Spenderin verprügelte, und was, wenn sie kinderlos bliebe, aber deine und meine Beziehung fortdauerte und wir ein Kind haben wollten? Würde die Primadonna es ertragen, dass der Bauch einer ihrer Bekannten sich zu wölben begann, aber ihrer nicht? Würde unsere Zukunft ewig von den Launen des Krawez-Clans abhängig sein?

Der Boden unter meinen Füßen hatte sich in Treibsand verwandelt, und mir wurde schwarz vor Augen. Ich überlegte, ob der Kronleuchter des Zimmers jemals herabgestürzt war. Er musste so schwer sein, dass er, wenn er herabfiel, jemanden erschlagen würde.

Ich entschuldigte mich für einen Augenblick und suchte das Badezimmer auf. Ich zog meine engen Stiefel aus, legte mich im Schwimmbad auf den Marmorfußboden, presste die Stirn dagegen, als wäre es das Glas, das eine Ikone schützte, und atmete langsam und tief. Sobald ich wieder zu Hause war, müsste ich meine Daria betreffenden Pläne vorantreiben. Ich hatte schon lange keine Modezeitschriften mehr gelesen oder über Darias Modelmappe nachgedacht, ja, ich hatte ihr nicht einmal meine Pläne vorgetragen. Die Denkweise der mir bekannten Fotografen hatte ich als irgendwie irritierend empfunden und eine Kontaktaufnahme als allzu mühsam. In meiner Freizeit hatte ich mich lieber auf uns konzentriert und mich bemüht, alles andere zu vergessen. Lada Krawez, die in der Bibliothek ihre Launen auslebte, erinnerte mich jedoch daran, warum ich mich zusammenreißen musste. Unsere Beziehung war noch so frisch, dass ich nicht auf deine Hilfe zählen konnte, falls die Krawezens wieder eine Enttäuschung erleben sollten. Ich musste meine Zukunft anderswo sichern, und dafür brauchte ich Daria. Sie hatte noch zwei Jahre Zeit. Danach würde sie für den Modelmarkt zu alt sein.

Ich fand in meiner Handtasche einen angeschmuddelten sauren Drops, der den galligen Geschmack in meinem Mund überdeckte, und zog die Stiefel wieder an. Ich war bereit weiterzumachen. Diesmal würden Viktors untaugliche Spermien nicht zum Einsatz kommen. Dieses Mal würde nichts schiefgehen.

Zurück in der Bibliothek, blieb ich für einen Augenblick stehen, um dem Gezwitscher aus den Vogelkäfigen zu lauschen. Ich vermutete, die exotischen Sänger gehörten zur Lebensweise der Elite, und bei Lada Krawez dienten sie vielleicht als Ersatz für den fehlenden Nachwuchs. Der Papagei knabberte Erdnüsse: Er zerkrachte die harte äußere Schale und entfernte geschickt die braune Hülle vom Nusskern, die als Spirale zum Boden des Käfigs hinabschwebte.

Später stellte es sich heraus, dass auch Präsident Janukowytsch seine Villa mit zwitschernden Vögeln gefüllt hatte. Er fürchtete sich vor Gas. Das Gezwitscher würde nach einem Anschlag auf die Belüftungsanlage verstummen. Der Präsident hatte so große Angst vor einer Vergiftung, dass er nur das Fleisch seiner eigenen Tiere aß und nur die Milch von Kühen seines eigenen Stalls trank. Er unterhielt auf seinen Ländereien einen ganzen Zoo.

Als die Scharen der Revolutionäre zwei Jahre später durch die Tore von Janukowytschs Palast hineinfluteten, dachte ich darüber nach, wie nutzlos alle Sicherheitsvorkehrungen gewesen waren. Die Vögel konnten eine Warnung vor fremden Stoffen in der von einem komplizierten Luftfiltersystem gereinigten Innenluft abgeben, aber den Volkszorn konnten sie nicht vorhersagen, obgleich alle Anzeichen dafür schon lange mit Händen greifbar in der Luft gelegen hatten.

Ich wollte nicht die Freundin von Maria Kirillowna werden. Ich stellte jedoch bald fest, dass ich in diese Position geraten war, und zwar dank der günstig verlaufenden Schwangerschaft ihrer Schwiegertochter. Distanz zu halten war schwierig, denn die Anrufe der Frau deines Chefs mussten beantwortet werden, und man musste auf allen möglichen Veranstaltungen erscheinen, die ihr wichtig waren. Meistens waren dort auch andere Frauen, und ich zog mich aus der Affäre, indem ich über meine Arbeit und die Aktivitäten der Stiftung sprach, bis mich Maria Kirillowna einmal allein in der Schönheits- abteilung der Villa empfing und außer ihr nur einige für die Behandlung zuständige stumme Thaifrauen anwesend waren, die keine Fremdsprache beherrschten.

»Hier sind zwei neue Kosmetikerinnen«, sagte sie, während sie mich in den Raum führte, in dem uns die Pflegestühle erwarteten. »Die Mädchen vollbringen wahre Wunder.«

Ich hatte dir von Maria Kirillownas Vertraulichkeit erzählt, und du fandest das nicht alarmierend. Falls die Schwanger- schaft gut verlief und das Kind gesund war, würde ich für sie wie eine eigene Tochter sein. Ich hingegen machte mir keine Illusionen. War ich zu diesem Treffen unter vier Augen einge- laden worden, weil etwas passiert war? Hatte Maria Kirillowna etwas gehört, was ihre Zweifel geweckt hatte? An den Händen spürte ich Stiche, als wäre ich in einen Rosenstrauch gestürzt.

»Diese Villa gehört einem guten Freund meines Mannes. Seine Branchen sind das Aluminium und die Politik, aber das wird dich nicht interessieren.«

»Zu kompliziert, jedenfalls für mich.«

Maria Kirillowna betrachtete im Spiegel prüfend die Haut ihrer Wangen, und ich beobachtete, wie mir das Blut aus den Fingerspitzen wich. Ich schob die Hand in die Tasche und krümmte heimlich die Finger. Die Frau wandte sich mir zu.

»Was sagst du zur Klimaanlage des Hauses?«

Der Themenwechsel überraschte mich. Mir war nicht klar, worauf sie hinauswollte.

»Die Luft hier ist doch einsame Klasse, oder?«, fügte sie hinzu.

»Absolut. Ich habe den Morgen auf Dienstreise in Kiew verbracht und konnte aus den oberen Stockwerken nicht den Horizont sehen, so dicht war der Smog.«

»Jetzt fühlst du dich bestimmt besser«, lachte die Frau. »Ich werde dich sofort informieren, wenn ich die Kontaktdaten der Firma habe, die die Klimaanlage gebaut hat. Ich verspreche dir, dass ich eine gute Ermäßigung für euch aushandle.«

Ich sah Maria Kirillowna an. Worauf wollte sie hinaus? Oder verwechselte sie mich mit einer von deinen früheren Geliebten? Ich besaß kein Haus. Das musste sie doch wissen.

»Vergiss nicht, einen Reservegenerator anzuschaffen. Es ist immer gut, einen in der Hinterhand zu haben.«

Die Kosmetikerin schaute herein, ob wir bereit waren, und die Frau hob die Hand zum Zeichen, dass es noch einen Augenblick dauern würde. Ich konnte mir das Gesprächsthema nicht anders erklären als so, dass sie auch deiner vorhergehenden Bettgenossin Ratschläge erteilt hatte und das aus alter Gewohnheit auch weiterhin tat. Vielleicht hattest du mit meiner Vorgängerin geplant, dir ein Blockhaus bauen zu lassen, die Zeichnungen besorgt und bei der Firma *Kiefernbau* sowohl die Arbeiter als auch die Villa bestellt. So jedenfalls sollte ich es tun, forderte die Frau mich auf und erinnerte mich daran, dass es sinnvoll sei, Bauarbeiter aus dem Ausland einzusetzen, damit der Preis und die anderen Details dort blieben, wo sie sein sollten, im Verborgenen. Maria Kirillowna hatte kein Vertrauen zu den Verschwiegenheitsverträgen, die von Ortsansässigen unterschrieben worden waren. Die waren nichts als Papier.

»Geht es dir gut?«, fragte sie. »Zögerst du noch? Liebst du ihn nicht?«

In meiner Not begann ich, in den Modezeitschriften zu blättern, die auf dem Tisch lagen. Die Seiten schienen aneinanderzukleben, und meine Hände, die darin blätterten, waren rot geworden. Mir war glühheiß, als hätte ich einen Sonnenbrand. Ich spürte, wie sie mich musterte und erkannte, dass sie sich in der Person nicht geirrt hatte.

»Ich verstehe wohl nicht recht, worüber wir eigentlich sprechen.«

»Über euer künftiges Haus.«

Ich wusste nicht, was ich sagen sollte. Auf so etwas war ich nicht gefasst. Ich hatte mit der Frau deines Chefs noch nie über Privatangelegenheiten gesprochen, und nun fragte sie mich aus – nach dir und mir – und nach unserem gemeinsamen Zuhause, obwohl wir über so etwas noch nicht einmal untereinander gesprochen hatten. Bedeutete das, dass du mit ihr sogar derart persönliche Wunschträume besprachst? War dies ein Test, den ich bestehen musste, bevor die Frau entschied, ob sie mich in der Familie akzeptierte? Ich konnte nicht einschätzen, wie unser Verhältnis in den Augen der Krawezens wirken mochte. Vielleicht war ich nur eine zeitweilige Gefährtin, vielleicht etwas mehr. Aber ein Haus?

»Ja, du liebst ihn«, sagte Maria Kirillowna. »Das ist gut. Ich habe Roman noch nie so glücklich gesehen.«

Sie setzte sich in den Behandlungsstuhl und bedeutete den auf der Schwelle herumstehenden Mädchen, mit der Arbeit zu beginnen. Zögernd folgte ich ihrem Beispiel, atmete durch den Mund und hoffte, gleich etwas auf das Gesicht zu bekommen, das meinen Zustand abkühlen würde, der dem nach einem Sonnenstich ähnelte, etwas, was die Glut besser dämpfen würde als *Smetana*.

»Du musst mir erlauben, dir bei den Hochzeitsvorbereitungen zu helfen. Roman ist für uns wie ein eigener Sohn.«

Aus Versehen versetzte ich der Kosmetikerin einen Schlag,

die sich aufheulend den Kopf hielt. Ich bat sie mehrmals um Verzeihung, aber sie verstand kein Wort.

»Ich habe doch wohl kein Geheimnis verraten?«

Maria Kirillowna lachte und kletterte vom Stuhl herunter. Ihre wohlduftende Hand berührte blaufuchsleicht meine Finger, die ich vor das Gesicht gehoben hatte.

»Erzähl ihm nicht, dass ich das Geheimnis verraten habe, meine Liebe. Ich dachte, Roman habe dich schon gebeten, seine Frau zu werden.«

Der Redestrom der Frau ging weiter, und ich konnte sie nicht auffordern, zu schweigen, nicht von der Inneneinrichtung und nicht von dem Silvesterball in Wien. In diesem Jahr hatte sie die Saison praktisch verpasst, weil Lada es nicht gewagt hatte, zu verreisen, und Maria Kirillowna hatte es für besser gehalten, ihrer Schwiegertochter zur Seite zu stehen. Beim nächsten Mal würden wir zusammen nach Wien fahren, und ich könnte mein Kleid von ihrer Schneiderin machen lassen. Oder sie wollte mit ihren Worten die peinliche Stille füllen, die sich sonst über das Zimmer gesenkt hätte, denn die Erwähnung der Hochzeit hatte mich völlig verstummen lassen. Meine alten Pläne waren auf einen Schlag bedeutungslos geworden, denn nichts war mir wichtiger als das, was wir hatten. Ich wollte nicht mehr zurück nach Paris. Die Abrechnung mit den Personen, die mich rausgeworfen hatten, erschien mir sinnlos. Ich wollte sie nicht wiedersehen. Warum auch, wenn sich anderes bot?

Ich beging jedoch einen Fehler: Ich verlor das Interesse an Daria, die nun ein Mädchen wie alle anderen geworden war, und ließ sie bei ihren nächsten Spenden von einer Kollegin betreuen. Zum errechneten Termin von Lada Krawez schickte ich Daria mit ihrer Mutter nach Spanien und sandte ihr die Nachricht von der Geburt eines gesunden Kindes nach, feierte aber das freudige Ereignis in der Gesellschaft von dir und den Krawezens. Daria war nicht mehr das Tor zu meiner glänzenden Zukunft. Das warst nun du.

Dorf, Oblast Mykolajiw
2009

Auf dem Hof kam mir nur Boris entgegen, und ich wunderte mich etwas, wo die anderen blieben. Ich nahm jedoch an, dass Mutter mit der Zubereitung des Abendessens beschäftigt war, und machte mir keine weiteren Gedanken, denn Boris konnte seine Neugier, was die Mitbringsel betraf, nicht verbergen. Ich schenkte ihm einen neuen Wintermantel direkt aus dem Gepäckraum des Wagens, und nachdem er ins Haus gestürmt war, um sein Geschenk vorzuführen, blieb ich noch stehen, um den Hund zu tätscheln, und rauchte in Ruhe eine Zigarette. Ich bereute schon, dass ich nicht mit dir nach Wien gefahren war, als das Büro wegen einer Grippe-Epidemie geschlossen werden musste. Auf dem Land war es zu dieser Jahreszeit deprimierend, die Bäume ohne ihre Blätter wirkten knochig, und das Storchennest erschien vor dem dunkelnden Himmel wie ein schwarzes Loch im Weltraum.

Als ich die Diele betrat, wurde mir klar, dass etwas nicht stimmte. Niemand begrüßte mich, ich bekam nur ein flüchtiges Kopfnicken. Die Blicke von Tante und Mutter wischten an mir vorbei, kühl wie Schnaps, der von der Haut verdunstet, und im Haus duftete es nach Baldrian statt nach frischem Gebäck. Ich stellte meinen Koffer ab und blickte zum kalten Herd hinüber. Ich fragte, wie es ihnen gehe, aber niemand antwortete, und so packte ich meine Mitbringsel gar nicht erst aus. Die Stimmung war so düster, als wäre im Haus ein Verstorbener aufgebahrt. Boris hockte in seinem neuen Mantel am Tisch und untersuchte die handgemalten Blumen an den Trinkgläsern. Nicht mal er schaute zu mir herüber, zog nur mit dem Finger die Pinselstriche nach und ging dann zur Teetasse über, zu deren Blumen und vergoldeten Mustern. Schließlich huschte er der Tante hinterher, die die Hühner füttern ging. Dabei hielt er die Porzellantasse fest in der einen Hand, und mit der anderen drückte er den Mantel an sich, als hätte jemand gedroht, ihm das gute Stück wegzunehmen.

Die Atmosphäre blieb angespannt, als Mutter und ich allein waren. Ich erwartete eine Erklärung für ihr Verhalten. Es musste etwas Ernstes vorliegen. Vielleicht hatte jemand von ihnen eine tödliche Krankheit bekommen. Oder ein Bekannter war plötzlich verstorben. Ich wäre nie auf die Idee gekommen, dass die Sache mit der Zeitung zu tun haben könnte, die aus Mutters Tasche herausragte und die sie nun, immer noch wortlos, auf dem Tisch ausbreitete. Ich erkannte auf der Seite ein Foto von der Eröffnung des Kinderheims. Ich erinnerte mich gut an die Veranstaltung – das zeremonielle Zerschneiden des Bandes hatte Viktor zugestanden. Die üppigen Blumen in den Zopfbändern der Mädchen rahmten das Foto, und ich lächelte neben den Krawezens. In der Bildunterschrift wurden unser aller Namen genannt. Veles war gekommen, um seinen Sohn zu unterstützen, der seine ersten Schritte in der Politik machte und deshalb eingewilligt hatte, dass eines der seltenen Fotos gemacht wurde, auf dem Vater und Sohn gemeinsam auftraten.

»Weißt du, wer dieser Mann ist?«

Mutter zeigte auf Veles. Ich wandte den Kopf Richtung Fenster und schnappte mir vom Tisch die Streichhölzer. Mutter hörte sich fremd an, sie artikulierte so mühsam, als kaute sie Graupen. Ich ließ die Streichholzschachtel fallen. Unbewusst hatte ich sie geschüttelt. Mutters Finger deutete immer noch auf Veles, und ihr Gesichtsausdruck war der einer verurteilenden, den Untergang beschwörenden Prophetin.

»Wie kannst du für den Donezk-Mann arbeiten?«

Ich wusste nicht, wovon sie sprach. Von dem Donezk-Mann hatte ich gehört, aber nur aus altem Tratsch. Er war der Geschäftspartner von Vater und Maxim Sokolow gewesen, bevor alles schiefgegangen war. Jemand hatte Mutter wirklich seltsamen Unsinn eingeredet.

»Willst du behaupten, dass der Donezk-Mann Vitali Krawez ist? Was ist das denn für ein Witz?«, sagte ich, meiner Sache sicher. »Vitali Krawez ist aus Dnipro.«

Ich musste lachen, Mutter nicht. Sie ergriff ein Glas, tropfte *Korvalol* hinein und schöpfte Wasser darauf. Sie leerte das Glas, stemmte die Hände in die Hüften, und es schien, als wollten ihre erdschwarzen Nägel sich in den Stoff ihres Mantelkleids hineingraben, als müsste sie sich festhalten, um an ihrem Platz zu bleiben. In meinem Magen regte sich ein unangenehmes Gefühl. Als hätte nicht sie sich geirrt. Sondern ich.

»Ich hab den Donezk-Mann noch nie gesehen, keine Spur von ihm. Soweit ich weiß, auch du nicht. Oder bist du ihm begegnet?«, fuhr ich fort. Ich musste Mutter dazu bringen, dass sie die Absurdität ihrer Behauptung verstand. »Hat Vater mit dir über ihn gesprochen, hat er seinen Namen erwähnt? Hatten wir Fotos von ihm? Weißt du, wie er aussieht?«

»Valentina Sokolowa kannte ihn und hat ihn auf diesem Foto wiedererkannt.«

»Darias Mutter? Hast du mit ihr gesprochen?«

»Valentina würde diesen Großkotz niemals vergessen, auch wenn er nun Halbschuhe statt Turnschuhe trägt.«

Instinktiv tastete ich nach dem Telefon in meiner Tasche. Daria hatte mehr als zehnmal versucht, mich anzurufen, und ich hatte angenommen, sie brauche Medikamente für sich oder ihre Bekannten. Die im Land wütende Grippe hatte die Regale der Apotheken geleert und in den Geschäften die Kisten mit Zitronen und Knoblauch. Ich hatte nicht reagiert. Mutter genügte es nicht mehr, mit dem Finger auf mich zu zeigen, sie schlug mit der Faust auf die Zeitung. Auf den Donezk-Mann. Vitali Krawez. Veles. Auf deinen Chef.

»Dieser Mann erfuhr von den Absichten deines Vaters und Maxim Sokolows. Dieser Mann erfuhr, wen sie betrügen wollten. Dass sie versuchten, ihn übers Ohr zu hauen. Deshalb wurden dein Vater und Maxim umgebracht.«

»Moment mal. Wann soll denn Vater dir von seinen Plänen erzählt haben? Ihr habt euch doch kaum gesehen in jenen Jahren. Wie kannst du nur alles glauben, was man dir einredet? Was für ein Beweis soll diese Zeitung sein?«

»Valentina wusste alles. Maxim hatte immer ein loses Mundwerk, er konnte kein Geheimnis für sich behalten, anders als dein Vater«, sagte Mutter. »Und anders als du.«

Als ich mir eine Zigarette anzündete, zitterte mir die Hand. Das musste ein Missverständnis sein. Anders konnte es nicht sein. Valentina Sokolowa log. Ein Grund dafür fiel mir nicht ein. Hatte jemand sie dafür bezahlt? Oder spielte das Alter ihrem Gedächtnis einen Streich? Mein Vater. Darias Vater. Dein Chef. Veles macht keine halben Sachen. Das waren deine Worte. Meine Gedanken waren fürchterlich durcheinander, aber mitten darin regte sich etwas, was ich nicht in Worte fassen konnte. Etwas, was ich vergessen hatte. Etwas, woran ich mich erinnern musste. Etwas, was mir helfen würde, das Geschehene zu verstehen. Ich bekam den Satz nicht zu fassen. Deinen Satz. Ich griff nach deiner Stimme, die sich durch ein irgendwo in meinem Kopf waberndes Gestrüpp schlängelte, und ich streckte die Hände danach aus, bis sie so klar war wie der Pfiff einer Lokomotive in der Nacht von Dnipro und die Worte deutlich wurden, und sie wiederholten Donezk und fielen in einem Gespräch, in dem du über die Hochzeit deines Chefs sprachst. Jetzt erinnerte ich mich an alles.

Wir hatten beide einen ganzen Tag frei, und du führtest mich zum Essen ins *Bartolomeo* aus, in dem ich noch nie gewesen war. Es war ein Restaurant mit wunderschönem Privatstrand. Ich hatte nicht gewusst, dass man am Ufer des Dnepr das Gefühl haben konnte, in der Karibik zu sein, und auch nicht, dass man in der Stadt einen so fantastischen Kaffee bekam. Wenn ich im Klub nicht die hochpreisklassigen Escortdamen bemerkt hätte, dann hätte ich das Etablissement als für Kundengespräche bestens geeignet gehalten. Du entschuldigtest dich dafür, dass du mich nicht schon früher ins *Bartolomeo* ausgeführt hattest, wenn mich dessen Seeräuberschiffsmilieu so ansprach. Ich machte Schluss mit meiner Bewunderung. Ich wollte den Moment, in dem du so außergewöhnlich gesprächig warst, nicht verderben, und dachte fortwährend an das, was Maria Kirillowna gesagt hatte. Vielleicht hatte sie sich geirrt. Ich wollte keine Frau sein, die ihre Tage damit verbringt, auf einen Heiratsantrag zu warten, und doch musste ich feststellen, dass ich genau das geworden war. Das war mir peinlich. Du seufztest, dass, wenn du für dich und deine Auserwählte eine Hochzeitsfeier arrangieren würdest, du etwas Schlichteres wählen würdest, und ich lächelte, weil du dabei meine Hand nahmst und sie küsstest und weil ich deine Worte vor dem Hintergrund des Gesprächs deutete, das Maria Kirillowna mit mir geführt hatte, obwohl sie auch mit dem Programm des Tages zusammenhingen: Du solltest herausfinden, ob das Restaurant sich für die Feier des Hochzeitstags deines Chefs und Maria Kirillowna eignete. Nachdem wir bestellt hatten, erzähltest du mir Genaueres über deine Aufgabe. Dein Vater hatte seinerzeit den Zeremonienmeister gemacht, als Veles Maria Kirillowna heiratete, die zur Elite von Dnipro gehörte, und du solltest diese Tradition fortsetzen und ein Fest arrangieren, zu dessen Einzelheiten du meine Meinung hören wolltest. Maria Kirillowna wünschte sich zumindest einen Konfettiregen, ein Jahrhundertfeuerwerk und junge Akrobatinnen auf Stelzen. Als ich nach weiteren Einzelheiten fragte, nannte ich das Fest Silberhochzeit, und du korrigiertest mich. Es ging um die stählerne Hochzeit. Maria Kirillowna würde sich über meinen Fehler nicht freuen, sondern könnte das als Kränkung empfinden, die ihr Alter betraf, sodass ich gut daran täte, mir das zu merken. Ich murmelte etwas Unbestimmtes und fragte mich, ob das Feiern der stählernen Hochzeit in diesem Maßstab ein neuer Spleen sei. Das war es nicht. Maria Kirillowna hatte in einer Frauenzeitschrift eine Liste der Bezeichnungen verschiedener Hochzeitstage gelesen und war begeistert. Ihrer Ansicht nach sollte man dann feiern, wenn man es noch konnte, und stählerne Hochzeit klang gut. Das klang nach ihnen. Ich hatte geglaubt, sie seien schon seit Jahrzehnten verheiratet, und hielt Maria Kirillowna für das Beispiel einer Frau, die niemals Witwe werden würde. Der elfte Hochzeitstag erschütterte meinen Glauben daran. Diese Information machte mich verlegen, und ich kam gar nicht darauf, mich über Viktors Geburtsjahr zu wundern, bis du mir erklärtest, dass Viktor aus Veles' erster Ehe stammte. Die hatte so schlimm geendet, dass der Name der Frau in Veles' Gegenwart nicht erwähnt werden durfte. Viktor hatte keinerlei Kontakt zu seiner biologischen Mutter. Schuld an der Scheidung war wohl ein alter Freund von Veles gewesen, was allerdings nur deine Interpretation war. Der Mann, ein Bekannter aus Veles' Kindertagen, war dir einmal in besoffenem Zustand über den Weg gelaufen und hatte die Frau mit vulgären Ausdrücken belegt. Wie du fandest, hätte das Weibsstück sich jemand anders zum Umarmen suchen können. Ich achtete nicht auf die Einzelheiten der Scheidung, denn ich war immer noch verlegen wegen Maria Kirillownas stählerner Hochzeit, über deren Gästeliste die Krawezens gerade nachdachten. Jede prominente Person aus Dnipro würde anwesend sein, sagtest du, und bestimmt würde es Streit darüber geben, ob jemand aus Donezk eingeladen werden sollte oder nicht. Die Erwähnung von Donezk rüttelte mich auf, ich konzentrierte mich auf das Gespräch und legte mir ein Tuch um die Schultern. Ich wunderte mich, was Donezk mit der Sache zu tun hatte, und du erinnertest mich daran, dass die Clans von Donezk und Dnipro miteinander konkurrierten. Veles hatte immer noch wirtschaftliche Interessen in seiner alten Heimat, doch im Übrigen hatte er den Staub dieser Oblast von den Füßen geschüttelt, nachdem er eine Frau aus der Hautevolee von Dnipro geheiratet hatte. Auf Donezk mochte er nicht einmal im Gespräch zurückkommen, was zweifellos auch mit seiner früheren Frau zu tun hatte. Die vornehme Maria Kirillowna hatte Veles gutgetan, sagtest du. Veles war ebenso elegant geworden wie die anderen Geschäftsleute in Dnipro, die mehr Schlauheit als rohe Gewalt einsetzten, um ihre Geschäfte voranzubringen. Manche hatten wohl davon geträumt, dass die

Beziehungen zwischen den Gruppierungen von Dnipro und Donezk sich durch diese Ehe verbessern würden. So war es jedoch nicht gekommen, und du glaubtest nicht, dass man bei der Gästeliste zu einer Einigung käme. Für uns wäre es sicherlich leichter, eine Liste zusammenzustellen, sagtest du, und ich vergaß sofort alles andere, was ich gerade gehört hatte.

Das Gedächtnis hatte Darias Mutter nicht getrogen. Aber meines hatte mich im Stich gelassen. Veles hatte Donezk Ende der 90er-Jahre verlassen, und Valentina hatte ihn erkannt. Beweise für die Identität des Mannes gab es genügend, an einen Zufall konnte ich nicht mehr glauben, und mein Eifer, Mutters Behauptungen zu entkräften, schmolz dahin. Dein Chef war der Donezk-Mann, mit dem unsere dummen Väter, meiner und Darias, dumme Geschäfte gemacht hatten. Der Mann, zu dem mein Vater immer gefahren war und den unsere geschäftigen Väter betrogen hatten. Der Mann, dem ich für hundert Dollar in seinem eigenen Haus ein Aktienverzeichnis gestohlen und es meinem Vater gegeben hatte, obwohl es allen dreien gehört hätte, den drei Kameraden, die Freunde gewesen waren, es aber nicht mehr waren, nachdem mein Vater und Maxim Sokolow beschlossen hatten, die lächerliche Fabrik zu zweit in Besitz zu nehmen.

Ich starrte auf die trockenen Brotkrümel, die auf der Wachstuchdecke lagen, stand langsam auf und ging hinaus. Unter den Apfelbäumen steckte ich mir mein Tuch so tief in den Rachen, wie ich konnte, und schrie tonlos, bis ich nahe am Umfallen war und hustend den Stoff aus dem Mund zog. Mein resoluter Hochmut hatte einen Sprung bekommen wie ein Glas, das keine Hitze vertrug, in dem Moment, als ich den Blicken meiner Mutter entkommen war. Vater hatte seine Wahl getroffen. Er hatte Business und Betrug zu seinen Leitsternen gewählt. Nicht mich. Nicht Mutter. Nicht uns. Wir hatten niemals an erster Stelle gestanden. Warum also sollte ich mich darüber grämen, wen mein Herz erwählt hatte? Selbst wenn diese Wahl auf jemanden gefallen war, der für den Mann, der meinem Vater den Kopf abgetrennt hatte, wie ein Familienmitglied war?

Heftig stieß ich gegen einen am Boden faulenden Apfel und fasste einen Entschluss. Ich würde jetzt einen Augenblick über die Sache nachdenken und sie dann verscheuchen wie eine Mücke und mir nie wieder den Kopf darüber zerbrechen. Ich würde Vater nicht erlauben, das zu verderben, was wir hatten. Ich würde es nicht zulassen, und ebenso wenig, dass mir die Nerven versagten, wenn ich diesen Schlamassel aufklärte.

Ich wischte mir die Nase mit einem Handtuch, das auf der Leine trocknete, und bemühte mich, meine Handlungsfähigkeit zurückzugewinnen. Ich würde damit beginnen, dass ich die Nachrichten abhörte, die Daria mir auf dem Anrufbeantworter hinterlassen hatte. Es gab Dutzende von unbeantworteten Anrufen, und ich verfluchte meine Gleichgültigkeit gegenüber Daria. Während ich auf das Handy starrte, begann es zu blinken. Du riefst an. Mein Blick suchte den dunklen Garten ab, in dessen Stille der Klingelton schrillte wie der Schrei eines Pfaus. Einen Augenblick lang bildete ich mir ein, dich unter den Apfelbäumen zu sehen. Als hättest du gehört, worüber Mutter und ich in der Küche gesprochen hatten, und wartetest neugierig darauf zu hören, mit welchen Erklärungen ich glaubte, mich aus der Klemme ziehen zu können. Ich steckte das Handy in die Tasche und hockte mich neben dem

Hund nieder, der mein konfuses Verhalten beobachtet hatte. Er wedelte mit dem Schwanz und knurrte nicht. Dennoch ließ mein Gefühl, beobachtet zu werden, nicht nach. Zwanghaft musste ich eine Runde durch den Garten machen. Die sich vor mir bewegenden Schatten verursachten mir Schweißausbrüche, ich erschrak vor den Zweigen der Stachelbeer- und Karamellsträucher, die sich an meinen Kleidern festkrallten, vor den überall stechenden Stacheln. Doch im Garten war niemand. Schließlich rannte ich zur Pforte, der Hund kam mir hinterher. Ich musste einen Blick hinter den Zaun werfen. Die Straße dahinter war leer. Du wusstest nichts. Das musste ich mir merken. Du warst Darias Papiere durchgegangen und hattest den Namen ihres Vaters gesehen. Wenn du weder ihn noch den Mann auf den alten Fotos erkannt hattest, die der Mappe der Spenderin beilagen, dann hatte Veles seine Vergangenheit in Donezk so tief vergraben, dass du von der ganzen Sache keine Ahnung hattest. Das gab mir Hoffnung. Veles hatte die Sache nicht ans Tageslicht bringen wollen, nicht einmal vor den Männern, die ihm am nächsten standen. Wenn ich dafür sorgen würde, dass die Sokolows Stillschweigen bewahrten, würde die ganze Geschichte wieder in Vergessenheit geraten.

In den auf dem Anrufbeantworter gespeicherten Nachrichten sagte Daria keuchend, zu ihr nach Hause seien ungebetene Gäste gekommen. Wir müssten über das sprechen, was die Männer erzählt hatten. Ihrer Stimme war anzuhören, dass etwas nicht stimmte. Sie warf mir nicht vor, dass ich für den Feind arbeitete, beschimpfte mich nicht mit Worten, die nach Schwefel rochen, und präzisierte nicht, worum es ging. Bitten um Rückruf mit ähnlichem Inhalt hatte sie die Nacht hindurch immer wieder aufgesprochen. Derweil hatte ich mich in zephirsüßen Träumen bewegt und beim Erwachen überlegt, wie reizvoll es wäre, das Hochzeitsfoto in dem vom Herbstlaub gefärbten Park vor dem *Potjomkin*-Palais zu machen. Ich war ein Volltrottel. Mutter würde auf keinen Fall zu meiner Hochzeit kommen. Dafür würde der Donezk-Mann mit seiner Frau da sein. Und es würde gar keine Hochzeit geben, wenn ich es nicht schaffte, mein Kartenhaus aufrechtzuerhalten. Ich lehnte mich mit dem Rücken gegen den Apfelbaum und betrachtete einen Augenblick die Fenster, aus denen das Licht meines Zuhauses fiel. Von dort rief niemand nach mir, wie ich insgeheim gehofft hatte. Nicht Mutter. Nicht die Tante. Nicht einmal Boris. Einzig der Hund, der sich mir zu Füßen gelegt hatte, war mir gewogen. Ab und zu stupste er mich fürsorglich mit der Schnauze und leckte mir die von den Sträuchern zerkratzten Finger. Ich atmete durch und rief Daria an. Sie meldete sich nicht. Ich wählte Valentina Sokolowas Nummer. Das Telefon klingelte vergeblich. So schickte ich Daria eine freundliche Bitte, sich baldmöglichst bei mir zu melden, und hörte ihre Nachrichten noch einmal ab für den Fall, dass ich etwas überhört hatte. Sie boten mir jedoch keine Anhaltspunkte, aus denen ich hätte schließen können, was Daria wusste. Ich nahm jedoch an, dass die Männer, die in Darias Wohnung eingedrungen waren, die ganze verfilzte Geschichte aufklären sollten. Und Daria, verwirrt von den Nachrichten, hatte von mir eine Erklärung haben wollen. Anstatt mir für sie eine Story von einem Missverständnis auszudenken und sie zum Schweigen zu bringen, hatte ich nicht reagiert. Sie hatte mit ihrer Mutter gesprochen, und die hatte von der Erzählung der Eindringlinge zumindest den Anteil bestätigt, der Maxim und meinen Vater sowie die Identität des Donezk-

Mannes betraf. Die erschütterte Valentina hatte alles meiner Mutter erzählt. Natürlich waren das alles nur Vermutungen. Ich konnte nicht wissen, was mit Daria tatsächlich passiert war, was die Fremden ihr alles erzählt hatten und warum. Ich stand auf. Ich musste schleunigst nach Dnipro zurückkehren. Ich würde Daria aufsuchen und die Sache in Ordnung bringen. Vorher müsste ich von Mutter unbedingt noch Genaueres in Erfahrung bringen.

Mutter saß immer noch am Küchentisch und starrte vor sich hin. Ihre fleckigen Hände lagen unbeweglich auf der verfluchten Zeitung wie ein altes Eternitdach. Das hatte etwas Endgültiges. Ich ertrug es nicht, sie anzusehen.

»Du kannst nicht all das glauben nur aufgrund des Geschwätzes der Sokolows«, sagte ich. »Oder?«

»Daria hat ihrer Mutter Beweismaterial von deinem Arbeitsplatz geschickt.«

»Geschickt? Was heißt geschickt? Hast du gesehen, was sie geschickt haben soll?«

»Hör doch auf. Warum sollten die Sokolows in dieser Sache lügen?«

Die Papiere unseres Büros hatten enthüllt, wem Daria ein Kind geschenkt hatte. Nur darin hatten Viktors Name und der seines als Spender fungierenden Vaters gestanden. Ich wettete, dass Daria diese Angaben von den ungebetenen Gästen bekommen hatte, die vielleicht auch Beweise für die gemeinsamen Geschäfte von Maxim, meinem Vater und Veles Krawez mitgebracht hatten, oder zumindest von deren Verbindung. Trotzdem hätte Daria über die Sache Stillschweigen bewahren können, denn den Sokolows war die Natur ihrer Tätigkeit verheimlicht worden. Niemand hätte zu erfahren brauchen, für wen sie gespendet hatte. Sie hatte sich anders entschieden und schamlos alles ihrer Mutter erzählt wie die letzte Klatschbase.

»Hatte ich dich nicht gebeten, Daria Arbeit als Model zu verschaffen? Was ist dann passiert? Was ist los mit dir?«

Ich verstand wohl nicht die Endgültigkeit von Mutters Worten, denn ich ging nicht zum Auto, sondern in die Kammer, als wollte ich über Nacht bleiben. Alle meine Fotos waren verschwunden. Stattdessen hingen dort Wandbehänge, die die Leere der Wände verdecken sollten. Das gerahmte Gesicht meiner Cousine sah mich an, als existierte ich nicht mehr.

Dnipropetrowsk
2009

Ich blieb stehen an der mit dunkelbraunem Kunstleder bezogenen Außentür, die an die Rückenlehne eines Knopfsofas erinnerte, und nahm einen Augenblick lang all meinen Mut zusammen, bevor ich Darias Wohnung betrat. Ich war nicht mehr darin gewesen, seit ich ihr die Schlüssel ausgehändigt hatte. Der vertraute Maiglöckchenduft hatte sich beim Spiegel an den Wänden des Vorraums festgesetzt, und auf dem Regal davor stand eine Flasche desselben Parfüms. Ich sah mich um. Und konnte nicht sagen, ob Daria in Eile aufgebrochen war, oder ob sich die Zweizimmerwohnung in demselben Zustand befand wie sonst. Unter den Kleidern und Blusen auf den Bügeln erkannte ich auch einige von denen, die ich für sie gekauft hatte, aber ich wusste nicht mehr, was alles ich ihr geschenkt hatte. Ich konnte nicht beurteilen, was in dem Schrank fehlte, ob unter den Tiegeln auf dem Frisiertisch die täglich von ihr benutzten Cremes fehlten oder ob das von ihr zurückgelassene Parfüm ein Hinweis auf ihr Verhalten war, darauf, ob sie in Panik gepackt hatte oder nicht. Ich fand nichts, was mir geholfen hätte, Darias Gemütszustand zu deuten oder das Ziel oder die Dauer ihrer Reise zu erraten. Trotzdem ging ich die Zimmer durch in der Hoffnung, irgendeinen Hinweis zu finden. Der Wandkalender zeigte das Oktoberfoto eines herbstlich gefärbten Schneeballstrauchs und dessen rote Beerentrauben. Die Zimmerpflanzen waren schon lange nicht mehr gegossen worden, und der Pfennigbaum lag in den letzten Zügen. Auf dem Herd stand eine orientalische Pfanne mit langem Stiel, die offenbar immer noch in Gebrauch war. Die von mir besorgte Espressomaschine war verschwunden, vielleicht verkauft. Außer halb leeren Konfitüre- und Gurkengläsern gab es im Kühlschrank nur zwei Quarkriegel, als wäre Daria immer noch ein Kind. Auf einem Teller vertrocknete ein *Tscheburek*, und aus der Nachbarswohnung war *Der schwarze Engel* von Swetlana Loboda zu hören, Musik, die auch Daria gehört hatte. Ich ging zurück ins Treppenhaus. Vielleicht hatte die Nachbarin etwas gehört, vielleicht hatte sie Darias Fortgehen bemerkt oder die Männer, die in die Wohnung eingedrungen waren. Ich drückte jedoch vergeblich auf die Klingelknöpfe. Kein Bewohner der Etage reagierte auf mein Klopfen oder das Klingeln. So kehrte ich in Darias Wohnzimmer zurück, sperrte Lobodas Stimme in der Küche ein, indem ich die Tür schloss, und begann, Darias Vorlesungsmitschriften, ihre Bücherregale, die Zeitungsstapel, die Post und die am Spiegel befestigten Postkarten durchzusehen. Zwischen den Seiten eines Gedichtbands von Lesja Ukrajinka fand ich gepresste Maiglöckchen. Das Buch hatte ich Daria geschenkt, weil Lesen als eines ihrer Hobbys in ihrer Mappe vermerkt war, und ich hatte sie aufgefordert, einige Gedichte für den Fall auswendig zu lernen, dass sie danach gefragt würde. Daria hatte gehorcht, die Vortragskunst hatte an ihr ein Talent verloren. Ich warf das Buch auf den Tisch und setzte mich zum Nachdenken auf das Sofa, das ich für sie ausgewählt hatte. Das Büro hatte die Zweizimmerwohnung beschafft, ich die Möbel. Für den Fall einer Gaskrise hatte ich im Schrank Heizgeräte bereitgestellt und sogar einen Mann engagiert, der die Silberfäden des Wasserreinigungssystems noch vor der Ankunft der neuen Bewohnerin austauschte. Als Daria das alles gesehen hatte, war sie hingerissen gewesen und hatte sofort das Bett ausprobiert, das etwas anderes war als das Etagenbett im Wohnheim. Dank mir hatte sie sich von der Handwäsche verabschieden können, hatte ein eigenes Badezimmer bekommen, und auf ihrem Teller lagen nicht mehr nur die ewigen Bratkartoffeln. Ich hatte ihrem Bruder seine Gesundheit zurückgegeben, ihm einen legalen Arbeitsplatz verschafft, dank mir hatte ihre Familie eine Zukunft gehabt. Mein Urteilsvermögen hatte mich allerdings im Stich gelassen in Bezug darauf, wie viel Dankbarkeit einem für all das zuteilwurde.

Um frische Luft zu schnappen, trat ich auf den Balkon hinaus, für den ich Möbel besorgt hatte, obwohl dessen Armierungen stellenweise hervorstanden und verrostet waren. Die Stühle hatte Daria hereingeholt, und aus dem Balkon hatte sie so wie ihre Nachbarn einen Abstellraum gemacht. In den Kartons fanden sich Tomatenkonserven und ein in eine Decke gewickelter Sack Kartoffeln. Daneben gab es einen Stapel Winterreifen. Sie hatte ein Auto. Das hatte ich nicht gewusst. War sie noch in derselben Nacht nach Snischne gefahren oder woandershin? War sie überhaupt noch im Lande? Erst jetzt wurde mir bewusst, dass ich keine Ahnung hatte, was sie mit ihren Honoraren gemacht hatte oder wer ihren Pass hatte. Ich hatte nicht nach ihr gefragt und nicht mit ihr gesprochen, nachdem ich sie nach Spanien geschickt hatte, als der Termin für die Niederkunft von Lada Krawez näher rückte. Ich konnte nicht glauben, dass Daria spurlos verschwinden würde: Sie wollte doch ihr Studium beenden. Sie würde an die Universität zurückkehren müssen, um ihren Studienplatz zu behalten.

Dieses Ziel hatte ja wohl seine Bedeutung nicht ganz verloren, oder doch?

Mir wurde klar, dass ich eigentlich nichts von ihr wusste, obwohl ich ihren Chromosomenaufbau, ihre Gesundheitsdaten und eine Liste ihrer Hobbys hatte, die in den Augen der Kunden angenehm wirkten. Als Mensch war sie mir völlig fremd.

Snischne
2009

Seit dem Tod meines Vaters war ich nicht mehr in Snischne gewesen, und ich hätte auch nicht dorthin fahren wollen. Jedoch musste ich jemanden von den Sokolows finden. Niemand von ihnen hatte auf meine Bitte um Rückruf reagiert, und das wunderte mich nicht. Sie mussten mich hassen und würden mir die Behauptung, ich hätte nicht gewusst, wer der Donezk-Mann war, nicht abnehmen, sodass ich auch selbst nicht daran glaubte, dass ein Gespräch mit ihnen unsere Beziehung wiederherstellen würde. Vor allem hoffte ich, dass ich eine Summe würde aushandeln können, für die sie den Mund halten würden, und dass Daria zur Arbeit zurückkehren würde. Das Geld würde ich später beschaffen. Ich zweifelte keinen Augenblick daran, dass das funktionieren würde. In diesem Land funktionierte das immer. Man musste nur verhandeln können. Falls Daria nicht einverstanden sein sollte, würde ich mich darauf konzentrieren, ihre Mutter und ihre Brüder zu beknien.

Ich sah die vertrauten Türme, die vertrauten Berge, fuhr eine Weile ziellos herum, vorbei an der vertrauten Schule Nummer 1, drehte die Klimaanlage voll auf, als könnte sie die Zirkelstiche in meinen Fingerspitzen verschwinden lassen, die Stiche des Zirkels, mit dem ich mich Tag für Tag in die Finger gestochen, die Augen geschlossen und mir vorgestellt hatte, dass die schneebedeckten Kohleberge richtige Berge irgendwo in der Ferne wären, dass auch ich woanders wäre. Ich raste vorbei an den grasüberwucherten Skulpturen, den bröckelnden Denkmälern und den zerfallenden Wänden aus Silikatziegeln, bis mir klar wurde, dass ich schon wieder den Lenin-Prospekt und die Gagarinstraße entlangfuhr, vielleicht schon zum dritten oder vierten Mal. Ich hatte vergessen, dass die Stadt so klein war.

Ich parkte vor Darias Elternhaus. Ich hatte erwartet, neben der Haustür eine Schar Aufsicht führender alter Frauen zu finden, die ich fragen könnte, in welcher Wohnung die Sokolows wohnten. Zum Draußensitzen war es jedoch zu kalt, und der Hof war leer. Ich umrundete das Haus, spähte durch die Fenster, in denen ich nichts sah außer Stores und wie Zähne die Schatten von Sansevieria und Aloe, und strengte mein Gedächtnis an. Darias kleiner Bruder war für die Mutter und andere ältere Hausbewohner einkaufen gegangen, als der Fahrstuhl kaputt war. Fünfte Etage. So war das. An der Wand des Fahrstuhls hing eine Ikone der Heiligen Gottesgebärerin, und ich bat sie um Fügung, als ich auf den Knopf drückte. Es nützte nichts. Keiner der Nachbarn scherte sich um mein beharrliches Klingeln. Ich stieg zur oberen Etage hinauf, roch die Kohlsuppe, und irgendwo liefen die Nachrichten. Ich hätte gewettet, dass das Zentralradio hier immer noch fortlebte. Bei meiner Tante erinnerte an diese Kuhglocke, die den staatlichen Unsinn verbreitete, nur noch die Steckdose in der Wand. Ich umklammerte das Geländer. Irgendjemand in diesem Dreckloch musste doch etwas wissen. Ich klopfte an jede Tür des Treppenhauses, drückte jede Türklingel, und zuletzt kletterte ich, frustriert von meinen vergeblichen Bemühungen, auf das Dach des Hauses und ließ mir vom Wind den Schweiß trocknen, den der anstrengende Aufstieg mir auf die Stirn getrieben hatte. Der Geruch von Kohl und Speiseöl ließ meinen Magen knurren. Seit gestern hatte ich weder gegessen noch geschlafen. Ich setzte mich auf den Zementboden. Antennenschüsseln sprenkelten die Landschaft auch anderswo. Hier erinnerten sie mich an Fliegenpilze. Diese toxische Stadt hatte mein Leben vergiftet und beschmutzte es auch heute, und ich konnte nichts dagegen tun. Ich hatte jedoch keinen Grund, vom Dach zu springen. Das Verschwinden einer ganzen Familie war teuer. Früher oder später musste sie irgendwo wieder auftauchen, und ich konnte mir nicht vorstellen, dass es mir nicht gelingen würde, sie zu finden.

Ich kehrte zu meinem Wagen zurück und schaltete das Radio ein, um wach zu bleiben, bis ich bei einer Tankstelle einen Kaffee trinken konnte. Mich überraschte jedoch ein bekanntes Lied, das überhaupt nicht zu diesem Augenblick passte. Als ich einen anderen Sender suchen wollte, hupte ein vorbeifahrender Lastwagen. Ich hielt am Straßenrand, um zu prüfen, in welchem Zustand meine Lidstriche waren. In keinem guten. Ich lehnte den Kopf gegen das Lenkrad und ließ *Platsch Jeremii* weiterlaufen. Als ich nach Paris geflüchtet war, hatte ich das Etagenbett mit einem Mädchen aus Lwiw geteilt, das ständig diese Gruppe hörte. Nachts drang mir die Musik von ihrem Walkman ins Ohr, und ganz besonders hatte sie dieses Lied gemocht, in dem von weißen Astern und der am Ende des Sommers bevorstehenden Rückkehr in die russifizierten Städte die Rede war, und ich dachte dabei, dass ich immerhin denen entkommen war und nie mehr dorthin zurückkehren würde. Dennoch hatte etwas an diesem Lied mich veranlasst, den Walkman des Mädchens samt seinen Kassetten heimlich zu zerstören. Einen neuen konnte sie sich nicht leisten, und das Asternlied verstummte.

Das Mädchen erriet niemals, wer schuld war an diesem Werk der Zerstörung. Sie weinte, als sie das Tonband verfitzt und glänzend am Boden sah, und ich empfand vielleicht einen Moment lang Reue, nicht mehr. Ich tröstete sie, und irgendwie endete es damit, dass wir uns gegenseitig trösteten. Sie hatte keine Ahnung davon, wozu ich imstande war. Obwohl wir im selben Etagenbett schliefen, war ich ihr ebenso fremd wie Daria mir. Ich hatte Daria so gründlich erforscht, dass ich geglaubt hatte zu wissen, wer sie war. Jetzt konnte ich mir nicht mehr vorstellen, wozu sie fähig war oder wohin sie flüchten würde.

Aber hatte ich mich selbst besser gekannt? Wenn jemand mich früher gefragt hätte, wozu ich bereit wäre, um mehr über das Schicksal meines Vaters zu erfahren, hätte ich lachend geantwortet, vorbei ist vorbei. Ich hatte nicht einmal das Grab meines Vaters besucht. Dennoch hatte ich ganz anders gehandelt, als Iwan mir vor zwei Wochen einen Tauschhandel anbot, bei dem Nachrichten über meinen Vater der Einsatz waren.

Dieses Geschäft hatte die Eindringlinge in Darias Wohnung gebracht.

Es hatte die Sokolows in den Untergrund gebracht.

Dieses Geschäft würdest du mir nicht verzeihen können.

Dorf, Oblast Mykolajiw
2009

»Wie ich gehört habe, befindet sich in deinem Besitz etwas Geldwertes«, sagte Iwan. »Und jemand ist bereit, dafür zu zahlen.«

Sofort verspannte sich mein Nacken. Ich war gekommen, um ihn zum Essen zu holen, aber Iwan trödelte, indem er Gläser und Flaschen mit Rohopium im Kofferraum anordnete, als baute er aus Kristallgläsern eine Pyramide. Die geöffnete Heckklappe des Autos verdeckte den ganzen Mann, und ich konnte seine Miene nicht sehen. Schließlich streckte er den Rücken und bog Daumen, Zeige- und Mittelfinger zusammen, schmatzte einen Kuss darauf zum Zeichen, was für gutes Rohopium Boris machte.

»Als würde man ofenfrisches Weizengebäck verkaufen. An der Ecke der Entziehungsanstalt stehen die Leute jetzt schon danach Schlange.«

Offensichtlich wusste Iwan nicht, wie er seine Sache vortragen sollte, und das war neu. Es konnte nicht um den Mohn gehen. Und ich besaß nichts Wertvolles. Wenn es nicht um Dinge ging, zu denen ich im Büro Zugang hatte. Um Eizellen, Spermien, Embryonen, Föten. Um das Kundenregister. Die Datenbank enthielt alles über die Gesundheit der Kunden, ihr Erbgut, ihre Wünsche, ihre Spender. Manch einer würde dafür ein hübsches Sümmchen hinblättern. Für diese Dinge gab es viele Interessenten: unsere Konkurrenten in derselben Branche, jemandes eifersüchtige Geliebte oder den Liebhaber, Widersacher der Kunden und warum nicht auch die Sicherheitsdienste diverser Staaten.

Iwan knallte die Heckklappe mit einer Wucht zu, die die mit Tesafilm am Armaturenbrett befestigte Ikone in den Fußraum fallen ließ, und er bückte sich, um sie zu suchen. Ich wartete. Iwan war kein Schwätzer, und das Thema war für ihn ganz offenbar unangenehm. Ich beschloss, ihn absichtlich falsch zu verstehen, um das Gespräch in Gang zu bringen.

»Ich kann keine Preisnachlässe für die Behandlung von Kinderlosigkeit gewähren, ohne erwischt zu werden. Meine Chefin ist eine penible Frau.«

»Keine Sorge, darum geht es nicht. Und das Arrangement verlangt von dir so gut wie nichts.«

Der Heilige Kukscha von Odessa war wieder da, Iwan richtete sich auf. Derselbe Heilige hatte das Taxi geziert, das er gefahren hatte, als er noch Rohopium verkauft hatte. Die Zeiten waren vorbei, und Iwan war kein kleiner Dealer mehr. Er war aufgestiegen und wollte noch weiter nach oben. Iwan küsste den Heiligen Kukscha, den er erwählt hatte, weil auch er gelitten hatte, allerdings in den Lagern des Urals, und befestigte die Ikone wieder an ihrem Platz. Anstatt endlich zur Sache zu kommen, kramte er im Handschuhfach, bis er die Flasche fand, und holte aus dem Gepäckraum ein Drei-Liter-Gurkenglas, das er von meiner Tante bekommen hatte. Wieder knallte die Heckklappe allzu laut zu, und die am Rückspiegel befestigte Flasche mit gesegnetem Öl begann zu pendeln. Die Schnapsflasche sprang auf. Iwan nahm einen tiefen Schluck daraus und reichte die Flasche mir. Ich schlug das Angebot nicht aus.

»Das Geschäft betrifft deinen Kunden.«

»Welchen?«

Iwan schaute zum Haus hinüber, als wollte er sich vergewissern, dass uns niemand stören würde. Mutter hatte Geburtstag, und bald würde sie sich wundern, wo wir blieben.

»Angeblich weißt du, wer. Ein hohes Tier. Ein Ukrainer, kein Ausländer.«

Viktor. Es konnte sich um niemand anderes handeln. Instinktiv bekreuzigte ich mich. Ich wollte mich kein bisschen mehr in Iwans Geschäfte einmischen, als unbedingt nötig war – und in diese Sache überhaupt nicht. Schon allein das Gespräch war ein Betrug.

»Wer hat dich beauftragt?«

»Das brauchst du nicht zu wissen.«

»Ich kann das nicht.«

»Die Sache ist leicht.«

»Solche Sachen gibt es nicht.«

Iwan gnurpschte eine Gurke, wischte sich die Finger an der Hose ab, kramte eine Schachtel Zigaretten hervor und klopfte so lange auf das Ende der Zigarette, dass ich ihn unterbrechen und ihn bitten musste, mir auch eine anzubieten. Ein Weilchen rauchten wir schweigend. Mir wurde klar, dass ich Viktor oder meine Chefin sofort von dem Vorschlag in Kenntnis setzen musste. Oder dich. Ihr würdet wissen, was zu tun war, aber Iwan würde in Schwierigkeiten geraten, und sicherlich auch ich. Es war kein Zufall, dass Iwan als Laufbursche eingesetzt worden war, und die Freundschaft zwischen mir und Viktor war kein Geheimnis. Reden, Eröffnungen, Galas. Viktor hatte Fotografen gemieden, bis sein Vater beschlossen hatte, ihn in die Politik zu bringen. Von uns gab es viele gemeinsame Fotos. Ich wusste über Viktor mehr als irgendjemand sonst, oder das glaubte ich, und das machte mich interessant.

»Ich weiß nicht, ob wir eine Alternative haben«, sagte Iwan.

»Wir?«

»Nie darf jemand erfahren, dass ich die Daten dieser speziellen Person von dir bekommen habe.«

»Geht es darum? Ihr wollt die Patientendaten meines Kunden?«

»Du brauchst nur alles zu kopieren einschließlich der kleinsten Details. Völlig harmlos und ungefährlich.«

»Das kann ich nicht. Unter keinen Umständen.«

»Interessiert dich gar nicht, welchen Lohn du bekämst?«, fragte Iwan und machte eine kleine Pause. »Du würdest dafür den Kopf deines Vaters bekommen.«

Es dauerte einen Moment, ehe ich verstand, was Iwan gesagt hatte. Ich setzte mich auf den Boden und spürte, wie die Feuchtigkeit durch die Kleider mir bis auf die Haut drang. Ich wunderte mich nicht mehr, warum Iwan so verlegen war. Wieder bot er mir Wodka und Gurken an. Nur den Schnaps nahm ich an. Der Kopf meines Vaters. Ich hatte schon lange nicht mehr an ihn gedacht. Da gab es nichts zu denken. Ich hatte immer vermutet, so etwas kommt vor, in solchen Kreisen, bei solchen Auseinandersetzungen. Die Schändung von irdischen Überresten war genug Warnung für jedermann. Ich hatte mir nicht vorstellen können, dass jemand einen Körperteil meines Vaters jahrelang aufbewahren wollte oder sich gemerkt hatte, wo er vergraben war. Aber woher sollte ich wissen, wie solche Dinge gehandhabt wurden? Vielleicht war ja eine Tiefkühltruhe mit Händen, Beinen und Köpfen wie eine Bank, aus der man etwas hervorholen konnte, sollte die Familie des Opfers mit Journalisten sprechen wollen. Oder

wenn man Gefälligkeiten brauchte. Die verzweifelten Angehörigen sind zu allem bereit, um ihre Lieben vollständig zur
letzten Ruhe zu betten. Das Wesentliche war jedoch die Tatsache, dass jemand aus irgendeinem Grund im Besitz des Kopfes
meines Vaters war, und das war alles, was ich wissen musste.
Mit solchen Typen war nicht zu spaßen. Das Angebot solcher
Männer an mich war eine Geste, durch die klar werden sollte,
was passieren würde, wenn ich mich weigerte. Solche Kerle
wollten jetzt Viktor und seiner Frau schaden. Sie kümmerten
mich nicht. Mich kümmerte mein eigener Kopf, den ich zwischen den Schultern behalten wollte.

»Denk an deine Mutter und deine Tante. Und an Boris.«
Mehr brauchte Iwan nicht zu sagen.

Dnipropetrowsk
2009

Mutter rief an, um mir Neuigkeiten zu berichten. Ein Polizist war erschienen, um sie aufzusuchen, aber da die Amtsgewalt an der Haustür Kummer und den Verlust von Geld bedeutete, meistens beides, hatten sie das Tor nicht geöffnet. Als der Mann am nächsten Morgen wiederkam, erschrak die Tante so sehr, dass ihr der Wassereimer aus der Hand fiel. Eine solche Hartnäckigkeit bedeutete, dass der Teufel los war. Die Miliz würde sie nicht in Ruhe lassen, bis ihre Sache erledigt war, sodass sie es für das Beste hielten, den Mann auf den Hof zu lassen. Der Polizist gab ihnen und dem knurrenden Hund die Gelegenheit, sich an sein friedliches Verhalten zu gewöhnen, bevor er den Grund seines Besuchs erklärte: Im Zusammenhang mit den Bauarbeiten eines mehrstöckigen Hauses war ein Körperteil gefunden worden, der wahrscheinlich meinem Vater gehört hatte. Mutter solle sich ins Leichenschauhaus begeben.

Ich saß an meinem Schreibtisch, bemühte mich, überrascht zu klingen, und drückte meinen Kugelschreiber in eine leere Seite meines Kalenders. Das Büro war immer noch geschlossen wegen der Pandemiequarantäne. Niemand hatte bemerkt, was ich da trieb, als ich das Kennwort der Chefin benutzt hatte, um die Nutzerrechte der Mitarbeiter für die Datenbank zu erweitern, und das hatte ich am Computer der auch sonst schusseligen Sekretärin gemacht. An ihrem Gerät hatte ich auch die Daten ausgedruckt. Ich lieferte Iwan das Material über die Krawezens und listete dann in Gedanken alle Personen auf, denen ich im Notfall die Schuld an dem Datenleck zuschieben konnte. An oberster Stelle stand die Sekretärin. Mutter räusperte sich am anderen Ende der Leitung.

»Ich hab dir nie erzählt, wie sehr mich diese Sache gequält hat«, sagte sie.

»Woher wussten sie, wessen Kopf das war?«

»Aufgrund der Zahnkarte.«

»Ist es sicher, dass es sich um Vater handelt?«

»Das hab ich doch schon gesagt.«

Mutter klang jünger, und ihre Sätze waren vollständig, zum Ende hin lösten sie sich nicht auf, und sie plauderte über das, was sie zu tun gedachte, fragte nicht nach dem, was ich machte, und tratschte nicht über die Angelegenheiten anderer. Morgen würde sie mit dem Priester über eine neue Einsegnung sprechen, den Heiligen danken und Wachskerzen anzünden.

»Die Sache sollte in aller Stille erledigt werden«, merkte ich an. Ich wollte keine unnötige Aufmerksamkeit erregen, geschweige denn einen umtriebigen Investigativjournalisten dabeihaben.

»Natürlich. Keine Gäste außer uns. Niemand braucht das zu erfahren.«

Ich hatte mich vor Mutters Anruf gefürchtet und erwartet, dass er in ein einziges Weinen ausarten würde. Die Reaktion war jedoch völlig entgegengesetzt. Sie versank nicht in Erinnerungen, verfluchte sich nicht dafür, dass sie sich Vaters großen Plänen nicht entschiedener entgegengestellt hatte und wir Snischne nicht eher verlassen hatten. Vater erwähnte sie überhaupt nicht mehr, nachdem sie mir die eigentliche Nachricht mitgeteilt hatte. Ungläubig registrierte ich Mutters Energie, sie plante sogar eine Urlaubsreise. Wenn ich die Visa beschaffen könnte, würden sie und die Tante meinen Cousin in London besuchen. Ich antwortete Ja und versprach alles. Früher hätte Mutter niemals das Haus für längere Zeit nur dem Hund und Boris überlassen. Ich hatte das Gefühl, mit einer Fremden zu sprechen, bis mir bewusst wurde, dass Mutter so klang wie als junge Frau in Tallinn. Jene Mutter hatte ich geglaubt, für immer verloren zu haben. Meine Tat hatte sie mir zurückgegeben.

Nach dem Ende des Gesprächs öffnete ich das Fenster, um eine Zigarette zu rauchen, und überlegte, ob der Wandel in Mutters Wesen von Dauer sein würde. Die alte Frau mit dem geblümten Kopftuch fegte die Straße. An der Außenwand des Hauses, das sie passierte, war eine neue Klimaanlage erschienen, die die anderen Anlagen der Wand ebenso schrottreif wirken ließ wie ein Teil der Balkons desselben Hauses. Dennoch stand das Haus immer noch da und war so alt, dass seine Fundamente auf festem Grund stehen mussten, aber ich war nicht sicher, ob meine Vorsichtsmaßnahmen ausreichten, um die von mir entzündeten Brände zu löschen.

Nachdem herausgekommen war, dass Veles Krawez für den Tod meines Vaters verantwortlich und Daria verschwunden war, erkannte ich, dass ich zu meiner Sicherheit etwas Konkretes brauchte, etwas, das mir niemand abhandeln konnte, etwas, das schwerer wog als ein Befehl von Veles und dich auf meine Seite zwingen würde, falls alles auffliegen und mein Verrat an euch offenbar werden sollte.

Ein Kind war nicht nur meine Lebensversicherung. Dennoch dachte ich, dass eine solche Versicherung nicht schaden würde, als ich die Pillen zum Abschluss jenes Tages wegwarf, an dem ich mir eingestehen musste, dass Daria nicht zu mir zurückkehren würde. Am frühen Abend brachte ich eines der Mädchen zum Zug, und danach wagte ich es nicht, mein Auto anzulassen. Ich versuchte, mich zu beruhigen, und beobachtete die Menschen, die sich, ohne zu zögern, ans Steuer setzten und losfuhren, davonsausten wie Fische mit silberner Flanke in ihren Schwarm. Daria würde keine Bombe in meinem Auto installieren können, was jedoch ihre Brüder betraf, war ich mir nicht so sicher. Ich konnte mich nicht mit ihnen beraten, weil ich keinen Kontakt zu ihnen hatte, die ganze Bande war vor gut einer Woche verschwunden. Wenn sie kein Geld wollten, dann wusste ich nicht, was sie wollten. Wahrscheinlich mein Leben.

Ich stieg aus, um mir die Beine auf dem Parkplatz zu vertreten, zündete mir eine Zigarette an und versuchte, an etwas anderes zu denken. Die Studenten schleppten, vom Bahnhof kommend, karierte Taschen, und ich hätte gewettet, dass sie Lebensmittel enthielten, die man ihnen von zu Hause geschickt hatte. Unter dem Gewicht ihrer Traglast schwankten sie, und ich beobachtete ihren Gang, bis mir einfiel, dass Daria sich auch in der Universität nicht gezeigt hatte. Ich wandte mich ab und wurde mir der Tatsache bewusst, dass ich aus Versehen eine Herzschmerzzigarette rauchte. Dieser Spitzname war im Büro erfunden worden. Die Cocktail-Zigaretten von *Sobranie* waren so schön, dass sie auch Liebeswunden heilten, und deshalb griff man zu diesen Schachteln nur in Augenblicken der Verzweiflung. Ich warf die Zigarette mit dem goldenen Filter zu Boden und setzte mich eilig wieder ins Auto. Zu lange hatte ich mir eingeredet, dass die dumme Gans wieder zur Vernunft kommen würde, allein schon wegen des Bonus, der ihr gezahlt werden sollte, nachdem den Krawezens ein gesundes Kind geboren worden war. Ich hatte die Überweisung in letzter Sekunde verhindern können. Noch nie war ich Menschen begegnet, die Knete verachtet hätten.

Dann wollte ich mich zwingen, den Motor anzulassen, schaffte es aber nicht, und meine Blicke wanderten zu den hinteren Stoßstangen der Fahrzeuge vor mir. Jede einzelne zierte ein Aufkleber, der anzeigte, dass der Wagen gesegnet worden war. An meinem fehlte er.

Ich steckte die Autoschlüssel in die Tasche und steuerte die Straßenbahnhaltestelle an. Meine Schritte erschienen mir schleppend, alles um mich herum bewegte sich in einem anderen Rhythmus als ich, und die Straßenbahn füllte sich, bevor ich sie erreichte. Ich beschloss, auf die nächste zu warten, und als sie hielt, richtete ich den Blick auf den Sitz des Fahrkartenkontrolleurs, den man durchs Fenster sah und der mit einem an der Lehne festgebundenen Teddybären markiert war. Das sollte mein Fixpunkt sein, er würde die Welt an ihrem Platz halten. Warum nur fiel mir der Einstieg über die zwei Stufen in die Bahn so schwer? Der Gedanke, die Körper der fremden Menschen könnten meinen berühren, erschien mir unerträglich. Sollte ich Alexej zu Hilfe rufen und ihm vorlügen, dass etwas an meinem Auto nicht in Ordnung war? Beobachtete mich der Mann, der sich neben mich gedrängt hatte? Ich wagte es nicht, das Telefon zur Hand zu nehmen.

Ich sprang aus der Bahn, beschleunigte meine Schritte auf dem Weg zum Petrowski-Denkmal und blieb dort stehen. Ich schaute hinter mich. Die gelbroten Flanken der Straßenbahnen flimmerten mir in den Augen wie ein kaputter Fernseher, aber der Mann war verschwunden. Ich versuchte, meine Gedanken zu sammeln, zu überlegen, was zu tun sei und wie du es machtest, du wagtest es, deinen Wagen zu starten, obwohl du selbst in anderer Leute Autos Bomben legtest. Zumindest hattest du das getan. Wie war das? Sich ans Steuer zu setzen, unmittelbar nachdem jemand anders explodiert und zerfetzt worden war? War das wie ein Rausch, auf den ein Kater folgte, oder wie eine Geburt, deren Schmerzen man vergaß? Oder war es wie eine Prügelei, die den Adrenalinspiegel steigen ließ? Machte es dir Freude, dass du am Leben warst und jemand anderes nicht? Gab es dir das Gefühl, gleich nach Gott zu kommen? Konntest du diesem Gefühl auf den Leim gehen, so wie ich der Verehrung und Bewunderung auf den Leim gegangen war, die mir in meiner Arbeit als Lebensspenderin zuteilwurde?

Am Petrowski-Denkmal und an dessen Sockel machten sich zwei Männer mit Putzgeräten zu schaffen. Wieder hatte jemand das Monument beschmiert und mit blutroten triefenden Buchstaben das Wort »Schlächter« daraufgemalt. In Kiew war das Petrowski-Denkmal gestürzt worden. Hier stand es immer noch an seinem Platz. Ich erinnere mich an Babusja Vilinas Mutter. Von ihr wurde berichtet, sie habe den Leichnam eines ihrer Kinder gegessen zur Zeit des Holodomors, den der Schlächter tatkräftig vorangetrieben hatte. Babusjas Mutter war verrückt geworden. Ihre Nachkommen hatten jedoch weitergelebt, und eines ihrer Kindeskindeskinder fuhr jeden Tag ruhig an der Bronzefigur des Schlächters vorbei, erschrak jedoch bei nichtigen Missgeschicken wie ein weinerliches Kind. Ich wandte mich zurück, um die nächste Bahn zu nehmen. Mein Verhalten war dumm. Babusja hatte viel Schlimmeres überlebt. Sie hatte gesehen, wie in den Lagern mit dem Frühling unter dem tauenden Schnee die Leichen sichtbar wurden. Und der Vater meines Vaters? Er hatte sich in die eingestürzten Schächte des Donbass hineingeschoben und die Kriegsverwüstungen nur mithilfe einer Öllampe und einer Axt repariert. Ich war so schwach, dass ich nicht imstande war, mich einer gewöhnlichen Haltestelle zu nähern, die nach einem Augenblick der Stille wieder von Menschen wimmelte. Falls die Sokolows sich an mir rächen wollten, war dies ein idealer Ort. Daria würde sich mir unbemerkt nähern können. Oder ihr Bruder. Oder ihre Onkel, die gab es auch. Ich wandte den Kopf hin und her und suchte etwas, worauf ich zugehen konnte. Die Metrostation. Ich blinzelte. Das Zerbröckeln des Ostblocks hatte die mit viel Schwung begonnenen Baupläne für eine Untergrundbahn ausgebremst, und so gab es nur wenige Stationen. Deshalb wurde die Metro kaum genutzt, und deshalb erschien sie mir sicher. Auf dem leeren Bahnsteig würde ich die Anzeichen einer Gefahr leichter bemerken, und in diesem Moment erschien es mir wichtig, weit vom Bahnhof fortzukommen, egal wohin. Ich wollte in Sicherheit sein, fort von dem feindseligen Starren unbekannter Menschen, dem ich überall begegnete, wohin ich auch blickte.

In der U-Bahn-Station zitterte ich schon so stark, dass mir die Marke aus der Hand fiel und mit hoher Geschwindigkeit davonrollte. Ich blinzelte im Halbdunkel und rannte ihr auf den schmutzigen Bodenplatten nach, bis ich sie vor dem Kabäuschen der mich beobachtenden Aufsicht zu fassen bekam. Ich spürte, wie ihr misstrauischer Blick mir bis zu der Rolltreppe folgte, deren Länge mir Schwindel verursachte. Jemand könnte an mir vorbeilaufen und mich mit dem Kopf voraus hinunterschubsen. Jemand konnte mich auf die Schienen stoßen, auch die Aufsicht selbst. Der Bahnsteig war wie eine Grabkammer, deren gelbes Licht meine Haut wie einbalsamiert wirken ließ. Sein Marmor klang nach Tod, seine Leere war eine Bedrohung. Ich beschloss, Alexej zu Hilfe zu rufen, und holte mein Handy hervor. Meine Finger zitterten so, dass ich aus Versehen ein Foto machte. Der Blitz flammte auf. Ein in der Nähe stehender alter Mann begann zu zetern, man dürfe hier keine Fotos machen, und fuchtelte mit seinem Stock herum. Ich stand wie erstarrt an meinem Platz und hörte mir wie ein Kind den Rüffel für mein Vergehen an. Das noch aus Sowjetzeiten stammende Verbot, strategische Objekte zu fotografieren, galt immer noch. Ich roch die ungewaschene Haut des Alten und das an seinen Kleidern hängende Arom von Zwiebeln, Kohl und getrocknetem Fisch. Aus seinem Mund sprühte Spucke auf meine Haut. Ich antwortete nicht auf seine Schimpftiraden, ich entfernte mich nicht, ich wich nicht einmal aus. Ich starrte die Wand jenseits der Schienen an. Daran gab es keine Werbung, und deshalb erinnerte sie mich an Moskau, wo ich zum ersten Mal mit der U-Bahn gefahren war. Licht und Farben waren die gleichen, und fast hörte ich meinen Vater sagen, halt meine Hand ordentlich fest. Ich hatte mich vor den drängelnden Menschen und den endlos scheinenden Rolltreppen und ihren Holzstufen gefürchtet. Metall würde Funken sprühen, hatte Vater mir beigebracht, Holz war die sicherere Alternative, und ich wurde nervös. Damals dachte ich an Flammen, nicht an die Wände der Metrostation. Ich konnte mir daran keine Werbung vorstellen. Vor Paris hatte ich keine Werbung in Straßenbahnen oder Stationen gesehen, und deshalb verstand ich nicht, was eine Werbung, die das gesamte Netzwerk der Stationen umfasste, für mein Gesicht bedeuten würde. Ich hatte nur vor Freude einen Luftsprung gemacht, als meine

Agentin mir die Nachricht überbrachte: Ich war zu Probeaufnahmen für eine Kastanienpüreewerbung gebeten worden. Es ging um eine groß angelegte Außenwerbekampagne, und ich sah endlich einen Auftrag vor mir, für den ich anständig Geld bekommen würde. Meine Agentin hatte weitergehende Pläne gehabt. Ihrer Ansicht nach hätte ich mich weigern sollen. Ich ging trotzdem hin und wurde ausgewählt.

Ich habe dir niemals den wahren Grund genannt, warum ich die Arbeit als Model aufgegeben habe. Ich sagte, ich hätte die Oberflächlichkeit der Branche sattgehabt und außerdem unter Heimweh gelitten. In Wirklichkeit hatte ich es nicht gewagt zuzugeben, dass meine Karriere an meiner eigenen Dummheit gescheitert war. Ich hatte nicht die Wertehierarchien meiner neuen Umgebung durchschaut. Alle Westmädchen hatten gewusst, was *Chanel* war und was *Louis Vuitton*, sie waren aufgewachsen in einer Welt, wo man eine Armada von Markennamen mit der Muttermilch einsog. Mir war nicht klar gewesen, wie gewaltig der Unterschied zwischen der Werbung für *Dior* und der für den Hersteller von Kastanienpüree war, sondern winkte ab, als meine Agentin mich warnte, solche Aufträge solle ich besser ablehnen, wenn ich das Interesse bedeutender Modeschöpfer wecken und in meiner Karriere vorwärtskommen wolle. Wenn ich es schaffen würde, jemandes Muse zu werden, würde mein etwas zu kurzer Körper nicht schaden. Auf die Catwalks stiegen die Musen, nicht die Katalogmädchen, geschweige denn die Kastanienpüreemademoiselles. Zu Beginn meiner Laufbahn war ich halbwegs zurechtgekommen auf den asiatischen Märkten, für die ich schon zu alt und zu dick war. Wenn ich meinen Kurs nicht änderte, würden meine letzten Jahre auch anderswo anbrechen.

Der Hunger hatte mir jedoch die Ohren verstopft. Als Honorar erhielten wir allzu oft nur die Kleider, in denen wir posiert hatten. Aber ich brauchte Bargeld. Und genau das sollte es bei dem Kastanienpüreejob geben. Als aber die Metrostationen mit meinem Gesicht tapeziert waren und die Menschen mich auf der Straße erkannten, war mein Geldbeutel überhaupt nicht besser gefüllt als vorher. Mein Kalender dagegen leerte sich. Ich wurde nicht mehr angefragt, nicht einmal mehr für Kataloge. Eine Weile hielt ich mich noch über Wasser und hoffte, die Werbung würde vergessen werden. Das geschah jedoch nicht. Ich war immer nur das Mädchen mit dem Kastanienpüree und als Investition wertlos geworden, sodass meine Agentin mich ausmusterte. Ein Honorar von zweihundert Euro war alles, was ich für den Auftritt bekam, obwohl dieselbe Produktmarke mein Foto immer noch in ihrer Werbung benutzte, die mein Gesicht endgültig verschliss und mich auf den Weg schickte, der mich letztlich auf die Metrostation von Dnipro führte. Ich hatte das Gemecker, die Spucke und den fuchtelnden Stock des Alten verdient. Das geschah mir ganz recht.

Irgendwie schaffte ich es, meinen Wagen in die Tiefgarage meines Wohnhauses zu fahren, und sobald ich dort angekommen war, rief ich dich an. Vielleicht würde etwas in deiner Stimme dich verraten, falls meine Panikattacken, die Herzschmerzzigarette in meiner Hand und mein Gefühl, beobachtet zu werden, anzeigten, dass mein wackeliges Kartenhaus in sich zusammengestürzt war. Ich wusste nicht, was ich tun sollte, wenn du dich nicht melden würdest, außer dass ich nicht aussteigen und ins Haus gehen würde. Das Telefon klingelte lange, und jeder Ton klang wie die Glocke des Jüngsten Gerichts.

Ich saß auf meinem Platz und betete zur Heiligen Gottesgebärerin, bis ich deine Stimme hörte. Ich spitzte die Ohren, konnte aber nichts heraushören als Zärtlichkeit, und das ermutigte mich, auszusteigen und zum Fahrstuhl zu gehen. Hinter deinen Worten hörte ich den Londoner Verkehr und eilige Schritte, und ich zog das Gespräch in die Länge, um in die richtige Etage zu kommen, meine Wohnung, die Schränke und den Raum unter dem Bett zu kontrollieren und mir fünfzig Gramm Kognak einzuschenken. Als ich ihn hinuntergestürzt hatte, war ich bereit, das Gespräch zu beenden. Mehr wagte ich nicht zu trinken, um nicht meine Wachsamkeit zu verlieren. Für einen Augenblick lehnte ich mich gegen die Tür. Und erinnerte mich an die Zeit, als die Leute anfingen, anstelle ihrer hölzernen Wohnungstüren solche einzubauen, die einbruchssicher waren. In meiner Wohnung, die in einem neuen Hochhaus lag, verlangte nichts nach Renovierung. Dennoch hatte der vorige Bewohner die Tür erneuert, sie war aus Stahl, und ich überlegte kurz, was ihm passiert sein mochte. Ich vertrieb den vagen Gedanken aus meinem Kopf und war zufrieden, dass wenigstens eine Sache in Ordnung war, wenigstens etwas, und demnächst würde ich versuchen, mit dem ältesten Mittel der Welt weitere Sicherheit für mein Leben zu erlangen. Die Entscheidung, die Pille in den Müll zu werfen, fiel mir leicht. Du würdest gezwungen sein, die Mutter deines Kindes zu schützen, falls jemand aus dieser gestörten Sippe mir ans Leben wollte, und damit meinte ich nicht nur die Familie Krawez, sondern auch die von Daria. Ich hatte das Verschwinden des Mädchens zu lange verschwiegen, als dass ich jetzt davon berichten könnte. Außerdem hatte ich gelogen und in meiner Not behauptet, Daria wolle sich eine Weile ihren Studien widmen, aber diese Erklärung würde nicht lange aufrechtzuerhalten sein. Falls Viktor und seine Frau sich noch mehr Kinder wünschten, würden sie keine andere Spenderin wollen, nicht, nachdem diese Wundertäterin sich für sie als ein wahrer Engel erwiesen hatte.

Mein Auto, das, anders als Alexejs Jeep, keine kugelsicheren Scheiben hatte, wagte ich nicht zu benutzen. Ich bewegte mich möglichst oft in seiner Gesellschaft und vermied es, allein unterwegs zu sein. Die Tiefgarage meines Hauses betrat ich nicht mehr, ging nicht einkaufen und nicht auf öffentliche Plätze, nicht in Cafés, Restaurants oder Nachtclubs und wartete schon auf deine Rückkehr, als du dich erst auf den Weg zum Flughafen von Dnipro machtest. Meine seltsamen Routen waren dir noch nicht aufgefallen, weil ich in deiner Gesellschaft dachte, mir könne nichts passieren. Du bemerktest jedoch, dass ich vor einem in der Nähe vorbeifahrenden Motorrad erschrak, dass ich aus der Fassung geriet, wenn auf der Straße ein Autoreifen platzte, und dass ich im Restaurant wie eine Anorektikerin in meinem Essen herumstocherte, damit es wie gegessen aussah. Dein Lieblingsplatz, die Terrasse des *Mimino*, verursachte mir Schweißausbrüche, das Essen fiel mir schwer, die Brocken blieben mir im Halse stecken, und wie Garri Kasparow trug ich Wasserflaschen mit mir herum, die ich selbst gekauft hatte. In der Handtasche trug ich die Ikone bei mir, die Babusja mir vererbt hatte, und suchte im Internet nach Beschreibungen von Vergiftungssymptomen. Während der Wochenbesprechung überlegte ich, warum der KGB Stepan Bandera durch einen Schuss mit einer Zyanidkapsel getötet hatte anstatt mit einer gewöhnlichen Kugel. Und warum hatte der Journalist Georgij Gongadze mit Dioxin gefüllt werden müssen, bevor man ihn köpfte? Was hatte das für einen Sinn gehabt? Und wie groß musste ein Teppich sein, wenn man einen Menschen darin einwickeln wollte? Wie viele Meter Kunststoff?

Neuerdings vermied ich es, am Fenster zu stehen, und schlief vollständig angezogen hinter dem Sofa. Wenn wir gleichzeitig in der Stadt waren, ging ich für die Nacht zu dir. Mein Leben war, als tränke ich täglich giftigen Wein. Jeden Augenblick konnte ich mein Augenlicht oder das Leben verlieren.

Etwas später waren wir in Saporischschja. Ich wollte vor der abendlichen Neujahrsgala ein neues Mädchen im Lenin-Gebiet begutachten. Die Burjatin war hier ansässig, und deshalb konnten wir sie nur zum Anwerben von Spenderinnen des Typs Asiatin einsetzen, an denen in Amerika Mangel herrschte. Für die wurde dort gut gezahlt. Du hattest mir angeboten, mich hinzufahren, und unterwegs erklärte ich dir die Lage.

»Warum hast du mir das nicht früher erzählt«, wundertest du dich. »Ich kenne in Moskau zwei angehende Juristinnen, die es wegen der Augen schwer haben, einen Job zu finden. Sie sparen für eine Operation.«

»Ist die Lage tatsächlich so schlimm?«

»Am Tag des Sieges und an anderen nationalen Feiertagen bleiben sie zu Hause, sonst werden sie verprügelt.«

»Vielleicht sollten sie nach Amerika gehen.«

Mit einem Schluck Wasser aus der Flasche spülte ich mir das Würgen aus dem Hals. Ich wusste nicht, wer mir mehr leidtun sollte, die Burjatenmädchen oder ich selbst. Sie werden verprügelt. Das Wort ging mir nicht aus dem Kopf. Als ich das Mädchen in Augenschein nahm und sie für ihre Aufgabe instruierte, pochte das Wort immer noch in mir. Ich kehrte zu dir ins Auto zurück, wo du auf mich gewartet hattest, und das Wort ließ mir immer noch keine Ruhe, sondern rumpelte in meinem Hinterkopf wie ein Zug, der auf mich zurollte.

Für den Abend hatte ich mich im Kosmetikstudio zur Gesichtspflege angemeldet. Doch je näher wir dem Salon kamen, desto weniger wollte ich dorthin. In den Saunas dieses Landes gab es ständig Unfälle, die der Staatsanwalt als Selbstmorde bezeichnete, und mich tröstete auch nicht das Wissen, dass Daria kaum die Mittel haben dürfte, die Justiz zu bestechen, denn woher sollte ich wissen, was ihr Vater für Kontakte gehabt hatte?

»Ich glaube, ich sage bei der Kosmetikerin ab. Ich bin lieber in deiner Gesellschaft«, erklärte ich und legte die Hand auf deinen Schenkel. Dabei bemühte ich mich zu lächeln, obwohl ich gleichzeitig überlegte, ob die Familie Sokolow zwanzigtausend Euro zusammengekratzt bekäme. Einen Mord zu bestellen war billiger, als sich durch Leihmuttergeburt ein Kind anzuschaffen, und wenn ich an einem fremden Ort allein und mit einer Maske auf dem Gesicht dalag, wäre ich ein leichtes Objekt. Für eine etwas höhere Summe könnte man mich am helllichten Tag vor Augenzeugen erschießen, und wegen des Gefängnisses brauchte man sich keine Sorgen zu machen. Bei einer Tracht Prügel würden die Sokolows es nicht bewenden lassen, mit Sicherheit nicht.

»Wo ist das Problem?«, fragtest du und stelltest den Motor ab.

Wir waren angekommen. Ich rührte mich nicht. Es würde mir unmöglich sein auszusteigen, die wenigen Meter zum Kosmetiksalon zurückzulegen und die Tür zu öffnen. Ich zwickte mich in den Arm. Gerade war ich auf dem besten Weg, paranoid zu werden. Aber Daria war nicht in die Universität zurückgekehrt. Sie hatte ihr früheres Leben hinter sich gelassen.

»Ich glaubte, du würdest erleichtert sein. Lada Pawlowna hat ein gesundes Kind, und alle sind verrückt nach dir«, fuhrst du fort.

»Ich bin auch erleichtert …«

»Nein, das bist du nicht. Du schläfst nicht, bist schreckhaft, änderst in letzter Sekunde bereits vereinbarte Dinge. Oder liegt das an mir? Hast du jemanden …«

»Nein, wie kannst du das nur glauben«, erschrak ich.

»Na, was dann?«

»Es kann dauern, bis die Spannung sich löst. Vielleicht fällt es mir schwer, zu glauben, dass endlich alles in Ordnung ist. Vielleicht brauche ich Urlaub.«

»Urlaub?«

Du wandtest dich mir zu. Der Gedanke munterte mich auf. Alles könnte besser werden, wenn ich für eine Weile von hier fortkäme. Ins Kosmetikstudio wollte ich trotzdem nicht, und ich versuchte, deine Aufmerksamkeit von meinem seltsamen Verhalten abzulenken.

»Ja, Urlaub. Und heute könnten wir uns noch ein bisschen in Saporischschja umsehen.«

»Interessieren dich die Sehenswürdigkeiten wirklich? Hat dir das höchste Lenin-Denkmal der Welt nicht genügt?«

»Ich meinte Stellen, die dir wichtig sind.«

Deine Finger trommelten gegen das Lenkrad. Du erzähltest nie begeistert von deiner Vergangenheit, aber es ist nichts Ungewöhnliches, dass eine Frau etwas über die Jugendjahre ihres Geliebten erfahren möchte. Einen Augenblick lang war ich stolz auf mein Taktieren.

»Na gut. Siehst du den Kiosk dort?«

Du zeigtest auf eine Bude auf der anderen Seite der Straße und erzähltest, dass du davor in die erste ordentliche Prügelei deines Lebens geraten seist, weil in der Nähe irgendwelche älteren Halbstarken gelauert hatten, die den Kleineren entweder die gerade gekauften Kaugummis oder das Geld abnahmen, noch ehe sie etwas hatten kaufen können. Dann kam das Mal, als du den Beschluss fasstest, dass es jetzt genug sei, und nach der Prügelei warst du derjenige, der den anderen wegnahm, was er wollte, nicht derjenige, dem weggenommen wurde.

»Nimmt dir jemand etwas weg?«, fragtest du zum Ende deiner Geschichte. »Bist du deshalb nervös? Oder hast du aus Versehen jemanden umgebracht? Eines der Mädchen?«

»Nein, um Gottes willen!«

Meine Erklärung hatte dich nicht überzeugt, und jetzt stelltest du dir sonst was vor.

»Wenn doch, dann ist das kein Problem, aber du musst mir erzählen, worum es geht. Was auch immer es sein mag, ich helfe dir.«

Dies wäre der richtige Augenblick gewesen, alles zu erzählen. Aber ich kniff.

»Nichts dergleichen. Wirklich nicht. Urlaub würde mir guttun. Oder vielleicht möchte ich mein Geld mit etwas anderem verdienen, die Branche wechseln.«

»Du hast Untergebene. Lass sie die unangenehmeren Dinge erledigen.«

Vor ein paar Tagen hatte meine Chefin mit mir über die Zukunft des Unternehmens gesprochen. Wir würden expandieren, und ich sollte die Verantwortung für die landesweiten Aktivitäten übernehmen, während sie in anderen Ländern Niederlassungen für die dortigen Kunden gründen würde.

Obwohl meine Chefin sich meinem Wunsch, deinetwegen in Dnipro zu bleiben, nicht widersetzt hatte und ich meine Arbeit von dort aus mit größerer Verantwortung würde erledigen können, wollte ich nicht mehr das, was ich angestrebt hatte. Ich wollte nicht mehr diejenige sein, die unangenehme Aufgaben erfüllt, und auch nicht diejenige, die sie anderen aufbürdet.

»Trotzdem. Vielleicht wäre es schön, irgendwo anders zu wohnen. Was meinst du? Wenigstens eine Weile.«

»Warum nicht. Veles wäre allerdings anderer Meinung.«

Wenn ich damals alles eingestanden hätte, dann hättest du für meinen Fehler vielleicht Verständnis gehabt. Vielleicht hättest du dich daran erinnert, wie Veles dir half, den Mord an deiner Familie zu rächen, und die Ähnlichkeiten zwischen den Situationen gesehen. Du verstandest das Prinzip des Heimzahlens, und deshalb hättest du mir helfen können, mein Problem zu lösen, Daria zu finden und sie an die Arbeit zurückzuzwingen. Aber ich nahm die Gelegenheit nicht wahr, denn als Nebenprodukt meiner Handlungen hatte ich dich betrogen, und mit meinem Schweigen folgte ich der Tradition meiner Familie, den Lehren meiner Mutter.

Einmal bist du ihr begegnet. Ich hatte all meinen Mut zusammengenommen und dich nach Mykolajiw mitgenommen, um dich zu Sommerbeginn meiner Familie vorzustellen. Dabei ahnte ich nicht, dass ich im Herbst desselben Jahres alles verderben würde, indem ich auf den von Iwan übermittelten Vorschlag einging. Zur Zeit unseres Ausflugs war noch alles gut, überall blühte der Schnee von Akazien, Pappeln und dem Schneeballstrauch wie ein Wattetraum, und als wir ankamen, sah ich sofort, dass ihr gut miteinander auskommen würdet, ich war umsonst nervös gewesen vor dem Besuch. Vielleicht erinnerst du dich, dass meine Tante zum Abschluss des Abends das Antennenradio einschaltete und in den Nachrichten dann zufällig gerade vom Prozess gegen die Personen berichtet wurde, die als die Schuldigen an der Hungersnot angeklagt worden waren. Da erwähntest du, dass ein großer Teil deiner Verwandtschaft nach dem Volksaufstand der Burjaten hingerichtet und der Rest ins Lager geschickt worden war. Obwohl das nicht direkt mit dem Holodomor zusammenhing, war der Hunger eine bekannte Sache auch in den Lagern. Mutter nickte und erzählte, dass ihr Geburtsort Irkutsk sei, wohin ihre Eltern verschleppt worden waren, ihr Vater aus Estland und ihre Mutter aus der Ukraine. In Irkutsk hatte es viele Burjaten gegeben. Ein freundliches Volk, wie Mutter sagte. Meine Verwunderung äußerte ich nicht laut. Ich hatte nie zuvor erlebt, dass Mutter diese Dinge einem fremden Menschen offenbarte, denn eine Offenbarung war es. Ein Bekenntnis, das sie meinem Vater gegenüber nicht gemacht hatte, als sie ihn kennenlernte. Ihm hatte sie erzählt, sie stamme aus Tallinn, wie sie es auf den Rat von Babusja zu tun pflegte, aus gutem Grund.

Die Tradition meiner Familie, ihren Geburtsort zu beschönigen, hat ihren Ursprung in der Zeit nach Stalins Tod, als meinem Großvater erlaubt wurde, aus der Verbannung in sein Geburtsland zurückzukehren. Zu Hause war der Empfang kalt gewesen. Die junge Frau, die er aus Irkutsk mitgebracht hatte, wurde scheel angesehen. Und niemand wollte die an demselben Ort geborene Tochter liebkosen. Die Verwandten meines Großvaters sahen in der Ukrainerin nur eine russisch sprechende Frau, die ihren armen Mann ausgenutzt hatte, um ein besseres Leben an einem estnischen Tisch zu finden. Ihrer Ansicht nach hatte Vilina unsere Familie russifiziert, und es ging nicht nur um die Blechzähne im Mund meiner Großeltern. Meinen Großvater quälten die schlechten Beziehungen. Er war jedoch davon überzeugt, dass alles nur daran lag, dass er deportiert worden war und dass die Verwandten fürchteten, dieses Schandmal sei ansteckend. Der Name Irkutsk hatte einen solchen Klang. Einen so bitteren, dass er zum Bruch zwischen dem Vater meiner Mutter und dessen estnischer Familie führte.

Im Lauf der Zeit verstand Mutter, dass mein Vater keine Parteikarriere oder andere Arbeitsstellen anstrebte, die einen makellosen Hintergrund voraussetzten, wie Mutter es befürchtet hatte. Sie ging tanzen mit ihrem Mann, der nicht von den Orden inspiriert wurde, die sein Vater für den Kampf gegen den Faschismus bekommen hatte. Trotzdem wagte Mutter nicht, es zu erzählen. Zuerst beschloss Mutter abzuwarten, dass der Mann ihr einen Antrag machte. Dann beschloss sie abzuwarten, dass sie die Ehegenehmigung bekämen und dass sie in dem Spezialgeschäft einkaufen konnte, das Leuten mit Ehegenehmigung vorbehalten war. Als sie sich in ihrem weißen Kleid im Spiegel betrachtete, fand sie, es wäre schade, wenn es nicht benutzt würde. Als der Hochzeitstag näher rückte, kam der richtige Moment nicht, auch das Restaurant für die Feier war reserviert, ebenso ein Termin im Palast des Glücks für die Registrierung der Ehe. Was, wenn der Bräutigam böse und die Hochzeit abgesagt würde, wie würde sie das den anderen erklären? Die Einladungen waren schon verschickt.

Erst die estnischen Apfelbäume zwangen meine Mutter, die Geschichte ihrer Familie zu erzählen, Jahre nach der Hochzeit, als mein Vater sich zu wundern begann, warum wir im Herbst nicht fuhren, um bei der Ernte zu helfen. Die Verwandten des Vaters meiner Mutter lebten in Kolchosen, aber sie hatten einen Küchengarten und auch noch einen zweiten, und in jenem Herbst war die Ernte gut. Mutter redete sich immer irgendwie heraus. Schließlich wurde Vater nervös, und da erzählte Mutter die Wahrheit.

Mein Vater war nicht einmal böse. Seiner Ansicht nach waren die estnischen Äpfel sowieso schlechter als die ukrainischen.

Mutter schaffte es nicht, über die Beschönigung ihrer Herkunft zu sprechen aus demselben Grund, aus dem ich dir nichts von Snischne erzählte. Sie fürchtete, das würde sie in den Augen meines Vaters als Lügnerin abstempeln. Wenn sie Vater in einer Sache beschwindelt hatte, warum könnte sie das nicht noch ein weiteres Mal tun? Ich dachte genauso, als ich dich kennenlernte, und je mehr Zeit verging, desto schwieriger wurde es. Der richtige Augenblick kam nie.

Wenn Mutter mit Babusja Vilina über diese Dinge sprach, sagte sie niemals, dass sie anders hätte handeln sollen. Keiner von beiden sagte das. Doch einmal warf Mutter hin, dass sie nicht sicher sein konnte, ob Vater sie nicht verlassen hätte, wenn Mutter die Wahrheit noch vor meiner Geburt bekannt hätte. Denn nach einem Betrug das Vertrauen wiederherzustellen, sei sehr schwer, und deshalb kann ich keinen Grund nennen, warum du mir glauben solltest, wenn ich dir erzählen könnte, wer Viktor umgebracht hat.

Dnipropetrowsk
2010

Als wir von unserem London-Urlaub zurückkamen, erwartete mich im Büro eine Überraschung, ein Paket von Mutter. Zum Jahreswechsel hatte ich nichts von ihr gehört, nichts zu Weihnachten, überhaupt nichts seit unserem Zerwürfnis, und ich nahm an, dass die Sendung eine versöhnliche Geste, ein verspätetes Geschenk sei. Während ich das Paket auf dem Küchentisch öffnete, stellte ich mir vor, wie ich Mutter gleich anrufen und mich bedanken würde, und musste lächeln.

Die Sekretärin schnappte sich als Lektüre zum Kaffee eine der Zeitungen, die unter den Verpackungspapieren zum Vorschein gekommen waren. Ich musste schlucken bei ihrem Anblick.

»Planst du eine Renovierung, oder baut ihr ein Haus?«, fragte sie. »Läuten schon die Hochzeitsglocken?«

Während die Frau sich über ihren Freund ausließ, gab ich dann und wann einen unbestimmten Laut von mir und bemerkte schließlich, dass ich wie eine einsame Pappel im Wind schwankte. Ich wusste nicht mehr, wie viele Prospekte für Baubedarf und Zeitschriften für Inneneinrichtung ich Mutter mitgebracht hatte. Ich hätte gewettet, dass sie sich alle in dem Stapel befanden. Zwischen den Zeitungen fiel eine Karte heraus, auf der ein Asternstrauß dargestellt war und in deren Innenseite ich ein Datum geschrieben hatte. Dann würden die Männer eines Baugeschäfts, das gute Empfehlungen bekommen hatte, das Grundstück der Tante prüfen, und der Bau eines neuen Hauses würde beginnen. Der Zeitschriftenstapel und die Karte mit dem Datum waren mein Geburtstagsgeschenk für Mutter gewesen.

Ich ließ die Sekretärin und die Zeitschriften in der Küche zurück und schloss mich in meinem Arbeitszimmer ein. Ich erinnerte mich gut an die Schwierigkeiten, mit denen wir zu kämpfen gehabt hatten, die es gegeben hatte, als wir versuchten, ins Haus der Tante Gas zu legen. Ich erinnerte mich an das Hauptamt, wo Mutter und ich schließlich hingegangen waren und wo der Angestellte eine große Karte auf dem Tisch ausgebreitet hatte. Ich hatte noch die roten Linien darauf vor Augen, innerhalb deren das Haus der Tante und das ganze Dorf eingetragen waren. Ich erinnerte mich an Mutters Miene, als ihr klar wurde, dass das Gebiet schon vor langer Zeit an das Gasnetz angeschlossen worden war, und an die Stimme des Angestellten, dass wir auch nicht auf eigene Kosten ein Rohr verlegen lassen konnten, das schon vorhanden war. Aus diesem Grund war unser Antrag abgelehnt worden. Mutter hatte nicht die Kraft gehabt, zu widersprechen. Ich hatte angemerkt, dass in Wirklichkeit nur die Hälfte des Dorfes an das Netz angeschlossen war, und deshalb hätten wir allen Grund zu fragen, wer den Rest des Baumaterials gestohlen hatte. Mutter hatte mich beschwichtigt und sich bei dem Beamten wegen der Störung, wegen meines schlechten Verhaltens entschuldigt. Gedemütigt hatten wir die Behörde verlassen, und als ich in Paris war, hatte ich mir vorgestellt, ich könnte Geld nach Hause schicken, mit dem das Problem hätte gelöst werden können. So kam es nicht, und ich beschloss, dass, wenn ich ein neues Haus würde bauen lassen, dort nicht einmal der Herd mit Gas betrieben werden sollte. Im Lauf der Jahre hatte ich mir notiert, was alles dort sein würde, zumindest fließendes Wasser und eine Innendusche, und als ich meine Pläne vorstellte, waren Mutter und Tante begeistert. Sie hatten auf das Gießen des Fundaments gewartet wie früher als junge Mädchen auf den Tanzabend. Sogar mit dir hatte ich darüber gesprochen, und du hattest mir zugesagt, du würdest die Leute in der Behörde auf Trab bringen, falls sie Probleme machen oder zu hohes Bestechungsgeld von mir verlangen sollten. Geldstrafen zu zahlen würde kein Problem sein.

Mutters Paket holte mich zurück auf den Boden der Realitäten. Die Erleichterung, die der Urlaub bewirkt hatte, war dahin, obwohl ich in dieser Zeit dein Misstrauen hatte zerstreuen können, und schon allein die Tatsache, dass ich die Gedanken an Daria hatte abschalten können, hatte mir gutgetan. Auf den Kissen des Hotels hatten wir das neue Haus der Tante geplant und zugleich von dem gesprochen, wofür Maria Kirillowna mir Ratschläge erteilt hatte: von unserem gemeinsamen Zuhause. Maria Kirillowna hatte recht gehabt. Du hattest genau das im Sinn gehabt. Du kannst doch nicht im Ernst glauben, dass ich das riskiert hätte, indem ich mich für alten Groll rächte. So ein Mensch bin ich nicht. Ich wollte für alle ein Zuhause. Mehr als alles andere.

In der folgenden Woche bekam ich von Mutter ein weiteres Paket. Das brachte ich sofort in mein Büro. Ich wollte nicht wissen, was es enthielt, und doch nährte ich die Hoffnung, es möge sich ein Olivenzweig darin finden, der Hinweis auf Mutters Wunsch nach Frieden. Die Hoffnung war vergeblich. Unter dem Einwickelpapier kamen meine Kastanienpüreewerbungen, mein Putzmittellächeln, mein schelmisches Augenzwinkern im Takt der Herbstmode zum Vorschein. Ich weiß noch, wie erschüttert ich war, als ich vor Jahren die Fotokavalkade in der Kammer zum ersten Mal sah, und wie ich alle Bilder abgenommen und in den Schrank gesteckt hatte. Damals hatte Mutter sie zurück an ihren Platz gehängt.

Die Heftigkeit von Mutters Reaktion war mir unbegreiflich. Sie wusste, wie im Land Geschäftstätigkeit ausgeübt wurde. Sie selbst baute Mohn für die Drogenabhängigen an und fragte nicht, wovon ich meine Wohnung, meine Schuhe und die Rechnungen meiner Kreditkarte bezahlte. Sie hatte dich kennengelernt und deinen SUV gesehen, der im Volksmund wegen Form und Farbe als Kühlschrank verspottet wurde. Sie wusste, was für Menschen solche Wagen fuhren, und hatte dich trotzdem herzlich in ihrem Haus willkommen geheißen. Ihr war bekannt, dass du in einem Konzern mit Schwerpunkt Bergbau arbeitetest, und das hatte bei ihr nichts anderes ausgelöst als zufriedenes Kopfnicken. Genauer gesagt galt das nur bis zu dem Zeitpunkt, als klar wurde, dass Veles Krawez der Donezk-Mann war. Das hatte alles geändert, und ich wurde wiederholt daran erinnert. Mutter kündigte sogar das Trinkwasserabonnement, das ich für sie eingerichtet hatte. Das stellte sich heraus, als das Unternehmen mich kontaktierte, um mir ein günstigeres Angebot zu machen. Ich hatte die Rechnung bezahlt. Mutter trank lieber die Brühe aus ihrem Brunnen, als mein noch schmutzigeres Geld anzunehmen. Lieber wohnte sie im Haus der Tante, das aus Kohleabraum gebaut worden war. Den hatte man unentgeltlich von den Halden in der Nähe der Fabriken holen dürfen, und das Gebäude hatte die Jahrzehnte gut überdauert. Ich hatte gemeint, ich hätte Mutter ein Ziegelhaus angeboten. Tatsächlich aber war es ein bröckeliges Fundament, eine Strohhütte.

Nach dem Zerwürfnis hielt ich nur über Iwan Kontakt nach Mykolajiw. Von ihm hörte ich, wie es zu Hause lief, und er beantwortete meine Fragen nach Mutters Stimmungslage. Doch das Signal der Verzeihung, auf das ich wartete, kam nicht.

Bevor ich die Ukraine verließ, fuhr ich kein einziges Mal mehr aufs Dorf.

Iwan umarmte mich unbeholfen wie eine Schwester, die er nicht hatte, und blieb im Vorraum stehen. Ich erriet, dass es schlechte Nachrichten gab. Trotzdem fragte ich, wie es gehe. Iwan verlagerte das Gewicht von einem Bein aufs andere, öffnete und schloss den Reißverschluss seiner Trainingsjacke. Ich wandte mich der Küche zu, um meine Enttäuschung zu verbergen. Heute würde ich keinen neuen Pass bekommen.

»Champagner, Wodka oder Kognak?«

»*Horilka* von Boris, falls du welchen hast.«

Ich stellte auf das Tablett, was ich im Schrank fand, und trug, meine schlechte Laune verbergend, alles ins Wohnzimmer. Ich fand Iwan, wie er von meinem Fenster aus das Abendrot bewunderte. Er erinnerte sich, dass das Hochhaus während der Bauphase das höchste des Landes gewesen war, und begann, in meinem Plattenregal nach einer passenden Musik zu suchen.

»Wir haben noch gar nicht über den Preis gesprochen«, sagte er.

Ich nickte. Die Situation war auch für Iwan peinlich. Das erkannte ich an seinen Gesten, daran, wie er mit der Hand über seine Stoppelhaare strich, seinen Reißverschluss strapazierte und sich auf die CDs konzentrierte, als wäre die Geldfrage zweitrangig. Ich hatte mir vorgestellt, Iwan würde mir die Papiere einfach so geben. Wegen seiner Geschäfte stellte ich mich darauf ein, alles zurückzulassen. Ich schenkte den von Boris gebrannten *Horilka* in die Gläser und hoffte, die Summe möge maßvoll sein. Iwan hob sein Glas.

»Auf neue Wege und Chancen?«

»Warum nicht«, stimmte ich zu.

Ich befeuchtete mit den Lippen den Rand des Glases und stellte es auf den Tisch. Ich hätte gern gefragt, was mit dem Pass schiefgegangen sei und wie lange ich noch warten müsse. Iwan gegenüber konnte ich jedoch nichts enthüllen, was ihn nichts anging. Vielleicht vertraute ich nicht darauf, dass er mir helfen würde, wenn er den Ernst meiner Lage kennen würde. Ich wollte ihn nicht auf die Idee bringen, abzuwägen, was für ihn am lohnendsten wäre, ihn nicht in Versuchung führen.

»Hast du von Tatjana Fjodorowa gehört? Von der Geschäftsfrau?«

Ich schüttelte den Kopf. Der Pass. Ich wollte den Pass. Kein Geschwätz über eine uninteressante Frau.

»Sie hilft Sozialwaisen wie Boris und schlägt den Rechtsweg ein, um Menschen, die ohne Betreuer leben können, aus dem Status der Unmündigkeit zu befreien.«

Fjodorowa war also nicht ohne Bedeutung. Ich zog meine Bluse glatt und sah Iwan zweifelnd an. Mir fiel ein, was du einmal gesagt hattest. Philanthropie ist immer eine Kulisse. Fjodorowas Bemühungen mussten einen Grund haben: eine Erweiterung der Geschäftstätigkeit, Vernetzung, das Weißwaschen des eigenen Rufs und des eigenen Vermögens. Aber war die Sache von Bedeutung, wenn die Frau Erfolg hatte? Niemand war daran interessiert, die Stellung von Sozialwaisen zu verbessern. Wenn die Anstalten ihre kostenlosen Arbeitskräfte verlören, wer würde dann deren Arbeit machen, wer die Löhne bezahlen?

»Du glaubst nicht an Fjodorowas gute Taten«, sagte Iwan. »Vielleicht ist jemand aus ihrer Familie in die Anstalt gekommen, oder sie selbst hat ihr Kind fortgegeben und das später bereut. Ist das unmöglich?«

Iwan füllte wieder die Gläser.

»Auf Boris«, schlug er vor.

Ich hob das Glas. Den Inhalt des vorigen hatte ich in den Blumentopf gekippt, während Iwan eine passende Musik suchte.

Die *Braty Hadiukiny* legten los mit *Die Narkomanen im Gemüsegarten*, ein Song, den Iwan oft gesummt hatte. Das tat er auch jetzt, und das entlockte mir ein Lächeln. Vielleicht wollte er nichts Unmögliches als Gegenleistung für den Pass.

»Unser Boris ist begabt«, sagte Iwan. »Niemand macht so guten *Horilka* wie er.«

»Und kümmert sich so gut um die Opiumküche.«

»Der beste Koch aller Zeiten«, sagte Iwan, klopfte gegen das Glas und prüfte dessen Oberfläche, als wäre es eine Mohnkapsel. Er führte es nahe an sein Auge heran, wie Boris es machte, wenn er die Reife des Mohns prüfte. »Er verdient eine bessere Zukunft.«

»Unbedingt.«

»Wenn Tatjana Fjodorowa die Sache zur Prüfung übernimmt, braucht sie Hilfe.«

»Was für Hilfe?«

»Deine Tante könnte Boris im Lesen unterrichten und ihn unter Leute bringen, ihm zeigen, wie man mit dem Trolleybus fährt und im Laden bezahlt. Die Behörden müssen davon überzeugt werden, dass mein Bruder imstande ist, sich um sich selbst zu kümmern. Wenn deine Tante oder deine Mutter sein Vormund würde, könnte Boris zu ihnen ziehen.«

»Ist das der Preis für den Pass?«, wunderte ich mich. »Natürlich werden sie damit einverstanden sein. Schlag es ihnen doch einfach vor. Wozu brauchst du dabei mich?«

Iwan schwieg und zog den Blechdeckel einer Kaviardose auf. Ich begnügte mich mit einer sauren Gurke. Du hattest noch nicht die Veränderung in meiner Diät bemerkt und glaubtest vielleicht, ich würde weniger rauchen, um den Alterungsprozess meiner Haut zu verlangsamen. Dann und wann genehmigte ich mir ein paar Glas Sekt, sodass es nicht auffiel, wenn ich mich dem Kognak verweigerte. Ich stellte fest, dass ich mir die Hand auf den Bauch gelegt hatte, und nahm sie dort weg.

»Nur so«, sagte Iwan schließlich. »So ist dies ein Geschäft, kein Geschenk. Keiner bleibt dem anderen etwas schuldig.«

Ich lachte. Iwan hatte recht. Dies war die fairste Art, die Sache zu erledigen, die bestmögliche. Solange ich mit dir zusammen war, brauchten sich meine Angehörigen keine Sorgen zu machen. Aber was, wenn es dich und mich nicht gäbe, was dann? Nach der orangen Revolution war die Beamtenschaft erneuert worden, doch viele von ihnen hatten sich verschuldet, nachdem sie für ihre Posten manchmal sogar Hunderttausende von Euros bezahlt hatten; sie lechzten nach weiteren Einkünften wie die Politiker nach Wählerstimmen. Du hattest erzählt, dass erwartungsgemäß verfügt worden sei, den Mohnanbau intensiv zu kontrollieren, und eine groß angelegte Operation werde schon vorbereitet. Ich nahm an, das neu eingerichtete Narkotelefon würde ständig besetzt sein von den Anrufen der neidischen Nachbarn. Die Denunziationen würden Mutter, meine Tante und Boris ins Gefängnis bringen, wenn es kein Netzwerk von Unterstützern gab. Ohne das würden schon allein die Konkurrenten und die gewöhnlichen Narkomanen eine Bedrohung darstellen. Wegen des Plans, der Boris betraf, würden Mutter und Tante für Iwan seine Familie sein.

»Bist du bereit?«, fragte Iwan.

»Wozu?«

»Finnische Staatsangehörige zu werden.«

Iwan zog einen Stapel Pässe aus der Brusttasche.

»Du würdest gut als Ruslana Toivonen durchgehen. Eine von denen hier ist Ruslanas Mutter. Oder von jemandem, der Ruslanas Mutter sein könnte.«

Instinktiv tastete ich nach der Zigarettenschachtel und hatte mir schon eine Zigarette angezündet, ehe mir bewusst wurde, was ich tat. Iwan war mir wieder einen Schritt voraus. Als ich mich auf den von ihm vorgeschlagenen Tauschhandel einließ, war mir nicht klar, dass mein Betrug Mutter in Gefahr bringen könnte. Das verstand ich erst später. Jetzt brauchte ich nicht mehr zu überlegen, wie ich für Mutter solche Reisedokumente beschaffen sollte, die man nicht nachverfolgen konnte. Ich wusste nicht, ob sie fliehen würde. Nun aber hatte sie diese Möglichkeit. Mit der Serviette wischte ich mir die Nase und erinnerte mich an den Karton auf dem Seitentisch. Darin war das neue Telefon mit dem anonymen Anschluss. Ich gab es

Iwan und bat ihn, den Karton und den Pass in Mutters Kommode zu verstecken.

»Mutter brauchst du davon nichts zu erzählen.«

»Natürlich nicht«, nickte Iwan. »Übrigens vermisst dich mein Bruder. Er fragt immer, wie es dir geht.«

»Mutter spricht wohl immer noch nicht von mir?«

»Sie wird sich beruhigen. Der Japaner ist in ihren Augen vielleicht nicht der bestmögliche Bräutigam, aber Mütter lassen sich immer besänftigen.«

Ich sagte nichts. Iwan hatte, ohne zu mucksen, meine Noterklärung für Mutters Schweigen akzeptiert, oder er schwieg nur feinfühlig.

»Und das ist noch nicht alles«, sagte Iwan. »Drei von denen gehören Ruslana Toivonens Kindern. Die kannst du als Valuta benutzen, falls es dir daran fehlt, und einer von diesen kann als Ruslana Toivonens Mann durchgehen.«

Ich erschrak. Für dich hatte ich nicht um Papiere gebeten.

»Wenn der Japaner auch zweifellos schon eine eigene ausgezeichnete Sammlung hat, sind Pässe doch wie Autos für Männer oder Schuhe für Frauen. Davon kann man nie zu viele haben. Und schon gar nicht solche, die nicht über die üblichen Verkäufer beschafft worden sind.«

Einen Augenblick lang sah ich Iwan in die Augen. Ich liebte ihn mehr als jemals eines meiner Familienmitglieder. Wieder wanderte meine Hand auf meinen Bauch. Wieder zog ich sie dort weg. Der Mensch durfte doch Träume haben.

»Na, sagst du gar nichts? Wie du dir sicherlich vorstellen kannst, war Ruslana Toivonens Mann der schwierigste Fall. Er ist wahrscheinlich Koreaner«, lachte Iwan und schob den Stapel vor mich hin. Sechs Pässe. Sechs Leben. Sechs Chancen.

Ich hatte vergessen, die Zigarette, die ich schon angezündet hatte, auszudrücken, und beschloss, sie bis zu Ende zu rauchen. Einmal ist keinmal. Das Nikotin war mir zu Kopfe gestiegen wie der Schnaps beim ersten Mal. Iwan nahm noch von dem Kaviar.

»Ich wollte dich gleich anrufen, als ich diesen Satz Pässe bekommen hatte. Aber ich habe mich beherrscht. Eine gute Überraschung soll man nicht verderben. Sei nicht so schüchtern, nimm sie in die Hand. Probier es.«

Ich blätterte in den Pässen, bog die Seiten, die echt wirkten. Die Stempel sprachen von fleißigem Reisen. Als Bürgerin eines EU-Landes genoss Ruslana alle Privilegien der Finnen, ebenso ihre Kinder; die Familie Toivonen hatte Ruslanas Heimatland jedes Mal ohne Visa besucht. Obwohl die Frau jünger war als ich, gab es genug Ähnlichkeit zwischen uns, und in ihren Zügen war nichts, was ich nicht mit dem Pinsel bearbeiten könnte. Überraschend musste ich lächeln, nicht wegen der Möglichkeiten, die die Pässe boten, sondern wegen Finnland und wegen des finnischen Fernsehens, das ich als Kind gesehen hatte. Obwohl dessen alte Magie verloren gegangen und meine Finnischkenntnisse eingerostet waren, würde die Sprache anders in mir wiederaufleben als eine, die ich überhaupt nicht konnte. Das neue Leben als neuer Mensch wirkte sogar verlockend. Ich hatte es satt, ständig Ersatzpläne entwickeln zu müssen. Finnland war eine gute Alternative: saubere Natur und gute Schulen, das Kind würde in sicherer Umgebung aufwachsen.

Du würdest jedoch nicht ohne Veles' Erlaubnis gehen, es sei denn, es ginge nicht anders. Oder würdest du mitkommen, wenn ich dich bitten würde, wenn niemand wüsste, wohin du gehen würdest, unter welchem Namen, mit einem Pass, den ein Unbekannter besorgt hatte? Wärest du mitgekommen?

Ich hatte mir vorgestellt, die Gewissheit der Schwangerschaft würde eine Erleichterung bedeuten – besaß ich doch damit die Versicherung, die ich mir gewünscht hatte. Es war anders gekommen. Ich war noch nervöser, ängstigte mich für zwei und erkannte, dass, wenn es geboren war, ich sein ganzes Leben lang um das Kind würde fürchten müssen. Ich wusste nicht, ob ich das aushalten würde, und hatte die Beschaffung der Pässe vorangetrieben. Endgültig wollte ich das Kind erst dann behalten, wenn die Papiere von Ruslana Toivonens Familie in meinem Besitz waren, denn sie boten mir nicht nur die Möglichkeit einer raschen Flucht. Sie waren voller guter Vorzeichen. Ruslana hatte zwei Mädchen und einen männlichen Säugling, und ich war plötzlich sicher, dass ich einen Jungen erwartete. Ruslanas Baby hieß Oleh. Oleschko. Mein Oleschko. Auch das war ein Zeichen. Ich hatte in Verzeichnissen für Kindernamen geblättert und war die Ableitungen meines Vornamens durchgegangen, obwohl ich selbst meine Kunden gewarnt hatte, es so zu machen. Oleh ging auf denselben Wikingernamen zurück wie mein eigener, auf Helga. Klang es nicht so, als riefe uns das Nordland? Als wäre dies alles schon vor Zeiten in die Sterne geschrieben worden.

Mir fiel ein, dass die Stimmungen der Mutter sich schon zu diesem Zeitpunkt auf das Kind übertragen, das noch kaum etwas anderes war als ein gewaltiges Herz. Es schlug hundertdreißig- bis hundertfünfzigmal pro Minute. Dass das Herz immer zuerst kam, vor den Sinnen, vor dem Verstand, vor den Gliedmaßen, vor der Fähigkeit zu atmen, das hatte etwas ganz Wunderbares. Obwohl alles andere sich noch entwickelte, war das Herz schon so fertig, dass es klopfte, unter meinem eigenen Herzen klopfte. Unser Sohn hatte schon einen Namen, und er hatte schon ein Herz. Nur wusste ich nicht, ob es vor Angst, aus Liebe oder voller Hoffnung klopfte.

Jetzt weiß ich, dass die Angst auf ihrem Weg alles andere fraß, und vielleicht gelangte etwas Giftiges in das Fruchtwasser, als ich Viktors Leiche betrachtete, wie sie im Hof unseres Büros lag.

V

Die gute Fee

Helsinki
2016

Die Erkenntnis durchdrang meinen Schlaf, und ich stand auf. Ich musste mit Iwan sprechen. Das hatte ich seit sechs Jahren nicht getan, und ich wusste, dass es nicht klug war. Aber du warst mir schon auf der Spur. Was hatte das Verheimlichen jetzt noch für eine Bedeutung? Ich musste erfahren, ob Iwan etwas gehört hatte. Wenn jemand etwas wusste, dann er, und er wäre auch der Einzige, der mir einen Rat geben könnte.

Ich lief zum Kiosk, kaufte einen neuen Anschluss und rief im Restaurant von Mykolajiw an, wo Iwan oft seine Treffen arrangierte. Ein verschlafen klingendes Mädchen am anderen Ende wiederholte rasch Iwans Namen und schwieg dann. Ich behauptete, die Botaniklehrerin von Boris zu sein, bat um Rückruf an meine neue Nummer. Ich schrieb mir all die Fragen auf, die ich Iwan stellen wollte, und hoffte, er würde sich daran erinnern, dass ich Boris ein Lexikon der Botanik geschenkt hatte. Er erinnerte sich und rief mich an.

»Ich hätte nicht geglaubt, noch mal von dir zu hören. Bist du es wirklich, Aljonka?«

Ich holte tief Luft und umklammerte den Hörer. Sechs Jahre waren eine Ewigkeit, und niemand hatte seit sechs Jahren meinen Namen mit Liebe auf Russisch ausgesprochen. Ich setzte mich aufs Fensterbrett in die Sonne und bemühte mich, das Glücksgefühl zu verlängern.

»Deine Mutter hatte niemals diesen Blick. Daraus erriet ich, dass es dir gut geht.«

»Was für einen Blick?«

»Einen gebrochenen«, sagte Iwan. »Aber rat mal, was ich mir gerade ansehe? Die minutengenauen Fahrpläne der Straßenbahnlinien. Genau wie im Westen.«

»Haben wir die jetzt?«, fragte ich erstaunt. Ich konnte mich nicht erinnern, in irgendeinem Teil des Landes jemals einen ordentlichen Fahrplan gesehen zu haben.

Iwan musste lachen. Er war auch selbst so verblüfft über diese Nachricht gewesen, dass er zur Haltestelle gefahren war, um sich mit eigenen Augen davon zu überzeugen. Angeblich gab es auch Linienkarten. Im Hintergrund waren das Quietschen der Schienen und Alltagslärm zu hören, auch Kinderlachen, und der Frühling klang so lieblich aus all diesen Geräuschen, dass ich mir mit dem Finger die Augenwinkel drücken musste.

»Wenn du es nicht glaubst, schicke ich dir ein Foto.«

Ich schaute auf mein Papier. Ich wollte das Gespräch fortsetzen, als wäre es eine gewöhnliche Unterhaltung zwischen zwei alten Freunden. Sechs Jahre lang hatte ich meinen Freunden am besten geholfen, indem ich sie nicht anrief, und ich griff zum Handy nur, um mit Mutter zu sprechen oder mit Menschen, deren Fußböden ich wischte und die nicht wussten, wer ich war. Mir fiel ein, dass Babusja Vilina eine Verbannung ohne Recht auf Briefwechsel für ein Todesurteil hielt. Sie hatte Glück gehabt und Briefe und Pakete bekommen. Sie hatte die Lager überlebt. Ich hatte sechs Jahre ohne Freunde überlebt dank Mutters Besuchen. Sonst hätte ich mich selbst verraten, weil ich einfach mit jemandem hätte sprechen müssen, mit jemandem, den ich kannte und der mich kannte und der mich daran erinnerte, wer ich vor langer Zeit gewesen war, jemandem, mit dem ich genau so ein Gespräch hätte führen können, und ich verstand, dass dies wohl seit Jahren mein einziges Gespräch mit einem Freund war. Oder das letzte. Deshalb musste ich Iwan weitere Fragen stellen. Ich wollte wissen, wie das Wetter dort war und was den alten Mann beunruhigte, den ich in seiner Nähe vor sich hin brabbeln hörte, weshalb er von Fahrern sprach und davon, dass sie wieder Angst hatten. Iwan antwortete, der Alte sei nervös geworden, nachdem er gesehen hatte, dass mehrere Straßenbahnen hintereinander fuhren. Iwan hatte ihm den Fahrplan gezeigt. Daran war nichts Seltsames: die Straßenbahnen zweier verschiedener Linien mussten hintereinander fahren.

»Der Opa hat dir nicht geglaubt«, vermutete ich. »Trotz der Fahrpläne.«

»So ist es.«

Auch ich erinnerte mich an die Troikas aus Bussen und Straßenbahnen. Wenn ein Fahrzeug auf der Straße liegen blieb oder von Räubern und allen möglichen Hooligans angegriffen wurde, bekam der Fahrer Hilfe aus der Nähe. Iwan war im Gefängnis gewesen, nachdem er bei einer solchen Truppe mitgemacht hatte. Diese Art von Aktivität war nicht besonders einträglich, und als er hinter Gittern einige Sachverständige für Mohnangelegenheiten kennengelernt hatte, nahm er für einen Dealer eine Misshandlung auf sein Konto. So hatte er sich einen Platz im Netzwerk erarbeitet, und nach seiner Freilassung wartete ein Arbeitsplatz auf ihn. Iwan wusste, wie man Geschäfte macht.

»Aber du hast wohl nicht angerufen, um zu erfahren, wie es der neuen Ukraine geht, oder?«

»Entschuldige«, sagte ich. »Ich wollte dich niemals anrufen. Das hatte ich mir versprochen.«

Ein Feuerzeug klickte. Iwan sog den Rauch ein, und der Lärm der Haltestelle entfernte sich. Ich wusste, dass er mein Freund war, und dennoch zweifelte ich, ob er mich zurückgerufen hätte, wenn es Boris nicht gegeben hätte. Ich verscheuchte diesen Gedanken. Ich wollte nicht verzweifelt klingen, deshalb stellte ich mir hinter der Haltestelle einen Park vor, der weiß war von blühenden Akazien und Pappeln. Ich dachte an Kastanienbäume, an Platanen, Ahorne, Eichen, alle möglichen Laubbäume, die hier seltener waren als in der Ukraine. Ich dachte an die Sorglosigkeit, die ich einst gekannt hatte. Ich dachte daran, wie ich mit meinem eigenen Wagen durch Kiew gefahren war und mit *Vopli Vidopliassova* mitgesungen hatte, ich dachte an deine Hand in meiner und an die Tage der Freude, damit sie aus meiner Stimme herauszuhören war. Und ich dachte an den Jungen im Hundepark.

»Ich sitze wohl wieder in der Patsche, lieber Freund«, sagte ich und betonte das letzte Wort, um Iwans Herz zu berühren. »Meine Identität ist herausgekommen, und man ist mir auf der Spur. Trotzdem führe ich in Anbetracht der Umstände ein erträgliches Leben. Ich kann nicht weg, kann nicht mehr flüchten.«

»Hast du Alternativen?«

»Genau deswegen rufe ich an.«

»Hast du etwas, womit du handeln kannst?«

»Jemand plant, Lada Krawezens Kinder zu kidnappen.«

»Die der Witwe? Hast du Beweise?«

»Vielleicht. Ja.«

»Was für welche?«

»Die Person, die das Kidnapping plant, hat die Kinder heimlich fotografiert und verfolgt sie auf ihren alltäglichen Wegen. Ich habe diese Fotos und weiß, wer sie ist und wo man sie findet.«

Iwan war zu seinem Auto zurückgekehrt. Ich stellte mir vor, wie er den Heiligen Kukscha von Odessa küsste und nachdachte. Seine Stimme hatte vorsichtig interessiert geklungen, aber das Schweigen dauerte allzu lange. Dann ließ er den Motor an, im Hintergrund begann das Radio zu spielen, Iwan regelte die Klimaanlage, und ich hörte fast, wie sein Beschluss sich in einer für mich falschen Richtung gestaltete. Vielleicht wollte er vermeiden, dass jemand bemerkte, wie eng unsere Beziehung war. Damit würde er nichts gewinnen. Und ich wusste nicht, ob er als Überbringer der Nachricht etwas gewinnen würde.

»Du brauchst keinen Mittelsmann«, sagte Iwan schließlich. »Du könntest den Japaner anrufen.«

»Er wird mir nicht zuhören, nach allem, was war.«

»Der Mann versteht etwas von Geschäften.«

Ich umklammerte das Handy. Ich wollte das Gespräch nicht beenden, nicht meine Zuflucht bei endgültigen Worten suchen, nicht Iwan daran erinnern, dass ich, falls ich erwischt würde, in meiner Verzweiflung auch seinen Anteil daran verraten könnte, wie die Daten von Viktor und seiner Frau in die falschen Hände geraten waren und wie ihre Anonymität zerstört worden war. Das hatte Iwan organisiert, nicht ich.

»Um der alten Zeiten willen«, flüsterte ich und kratzte Farbe vom Fensterrahmen. Zwischen den Fensterscheiben flog ein Käfer. Ich musste vorankommen. Ich schaute auf meine Liste und fragte: »Hast du dir mit Boris die Rückkehr der Pelikane angesehen? Und die Kraniche, sind die ins Dorf zurückgekehrt?«

Iwan hüstelte und stellte den Motor ab. Das Radio verstummte. Im Hintergrund hörte ich ein Geraschel; er hatte etwas aus seiner Jackentasche hervorgekramt und erzählte mir, was er in der Hand hielt. Eine Klubkarte, die er als Erinnerung in seiner Brieftasche aufbewahrte. Sie hatte den Karteninhaber berechtigt, die Dienste in Präsident Janukowytschs Residenz auch dann in Anspruch zu nehmen, wenn der Hausherr selbst nicht anwesend war. Ich hatte nicht gewusst, dass Iwan es so weit gebracht hatte.

»Dort hab ich ein paarmal den Japaner getroffen.«

Ich tastete nach meiner halb vollen Kaffeetasse und nahm daraus ein paar Schlucke. Trotzdem blieb mir der Mund trocken. Iwan und du, ihr hattet zusammen getrunken, gekegelt, geangelt und Wildrene des Präsidenten geschossen. Trotzdem hatte Iwan mich nicht verraten. Das musste ich mir merken. Wir saßen im selben Boot. Ich hatte keinen Grund, mich zu ängstigen. Ich bat Iwan, mir alles zu erzählen, und er begann damit, mir eure Begegnung nach Viktors Tod zu schildern. Du warst zu Iwan nach Mykolajiw gefahren und hattest gefragt, wer mich versteckt oder mir geholfen habe und ob ich immer noch Verwandte in Donezk oder in Tallinn hätte. Iwan war überrascht. Für ihn war meine Verbindung nach Donezk neu. Er hatte nur von meinem Onkel in Tallinn gewusst.

»Und das hat er dir geglaubt?«

»Habt ihr jemals mit jemandem über andere als die Tallinner Verwandten gesprochen? Warum sollte ich etwas anderes gehört haben?«

»Das ist nicht dasselbe. Du bist für uns ein Familienmitglied. Uns war es in Donezk schlecht ergangen, und das wusstest du.«

»So schlecht, dass später niemand von euch den Namen

Donezk auch nur erwähnt hat. Ich fand, das war ein starker Hinweis. Oder für wie dumm hältst du mich?«

Laut äußerte ich die Vermutung, dass Iwan dir etwas gegeben haben müsse. Es wäre seltsam gewesen, wenn mein Freund behauptet hätte, er wisse nichts von mir. Iwan behauptete jedoch, dass er zu seiner Überraschung tatsächlich so leicht davongekommen sei. Er verlor keine Finger, nicht mal einen Fingernagel, und es hatte, wie er sagte, in deinem Verhör mehr Pflichtgefühl als tatsächlicher Eifer gelegen, etwas in Erfahrung zu bringen. Mir brach der Schweiß aus. Der von draußen hereinflutende Sonnenschein war plötzlich sengend heiß geworden. Trotzdem blieb ich auf dem Fensterbrett und überlegte, ob du wirklich alles einfach so hingenommen hast. Ich glaubte zu verstehen, worum es sich handelte. Du hättest alles ganz leicht verhindern können, wenn du überprüft hättest, ob mein Vater tatsächlich in einem Mykolajiwer Bauunternehmen gearbeitet hatte und ob ich direkt von Tallinn aus nach Paris gegangen war. Du hättest meine alten Schulkameraden ausgraben können, von denen du vom Umzug meiner Familie in das abgelegene ostukrainische Dorf erfahren hättest. Wenn du die erste meiner Lügen ans Tageslicht gezogen hättest, dann hätte meine Karriere als Koordinatorin damit geendet. Du hattest keine Lust gehabt, dir diese Mühe zu machen, weil du schon so frustrierend oft die Hintergründe der zwanghaften Bemühungen der Krawezens, sich ein Kind anzuschaffen, untersucht hattest, und deine Schludrigkeit machte dich zu einem Mitschuldigen, zu meinem unfreiwilligen Gehilfen. Und einen Schuldigen, der eifrig seine eigenen Fehler analysiert, den gibt es nicht. Bestimmt war es leichter, zu behaupten, dass ich so clever gewesen war und mein Mordplan so perfekt, dass ich es geschafft hatte, sogar dich irrezuführen. Ich schluckte. Du würdest es nie und nimmer zulassen, dass ich irgendjemandem erzählte, wie freundlich du gewesen warst. Der Liebe ebenso ergeben wie ich. Verführbar.

»Übrigens hast du dir einen ziemlichen Ruf erworben. Dem Japaner kann man nicht leicht etwas vormachen«, sagte Iwan. »Vielleicht wollte er mich deshalb nicht genauer befragen, weil das peinlich geworden wäre. Durch seine Gleichgültigkeit gab er mir zu verstehen, dass du eigentlich keine Rolle spieltest.«

Eitelkeit. Ich hatte nicht gewusst, dass du es mit deinem Ruf so genau nahmst.

»Die anderen haben sich nur darüber gewundert, warum du nicht die ganze Bande hast über die Klinge springen lassen, als du bei ihnen zu Hause warst wie die beste Schwiegertochter. Dann wäre niemand übrig geblieben, der sich an dir würde rächen wollen.«

Als du und Iwan euch später in der Präsidentenvilla traft, verhieltest du dich, als wärt ihr neue Bekannte. Von mir war kein einziges Mal die Rede.

»Dir ist ja wohl klar, dass du niemals zurückkommen kannst. Einen solchen Handel gibt es nicht. Aber ich werde die Nachricht überbringen.«

Wir hatten schon über eine Stunde in dem Café gegenüber der Schule der Hundeparkkinder gesessen. Als wir auf der Terrasse einen freien Tisch suchten, hatte Daria etwas gesagt, das mir keine Ruhe ließ. Die Art, in der sie sich darüber gewundert hatte, wie die Kinder hier allein in die Schule gingen, war in verdächtiger Weise begeistert gewesen.

»Hol noch mal Kaffee«, kommandierte Daria.

Obwohl es bis zu dem Klingeln, das den Schultag beenden würde, noch eine Stunde war, brachte das Näherrücken der Sternstunde Daria dazu, immer wieder mit dem Schuh gegen den Stuhl zu tippen, und dabei zeigte sie keine Anzeichen von Ermüdung. Ich ging zur Theke, um meine Bestellung aufzugeben, und beobachtete zugleich die Passanten auf der Straße für den Fall, dass sich darunter Bekannte oder Feinde befanden. Ich stellte die Tassen mit dem Kaffee auf ein Tablett, setzte es vor Daria ab und kehrte auf meinen Platz neben der Wand zurück. Die Füße taten mir weh. Der Morgen war damit vergangen, dass ich Daria die Schauplätze von Ainos Leben zeigte. Ich selbst hatte die Runde vorgeschlagen und gelogen, ich hätte einen freien Tag. Einen Teil der Objekte hatte ich mir ausgedacht, ein Teil war echt, wie die Arbeitsstellen der Eltern und die Zoohandlungen. Und die Schule.

»Ich hab übrigens angefangen, Finnisch zu lernen«, sagte Daria und kramte das Lehrbuch aus ihrer Tasche. »Können wir üben?«

Ich nahm das neu wirkende Buch in die Hand. Daria neigte sich zu mir und sprach die Beispielsätze, für eine Anfängerin allzu flüssig. Ab und zu sah sie mich an in der Erwartung, dass ich ihre Aussprache lobte.

»Hast du vor, so lange hier zu bleiben, dass du das wirklich brauchst?«

»Wir müssen doch eine gemeinsame Sprache haben.«

»Wir?«

»Aino und ich natürlich. Wer denn sonst?«

Daria sah mich an, als wäre ich blöd. Vielleicht war ich das ja. Meine vagen Vermutungen waren dabei, sich als richtig zu erweisen. Am Abend hatte ich im Internet zu den Ortschaften recherchiert, an denen meiner Erinnerung nach Darias ehemalige Kunden wohnten. Ein Fall hatte meine Aufmerksamkeit erregt: Eine unbekannte Frau hatte versucht, vom Spielplatz eines deutschen Dorfes ein Kind zu entführen. Man hatte die Täterin für eine Ausländerin gehalten, und in der Zeitung war ein Foto veröffentlicht worden, das ein Passant mit seinem Handy von ihr gemacht hatte. Personen, die die Frau erkennen sollten, wurden gebeten, sich bei der Polizei zu melden. Die Frau war eindeutig Daria. Sie wollte das Kind einer alten Kundin entführen, um Mutter und Kind zu spielen. Warum konnte sie nicht ein anderes Kind als Aino wählen? Oder sollte eine Kindesentführung hier leichter sein als in einem anderen Land? Ich starrte auf den Asphalt unter unseren Füßen. Er war so glatt wie die Oberfläche einer Torte im Schaufenster einer Konditorei, aber der Boden unter meinen Füßen bewegte sich, als säße ich in einem Zug.

»Hörst du mir zu?«, fragte Daria. »Du sollst meine Fehler korrigieren.«

Ich begann, die Wörter aus dem Lehrbuch zu wiederholen, und erfand zwischendurch eigene Beispielsätze. Die Nachricht, die ich durch Iwan übermittelt hatte, war ein Versuch gewesen, Zeit zu gewinnen. Eine Kugel in den Kopf wäre keine Alternative, wenn du alle Details hören wolltest, die das heimliche Fotografieren von Lada Krawez' Kindern betraf. Du müsstest mit mir sprechen. Einen Augenblick mit mir zusammensitzen. Mir in die Augen sehen. Wenn ich an deinen Blick dachte, war ich mir nicht mehr sicher, ob die Fotos der Krawez'schen Gören als Beweis für das Risiko genügten, das Daria darstellte, geschweige denn die Nachricht aus Deutschland, oder ob du mir auf deren Grundlage ein Treffen gewähren würdest. Wenn du sie jedoch für gut befinden und Daria verdächtigen würdest, gäbe es etwas mehr Zeit. Vielleicht so viel, dass ich es schaffen würde zu erzählen, was tatsächlich an jenem Tag geschehen war, an dem Viktor starb. Gleichwohl, meine Worte hatten wenig Wert. Ich brauchte weitere Beweise, und zwar sofort. Ich müsste Daria dazu bringen, dass sie gestand. Ich holte tief Luft.

»Wie lange hast du Viktors Mord geplant?«

Ich stellte die Frage auf Finnisch und gewann schon dadurch Sicherheit, dass es mir gelungen war, den Satz laut auszusprechen. Daria verstand ihn nicht oder stellte sich dumm. Ich wiederholte meine Worte auf Russisch. Der Fuß, der gegen den Stuhl getippt hatte, hielt inne. Dann lachte sie.

»Soll das ein Witz sein?«

»Oder war es ein Versehen?«, fuhr ich fort. »Missgeschicke passieren. Können wir nicht endlich ohne Blatt vor dem Mund reden?«

»Wir wollten üben.« Daria schwenkte das Lehrbuch. »Deine dummen Geschichten gehen mir auf den Geist.«

»Hättest du anstelle von Viktor lieber mich umgebracht? Wenn ich du gewesen wäre, hätte ich an so etwas gedacht«, sagte ich und war einen Augenblick lang zufrieden mit meinem Gedanken. Sich in den Gemütszustand des Kunden zu versetzen war ein alter Trick. Er funktionierte nicht.

»Bist du verrückt geworden, oder was soll jetzt dieser Quatsch?«

Daria legte das Buch aus der Hand und musterte mich, als verstünde sie kein Wort. Den ganzen Tag lang hatte ich sie trotz aller Bemühungen nicht dazu bringen können, sich zu verplappern. Wieder hatte ich am Tresen das Diktiergerät eingeschaltet, und es zeichnete in meiner Tasche immer noch unsere uninteressanten Gespräche auf. Ich würde es nicht schaffen, ihr ein Geständnis zu entlocken. Sie würde nichts zugeben. Sie war von robusterer Bauart, als ich gehofft hatte. Sie bestand aus einer einzigen glatten Emailoberfläche, und ich bekam sie nicht in den Griff. Ich schaute ihr zu, wie sie ihren Milchkaffee trank, als überlegte sie, was daran auszusetzen war, bis ihr anscheinend ein Licht aufgegangen war.

»Moment mal … Willst du gerade deine eigenen Sünden mir in die Schuhe schieben?«

»Mach dich nicht lächerlich. Ich hab gesehen, was du getan hast.«

Ich packte sie beim Handgelenk und drückte es fest.

»Was, wenn ich Ladka die Fotos schicke, die du von ihren Kindern gemacht hast?«, fragte Daria. »Oder Veles. Vielleicht lieber ihm. Wäre der Donezk-Mann nicht die richtige Adresse?«

»Die hab ich doch nicht gemacht.«

»Wer soll dir das denn glauben?«

Mein Griff um Daria lockerte sich. Ich hätte Iwan nicht anrufen sollen. Ich verstand sofort, welchen Fehler ich gemacht hatte. Man hielt mich für schuldig an Viktors Tod. Iwan hatte sich gewundert, warum ich nicht gleich noch weitere Mitglieder der Krawez-Familie umgelegt hatte. Dann wäre mir niemand gefolgt. Diese Logik war lückenlos. Ich hatte ein Motiv. Falls Daria ihre Drohung wahr machte, würdet ihr sofort glauben, dass mein Rachefeldzug weiterging, dass ich noch nicht genug hatte. Ich hatte nichts, womit ich beweisen könnte, dass Daria die heimliche Fotografin war, und falls Daria zu Wort käme, würde sie behaupten, ich wolle ihr die Schuld in die Schuhe schieben.

»Veles würde dir und deiner Sippe eine ganze Armee auf den Hals schicken«, sagte Daria mit lauter werdender Stimme.

Meine auf dem Tisch erstarrte Hand wirkte wie Gips. Ich suchte in meiner Handtasche vergeblich nach den Halbfingerhandschuhen und schob die Finger schließlich zum Warmwerden unter meine Schenkel. Ich war nicht mehr imstande, die Unterhaltung in die richtige Bahn zu lenken.

»Und weißt du was? Das würde dir nur recht geschehen.«

Darias Handy lag neben ihrer Kaffeetasse. Unser Wortwechsel hatte sie die Engelslocken auf dem Display vergessen lassen. Beim Kaffeetrinken hatte Daria darauf Ainos Gesicht betrachtet und das Glas wie eine Ikone geküsst. Der Bildschirm wurde dunkel, und das bemerkte sie nicht, während die Wut sie übermannte und sie anfing, die Gründe zu nennen, warum man mich bis an den Rand der Welt verfolgen sollte. Daria zählte Namen auf. Mädchen, die ich vergessen hatte, und Mädchen, denen ich niemals begegnet war. Mädchen, denen mehr Hormone gespritzt worden waren als zum Beispiel in London. Mädchen, die krank geworden waren. Mädchen, denen die Eierstöcke entfernt worden waren. Mädchen, bei denen Komplikationen aufgetaucht waren oder deren Gebärmutter versehentlich durchstochen worden war. Mädchen, die in die Kliniken für Kinderlosigkeit zurückgekehrt waren, aber nicht, um zu spenden, sondern als Kundinnen. Mädchen, deren Befinden niemand beobachtet hatte, nachdem sie aus den Katalogen der Agenturen verschwunden waren. Daria hatte ganz offenkundig amerikanische Propaganda-Websites gelesen, wo es alle möglichen Aktivisten gab, und wie auf Bestellung berichtete sie, dass sie an einem Kongress anonymer Spenderinnen in New York teilgenommen habe. Die Anzahl ihrer Schicksalsgenossinnen hatte Daria überrascht, ebenso wie die Tatsache, dass viele von ihnen aus der Ukraine und Russland, Polen und Rumänien stammten, aus allen osteuropäischen Ländern. Die meisten hatten in ihrem Heimatland mit dem Spenden begonnen, und nachdem sie das auch im Ausland getan hatten, waren sie der besseren Honorare wegen in Amerika geblieben. Nicht allen ging es gut, keine hatte eine Krankenversicherung gehabt. Eines der Mädchen hatte nur ein einziges Mal gespendet und trotzdem Brustkrebs bekommen, der in ihrer Familie nie aufgetreten war. Das war ein Zufall, sagte ich. Daria lächelte. Solche Fälle gab es allzu viele, als dass sie Zufall sein konnten.

Die Studenten am Nachbartisch sahen uns lange an. Für die Interpretation von Darias Tonfall bedurfte es keiner Sprachkenntnisse. Wir erregten die falsche Art Aufmerksamkeit. Ich lächelte ihnen bedauernd zu. Die Gesellschaft erschrak und wandte den Blick ab. Im Stillen pries ich die Höflichkeit der Finnen. Vom Predigen war Daria die Kehle ausgetrocknet, sie trank ihren Kaffee aus und sah auf ihrem Handy nach der Uhrzeit.

»Ich hab nicht verstanden, warum zum Teufel du gerade mich für Viktor ausgesucht hast, bis mir klar wurde, dass es dir einfach egal war. Die Krawezens wählten die süßeste Schnute, und das war zufällig meine, und du hast es nicht gewagt, ihnen zu widersprechen.«

»So war es nicht.«

»Genug von diesem Unsinn. Aino kommt bald aus der Schule«, zischte Daria, stand auf und stieß dabei den Stuhl um. »Du darfst mir diesen Augenblick nicht verderben.«

Die anderen Gäste drehten sich nach uns um, und eine Passantin blieb stehen. Die Nachbarin. Ihr Gesicht wirkte aufgedunsen, der Mantel war geöffnet. Sie war schwanger. Garantiert schwanger. Die Frau hob die Hand zum Gruß. Ich nickte leicht und stellte Darias Stuhl wieder hin. Ich war zu weit gegangen. Mein Telefon nahm immer noch auf, vergebens. Ich würde es später noch einmal versuchen. Ich sah Daria an, deren Unterlippe bebte. Ich fasste sie am Arm und fragte, ob sie etwas über den finnischen Grundunterricht hören wolle, über die Fächer, die Aino lernte.

Daria setzte sich wieder hin.

»Was weißt du denn schon davon?«

»Immerhin so viel, dass Finnland das beste Schulsystem der Welt hat.«

Die Kinder, die aus der Schule ins Wochenende stürmten, ließen Daria wieder munter werden. Sie schien unseren Streit vergessen zu haben und erbebte, als Ainos Blondschopf in ihrem Blickfeld erschien. Das Mädchen rannte der Frau aus dem Hundepark entgegen, die so drahtig wirkte in ihrem sandfarbenen Frühjahrsmantel. So gut situiert.

»Was macht die Frau hier«, regte sich Daria auf. »Sollte Aino ihren Schulweg nicht allein bewältigen?«

»Vielleicht ist sie auf der Arbeit früher fertig geworden.«

Unbewusst hatte ich Darias Hand ergriffen, und wir verfolgten, wie Aino und ihre Mutter im Straßengewimmel verschwanden wie in einem Krimi. Es gefiel mir nicht, dass Daria die Kinder der Hundeparkfamilie bei ihren Vornamen nannte. Die Kinder sollten niemals zu früh bei ihren richtigen Vornamen genannt werden. Trotzdem begann Darias Angewohnheit mich zu beeinflussen. Ich erwischte mich dabei, dass ich das Mädchen in Gedanken Aino nannte und den Jungen Väinö.

»Ich hab dich nicht gehasst, niemals hab ich dich gehasst«, sagte Daria. »Und gerade jetzt hasse ich niemanden außer dieser Frau.«

Auch ich hasste sie. Ich hasste alles, was sie ihren Kindern geben konnte. Ich hasste, dass sie eine dicke Gehaltsabrechnung, neue Frühjahrsmäntel, das Geld für ihren Friseur und einen Vater für die Kinder hatte. Ich war wütend darüber, wie sie die Pfandflaschen neben dem Papierkorb stehen ließ für solche Leute wie mich, weil sie die paar Münzen dafür nicht nötig hatte, und ich war wütend darüber, dass ihre Freunde sie ständig anriefen, und darüber, wie sie und ihr Mann Hand in Hand gingen. Für einen Augenblick verband der Hass mich und Daria, und das spürte Daria.

»Hab ich mein Kind verkauft? Hab ich es wirklich verkauft?«, fragte sie plötzlich. »An dieses Weibsstück?«

»Aino ist nicht dein Kind.«

Daria zog ihre Hand fort.

»Ich dachte, du verstehst mich. Ich kann die Sache auch ohne dich regeln.«

Ich fragte nicht, wovon sie sprach. Das brauchte ich nicht. Die Familie pflegte die Sommerhaussaison im Frühjahr zu beginnen. Darüber hatte ich mit Daria nicht gesprochen, und ich überlegte, ob sie von dem Ort wusste, wo die Familie schon an mehreren Wochenenden gewesen war. Ein Kind mitten im Wald zu entführen war kein Problem. Sie wusste es nicht. Sonst wäre sie schon dabei, einen Wagen zu mieten.

»Ich finde, der Schulweg ist die beste Alternative«, erklärte Daria. »Wir nehmen Aino gleich morgens früh mit, und du meldest der Lehrerin, dass das Mädchen krank ist. So wird das Verschwinden nicht vor dem Nachmittag bemerkt.«

Daria stand auf. Sie wollte für Aino Kleider besorgen und vermutete, dass wir mit der Einkaufsrunde fertig sein würden, bevor die Familie in den Hundepark ging. Ich wies darauf hin, dass wir mit den Besuchen im Hundepark pausieren sollten, um nicht zu viel Aufmerksamkeit zu erregen. Meine Einwände interessierten Daria nicht. Anscheinend konnte sie einfach nicht genug davon bekommen, die Familie zu beobachten, und ich wusste nicht recht, ob das an ihrer Sehnsucht lag oder ob sie Wut gegen die Eltern ansammelte, deren Glück sie rauben wollte. Oder vielleicht bescherte ihr die Gewissheit von deren näher rückendem Schiffbruch Genugtuung, die sie in vollen Zügen genießen wollte.

»Na, komm schon«, kommandierte sie und drehte sich nach mir um, auf dem Gesicht das gleiche Lächeln, das sie mir geschenkt hatte, nachdem sie Viktor erwürgt hatte. Als ihr klar geworden war, dass man an allem mir die Schuld geben würde, kannte ihr Triumph keine Grenzen. Jetzt hatte ihr Grinsen einen anderen Grund. Sie hatte mich an der Kandare, und das wusste sie.

Ich konnte nicht anders, als ihr zu folgen, und zugleich kombinierte ich Iwans Reden und Darias Worte mit dem, was zwischen den Zeilen stand. Daria hatte mir mit Veles' Männern gedroht und damit, dass man mich und meine Sippe bis ans Ende der Welt verfolgen würde. Warum hatte Veles das nicht schon nach dem Tod seines Sohnes getan? Warum hatten die SUVs das Haus meiner Tante nicht länger beobachtet? Warum war Iwan pro forma verhört worden, nicht tiefschürfend und nicht öfter als ein Mal? Ich hatte angenommen, das ginge auf dich zurück, aber was, wenn ich das alles falsch gedeutet hatte? Lada hatte die Ermittlungen zu Viktors Tod persönlich überwacht. Das hatte Daria behauptet. Aber was, wenn gerade Lada deine nachlässigen Untersuchungen gutgeheißen hatte? Wenn sie dich dazu geradezu ermutigt hätte? Hatte ich alles ihr zu verdanken? Lada Krawez konnte kaum ein Interesse daran haben, dass in der Sache intensiver herumgestochert wurde. Dafür hatte sie ihre Gründe.

Vielleicht wollte ich einfach nur glauben, dass du mich aus Mitleid oder Gnade hattest entkommen lassen. Oder aus Liebe.

Im Park hatten sich junge Leute versammelt, und unsere Stammbank war besetzt. Daria störte das nicht, sie wählte als unseren Wachtposten die Steinstufen neben dem Hundeauslauf. Ich zog meinen Mantel aus und setzte mich darauf. Sonst mied ich den Ort an den Freitagabenden, wenn das Lesen unter den Bäumen, wo sich die Schluckspechte herumdrückten, befremdlich wirken würde. Darias Gesellschaft änderte daran nichts. Wir wirkten nicht wie Freundinnen, die hierhergekommen waren, um Spaß zu haben. Wenigstens eine Flasche Wein hätten wir dabeihaben müssen oder ein paar Bier, einen glaubhaften Grund dafür, draußen herumzuhängen. Oder einen Hund.

»Ich hatte angenommen, du würdest etwas hilfsbereiter sein«, tadelte mich Daria und setzte sich neben mich. »Du enttäuschst mich.«

Das verstand ich absichtlich falsch und bedauerte, dass ich die Geschäfte für Kinderkleidung in der Stadt nicht besser kannte. Der Wohltätigkeitsladen, den ich vorgeschlagen hatte, war Daria nicht gut genug, sodass wir wegen der Kleider für Aino ins Zentrum hatten gehen müssen. Erstaunlicherweise hatte Daria die Sachen selbst bezahlt. Sie hatte Geld. Kreditkarten. Und Bares.

»Hör doch auf. Vielleicht spornen dich die hier an?«

Daria griff in die Tasche und zog das Handy hervor. Ich wandte den Blick ab von den Fotos, die sie mir zeigte. Und überlegte, ob sie die Enkelkinder deines Chefs nur zu dem Zweck fotografiert hatte, um die Geschichte erzählen zu können, mit der sie mich bedrohte. Dass ich die Kinder verfolgte. Heilige Mutter Gottes, so raffiniert konnte das Aas nicht sein.

»Ladka sieht gut aus, oder? Die schusselige Sekretärin ist längst nicht so lebendig. Hast du gehört, was ihr passiert ist? Dir wird man kaum ein so rasches Ende gewähren.«

Daria klickte die Nachrichtenseite an, die von einem Unglück in einem leer stehenden Hotel berichtete, und hielt es mir vor die Nase. Ich sah die Schlagzeile. Eine junge Frau war durch ein Loch im Fußboden des *Parus-Hotels* gefallen. Ich richtete den Blick auf Darias Finger und dachte an dich und mich auf der Uferpromenade, daran, wie der *Halwa*-Duft, der von der Oleina-Fabrik herüberwehte, mir verlockend in die Nase gestiegen war und wie ein am Geländer zurückgelassener Blumenstrauß vor sich hin welkte, der Rosenstrauß in meiner Hand aber lebte. Das stolze Profil des *Parus* ragte links von uns auf. Der Zusammenbruch des Ostblocks und das Ausbleiben der Rubel hatte dem Bau des Hotels ein Ende gesetzt, das eine Ikone des sowjetischen Luxus hatte werden sollen, und trotz aller Bemühungen war es nicht fertig geworden. Die Bauruine war später bei Alkoholikern und Pärchen beliebt. Von den oberen Etagen hatte man eine unbestreitbar grandiose Aussicht, und die Fassade war immer noch schön. Ich roch den vom Boden aufsteigenden Duft des Aprils. Das warme Wetter hatte früher dieselben Hitzköpfe ins Hotel gelockt, die auch auf den Stahltrossen der Brücken herumturnten. Frühling am Dnepr. Danach sehnte ich mich.

Einen Augenblick hielt ich die Luft an und atmete dann tief und langsam.

»Nach deiner Flucht wurde alles mit dem Vergrößerungsglas untersucht, und alles Mögliche kam heraus. Zum Beispiel, dass die Sekretärin über vertrauliche Kundendaten sogar in ihren E-Mails getratscht hatte.«

Ich zuckte die Achseln. Die Frau war eine untaugliche Streberin gewesen. Die Sekretärin war mir egal, und auch, dass ich zu den Ereignissen beigetragen hatte, die zu ihrem Tod führten. Darias Stimme wurde tiefer, ihr Blick verweilte auf dem in den Park führenden Weg, und sie fasste die Papiertüten mit den Kleidern für Aino fester. Gleich würden sie kommen.

»Dir kann es genauso ergehen wie der Sekretärin. Möchtest du wirklich, dass deine Mutter eine solche Nachricht über dich liest? Hast du ihr nicht schon genug Kummer bereitet?«

Die Kälte der Steinstufen drang mir in die Knochen, und ich spürte, wie meine Beine einschliefen. Ich hatte meine Mutter gezwungen, nach Hause zurückzukehren, damit sie nicht meine Leiche finden musste. Ganz offenbar war diese Vorsichtsmaßnahme nicht ausreichend gewesen. Es konnte trotzdem passieren, dass sie Dinge sah, die für die Augen jeder Mutter ungeeignet waren. Das Kribbeln, das in meinen Fingern begonnen hatte, breitete sich bis in die Arme aus, und ich suchte wieder vergeblich nach meinen Halbfingerhandschuhen. Ich musste sie irgendwo verloren haben. Mutter hatte sie mit Astern bestickt, und gerade jetzt hätte ich sie gebraucht.

»Aber ich werde niemandem von dir erzählen, wenn du mir hilfst. Was meinst du? Am Montag?«

Für einen Augenblick drückte ich die Hände auf das Gesicht. Der Flug von Kiew nach Helsinki dauerte nur zwei Stunden. Iwan hatte dich sicherlich schon angerufen. Auf das Dach des Mehretagenhauses. Auf den Balkon. In Plastik gewickelt auf die Mülldeponie. Wenn ich nicht etwas von Wert hätte. Etwas, das Lada Krawez nicht von der Hand weisen könnte. Etwas, das dein Chef nicht übergehen könnte. Ein Beweisstück. Ein Geständnis.

Daria stieß mich an.

»He, was meinst du zu Montag?«

»Ja, gut. Und danach? Wohin willst du das Mädchen bringen?«

»Nach Hause.«

»In die Ukraine? Du hast nicht ihren Pass.«

»Den könnten wir stehlen.«

»Durch Einbruch bei ihr zu Hause? Das wird nichts.«

»Aino ist klein, sie passt in den Kofferraum. Wir fahren zuerst nach Estland und von da über Lettland und Litauen zur polnischen Grenze und nach Hause. Der Donbass ist bei allen beliebt, die nichts mit der Amtsgewalt zu tun haben wollen.«

Daria hatte recht. Bis in die Volksrepublik Donezk würde der Arm der finnischen Polizei nicht reichen. Der Plan war nicht schlecht. Er war verrückt.

»Kannst du dir all das leisten? Wie willst du zu einem Auto kommen?«

Daria wandte den Blick nicht von einem Ehepaar, das sich dem Hundeauslauf näherte und einem Welpen beibrachte, an der Leine zu gehen.

»He, sollten wir für Aino so einen Dackel anschaffen? Oder genau so einen, wie sie ihn schon haben? Würde das Aino helfen, sich einzuleben?«

Das Ehepaar war genau von der Art, die früher meine Aufmerksamkeit erregt hätte. Diese Leute hatten eine Zukunft, und das strahlten sie aus. Instinktiv streckte ich die Hand nach dem Welpen aus und zog sie sogleich wieder zurück. Ich hatte überlegt, mir ein Haustier anzuschaffen, als klar geworden war, dass Väinös und Ainos Eltern mich nicht erkannten. Den

Jungen kennenzulernen wäre mithilfe des Hundes ganz natürlich gewesen. Mir war jedoch klar, dass, falls mir der Boden unter den Füßen zu heiß werden sollte, ich allein fortgehen musste, auf die Flucht nahm man keine Tiere mit. Außerdem hatte ich einen Albtraum gehabt, der mich daran erinnert hatte, warum es für mich das Beste war, ohne Hund zu leben, und jetzt war ich mit meiner Entscheidung zufrieden. Du hattest Tiere gern. Und würdest vielleicht einen Hund, der seine Herrin verteidigte, nicht erschießen. Jemand anderes würde das tun. Oder der Hund geriete auf die Straße. Oder er würde neben meiner Leiche verhungern. Oder mir vorher die Zähne in die Wange schlagen.

Daria vergaß ihren Traum von einem Welpen und richtete sich auf. Die Familie näherte sich dem Park. Mutter und Vater gingen Hand in Hand. Sie lachten über etwas, der Junge schlurfte zwei Meter hinter den anderen her. Das Mädchen hatte ein Windrädchen in der Hand. Sie versuchte, es zum Drehen zu bringen, aber das gelang ihr nicht. Der Junge kicherte und sagte etwas. Das Mädchen fuchtelte noch ein paarmal mit ihrem Spielzeug, und der Junge musste lachen. Das Mädchen fing an zu weinen. Das erkannte ich erst, als ihr Heulen lauter wurde.

»Was ist passiert?«, fragte Daria ängstlich.

Während der Vater das Mädchen tröstete, wandte die Mutter sich ärgerlich dem Jungen zu, der erst rot und dann wütend wurde. Daria war aufgestanden. Der Junge ging los und marschierte die Straße entlang. Die Mutter lief ihm nach und zerrte ihn zurück. Ein Fehler. Für so etwas war der Junge zu alt. Ich zupfte Daria an der Hand. Der Familienstreit ging uns nichts an. Wir konnten nicht zu erkennen geben, dass wir an dem

Gezänk fremder Kinder interessiert waren, aber jetzt erregte es auch die Aufmerksamkeit anderer: Denn der Junge nahm eine Handvoll Sand und warf ihn dem Mädchen ins Gesicht. Daria erschrak und machte einen Schritt vorwärts. Das Mädchen weinte laut auf, das Windrädchen fiel zu Boden, und der Junge rannte fort. Die Mutter schlang die Arme um das Mädchen, aber das ließ sich nicht beruhigen. Ich konnte nichts tun, Daria war schneller. Sie eilte zu der Frau und entriss ihr das Mädchen. Die Frau schrie auf. Das Mädchen brüllte. Der Hund fing an zu bellen. Ich stand auf und schlich in Richtung Straße. Jetzt oder nie. Der Junge stand am Rand des Rasens mit dem Rücken zum Park und stieß mit dem Schuh gegen den Asphalt.

»Schwestern können manchmal nervig sein«, flüsterte ich dem Jungen zu.

Er hörte es und schniefte. Mein erstes und letztes Gespräch mit ihm war völlig anders, als ich es mir vorgestellt hatte.

»Hm. Genau. Alles dreht sich immer um sie.«

»Na, das vielleicht doch nicht«, zweifelte ich und wunderte mich, dass ich überhaupt sprechen konnte und wie natürlich sich das anhörte. »Das liegt nur daran, dass das Mädchen jünger ist. Du bist genauso wichtig.«

Und mir das Allerwichtigste, aber das sagte ich nicht laut.

»Weißt du, es ist immer besser, sich heimlich zu rächen. Sonst bekommst du Probleme.«

Der Hund im Park kläffte noch immer, das Mädchen weinte, und auch der Familienvater wurde lauter. Ich hörte Geflüster, die Passanten wandten den Kopf in Richtung der Stimmen, nahmen ihre Handys heraus, und ich setzte die Sonnenbrille auf. Eine auf der Straße stehen gebliebene Frau nahm an, dass der Hund das Mädchen gebissen hatte, und fragte, ob sie die Polizei rufen solle. Ich nickte. Genau so war es gewesen.

»Das Mädchen hat wohl zuerst den Hund geschlagen«, sagte ich. »Wohl nicht zum ersten Mal.«

Der Junge sah mich verblüfft an. Ich lächelte ihm zu und ging die Treppe hinunter auf die Straße. Ich musste es jetzt hinkriegen, mich in aller Ruhe zu entfernen. Hierher würde ich nie mehr zurückkehren.

Ich fand mich auf der Straße wieder, wie ich mich zu meinem Wohnhaus schleppte, und konnte mich nicht erinnern, wie ich vom Park dorthin gekommen war. An den Jungen jedoch erinnerte ich mich, an das Gespräch mit ihm und daran, dass es mir während der wenigen Schritte von der Steintreppe zum Weg so vorgekommen war, als wäre ich aus irgendeiner Höhe hinuntergestoßen worden. Die Stufen waren zurückgewichen, der Asphalt war geborsten, der Boden unter mir verschwunden, und ich war gestürzt. Ich fühlte mich genauso wie damals, als ich durch die Gardinen meines Arbeitszimmers Viktor leblos im Hof unserer Firma liegen sah. Die Sekunden waren unendlich, und der Fußboden kehrte erst dann unter meine Füße zurück, als ich verstand, dass ich unverzüglich fliehen musste. Zuerst hatte ich keine Idee, wie ich aus dem Gebäude herauskommen sollte. Mein Büro hatte nur zwei Türen, eine führte auf den Gang und die andere in den Empfangsraum. Ich hörte, wie die Leute dort hin und her eilten. Die Lösung war das Fenster zur Straße. Der Plan brachte mein Blut wieder in Wallung. Ich warf Pelzmantel, Handtasche und Schuhe hinaus und kletterte hinterher, meinen Bauch schützend. Nach dem Sprung auf den Boden schaute ich hinauf. Ich sah, wie die Gardinen im Luftzug wie Engelsflügel wehten, aber keinen Verfolger. Ohne mich um den Knöchel zu scheren, den ich mir beim Springen verrenkt hatte, trat ich auf die Straße hinaus und hielt den ersten besten Klapperkasten an. So resolut war ich damals. Ich hatte durchaus Geld und auch den Mumm, den das Geld mir verlieh, sowie die Autorität meiner Position. Und doch. Ich fragte den Fahrer nicht einmal, ob er mich zum Flughafen bringen würde. Ich befahl ihm, das zu tun, und warf auf den vorderen Sitz ein Bündel Geldscheine. Der Wagen setzte sich sofort in Bewegung, und ich wickelte meinen Schal um den Fußknöchel. Bevor ich mein Handy wegwarf, sandte ich damit eine kurze Nachricht an Mutter und schaute einen Augenblick das stumme Display an. Ich dachte damals, niemand wird es wagen, eine tote Frau anzurufen, denn das war ich jetzt. Ich verstand nicht, was im Büro eigentlich passiert war. Viktor war ums Leben gekommen, so viel begriff ich, aber darüber hinaus nichts. Trotz allem handelte ich konsequent und war überraschend gut gewappnet: Für einen plötzlichen Aufbruch hatte ich bei einem meiner Mädchen einen Koffer versteckt, und jetzt befahl ich dem Fahrer, einen Abstecher dorthin zu machen.

Vielleicht erkannte das Mädchen, dass etwas passiert war. Trotzdem fragte sie nichts, sondern ließ mich in meinem Koffer kramen, aus dem ich Stiefel nahm und sie anstelle meiner Pumps anzog. Auch ein neues Handy mit Karte lag darin bereit. Ich ließ es einen Moment aufladen und sagte dem Fahrer Bescheid, dass er den Reservereifen von der Rückbank wegwerfen müsse. Wegen des Gastanks würde mein Gepäck nicht in den Kofferraum passen. Der Mann weigerte sich und zweifelte schon, ob das ganze Unternehmen sich rentieren würde. Ich gab nicht nach. In meinem Knöchel wütete der

Schmerz, der Kopf tat mir weh, und meine Flucht drohte an einem Reserverad zu scheitern. Irgendwie war er zum Lachen, dieser ganze Irrsinn. Ich bemerkte jedoch, dass der Fahrer meinen Wolfspelz beäugte, und ich flüsterte ihm zu, dass seine Frau darin wie eine Königin aussehen würde. Er schien genauso zu denken. Das entschied die Sache, und der Mann bemühte sich, alles im Auto zu verstauen, was ihm schließlich auch gelang. Während dieser Verzögerung konnte ich meine Flucht genauer überlegen und beschloss, nach Kiew zu fahren. Den Flugplatz von Dnipro könntet ihr schließen, wenn ihr das wolltet. Vielleicht hattet ihr das schon getan. Ich versprach dem Fahrer weitere Dollars, und er beschwerte sich nicht über das geänderte Ziel, auch wenn er bis in die Nacht hinein fahren musste.

Unterwegs hielten wir an einer Tankstelle, derselben, zu der wir, du und ich, vor dem ersten Treffen mit Lada Krawez einen Abstecher gemacht hatten. Dort fand ich mich nun wieder, aber in einem Auto, in das ich früher nicht eingestiegen wäre, das mit Gas fuhr und mir das Leben retten würde. Ich hörte zu, wie der Tank sich füllte, und das klang wie das Knurren eines hungrigen Magens, oder nein, es war ein Röcheln, und ich hielt mir die Ohren zu, während ich die Umgebung im Auge behielt. Offenbar hatte der Fahrer dem Mann, der das Auto betankte, ein ordentliches Trinkgeld gegeben, nicht in Dollars, und als der Fahrer gegangen war, um etwas Essbares zu besorgen, stieg ich aus, um mir die Beine zu vertreten. Ich vergewisserte mich, dass das Auto gesegnet war. Das hielt ich für ein gutes Omen und beugte mich vor, um den Wolfspelz gegen die Fuchsfellweste auszutauschen. Mir fiel ein, dass ich wegen Oleschko auch etwas essen musste, und folgte dem Fahrer in den Verkaufsraum. Der Mann, der am Tresen immer noch auf seine Bestellung wartete, telefonierte anscheinend mit seiner Frau. Seine Stimme schnurrte vor Zufriedenheit, und ich vermutete, seine Frau würde bald wissen, mit was für einem Geschenk ihr Mann nach Hause kommen würde.

Auf dem Rückweg zum Auto kam ein Rudel streunender Hunde angetrabt, um von mir Futter zu erbetteln. Ich wollte ihnen schon eines von meinen Butterbroten hinwerfen, als einer von ihnen es mir direkt aus der Hand schnappte. Vor Schreck wich ich zurück, ließ auch den restlichen Proviant fallen und versteckte mich auf der Rückbank. Wir gehörten nicht auf diese Tankstelle, nicht unter die räudigen Köter, nicht in dieses Auto mit dem Gastank. Dennoch schenkte offenbar niemand mir Beachtung, nicht dem Auto und auch nicht dem Fahrer, und das war die Hauptsache. Und ich weinte nicht. Wir waren immer noch am Leben, Oleschko und ich, und wir hatten immer noch die Chance auf eine Zukunft. Es war noch nicht alles vorbei. Dennoch hatte dieser Wegabschnitt zum Verlust meines Sohnes geführt. Mein letzter Weg vom Hundepark nach Hause würde zu demselben Endergebnis führen, obwohl die Lage anders war, und auch das Land war ein anderes.

Aber von meiner Flucht willst du gar nichts hören. Die interessiert dich nicht. Du und Veles, ihr wollt Viktors Mörder, und ich besitze keine andere Valuta mehr als die Identität der schuldigen Person.

Jahrelang habe ich darüber nachgedacht, wie ich dir von dem Tag erzählen würde, an dem Viktor starb. Du hast die Lügen der Witwe und Darias gehört, und keine der beiden Geschichten entspricht der Wahrheit. Wahr ist jedoch, dass wir alle drei zugegen waren. Vor seinem letzten Atemzug traf Viktor mich, seine Frau und Daria.

Alles war noch gut, als Lada Krawez um einen Termin bat, um über die nächste Behandlungsrunde zu sprechen. Den vereinbarte sie direkt mit mir, und ihre Stimme war voller Stolz, als sie mir mitteilte, dass sie zusammen mit ihrem Mann kommen werde. Ich räumte für diesen Termin sofort meinen Kalender frei und wies die Handwerker an, an diesem Tag dem Kontor fernzubleiben, damit es dort ruhig war. Denn die glückliche Mutter sollte Vertrauen haben in die Zellen, die im Stickstofftank aufbewahrt wurden, obwohl sie so verfahren wollte wie beim vorigen Mal, als der Frischzellentransfer erfolgreich gewesen war. Ich konnte ihr nicht gestehen, dass ich keine Ahnung vom Aufenthaltsort ihrer vergötterten Spenderin hatte.

Als der Termin näher rückte, wuchs meine Nervosität. Auf den Tisch stellte ich Obst, Schweizer Schokolade, Napoleonschnitten und das Lomonossow-Service. Das alles machte ich selbst, denn ich brauchte kleine, einfache Aufgaben, die keine Konzentration erforderten, und dachte dabei an den in mir pulsierenden Embryo. Wieder korrigierte ich die Lage der Servietten, rückte die Untertassen zurecht, mischte mir in einer Teetasse Zuckerwasser und verwünschte die Tatsache, dass ich wegen meines Zustands meine Nerven nicht mit etwas Stärkerem beruhigen konnte. Mir schien jedoch, als schöpfte ich Kraft aus dem kobaltblauen Teegeschirr, das Mutter mir geschenkt hatte. Das war das einzige wirklich Persönliche in meinem Büro, und die darauf dargestellten Haustiere erinnerten mich an etwas, was ich nicht genau benennen konnte. Vielleicht an die Zeit, in der man sich für jedes durchscheinende Teil des Services ins Zeug legen musste, also Beziehungen knüpfen und sie pflegen. Mit der Leichtigkeit des Knochenporzellans in der Hand fühlte ich mich aufrechter: Ich hatte es weit gebracht, trotz allem. Ich besaß ein Auto und eine Wohnung, hatte Arbeit und eigene Kreditkarten. Ich hatte einen Mann und Herztöne: ein ganzes Gedeck Leben – und viel zu verlieren. Nichts von alledem wollte ich verlieren.

Eine Stunde vor Ankunft der Krawezens schicktest du mir eine Nachricht, in der du bestätigtest, dass du am Abend des nächsten Tages in die Stadt zurückkehren würdest. Du hattest Sehnsucht, ich auch, und das ist immer noch so. Ich machte mir noch mehr Zuckerwasser und überlegte, was ich für das Treffen mit dir anziehen sollte, und blätterte zerstreut eine Kundenliste durch, aus der ich ein geeignetes minderbemitteltes Ehepaar heraussuchen wollte. Viele unserer Kunden litten an Geldknappheit, nachdem sie ihre Ersparnisse für unsere Dienste ausgegeben hatten. Unter ihnen würde ich das verzweifeltste Paar aussuchen, das meiner Chefin dann eine Geschichte erzählen sollte, die ich mir ausgedacht hatte. Sie sollten behaupten, Daria habe ihnen Spenden zu einem günstigen Preis angeboten, und zur Belohnung würde ich ihnen einige kostenlose Behandlungsrunden bewilligen. Meiner Chefin würde ich vorlügen, Daria seien die Kontaktdaten der Ehepaare durch meine eigene Nachlässigkeit in die Hände gefallen. Mein kleiner Schnitzer würde mein Märchen sogar noch glaubhafter machen. Alexej würde ausgesandt werden, um Daria, die sich versteckt hielt, zu finden, und niemand würde dieser Gans glauben, egal, was sie zu ihrer Verteidigung vorbringen würde. Auf den Balkon mit ihr. Auf das Dach des Hochhauses. Meine Sorgen hätten sich erledigt.

Um Punkt vier Uhr führte die Sekretärin die frisch verliebt wirkenden Krawezens in mein Zimmer. Viktor und Lada setzten sich nebeneinander, sodass ihre Schenkel sich berührten. Die Wangen der frischgebackenen Mutter glühten jetzt.

Sie war fraulicher geworden, ihr Busen prall, und die Bluse stand offen, die Zartheit des Sauerampfers war verschwunden. Das Tuch auf ihren Schultern glitt ständig herab, und sie wirkte nicht mehr so, als wollte sie sich darunter verstecken. Ihre neuen Zentimeter trug sie mit guter Haltung, und in ihr blühte eine neue Kraft.

Viktor bewunderte mein frisch renoviertes Büro. Bald würde das ganze Kontor in dem Zustand sein, dass man es verkaufen konnte.

»Übrigens habe ich mir unsere neuen Räume im Menorah-Zentrum angesehen«, sagte ich. »Die stellen dieses Kontor in den Schatten.«

»Schön, oder?«

»Blendend.«

Im Bauch spürte ich lebhafte Bewegungen. Ich zwang mich zu einem Lächeln. Manchmal kam es mir so vor, als wollte Oleschko davonlaufen. Vielleicht wollte er das auch. Dir hatte ich von dem Jungen noch nichts erzählt, aber die risikoreichen Monate der Erwartung lagen schon hinter mir, und ich wartete darauf, dass du in die Stadt zurückkehrtest. Ich wollte dir die Neuigkeit bei unserem Treffen am nächsten Abend mitteilen.

Während des Gesprächs klopfte die Sekretärin an die Tür meines Büros, obwohl ich ihr jede Störung untersagt hatte. Verärgert marschierte ich zu ihr. Sie flüsterte mir zu, ich hätte Besuch, der versucht habe, mich mit Gewalt zu treffen. Nicht einmal mein zorniges Mienenspiel veranlasste die Sekretärin, zu verschwinden.

»Geh nur und kläre die Sache«, rief Viktor. »Wir haben es nicht eilig.«

Ich folgte der Sekretärin in die Küche, und erst dort flüsterte sie mir zu, um wen es sich handelte. Die Nachricht veranlasste mich, am Türpfosten Halt zu suchen. Ich umklammerte ihn heftig und sah auf meine Hände, die mich für einen Augenblick an Mutter erinnerten. Meine Fingerspitzen waren vor Anstrengung weiß geworden.

»Weiß sie, welche Personen da in meinem Zimmer sind?«

»Wohl nicht, ich hab es ihr jedenfalls nicht gesagt«, versicherte die Frau. »Wahrscheinlich ist Daria wegen ihres Bonus gekommen. Der ist noch nicht ausgezahlt worden.«

Natürlich. Darum ging es. Endlich war Daria blank. Mein Schreck wich der Erleichterung. Ich würde Darias Anwesenheit nicht zu erklären brauchen. Anders als ich gedacht hatte, war sie gar nicht über Geld erhaben. Es war ihr doch willkommen. Die Wintersonne spritzte gesegnetes Öl herein, und ich bekam Lust, es in der Hand zu sammeln. Ich würde ihr ihre Sperenzchen verzeihen, ihr gnädig sein, weil ich mir das jetzt leisten konnte. Ich würde das überstehen. Wir würden das tatsächlich überstehen.

»Bring Daria in die Küche. Nimm den Wachmann zu Hilfe und sag Daria, sie müsse warten, sonst gibt es kein Geld. Hast du verstanden?«

Die Sekretärin wiederholte meinen Auftrag. Ich beobachtete ihre Miene. Anscheinend hatte die Frau meine Anweisung verstanden, und ich schickte sie zurück in den Empfang. Was geschehen würde, wenn Daria von Viktor Krawez auch nur einen Schatten sehen und ihn als den Sohn des Donezker Mannes erkennen würde, wagte ich nicht, mir vorzustellen. Das aber würde ich verhindern.

Ich kehrte in mein Büro zurück wie in ein Reich, das ich gerade zurückgewonnen hatte, und beantwortete Lada Krawez'

Lächeln mit einer Mühelosigkeit, wie ich sie danach nie wieder empfunden habe. Sie erwartete mich allein, denn Viktor war zum Rauchen hinausgegangen, nachdem er einen wichtigen Anruf bekommen hatte. Ich nickte billigend zu Ladas Bestreben, dem frischgebackenen Vater beizubringen, dass er wegen des Kindes draußen rauchen musste, und setzte mich auf meinen Stuhl, der sich in eine Siegertribüne verwandelt hatte. Mir schien, ich könnte das Schicksal in meinen Fingern biegen wie einen Aluminiumlöffel.

Obwohl der Hof des Kontors umzäunt war, verirrte sich manchmal ein Hund oder eine Katze dorthin, und deshalb dachte ich sofort an einen streunenden Köter, als Lada und ich beim Teetrinken von einem Schrei aufgeschreckt wurden, der von draußen hereindrang und auf den lautes Gepolter folgte. Ich verortete den Lärm hinter dem Gebäude.

»Was war das?«

Lada Krawez sah mich an, und plötzlich fröstelte es mich, und ich hatte das Gefühl, dass sich Beton in meine Beine ergoss. Ich war nicht imstande, die zum Fenster stürzende Lada aufzuhalten. Nach einem Blick aus dem Fenster rannte sie in Richtung Empfang, und aus ihrem Mund drang ein seltsames Heulen, das noch zunahm, als sie zur Hintertür kam. Ich hörte, wie sie versuchte, sie aufzureißen, doch sie ließ sich nicht öffnen. Wer hatte sie verschlossen?

Langsam stand ich auf. Noch ehe ich hatte sehen können, was draußen geschehen war, kam Lada Krawez in mein Zimmer gestürmt, stieß mich beiseite und riss das Fenster auf. Ich schaute nach unten. Tee war auf mein Kleid gekleckert. Meine Lieblingstasse lag in Scherben am Boden. Meine Hand war immer noch in derselben Stellung wie zuvor, die Tasse haltend, die sich aus meinem Griff gelöst hatte. Meine Fingerspitzen wirkten wie Marmor, ebenso tot. Trotzdem zwang ich sie zur Faust, schob die sich im Luftstrom bewegenden Stores zur Seite und sah, wie Lada Krawez, die aus dem Fenster geklettert war, zu ihrem am Boden liegenden Mann schlitterte. Daria hielt eine elektrische Leitung in der Hand. Dieselbe Leitung, die über der Hintertür gehangen hatte. Auf dem Schnee war Blut. Der Mülleimer aus Beton war umgestürzt. Wenn ich es richtig sah, war auch er voller Blutflecke. Als wäre der Kopf des Mannes dagegengeschlagen worden. Ich weiß nicht, warum ich dachte, dass das so geschehen sein konnte. Nicht konnte. Es war so geschehen.

Viktor regte sich nicht.

Lada fasste im Nu einen Beschluss und legte Daria den Arm um die Schultern. Zuerst dachte ich, sie falle über Daria her, aber dann hörte ich deutlich ihre Worte – *fasst die Mörderin, nehmt die Mörderin fest* – und ihr darauf folgendes Geheul. Lada Krawez zeigte auf mich, ihr Geheul schien sie in die Länge wachsen zu lassen, und in ihrer Stimme lag ein stählerner Klang. Sie wirkte wie das Denkmal von Mutter Heimat, deren Schwert sich gegen mich gerichtet hatte und deren Schild Darias Kopf war. Die Hintertür war endlich geöffnet worden, auch der Wachmann, der sich, wer weiß, wo, herumgetrieben hatte, stürzte herbei, und die Menschen, die sich ahnungslos auf den Hof drängten, versuchten zu verstehen, was geschehen war. Jeder einzelne drehte sich um und starrte in dieselbe Richtung wie Lada: zu mir. Ich lehnte immer noch gegen den Fensterrahmen, mein Blutkreislauf war zum Stillstand gekommen. Niemand sah Daria an, die aufzuwachen schien und lächelte. Sie lächelte mich an, und das brachte mich in Bewegung.

Ich schloss die Tür meines Büros ab und streifte die hochhackigen Pumps von den Füßen. Es würde bei ihnen eine Weile dauern. Jemand musste den Notarztwagen rufen, Viktor musste untersucht werden, und dann müsste geprüft werden, in welchem Zustand sich die auf dem Hof jammernden Frauen befanden. Erst danach würde jemand darauf kommen, mir zu folgen. Ich öffnete das Fenster zur Straße und bereitete mich auf den Sprung vor.

Von jenem Tag ist mir jede Einzelheit in Erinnerung geblieben, sogar der Flugplan der abgehenden Maschinen, der im Display meines neuen Handys glühte, die Destination eines jeden Fluges, und dass jede einzelne mir unmöglich erschien: Sämtliche ukrainischen Fluggesellschaften, die auf dem Flugplatz von Kiew operierten, waren im Besitz von Gennadi Wechselberg, der Viktor nahestand. Schließlich bemerkte ich auch andere Maschinen, aber ich weiß noch meine Verzweiflung, als alle Wege blockiert schienen. Als Daria in Helsinki auftauchte, hatte ich wieder dasselbe Gefühl.

Ich hätte den Zusammenhang früher erkennen müssen. Vielleicht dauerte es seine Zeit, weil ich mich in der Ukraine an ein Leben gewöhnt hatte, in dem das Geld auf den Bäumen wuchs. Im Gastankauto wurde mir klar, dass meine eigenen Mittel im Nu zur Neige gehen würden. Wie hatten sich dann Daria und ihre ganze Familie so lange verstecken können? Jemand hatte ihnen helfen müssen.

Plötzlich war ich mir dessen vollkommen sicher.

Deswegen hatte ich die Sokolows nicht gefunden.

Deswegen hatten sie die Mittel für ihre Flucht gehabt.

Nicht ich war jemals ihr Ziel gewesen, sondern Viktor.

Ich erkannte das Geniale des Plans. Die Männer, die in

Darias Wohnung eingedrungen waren, hatten Daria zu einer Kugel gemacht, die sich langsam, aber sicher auf Viktor zubewegt hatte. Niemand würde Darias Motive infrage stellen. Sie hatte einen Grund für ihren Hass, schon allein wegen ihres familiären Hintergrunds. Vor allem war sie jedoch Spenderin, und geistig verwirrte Spenderinnen gab es zur Genüge. Niemand hätte vermutet, dass es für Viktors Tod andere Motive gab als den psychischen Zusammenbruch einer verrückt gewordenen Frau.

Ohne Lada wäre Daria im Gefängnis.

Wenn du noch so viel Geduld hättest, mich erzählen zu lassen, wer Viktor umgebracht hat, könntest du die Leute suchen, an die die Daten der Krawezens gegangen waren. Du könntest Daria zwingen, von den Eindringlingen zu berichten und deren persönliche Merkmale zu beschreiben. Die Sokolows mussten etwas über sie wissen, denn mit ihrer Hilfe war die Familie untergetaucht. Du könntest den realsten der Feinde verfolgen, der schlauer ist als wir alle. Würde das deinem Chef nicht besser gefallen als irgendetwas sonst? Würde das genügen als Preis für meine Freiheit?

Ich klopfte an die Tür von Darias Hotel. Niemand öffnete. Ich konnte nicht einschätzen, in welcher Verfassung ich sie antreffen würde, falls sie überhaupt im Zimmer war, und zog die Schlüsselkarte aus der Tasche, die ich hatte mitgehen lassen. Vor zwei Stunden hatte ich von ihr eine wütende Nachricht bekommen, in der sie sich wunderte, wieso ich aus dem Hundepark verschwunden war. Die Szene mit Ainos Eltern hatte sie nicht erwähnt, und auch nicht, wie sie geendet hatte. Wenn Daria sich nun etwas angetan hatte? Wenn meine Probleme nun gelöst wären? Ich fasste nach der Klinke, und mir schoss auch die Möglichkeit durch den Kopf, dass du mich inmitten muffiger Handtücher und von Verzweiflung beschmutzter Weingläser erwarten könntest, und durch meine Brust schoss ein Schmerz, als hätte ein dort hineingetriebener Eichenpflock sich gerührt.

Daria war auf dem verknüllten Bettzeug eingeschlafen und rührte sich nicht, als ich sie in die Rippen stieß. Aber sie war am Leben. Ich riss mich zusammen, stellte die Tasche mit den Kleidern, die ich ihr mitgebracht hatte, neben das Bett und die leeren Flaschen in den Papierkorb. Sie waren der einzige Hinweis darauf, wie sie auf den Zwischenfall reagiert hatte, und ich beschloss, die Gelegenheit zu nutzen. Zugleich war ich wachsam wie ein Soldat. Obwohl ich Darias Sachen schon einmal durchgesehen hatte, würde ich das noch einmal tun, und jetzt mit neuen Augen, denn jetzt wusste ich mehr, und die Zeit, nach Beweismaterial zu suchen, lief ab. Zu Hause hatte ich den Pass, den ich von Iwan für dich bekommen hatte, geprüft. Er war immer noch gültig.

Ich begann damit, dass ich den Inhalt von Darias Portemonnaie zählte und die Kreditkarten durchsah. In einem passenden Moment würde ich alles einstecken, und das war schon etwas, aber der Koffer, der geöffnet auf dem Boden stand, bot nichts Interessantes. Die Aufkleber von früheren Flügen verrieten, dass Daria fleißig mit Billigflugunternehmen gereist war, und ihr Auslandspass war voller Stempel. Unten im Koffer fand sich etwas Sand, als wären dort Schuhe ohne Schutz transportiert worden, außerdem Tabakkrümel und eine abgeschabte Tüte Sonnenblumenkerne. Ich schüttete mir ein paar auf die Hand, zerknackte sie mit den Zähnen und ging zum Schreibtisch. Er war voller neuer Papiere. Auf dem Stadtplan von Helsinki war die Route unseres morgendlichen Spaziergangs eingezeichnet: der Hundepark, die Wohnung der Familie, die Arbeitsstellen des Mannes und der Frau, die Schule der Kinder, die Markthalle, der nächste Supermarkt. Die Zeitpläne der Familie waren auf Notizzetteln des Hotels notiert, und dort fanden sich auch die Telefonnummern der Schule und der Lehrer sowie eine Nummernserie, die wie ein Türcode wirkte. Vielleicht hatte Daria doch von allen Kindern Aino gewählt, weil sie hier eine Gehilfin hatte, noch dazu eine sprachkundige. Das konnte der einzige Grund dafür sein, dass sie mich nicht an die Agentur oder die Krawezens verraten hatte. Darias Groll mir gegenüber war wohl nicht verborgen geblieben.

Obwohl ich das gehofft hatte, fand ich keine Aufzeichnungen der täglichen Wege der Krawezens, keine handschriftlichen Notizen, nichts, was beweisen würde, dass gerade Daria den Kindern der Krawezens aufgelauert hatte. Ich nahm Darias Handy und öffnete es mit ihrem Daumen. Alle Fotos im Speicher waren gelöscht worden außer denen von Aino. Doch ich wollte noch nicht aufgeben.

Ich warf die Tüte mit den Sonnenblumenkernen zu Boden und machte mich daran, das Badezimmer zu untersuchen. Auf der Schwelle hielt ich den Atem an. Ein solches Chaos von Düften, wie Daria es dort angerichtet hatte, war ich nicht gewohnt. Alles war irgendwie klebrig. In den Schraubwindungen der Verschlusskappen hatten sich Staub und Körperhaare festgesetzt. Aus der Kulturtasche, auf der sich Kleckse von Zahnpasta angesammelt hatten und die den Geruch von Baldrian verströmte, ragte eine nach Staub riechende Bürste hervor, an der eine Menge blonder Haare hängen geblieben war. Am Stiel der Zahnbürste klebte vertrocknete Zahnpasta, und die Borsten hatten sich fächerförmig ausgebreitet. Neben dem Waschbecken lagen vom vielen Gebrauch stumpf gewordene Plastiktüten, die, nach dem Geruch zu urteilen, zumindest Chaga-Tee enthielten. Starke Schmerzmittel, Pentalgin.

Vielleicht Rückenschmerzen? Manche Spenderinnen litten darunter. Daria schien sich jedoch trotz ihres Zustands mühelos zu bewegen. Krebs? Vielleicht. Auch der kam vor.

Während ich ihre Kulturtasche untersuchte, trafen meine Finger auf etwas Klebriges. Ich zog die Hand zurück. Ein Klumpen Propolis kam zum Vorschein und fiel zu Boden. Ich wusch eines der Gläser mit Seife aus und trank daraus Leitungswasser. Der Klumpen lag immer noch da. An die Kraft von Propolis glaubte auch meine Familie; Mutter und Tante kauten es als Mittel gegen alles und jedes, hier aber wirkte es wie Kot. Es war am falschen Platz, ich war am falschen Platz, mein Leben war es, und nichts von Darias Sachen half mir weiter.

Ich ergriff den Propolisklumpen mit einem Papiertaschentuch und warf ihn in den Papierkorb, dabei fiel die Bürste auf den Boden. Ich zupfte einige blonde Haare heraus. Kurze Haare. Sehr kurze. Darias Haar war dunkel. Ich kehrte ins Zimmer zurück und zupfte an Darias Bubikopf. Er rührte sich nicht, doch das Perückennetz bemerkte ich trotzdem. Noch weiter zu zupfen, wagte ich nicht. Die Perücke war echt und von guter Qualität, indisches Haar. Vielleicht nahm sie tatsächlich Pentalgin gegen Krebs. Wenn es so war, dann war sie selbst schuld daran. Warum hatte sie nicht rechtzeitig aufgehört? Warum hatte sie weitergemacht? Die Dummen machten weiter mit dem Spenden. Die Dummen und die Gierigen. Darias mögliche Gesundheitsprobleme ließen mich kalt. Nur stimmte hier etwas nicht. Wenn sie es sich leisten konnte, sich mit einer mehrere Tausend Euro teuren Perücke zu maskieren, warum dann kleidete sie sich wie eine Landstreicherin? Dann verstand ich. Ihr war es egal, wofür sie ihr Geld verschwendete. Sie scherte sich nicht um ihren Verkaufswert. Sie hatte niemanden, über dessen Blick sie nachdenken konnte, sie war allein, so wie auch ich. Das zu begreifen, tat einen Augenblick weh, wie der Stich einer Nadel, nicht mehr.

Ich steckte die Bürste zurück in die Kulturtasche, und da bemerkte ich das in der Ecke steckende Röhrchen mit Vitamintabletten, das für werdende Mütter bestimmt war. Ich schaute nach dem Verfallsdatum. Trotz des abgeschabten Äußeren war es ganz frisch. Von den Tabletten war nur noch die Hälfte da. Ich nahm das Fieberthermometer, das aus der Tasche geragt hatte, in die Hand und kippte schließlich den gesamten Tascheninhalt auf den Tisch. Aus dem ganzen Kram schaute die Ecke einer Papppackung hervor. Das Zeichen darauf würde ich überall erkennen. War Daria schwanger gewesen? Hatte sie ein Kind haben wollen, und das hatte nicht geklappt? Hatte sie das dazu gebracht, ihre Kunden zu verfolgen?

»Wie bist du hereingekommen?«

Daria war erwacht und rekelte sich auf dem Bett.

»Du hast eine deiner beiden Schlüsselkarten auf der Treppe im Park verloren«, sagte ich und begann routiniert, den Fußboden mit den Putzlappen aufzuwischen, die ich von zu Hause mitgebracht hatte. Meine Lüge ging durch, oder Daria kam nicht dazu, gründlich darüber nachzudenken, denn ihr fielen Ainos Kleider ein. Die hatte sie bei dem Zwischenfall im Park dort vergessen. Morgen müssten wir wieder einkaufen gehen.

»Ich bin wirklich froh, dass du gekommen bist«, seufzte Daria und beobachtete eine Weile mein Tun. »Ist das nicht Aufgabe des Personals?«

»Wir dürfen hier keine Spuren hinterlassen.«

»Das ist klug«, räumte Daria ein und begann von Aino zu plappern, als hätten sie eine gemeinsame Zukunft.

An der Tür draußen hing immer noch das Schild, das verbot, zu stören, und einen Augenblick lang ärgerte mich das. Gerade die Schweinereien dieser Gans hätte ich nicht beseitigen wollen. Der Wasserhahn im Bad tropfte wie eine Uhr. Ich hielt mir die Ohren zu und dachte beim Putzen an das Leben des Hundepark-Jungen. Schließlich setzte ich mich auf die Bettkante und musterte kurz Daria, die anscheinend wieder einigermaßen nüchtern war. Die Klamotten, die bei dem Handgemenge gelitten hatten, würde ich einpacken, um sie in den Müll zu werfen. Ich zupfte an Darias Bluse, bis sie sich bequemte, sich auf die andere Seite zu drehen und aus den Ärmeln herauszuschlüpfen. Ein Klirren ertönte. Aus der Tasche der Bluse kullerte ein Ring auf den Boden, schmal und golden. Ich schnappte ihn mir vor Daria. Die Erkenntnis klärte mir den Kopf. Die Vitamine, das Fieberthermometer, die Packung mit dem Schwangerschaftstest. Hatte ich richtig vermutet? Wenn sie keine Kinder bekam, lag das nicht an uns. Es war ihre eigene Schuld, bei diesem Gewicht, bei dieser Lebensweise. Sie kannte die Faktoren, die die Fruchtbarkeit beeinflussten, ebenso gut wie ich.

»Wann hat der Mann dich verlassen?«, fragte ich.

»Wusstest du, dass es in England viele Ehepaare gibt, die ihre eigene Behandlung durch Spenden finanzieren? Sie schenken anderen ein Baby nach dem anderen, und trotzdem können ihre eigenen Kinderzimmer leer bleiben.«

Daria streckte die Hand aus. Sie wollte den Ring. Ich ließ ihn in ihre Hand fallen. Warum, zum Teufel, hatte ich Iwan angerufen? Ich hätte das Ganze ohne fremde Hilfe erledigen können. Paare, die sich wegen Kinderlosigkeit getrennt hatten, waren ein mir vertrautes Problem, und wenn jemand, dann konnte ich die richtigen Strippen ziehen. Ich wunderte mich nicht mehr über Darias Zustand. Vielleicht war es Endometriose, vielleicht ein verbrannter Eierstock, vielleicht etwas anderes. Oder es lag an dem Mann. Wenn ich Genaueres wüsste, könnte ich Daria wiederherstellen. Dann würde sie Aino und Väinö in Ruhe lassen und sich auf ihre eigene Familie konzentrieren. Dann fiel mir ein, dass ich nie mehr in den Hundepark zurückkehren konnte.

»Hast du niemals daran gedacht, wie das Leben mit deinem Sohn wäre?«, fragte Daria.

»Wie bitte?«

»Wir können auch ihn mitnehmen, zu viert fortgehen. Was meinst du?«

Ich wollte Ja sagen. Wie gern würde ich das doch tun, und einen Augenblick dachte ich darüber nach. Aber ich wusste, wie der Donbass in den Augen eines in Finnland aufgewachsenen Jungen wirken würde.

In den sozialen Medien sah ich nach, ob die Frau aus dem Hundepark etwas über den Zwischenfall geschrieben hatte. Es gab keine neuen Einträge. Stattdessen entdeckte ich ein zwei Tage altes Foto. Ich zeigte es Daria auf meinem Handy, die im Hotelzimmer neben dem Bett hockte. Die Frau hatte mit ihren

Followern als Aperitif für die nahende Urlaubszeit Erinnerungen an den letzten Sommer geteilt. Eine typische Aufnahme von Urlaubszehen: gezuckerte Beine, pediküre Nägel, glatt geraspelte Fersen und daneben ein Buch zum Zeichen der Intellektualität.

»Schau mal«, sagte ich, »dies ist es, was wir anstreben müssen. Du musst dich zusammenreißen und Aino ein Beispiel geben.«

Daria wandte den Blick ab. Ich vergrößerte das Foto von den Fersen. Keine Risse, keine trockene Haut, auch nicht das kleinste Anzeichen einer Verhärtung, keine Scheuerstelle von Schuhen der falschen Größe. Die Furchen an den Fußsohlen waren so flach, dass nicht einmal Sand darin hängen bleiben würde.

Ich packte Darias Kopf und drehte ihn mit Gewalt dem Spiegel zu. Das war der einzige Gegenstand im Zimmer, den Daria nicht verdreckt hatte, und er war gnadenlos. Darias Augenlider waren angeschwollen zu überreifen Früchten, und aus den Augenwinkeln rann ihr Schleim, der an den Wimpern antrocknete. An ihrem Blick erkannte ich, dass sie verstand, was ich meinte: Sie sah aus wie eine Landstreicherin.

»Du erregst Aufmerksamkeit, und zwar zu viel. Dein Verhalten im Park hat die Umsetzung deines Plans nur noch schwieriger gemacht. Was glaubst du, wie du nach alldem Aino dazu bringen kannst, mit dir mitzugehen? Das Mädchen hat Angst vor dir.«

Der hochmütige Spott, der seit unserer Begegnung auf Darias Gesicht gelegen hatte, war verschwunden. Das verstand ich. Aino saß nicht auf ihrem Schoß, sondern auf dem der Frau.

»Du wusstest, was für ein Weib das war, und doch hast du mir eingeredet, sie würde eine glänzende Mutter sein.«

»Ist sie das denn nicht? Die Kinder haben einen Hund, Hobbys, teure Kleidung, die Eltern haben einen gut bezahlten Job. Was willst du mehr? Einen Flug in den Weltraum? Zum Mond?«

Daria rümpfte die Nase. Ich mochte mir nicht vorstellen, wie sie gewirkt hatte, als sie am Empfang des Hotels vorbei zum Fahrstuhl gegangen war. Die Szene im Hundepark mit einer verwirrten slawischen Frau würde bald in den Schlagzeilen der Abendzeitungen stehen, und jemand könnte Daria auf den Fotos, die die Leser an die Zeitung geschickt hatten, erkennen. Und durch die Flüche, die sie im Hundepark ausgestoßen hatte, war der Familie klar geworden, dass die Angreiferin keine Einheimische war, und inzwischen hatten die Eltern sich erinnern müssen. Es würde eine Weile dauern, bis sie sich von der Erschütterung erholt hatten, und auch die Gespräche mit der Polizei würden Zeit in Anspruch nehmen, die Verteidigung des Hundes, das Trösten der Kinder und das Weinen. Schließlich würde ihnen aufgehen, was der Zwischenfall im Hundepark bedeutete.

»Wir müssen hier weg«, sagte ich. »Die Frau wird dich wegen Misshandlung verklagen.«

»Sie weiß nicht, wer ich bin.«

»Natürlich weiß sie es jetzt.«

Daria zischte. Nichts schien ihren Glauben an die eigene Unsichtbarkeit zu erschüttern. Dann fiel ihr etwas ein, und sie wurde munter.

»Bringen wir Aino zuerst zu euch?«

Zu uns. Ja, natürlich. Zu Hause würde ich von Daria ein Geständnis erpressen und es aufzeichnen. Und danach, was dann? Du hast einmal gesagt, der Schädel des Menschen sei wie die Schale eines Eis, die sich mit allem spalten lässt, was man in die Hand nehmen kann. Ich werde dir alles leicht machen.

Ich wies Daria an, eine Einkaufsliste zu machen, während ich die Säuberungsaktion abschloss. Der Gedanke belebte sie, und sie machte sich daran, in den sozialen Medien Tipps für Ainos Lieblingsessen zu suchen. Sie fand ein Foto des Vaters beim Einkauf von Lebensmitteln und zeigte es mir. Der Mann war ein guter Vater, ganz wie ich es Daria versichert hatte, und in vielerlei Weise fortschrittlich. Er erledigte den größten Teil der Einkäufe, kochte gern und wusch die Wäsche. Das änderte nichts an Darias Plänen.

»Sollten wir auch etwas für deinen Sohn besorgen?«

Daria hatte sich dieser Ausdrucksweise schon öfter bedient, und jedes Mal hätte ich sie am liebsten geschlagen. Aber ich tat es nicht. Ein Kissen. Das würde schnell gehen. Aber noch nicht, nicht hier.

»Hast du sie noch nie streiten sehen?«, fragte sie und blätterte weiter in den Fotos der Eltern.

»Noch nie.«

»Gute Schauspieler«, rief sie aus.

Ich widersprach ihr nicht. Obwohl die Klimaanlage ihr Bestes gab, roch ich immer noch das Erbrochene, Galle und Schnaps, das Feiern ohne Fest. Doch allmählich sah alles erträglich aus. Ins Nachbarzimmer traten geräuschvoll Menschen ein. Die Bügel im Schrank polterten gegen die Wand. Ein Kind war dabei, das im Zimmer herumzulaufen begann, und ein Baby, das gleich anfangen würde zu weinen. Ich wusste nicht, wie Daria darauf reagieren würde. Wohl kaum positiv.

»Warum zum Teufel hast du mit dem Spenden weitergemacht?«, brach es aus mir hervor.

»Wegen des Geldes, warum denn sonst«, erklärte Daria verwundert. »Ich hab aufgehört, als ich genug hatte für ein gutes Leben. Aino wird bei mir keine Not leiden.«

Abwehrend hob ich die Hände. Ich würde nicht mit ihr streiten. Ich musste den Eindruck einer wohlwollenden Gehilfin machen, in deren Gesellschaft Daria fröhlich plaudernd das Hotel verließ, und forderte sie auf, sich saubere Sachen anzuziehen. Aus meiner Tasche nahm ich die Blusen und Röcke, die ich mitgebracht hatte. Sie waren nichts Besonderes, aber doch angemessen.

»Probier jetzt etwas an. Damit Aino sich nicht zu schämen braucht.«

Das funktionierte, Daria schlurfte ins Badezimmer, einen Haufen Kleider im Arm. Sie gehorchte, stieg in die Dusche. Das war schon mal gut. Der Säugling im Nachbarzimmer fing an zu schreien, ich schaute auf die Uhr. Mein Handgelenk war leer. Ich tastete die Tasche ab. Auch dort war Mutters Uhr nicht. Ich steckte die Hand in die Tasche, sie hatte ein Loch. Die Uhr hatte sonst wohin fallen können. Wenn sie nur nicht in diesem Zimmer herausgefallen war. Ich tastete den Fußboden ab und die Räume zwischen den Kissen, fand aber die Uhr nicht. Vielleicht war sie endgültig verschwunden. Ich würde sie nie wieder aufziehen, und aus irgendeinem Grund brachte dieser Gedanke meine Entschlossenheit für einen Moment ins Wanken.

»Wie findest du das?«

Daria war unbemerkt aus dem Bad hereingeschlichen. Sie hielt die Hände vor sich hin, als wäre sie nackt und versuchte, sich zu bedecken. Ich betrachtete sie, in aller Ruhe. Dies war meine Gelegenheit, ihr wenigstens etwas von den Qualen heimzuzahlen, die sie mir bereitete. Ich nahm mich zusammen.

»Na?«

»Das geht.«

Ein Lächeln erhellte Darias Gesicht, sie fasste Mut und trat vor den Spiegel.

»Gehen wir?«

Ich streckte die Hand aus, nahm eine Packung Kekse aus dem Regal und legte sie in den Einkaufskorb. Das war überraschend leicht und fühlte sich gut an. Ein anderer Migrant hockte neben mir und untersuchte die Auswahl auf dem untersten Bord, ich jedoch stand aufrecht da wie die Frau aus dem Hundepark. Einen flüchtigen Augenblick lang war ich fast eine Einheimische, ein Mensch, der sich nicht vor den billigeren Produkten im untersten Bord zu krümmen braucht. Im Kopf errechnete ich: Dieses Gefühl war mehr wert als ein Euro. So viel würde ich dafür bezahlen, dass ich mir einige Sekunden lang vorgestellt hatte, Väinös Mutter zu sein. Ich ließ die Packung in meinem Einkaufskorb liegen. Daneben plumpste eine Tüte Grieß.

»Ich will für Aino einen Grießauflauf machen«, sagte Daria.

»Den wird sie vielleicht nicht mögen.«

»Wir probieren es aus. Das war mein Lieblingsessen, als ich klein war, und Kinder kochen gern mit ihren Eltern zusammen. Was Aino wohl sonst noch gern mag?«

Ich lächelte freundlich zu Darias dummen Plänen.

»Eis?«

Daria ging zu den Gefriertruhen.

»Was meinst du? Ob das hier wohl das Richtige ist?«

Eine ordentliche Mahlzeit hatte Daria gutgetan, ebenso die

neuen Kleider. Auch die Vitamine, die ich besorgt hatte, waren bei ihr gut angekommen. Sie war jedoch nicht bereit gewesen, über den Mann zu sprechen, der sie verlassen hatte. Dennoch war dies ein vielversprechender Anfang, Daria folgte meinen Anweisungen. Wenn ich mit meinen Absichten erfolgreich wäre, könnte die Familie aus dem Hundepark alles behalten, was sie hatte, das Leben, in dem sie sich bei den Lebensmitteleinkäufen nicht einmal zu bücken brauchten. Nächste Woche würde Väinö mit seinen Eltern in ebendieses Geschäft kommen, der Vater würde den vollen Einkaufswagen schieben, die Mutter aus demselben Regal als Snack eine Packung Kekse nehmen, und keiner von ihnen würde ahnen, was für einem Unglück sie gerade entgangen waren, weil ich ihr Paradies und die Kindheit meines Sohnes gerettet hatte. Ich würde ihre heimliche gute Fee sein.

»Einer unserer Ärzte hat in Finnland eine Stelle gefunden und ist hierhergezogen«, sagte ich. »Er könnte dich untersuchen. Wir können zusammen zu ihm gehen. Sogar jetzt gleich.«

»Ich hab genug von den Weißkitteln.«

»So haben all unsere Kunden gesagt, wenn sie zu uns kamen, und darunter waren wirklich hoffnungslose Fälle, viele sogar schon über sechzig. Denk mal, du bist erst …«

»Schokolade oder was anderes?«, fragte Daria und marschierte zu dem Regal mit Süßigkeiten.

Ich selbst hätte bei dem Angebot sofort zugegriffen, wenn ich Daria gewesen wäre. Aber ich war es nicht. Trotzdem wollte ich mein Bestes geben. Manchmal genügte eine kleine Schwachstelle. Wenn sie überzeugt wäre, dass ich ihr zu einer Schwangerschaft verhelfen könnte, dann würde sie sonst was dafür tun, und dann wäre sie bereit, für mein berufliches Können den von mir gewünschten Preis zu bezahlen: das Geständnis. Ich brauchte nur den Funken zu schlagen und ihn zur Flamme zu entfachen.

Ich folgte Daria, die dabei war, ein neues Allerlei von Leckereien zusammenzustellen. Die Reihe der billigeren Schokoladen im untersten Bord würdigte sie keines Blickes. An den Kassen wurden die Strichcodes im Takt des Freitagabends eingelesen. Das ständige Piepen verursachte mir Kopfschmerzen. Auf der anderen Seite des Regals heulte ein Knirps, der schon im Bett sein müsste. Ich ließ Daria in Ruhe aussuchen, trieb sie nicht zu Eile an.

»Du wirst eine glänzende Mutter sein«, sagte ich.

Daria lächelte, und für dieses Lächeln könnte sogar jemand bezahlen. Wenn ich ihr Geständnis bekommen hatte, würde ich tun, was ich tun musste, ihr Geld und ihre Kreditkarten nehmen und sie selbst in meiner Wohnung verfaulen lassen. Nie wieder würde sie das Leben meines Kindes bedrohen. Nichts anderes würde ich meinem Sohn je geben können, niemals.

Ich roch dich schon im Vorraum. Du lagst in der Luft, die mein Zuhause elektrisiert hatte wie am Vorabend eines großen Festes, und noch bevor ich die Küche betrat, wusste ich, dass auf der Spüle eine Tasse stehen würde, die ich nicht dorthin gestellt hatte. Du benutztest manchmal alte KGB-Tricks. Die fandest du wirksamer und billiger als Waffenmetall. Angeblich kam die Botschaft immer an.

Ich hatte mich verspätet.

»Kleiner, als ich gedacht hatte«, sagte Daria und spazierte direkt ins Schlafzimmer. »Hast du nicht mal ein Wohnzimmer?«

Der Blick aus meinem Fenster veranlasste sie zu verächtlichem Schnalzen, und ihre Hand hinterließ auf der Scheibe eine fettige Spur. Für mich war die Aussicht gut genug. Daria war deutlich anderer Meinung. Mit abschätzigen Blicken bedachte sie meine Möbel, die Gardinen, die Teppiche, und jede Geste, mit der sie meine Sachen als Müll abtat, verriet, dass sie sich gut an das erinnerte, was ich einst besessen hatte. An einem anderen Tag wäre mir das peinlich gewesen.

»Wir müssen uns überlegen, was wir tun können, damit Aino sich hier für den Anfang wohlfühlt. Oder sollten wir uns schon morgen ein Auto besorgen und gleich am Montag losfahren? An so einem Ort wird Aino doch nicht schlafen können.«

»Ich koch uns einen Tee«, sagte ich und ließ Daria mein Zuhause weiter beschimpfen.

Ich schloss die Augen, als ich über die Schwelle der Küche trat. Ich fürchtete, ich könnte mich geirrt haben wie schon so viele Male. So viele Male hatte ich einen flüchtigen Moment lang einen fremden Menschen für dich gehalten. Ich suchte dich in der Menschenmenge, in überfüllten Bussen und auf dem Bahnhof. Der Duft des vertrauten Rasierwassers konnte mich im Nu in die Vergangenheit zurückwerfen, und ich erschrak, wenn ich glaubte, deinen Rücken erkannt zu haben. Und immer war ich enttäuscht, wenn ich sah, dass ich mich geirrt hatte. Jetzt hatte ich mich nicht geirrt. Die Tasse stand auf der Spüle. Ich drückte die Lippen darauf und spürte den schwachen Duft von Kaffee. Ich berührte die Flanke der Kaffeemaschine, die sich noch warm anfühlte. Tief atmete ich ein und schaute aus dem Fenster, aus dem der Schein der untergehenden Sonne gerade verschwand. Draußen war nichts Ungewöhnliches zu sehen. Du standest nicht auf der Straße, dort lungerten keine unbekannten Männer herum, die geparkten Autos gehörten den Hausbewohnern. Und doch warst du in meiner Wohnung gewesen. Du warst schon in der Nähe. Du warst schon hier.

Ich setzte mich mit der Tasse in der Hand auf das Fensterbrett und öffnete das Fenster. Ich betrachtete meine Finger, und es gab darin keine Stiche mehr, ihre Spitzen waren rosig. Ruhig atmete ich. Fürchtete mich nicht. Ich würde nicht fortlaufen. Nicht schreien. Ich würde nur tief und ruhig atmen.

Glossar

zusammengestellt von Angela Plöger

Bábuschka

(russ.) Großmutter

Babúsja

(russ.) Oma, umgangssprachliche Koseform für Großmutter

Bandéra, Stepán

(1909–1959), nationalistischer ukrainischer Politiker und
Partisanenführer, der als NS-Kollaborateur und Kriegs-
verbrecher manchen in der Westukraine als Nationalheld
gilt. Wurde in München von einem KGB-Agenten ermordet.

Bolónka

russische Hunderasse

Bolschói

(russ. *bolschói* groß) Bolschói-Theater Moskau, das bedeu-
tendste Theater für Oper und Ballett in Russland

Braty, Hadiúkiny, kurz: Hady

ukrainische Band, die verschiedene Genres wie Rock-'n'-
Roll, Blues, Punk, Reggae, Funk und Folk kultivierte und
zu Sowjetzeiten sehr erfolgreich war

Bréschnew-Hymne

Leoníd Iljítsch Bréschnew (1906–1982), sowjetisch-ukrainischer Politiker, 1964–1982 Generalsekretär der KPdSU. Stammte aus Kamjanske, Oblast Dnipropetrówsk. Seine Regierungszeit war durch Stagnation gekennzeichnet.

Buratino

das russische Pendant zu Pinocchio, eine beliebte Figur aus Alexéj Tolstójs Kinderbuch *Die Abenteuer des Burattino*) oder das goldene Schlüsselchen* (1936)

*) beide Schreibweisen sind üblich

Сделано в СССР

(russ.) Hergestellt in der UdSSR

Chruschtschówka

(russ.) in der Sowjetunion meist fünfstöckige schlichte Wohnhäuser in Platten- oder Ziegelbauweise mit wenig Komfort, die unter dem Generalsekretär der KPdSU Nikíta Chruschtschów (1894–1971) seit den 1950er-Jahren in der Sowjetunion errichtet wurden, um die katastrophale Wohnungsnot zu lindern

Comăneci, Nadia

(*1961), rumänische Kunstturnerin, gewann u.a. fünf olympische Goldmedaillen und zwei Weltmeisterschaften. Sie gilt als eine der besten Turnerinnen aller Zeiten.

Gongádze, Geórgij

(1969–2000), georgisch-ukrainischer kritischer Journalist und Dokumentarfilmer, der vermutlich im Auftrag von hohen ukrainischen Regierungsmitgliedern in der Ukraine ermordet wurde

Gópnik

Das Wort bezeichnet im russischen Jargon einen Vertreter der kriminellen Jugend, der oft keine Ausbildung hat und zum Prekariat gehört

GUS-Staaten

(Abkürzung für) Gemeinschaft unabhängiger Staaten; eine zwischenstaatliche Organisation mit Sitz in Minsk zur Schaffung eines Wirtschafts- und Sicherheitsraums, deren Mitglieder ehemalige Teilstaaten der Sowjetunion sind. Die Institution sollte die Folgen des Zusammenbruchs der Sowjetunion abmildern.

Halwá

Süßigkeit aus Zucker und gerösteten Sesamsamen oder Sonnenblumenkernen

Holodomór

(ukrain.) wörtlich Tötung durch Hunger. Der Begriff bezeichnet das große Sterben infolge der Hungersnot der Jahre 1932 und 1933 in der Sowjet-Ukraine, der zwischen drei und 14 Millionen Menschen zum Opfer fielen. Historiker diskutieren darüber, ob dieses Sterben Folge oder Zweck der Politik Stalins war.

Horílka

(ukrain.) selbst gebrannter Schnaps

Jewtuschenko, Jewgeni, Babi Jar

Gedicht. Aus dem Russ. übers. von Paul Celan. In: Lyrik, Prosa, Dokumente. Nymphenburger Verlagshandlung, 1972

junge Pioniere

Mitglieder der kommunistischen Kinderorganisation der Sowjetunion

Micháilowitsch Kaschpirówski, Anatóli

(*1939), russischer Psychotherapeut, Hypnotiseur und Wunderheiler. Wurde 1989–1990 durch Fernsehauftritte populär.

Kaspárow, Garri

(*1963), Schachweltmeister und Schachbuchautor, seit seinem Rückzug vom Schach 2005 als russischer Oppositionsaktivist tätig

Kaubamaja

Name des größten Kaufhauses von Estland in Tallinn

Komsomolze

(russ.) Mitglied des kommunistischen Jugendverbands Komsomól in der Sowjetunion

Kópanka

(ukrain.) illegales Bergwerk

Lavashbrot

ungesäuertes Fladenbrot

Lobodá, Switlána

(*1982), ukrainische Sängerin, Moderatorin und Modedesignerin, vertrat 2009 die Ukraine beim Eurovision Song Contest

Lomonóssow-Teeservice

Produkt der Lomonóssow-Porzellanfabrik in St. Petersburg, die im 18. Jh. gegründet wurde

Marschroutentaxi

(russ. marschrútka) zu sowjetischer Zeit und auch heute noch Pkw oder Kleinbusse, die zwischen zwei bestimmten Punkten in der Stadt auf feststehender Route hin- und herfahren und wie ein Taxi auf Wunsch zum Ein- oder Aussteigen halten

Óblast

(russ., administrative Bezeichnung für) Gebiet, Bezirk

Okróschka

russische kalte Suppe aus Kwass oder Buttermilch, Kartoffeln, Gemüse und Eiern

Ostánkino

Moskauer Fernsehturm im Stadtteil Ostánkino, war mit seinen 537 Metern von 1967–1975 das höchste frei stehende Bauwerk der Welt

Párus

(russ.) Segel

Petrówski, Grigóri, Petrówski-Denkmal

(1878–1958), ukrainisch-sowjetischer Revolutionär und Politiker, Gründungsmitglied der kommunistischen Partei der Bolschewikí. Gilt heute in der Ukraine als maßgeblich Beteiligter am *Holodomór* (s. dieses).

Platsch Jeremíi

(russ.) das Weinen Jeremias, Name einer Musikgruppe

pogodí

(russ.) warte nur, warte mal

Politrúk

(russ.) politischer Leiter (beim Militär)

Poplawók

(russ.) schwimmendes Restaurant

Potjómkinsche Treppe

Mitte des 19. Jahrhunderts in Odessa errichtete Treppe mit 192 Stufen, Wahrzeichen der Stadt. Sie wurde weltberühmt durch den Film *Panzerkreuzer Potjómkin* des russischen Regisseurs Sergéj Eisenstein (1898–1948) von 1925, der in Odessa spielt.

Própusk

(russ.) Passierschein, Einlassschein

Saporóschez

Automobilreihe, die von 1960–1994 in der ukrainischen Stadt Saporischschja hergestellt und auch exportiert wurde

Sarajishvili

ein georgischer Kognak

Schíguli

sowjetischer Mittelklassewagen, Lizenznachbau des Fiat 124. Wurde ab 1970 in der Stadt Toljatti produziert.

Schmackostern

Alter Osterbrauch im östlichen Deutschland und in Osteuropa, bei dem am zweiten Ostertag vor allem junge Leute mit begrünten Birkenzweigen Nachbarn und Freunde und besonders junge Mädchen schlugen, stellenweise auch Heischesprüche dazu aufsagten, und der auf alte Fruchtbarkeitsriten zurückgeht, vielleicht letztlich auf den Einzug Jesu in Jerusalem am Palmsonntag.

Sémki-Tüten

(russ.) meist selbst gedrehte Tüten aus Zeitungspapier, in denen (geröstete) Sonnenblumenkerne verkauft wurden

Smetána

(russ.) saure Sahne, Schmand

Sobránie

(russ. für Versammlung), Zigarettenmarke seit 1879, die nach russischer Tradition in Handarbeit hergestellt wurde. Der Handelsname wurde in den 1980er-Jahren an die Gallaher Group verkauft. Gilt als Luxusmarke.

SSR

Sozialistische Sowjetrepublik

Stachánow, Alexéj

(1905–1977), sowjetischer Bergmann, der am 31.8.1935 in einem Donezker Steinkohlebergwerk in einer einzigen Schicht 102 Tonnen Kohle förderte, das Dreizehnfache der Norm. Nach ihm wurde die Stachánow-Bewegung benannt, die die Steigerung der Arbeitsproduktivität in der Sowjetunion zum Ziel hatte.

Sýrnik

(russ.) Quarkpfannkuchen

Tablétka

(ukrain.) Kleinbus, Sanitätswagen

Trébnik des Metropoliten Petró Mohýla (1596–1647)

(russ.) Altarbuch, eine liturgische Anweisung für den Gottesdienst von 1646

Tscheburáschka und das Krokodil Géna

russische Kinderbuch- und Trickfilmfiguren von 1966, die bis heute als Spielzeug beliebt sind. Ihr Schöpfer ist der russische Kinderbuchautor Eduard Uspénski (1937–2018).

Tscheburék

russisches Fast-Food-Gericht, das von den Krimtataren übernommen wurde, halbrunde Teigtaschen mit Fleisch- oder anderer herzhafter Füllung

Ukrajínka, Lesja

(1871–1913), ukrainische Dichterin

Väterchen Frost

russische Fantasiefigur ähnlich dem Weihnachtsmann, bringt den Kindern in der Silvesternacht Geschenke

Valio

Finnisches Lebensmittelunternehmen, das hauptsächlich Milchprodukte herstellt und verkauft

Vana Tallinn

(estnisch, Altes Tallinn), ein beliebter Likör

Veles oder Volos

einer der Hauptgötter in der slawischen Mythologie. Er ist ursprünglich ein Gott der Fruchtbarkeit und der Magie, Beschützer des Viehs und der Ernte sowie Herrscher über das Totenreich. Nach der Christianisierung wurde Veles zum Teufel umgedeutet.

Vitja

(russ.) freundschaftliche Form von Viktor

Vopli Vidopliássova

ukrainische Band, die in ihrer Musik Jazz, Folk, Hardcore Punk und andere Stile kombiniert

Warénik

(russ.) Beerenknödel

Wátnik

(russ.) Wattejacke, ironische Bezeichnung für die 2014 in die Ostukraine eingefallenen russischen Soldaten

Watrúschki

(russ.) Quarktaschen

Wínnyzja

Stadt in der Ukraine

Wodjánowa, Natálja

(*1982), russisches Fotomodell

Wodka Khortytsa

ukrainischer aromatisierter Wodka

Wolga

russische, vormals sowjetische Automarke, die bis 2010 im Automobilwerk Gorki (GAS) produziert wurde

Wrémja

(russ. Zeit), Titel der Nachrichtensendung des sowjetischen und russischen Fernsehens

Wyschywánka-Bluse

folkloristische weiße Bluse mit Stickereien eines bestimmten Stils

Zariá

(russ. zarjá Morgenröte), Name einer russischen Uhrenmarke aus Pensa

Der russische Angriffskrieg in der Ukraine ist in hohem Maße ein Geschlechterkrieg: Russland setzt sexuelle Gewalt in der Ukraine als Waffe ein, aber Frauenfeindlichkeit ist auch ein Instrument der internen Zentralisierung der Macht in Russland. Und sie ist ein Werkzeug des Imperialismus.

In diesem sorgfältig recherchierten Essay zeigt sich Sofi Oksanen erneut als absolute Kennerin Russlands, seiner Geschichte und seiner strategischen Frauenfeindlichkeit.

Kiepenheuer & Witsch

Sofi Oksanen

Stalins Kühe

Roman

496 Seiten, *btb* 74364
Aus dem Finnischen von Angela Plöger

Der erste Roman der finnischen Bestsellerautorin

Anna hat alles im Griff. Sie dient einer »Herrin«, der
Bulimie, denn es gibt nichts Wichtigeres für sie, als einen
vollkommenen Körper zu besitzen und unangreifbar zu
sein. Annas Eltern trennen sich, als ihre Mutter Katariina
herausfindet, dass ihr Mann sie betrügt. Sie, die Estin,
verleugnet ihre Herkunft, weil sie weiß, welch schlechtes
Ansehen Estinnen in Finnland haben. Und während Anna
lernen muss, dass sie wirklich krank ist, erfährt der Leser
die Hintergründe der Familiengeschichte und Ursache für
Annas Leiden …

»Der neue Stern am nordischen Literaturhimmel heißt
Sofi Oksanen.«
NZZ

btb